Thomas Franke

Das Tagebuch

Über den Autor

Thomas Franke ist bei einem sozialen Träger für Menschen mit Behinderung tätig. Als leidenschaftlicher Geschichtenschreiber ist er nebenberuflich Autor von Büchern für Kinder und Erwachsene. Mit seiner Frau und seinen beiden Söhnen lebt er in Berlin.

www.thomasfranke.net

Thomas Franke

Das Tagebuch

ROMAN

GerthMedien

Inhalt

Prolog

Sie kommen! Ich kann ihre Schritte hören, ihre groben Scherze und das Lachen ...

Gefesselt wie einen gefährlichen Verbrecher werden sie mich vor das Tribunal führen. Dann wird der Schlächter vortreten und sein Urteil sprechen. Es steht jetzt schon fest.

Vielleicht wird man mich erschießen, wahrscheinlich aber werden sie mich auf eine dieser schrecklichen Barken führen und ersäufen. Die trüben Wasser der Loire werden sich über mir schließen, ein letzter vergeblicher Kampf um Luft und Leben wird einsetzen und dann? Ich habe Angst – schreckliche Angst!

Ihre Schritte sind nun ganz nah. Ich höre die Riegel, wie sie mit dumpfem Knallen zurückgeschoben werden.

Der Tod ist bereits hier. Er sitzt in meiner Zelle und sieht mich an mit Augen voller Schwärze. Ich spüre seine lauernde Kälte und das klebrige Gespinst seiner gestaltlosen Finger. Und wenn ich herumfahre, um zu schauen, wer nach mir greift, dann ist da nichts, nur dieses schreckliche grinsende Fragezeichen.

Oh Sacré-Cœur – heiligstes Herz Jesu –, hast du aufgehört zu schlagen? Bist du verstummt, als man dich auf Uniformen bannte? Ich kann dich nicht spüren. Dein Platz in mir ist finster und leer. Ist denn mein Glaube erstickt im schrecklichen Würgegriff der Furcht?

Sie holen alle! Ich höre das leise Flehen und das verzweifelte Schreien. Doch ich darf nicht in Furcht erstarren und nur an mich denken – sie dürfen diese Zeilen nicht finden ...

Menetekel

»Einen Augenblick, ich verbinde.« Die Stimme der Frau klang kühl.

Leon schluckte. Die Warteschleifenmusik setzte ein und ihn traf ein dicker Regentropfen. Er trat einen Schritt zurück unter die schützenden Planen, die sie über die Grabungsstätte gespannt hatten, und im gleichen Augenblick begann es in der Leitung zu knistern. Seufzend setzte er sich wieder dem herannahenden Unwetter aus. Obwohl sie sich unweit der Stadt Nantes befanden, war der Handyempfang hier im Château de Chamilot eine problematische Angelegenheit. Sein Assistent Pawel, der die Logistik übernommen hatte und für die Computer zuständig war, fluchte ständig über die unzuverlässige Internetverbindung. Leon sah zu, wie der Himmel sich verdüsterte. Der nahe Atlantik konnte innerhalb weniger Minuten ein ausgewachsenes Unwetter bescheren.

»Dr. Weber?«, vernahm er den tiefen Bass Prof. Degenhardts.

Leon zuckte innerlich zusammen. »Ja, am Apparat. Sie hatten um Rückruf gebeten?«

»Es ist verdammt schwer, Sie zu erreichen, wissen Sie das?«

»Ja, das haben wir auch schon festgestellt«, rief Leon gegen das Trommeln des stetig zunehmenden Regens an. »Wir haben des Öfteren kein Netz. Das Château de Chamilot befindet sich offenbar in einer Art Funkloch.«

»Reden Sie deutlicher, Mann, ich verstehe kein Wort.«

»Wir haben Netzprobleme!«, brüllte Leon in den Hörer. Ein Dickhornschaf, das sich, träge wiederkäuend, auf dem grasbewachsenen Hügel direkt neben der Ruine niedergelassen hatte, schaute verdutzt zu ihm herüber.

Der Professor am anderen Ende der Leitung hielt offenbar die Hand vor den Hörer und gab barsch irgendeine Anweisung an jemanden in seinem Büro. Der Regen trommelte immer heftiger auf die Planen, und in der Ferne donnerte es. Das Wasser rann Leon kalt in den Nacken, doch als er sich erneut einen halben Meter unter die schützende Plane zurückwagte, wurde die Verbindung abrupt schlechter. Hastig trat er wieder vor.

»... es bei Ihnen läuft?« Er bekam nur noch den zweiten Halbsatz des Professors mit.

»Nun, äh ... die Grabungen kommen nur schleppend voran«, setzte Leon an. »Wir haben einige logistische Probleme und – «

»Kommen Sie mir nicht mit Ausflüchten«, fuhr ihn der Professor an. »Haben Sie nicht zugehört? Das DAI bombardiert mich mit Fragen, und mir fallen bald keine Ausreden mehr ein. Und unser privater Finanzier ist auf dem Absprung.«

Leon seufzte innerlich. Das Deutsche Archäologische Institut trug nur knapp ein Viertel der Kosten. Den überwiegenden Teil zahlte ein reicher Amerikaner, der sein Vermögen in verschiedene wissenschaftliche Projekte zur König-Artus-Forschung steckte. Wenn er absprang, war das Projekt gestorben. »Ich kann Ihnen versichern – «

»›Für Sie habe ich ein sehr vielversprechendes Projekt in Wales auf Eis gelegt‹, sagte er mir gestern erst«, unterbrach ihn der Professor erregt. »Sie haben uns nicht mehr und nicht weniger als eine Sensation versprochen, Dr. Weber!«

»Ich weiß, aber – «

»Man hat Ihnen vertraut, weil Sie einen ausgezeichneten wissenschaftlichen Ruf genießen. Aber eins kann ich Ihnen sagen: Das Eis unter Ihren Füßen wird immer dünner. Sie haben es nur meinem Einfluss zu verdanken, dass Ihrem Projekt bislang nicht der Geldhahn zugedreht wurde.«

»Und dafür bin ich Ihnen auch sehr dankbar – «

»Sie haben Zeit bis Donnerstag, um irgendeinen brauchbaren Hinweis zu liefern, dass Ihre Theorie mehr ist als das Hirngespinst eines fantasiebegabten Mannes.«

Ein Blitz zuckte über den Himmel und spiegelte sich in den erschrockenen Augen des Dickhornschafs, das seine lustlosen Kaubewegungen unterbrach. Gleich darauf krachte der Donner, und das Tier sprang erschrocken auf und stürmte über die hügelige Weide davon. Unter der düsteren Wolkendecke war es kaum mehr als ein bleicher Schemen.

»Bis Donnerstag«, wiederholte Leon fassungslos. »Aber das ist nicht mal mehr eine Woche!«

»Mehr kann ich nicht für Sie tun. Sie wissen, wie das läuft. Sie haben Ihre ganze wissenschaftliche Reputation in die Waagschale geworfen, um dieses Projekt durchzusetzen. Wenn ich mich nicht irre, sagten Sie: ›Die archäologische Überprüfung des Château de Chamilot wird alles, was ich bisher über den bretonischen Artus geschrieben habe, auf ein gänzlich neues wissenschaftliches Fundament stellen.‹ Sehen Sie zu, dass es für Sie nicht zum Menetekel wird.«

Leon hatte das Gefühl, als würde alle Kraft aus ihm schwinden. *Bis Donnerstag!* Damit hatte der Professor seinem Projekt im Grunde den Todesstoß versetzt.

»Ich wünsche Ihnen viel Erfolg, Dr. Weber. Auf Wiederhören.«

»Wiederhören«, murmelte Leon und steckte das Handy in seine Jackentasche. Er senkte den Blick. Minutenlang starrte er in den Regen, der die verfluchte Erde der Vendée allmählich in Schlamm verwandelte. Der Professor hatte keine Ahnung, was seine Worte wirklich bedeuteten. Hier ging es nicht nur um seine wissenschaftliche Karriere. Leon hob den Kopf und ließ den kalten Atlantikregen auf sein Gesicht prasseln. Dieses Projekt war alles, was er noch hatte.

Nach einem letzten Blick auf die düsteren Weiden ging Leon zu seinem Camper. Er zog sich trockene Sachen an und warf sich dann ein Regencape über. Er durfte sich nichts anmerken lassen. Wenn die Studenten erfuhren, dass das Projekt so gut wie gestorben war, würde die Stimmung kippen. Niemand würde sich mehr Mühe geben, und er konnte im Grunde genommen gleich alles zusammenpacken lassen. Aber solange alle motiviert weiterarbeiteten, bestand eine kleine Chance, dass sie doch noch Erfolg hatten.

Er stapfte zurück zur Grabungsstelle und ging zu den Stelltischen, auf denen seine Studenten die magere Ausbeute der letzten Stunden zusammengetragen hatten.

Leon holte tief Luft, nahm eine Keramikscherbe zur Hand, reinigte sie mit dem Pinsel von Erdresten und betrachtete sie unter dem Licht des Scheinwerfers. Schon eine halbe Minute später ließ er sie frustriert fallen. Das Fragment war neuzeitlichen Ursprungs, wahrscheinlich Anfang des 18. Jahrhunderts. Nun griff er nach einem rostigen Eisenteil, das vermutlich zum Zaumzeug eines Pferdes gehört hatte. Die ganze Zeit über versuchte er, sich nichts anmerken zu lassen, aber anscheinend war er kein allzu guter Schauspieler.

Emma, seine französische Kollegin von der Universität Nantes, stützte sich auf ihren Spaten und betrachtete ihn stirnrunzelnd. Sie war groß gewachsen und hatte einen athletischen Körperbau. Ihr Trizeps zeichnete sich sehr deutlich an ihren muskulösen Armen ab.

»Alles in Ordnung?«, erkundigte sie sich.

Leon brummte eine unverbindliche Antwort.

Emma rammte ihren Spaten in den Boden und schlenderte zu ihm herüber. Sie trug Jeans und ein ausgebleichtes T-Shirt und interessierte sich ganz im Gegensatz zu allen Vorurteilen über Französinnen in etwa so viel für Mode wie eine Kellerassel für die Aktienkurse an der Pariser Börse. Allerdings war sie eine hervorragende Triathletin und eine der angesehensten Expertinnen für spätantike und frühmittelalterliche Geschichte Mittel- und Westeuropas.

»Was bedrückt dich?«

Leon stützte die Hände auf den Tisch und starrte an ihr vorbei auf eine kleine Silbermünze, einen Denier aus dem 16. Jahrhundert. »Die Frage ist doch eher: Warum bist du nicht bedrückt?«, gab Leon zurück.

Emma lächelte. »Noch haben wir die Grabungen nicht beendet.«

»Ja, aber das ist pure Dickköpfigkeit. Wir haben nichts, absolut nichts!«

Emma setzte sich auf den Rand des Tisches und ließ die Beine baumeln. »Ich liebe meinen Beruf«, sagte sie. »Wir dürfen Menschen begegnen, die alle anderen auf diesem Planeten längst vergessen haben. Wir können in ihr Leben eintauchen und ein wenig an ihren Gedanken teilhaben. Wir lernen ihre Sorgen und ihre Träume kennen, und wir haben die Chance, von ihnen zu lernen, ein Privileg, das ihnen andererseits leider nicht vergönnt ist.«

»Emma, auch ich liebe meinen Beruf, aber – «

»Wirklich?«, unterbrach sie ihn. »Dieser ganze Ort atmet Geschichte, und du bist so gehetzt, dass du seinen Geruch nicht einmal wahrnimmst.«

Leon versuchte, den aufkeimenden Zorn zu unterdrücken. »Vielleicht hast du recht, ich bin nicht annähernd so tiefenentspannt wie du, aber das mag daran liegen, dass ich für die Finanzierung dieses Projekts verantwortlich bin. Natürlich atmet dieser Ort Geschichte, aber es ist der falsche Atem, verstehst du?« Dann zischte er ihr zu, so leise, dass die Studenten ihn nicht hören konnten: »Dieses ganze Projekt ist ein einziges Desaster, und das Letzte, was ich jetzt gebrauchen kann, ist ein romantischer Vortrag über die Schönheiten unseres Berufstandes. Hier geht es ums nackte Überleben!«

»Was ist passiert?«

Er seufzte. »Ich habe gerade mit Professor Degenhardt in Berlin telefoniert – «

»Doktor Weber!« Die Stimme des jungen Studenten klang aufgeregt.

»Ja?« Leon warf seiner Kollegin einen kurzen Blick zu. »Wir reden später.« Er ging um den Tisch herum zu einer der Grabungsstellen. Das Château de Chamilot war eine sehr alte Burg, deren erste Bauten bereits im 5. Jahrhundert errichtet worden waren. Und das machte sie für Leon so spannend. Im Lauf der Jahrhunderte hatte sie eine wechselvolle Geschichte erlebt. Während der Hugenottenkriege Ende des 16. Jahrhunderts brannte ein Großteil der Burganlagen nieder. Nur ein Teil wurde wieder aufgebaut. Der Vendéekrieg, der zur Zeit der Französischen Revolution tobte, besiegelte dann das Schicksal der Festung. Sie diente als Stützpunkt und später auch als Gefängnis der Truppen des Nationalkonvents, bevor sie bei einem Eroberungsversuch der Vendéer vollständig zerstört wurde. Leon vermutete, dass der mächtige Burgfried das Munitionsdepot der Festung gewesen war. In jedem Fall war das Gebäude in einer gewaltigen Explosion regelrecht zerfetzt worden. Nur die Fundamente und letzte Überreste der Grundmauern waren erhalten geblieben. Und darauf konzentrierten sie ihre Forschung.

Die untersten Räume des Turms, ehemalige Vorratslager, waren später als Gefängniszellen genutzt worden.

Einer der Studenten kniete vor einer etwa ein Meter hohen Mauer und zog knapp über dem Boden behutsam einen lose sitzenden Stein heraus.

»Was haben Sie gefunden?«, fragte Leon. Sein Herz begann zu klopfen, als er zusah, wie der junge Mann einen weiteren Stein aus der Wand löste. Emma trat hinter ihn und lugte ihm über die Schulter. Auch die anderen Teammitglieder waren neugierig geworden.

»Hier ist ein Hohlraum.«

»Können Sie schon etwas erkennen?«, wollte Emma wissen.

Der Student nahm einen der Scheinwerfer und leuchtete in den Spalt. »Da ist irgendetwas!«

Emma warf Leon einen raschen Blick zu und lächelte ermutigend.

Der Student löste mit einem Schraubenzieher einen weiteren Stein. Er ging sehr behutsam und methodisch vor, eigentlich eine sehr lobenswerte Eigenschaft bei einem angehenden Archäologen. Dennoch verspürte Leon mehr als nur einen Hauch von Ungeduld. Schließlich handelte es sich hier nicht um zerbrechliche Knochenstücke oder poröse Papyri, sondern um massiven Granit.

Schließlich zog der junge Mann den Stein heraus und beugte sich vor.

»Und?«, rief einer seiner Kommilitonen.

»Eine Kiste oder so etwas Ähnliches. Ich zieh sie jetzt heraus.«

Leon schluckte. »In Ordnung.«

Mit größter Vorsicht brachte der junge Mann einen kleinen dunklen Kasten zum Vorschein, der ungefähr die Größe eines Schuhkartons hatte. Eine poröse dunkle Schicht bedeckte den Kasten, und man konnte Linien aus grünen, etwa daumennagelgroßen Metallköpfen erkennen.

»Was ist denn das für ein Zeug?«, fragte einer der Studenten, als etwas von der porösen Schicht abbröckelte.

»Leder«, entgegnete Leon und gab sich keine Mühe, die Bitterkeit in seiner Stimme zu verbergen. Er spürte die Enttäuschung wie einen Schlag in die Magengrube. »Verdammte Scheiße«, murmelte er.

Emma warf ihm einen vorwurfsvollen Blick zu. Sie sprang über die flache Mauer, kniete neben dem Studenten nieder und untersuchte behutsam den kleinen Kasten. »Das ist ein messingbeschlagener Koffer, vermutlich Eiche mit Leder überzogen, schätzungsweise aus der zweiten Hälfte des 18. Jahrhunderts.«

»Klingt eher nicht nach einem Hinweis auf die bretonische Besiedelung«, kommentierte eine junge Studentin lapidar.

»Vielleicht haben wir ja Glück und irgendein Graf hat sein Gold darin versteckt!«, rief ein anderer.

Emma hob den kleinen Koffer an. »Wohl kaum«, erwiderte sie mit schiefem Grinsen.

»Dann wenigstens einen guten Wein?«, bemerkte ein anderer.

Leon hörte dem Gespräch nicht länger zu. Ihm war nicht nach Scherzen zumute. Emma erwiderte irgendetwas, doch schon im nächsten Augenblick verstummte das Geplänkel.

Mehrere Dinge ereigneten sich kurz hintereinander. Zunächst hatte Leon das Gefühl, als würde der Boden unter seinen Füßen zittern. Ein mächtiger Donnerschlag zerriss die Luft, und das Licht ging aus. Zeitgleich streifte etwas seine Hüfte, und ein seltsamer Moschusgeruch drang ihm in die Nase. Er vernahm ein Geräusch, das er nicht einzuordnen wusste. Es ging unter im Trommelfeuer des Regens, der auf die Planen prasselte, und gleich darauf setzte aufgeregtes Stimmengewirr ein. »Was zur Hölle war das denn? ... Ein Erdbeben? ... Nur das Gewitter! ... Der Blitz hat eingeschlagen ...«

»Ist irgendjemand verletzt?«, rief Leon über den Lärm hinweg.

»Ich bin okay«, meldete sich eine Stimme.

»Ich auch«, sagte ein anderer.

Eine Taschenlampe leuchtete auf, und der Lichtstrahl huschte über blasse, erschrockene Gesichter.

»Alle sind in Ordnung«, meinte Emma und blickte von einem zum anderen.

»Gut«, sagte Leon. »Offenbar hat ein Blitzeinschlag die Stromleitungen lahmgelegt. Pawel, wir sollten am besten den Generator anschließen. Der Rest begibt sich bitte in die Wohnwagen. Das Gewitter ist direkt über uns, und ich will nicht, dass hier noch jemand vom Blitz erschlagen wird.«

Aufgeregt tuschelnd zerstreuten sich die Studenten. Emma stellte den Koffer auf den Tisch unter die schützenden Planen und sah zu Leon hinüber. »Ich komme mit euch!«

Er zuckte die Achseln. Die drei traten in den strömenden Regen hinaus. Draußen war es so düster wie in einem Kohlenkeller, und auch die Lichter der nächstgelegenen Gehöfte waren erloschen. Offenbar hatte der Stromausfall die gesamte Gegend getroffen. Hastig stapften sie durch den Matsch. Leon war dankbar, dass er daran gedacht hatte, sich ein Regencape überzuwerfen, denn die beiden anderen waren binnen weniger Augenblicke bis auf die Haut durchnässt. Als sie den LKW erreicht hatten, kletterten sie auf die offene Ladefläche, auf der noch immer sorgfältig verpackt der Generator stand.

»Ohne Kran kriegen wir das Ding nicht herunter«, meinte Pawel.

Leon seufzte. Der Kran befand sich am zweiten, größeren LKW, und der war derzeit Richtung Lyon unterwegs, da sie sich den Fuhrpark mit zwei weiteren Ausgrabungsprojekten teilten, um Kosten zu sparen.

»Dann lassen wir ihn eben hier auf der Ladefläche.«

»Geht das?«, fragte Emma.

Beide sahen Pawel an. Er war für die Logistik zuständig, kannte sich jedoch bedeutend besser mit Computern aus als mit den Maschinen fürs Grobe. »Ich wüsste nicht, was dagegen spricht – «, sagte der junge Mann zögernd. Dann brach er plötzlich ab und schien noch einmal eine Spur blasser zu werden.

»Alles in Ordnung?«, fragte Emma.

»Ihr werdet das schon hinbekommen«, meinte Leon, der sich schon halb zum Gehen gewandt hatte. »Ich hole inzwischen die Leitung für den Verteiler, während ihr den Generator auspackt.«

»Ähm ... einen Moment noch, Leon!«

»Was ist denn?« Genervt wandte Leon sich um. Es war kalt und nass, das ganze Projekt ging den Bach hinunter, und seine Stimmung war auf dem Tiefpunkt angelangt. Zumindest glaubte er das in diesem Moment. Gleich darauf sollte er jedoch eines Besseren belehrt werden.

»Äh ... es ist so ...«, stammelte Pawel. »Im Grunde haben wir den Generator nur sicherheitshalber mitgenommen – und dann stellte sich ja schon bald heraus, dass wir ihn eigentlich nicht brauchen, weil wir den Strom über das nächste Gehöft beziehen können. Nun ja ... es war natürlich nicht vorauszusehen, dass – «

»Worauf willst du hinaus?«, unterbrach Leon ihn.

»Die Benzinkanister sind zusammen mit dem Lastwagen unterwegs nach Lyon.«

Leon stellte fest, dass seine Stimmung noch einmal beträchtlich tiefer sank. »Unterwegs nach Lyon«, wiederholte er mit Grabesstimme.

»Es tut mir leid.«

Leon presste die Lippen zusammen. Was konnten sie jetzt

noch tun? Der Toyota fuhr mit Diesel. Sie hatten also nicht einmal die Möglichkeit, etwas aus dem Tank abzuzapfen.

»Jetzt guck nicht so. Es konnte doch niemand ahnen –«, mischte sich nun auch Emma ein.

»Wisst ihr was«, unterbrach Leon sie, »vergesst es einfach. Ich fahre rüber zu Mathéo und frag, ob er einen Kanister für uns hat. Wenn wir ihm schon den Strom abkaufen, warum nicht auch etwas Benzin?«

»Es tut mir wirklich sehr leid«, beteuerte Pawel.

Leon brachte ein klägliches Lächeln zustande und klopfte seinem Kollegen auf die Schulter. Dann stapfte er zum Geländewagen, ließ sich auf den Fahrersitz sinken und schlug die Tür hinter sich zu. Endlich allein! Ihm war nach Schreien zumute, aber er schrie nicht. Stattdessen stützte er die Hände aufs Lenkrad und starrte durch die Windschutzscheibe, über die in Bächen der Regen lief, in die Dunkelheit hinaus. Am Horizont flammten Blitze auf, und das Donnergrollen ließ den Boden des Wagens vibrieren. Der Duftbaum am Rückspiegel verströmte das Aroma von Limetten, und der Aschenbecher stank nach kaltem Rauch. Eigentlich war er seit gut drei Jahren Nichtraucher, aber vor ein paar Wochen hatte er wieder damit angefangen. Dieses Projekt war eine einzige Katastrophe. Dabei hatte alles so vielversprechend begonnen.

Schon während seines Studiums hatte Leon sich auf die romanisierten Kelten Galliens und Britanniens spezialisiert. Er hatte seine Doktorarbeit über die historischen Hintergründe der Artussage geschrieben und diese mit der geschichtlich verbürgten Person des Riothamus in Verbindung gebracht, die Mitte des 5. Jahrhunderts gelebt hatte. Dieser Name war eigentlich ein Titel, der so viel wie »höchster Anführer« bedeutete. Sehr wahrscheinlich war der Mann der letzte Heerführer Britanniens gewesen, der seine Truppen nach römischer Art organisierte. Dann wurde seine Hilfe auf dem Kontinent benötigt. Er kämpfte in Gallien gegen den Hunnen Attila und später gegen den westgotischen König Eurich. Im Allgemeinen ging man davon aus, dass er nach verlorener Schlacht in dem kleinen burgundischen Städtchen Avallon verstorben war.

Leons Doktorarbeit hatte breite Anerkennung gefunden. Beflügelt durch diesen Erfolg, hatte er sich dieser mysteriösen historischen Gestalt intensiver gewidmet. Bei seinen Nachforschungen war er auf eine glaubwürdige Quelle gestoßen, derzufolge Artorius, genannt Riothamus, sich als König der Bretonen an der französischen Atlantikküste niedergelassen hatte, und zwar sehr weit südlich, etwa auf der Höhe des heutigen Nantes. Dort hatte er die Feste Camelot erbaut. Als Leon den Hinweisen nachging, fiel ihm sofort die Namensähnlichkeit mit der Burgruine Château de Chamilot auf. Als er dann noch herausfand, dass man ganz in der Nähe britisch-römische Münzen gefunden hatte, die auf die Mitte des 5. Jahrhunderts datiert werden konnten, hatte er sich auf diese Entdeckung gestürzt und weitere Hinweise gefunden. Aber verifizieren konnte er seine Theorie nur, wenn er die Ruine genauer erforschte. Zwei Jahre intensiver Überzeugungsarbeit hatte es gekostet, bevor das Projekt Wirklichkeit wurde. Er hatte seine gesamte wissenschaftliche Reputation als Kenner der britisch-bretonischen Geschichte in die Waagschale geworfen. Und nun? »Gewogen und für zu leicht befunden«, murmelte er leise.

Eine plötzliche Bewegung riss ihn aus seinen Gedanken. Er glaubte, im Aufleuchten des Gewitters ein Tier vorbeihuschen zu sehen. Überrascht blickte er dem Schatten nach. Ein weiterer Blitz erhellte grell den Himmel, und er konnte eine große, zottige Gestalt hinkend im niedrigen Buschwerk verschwinden sehen. Ein Hund? Leon runzelte die Stirn. Das Biest war riesig gewesen, und seines Wissens gab es hier keine frei laufenden Hunde, aber seine Hand würde er dafür gewiss nicht ins Feuer legen. Er startete den Motor und wendete den Toyota. Die großen Räder des vierradgetriebenen Geländewagens wühlten im Schlamm, spritzten Matsch in hohem Bogen umher und kämpften sich hinauf zu dem mit riesigen Pfützen bedeckten Weg, der zu Mathéos Gehöft führte.

Zwei Glas Wein und ein Blitzschlag

Der herabtrommelnde Regen und der raue Wind ließen die graue Masse des schlammbedeckten Weges fast wie das Gewimmel formloser Lebewesen erscheinen. Das Unwetter verwandelte die friedliche Landschaft der Vendée in eine wilde und urtümliche Gegend. Ein Schauer überlief Leon, als die Scheinwerferkegel seines Wagens die Düsternis zerschnitten. Es hätte ihn nicht sonderlich überrascht, wenn plötzlich ein bretonischer Krieger aus dem 5. Jahrhundert oder ein grimmiger Normanne aus dem 9. Jahrhundert vor ihm aufgetaucht wäre.

»Du hast zu viel Fantasie, Leon Weber«, brummte er zu sich selbst. Professor Degenhardt hatte nicht unrecht. Seine bisherigen Erfolge waren nicht nur auf wissenschaftliche Genauigkeit zurückzuführen, sondern auch auf seine ausgeprägte Imagination. Sie hatte ihm gute Dienste geleistet und einen verträumten Abiturienten und Mittelalterfan über einige Projekte der experimentellen Archäologie zum Studium der Geschichtswissenschaften in Berlin und Tübingen und schließlich zum Studium der Archäologie römischer Provinzen an der Universität Köln geführt. Habilitiert hatte er an der Humboldt-Universität in Berlin. Seine Fantasie hatte ihn ungewöhnliche Wege gehen lassen. Er hatte einen, wie er glaubte, untrüglichen Instinkt entwickelt, der ihn spüren ließ, welche Quellen vertrauenswürdig waren und welche nicht. Und nun hatte ihn dieser Instinkt direkt in den Schlamm der verregneten Vendée geführt. Wie ein Terrier hatte er sich in die Idee eines bretonischen König Artus mit einem frühmittelalterlichen Camelot südlich von Nantes verbissen. Selbst jetzt, wo es mehr als wahrscheinlich war, dass er im Irrtum war, fiel es ihm schwer loszulassen. Aber vielleicht lag es nur daran, dass ihm dann in aller Deutlichkeit bewusst werden würde, wie leer sein Leben eigentlich war.

In diesem Moment tauchte Mathéos Haus zum ersten Mal im Licht seiner Scheinwerfer auf; ein kleines, verwachsenes Bauernhäuschen aus grauem Feldstein, umgeben von mehreren hundert Jahre alten Ahornbäumen. Aus einem der Fenster schien ein schwacher Lichtschein zu kommen. Da er um die tiefen Schlaglöcher wusste, drosselte Leon sein ohnehin schon langsames Tempo und fuhr im Schritttempo auf den Hof. Als er ausstieg, wurde er vom Blöken einer Kuh, herabtrommelndem Regen und dem Gestank von Dung empfangen. Geduckt hastete er zum Haus hinüber und klopfte an die Tür. »Mathéo?!« Leon pochte erneut gegen das dicke Holz, diesmal ein wenig kräftiger. Etwas blaue Farbe platzte ab und blieb an seinen Fingerknöcheln kleben.

Er erinnerte sich daran, wie er vor einigen Monaten zum ersten Mal an diese Tür geklopft hatte. Leon war damals mit Emma vorausgefahren, um alle nötigen Vorbereitungen für das Projekt zu treffen. Sie hatten bereits bei einem halben Dutzend anderer Bauernhöfe in der Umgebung vergeblich um Unterstützung gebeten. Dabei hatte Leon von Beginn an einen stattlichen Preis für Stromversorgung und logistische Unterstützung geboten. Die meisten hatten nicht einmal die Tür geöffnet, und diejenigen, die es getan hatten, hatten ihr Missfallen über die Ankunft der Archäologen mit sehr deutlichen Worten zum Ausdruck gebracht. Leon war auf alle möglichen Reaktionen gefasst gewesen, als er an diese Tür gepocht hatte, aber nicht auf die, die dann folgte. Mathéo hatte die Tür geöffnet und ein nicht unfreundliches »*Bonjour*« gemurmelt. Dann, so jedenfalls hatte es Leon in Erinnerung, war sein Gesicht plötzlich leichenblass geworden. Er hatte den Archäologen angestarrt, als sähe er ein Gespenst.

»Alles in Ordnung, Monsieur?«, hatte Leon verwirrt entgegnet, doch der alte Bauer hatte ihnen schon die Tür vor der Nase zugeschlagen.

Aber einige Sekunden später, als die beiden Wissenschaftler sich seufzend abgewandt hatten, war die Tür wieder aufgegangen. »Kommt rein!«

Seinem mürrischen Gebaren zum Trotz hatte sich Mathéo sehr kooperativ gezeigt. Er war in dieser Gegend ihr einziger Verbündeter und schließlich sogar so etwas wie ein Freund geworden. Über sein anfängliches Erschrecken hatte er nie ein Wort verloren.

Nun konnte Leon einen schwachen gelblichen Lichtschimmer durch einen Spalt nach draußen dringen sehen. Gleich darauf wurde die Tür geöffnet, und das faltige, von einem wirren grauen Haarschopf gekrönte Gesicht des alten Bauern wurde sichtbar. Er trug eine Öllampe in der Hand, die nur spärliches Licht von sich gab. Vermutlich lächelte er, denn sein mächtiger Schnurrbart zuckte ein wenig, bevor er »Herein« brummte.

Für Leon war Mathéo der fleischgewordene Archetypus eines alten Kelten – urwüchsig und fest mit seinem Land verwurzelt, voll zäher Kraft, humorvoll und wortkarg. Zuweilen lag ein Funkeln in seinen Augen, das es Leon schwermachte, ihn einzuschätzen. Aber er ahnte, dass sich mehr hinter dem knurrigen alten Bauern verbarg, als es den Anschein hatte.

»Wie ich sehe, ist bei dir auch der Strom ausgefallen«, sagte Leon und hängte sein triefnasses Regencape an einen Haken im Flur. Mittlerweile wusste er, dass es keinen Zweck hatte, gleich mit seinem Anliegen an Mathéo heranzutreten. Die keltische Gastfreundschaft gebot es, zunächst zusammen ein wenig Wein zu trinken.

Mathéo nahm zwei Gläser aus dem Schrank und stellte sie auf einen Tisch, der aussah, als hätte ihn sein Urgroßvater aus einer tausendjährigen Eiche geschnitzt. »Herrliches Wetter«, meinte er, und wieder einmal wusste Leon nicht, ob der alte Mann das ernst meinte oder einen Scherz machte. Er setzte sich auf einen der mit Leder bezogenen Stühle, die weitaus gemütlicher waren, als sie aussahen.

Langsam goss der alte Mann Wein in die Gläser. Vermutlich

stammte dieser hier aus der Gegend, aber Leon war alles andere als ein Weinkenner. Er konnte nichts anfangen mit Fachbegriffen wie »schwer, aber mit blumiger Note«, »körperreich mit viel Nachhall« oder »samtig und astringierend«. Mathéos Weine schmeckten gut und stiegen ihm nicht gleich zu Kopf; das genügte ihm.

Eine Weile saßen sie sich schweigend gegenüber und nippten an ihren Gläsern. Dann fragte Mathéo: »Hast du inzwischen gefunden, was du gesucht hast?«

»Nein.«

»Vielleicht suchst du ja an der falschen Stelle?«

Leon schüttelte den Kopf. »Leider nein.« Er verzog die Lippen zu einem bitteren Lächeln. »Nichts gegen deine Heimat, aber es sieht so aus, als würde der schlammige Boden der Vendée zum Grab meiner wissenschaftlichen Karriere werden.«

»Ich bin nur ein Bauer«, erwiderte Mathéo, »von solchen Dingen habe ich keine Ahnung. Aber du hast dir einen fruchtbaren Boden ausgesucht. Ich habe hier schon so manches begraben und es ist Gutes daraus gewachsen.«

Leon hob fragend die Brauen.

»Noch etwas Wein?«, fragte der alte Bauer.

»Nein danke.« Leon lächelte; sein Glas war noch halb voll. Genüsslich lehnte er sich zurück. Da die Öllampe nur ein schwaches Licht verströmte, lag ein Teil des Zimmers im Halbdunkel. Er konnte jedoch entdecken, dass auf einer Kommode eine weitere Öllampe stand und dass daneben eine alte Steinschlosspistole lag, die zwar hervorragend zum uralten Mobiliar, aber nicht so recht zu dem raubeinigen alten Bauern passte. Mathéo war weder Jäger noch Waffennarr. Bei Gelegenheit musste Leon ihn einmal fragen, wie er an diese Pistole gekommen war. Leons Blick wanderte ein wenig höher. Über der Kommode hingen einige gerahmte Bilder. Sie zeigten einen weit jüngeren Mathéo mit einer lachenden jungen Frau im Arm. Leon wusste nicht, ob der alte Bauer verheiratet gewesen war; Kinder hatte er jedenfalls nicht, das hatte er einmal aus einem Nebensatz herausgehört.

»Fühlst du dich nicht manchmal furchtbar einsam, so ganz allein auf diesem Hof?«, platzte es unvermittelt aus ihm heraus. So etwas Persönliches hatte er eigentlich gar nicht fragen wollen, schließlich war er eigentlich nur hier, um seinen Generator wieder in Gang zu kriegen.

Mathéos Schnurrbart zuckte. »Es stimmt, ich bin oft allein, aber ich bin nicht einsam.« Er strich mit seinem wulstigen Zeigefinger über den Rand des Weinglases, dann sah er auf und blickte Leon in die Augen. »Warum fragst du?«

Leon zuckte mit den Schultern. »Keine Ahnung.«

Mathéo wandte sich um und sah ebenfalls auf das Bild, an dem Leons Blick hängen geblieben war. »Und du?«, fragte er, als er sich wieder zurückwandte. »Bist du einsam?«

»Mein Leben ist ausgefüllt.«

»Das habe ich nicht gefragt.«

Leon seufzte. »Ich war verlobt, über zwei Jahre lang. Diesen Sommer wollten wir heiraten. Dann gab es eine Planänderung – zumindest von ihrer Seite.« Er hob das Glas an die Lippen und trank einen Schluck.

Der alte Mann musterte ihn unter seinen buschigen grauen Augenbrauen hindurch.

»Sie hieß Nele, war Kunsthistorikerin«, fuhr Leon fort. »Wir hatten uns als Studenten auf einer völlig misslungenen Erstsemesterparty kennengelernt. Mir fielen sofort ihre Haare auf. Sie hatte lange rote Locken, die sich nicht bändigen lassen wollten, und grüne Augen.« Er schnaubte. »Ich weiß noch, meine erste Assoziation war: wie eine piktische Druidin – stolz und geheimnisvoll. Nun ja, anfangs war es auch so, aber nachdem wir acht Jahre zusammen waren, gab es nichts Geheimnisvolles mehr. Wer weiß, vielleicht ist das so eine Art magische Zahl. Kennst du Erich Kästner? ›Als sie einander acht Jahre kannten (und man darf sagen, sie kannten sich gut), kam ihre Liebe plötzlich abhanden. Wie andern Leuten ein Stock oder Hut‹[1], zitierte er. Aber ins Französische übersetzt klang es irgendwie albern. Er trank sein Glas leer. »So gesehen war unsere Trennung keine dramatische Sache. Ich meine, keiner von uns hatte eine Affäre oder so etwas. Wir haben uns schlicht auseinandergelebt, wie man so sagt. Jetzt hätte ich gerne noch ein Glas Wein.«

Mathéo schenkte nach. »Du bist traurig«, bemerkte er.

Leon nippte an seinem Glas und stellte es sacht wieder ab. »Um ehrlich zu sein, ich habe keine Ahnung. Bin ich traurig? Würde ich Nele dann nicht vermissen? Müsste ich dann nicht in Erinnerungen schwelgen und meinen Verlust beweinen? Aber so ist es nicht. Ich fühle mich nicht traurig. Manchmal ... leer. Aber ich kann nicht einmal genau sagen, ob das etwas damit zu tun hat, dass sie mich verlassen hat – verrückt, nicht wahr? Verstehst du, was ich meine?« Leon biss sich auf die Lippen und verstummte. Warum erzählte er das eigentlich?

Mathéo sah ihn an, und in seinem Blick stand wieder so etwas Seltsames, schwer Deutbares.

Es ist, als würde ich manchmal ganz dicht an einem Abgrund stehen, wollte Leon fortfahren. *Die meiste Zeit ahne ich nicht einmal, dass er da ist. Ich bin viel zu beschäftigt, lebe mein Leben. Aber ab und zu, wenn der Nebel des Alltags aufreißt, sehe ich den Abgrund und erstarre. Das Gestein ist porös; ich weiß, dass es bröckelt, und doch bin ich nicht in der Lage, mich von der Stelle zu bewegen. Ich blicke in die bodenlose Tiefe, ohne mich zu rühren, und zwar aus einem sehr einfachen Grund: Ich habe keine Ahnung, wohin ich gehen soll.* Doch er sprach es nicht aus, starrte stattdessen auf die Maserung des alten Eichentisches und schwieg.

Der alte Franzose verkorkte die Weinflasche und stellte sie zurück ins Regal. »Ja«, sagte er schließlich.

Leon blickte auf, für einen Moment verwirrt.

Dann wurde das Zimmer mit einem Schlag beinahe taghell, und ein gewaltiger Donnerschlag krachte hernieder. Gleich darauf war ein merkwürdiges Knacken und Knirschen zu vernehmen. Leon sprang auf und starrte aus dem Fenster.

»Ach, du Scheiße!«, entfuhr es ihm. Einer der uralten Ahornbäume war vom Blitz getroffen worden. Der mächtige Stamm war gespalten worden, und eine Hälfte war umgeknickt. Ein schwerer Ast hatte die Stalltür halb eingedrückt, und die gewaltige Hitze des Blitzeinschlags ließ Flammen aus dem Holz schießen. In diesem Augenblick drang aus dem Stall auch schon panisches Brüllen zu ihnen herüber.

Mathéo war bereits an der Tür, und Leon folgte ihm. Der Regen hatte etwas nachgelassen, dafür war der Wind jedoch umso heftiger. Flammen fauchten im brausenden Wind, Qualm und Wasserdampf stiegen zischend auf. Das Gewitter war noch immer sehr nahe, und Donnergrollen ließ die Luft erzittern. Im Stall lärmten die Tiere in Todesangst. Es war ein Inferno.

»Wir müssen die Flammen löschen, bevor sie auf den Stall übergreifen!«, schrie ihm Mathéo durch den Lärm zu.

Leon nickte. Da der Strom ausgefallen war, funktionierte natürlich auch die Wasserpumpe nicht. Aber Leon erinnerte sich, dass sich im Geländewagen ein Feuerlöscher befinden müsste. Er rannte in weitem Bogen um den brennenden Baum herum zu seinem Wagen. Der alte Franzose eilte indessen zu seinem kleinen Werkzeugschuppen, der neben dem Wohnhaus stand. Leon riss den Kofferraum auf. Im schummrigen Licht der Innenraumbeleuchtung wühlte er in dem Chaos, das sich mittlerweile dort angefunden hatte. Zwischen Plastikflaschen, Werkzeugen, alten Decken, Planen und Materialkisten fand er schließlich einen winzigen Handfeuerlöscher. Er hatte jedoch noch nie einen bedient und versuchte, im Halbdunkel die Gebrauchsanweisung zu entziffern. Zunächst musste er einen Plastiksicherungsring entfernen. Mit hektischen Fingern zerrte er an dem kleinen Ring und riss ihn ab, dann schnappte er sich zusätzlich eine der Decken und eilte zurück.

Mathéo hatte inzwischen begonnen, mit einem Zinkeimer schlammiges Wasser aus den Pfützen im Hof zu schöpfen, um die Flammen am Stall von der anderen Seite her zu ersticken. Durch Qualm und Flammen hindurch war er kaum zu erkennen. Leon zog den Hebel des Feuerlöschers durch und begann, Schaum auf den brennenden Ast zu spritzen. Zuerst zielte er zu hoch, und der Schaum spritzte nutzlos gegen die Stallwand. Als er den Dreh heraushatte, zeigte der Löschschaum Wirkung. Es gelang ihm, die Flammen, die dem hölzernen Tor am dichtesten waren zu ersticken; der hintere Teil brannte allerdings munter weiter. Leon warf den leeren Löscher fort und tastete nach der Decke, die er in den Matsch hatte fallen lassen. Zwischen Qualm und sturmgepeitschten Ästen tauchte das bärtige Gesicht Mathéos auf: »Wir müssen den abgeknickten Teil fortziehen!«

Leon nickte. Wenn der schwere Ast weit genug vom Stall entfernt war, konnte er ausbrennen, ohne Schaden anzurichten.

»Traktor?«, brüllte er gegen den Sturm an.

»Im Stall!«, schrie Mathéo zurück und hustete.

»Verdammt!« Leon warf dem alten Mann die triefnasse Decke zu. »Bin gleich wieder da!« Er rannte zurück zum Auto, wühlte erneut im schummrigen Kofferraum und fand schließlich das Abschleppseil. Dann hastete er zurück.

»Wende du den Wagen!«, keuchte Mathéo, als er das Seil nahm. Das Wüten der Tiere im Stall klang mittlerweile verzweifelt.

Leon nickte. Zuerst würgte er den Motor ab, dann blieb er beinahe im Schlamm stecken, aber schließlich hatte er den Wagen dicht genug herangefahren, sodass der alte Franzose das Seil befestigen konnte.

»Los!«, schrie dieser.

Leon gab Gas. Der Motor dröhnte, und die Räder drehten durch. »Verfluchte Scheiße!« Der Archäologe hieb mit der Faust gegen das Lenkrad. Das Gesicht Mathéos erschien am Seitenfenster. Es war fast schwarz von Ruß und Schlamm. *Langsam*, signalisierte er ihm.

Erneut stieß Leon einen Fluch aus. Dann nahm er den Fuß vom Gas. »Los, Mann, konzentrier dich!«, befahl er sich selbst. Er versuchte, das Brausen des Sturms, das Prasseln der Flammen und das verzweifelte Brüllen der eingeschlossenen Tiere auszublenden. Für einen Moment schloss er die Augen und atmete tief ein. Behutsam ließ er die Kupplung kommen, versuchte, die Kraft des Motors zu spüren, und ließ sie ganz vorsichtig kommen. Der Wagen fuhr mit einem Rucken an. Das Seil spannte sich. Beinahe körperlich spürte Leon den Widerstand des Baums hinter sich. Er unterdrückte den Impuls, die volle Kraft des Motors zu entfesseln. Millimeter um Millimeter drückte er das Gaspedal weiter durch, doch schon bald drehte ein Reifen durch. Sofort nahm er das Gas etwas zurück und versuchte es noch einmal. Er warf einen kurzen Blick durch das Seitenfenster. Mathéo war nicht zu sehen. Erneut gab er Gas. Der Wagen zog an, plötzlich gab es einen Ruck. Der Ast hatte sich ein Stück bewegt. Wieder drehte ein Rad durch, und Leon zwang sich selbst zur Ruhe. Stück um Stück arbeitete er sich voran.

Schließlich rief Mathéo neben ihm: »Stopp! Das reicht!«

Leon drehte sich um und blickte durch das Heckfenster. In der Düsternis sah er, wie der alte Mann an der Stalltür zerrte. »Warte, ich helfe dir!« Er sprang aus dem Wagen. Doch in diesem Moment flog auch schon die Stalltür auf, und Mathéo wurde zu Boden geschleudert. Ein mächtiger dunkler Schatten stürmte aus dem Stall hervor – der Zuchtbulle des alten Bauern. Das Tier brüllte, stieg auf, als es die Flammen sah. Dann wandte es sich ab und stürmte auf die Weiden zu. Das war, wie Leon feststellen musste, genau in seine Richtung. Der Wissenschaftler sprang zur Seite und presste sich gegen die Karosserie des Geländewagens. Das verängstigte Tier stürmte so dicht an ihm vorbei, dass Leon die spitzen Hörner im Licht des Feuers aufblitzen sah. Das zerfaserte Ende eines Seils schlug ihm ins Gesicht, als der Bulle hinaus in die Nacht floh.

Inzwischen war Mathéo schon wieder auf den Beinen. »Bleib beim Wagen!«, rief er Leon zu. Dann verschwand er im Stall, aus dem noch immer panisches Muhen und Blöken drang. Kurz darauf stürmten die Kühe des Bauern nach und nach heraus und hetzten in einem Tempo, das Leon den schwerfälligen Tieren niemals zugetraut hatte, auf die Weide.

Kurz darauf kam auch Mathéo aus dem Stall. Er stützte sich auf eine Mistforke und humpelte. Leon eilte zu ihm hinüber. »Was ist passiert?«

Der alte Bauer winkte ab. »Chloé hat mir in ihrer Panik einen Tritt verpasst, aber es ist halb so wild. Du hast da Blut im Gesicht.«

»Ja?« Leon wischte sich über die Wange. Er spürte keinen Schmerz und zuckte mit den Achseln. »Deine Kuh heißt Chloé?«

»Warum nicht? Das ist ein alter, ehrwürdiger Name«, erwiderte Mathéo.

»Ohne Zweifel«, sagte Leon und beobachtete nicht ohne Sorge das Humpeln des alten Mannes. »Soll ich dich zum Arzt fahren?«

Mathéo schüttelte den Kopf. »Ich will hier im Hof bleiben, falls noch etwas Unvorhergesehenes passiert.«

»Dann leiste ich dir Gesellschaft«, bot Leon an.

Der alte Bauer hinkte zurück zum Geländewagen und setzte sich auf die Stoßstange. Leon hockte sich neben ihn. Schwer atmend starrten sie in die Flammen.

»Danke für deine Hilfe.«

»Gern geschehen.«

Sie sahen schweigend zu, wie der Regen seine Arbeit verrichtete. Es war gut, dass der Wind nachließ und die Glut nicht noch zusätzlich anfachte. Zischend erloschen die Flammen nach und nach.

»Was ist mit deinen Schafen?«, erkundigte sich Leon.

»Die sind nachts ohnehin auf der Weide. Jacques kümmert sich um sie.« Jacques war der Border Collie des alten Mannes, ein erstaunlich intelligentes Tier.

Das Gewitter war weitergezogen.

Mathéo erhob sich ächzend. »Ich denke, nun besteht keine Gefahr mehr.« Nur noch an vereinzelten Stellen war ein rotes Glühen in dem rauchenden Stamm auszumachen.

»Soll ich mir deine Wunde einmal ansehen?«, fragte Leon.

»Nicht nötig.« Mathéo winkte ab. »Was hat dich eigentlich zu mir verschlagen?«

»Ach, das hätte ich jetzt beinahe vergessen. Ich wollte dich fragen, ob du uns etwas Benzin für unseren Generator verkaufen kannst.«

»Dafür bist du extra hergekommen?«

»Ja.«

»Na ja«, der alte Mann räusperte sich, »ich hab nur Diesel.«

Leon starrte ungläubig auf das verschmierte bärtige Gesicht seines Gegenübers. »Das ist jetzt nicht wahr, oder?«

Mathéo hob die Schultern. »Tut mir leid. Aber morgen früh haben wir sicherlich wieder Strom. Wir sind hier ja nicht in Kamtschatka.«

Leon verspürte ein merkwürdiges Kitzeln in seinem Zwerchfell. Es wanderte über Bauch und Lungen in seinen Kehlkopf und brach sich schließlich als albernes, gicksendes Gelächter Bahn.

Mathéo runzelte die Stirn, was nur zur Folge hatte, dass Leon noch hysterischer lachen musste. »Entschuldige, bitte«, keuchte er.

Mathéos Schnurrbart zuckte, und schließlich musste auch er lachen.

Als er sich einigermaßen beruhigt hatte, sagte Leon: »Okay, ich denke, das reicht jetzt.« Er wischte sich die Tränen aus den Augen und reichte Mathéo die Hand. »Brauchst du Hilfe beim Eintreiben des Viehs?«

»Nicht nötig, die Tiere kommen von allein zurück.« Er erwiderte den Händedruck fest. »Gute Nacht, mein Freund.«

»Gute Nacht.«

Während der Rückfahrt wurde Leon sein albernes Verhalten zunehmend peinlich. Er war froh, dass keiner seiner Studenten dabei gewesen war. Wenn ruchbar würde, dass er anfing, hysterisch zu werden, würde dies auch noch den letzten Rest der ihm verbliebenen wissenschaftlichen Autorität zu Grabe tragen.

Als er den Wagen schließlich am Ausgrabungsort abstellte, war es bereits nach zwei Uhr morgens. Er nahm die Taschenlampe aus dem Handschuhfach und stieg aus. Die Wohnwagen waren dunkel, keine Kerze brannte. Alles war still. Auf dem Weg zu seinem eigenen Camper stellte Leon fest, dass er viel zu aufgekratzt war, um jetzt schlafen zu können. Da konnte er genauso gut überprüfen, ob das Unwetter irgendwelchen Schaden angerichtet hatte. Er schlenderte hinüber zur Grabungsstelle. Zumindest die Gesamtkonstruktion hatte gehalten. Einer seiner Studenten war lange Jahre bei den Pfadfindern gewesen und hatte hier sehr solide Arbeit geleistet. In der Nähe der Grabungen am Burgfried war eine Plane gerissen. Wasser war eingedrungen und im sandigen Boden versickert. Ein paar Computerausdrucke waren vom nahen Tisch gefallen und vollkommen durchweicht. Als Leon sie aufhob, fielen sie auseinander. Aber das war kein Problem, alle Daten waren ja noch in der EDV. Gerade als er sich wieder erheben wollte, entdeckte er etwas, das ihn stutzig machte. Er beugte sich tiefer und beleuchtete den Boden. Vorsichtig strich er mit dem Finger über eine Vertiefung in der nassen Erde. Es war der Abdruck einer Pfote, ein ziemlich großer Abdruck. Er konnte unmöglich von einer Katze stammen. Leon erinnerte sich an den Hund, der vorhin an seinem Auto vorbeigehuscht war. Wenn das Tier sich so nah heranwagte, war es vielleicht krank und möglicherweise nicht ganz ungefährlich. Er richtete sich auf und machte sich in Gedanken eine Notiz, Mathéo bei nächster Gelegenheit nach streunenden Hunden in dieser Gegend zu fragen.

Bei seinem weiteren Rundgang entdeckte er keine weiteren nennenswerten Schäden. *Wenigstens etwas*, dachte er sich. *Kein Erfolg, aber auch keine größeren Schäden*. Seufzend betrachtete er die magere Ausbeute an Fundstücken auf dem Tisch. Sein Blick blieb an dem Lederkoffer hängen. Der Wissenschaftler ging näher und strich vorsichtig über den porösen Bezug. Die Messingnieten kitzelten unter seinen Fingerspitzen. Es war gute Arbeit und sicher nicht ganz billig gewesen. Der schwache Funke der Neugier fing an, kleine Flammen zu schlagen.

»Warum nicht?«, brummte Leon. Er nahm die Taschenlampe zwischen die Zähne und drückte mit den Daumen gegen die Verschlussknöpfe. Einer öffnete sich, aber der andere klemmte. Leon nahm eine kleine Flasche Silikonöl aus der Werkzeugtasche und arbeitete geduldig daran, den Verschluss wieder gangbar zu machen. Schließlich klickte es, und der Koffer ließ sich öffnen. Vorsichtig hob Leon den Deckel an, doch sogleich stieg ihm ein muffiger Geruch in die Nase. Der Koffer hatte vorgefertigte Fächer und war mit Samt ausgeschlagen gewesen – ein Schreibköfferchen? Der Stoff war in miserablem Zustand. Es befand sich nur ein in Wachstuch eingeschlagener Gegenstand darin. Leon schlug vorsichtig das ebenfalls porös gewordene Tuch beiseite. Ein Buch! In Leder gebunden und ohne Aufdruck. Und es verströmte einen leicht muffigen Geruch. Der Einband war sorgfältig gearbeitet worden, aber inzwischen porös und brüchig. Leon schlug behutsam die erste Seite auf, denn das Papier war klamm und gelb vom Alter.

Angélique Maria Pauline de Vantes

stand dort in geschwungener, kindlich anmutender Schönschrift. Er blätterte vorsichtig eine weitere Seite um.

Château de Chamilot, den 24. August 1784

Es war ein wunderbarer fünfzehnter Geburtstag, obwohl Vater in Nantes war. Mutter blieb nach dem Frühstück auf ihrem Zimmer. Sie ließ uns davon in Kenntnis setzen, dass sie unpässlich sei. Thérèse und ich waren jedoch nicht sonderlich enttäuscht darüber. So mussten wir Geschwister eben selbst die Planung des Tages in die Hand nehmen, und wir beschlossen, ans Meer zu fahren.

Victoire begleitete uns, obwohl sie genau genommen nur noch die Gouvernante von Thérèse ist.

Ich liebe das Meer. Nach der langen Kutschfahrt war es herrlich, sich den Wind um die Nase wehen zu lassen. Thérèse und ich zogen uns die Schuhe aus, um wie zwei Fischweiber barfuß am Strand herumzutollen und uns von den kalten Wogen des Atlantiks die

Zehen umspülen zu lassen. Victoire schimpfte sehr über unser Benehmen, bis der Wind ihr den Hut vom Kopf pustete und quer über den Strand jagte, und wir alle sehr lachen mussten. Jean-Louis wollte natürlich unbedingt den Kavalier spielen. Er schwang sich auf sein Pferd und galoppierte hinterher. Seit er sein Offizierspatent verliehen bekam, hält er sich bereits für einen großen Helden. Der Wind war allerdings geschickter als er und warf den Hut ins Wasser. Als Jean-Louis hinterherwollte, scheute sein kostbares andalusisches Vollblut und warf ihn fast aus dem Sattel. Thérèse musste so lachen, dass sie ein wenig ihre Unterwäsche beschmutzte, wie sie mir später verriet. Schließlich war es der treue Pierre, der die kostbare Kopfbedeckung aus den Fluten rettete.

Victoire allerdings meinte, der Stoff sei ganz verdorben, und wir mussten den Hut wegwerfen.

Wir blieben bis zum Abend. Jean-Louis hatte die großartige Idee, im Windschatten eines Felsens ein Feuer anzünden zu lassen, und wir saßen dort, bis die Sonne den Horizont rötete. Anfangs las Victoire ein paar Zeilen von Georges de Bièvre, und dann saßen wir einfach still beieinander, lauschten dem rhythmischen Brausen der Wellen und dem Schreien der Möwen.

Von Jean-Louis bekam ich einen sehr schönen Brieföffner mit Lilienornamenten am Griff geschenkt. Von Vater erhielt ich eine herrliche Kamee mit einem aus Elfenbein geschnitzten Bildnis der Porcia Catonis, der Ehefrau des Brutus. Thérèse schenkte mir dieses wunderbare Tagebuch. Es wird mich begleiten, wenn ich wieder zurück nach Saint-Georges fahre …

Leon runzelte die Stirn und blätterte behutsam weiter. Warum hatte jemand das Tagebuch einer Fünfzehnjährigen hier unten versteckt? Das machte keinen Sinn.

Er überflog die nächsten Seiten und stellte fest, dass Angélique de Vantes keine Vielschreiberin war. Sie hatte ihr Tagebuch nur sehr sporadisch genutzt und teilweise über mehrere Jahre hinweg gar nichts eingetragen. Als die Handschrift wieder einsetzte, war sie weitaus reifer, schlanker, drängender. Der Historiker blätterte weiter. Die Eintragungen endeten, noch ehe die Hälfte des Buches beschrieben war. Die letzte Seite war nur schwer zu entziffern. Die Zeilen waren verrutscht und gingen fast ineinander über. Die Buchstaben waren ungelenk, als habe jemand sie in fliegender Hast auf das Papier geworfen.

Sie kommen! Ich kann ihre Schritte hören, ihre groben Scherze und das Lachen ...

Gefesselt wie einen gefährlichen Verbrecher werden sie mich vor das Tribunal führen. Dann wird der Schlächter vortreten und sein Urteil sprechen. Es steht jetzt schon fest.

Vielleicht wird man mich erschießen, wahrscheinlich aber werden sie mich auf eine dieser schrecklichen Barken führen und ersäufen. Die trüben Wasser der Loire werden sich über mir schließen, ein letzter vergeblicher Kampf um Luft und Leben wird einsetzen und dann? Ich habe Angst – schreckliche Angst!

Ihre Schritte sind nun ganz nah. Ich höre die Riegel, wie sie mit dumpfem Knallen zurückgeschoben werden.

Der Tod ist bereits hier. Er sitzt in meiner Zelle und sieht mich an mit Augen voller Schwärze. Ich spüre seine lauernde Kälte und das klebrige Gespinst seiner gestaltlosen Finger. Und wenn ich herumfahre, um zu schauen, wer nach mir greift, dann ist da nichts, nur dieses schreckliche grinsende Fragezeichen.

Oh Sacré-Cœur – heiligstes Herz Jesu –, hast du aufgehört zu schlagen? Bist du verstummt, als man dich auf Uniformen bannte? Ich kann dich nicht spüren. Dein Platz in mir ist finster und leer. Ist denn mein Glaube erstickt im schrecklichen Würgegriff der Furcht?

Sie holen alle! Ich höre das leise Flehen und das verzweifelte Schreien. Doch ich darf nicht in Furcht erstarren und nur an mich denken – sie dürfen diese Zeilen nicht finden ...

Leon starrte auf die Worte. Ein Schauer lief über seinen Rücken. Es war, als wären die Empfindungen der Schreiberin in den Seiten des Buches gefangen gewesen, wo sie in der Dunkelheit ihres Verstecks mehr als zwei Jahrhunderte überdauert hatten, um nun herauszuströmen und in ihn einzudringen. Er glaubte fast, die Todesangst selbst spüren zu können, und ein Nachhall des Schreckens schien noch immer zwischen den Mauern widerzuhallen, die ihn umgaben.

Leon erhob sich und versuchte, die Beklommenheit abzuschütteln. Er stieg über die freigelegten Wände und betrachtete den Hohlraum, in dem sie den Koffer gefunden hatten. Anhand der verbliebenen Grundmauern konnte man erkennen, dass sich auf der einen Seite ein Gang und auf der anderen ein Raum von nicht mehr als eineinhalb mal zwei Metern befunden hatte. War das die Zelle gewesen, in der die junge Frau ihre letzten Stunden verbracht hatte?

Gedankenversunken betrachtete Leon die uralten Mauern. Dieses Tagebuch würde ihm bei seiner Forschung nicht weiterhelfen, so viel stand jetzt schon fest. Interessanterweise war ihm das aber in diesem Moment vollkommen gleichgültig. Seine eigenen Sorgen schienen ihm weit fort zu sein.

Er holte sich eine Flasche Rotwein und einen Becher aus dem Bauwagen, der ihnen als Küche diente. Dann lehnte er einen Spaten gegen den Tisch und hängte die Taschenlampe an den Griff, sodass er sie nicht die ganze Zeit halten musste. Nachdem er sich eingeschenkt hatte, blätterte er zurück und begann, in das Leben von Angélique Maria Pauline de Vantes einzutauchen.

Das vierte Gebot und ein Kissen

Das Licht tanzte flackernd und zögerlich auf den dunklen Sitzen, als frage es sich, ob der Aufwand sich lohne. Das Innere der rumpelnden Kutsche zu erleuchten war eine schwierige Aufgabe. Zuerst hatten die hohen Hecken an den schmalen, unwegsamen Pfaden die Lichtstrahlen abgefangen, nun waren es die uralten, dichten Wälder. Die Vendée war eine raue und unwirtliche Gegend.

Hier und da drang Vogelgesang durch das Stampfen der Hufe und das lästige Quietschen der Achsen. Der würzige Duft des Waldes mischte sich mit dem Geruch von Pferdeschweiß. Angélique stellte fest, dass die Welt nur in den seltensten Momenten vollkommen war. Sie hatte die Vorhänge beiseitegeschlagen und versuchte, jeden noch so zögerlichen Boten des Frühlings zu erhaschen. Noch immer schien die Kälte des Winters zwischen den moosbewachsenen Baumstämmen zu hocken. Aber als sie über eine Lichtung fuhren, ließen helle Sonnenstrahlen ihre Haut kribbeln, und Flecken blühender Buschwindröschen durchbrachen das düstere Braun des Waldbodens.

Sie war auf dem Weg nach Hause, eigentlich hätte sie sich freuen müssen. Aber ihre Stimmung schien ihr beinahe ein vollkommenes Abbild der Natur um sie herum zu sein. Sie war düster, und nur hier und da zeigte sich ein Lichtfleck. Es war nicht einfach gewesen, im Schatten des Château de Chamilot eine fröhliche Kindheit zu verleben. Und nun, wo sie kein Kind mehr war, wo Spiel und Fantasie keine bunten Schutzwälle um sie herum errichten konnten, war jede schöne Stunde in ihrem Elternhaus ein hart erkämpftes Gut. Wenigstens würde sie Thérèse wiedersehen, und das war tatsächlich ein Grund zur Vorfreude.

Angélique lehnte sich zurück auf die gepolsterte Bank und betrachtete müßig ihre Gepäckbündel. Sie hätte sich etwas zum Lesen mitnehmen sollen! Aber außer ihrem Tagebuch hatte sie nichts eingesteckt. Schwester Maria Martha wäre vermutlich erschüttert gewesen, wenn sie das gewusst hätte. Nicht nur, weil Angélique ihre Studien so sträflich vernachlässigte, sondern auch, weil sie etwas so Selbstbezogenes wie ein Tagebuch führte, das nicht einmal den Zweck hatte, der geistlichen Erbauung ihrer Mitmenschen zu dienen. Gewissermaßen aus Trotz gegenüber der alten Ordensschwester griff Angélique in ihr Gepäck und zog das kleine, in weiches Leder gebundene Buch hervor. Sie blätterte zu ihrem letzten Eintrag.

Saint-Georges, den 14. Februar 1785

Ich hatte mir so fest vorgenommen, regelmäßig in mein Tagebuch zu schreiben, und nun muss ich zu meiner Schmach feststellen, dass seit meinem ersten Eintrag ein halbes Jahr vergangen ist. Vielleicht sollte ich mein Tagebuch lieber Halbjahresbuch nennen?

Aber ich habe auch etwas zu meiner Entschuldigung vorzubringen: Ich bin einfach nicht für das Leben im Frauenstift geschaffen! Mutter Agnes scheint der Meinung zu sein, wenn sie uns nicht wenigstens die Weisheit eines Thomas von Aquin und die Frömmigkeit eines Franz von Assisi einbläue, würde sie ihre heiligen Pflichten als Äbtissin sträflich missachten. Ich habe nichts gegen Weisheit, aber die Stundengebete werden mich noch ins Grab bringen. Wie soll man mit wachem Geist lernen, wenn ständig der eigene Schlaf unterbrochen wird?

Heute schlief ich zur Virgil schon wieder ein. Jeanne-Catherine meinte, ich hätte so laut geschnarcht, dass die Lesung des 141. Psalms kaum zu verstehen gewesen sei. Ich halte das für eine Übertreibung, zumal sie kaum in der Lage gewesen sein dürfte, mich intensiv zu beobachten. Der Abdruck ihres Gebetsbuches war noch deutlich auf ihrer Stirn zu erkennen. Ich zweifle, dass es die Inbrunst ihres Gebets war, die ihn dorthin beförderte; vielmehr liegt die Vermutung nahe, dass sie mit mir um die Wette schnarchte.

In der freien Studienzeit nach der Sext haben wir uns heimlich im leeren Scriptorium getroffen und eine Badinage getanzt. Ich glaube, dass ich nur mittelmäßig dazu begabt bin. Vielleicht lag es aber auch an Maries Flötenspiel. Sie stolpert durch die Takte wie ein betrunkener Dragoner durchs Wirtshaus. Aber wir hatten unseren Spaß, und außerdem wurde uns endlich wieder einmal ordentlich warm. Es ist ein bitterkalter Winter, und der Frost sitzt mir in allen Knochen. Ich freue mich so auf den Frühling.

Oh, es läutet zur Vesper, ich muss Schluss machen! Leb wohl, liebes Tagebuch. Ich hoffe, wir sehen uns in nicht allzu ferner Zukunft wieder.

»Wir sind da, Comtesse.«

Angélique zuckte zusammen. Rasch steckte sie das Buch zurück in die Reisetasche und ließ sich aus der Kutsche helfen.

Der Burghof gab ihr das Gefühl, klein und völlig bedeutungslos zu sein. Die dunklen, steil aufragenden Mauern sahen gleichmütig auf sie herab. An der steinernen Treppe zum Hauptgebäude wartete bereits ein Bediensteter auf sie. Sie kannte seinen Namen nicht; er war augenscheinlich erst angestellt worden, nachdem Angélique ins Stift gekommen war. Er begrüßte sie mit einer Verbeugung und griff nach ihrem Gepäck. Dass Jean-Louis bei seinem Regiment war, wusste sie. Nun erfuhr sie, dass Thérèse irgendwelche Besorgungen machte und Vater in der Stadt war. Ihre Stimmung sank. Sie ließ ihr Gepäck aufs Zimmer bringen und stieg die Stufen zum Salon empor. Der weiche Teppich schluckte ihre Schritte. Die Stille war bedrückend. Angélique kam es so vor, als habe sie ein Mausoleum betreten.

Als sie die Tür zum Salon öffnete, erwartete sie dort bereits reglos wie eine Statue eine bleiche, hohlwangige Gestalt. Es dauerte einige lange Atemzüge, bevor sie in ihr die Mutter wiedererkannte. Deren Haar war bereits von grauen Strähnen durchzogen, und anfangs schien sie Angélique auch kaum wahrzunehmen. Nur langsam hob sie den Blick.

»Angélique Maria Pauline«, murmelte sie schließlich, nachdem sie ihre Tochter eine volle Minute lang angestarrt hatte.

Angélique hatte keine warmherzige Begrüßung erwartet, aber diese Reaktion brachte sie aus der Fassung. Nicht nur, weil es schien, als müsse sich ihre Mutter den Namen ihrer Tochter erst mühsam ins Gedächtnis rufen. Das ganze Auftreten ihrer Mutter, die sie mit stechendem Blick betrachtete, war befremdlich.

»Ich grüße Euch, Mutter.« Angélique schluckte trocken.

Das Glühen in den Augen wurde noch intensiver, und Angélique erkannte in einem eisigen Moment des Schreckens, dass nackte Abscheu in diesem Blick lag. Dann wandte ihre Mutter das bleiche Gesicht ab, ihre Lippen bewegten sich flüsternd.

»Ist ... ist Euch nicht wohl?«, fragte Angélique.

Die Herrin von Chamilot hob die Brauen. Einige Atemzüge lang herrschte Schweigen. Dann trat sie ein paar Schritte zur Seite und legte die schlanken weißen Finger auf eine geschnitzte Stuhllehne. »Bist du treu in deinen Gebeten?«, wollte sie wissen.

Angélique starrte sie einen Moment mit offenem Mund an. Dann fasste sie sich und erwiderte: »Natürlich, Mutter.«

»Das ist gut«, entgegnete diese in einem Tonfall, der deutlich machte, dass sie starke Zweifel daran hegte. Ihre Hände legten sich fester um die Stuhllehne. »Denk immer daran: Das Fleisch ist schwach, du musst es töten! Denn der Satan geht umher wie ein brüllender Löwe und suchet, welchen er verschlinge.«

Angélique schluckte. Das Glühen in den Augen ihrer Mutter machte ihr Angst. Sie nickte stumm, während irgendwo in ihrem Hinterkopf eine Stimme, die verdächtig nach der Schwester Maria Marthas klang, sie darauf hinwies, dass hier gleich drei Bibelstellen völlig aus dem Zusammenhang gerissen und vermischt worden waren.

»Vermutlich wird … dein Vater uns heute Abend mit seiner Anwesenheit beehren. Wasch dir den Staub aus dem Gesicht und sei pünktlich zum Abendessen.«

»Ja, Mutter.«

Die bleiche Gestalt löste sich abrupt vom Stuhl und wandte sich zum Gehen. Auf dem Weg zur Tür schien sie ihre Tochter bereits vergessen zu haben. Sie murmelte leise etwas vor sich hin. Angélique verstand nicht jedes Wort, aber die Worte klangen wie: »… verfluchten Augen. Selbst im Gesicht dieses Kindes … sie verfolgen mich.«

Angélique blickte ihr nach, unfähig, sich zu rühren. Die Luft schien mit einem Mal zu dünn zum Atmen. Kühle und Gleichgültigkeit war sie gewohnt, aber dieser kaum verhohlene Hass schnürte ihr förmlich die Kehle zu.

Schließlich riss die Ankunft von Thérèse sie aus ihren Gedanken. Ihre jüngere Schwester lächelte, aber dann zeigte sich Besorgnis auf ihrem Gesicht. »Was ist? Was hast du?«

Angélique schloss Thérèse in die Arme und drückte sie fest an sich. »Ich bin so froh, dich zu sehen.«

»Ich freu mich auch«, keuchte diese. »Allerdings würde ich auch gerne wieder atmen.«

»Entschuldige.« Angélique lockerte ihren Griff, und ihre Schwester löste sich ein wenig von ihr. »Ich bin Mutter begegnet.«

»Ich verstehe.« Thérèse nagte an der Unterlippe. »Es wird von Woche zu Woche schlimmer.«

»Ich hatte den Eindruck, dass sie kaum bei Sinnen zu sein schien. Ist sie krank?«

Thérèse zuckte die Achseln. »Wenn du Hass und Bitterkeit eine Krankheit nennen willst.« Sie zeigte ein humorloses Lächeln, das zu alt für ihr mädchenhaftes Gesicht war. »Ich kenne keinen Arzt, der so etwas heilen könnte. Eigentlich sollte die Religion hilfreich sein – aber mir scheint, je mehr sie von diesem Heilmittel schluckt, desto ärger wird es. Sie hat schon ganz wunde Finger vom Rosenkranz, und ständig ist dieser Pfaffe da.«

Die letzten Worte hatte sie mit einer solchen Verachtung hervorgestoßen, dass Angélique ihre kleine Schwester kaum wiedererkannte. Sie trat einen Schritt zurück und betrachtete Thérèse mit neuen Augen. Sie war schlank geworden, ihr Gesicht hatte die kindliche Fülle verloren; und sie war dabei, zu einer schönen jungen Frau zu erblühen. Aber Angélique vermisste die Unbekümmertheit in ihren Augen.

»Wollen wir ein wenig spazieren gehen?«, fragte sie.

Thérèse schüttelte den Kopf. »Jetzt nicht! Du bist nach der langen Reise sicher müde. Geh doch auf dein Zimmer, und ruh dich aus. Wir werden später reden.«

Der Nachmittag kroch träge dahin. Die Zeit der Vesper rückte heran. Instinktiv suchte Angélique Trost in den vertrauten Gebeten, aber ihr Geist blieb ruhelos. Von welchem Pfaffen hatte Thérèse gesprochen? Was ging nur vor in diesem Haus?

Irgendwann läutete es zum Abendessen. Sie saßen bereits zu Tisch, als Angéliques Vater zu ihnen stieß. Er begrüßte sie freudig, aber schon bald wirkte sein Lächeln angespannt, und die Unterhaltung stockte.

Nach einer Vorsuppe gab es gedünstete Lammfilets in einem Bett aus pürierten Erbsen und sehr kunstvoll dekorierte Gratins. Angélique bekam kaum einen Bissen davon herunter. Ihre Mutter löffelte ein winziges Schälchen Haferschleim, angeblich der Gesundheit wegen. Die Art und Weise, mit der sie die auserlesenen Speisen auf den anderen Tellern begutachtete, machte jedoch deutlich, dass es ihr in Wahrheit darum ging, aller Fleischeslust mit Verachtung zu begegnen – und sei es der harmlose Genuss einer Mahlzeit. Zumindest Angélique verdarb sie damit erfolgreich den Appetit. Ihr Vater und ihre Schwester hingegen schienen gegen diese Blicke bereits immun zu sein, oder zumindest kämpften sie tapfer dagegen an. Falten um seine Augen zeugten von Anspannung, als der Vater sich Wein nachschenken ließ. Und Thérèse verlangte eher verbissen als hungrig nach einer zweiten Portion.

»Wie ich hörte, hat uns der Abt von Saint-Christophe erneut beehrt.« Der Vater lächelte, und seine Stimme klang ruhig, als er das Gespräch eröffnete.

Die Mutter nahm einen Schluck Wasser und löffelte ungerührt ihren Haferschleim. Es schien, als habe sie die Worte gar nicht vernommen.

Der Porzellanteller gab ein hässliches Kreischen von sich, als der Vater sein Filet zerschnitt. »Ich habe Euch eine Frage gestellt!«

»Ach ja? Ich habe keine Frage vernommen. Es schien mir lediglich eine Bemerkung zu sein.«

»War er hier?«

»Victor Barrère kümmert sich aufopferungsvoll um die Mitglieder seiner Gemeinde«, entgegnete Mutter.

»Der Abt kümmert sich vor allem aufopferungsvoll um die Ausdehnung seiner Macht«, erwiderte der Vater. »Insofern erfüllt es mich durchaus mit Sorge, ihn so häufig in meinem Haus zu wissen.«

»In *Eurem* Haus?«, fragte Mutter sanft.

Des Vaters Wangen röteten sich. Er war das Haupt der Familie, also war dies inzwischen auch sein Haus. Aber in den Augen seiner Frau hatte er es ihren Ahnen gestohlen, als er sie heiratete.

»Ich frage mich, was es so viel zu bereden gibt«, sagte er mit kalter Stimme. »Da ich ja mit einer Beinahe-Heiligen den Bund der Ehe eingegangen bin, kann es nicht die Beichte sein, die solch immense Zeit in Anspruch nimmt.«

»Ihr redet von Dingen, die Ihr nicht versteht!«

»Vielleicht verstehe ich sie besser, als Ihr wahrhaben wollt. Mit der Milch Eurer Amme habt ihr eingesogen, dass jeder, der die Soutane trägt, an Gottes Stelle spricht. Man hat Euch eingebläut, dass Euch die Hölle droht, sobald Ihr nur ein Jota von dem abweicht, was die Kirche Euch predigt. Ist Euch nie aufgefallen, wie widersprüchlich ihr Reden ist? Seht Ihr nicht, dass einzig Stolz und Eigennutz hinter den frommen Reden stecken?«

Die Mutter verzog das Gesicht. »Das sind die Worte dieses abscheulichen Atheisten Voltaire. Ich dulde nicht, dass man seine Gedanken im Hause meiner Väter verbreitet.«

Sorgsam legte der Vater Messer und Gabel auf den Tellerrand. »Soll ich Euch sagen, was für ein heiliger Mann Euer teurer Abt ist? Die Pfründe seiner Abtei bringen ihm 120 000 Livres im Jahr. Die Ländereien des Klosters Clairmont, das er sich vor Kurzem einverleibte, werfen immerhin 40 000 Livres ab.« Er hatte leise zu sprechen begonnen, aber mit jedem Wort wuchs der Zorn in seiner Stimme. »Für die Renovierung der Kirche, deren Notwendigkeit sich weder mir noch den Bürgern der Stadt erschließt, hat er neben seiner Funktion als Abt auch gleich noch die des Baumeisters übernommen, was ihm ein Gehalt von 20 000 Livres sichert. Natürlich kann man mit diesen erbärmlichen Notgroschen kaum über die Runden kommen, und eine so vielseitig begabte Person wie Victor Barrère ist mit seinem Amt ohnehin nicht ausgelastet ...«

Die Mutter legte ihren Löffel beiseite und maß ihren Mann mit Blicken, die so kalt waren wie Gletscherwasser.

Der Vater hatte sich jedoch in Rage geredet: »... weshalb er, vermittelt durch den Marquis de Sade, der sicherlich rein zufällig sein Vetter zweiten Grades ist, zum Dolmetscher und Sekretär für ein flämisches Regiment benannt wurde, das keinen Dolmetscher braucht und darüber hinaus am anderen Ende Frankreichs im Elsass stationiert ist. Für diese verantwortungsvolle Untätigkeit hat er sich ein Gehalt in Höhe von 20 000 Livres sicherlich redlich verdient. Genauso wie die drei Pensionen, über die er verfügt: die erste für seine Tätigkeit als Sekretär im Finanzministerium, die zweite für seine Tätigkeit als Sekretär im Finanzministerium und die dritte? Richtig, für seine Tätigkeit als Sekretär im Finanzministerium. Insgesamt belaufen sich diese Ansprüche auf 42 800 Livres.«

»Glaubt Ihr wirklich, solcherart Behauptungen interessieren mich?«

Schockiert blickte Angélique von einem zum anderen. Aber die beiden schenkten ihren Töchtern keine Beachtung.

»Sie sollten Euch jedenfalls interessieren. Aber möglicherweise findet es ja Eure Beachtung, dass der gute Abt von Saint-Christophe nicht nur an sich selbst denkt. Auffällig sind die nicht unerheblichen Pensionen, die er vermutlich in einem Akt selbstloser Nächstenliebe für einige Damen der Gesellschaft erwirkt hat. Da wäre beispielsweise eine gewisse Mademoiselle Heloise, die ehemalige Mätresse des Marquis de Sade, die für ihre aufopferungsvolle Tätigkeit zum Wohle Frankreichs 8000 Livres jährlich erhält und nicht selten kostenlos in den Privatgemächern des heiligen Mannes nächtigen darf. Ich bin mir sicher, sie wird ihm diese Freundlichkeit mit ebenso viel Selbstlosigkeit und Liebe vergelten.«

»Es reicht!«, unterbrach ihn seine Frau mit einer Stimme so scharf wie ein Rasiermesser.

»Ja, das sehe ich genauso. Was muss noch geschehen? Müsst Ihr erst unter die Soutane dieses Mannes kriechen, bevor Ihr endlich wahrnehmt, dass er vor Geilheit und Gier zum Himmel stinkt?«

Die Mutter antwortete mit einem Blick, der Angélique das Blut in den Adern gefrieren ließ. Dann erhob sie sich langsam. »Ihr seid eine verlorene Seele, David de Vantes. Es ist ein Pfahl in meinem Fleisch, dass Ihr den Titel meines Vaters tragt. Aber glaubt nicht, dass Eure Machenschaften noch lange im Verborgenen bleiben werden. Schon bald werdet Ihr Euch für Euer Tun verantworten müssen, und dann werdet Ihr brennen!«

Der Vater kniff die Lippen zusammen und sah ihr nach, bis sie den Speisesaal verlassen hatte. Dann seufzte er und schien förmlich in sich zusammenzusinken.

Mit offenem Mund starrte Angélique ihn an. Einen solch offenen Streit hatte es in ihrem Elternhaus noch nie gegeben.

»Es tut mir so leid, mein Täubchen.« Der Vater versuchte

zu lächeln, aber es misslang kläglich. »Ich hätte dir gerne ein wärmeres Willkommen bereitet.« Seine Zornesröte hatte sich in Blässe verwandelt.

»Was meinte sie damit?« Angélique wiederholte die Worte ihrer Mutter. »›Aber glaubt nicht, dass Eure Machenschaften noch lange im Verborgenen bleiben werden. Schon bald werdet Ihr Euch für Euer Tun verantworten müssen, und dann werdet Ihr brennen!‹«

Er zuckte die Achseln. »Du kennst doch deine Mutter, sie droht mir seit unserem ersten Hochzeitstag mit dem Fegefeuer.« Er lächelte, doch sein Blick glitt durch sie hindurch, und sie stellte fest, dass sie ihm nicht glaubte. Es steckte weitaus mehr hinter dieser Bemerkung. Aber warum sollte er sie anlügen? Sie warf Thérèse einen kurzen Seitenblick zu, doch diese schüttelte kaum merklich den Kopf.

»Und nun wollen wir diesen kleinen Zwist vergessen«, sagte der Vater plötzlich mit gespielter Fröhlichkeit. »Was machen deine Studien in Saint-Georges?«

Angélique berichtete ein wenig von ihrem Alltag, aber es war überdeutlich, dass sie alle nur halb bei der Sache waren. Sosehr sie die Gespräche mit ihrem Vater sonst genoss, so war sie dieses Mal doch sehr erleichtert, dass er sie bereits wenig später mit einem Nicken entließ.

Eigentlich hatte Angélique damit gerechnet, dass ihre Schwester schon bald an die Tür ihres Zimmers klopfen würde. Aber erst spät in der Nacht klopfte es, allerdings nicht an der Tür, sondern am Fenster, unter dem ein schmaler Balkon entlanglief.

Angélique kroch müde aus ihrem Bett. Der Parkettboden knarrte unter ihren nackten Fußsohlen. Sie entzündete eine Kerze und öffnete das Fenster. »Ich habe die ganze Zeit auf dich gewartet«, brummte sie mürrisch.

»Dann bist du ja sicherlich froh, mich jetzt zu sehen«, erwiderte Thérèse. »Lässt du mich rein? Mir frieren hier gleich die Zehen ab.«

»Warum bist du nicht zur Tür hereingekommen, wie jeder andere vernünftige Mensch es tun würde?«, wollte Angélique wissen und trat einen Schritt zurück.

Thérèse schlüpfte herein und schloss das Fenster leise. »Ich trau diesen neuen Dienern nicht. Seit dem vergangenen Jahr tummelt sich hier ein halbes Dutzend merkwürdiger Gestalten.«

»Was ist daran so ungewöhnlich? Mit Ausnahme von Pierre und Victoire hat Mutter bislang jeden Bediensteten erfolgreich vergrault.«

»Dieses Mal ist es anders«, erwiderte Thérèse. Sie sprang auf das Bett und zog sich fröstelnd die Decke bis unters Kinn.

Angélique setzte sich neben sie und rieb ihre kalten Fußsohlen an der warmen Matratze. »Was ist anders?«

Ihre kleine Schwester zuckte nur unverbindlich mit den Achseln. »Vater ist kaum noch da, fast alles in diesem Haus richtet sich nach Mutters Wünschen.« Sie presste die Lippen zusammen. »Die Priester behaupten, in der Hölle würden ewige Flammen brennen. Aber ich glaube, es herrscht eine eisige Kälte dort, die alles Leben erfrieren und die Herzen zu Stein werden lässt.«

Schockiert blickte Angélique sie an.

Thérèse grinste, als sie den Blick ihrer Schwester sah, und ein wenig kehrte der altbekannte Schalk in ihre Augen zurück. »Mutter würden vor Empörung die Haare zu Berge stehen, wenn sie mich hören könnte.« Nach kurzem Nachdenken fuhr sie fort: »Vielleicht sollte ich das einmal ausprobieren. Der Anblick wäre mir eine dreistündige Strafpredigt wert.«

»Du solltest öfter mal über das vierte Gebot nachdenken«, ermahnte Angélique sie unwillkürlich.

»Ich habe nicht vor, jemanden zu ermorden«, erwiderte Thérèse unbekümmert.

»Das ist das fünfte Gebot, du Schaf.«

Thérèse begann zu kichern, und schließlich fiel Angélique mit ein. Für einen Augenblick gelang es ihr, alle Beklemmung abzuschütteln, und es war wie früher, als sich zwei kleine Mädchen heimlich in ihren Zimmern besuchten, um Streiche auszuhecken, die sie niemals in die Tat umsetzten, und Abenteuer zu erleben, die sich stets im Reich der Fantasie abspielten.

Unvermittelt wurde Thérèse jedoch wieder ernst. »Sie hassen einander!«, murmelte sie. »Ist das nicht furchtbar? Ich glaube, ich möchte niemals heiraten.«

»Sie waren sich noch nie vertraut, aber so schlimm wie jetzt war es noch nie – was ist geschehen?«

»Mutter ist vor Bitterkeit ganz krank geworden. Es ist, als ob irgendetwas sie innerlich aufzehrt, und mit jedem Besuch dieses Pfaffen wird es schlimmer. Er ist es, der sie immer mehr aufstachelt.«

»Gegen Vater?«

Thérèse nickte zögernd. »Ja ...«

»Weil er nicht fromm genug ist?«

»Ich glaube nicht, dass dies der Grund ist, allenfalls ein Vorwand.«

Angélique betrachtete ihre Schwester nachdenklich. Im dämmrigen Licht des Zimmers wirkten ihre Züge ungewohnt ernst.

»Es geht noch um mehr ...«, fuhr Thérèse zögernd fort. »Vor ein paar Wochen konnte ich sie belauschen. Ich hatte eigentlich angekündigt, dass ich ausreiten würde, aber dann war mir unwohl, und ich blieb auf meinem Zimmer. Mutter und der Abt waren auf dem Balkon, und ab und zu drangen ein paar Gesprächsfetzen bis zu mir. ›... wie lange noch?‹, hörte ich Mutter sagen. ›Es ist unerträglich.‹

›Ich verstehe Euer Leiden wohl‹, erwiderte der Abt. ›Aber Ihr dürft nicht nur an Euch denken ... Manches Mal muss man Opfer bringen. Es ist Eure heilige Pflicht –‹ Den Rest konnte ich nicht verstehen. Dann fügte er noch hinzu: ›Wir müssen unbedingt erfahren –‹

Sie gingen ein Stück weiter, und ich vernahm nur noch Gemurmel. Etwas später hörte ich Mutter ausrufen: ›Aber wie? Er ist jedes Mal übervorsichtig.‹

Der Abt unterbreitete ihr irgendeinen Vorschlag, und ich hörte sie bitter auflachen. Dann waren sie zu weit entfernt, als dass ich noch etwas verstehen konnte. Aber es wurde doch sehr deutlich, dass der Abt Mutter dazu antrieb, Vater auszuspionieren.«

»Aber warum? Was tut Vater denn?«

»Ich weiß nichts Genaues«, erwiderte Thérèse. »Er redet nicht darüber. Aber es sind nicht nur seine Geschäfte oder Mutters giftige Worte, die ihn immer häufiger von zu Hause forttreiben.«

»Ist dir aufgefallen, wie viel Vater über die Einnahmen des Abtes wusste?«, fragte Angélique.

Thérèse nickte. »Sie umschleichen einander wie zwei Löwen, die ihr Revier markieren.« Dann korrigierte sie sich: »Na ja, eher wie ein Löwe und eine große, hässliche Hyäne.«

Angélique schmunzelte, wurde jedoch gleich wieder ernst. »Aber worum geht es in diesem merkwürdigen Spiel?«

»Jedenfalls nicht um Mutter«, erwiderte Thérèse bissig. »Dieser Knochen ist zu mager.«

Angélique hob mahnend einen Finger. »Denk an das vierte Gebot.«

»Ich habe den Sonntag stets heilig gehalten und niemals gearbeitet«, entgegnete Thérèse würdevoll, »genau genommen habe ich sogar alle übrigen Tage ebenfalls heilig gehalten und niemals auch nur einen Finger gekrümmt –«

Angélique unterbrach die lästerliche Rede ihrer Schwester mit einem kräftig geschwungenen Kissen. Nachdem sie sich eine Weile kichernd gebalgt hatten, meinte Angélique nach Atem ringend: »Es wird wirklich Zeit, dass Vater dich nach Saint-Georges schickt. Schwester Maria Martha wird dir die zehn Gebote schon einbläuen.«

»Das klingt wirklich großartig. Ich freue mich schon darauf, sie kennenzulernen«, erwiderte Thérèse japsend.

Es dauerte einen Moment, ehe Angélique begriff, was ihre kleine Schwester gerade gesagt hatte. »Vater hat entschieden, dass du mit mir nach Saint-Georges kommst?«, schnaufte sie. »Warum sagst du das erst jetzt?«

»Ich habe auf den richtigen Moment gewartet«, erwiderte Thérèse.

Angélique bemerkte das Funkeln in den Augen ihrer Schwester einen Tick zu spät. Das Kissen traf bereits schwungvoll auf ihr Nasenbein, als sie die Hände abwehrend hob. Kichernd ging die Rauferei noch eine ganze Weile weiter, ehe die Vernunft Einkehr hielt und Thérèse sich über den Balkon in ihr Zimmer zurückschlich.

Als Angélique am nächsten Morgen erwachte, brauchte sie eine halbe Stunde länger, um ihre Haare in eine einigermaßen präsentable Hochsteckfrisur zu verwandeln. Aber sie ertrug das eisige Schweigen am Frühstückstisch mit einem inneren Lächeln. Thérèse würde sie nach Saint-Georges begleiten – ein Umstand, der sie mit positiven Erwartungen in die Zukunft blicken ließ. Ihre Laune hob sich zusätzlich, als sie erfuhr, dass der Aufenthalt in ihrem Elternhaus kürzer werden würde als erwartet. Der Vater hatte beschlossen, dass sie bereits in zwei Tagen aufbrechen sollten. Dringende Geschäfte führten ihn nach Paris, und er wollte es sich nicht nehmen lassen, seine jüngste Tochter persönlich in die Obhut von Mutter Agnes zu geben.

Louis-Antoine de Soissons

Der Stuhl knarrte, als Leon sich aufrichtete und seinen Rücken streckte. Er stieß mit dem Oberkörper gegen den Tisch, und die Taschenlampe baumelte hin und her, was eine aufdringliche Motte veranlasste, noch hektischer um die Lichtquelle herumzuschwirren. Es war eine schwüle Nacht, und mittlerweile hatten sich auch ein paar Mücken eingefunden. Der Wissenschaftler verscheuchte ein nervendes Summen von seinem linken Ohr. Ein Blick auf die Uhr verriet ihm, dass es bereits nach drei Uhr morgens war. Aus irgendeinem Grund war er jedoch immer noch nicht müde.

Es war ein merkwürdiges Gefühl. Die Zeit schien in dieser Nacht langsamer zu vergehen, und er nahm alles intensiver wahr als sonst. Etwas Besonderes lag in der Luft, und ein unbestimmtes Gefühl der Sehnsucht ergriff von ihm Besitz. Es war schon lange her, dass er so etwas gespürt hatte. Nachdenklich strich er über die vergilbten Seiten. Es hatte irgendetwas mit diesem Tagebuch zu tun, auch wenn er sich nicht erklären konnte, was das Besondere daran war. Es waren keine bedeutenden Worte darin verborgen. Hier gab es keine Geheimnisse der Menschheitsgeschichte zu ergründen. In Bezug auf die Artussage und den Riothamus brachte ihn dieses Buch keinen Schritt weiter, und mit jeder Minute, die er nicht in sein Projekt investierte, riskierte er seine wissenschaftliche Karriere.

Leon griff nach der Flasche und schenkte sich etwas Wein nach. Sein Blick ruhte auf der schwungvollen Handschrift einer jungen Frau. Er konnte die jugendliche Hand, die jene Zeilen zu Papier gebracht hatte, beinahe vor sich sehen. Aber diese Hand existierte nicht mehr. Jede Person, die von Angélique beschrieben wurde, war längst tot, und ihre Körper waren zu Staub zerfallen. Nichts war geblieben als ihre Gedanken und ihre Erinnerungen, die sie diesem Buch anvertraut hatte. Natürlich war Leon all dies nicht fremd. Als Historiker und Archäologe beschäftigte er sich mehr mit Personen, die längst gestorben waren, als mit lebenden Menschen. Die Vergänglichkeit des Menschen war ihm ständig vor Augen, und dennoch erschien sie ihm in diesem Moment widernatürlich. Verwirrt über seine eigenen Empfindungen schüttelte er den Kopf. Dann nahm er das Tagebuch wieder zur Hand und las weiter.

Nachdem Angélique mit Thérèse zurück nach Saint-Georges gereist war, gab es zunächst nur einige sporadische Tagebucheinträge, die vor allem Einblick in den Alltag des Konvents gaben. Hin und wieder spielten sich die jungen Mädchen untereinander Streiche, oder der Vater schrieb einen Brief. Religion und Philosophie wurden von Schwester Maria Martha unterrichtet, einer Frau, die wahrscheinlich die halbe Nacht in Gebet und Kontemplation verbrachte und die sich, Angéliques Beschreibungen nach zu urteilen, auf einer einsamen Insel aus Büchern in einem Meer aus Pergamentrollen am wohlsten gefühlt hätte. Gesellschaftliche Konventionen hielt sie für reine Zeitverschwendung, und höfische Tänze waren für sie eine Art allegorischer Beischlaf, der sich nur unwesentlich von offener Hurerei unterschied. Männer fielen für sie in die gleiche Kategorie wie die Herbststürme, die vom Atlantik her über das Land brausten. Sobald sie nur am Horizont sichtbar wurden, sah man lieber zu, dass man sich hinter dicken Klostermauern verschanzte. In Schwester Maria Marthas Leben spielten Männer nur dann eine Rolle, wenn sie bereits tot waren und ein religiöses oder philosophisches Werk verfasst hatten. Es verwunderte nicht weiter, dass sie sich bei den Schülerinnen nicht allzu großer Beliebtheit erfreute.

Schwester Judith war für die Handarbeit zuständig – eine fröhliche, rotwangige Frau, deren einziges Laster es war, dass sie sich zu gerne in der Klosterküche aufhielt. Aber ihre dicken

Wurstfinger waren dennoch ungemein geschickt, und sie lachte gerne und viel.

Mademoiselle Favre war die einzige Lehrerin, die keinem Orden angehörte. Sie unterrichtete Musik und höfische Umgangsformen. Nach Angéliques Beschreibung war sie eine elfenhafte, blasse Frau von zeitloser Schönheit. Obwohl sie selbst nicht von Adel war, schien sie doch den Glanz von Versailles an sich zu tragen. Alle jungen Frauen bewunderten sie.

Mutter Agnes, die Äbtissin selbst, unterrichtete Latein und Mathematik. Sie war eine sehr starke Persönlichkeit, die das Kloster Saint-Georges mit großem politischen Geschick führte. Sorgfältig knüpfte sie ihre Netzwerke. Ihr Stift genoss einen ausgezeichneten Ruf. Viele Angehörige des Adels schickten ihre Töchter zu ihr, und so hatte sie Verbindungen zu fast allen hohen Häusern der Region. Durch den Grundbesitz des Klosters und den Zehnten, den die zugehörigen Bauern zu entrichten hatten, verfügte ihre Abtei über ein beträchtliches Einkommen, das sie nicht zu versteuern brauchte. Anders als die prunksüchtigen Mitglieder des Adels investierte sie dieses Geld aber nicht in aufwendige Feste und überflüssigen Luxus, sondern in den schrittweisen Ausbau der Besitzungen.

Über die Familie der de Vantes erfuhr Leon aus Angéliques Tagebuch nur sehr wenig. Aus einigen Anmerkungen reimte er sich zusammen, dass sie wie so viele Adelsgeschlechter in der zweiten Hälfte des 18. Jahrhunderts hoffnungslos überschuldet gewesen waren. Der Königshof lebte es vor, und der Adel folgte ihm in einem Leben auf Pump. Die Heirat der Cécile Maria Thérèse de Vantes mit dem Bürgerlichen David Marceau führte schließlich dazu, dass die Familie entschuldet wurde. Glücklich war diese Ehe nicht, aber fruchtbar, denn in den nächsten Jahren kamen Jean-Louis, Angélique und Thérèse zur Welt. Schon früh musste es irgendeinen Vorfall gegeben haben, der dafür sorgte, dass sich die unterschwellige Abneigung zwischen den Ehepartnern zunehmend in offenen Hass verwandelte. Nach außen wurde der Schein mühsam gewahrt. Es gab eine Art Pattsituation. Die Familie der Mutter war auf das Geld des niedriggeborenen David angewiesen, und dieser konnte seine gesellschaftliche Stellung nur mit Unterstützung der angeheirateten Familie behaupten. Diese Situation wirkte sich auch auf die Heiratspläne für die Kinder aus. Als Angélique achtzehn wurde, war noch immer kein Ehepartner für sie in Sicht. Jean-Louis, der sehr zielstrebig seine Karriere beim Militär verfolgte, war allerdings inzwischen mit einer jungen Baronesse verheiratet. Wenn die beiden sich auch nicht innig liebten, so schienen sie sich doch zu mögen, und das war in der damaligen Zeit nicht wenig.

Im Sommer 1788 geschah dann allerdings etwas, das ein wenig Abwechslung in den Alltag des Frauenstifts brachte.

Schon seit Tagen war es ungewöhnlich heiß. Kein Lüftchen wehte, und selbst in den kühlsten Ecken von Saint-Georges rann den Schülerinnen der Schweiß über die Stirn. Angélique hatte das Gefühl, dass alle sich nur noch wie im Fieber bewegten.

Die Laudes waren gerade beendet, als Josephine ihr im Vorbeigehen aufgeregt zuraunte: »Ich habe ihn gesehen.«

»Tatsächlich?«, fragte Angélique verwirrt.

»Er sieht aus wie ein Engel«, seufzte sie.

»Das ist ... ungewöhnlich«, erwiderte Angélique, um nicht allzu ahnungslos dazustehen. Während sie aus dem Augenwinkel beobachtete, wie Josephine davonschwebte, um der Nächsten die gute Nachricht zu verkünden, wandte sie sich fragend an ihre Schwester: »Hast du eine Ahnung, von wem sie redet?«

Thérèse zuckte gleichgültig mit den Achseln. Aber ihre Wangen röteten sich ein wenig, und sie schlug die langen Wimpern nieder – ein perfektes Abbild der Demut.

Angélique runzelte die Stirn. Das war nicht gut. Wenn Thérèse diesen Blick aufsetzte, war irgendetwas im Schwange. Meist heckte sie irgendeinen Streich aus, der sie am Ende beide in Schwierigkeiten bringen würde. »Thérèse?«, hakte sie nach.

Die Angesprochene lächelte mit der Unschuld eines Säuglings, der die Milch seiner Amme empfängt, und schwieg.

Zuweilen hatte Angélique den Eindruck, Thérèse sei ihr von Gott gesandt worden, um als Schwester all das vorwegzunehmen, was sie als Mutter einmal würde erleiden müssen. Wenn es sein Plan war, ihr anhand ihrer Familie die Vorteile der Ehelosigkeit aufzuzeigen, dann gelang ihm das auf beeindruckende Art und Weise. Aber glücklicherweise stellte sich die Frage einer Heirat bislang ohnehin nicht. Die Eltern machten keine Anstalten, die Heiratspläne für ihre älteste Tochter voranzutreiben. Offenbar hatte sich ihre Kompromissfähigkeit bereits bei der Suche nach einer Gattin für Jean-Louis erschöpft. Zwar fragte Schwester Maria Martha hin und wieder an, ob Angélique sich nicht mittlerweile berufen fühle, das Gelübde abzulegen und Nonne zu werden; aber das tat sie bei fast allen Schülerinnen, was es Angélique leicht machte, sie mit einer unverbindlichen Antwort abzuwimmeln. In Wahrheit war sie ganz zufrieden mit ihrer Situation und hegte nicht den Wunsch, irgendetwas daran zu ändern.

Der Unterricht begann mit Latein. Natürlich war Mutter Agnes kühl und verschlossen wie die Klippen der Bretagne – ein Fels in der Brandung unausgesprochener Neugier. Kein persönliches Wort kam über ihre Lippen.

Aber im Anschluss betrat Mademoiselle Favre mit einem Lächeln auf den Lippen den Raum. Auch sie begann die Lehrstunde zunächst wie üblich, meinte aber schließlich: »Sicherlich ist Euch nicht entgangen, dass Mutter Agnes Besuch erhalten hat. Louis-Antoine de Soissons weilt als Gast in unserem Stift.«

Ein Raunen ging durch die Reihen der Schülerinnen. Angélique kam sich ein wenig dumm vor. »Wer ist Louis-Antoine de Soissons?«, wisperte sie Thérèse zu.

Ihre kleine Schwester verdrehte die Augen.

»Ich habe das große Vergnügen, Euch mitzuteilen, dass Mutter Agnes beschlossen hat, Euch alle heute Abend an einer Lesung teilhaben zu lassen.«

Das Getuschel wurde lauter, und ein albernes Kichern schwappte von den hinteren Sitzreihen nach vorne.

Mademoiselle Favre runzelte ihre makellose Stirn und klopfte auf das Pult. Sofort kehrte Ruhe ein. »Und nun wollen wir uns das Libretto der ›Alceste‹ von Christoph Gluck vornehmen. Wer weiß, wann die Oper in Paris uraufgeführt wurde?«

Wie üblich meldete sich Cécile. Sie behauptete, bei der Uraufführung 1777 sogar dabei gewesen zu sein. Angélique verschloss ihre Ohren vor den detailreichen Schilderungen dieses Erlebnisses. Diese würden nur die Sünde des Neides in ihr auflodern lassen. Sie liebte Opern und hoffte sehr, dass es ihr eines Tages vergönnt sein würde, einmal selbst das große Opernhaus in Paris zu besuchen.

Die Zeit bis zum Mittagessen verging rasch. Es fiel einigen Schülerinnen sichtlich schwer, das Schweigen während der Mahlzeit einzuhalten. Inzwischen hatte auch Angélique mitbekommen, dass de Soissons ein bekannter junger Dichter war, der sich anschickte, Paris zu erobern. Seinen Ruhm verdankte er allerdings nicht nur seinen Texten, sondern auch seinem engelhaften Äußeren, das die Damenwelt ins Schwärmen brachte. Aber zunächst einmal mussten sich die Schülerinnen dem Unterricht bei Schwester Maria Martha stellen.

Wenn Mutter Agnes elegant und forsch zugleich in den Raum trat und Mademoiselle Favre wie eine Elfe hereinschwebte, dann konnte man den Auftritt der alten Nonne nur als Schlurfen bezeichnen. Sie hielt einen ganzen Stapel schwerer Bücher in den Armen und bewies damit, dass mehr Kraft in ihr steckte, als man ihrer hageren Gestalt zutraute. Das Pult erbebte, als sie ihre Last dort ablud.

»Schülerinnen«, sagte sie, »ich habe eine große Überraschung für Euch.«

Angélique fing einen skeptischen Blick ihrer Schwester auf.

»Ich bin mir sicher, dass Ihr diesen Tag noch lange im Gedächtnis behalten werdet.« Sie ging hinaus und wankte wenig später mit einem neuen, noch größeren Stapel Bücher herein.

»Ein großzügiger und wohlmeinender Spender lässt Euch allen ein besonderes Geschenk zukommen«, keuchte sie, nachdem sie den zweiten Stapel abgeladen hatte. Als sie wieder zu Atem gekommen war, strich sie zärtlich über die ledernen Einbände der gestapelten Bücher und sagte mit bewegter Stimme: »Hier habe ich, als Geschenk für eine jede von Euch, die ›Confessiones‹ des heiligen Augustinus – jenes kostbare Werk, das uns immer wieder im Unterricht begleitet.« Sie machte eine Pause und ließ ihre kurzsichtigen Blicke über die Reihen der Schülerinnen wandern, als erwarte sie Begeisterungsstürme und tosenden Applaus.

Einige der jungen Mädchen ließen die Schultern hängen, Thérèse kicherte leise.

Angélique räusperte sich. »Das ist wirklich ein ... unerwartetes Geschenk, Schwester Maria Martha.«

»Nicht wahr?«, erwiderte die alte Nonne, der die Ironie in diesen Worten offensichtlich vollkommen entging. Sie entblößte lächelnd ihre nur noch lückenhaft vorhandenen Zähne. »Wir wollen Gott loben und danken, dass er uns eine solche Kostbarkeit zuteilwerden lässt.«

Die Schülerinnen in den hinteren Reihen grinsten in dem Bewusstsein, dass die kurzsichtige alte Nonne dies nicht bemerken würde. Augenblicklich bereute Angélique ihre Worte. Schwester Maria Martha glaubte wirklich, was sie sagte. Für sie wäre ein solches Geschenk wahrhaftig eine Art Vorgeschmack des Himmels. Es war ihr schlechterdings unvorstellbar, dass es den Schülerinnen anders ergehen könnte. Während sie die Bücher verteilte, beschloss Angélique, das Buch und vor allem die damit verbundene Geste mit mehr Wertschätzung zu betrachten.

Schließlich waren alle Anwesenden versorgt.

»Nun denn«, sagte die Nonne und rieb sich die faltigen Hände. »Wir waren stehen geblieben im elften Buch der ›Confessiones‹ bei den geheimnisvollen Worten über die Zeit: ›Es gab kein *bevor*. Nicht Zeit, sondern Ewigkeit geht der Schöpfung voraus.‹« Sie blickte auf. »Thérèse, würdet Ihr die Freundlichkeit haben, unsere Lesung fortzusetzen?«

»Aber natürlich, Schwester Maria Martha«, erwiderte Thérèse lustlos. Sie begann zu lesen. »›So gab es keine Zeit, wo du noch nichts geschaffen hattest, da wo du die Zeit selbst geschaffen hast ...‹«

Thérèses Stimme plätscherte träge dahin wie die Loire in satter Winterkälte. Angéliques Gedanken blieben an diesem ersten Satz hängen. Sei es, weil sie sich vorgenommen hatte, mehr Wertschätzung zu üben, sei es, weil der Gedanke sie einfach überraschte. In jedem Fall war sie zunehmend fasziniert und auch ein wenig schockiert angesichts der Vorstellung, Ewigkeit sei etwas ganz anderes als Zeit. Sie hatte sich Ewigkeit bis dahin immer schlicht als einen nicht endenden Zeitstrom gedacht. Aber nun behauptete dieser Mann, mit der Schöpfung habe auch die Zeit ihren Anfang genommen. Wie kam er auf solch einen Gedanken? Sie versuchte, sich vorzustellen, wie irgendetwas ohne Zeit sein könnte, und die erste Assoziation, die sie hatte, war vollkommene Erstarrung. Dutzende von Bildern rasten ihr durch den Kopf, und sie waren alle sehr ähnlich. Der Sand im Stundenglas würde aufhören zu fließen, Thérèses Lippen würden sich nicht mehr bewegen. Wie im Märchen würde alles in Schlaf verfallen. Aber niemand würde es bemerken, denn jede Wahrnehmung und jeder Gedanke, der den Menschen durch den Sinn ging, brauchte Zeit. Ohne Zeit gäbe es kein Bewusstsein. Aber wenn Gott existierte, dann war er Bewusstsein; wenn er also in der Ewigkeit zu Hause war, musste die Ewigkeit mehr sein als die Zeit und nicht weniger. In diesem Moment fiel ihr etwas ein, das die alte Nonne bei ihren spröden theologischen Ausführungen kürzlich erwähnt hatte: »Um Gott und die himmlischen Welten zu beschreiben, bemühen wir uns stets der Negation. Wir machen also aus etwas, das unendlich viel mehr ist, als wir fassen können, etwas, das weitaus weniger ist als unsere Wirklichkeit. Wir sagen, Gott sei weder Mann noch Frau, er sei unsichtbar, körperlos und nicht an einen bestimmten Ort gebunden. Wir machen aus dem Urgrund allen Seins etwas Flüchtiges, das letztlich weniger zu sein scheint als ein Lufthauch.« Zum Schluss sagte sie noch einen Satz, bei dem sie beinahe geschmunzelt hätte, wenn ihre spröden Lippen zu solch feinen Gesten in der Lage gewesen wären: »Das Große wird klein, damit es in unsere Gedanken passt.«

»Angélique?!« Jemand knuffte sie in die Seite. Es war Thérèse, die sie fragend ansah. Sie hatte aufgehört zu lesen. Die anderen Schülerinnen erhoben sich gerade von den Pulten. »Ist alles in Ordnung mit dir?«

»Jaja, ich habe nur nachgedacht.«

»Ich verstehe.« Thérèses Augen blitzten. »Diese seltene Erfahrung hat dich so sehr mitgenommen, dass du mit offenen Augen in Tiefschlaf fällst.«

»Sieh dich vor, Schwesterlein!«, drohte Angélique, aber Thérèse kicherte nur.

Es läutete zur Vesper. Im Anschluss würden sie sich in den großen Saal begeben, und Angélique würde den engelsgleichen de Soissons kennenlernen. Es ließ sich nicht leugnen, dass sie neugierig war.

Am Ende des Abends schrieb sie in ihr Tagebuch:

Saint-Georges, den 6. August 1788

Also gut, ich gebe es zu: Er ist schön! Zumindest, wenn man lockiges blondes Haar liebt, das im Licht der Kerzen wie Gold schimmert; wenn man ebenmäßige Züge auf einer Haut so zart wie die einer Frau und Augenbrauen, geschwungen wie zwei perfekte Halbmonde, ansehnlich findet; wenn man von hellen Augen entzückt ist, in denen der Schalk blitzt, und ein Lachen mag, das kaum mehr ist als ein sanftes Kräuseln der Lippen.

Klingt das schwärmerisch? Nun, es ist nur ein schwacher Abglanz von dem, was die anderen Schülerinnen von sich gaben. Er trägt Ohrringe, das gefällt mir nicht. Aber seine Stimme ist voll und tief, ein Bariton. Und er vermag es, den Zeilen, die er geschrieben hat, mit dieser Stimme Leben einzuhauchen, sodass man glaubt, das zu sehen, zu riechen und zu spüren, was als Schall von seinen Lippen kommt.

Louis-Antoine de Soissons hat uns alle verzaubert. Ich bin mir allerdings nicht sicher, ob er ein guter oder ein böser Zauberer ist. Vielleicht wird die Zeit es zeigen. Mutter Agnes verkündete uns, dass er noch für einige Zeit unser Gast sein wird. Natürlich wird er nicht im Stift wohnen, sondern im Gutshof außerhalb, aber das ist immer noch nah genug, um einigen Schülerinnen eine fiebernde Röte in die Wangen zu treiben. Ich gehöre nicht dazu – da bin ich mir sicher, auch wenn mir Mutter Agnes aus unverständlichen Gründen einen mahnenden Blick zuwarf.

Wenn ich versuche, mir in Erinnerung zu rufen, was er eigentlich las, dann fällt mir außer lebhaften Bildern von wogenden Weizenfeldern, stampfenden Rössern und dem Geruch heißen Blutes, das auf brennende Erde rinnt, nur noch ein, dass es um irgendeinen Tyrannenmord ging.

Und nun gehe ich zu Bett. Vielleicht werde ich noch ein wenig in den »Confessiones« lesen.

Leon lächelte. Er stellte fest, dass er diese junge Frau mochte. Die Dinge, über die sie nachdachte, waren ihm fremd, aber die Art und Weise, in der sie es tat, vermittelte ihm das Gefühl einer schwer zu erklärenden Nähe und Vertrautheit. Natürlich war Angélique in Wahrheit keine junge Frau mehr; sie existierte nicht mehr, war seit über zweihundert Jahren tot, und ihr Körper war längst verwest und zu Staub zerfallen. Und doch ...

Er nahm noch einen Schluck Wein und streckte die Glieder. Die Gedanken des alten Kirchenvaters Augustinus waren interessant. In gewisser Weise entsprachen sie den Erkenntnissen modernster Physik, denen zufolge Zeit und Materie nicht unabhängig voneinander existieren. Mit dem Urknall hatte nicht nur das Universum, sondern auch die Zeit ihren Anfang genommen – so lautete zumindest die gängige Theorie.

Bislang hatte er sich für die Frage nach Gott nicht sonderlich interessiert. All dieses religiöse Zeugs schien ihm einem primitiven Weltbild zu entsprechen. Hätte man ihn nach seinem ideologischen Hintergrund gefragt, hätte er sich wohl als Humanist bezeichnet. In jedem Fall war er Materialist. Er brauchte Dinge, die er anfassen konnte. Deshalb hatte er neben der Geschichtswissenschaft auch Archäologie studiert. Er wollte nicht nur darüber nachsinnen, welche Entwicklungen es in der Menschheitsgeschichte gegeben hatte; er wollte sehen, was die Leute damals sahen; wollte in Händen halten, was ihren Alltag ausmachte, und wollte spüren, was sie spürten. Letztlich steckte hinter seiner Artusforschung vermutlich nicht viel mehr als die Abenteuerlust eines kleinen Jungen, der vom edlen Rittertum träumte. Die religiösen Aspekte hatte er dabei allerdings stets ausgeklammert. Die Frage war, ob der Geist des Rittertums auf diese Weise überhaupt nachvollziehbar war. Leon runzelte die Stirn. Wie war er jetzt auf diesen Gedanken gekommen? Er sollte nicht so viel trinken! Mit einem Gähnen schob er den Weinbecher beiseite und las weiter.

Saint-Georges, den 21. August 1788

Möglicherweise waren meine Wangen doch fiebernder gewesen, als ich vermutete. Mutter Agnes' strafender Blick hatte mich allerdings zu Unrecht getroffen. De Soissons hatte nichts damit zu tun. Es sei denn, der schöne Dichter besäße die Gabe, durch den Zauber seiner Worte eine Diarrhöe heraufzubeschwören. Ich weiß nicht, welcher Tyrann in meinen Eingeweiden ermordet wurde, aber ich habe ein paar elende Tage hinter mir. Am liebsten wäre ich auf den Abort gezogen. Aber seit gestern geht es mir etwas besser, und ich konnte sogar eine dünne Suppe bei mir behalten. Wenn alles gut geht, brauche ich morgen nicht länger das Bett zu hüten. Ich glaube, Thérèse hat Angst, sich bei mir anzustecken, jedenfalls lässt sie sich sehr wenig hier blicken.

Gestern kam ein Brief von Vater. Er ist noch immer in Paris oder schon wieder, ich weiß es nicht genau. Er scheint sehr beschäftigt, schreibt aber nichts Genaues über sein Vorhaben. Bislang dachte ich immer, es sei der Hass seiner Ehefrau, der ihn von zu Hause fernhalte, aber mittlerweile bin ich mir dessen nicht mehr so sicher. Er macht Andeutungen, die ich nicht verstehe. In aller Ausführlichkeit berichtet er von einem prunkvollen Festbankett in Versailles, zu dem er geladen war. Von farbenprächtigen Gobelins, vergoldeten Leuchtern und edelsten Kleidern ist die Rede. Nichts deutet darauf hin, dass ihm solcher Luxus missfällt, doch dann schreibt er von einem Treffen mit einem Bankier, der von Staatsanleihen in unvorstellbarem Ausmaß redet. Ich weiß nicht, ob das Ganze in einem Zusammenhang steht, aber ganz zum Schluss erwähnt er noch, dass der König die Generalstände einberufen werde, etwas, das seit 174 Jahren nicht mehr geschehen sei.

Ich muss gestehen, dass mich all diese Nachrichten nicht sonderlich interessieren. Ich vermisse die Vertrautheit früherer Tage. Fast scheint mir, er war seiner Tochter gegenüber offener, als sie noch ein Kind war.

Ich erinnere mich an eine warme Sommernacht – es muss schon zehn Jahre her sein. Ich konnte nicht schlafen, hockte auf der Fensterbank und hielt die Knie umschlungen. Es war eine mondlose Nacht, aber der Himmel war so klar, dass man Myriaden von Sternen am Himmel funkeln sehen konnte. Aber die Himmelslichter verschwammen vor meinen Augen, denn ich war unendlich traurig. Mein Pony war an jenem Tag getötet worden. Schon seit Monaten lahmte es aufgrund eines tiefen Hornspalts, und schließlich hatte mein Vater befohlen, es von seinen Schmerzen zu erlösen. Ich saß auf der Fensterbank, der süße Duft von Rosen stieg zu mir auf, und die Tränen rannen mir in Strömen über das Gesicht.

Da ging die Tür auf, und ich konnte meinen Vater hören. »Kannst du nicht schlafen, mein Täubchen?«

»Geht weg!«, sagte ich zornig. Ich wollte ihn nicht sehen, er hatte Pierre befohlen, Schneelocke zu töten.

Dennoch trat er neben mich. Auch jetzt kann ich in meiner Erinnerung den Pfeifenrauch riechen, der in seiner Kleidung hing. Lange Zeit sagte er nichts. Er stand einfach nur neben mir und sah hinaus in die Nacht. Schließlich strich seine Hand über meine Wange, und er sagte: »Weißt du, woran ich gerade denken muss?«

Ich blieb stumm und starrte einfach trotzig hinaus, dorthin, wo der Wald wie ein riesiger, weit aufgerissener Schlund aus Schwärze am Rand der Weiden lauerte und das silbrige Licht der Sterne schluckte.

Vaters Hand senkte sich, und obwohl ich wütend auf ihn war, spürte ich es doch als Verlust, als die warme Berührung verschwand. »Es war eine Nacht ähnlich dieser, als Schneelocke geboren wurde«, sagte er leise. »Ich hätte dich gerne dazu geholt, doch du warst noch zu klein und lagst längst in deinem Bettchen. Aber ich war da und sah, wie ein kleines zitterndes Ding, das überwiegend aus viel zu langen Beinen zu bestehen schien, in das Licht der Stalllaterne blinzelte. Aber schon bald stand es auf den Beinen und knabberte übermütig an meiner Hand. Ich habe Schneelocke sofort gemocht, und noch mehr liebte ich sie, als ich sah, welche Freude sie dir bereitete.«

Ich weiß nicht, ob es tatsächlich genau diese Worte waren, die er damals zu mir gesprochen hatte. Aber in meiner Erinnerung habe ich sie so im Gedächtnis. Ich legte meinen Kopf an seine Brust und schluchzte. Er ließ zu, dass ich seine teure Weste ruinierte.

»Hast du das gehört?«, flüsterte er plötzlich aufgeregt.

Ich hielt mit Schluchzen inne. »Was?«

»Na, das Stampfen!«, erwiderte er ungeduldig.

Ich sah ihn fragend an. Doch er blickte angespannt an mir vorbei. »Dort drüben!« Er wies mit dem Finger auf die Lichter der Milchstraße. »Siehst du das?«

Inzwischen war ich so weit abgelenkt, dass der Fluss der Tränen versiegte.

»Siehst du denn nicht, dass die Sterne sich bewegen?«

Ich starrte an den Nachthimmel und glaubte tatsächlich, ein leichtes Flimmern zu erkennen.

»Sie bewegen sich in einem Rhythmus«, sagte Vater mit angespannter Stimme. »Erkennst du ihn nicht wieder?«

Er war ein guter Schauspieler. Unbemerkt griff seine Anspannung auf mich über. »Ich weiß nicht, was Ihr meint«, flüsterte ich.

Mein Vater ahmte auf dem Fensterbrett das Trommeln galoppierender Hufe nach. »Ich glaube, Schneelocke sendet dir einen Gruß. Sie ist wieder gesund. Ohne Schmerzen galoppiert sie über die himmlischen Weiden und wartet auf dich.«

Ich starrte mit großen Augen in die Nacht. »Wirklich?«

»Ganz sicher. Warum sollte der Schöpfer so viel Mühe darauf verwenden, dich Liebe zu lehren, um sie dann für immer vergehen zu lassen? Ich gebe zu, er ist bisweilen sehr geheimnisvoll. Aber so ist das eben, wenn man eine große Überraschung vorbereitet.«

Ich weiß nicht genau, ob mein Vater diese letzten Sätze wirklich ernst meinte. Ich argwöhne, dass er mich nur trösten wollte. Und dennoch, bei aller Naivität, die in diesem kindlichen Gespräch steckte, waren sich unsere Herzen so nah, wie es die von Vater und Tochter nur sein können. Und deshalb glaube ich noch heute, es liegt eine Wahrheit in dieser Sicht, auch wenn ich sie nicht recht zu ergreifen vermag.

Was ist nur mit mir los? Ich fürchte fast, die Krankheit hat mich sentimental gemacht. Nun laufen mir doch fast die Tränen über das Gesicht. Es wird Zeit, dass ich aus diesem Krankenzimmer herauskomme. Morgen werde ich ein wenig in den Garten gehen, und es ist mir vollkommen gleichgültig, was die Schwestern dazu sagen.

Leon zuckte zusammen, als ein tiefes, heiseres Bellen ihn aus seinen Gedanken riss. Es musste ein ziemlich großer Hund sein, der dort draußen herumstrich.

Er gähnte und blickte auf die Uhr. Es war halb fünf Uhr morgens. Müde rieb er sich über das Gesicht. Hätte es ihn wohl genauso berührt, wenn sein Lieblingshaustier gestorben wäre?

Hätte sein Vater ihn ebenso getröstet? Ein zynisches Lächeln breitete sich auf seinem Gesicht aus – wohl kaum. Zum einen hatte Leon noch nie eine besondere emotionale Bindung zu Tieren entwickeln können. Als er acht Jahre alt gewesen war, hatte er einmal einen Goldhamster geschenkt bekommen. Das Tier hatte den ganzen Tag schlafend verbracht und ihn nachts mit seinem rumpelnden Hamsterrad wachgehalten. Als es nach zwei Jahren ehrlichen Hamsterlebens eines natürlichen Todes gestorben war, hatte Leon nur wenig Trauer verspürt. Wenn er ehrlich war, hatte er sich vor allem die glückliche Konsequenz vor Augen gemalt, dass er nun nicht mehr diesen Käfig reinigen musste. Und sein Vater? Nun, seinem Vater war alles Religiöse verhasst. Er sah jegliche Form religiöser Überzeugung als Instrument der Manipulation und Unterdrückung von Menschen an und als Ursache der meisten Kriege in der Welt. Wenn er auf den Gedanken gekommen wäre, seinen Sohn trösten zu müssen, hätte er ihm vermutlich erklärt, dass Rudi – das war der Name des Hamsters gewesen – im Wesentlichen aus Wasser und verschiedenen Kohlenstoffverbindungen bestanden hatte. Keines dieser Elemente würde verloren gehen, denn die sterblichen Überreste Rudis dienten nun verschiedensten Mikroorganismen als Nahrung. Diese Mikroorganismen wiederum stellten die Nahrungsgrundlage höherer Lebewesen dar, und irgendwann würde vielleicht irgendwo ein Hamster einen Mehlwurm fressen, der zwar sehr indirekt, aber doch durch einen kausalen Zusammenhang seine Existenz dem Ableben Rudis verdankte. »Und so schließt sich der Kreislauf des Lebens«, hätte er gesagt. »Hat die Natur das nicht wundervoll eingerichtet?« Es wäre, wie Leon zugeben musste, eine recht prosaische Form des Trostes gewesen.

Der Wissenschaftler stand auf und streckte sich. Sein Halswirbel knackte leise. Für seinen Vater war die Entwicklung der Menschheit ein stetiger Evolutionsprozess; ein Voranschreiten, bei dem das Primitive dem höher Entwickelten weichen musste. Damit meinte er nicht nur, dass der *Homo erectus* irgendwann dem *Homo sapiens* hatte weichen müssen, sondern auch, dass primitive Vorstellungen einem höheren Wissen gewichen waren. Mehr oder weniger unbewusst hatte Leon diese Annahme als selbstverständliche Erkenntnis übernommen. Mittlerweile jedoch stellte er sich hin und wieder die leise Frage, ob das tatsächlich zutraf. War der moderne Mensch des 21. Jahrhunderts tatsächlich in jeglicher Hinsicht weiter als die Menschen früherer Zeiten? Dass eine Entwicklung stattfand, war nicht zu leugnen. Die Frage war nur, ob es sich dabei um einen Fortschritt oder einen Rückschritt handelte. Nur weil man sich schneller bewegte, bedeutete das nicht automatisch, dass man in der richtigen Richtung unterwegs war. Nur weil man bestimmte Fragen nicht mehr stellte, bedeutete das nicht, dass man sie beantwortet hatte.

Es war nur ein diffuses Gefühl, mehr nicht, aber Leon wurde den Eindruck nicht los, dass seine Beschäftigung mit der Vergangenheit auch eine Suche war, und zwar eine Suche, die sehr viel mehr mit ihm selbst zu tun hatte, als er wahrhaben wollte.

Leon ließ den Kopf kreisen, um den dumpfen Schmerz in seinem Nacken zu vertreiben. Zu viel Wein und zu wenig Schlaf, er wurde noch ganz wirr im Kopf! Es wurde Zeit, ins Bett zu gehen. Momentan hatte er eigentlich ganz andere Sorgen, als über die Entwicklung der Menschheit zu philosophieren. Er nahm die Taschenlampe von ihrer provisorischen Halterung und griff nach dem Tagebuch. Doch statt es zuzuklappen, strich er mit den Fingern über die aufgeschlagenen Seiten. Es wirkte älter, als es sein dürfte, aber das konnte auch an den Umständen seiner Lagerung liegen. Das Papier fühlte sich seltsam an. Es war vom Alter verfärbt und leicht klamm von der Feuchtigkeit seines Verstecks, und doch schien es noch immer den Geruch eines jahrhundertealten Sommers in sich zu tragen; und die ausgeblichene Tinte trug die Erinnerung an die leichten Federstriche in sich, die eine junge Frau aufs Papier gebracht hatte.

Lies weiter, flüsterte eine leise Stimme in ihm, die, woher auch immer sie kam, kein Impuls seiner Vernunft war. Er taumelte leicht.

»Du bist betrunken«, knurrte Leon vor sich hin. Entschlossen klappte er das Buch zu und stieg vorsichtig durch die Grabungsstelle nach draußen.

Der Morgen graute bereits, und frische Kühle prickelte auf seiner Haut. Augenblicklich kamen ihm die Gedanken und Impulse, die er eben noch gehabt hatte, absurd vor. Er gähnte und machte sich auf den Weg zu seinem Camper. Als er einen großen Schritt über eine Pfütze machen wollte, stutzte er. Da war eine Spur im Schlamm! Leon bückte sich und betrachtete sie im Licht der Taschenlampe genauer. Es war der Abdruck einer krallenbewehrten Pfote – ein ziemlich großer Abdruck. Und noch etwas war dort, auf einem hellen Kieselstein: ein rötlichbrauner Fleck. War das etwa Blut?

Er erhob sich. Und wenn schon! Ein anstrengender Tag erwartete ihn, und er musste wenigstens noch zwei oder drei Stunden Schlaf erhaschen. Um den streunenden Hund konnte er sich auch später noch kümmern.

Müde kletterte er in seinen Wagen. In der Ferne läutete eine Kirchenglocke, und Leon verfluchte diese erzkatholische Gegend mit ihren furchtbaren Frühmessen. Es war Sonntagmorgen – und ihnen blieben noch fünf Tage, um das Projekt zu retten.

Er legte das Tagebuch auf den völlig überfüllten Tisch und ließ sich angezogen aufs Bett fallen. Binnen weniger Augenblicke war er eingeschlafen.

Drei Stände

Angélique war wütend, wütend darüber, dass ihr Körper selbst mit den einfachsten Handgriffen überfordert schien. Aber noch einen Tag länger im Bett zu verbringen erschien ihr einfach unerträglich. Ihre Knie wankten, als sie aufstand und sich schnaufend wie ein Walross das verschwitzte Nachthemd über den Kopf zog. Thérèse hatte vor über einer Stunde das Zimmer verlassen, und auch Schwester Judith war bereits auf ihren morgendlichen Krankenbesuch vorbeigekommen. Niemand würde sie daran hindern, ein paar Schritte hinaus in den Park zu machen.

Als sie zur Waschschüssel tappte, kam es ihr so vor, als wäre sie in den zurückliegenden Wochen um fünfzig Jahre gealtert. Angélique blickte kritisch an sich hinab und stellte fest, dass sie nicht alt und faltig geworden war. Allerdings hatte sie erheblich an Gewicht verloren. Dabei war sie schon von Natur aus nicht mit den üppigen Kurven einer Marie-Louise O'Murphy gesegnet. Zwar hielt sie es nicht für erstrebenswert, die Mätresse eines Königs zu werden, aber ein wenig mehr Weiblichkeit hätte ihr sicherlich nicht geschadet. Statt schöner weicher Rundungen konnte man die Konturen ihrer Knochen erkennen, und die Hüften stachen hässlich hervor, als wollten sie die Haut durchstoßen. Unter ihren Rippenbögen wölbte sich straff gespannte Haut nach innen, als hätte sie statt eines Bauchs ein Loch im Leib. »Ich muss wieder ordentlich essen«, schwor sie sich, während sie sich mit dem kalten Wasser wusch. Die Kälte sorgte dafür, dass ihr Kreislauf in Schwung kam, und sie fühlte sich etwas frischer. Dennoch brauchte sie doppelt so lange wie üblich, um sich anzukleiden.

Sie war froh über die im Orden übliche Tracht, die ihre ausgemergelte Gestalt verbarg, und den Schleier, der ihr bleiches Gesicht mit den dunklen Ringen unter den Augen zumindest teilweise verhüllte.

Langsam und mit gesenktem Kopf schlich sie sich nach draußen, um sich im Schutz der Hecken ein stilles Plätzchen in dem weitläufigen Garten zu suchen. Die Sonne entfaltete ihre ganze sommerliche Kraft, und die Dankbarkeit für die schwere Tracht nahm rapide ab. Schon bald hatte sie das Gefühl, unter den schweren Kleidern fast zu verdampfen. Jeder Schritt war eine Anstrengung und ließ ihr Herz gegen die Rippen hämmern. Im Schatten einer Hecke musste sie sich auf einen Stein setzen, um sich auszuruhen. Schon seit einiger Zeit war sie niemandem mehr begegnet. Offenbar waren alle anderen so vernünftig, bei diesem Wetter im kühlen Haus zu bleiben. Sie nahm den Schleier ab, schob die Haare aus dem Nacken und ließ ihn sich von dem winzigen Lufthauch, der hier draußen wehte, kühlen.

»Was für ein herrlicher Anblick«, erklang plötzlich eine sonore Stimme aus dem Nirgendwo.

Angélique zuckte erschrocken zusammen.

Es war Louis-Antoine de Soissons, der ihr langsam entgegenschlenderte. Zuerst sah sie nur seine Beine. Die Kniehosen waren eng geschnitten, und durch die weißen Strümpfe zeichneten sich seine muskulösen Waden deutlich ab. Er trug eine weite karmesinrote Jacke und eine helle Schoßweste. In der Hand hielt er eine Rose. Von allen Menschen dieses Anwesens war er gewiss derjenige, den sie in diesem Augenblick am wenigsten zu sehen wünschte. Hastig stülpte sie sich den Schleier über das Haupt und stand auf, damit ihr Rock wieder züchtig die Füße bedeckte.

Während sie nach unverbindlichen Worten rang, warf er ihr ein strahlendes Lächeln zu: »Comtesse de Vantes, was für ein unerwartetes Vergnügen, Euch zu sehen. Geht es Euch besser?«

Angélique vergaß alle Höflichkeit und starrte ihn schweigend an. Woher kannte er ihren Namen?

Sein Blick war schwer zu deuten. Er schien Besorgnis auszudrücken, aber gleichzeitig blitzten seine Augen auf eine Art und Weise, als würde er sich über einen köstlichen Scherz amüsieren. »Ist Euch nicht wohl?«, hakte er schließlich nach.

»Was macht Ihr hier?«, entfuhr es Angélique.

»Ich liebe die Schönheit«, entgegnete er mit einem galanten Lächeln. Er ließ seine Augen langsam von ihrem zerzausten Schleier bis zu ihrem staubigen Rocksaum schweifen. Dann blickte er ihr mit einem schamlosen kleinen Lächeln in die Augen. »Und Ihr auch, wie ich sehe.«

»Was – ?«

»Warum sonst solltet Ihr diesen herrlichen Garten aufsuchen?« Er wies mit einer eleganten Bewegung um sich. »Die Natur bietet uns ein wundervolles Schauspiel, ein besseres hat kein menschlicher Geist je ersonnen, und in ihrer Schönheit ist allegorische Weisheit verborgen, die sich dem Betrachter erst nach und nach erschließt.«

Angélique starrte ihn wortlos an. Trieb er einen Scherz mit ihr?

»Nehmt diese Rose«, sagte er und drückte ihr die Blume in die Hand. Dann trat er dicht an sie heran, strich sanft über die weichen Blütenblätter und sagte: »Ist sie nicht ein wunderbares Bild Frankreichs?«

»Nun ja ...«, erwiderte Angélique. Er roch nach frisch gestärkter Wäsche und Puder. Sie trat einen Schritt zurück, und er folgte ihr.

»Diese zarten Staubblätter, das Zentrum bildend und wie Weihrauch duftend, ergeben sie nicht ein wunderbares Bild des Klerus, des ersten Standes unseres Königreiches? Und diese herrlichen Blütenblätter – gleichen sie in ihrer verschwenderischen Schönheit nicht dem zweiten Stand, all den hohen Damen und Herren edlen Geblüts?«

»Mir scheint diese Allegorie etwas blumig«, warf Angélique ein.

Er ging nicht darauf ein. »Tja«, fuhr er fort, drückte die Blüte beiseite und kniff abschätzig die Augen zusammen. »Dann muss dieser dornige Stiel wohl der dritte Stand sein. Er ist nicht besonders ansehnlich. Aber es ist ja auch nur seine Aufgabe, die Blüte mit allem zu versorgen, was sie benötigt, um sich in voller Pracht zu entfalten. Er hält die Blume am Leben und schützt sie mit seinen Dornen. Das ist seine Aufgabe. Allerdings ist er bisweilen ein widerborstiges, bösartiges Ding. Wenn man zu fest zupackt, holt man sich blutige Finger.«

Angélique versuchte, in seinem Gesicht zu lesen, aber es blieb ausdruckslos.

Der Dichter kniff nachdenklich die Augen zusammen. »Wenn man es genau betrachtet, macht dieser unscheinbare Stängel in Wahrheit die eigentliche Pflanze aus. Er ist fest verwurzelt und bleibt standhaft, wenn die Tage rauer werden. Im Herbst trotzt er den kalten Winden und den dunklen Nächten. Selbst den Winter wird er überleben. Die Blüten jedoch welken dahin, sie verlieren ihre Schönheit und sterben.« Er trat zurück und warf Angélique ein strahlendes Lächeln zu. »Nun, vielleicht ist die Allegorie vor diesem Hintergrund doch nicht ganz treffend. Oder was meint Ihr, Comtesse?«

Angélique fiel auf, dass Louis-Antoine de Soissons sehr schöne ebenmäßige und weiße Zähne hatte. Und er gefiel sich selbst – mehr, als ihm guttat. »Ihr seid sehr von Euch eingenommen, Monsieur.«

»Jeder Mensch sollte etwas von sich halten«, erwiderte er. Wieder blickte er sie mit unverschämter Eindringlichkeit an. »Seid Ihr Euch bewusst, wer Ihr seid und was Ihr bei anderen auslöst?«

Unter seinen Blicken fühlte Angélique sich plötzlich trotz der unförmigen Ordenstracht sehr weiblich. Wut stieg in ihr auf. »Irgendwann werden Euch Eure frechen Reden noch in Verlegenheit bringen.«

Er lächelte, lüpfte seinen Dreispitz und deutete eine Verbeugung an. »Ich wünsche Euch einen angenehmen Tag, Comtesse.«

Verwundert sah sie ihm nach. So unvermittelt, wie er das Gespräch begonnen hatte, brach er es auch wieder ab. »Ich glaube, Ihr seid ein gefährlicher Mann, Monsieur de Soissons«, murmelte sie leise. »Meine Mutter hätte mich vor Euch gewarnt, zumindest, wenn ihr irgendetwas an mir gelegen hätte.«

Ein Rascheln im Gesträuch ließ sie erschrocken herumfahren. Halb erwartete sie, den Dichter erneut aus der Hecke auftauchen zu sehen. Stattdessen blickte sie in die großen Augen ihrer Schwester.

»Was machst du denn hier?«, fuhr Thérèse sie an.

Unwillkürlich trat Angélique einen Schritt zurück. Der Blick ihrer Schwester fiel auf die Rose in ihren Händen, und ein seltsamer Ausdruck huschte über ihr Gesicht

»Ich ... gehe spazieren«, erwiderte Angélique, verblüfft von dem plötzlichen Auftreten ihrer Schwester.

»Du bist krank und gehörst ins Bett!«, schimpfte Thérèse.

»Ich bin nicht mehr krank«, widersprach Angélique.

»Du bist so bleich und ausgezehrt wie eine zwei Tage alte Leiche«, erwiderte Thérèse in einem Tonfall, der stark an Mutter Agnes erinnerte. Sie hakte sich ungefragt bei Angélique unter und schob sie den Pfad entlang zurück zum Stift.

Angélique beschloss, dass es klüger sei, klein beizugeben.

Saint-Georges, den 28. November 1788

Das Jahr neigt sich seinem Ende zu, und der Sommer ist nur noch eine ferne Erinnerung. Eine seltsame Unruhe ist in mir. Ich kann sie nicht erklären. Vielleicht liegt es daran, dass alles um mich herum stirbt. Draußen stürmt es. Die kalten Novemberwinde rütteln an den Ästen der Bäume, als trachteten sie danach, auch die letzten Erinnerungen an die Lebendigkeit der Natur mit sich fortzureißen. Kein Blatt schenkt den schwarzen, leblosen Zweigen mehr Farbe.

Ich weiß, dass auch mein Leben einmal enden wird – jeder Mensch weiß dies. Aber es gelingt mir nicht, dieses Wissen mit stoischem Gleichmut zu ertragen. Es ist ein solches Sehnen mir, ein solcher Hunger nach Leben, dass mir zuweilen ganz schwindlig davon wird. Aber dieses Sehnen ist nicht greifbar, es ist stark wie ein Orkan und gleichzeitig so flüchtig wie der Tau am Morgen. Bisweilen empfinde ich es, wenn ich mit den Schwestern gemeinsam das »Te Deum laudamus« singe. Doch an anderen Tagen spüre ich dabei nichts als die Kälte des Kapellenbodens. Dann überkommt mich das Sehnen, wenn ich die Sonne am Horizont in verschwenderischem Purpur versinken sehe. Auch in der Erinnerung an schöne Stunden kommt es auf, zum Beispiel wenn ich an jenen fünfzehnten Geburtstag denke, den ich mit meinen Geschwistern am Meer verbrachte. Ja, ich habe es sogar bei nächtlichen Gedanken empfunden, die sehr fleischlich waren und für die ich anschließend zwei Tage lang Buße tat.

Bedeutet das, dass ich ein verdorbener und wankelmütiger Mensch bin, unstet wie ein Blatt im Wind? Oder verbirgt sich etwas ganz anderes dahinter?

»Unruhig ist unser Herz, bis es Ruhe findet in dir«, sagt der heilige Augustinus, und für einen Heiligen mag das auch zutreffen. Aber ich finde diese Ruhe nicht. Ist das ein Zeichen dafür, dass Gott mir fern ist, oder erwartet mich noch Großes? Ich bete, dass es Letzteres ist, auch wenn ich mir dabei sehr eigennützig vorkomme …

Gerade eben musste ich aufspringen und das Fenster wieder schließen. Der Sturm hatte es aufgestoßen, und eisiger Regen peitschte mir ins Gesicht. Ich hoffe nicht, dass dies ein Zeichen des Himmels war.

Aber nun habe ich genug an mich selbst gedacht. Es gibt andere, denen es weitaus schlechter geht. Marie ist ernstlich krank geworden. Sie hat hohes Fieber, und Mutter Agnes lässt keinen von uns in ihr Zimmer, weil sie Angst hat, wir könnten uns anstecken.

Auch Thérèse geht es nicht gut. War sie Ende des Sommers noch ein sprudelnder Quell der Lebendigkeit, so hockt sie jetzt oft schweigend im Zimmer und starrt an die Wand. Ihr Gesicht ist sehr blass, und sie hat an Gewicht verloren. Ich hoffe, sie hat sich nicht angesteckt.

Von Vater habe ich seit dem Sommer nichts mehr gehört. Aber Jean-Louis hat uns vor Kurzem geschrieben. Er ist stolzer Vater eines Sohnes geworden; und mir scheint, aus dem anfänglichen Respekt für seine Frau ist allmählich eine zarte Liebe gewachsen. Seltsamerweise muntert mich die Vorstellung, Tante geworden zu sein, nicht auf. Vielleicht ist es die Sünde des Neides, die da in mir nagt. Auch Thérèse reagierte nicht gerade überschwänglich. Sie murmelte so etwas wie: »Ha, er ist stolzer Vater? Wahrscheinlich betrinkt er sich mit seinem halben Regiment und feiert seine brillante Leistung, während er in der Bretagne sitzt. Aber Blut und Schmerz überlässt er seiner Frau, die er allein in Nantes zurückgelassen hat.«

Als ich sie fragte, ob alles in Ordnung sei, stieß sie zwischen gefletschten Zähnen hervor: »Mir geht es großartig!«, und verließ abrupt das Zimmer.

Der Unterricht zieht sich quälend dahin, vor allem seit Mutter Agnes so beschäftigt ist. Offenbar gibt es einiges Gerangel um die Wahl der Delegierten für die Generalstände, die zum kommenden Mai einberufen werden. Wäre sie keine Frau, hätte sie sich wohl selbst zur Wahl gestellt. Nun versucht sie, ihren Favoriten nach Versailles zu schicken. Auch im Dorf spricht man über die Wahlen. Jede Zunft legt eifrig Wahlmänner fest, um die Vertreter des dritten Standes zu bestimmen.

Mich interessiert das ganze politische Gerede herzlich wenig; genauso wenig wie die Irrlehre des Jansenismus, mit der uns Schwester Maria Martha quält, nachdem wir die »Confessiones« gelesen haben. Gestern erklärte sie uns: »Um Augustinus recht zu verstehen, müssen wir auch die Fehler derjenigen kennen, die sich zu Unrecht auf ihn berufen.« Mir erschließt sich diese Logik nicht, und ich vermute, dass ihre Methoden nicht ganz mit den Vorstellungen des Stifts übereinstimmen. Aber eigentlich muss keiner sich Sorgen machen. Es gibt ohnehin niemanden, der Schwester Maria Marthas Gedankengängen folgen kann.

Ich stelle fest, dass ich den Weggang von Louis-Antoine de Soissons ein wenig bedaure. Mit dem Beginn des Herbstes ist er nach Paris gezogen. Er war zwar ein selbstverliebter, eitler Pfau und unerträglicher Charmeur, aber wenigstens war er unterhaltsam.

Klinge ich eher wie ein zickiges, verwöhntes Mädchen oder wie eine verbitterte alte Jungfer? Die Wahl ist sicherlich schwer. Es ist wohl besser, ich höre auf, diese armen Seiten mit meinen missmutigen Gedanken zu füllen. Am besten ist wohl, ich schließe das Buch bis zum Frühjahr weg.

Mit einem frustrierten Seufzer schlug Angélique ihr Tagebuch zu und legte es auf ihren Nachttisch. Dann zog sie sich aus und schlüpfte in ihr dickes wollenes Nachtgewand. Das Laken war eisig, und Angélique erinnerte sich mit Wehmut an den Luxus warmer Ziegelsteine, die fürsorgliche Bedienstete abends unter die Decke schoben. Nicht alles im Château de Chamilot war schlecht gewesen.

Sie war allein im Zimmer, als sie die Kerze ausblies. Thérèse war noch immer nicht da; vielleicht war sie noch einmal in die Kapelle gegangen. Das tat sie in letzter Zeit oft. Zu der Kälte krochen nun auch Sorgen unter ihre Decke. Sie sprach ein langes Gebet für ihre Schwester, dann übermannte sie die Müdigkeit.

Zuerst drangen die Geräusche in ihren Traum hinein. Es waren schreckliche Laute, die zunächst harmlose Bilder zu einem Albtraum wachsen ließen. Sie erwachte mit rasendem Herzschlag und verworrenen Bildern vor Augen. Ein Geräusch ließ sie auffahren.

Auf dem Boden kauerte eine zitternde Gestalt. »Thérèse?«

Angélique schlug die Decke beiseite und sprang auf. Ihre Schwester kniete auf dem kalten Fußboden vor ihrem Bett. Sie hustete und würgte, als wolle sie sich die Seele aus dem Leib speien.

»Was ist? Was hast du?« Angélique wollte ihren Arm um sie legen, wurde jedoch mit einer harschen Bewegung weggestoßen. Einen Augenblick lang hockte sie wie benommen da, dann sprang sie auf, holte die Waschschüssel und stellte diese auf den Boden. Thérèse ließ es zu. Sie würgte, aber es kam nichts außer einigen schaumigen Tropfen Galle. Schließlich ließen die Krämpfe nach. Thérèse schob die Schüssel beiseite und wandte sich ab. Sie hielt ihren Rosenkranz fest umklammert, und ihre Lippen bewegten sich im flüsternden Gebet.

»Thérèse, steh auf! Du musst ins Bett!«

Doch sie reagierte nicht. Angélique war sich nicht sicher, ob ihre Schwester sie überhaupt gehört hatte. Ihr Körper bewegte sich vor und zurück. Unverständliches Wispern kam über ihre Lippen.

Angélique erhob sich, entzündete eine Kerze und stellte sie auf einen Schemel. Dann kniete sie neben Thérèse nieder und legte sanft eine Hand auf die Schulter ihrer Schwester. Unter dem dünnen Nachthemd war diese kalt wie Marmor.

»Thérèse, du musst dich ins Bett legen, sonst holst du dir noch den Tod!«

Wieder kam keine Reaktion.

Sie legte ihr eine Decke über die Schultern und war froh, dass Thérèse es zuließ. Dann redete sie sanft auf ihre Schwester ein, bis diese endlich still wurde. Sie konnte spüren, wie ihr Widerstand brach. Ihr Kopf sackte gegen Angéliques Brust. Dann murmelte sie etwas, das wie »Vielleicht ist es gut, wenn der Tod mich findet. Vielleicht soll es so sein« klang.

»Was redest du da für einen Unsinn!«, fuhr Angélique sie an. »Komm, steh auf! Du musst ins Bett.«

Thérèse machte keine Anstalten, sich zu rühren. Sie brach in Tränen aus.

Mitleid und Zorn rangen in Angélique um die Vorherrschaft. Der Zorn siegte. »Mir ist keine Krankheit bekannt, bei der es hilfreich ist, mitten in der Nacht am Fußboden festzufrieren. Steh endlich auf, bevor ich dich ins Bett prügeln muss!«

Thérèse versuchte es, aber ihre Glieder waren so durchgefroren und schwach, dass Angélique sie stützen musste. Als sie endlich im Bett war, rollte sie sich zu einer kleinen Kugel zusammen und presste den Rosenkranz an ihre Lippen. Angélique setzte sich zu ihrer Schwester und steckte die Beine unter ihre Decke. Der Körper von Thérèse war so kalt wie eine Wasserleiche. Angélique bezähmte ihre Ungeduld. Sie spürte, dass Thérèse Zeit brauchte. Also wartete sie mit zusammengekniffenen Lippen und stetig wachsender Unruhe.

Die Kerze war ein gutes Stück herabgebrannt, ehe Thérèse sie von sich fortschob und leise murmelte: »Das Schlimme ist ... ich liebe ihn noch immer.«

Angéliques Herz begann von einer Sekunde auf die nächste, wild zu schlagen. *Was sagst du da?*, wollte sie ihre Schwester anfahren. Aber sie schwieg.

Einige lange Atemzüge verharrte Thérèse in Schweigen. Dann flüsterte sie: »Jedes Mal, wenn ich an ihn denke, tut es weh. Ich sollte voller Zorn sein ... und das bin ich auch. Trotzdem würde ich meine Seele dafür geben, wieder mit ihm zusammen sein zu können.« Ein bitteres, altes Lächeln trat auf ihre jugendlichen Züge. »Aber ich fürchte, es ist zu spät. Ich habe meine Seele bereits verloren.«

Ein schmerzhaftes Kribbeln sackte von Angéliques Brust in ihren Bauch.

»Ich kann nicht einmal behaupten, er habe sie mir geraubt«, fuhr Thérèse fort. »Ich habe sie verschenkt für einen Augenblick ... einen verhängnisvollen Augenblick.«

Dutzende von Bildern schossen Angélique durch den Sinn. Aber eines davon war besonders stark. Eine atemlose Thérèse, zerzaust aus den Büschen tretend, der Blick, mit dem sie die Rose in den Händen ihrer Schwester betrachtete ...

»Louis-Antoine de Soissons«, flüsterte sie.

Ihre Schwester nickte stumm.

Angélique tat einen tiefen Atemzug. »Du bist schwanger.«

Ein lautes Klopfen riss Leon unsanft aus dem Schlaf. Er fuhr benommen hoch und stieß sich den Kopf an der niedrigen Decke seiner Koje. Taumelnd stieg er aus dem Bett und stützte sich an der Wand ab. Sein Schädel dröhnte, und er mutmaßte, dass dies nicht nur etwas mit der robusten Decke seines Campers, sondern auch mit der Flasche Wein zu tun hatte, die er in der Nacht geleert hatte.

»Leon, mach auf!« Die energische Stimme Emmas drang durch die geschlossene Tür.

»Ich komme ja schon«, brummte Leon. Er öffnete die Tür und blinzelte ins helle Morgenlicht.

Emma verschränkte ihre muskulösen Arme vor der Brust und betrachtete ihn von oben bis unten. »Hast du in deiner Kleidung geschlafen?«

Leon rieb sich die schmerzenden Schläfen und gähnte. »Sag nicht, dass du mich aus dem Bett gerissen hast, um mich das zu fragen!«

»Nein«, erwiderte Emma und zog die Stirn kraus. »Wir haben keinen Strom.«

»Aha.« Leon stopfte sein zerknittertes Hemd in die Hose und versuchte, den Schlaf, der wie ein widerspenstiger Blutegel an ihm klebte, abzuschütteln. »Es wird dich möglicherweise irritieren, aber diese Information ist nicht neu für mich. Ich war dabei, als der Blitz einschlug.«

Emma schnaufte. »Das meine ich nicht.« Sie wandte sich ab. »Es gibt da etwas, das du dir ansehen solltest.« Sie schritt mit energischen Schritten voran, und Leon folgte ihr notgedrungen.

»Ich war heute Morgen joggen«, erklärte Emma, und ihre Tonlage ließ keinen Zweifel daran, dass diese Tageszeit für sie schon sehr lange her war.

»Ich habe bis spät in die Nacht hinein gearbeitet«, brummte Leon zu seiner Verteidigung. Emmas bemerkenswerte Fitness löste bei ihm regelmäßig ein schlechtes Gewissen aus. Aber er hasste es zu joggen. Der einzige Sport, den er in seiner Jugend mit großer Begeisterung betrieben hatte, war das Schwimmen.

Er hatte es bis zum Rettungsschwimmer gebracht und sogar kurz erwogen, in den Leistungssport zu gehen. Aber seine Leidenschaft für Geschichte war noch größer gewesen.

Emma warf ihm einen kurzen Blick zu und fuhr fort: »Es dämmerte gerade, und ich konnte auf meiner Runde deshalb sehr gut erkennen, dass sowohl auf Mathéos Hof als auch bei unseren anderen Nachbarn das Licht brannte. So wie es aussieht, ist der Schaden überall behoben, nur bei uns nicht.«

Leon unterdrückte ein Gähnen. »Dann müssen wir einen Techniker anfordern.«

»Das ist nicht notwendig. Ich habe Pawel gebeten, der Sache nachzugehen. Er hat den Fehler gefunden.«

»Und?«, fragte Leon, der diese häppchenweise Informationsweitergabe allmählich satt hatte.

»Dort drüben«, erwiderte Emma. Sie wies den schmalen Feldweg entlang. Im Schatten einer Weide wartete bereits eine kleine Gruppe von Studenten, die sich sehr erregt miteinander unterhielten. Leon spürte ein unangenehmes Stechen in den Schläfen. Er beschleunigte seine Schritte.

Das Stromkabel zur Versorgung des Lagers war entlang des Weges verlegt worden. Auf den Gesichtern, die sich Leon bei seinem Eintreffen zuwandten, standen Zorn und Frustration geschrieben. Man musste kein Fachmann sein, um die Ursache des Stromausfalls herauszufinden: Das Kabel war durchtrennt worden; sein kupfernes Ende lag auf dem schlammigen Gras der Böschung. Es sah so aus, als sei jemand mit einem Spaten oder einer Axt zu Werke gegangen. Aber man hatte sich nicht damit begnügt, das Kabel nur zu durchtrennen.

»Wie viel fehlt?«, wandte Leon sich mit einem frustrierten Seufzer an Pawel.

»Ich würde sagen, annähernd zwanzig Meter.«

»Das ist nicht nur Sabotage, das ist Diebstahl«, knurrte einer der Studenten aufgebracht.

»Ich denke, wir sollten die Polizei rufen«, sagte Emma.

Leon kratzte sich nachdenklich am Kinn. Dann schüttelte er

den Kopf. »Ich halte das für keine gute Idee. Pawel, wie lange brauchst du, um Benzin zu besorgen und den Generator anzuschließen?«

»Drei bis vier Stunden, schätze ich.«

»Nun, das ist doch eine klare Perspektive. Hat irgendjemand schon mit Mathéo gesprochen?«

Emma schüttelte den Kopf. »Er war nicht auf dem Hof, als ich dort ankam.« Sie kniff die Lippen zusammen. »Leon, ich finde, du solltest dir das mit der Polizei noch einmal überlegen. Wir dürfen uns nicht alles gefallen lassen.«

Zustimmendes Gemurmel der Studenten wurde laut.

Leon spürte, wie Ärger und Frustration in ihm um die Vorherrschaft rangen. »Unsere Grabungsstelle befindet sich dort drüben. Es ist hell genug zum Arbeiten, und wir haben keine Zeit zu verlieren.«

Die Studenten warfen sich kurze Blicke zu, aber niemand widersprach.

Leon wartete, bis die Gruppe außer Hörweite war. Dann wandte er sich an Emma: »Wir haben nicht mehr viel Zeit. Wenn wir uns jetzt auf diese Sabotage konzentrieren, wird uns das unnötig aufhalten. Außerdem würde es die gesamte Nachbarschaft vollends gegen uns aufbringen, wenn auf einmal die Polizei auftaucht und unangenehme Fragen stellt. Mit dem Generator können wir erst einmal weiterarbeiten. Ich werde inzwischen mit Mathéo reden und sehen, ob ich die Gemüter wieder beruhigen kann.«

Emma runzelte skeptisch die Stirn. »Das hier ist die Vendée. Hier beruhigt man sich nicht allzu schnell. Es gibt genug Gegenden, in denen die Leute ihren Zorn seit über zweihundert Jahren sorgsam pflegen. Ich kann mir nicht vorstellen, dass ausgerechnet ein Deutscher, der seine Nase in Dinge steckt, die ihn nichts angehen, daran etwas ändern kann.«

»Dreivierteldeutscher«, korrigierte Leon. »Du vergisst, dass meine Großmutter mütterlicherseits Französin ist.«

»Das macht die Sache nicht besser, glaub mir.«

»Egal. Ich werde zumindest einen Versuch wagen«, erwiderte Leon. »Ich denke, ich weiß, wo ich Mathéo finde.«

»Sei vorsichtig«, mahnte Emma, was Leon ein wenig verblüffte.

»Keine Bange, ich pass schon auf mich auf«, erwiderte er. »Kümmere du dich bitte darum, dass unsere Leute nicht die ganze Zeit mit wilden Spekulationen und Diskussionen verschwenden. Ich bin in ein bis zwei Stunden wieder da.«

Er folgte dem Feldweg und bog dann nach einiger Zeit auf eine Apfelplantage ab. Überrascht stellte er fest, dass er trotz penetranter Kopfschmerzen und widriger Umstände mit neuer Energie ausschritt. Am Vortag war er noch so frustriert gewesen, dass er am liebsten das Handtuch geschmissen hätte, doch nun fühlte er, wie sich seine Widerstandsgeister regten. Dabei hatte sich nichts geändert; die Aussicht auf Erfolg war noch genauso gering, und die Bedingungen waren eher schwieriger geworden. Achselzuckend nahm er dieses Paradoxon hin.

Der Duft von reifenden Äpfeln und feuchtem Gras lag in der Luft. Regenwasser troff von den alten moosbewachsenen Bäumen, wenn er im Vorbeigehen einen Zweig berührte. Der Obsthain glich mehr einem verwilderten alten Garten als einer strukturiert angelegten Plantage. Er war wie ein alter Zeuge der urwüchsigsten und wildesten Gegenden Frankreichs. Die Vendée war einst gefürchtet und verhasst gewesen, und offenbar hatte sich ein wenig von diesem Ruf bis heute gehalten; zumindest schien Emmas seltsame Warnung dies widerzuspiegeln. Man hatte das Gespenst der Vendée ausrotten wollen. Jede Erinnerung sollte ausgelöscht werden. Nichts als verbrannte Erde wollte man zurücklassen, und sogar ihren Namen hatte man geändert. Die Gegend war eine Zeitlang in »Vengé« umbenannt worden, was so viel wie »gerächt« bedeutete. Der Boden, den er jetzt entlangschritt, war einst getränkt gewesen mit Blut und bedeckt von schwarzer Asche. Leon stellte sich vor, wie es früher gewesen sein mochte, als die Partisanen aus dem Unterholz gesprungen waren, »Für Gott und den König!« geschrien und sich auf die republikanischen Soldaten gestürzt hatten. Seine Fantasie gaukelte ihm lebhafte Bilder wilder, schreiender Gestalten, donnernder Kanonen und dichter Rauchschwaden vor.

Plötzlich vernahm Leon ein Geräusch, das ihn erstarren ließ. Es war das typische mechanische Klicken, das entsteht, wenn der Kipplauf eines Gewehrs eingerastet wird. Leon kannte dieses Geräusch nur zu gut. In England hatte er längere Zeit mit einem britischen Kollegen zusammengearbeitet, der ein passionierter Jäger war. Leon drehte sich langsam um. Keine zehn Meter hinter ihm stand ein hagerer Mann mit einer doppelläufigen Schrotflinte. Er musterte Leon mit bewegungsloser Miene. Die schwere Waffe hielt er locker in den Händen; der Lauf war wie zufällig genau auf Leon gerichtet.

»*Bonjour.*« Leon räusperte sich. Siedend heiß wurde ihm bewusst, dass dieser Obsthain nicht zu Mathéos Landbesitz gehörte. »Ist das Ihr Grundstück?« Er kannte diesen Mann nicht, aber das bedeutete nichts, bislang hatte er kaum einen der Nachbarn aus der Nähe zu Gesicht bekommen.

Der Mann sah ihn weiterhin schweigend an.

»Sie haben nicht zufällig Monsieur Mathéo Gauvain gesehen? Ich muss ihn nämlich dringend sprechen.« Er trat einen Schritt zur Seite, nur zur Sicherheit, falls sich versehentlich ein Schuss lösen sollte.

Der Hagere schwieg nach wie vor, aber der Lauf seiner Flinte folgte kaum merklich Leons Bewegung.

»Also nicht ...«, deutete Leon das Schweigen des Mannes. »Nun gut, dann werde ich am besten rasch weitersuchen und Sie nicht weiter aufhalten. Ich wünsche noch einen angenehmen Tag.« Er wandte sich um und konnte fast körperlich die Waffe in seinem Rücken spüren. So rasch es seine Würde zuließ, verließ er den Obsthain.

Kurz bevor er außer Hörweite war, hörte er den Mann mit knurriger Stimme sagen: »Verschwindet von hier, ehe Schlimmeres passiert!«

Leon wagte nicht, sich umzusehen, und war sehr erleichtert,

als er endlich Mathéos Weiden erreichte. Er fand den alten Mann auf einer Hügelkuppe, wo er, sich nachdenklich am Kopf kratzend, in eine Senke starrte.

»Hallo, Mathéo.«

Der alte Mann wandte sich um und nickte ihm zu.

»Kann es sein, dass du einen schwer bewaffneten Nachbarn mit paranoider Schizophrenie und hohem Aggressionspotenzial hast?«

»Wie sah er denn aus?«

»Hager, um die fünfzig, Halbglatze, Augen wie Charles Bronson und ein Blick wie Klaus Kinski.«

»Wer ist Klaus Kinski?«

»Egal. Sagt dir die Beschreibung etwas?«

»Ja, das war Joseph Campenon.«

»Er sah so aus, als wollte er mich erschießen. Und er sprach unverhohlene Drohungen aus.«

»Zuweilen hat er eine sehr direkte Art«, bemerkte Mathéo. »Nimm es nicht persönlich.«

»Ach, soll ich vielleicht auch nicht persönlich nehmen, dass man uns von der Stromzufuhr abgeschnitten und zwanzig Meter Kabel entwendet hat?«

Mathéo hob die Brauen. Dann nickte er nachdenklich. »Ja.«

»Was haben die Leute denn gegen uns?«

»Sie haben Angst«, sagte der alte Bauer bedächtig und starrte zurück in die Senke.

Leon folgte seinem Blick und zuckte zusammen. Dort unten lag ein totes Schaf. Die helle Wolle war blutbespritzt, und es starrte mit leeren Augen zu ihnen hinauf. Er schluckte trocken. »Scheiße, wie ist das passiert?«

»Gute Frage«, erwiderte Mathéo.

»Könnte es eine Warnung sein?«

»Was meinst du damit?«

»Könnte es sein, dass deine Nachbarn dir auf ihre direkte Art mitteilen wollen, dass du uns nicht helfen sollst?«, konkretisierte Leon seinen Verdacht.

»Oh, das haben sie bereits getan. Aber mit dem Schaf hat das nichts zu tun, denke ich. Meine Nachbarn essen kein rohes Fleisch.«

Leon starrte auf den zerfetzten Bauch des Tieres. »Du meinst, es war ein Raubtier?« In seinem Magen machte sich etwas Ungutes breit, und er wandte rasch den Blick ab.

»Alles deutet darauf hin.«

»Vielleicht der streunende Hund, von dem ich dir erzählt habe.«

»Vielleicht.« Mathéo blickte ihn an. »Es ist das Château de Chamilot, das ihnen Angst macht. Grauenhafte Dinge sind dort geschehen. Und es gibt viele Geschichten über diesen Ort.«

»Spukgeschichten?«, hakte Leon nach.

Mathéo zuckte die Achseln. »Wenn du es so nennen möchtest.«

»Gibt es jemand, der mir mehr darüber erzählen könnte?«

»Die alte Aveline. Sie ist eine wahre Fundgrube, was Geschichten über die Ruine betrifft.«

»Vielleicht sollte ich sie tatsächlich aufsuchen«, sagte Leon nachdenklich. Als Historiker wusste er, dass solche alten Geschichten bisweilen einen Funken Wahrheit enthielten und schon so manchen Forscher auf eine interessante Spur gebracht hatten. Allerdings ging es ihm dabei nicht nur um ein größeres Verständnis für Matheós verrückte Nachbarschaft. Vielleicht wusste die Frau Dinge, die ihn in seiner Forschung weiterbrachten. »Wo kann ich sie finden?«

»Oh, das ist nicht weiter schwer. Sie wohnt ganz in der Nähe.« Mathéos Schnurrbart zuckte. »Aveline ist nämlich Joseph Campenons Mutter.«

Der Hohlraum

»Und – warst du erfolgreich?«, fragte Emma.

»Wie man es nimmt«, entgegnete Leon. »Ich weiß jetzt ein bisschen mehr über unsere Nachbarn. Wir haben nicht zufällig schusssichere Westen in unserer Ausrüstung?«

Emma verzog das Gesicht. »Vielleicht ist es vielleicht doch keine so schlechte Idee, die Polizei einzuschalten?«

»War nur ein Scherz. Aber halt dich lieber von der Apfelplantage fern. Übrigens wurde eines von Mathéos Schafen gerissen. Wie es scheint, treibt hier ein streunender Hund sein Unwesen. Du solltest also beim Joggen vorsichtig sein.«

»Ich habe immer ein Pfefferspray dabei.«

»Gut. Was macht der Generator?«

»Er läuft. Pawel hat ihn in Gang bekommen.«

»Hey, das sind ja mal richtig gute Nachrichten!« Leon ging zur Ausgrabungsstelle hinüber. Die Studenten waren bei der Arbeit, aber die Stimmung war gedrückt. Keine Scherze wurden gemacht und keine Funde kommentiert. Der Tag zog sich schleppend dahin, ohne dass es zu besonderen Vorfällen kam.

Am Nachmittag nahm Emma Leon mit Pawel im Schlepptau beiseite und fragte: »Du hast uns immer noch nicht erzählt, was es mit deinem Telefonat mit Prof Degenhardt auf sich hat.«

»Es wäre auch nicht dazu angetan, die trübe Stimmung aufzuheitern.«

Die muskulöse Archäologin verschränkte die Arme vor der Brust. »Er kürzt uns die Gelder?«, mutmaßte sie.

Leon seufzte. »Wenn es nur das wäre!«

Emma hob eine Braue. Pawel schluckte.

»Wir haben bis Donnerstag Zeit. Wenn wir bis dahin keinen

konkreten Hinweis auf den Riothamus gefunden haben, ist das Projekt gestorben.«

»*Merde!*«, fluchte die Französin.

»Aber das sind ja nicht mal mehr fünf Tage!«, entfuhr es Pawel.

»Du sagst es.« Leon fuhr sich mit der Hand durch die wirren Haare. Dabei drang ihm ein unangenehmer Geruch aus dem Bereich seiner Achselhöhle in die Nase, und ihm wurde bewusst, dass er an diesem Morgen nicht geduscht hatte.

»Sollen wir es den anderen sagen?«, wollte Emma wissen.

»Denkt ihr, dass es sie motivieren wird?«, gab er zurück.

»Wenn irgendetwas unsere Aussicht auf Erfolg stärkt, dann ja«, meinte Pawel.

»Abgesehen davon, haben sie auch ein Recht, es zu erfahren«, fügte Emma hinzu.

Leon nickte langsam. »Wir geben uns noch einen Tag, okay?«

»Das klingt fair«, sagte Pawel.

Emma nickte. »Gut.«

Die Arbeiten wurden bis 20 Uhr fortgeführt und die Grundmauern ein gutes Stück mehr freigelegt. Es gab fast zwei Dutzend Fundstücke, aber auf den ersten Blick versprachen sie keinen Durchbruch. Leon entließ seine müde Truppe in den Feierabend und bemühte sich mehr als gewöhnlich, anerkennende und mutmachende Worte zu finden – mit zweifelhaftem Erfolg, wenn er sich die Gesichter seiner Studenten ansah.

Leon blieb noch ein wenig länger und fotografierte die Funde. Dann schlurfte er müde zu seinem Camper und schaltete den Laptop ein, um die Fotos zu speichern. Während der Computer hochfuhr, fiel sein Blick auf das Tagebuch. Er hatte einen Großteil der beschriebenen Seiten gelesen. In den meisten Aufzeichnungen ging es um die kleine Welt des Frauenstifts. Eine Mitschülerin war schwer erkrankt, und Angélique machte sich Sorgen um ihre Schwester, der es offenbar ebenfalls nicht gut ging.

Leon schlug das Buch aufs Geratewohl auf und landete genau auf der Seite, die er zuletzt gelesen hatte. »Wenn das mal kein

Zeichen ist«, murmelte er spöttisch. Dann stutzte er und betrachtete das Buch genauer. Es war weder Schicksal noch Zufall, dass er genau diese Stelle aufgeschlagen hatte. Irgendetwas stimmte mit dem Einband nicht. Er schob den Laptop beiseite und betrachtete die Bindung im Licht der Schreibtischlampe genauer: Da war eine Lücke. Er legte das Buch aufgeschlagen mit dem Gesicht nach unten auf den Tisch und drückte, bis der Einband bedrohlich knirschte. Irgendjemand hatte eine ganze Reihe von Seiten dicht an der Bindung herausgerissen. Leon schätzte, dass mindestens dreißig Tagebuchseiten entfernt worden waren. Bei Angéliques sporadischen Einträgen konnte das einen Zeitraum von mehreren Jahren bedeuten. Als er weiterblätterte, stellte er fest, dass noch mehr Seiten aus dem Buch herausgetrennt worden waren. War sie selbst das gewesen oder jemand anderes? Und vor allem: Warum hatte man es getan? Seine Neugier war geweckt.

Er blätterte zur nächsten Seite.

Château de Chamilot, vermutlich den 21. Dezember 1793
oder den 1. Nivôse des Jahres II nach der neuen Zeitrechnung

Licht, kostbares Licht! Selbst hier muss die Finsternis für eine Weile fliehen. Ein Kerzenstummel, mit Wachs auf dem nackten Boden befestigt, eine winzige, zitternde Flamme – das ist alles, was mich von den Dämonen der Verzweiflung trennt, die mich umtanzen und mit mir spielen wie Katzen mit ihrer Beute. Sie zerren Bilder aus mir hervor, die ich mit aller Macht vergessen möchte. Ich werde wieder zu einem kleinen Mädchen, das in atemloser Furcht in der Dunkelheit liegt und nicht zu atmen wagt, weil der namenlose Schrecken in den schwarzen Winkeln seines Zimmers lauert.

Aber nun müssen die Dämonen für einen Augenblick schweigen. Obwohl mein Kerker so klein ist, dass ich nur zusammengekrümmt darin liegen kann, lassen sich die Schatten nicht vollständig vertreiben; und dort lauern sie nun, leise wispernd und geduldig harrend, bis die Finsternis über mich hinwegflutet und sie freigibt.

Ich bin wieder hier, an jenem dreimal verfluchten Ort, in jener Burg, die ich so oft als ein Gefängnis empfand. Nun ist sie wahrhaft zu meinem Kerker geworden. Welche Ironie!

Man sagte mir, ich würde täglich Wasser und Bot erhalten. Zehnmal schob man eine blecherne Schale mit dem widerlichen Fraß, den sie hier Wasser und Brot nennen, in dieses Loch. Also müssen zehn Tage vergangen sein, als ich zum letzten Mal das Licht der Sonne sah.

Es kommt mir vor wie eine halbe Ewigkeit. Die Zeit folgt anderen Regeln, wenn man in dieser Schwärze hockt. Sie lässt meine Menschlichkeit zerrinnen. Ich merke, wie ich sinnlose Dinge tue, wie ich halblaut verstümmelte Melodien vor mich hin summe und mit wunden Fingern den immer gleichen Rhythmus auf die kalten Steine klopfe. Ich schaukle vor und zurück, meine Arme zerkratzend, als könnte der Schmerz mich trösten. Dann lausche ich auf die fernen Stimmen, die hin und wieder die Mauern durchdringen; und etwas flüstert in mir: Das sind die Geister der Toten. Die jene Wälle zuerst errichteten, wurden ermordet, und ihr Klagen dringt durch die Mauern des Burgfrieds. Victoire hatte uns davon erzählt; sie kannte unzählige solcher Geschichten. Damals hatten ihre Worte einen wohligen Schauder des Grauens in uns Kindern ausgelöst – der Grund des alten Burgfrieds war fern. Aber nun bin ich hier, und ihre Worte scheinen Wirklichkeit zu werden.

Dabei sollten mich die Toten nicht schrecken können. Sind nicht die, die ich am meisten liebte, bereits tot? Nein, nicht alle, wenigstens einer lebt noch, und ich habe ihn in den schmutzigen Gassen von Nantes im Stich gelassen. Ich war so dicht vor meinem Ziel, so dicht – und dann ... Warum hast du das zugelassen, Gott? Bist du nicht der Weltenlenker? Bist du nicht der, der das Schicksal in seiner Hand hält? Oder ist die Wahrheit komplizierter? Mache ich es mir zu leicht?

Ich starre in die Flamme, und zum ersten Mal seit geraumer Zeit habe ich das Gefühl, nicht vollkommen allein zu sein. Bald ist Weih-

nachten! Und das Licht scheint in der Finsternis. Merkwürdig, ich habe diese Worte aus dem Evangelium des Johannes so oft gehört. Aber in all dem weihnachtlichen Kerzenschein habe ich mir nie deutlich gemacht, was sie bedeuten. Sie bedeuten, dass die Finsternis eine furchtbare, mächtige und allgegenwärtige Realität ist. Es gibt sie wirklich, die echte Finsternis. Es gibt die blinde, sinnlose Bösartigkeit, die nur zerstört und Schmerzen bereitet. Aber das Licht scheint in die Finsternis ...

Schritte! Ich muss vorsichtig sein. In dieser Hölle ist selbst die Flamme einer einzigen Kerze mehr, als mir meine Peiniger zugestehen wollen. Ich will die barmherzige Seele, die mir mein Tagebuch und diesen Kerzenstummel brachte, nicht in Gefahr bringen.

Es schmerzt mich, diese Flamme löschen zu müssen, aber wenigstens kann ich so die Verhältnisse umkehren, und die schreckliche Dunkelheit wird mir Schutz gewähren.

Leon lehnte sich zurück und schürzte die Lippen. Das Leben Angéliques hatte eine dramatische Wendung genommen. Was war geschehen, dass sie, Jahre später, an den Ort ihrer Geburt zurückgekehrt war und nun in einem winzigen Kerkerloch hockte und mit furchtbaren Ängsten kämpfte?

Er starrte auf die hastig hingeworfenen Zeilen. Es war, als hätten die Seiten mit der Tinte auch ein wenig der Verzweiflung Angéliques in sich aufgesogen. Er konnte sie noch immer spüren.

Unwillkürlich fragte er sich, welche Gedanken ihm wohl an ihrer Stelle durch den Kopf gegangen wären und wo er Trost gesucht hätte. Er argwöhnte, dass seine Hilflosigkeit nicht geringer gewesen wäre, ganz im Gegenteil.

Ein Flackern ließ ihn aufblicken. Der Laptop schaltete auf Standby. Die Worte »Carpe Diem« wanderten als wabernder Schriftzug über den schwarzen Bildschirm. »Nutze den Tag« – es war der mahnende Hinweis an sich selbst, effektiv zu sein. Für einen kurzen Moment fragte er sich, ob Effektivität nicht ein reichlich schwacher Ausdruck für die wahre Bedeutung dieser Worte war. Dann fiel er unwillkürlich in die analytischen Gedankengänge des Historikers zurück und begann, die Informationen aus dem Text herauszuziehen.

Es war ein Zeichen bitterer Ironie, dass Angélique de Vantes hinter dem klassischen Datum des 21. Dezember 1793 auch die Zeit nach dem neuen republikanischen Kalender notiert hatte. Dieser Kalender setzte einen Tag nach der Erstürmung der Bastille ein und kehrte sich gänzlich von der gregorianischen Zeiteinteilung ab. Vernunft sollte von nun an alles beherrschen. Es wurde die Dekade eingeführt, eine Zehn-Tage-Woche. Man gab den Monaten und Tagen neue Namen; alles Christliche wurde verbannt.

Es war die Zeit der *Grande Terreur.* Unter der Herrschaft der Jakobiner wurde der Begriff des Terrorismus geboren. Tausende wurden in Schnellgerichten zum Tode verurteilt. In der Vendée herrschte ein von beiden Seiten grausam geführter Bürgerkrieg zwischen Republikanern und Royalisten. In Nantes richtete Jean-Baptiste Carrier, ein Kommissar des Konvents, ein schreckliches Blutbad an.

Ein Großteil des Adels war aus dem Land geflohen. Aber Angélique de Vantes war geblieben; es hatte sie ausgerechnet an jenen gefährlichen Ort getrieben. War sie am Vendée-Aufstand beteiligt gewesen? Das war durchaus möglich, aber Leon bezweifelte es. Ihre Andeutungen waren persönlicherer Natur. Sie hatte jemanden, den sie liebte, im Stich gelassen; in den schmutzigen Gassen von Nantes war sie gescheitert, woran auch immer.

Aber warum waren Seiten aus dem Tagebuch entfernt worden? Deutete das nicht doch auf politische Verstrickungen hin? Leon erhob sich und wanderte nachdenklich in dem engen Camper auf und ab. Die Frage war, wer diese Seiten entfernt hatte. War es Angélique selbst gewesen oder jemand anderes? Vielleicht sogar jene »barmherzige Seele«, die das Buch ins Gefängnis hineingeschmuggelt hatte? Für die Beantwortung dieser Frage war es entscheidend zu wissen, wer das Tagebuch versteckt hatte.

Leon wusste, dass er sich eigentlich gar nicht damit beschäftigen sollte. Hatte er nicht ganz andere Sorgen? Wäre es nicht vernünftiger, sich zu überlegen, wie er dieses zum Scheitern verurteilte Projekt abwickeln konnte, ohne seinen wissenschaftlichen Ruf für immer zu ruinieren? Andererseits brauchte auch er irgendwann mal einen Feierabend, und warum sollte er ihn nicht nutzen und dem Geheimnis dieses Tagebuchs auf die Spur kommen? Entschlossen griff Leon nach dem Buch und verließ den Wagen. Er musste noch einmal zum Fundort.

Die Sonne war bereits untergegangen, und die Abendluft war feucht und kühl. Leon mochte den schweren, erdigen Geruch, den sie in sich trug. Er schloss die Tür und schlenderte hinüber zu dem mit Planen überspannten Grabungsort.

Ein wütendes, heiseres Bellen hallte durch die hereinbrechende Nacht. Schon wieder dieser Hund! Plötzlich ging das Bellen in schmerzerfülltes Jaulen über, und gleich darauf krachte ein Schuss. Leon stutzte. Was war da los? Ein zweiter Schuss hallte zu ihm herüber. Dann kehrte Stille ein. Unwillkürlich starrte Leon zur Apfelplantage, die in der Abenddämmerung kaum mehr war als ein grauer Schatten. Dieser schießwütige Nachbar machte ihn nervös. Andererseits würde er sich wohlerfühlen, wenn dieser riesige Köter nicht weiter in der Gegend herumstreunte. Man konnte ja fast glauben, sie wären irgendwo in den Karpaten und nicht in Westfrankreich. Irgendetwas an diesen Geräuschen war seltsam gewesen, aber er hatte keine Lust, sich weiter damit auseinanderzusetzen. Kopfschüttelnd wandte Leon sich ab.

Die Luft unter den Planen war stickig. Er schaltete seine Taschenlampe ein, trat vorsichtig über Mauerreste, Beleuchtungskabel und Grabungswerkzeug. Schließlich erreichte er das große Rund des Burgfrieds. Er suchte den Ort, an dem sie den Hohlraum entdeckt hatten. Der Strahl seiner Taschenlampe huschte über das winzige Viereck, das einmal ein kaum zwei Quadratmeter großer Raum gewesen war. Er schauderte. War dies der Ort gewesen, an dem Angélique de Vantes den Tod erwartet hatte? Der Wissenschaftler sah sich um. Sie hatten noch mehrere Räume hier unten freigelegt, insgesamt ein knappes Dutzend. Dieser allerdings war der kleinste gewesen, und Angélique hatte ihr Gefängnis als winzig beschrieben. Dabei musste er berücksichtigen, dass sie vermutlich nicht größer als 1,55 Meter gewesen war, was der durchschnittlichen Körpergröße der Frauen in jener Zeit entsprach. Es war also sehr wahrscheinlich, dass die junge Frau tatsächlich dort eingesperrt gewesen war. Ein seltsames Gefühl beschlich Leon, als er die freigelegten Mauersteine betrachtete. Hatte sich Angélique dort in ihrer Verzweiflung die Finger blutig gekratzt?

Leon begab sich an die Stelle, an der der Student das Tagebuch gefunden hatte. Er befand sich dabei auf der Gangseite der Mauer. Das würde dafür sprechen, dass ein anderer das Buch verborgen hatte. Leon kniete nieder und leuchtete in die Öffnung des kleinen Hohlraums, doch er konnte nichts Außergewöhnliches erkennen. Er legte die Taschenlampe beiseite. Einem spontanen Impuls folgend, streckte er seine Hand in das Loch und drückte kräftig gegen die andere Seite des Hohlraums. Zuerst geschah nichts. Er drückte stärker, und plötzlich löste sich einer der Mauersteine und fiel mit einem dumpfen Geräusch in die Zelle.

»Ha!« Er ballte die Faust. Der Hohlraum hatte eine zweite Öffnung. Leon griff nach der Taschenlampe, und im selben Moment schien plötzlich der Raum zu schwanken. Vielleicht hatte er sich zu rasch gebückt, oder sein Kreislauf spielte verrückt. Die grob behauenen Mauersteine flimmerten vor seinen Augen. Der Wissenschaftler schüttelte den Kopf, um die Benommenheit abzuschütteln, und leuchtete in den Hohlraum. Die zweite Öffnung war kleiner. Er nahm das Buch zur Hand und schob es durch den Hohlraum bis zur zweiten Öffnung – ja, es würde problemlos hindurchpassen. Aber wie war es mit dem Lederkoffer?

Leon wollte gerade aufstehen, um ihn zu holen, als der Raum sich plötzlich auf übelkeiterregende Art und Weise zu drehen begann. Ein kalter Hauch streifte ihn, und ein bestialischer Gestank drang in seine Nase. Im nächsten Moment knallte rauer Stein mit brutaler Gewalt gegen seine Schläfe. Leon sackte keuchend zu Boden; es klirrte, und das Licht erlosch.

Einen Moment lang war er so benommen, dass er die Orientierung verlor. Sein Schädel dröhnte. Verflucht! Was war das? Ein Erdbeben? Mit zitternden Händen ertastete er den Schmerz. Etwas lief warm über seine Fingerspitzen. Er blutete, und die Taschenlampe war auch zu Bruch gegangen. Heute war definitiv nicht sein Glückstag! Es war wohl besser, er nahm das Tagebuch an sich, bevor ein erneutes Beben die Mauer einstürzen ließ und es beschädigte. Seine Hände zitterten. Ungeschickt griff er mit seinen blutverschmierten Fingern in die Buchseiten. Leon fluchte leise. Er war wahrlich ein Meisterarchäologe; nun beschädigte er auch noch die Fundstücke. Sein Ärger endete abrupt, als die Erde erneut unter seinen Füßen wegzugleiten schien. Er vernahm ein merkwürdiges Geräusch. Dann schlug er hart mit dem Hinterkopf auf, und es wurde Nacht um ihn!

»Leon?« Ein klatschendes Geräusch war zu vernehmen.

»Leon!« Wieder ein klatschendes Geräusch. Ein Brennen auf seiner Wange durchdrang den Schmerz seines dröhnenden Schädels. Seine Augenlider flatterten.

»Gott sei Dank, er kommt zu sich!«, vernahm er eine Stimme.

Er atmete tief ein und versuchte, Kraft zu schöpfen.

»Leon, bleib bei uns.« Erneut wurde seine Wange malträtiert. »Wach auf!«

Ein Stöhnen entrang sich seiner Kehle, flirrende Helligkeit zwängte sich durch den Spalt seiner Augenlider, und schließlich konnte er verschwommen ein bekanntes Gesicht über sich ausmachen.

»Leon!« Ein Lächeln breitete sich auf einem besorgten Frauengesicht aus. Sechs weitere Gestalten beugten sich über ihn. Jemand hatte die Beleuchtung eingeschaltet, und es war taghell.

»Emma«, krächzte Leon. Er hustete. »Hältst du es wirklich für eine gute Idee ... einen Mann ... mit Schädelverletzungen zu ohrfeigen?«

Seine Kollegin grinste. »Schön, dass du wieder da bist.«

»Komm, ich helf dir hoch.« Pawel reichte ihm die Hand.

Leon winkte ab. »Einen kleinen Moment noch.«

Emma bat eine Studentin, einen Becher Wasser zu holen. Alle anderen starrten ihn an, noch etwas besorgt, aber ansonsten sehr gefasst.

»Ist alles in Ordnung?«, krächzte er.

Als die Studentin mit dem Wasser kam, hob Emma behutsam seinen Kopf auf ihre Knie und gab ihm schluckweise zu trinken.

»Niemand sonst verletzt worden?«, hakte er nach.

Emma runzelte die Stirn. »Verletzt? Warum sollten wir denn verletzt sein?«

Leon richtete sich ein wenig mehr auf und schloss die Augen, bis der erneut aufkommende Schwindel vergangen war. »Nun ja, es hätte ja sein können. So ein Beben ereignet sich ja nicht alle Tage. Ist die Ausrüstung okay?«

Emma sah ihm nachdenklich in die Augen. »Was für ein Beben?«

»Na, das Erdbeben. Ihr müsst es doch auch gespürt haben.«

Leon konnte sehen, wie die anderen sich seltsame Blicke zuwarfen. Schließlich sagte Pawel: »Leon, es gab kein Erdbeben.«

»Soll das ein Scherz sein?«

Die Falten auf Emmas Stirn wurden tiefer. »Pawel war auf dem Weg zu den Toiletten, als er ein Geräusch hörte. Er sah nach und fand dich hier auf dem Boden liegend. Er hat uns sofort alarmiert.«

Leon blickte zu seinem Assistenten hinüber.

Der junge Mann nickte ernst.

»Na schön.« Leon winkte ab. »Möglicherweise hatte ich ein paar Kreislaufprobleme. Hilfst du mir mal?« Er ergriff Pawels Hand und versuchte, sich aufzurichten. Emma stützte ihn von hinten. Sofort flimmerte es vor seinen Augen, und der Raum schien sich zu drehen. »Okay, ich glaube, ich bleibe noch einen Augenblick sitzen.«

Irgendjemand holte einen Stuhl, und zu zweit hievten Pawel und Emma ihn dort hinauf. »So ist's bequemer«, schnaufte sein Assistent.

Leon kam sich vor wie ein gebrechlicher alter Mann. Die allgemeine Aufmerksamkeit war ihm allmählich peinlich. »Okay, meine Damen und Herren, die Show ist vorbei. Ich hatte einen kleinen Schwächeanfall, aber mir geht's gleich wieder besser. Sie können sich getrost schlafen legen, wir haben morgen einen langen Tag vor uns.«

Nur zögernd zerstreuten sich die Studenten.

»Pawel, sei so gut, und hol das Tagebuch aus dem Hohlraum. Ich möchte nicht, dass es die Nacht über dort liegen bleibt.«

»Was für ein Tagebuch?«, fragte Emma. Ihr betont gleichmütiger Tonfall ging Leon allmählich auf die Nerven.

»Jetzt hör auf, mich anzusehen, als sei ich altersdement. In dem Lederkoffer, den wir gestern gefunden haben, lag das Tagebuch von Angélique Maria Pauline de Vantes. Ich bin noch nicht dazu gekommen, dir davon zu erzählen, schließlich haben wir genug andere Sorgen ...«

»Du meinst den Hohlraum hier drüben«, rief Pawel.

»Natürlich, einen anderen haben wir bislang ja noch nicht entdeckt!« Leon wünschte sich jetzt sehnlichst zwei Aspirin und sein Bett.

»Tut mir leid, Leon. Hier liegt kein Buch.«

»Vielleicht ist es runtergefallen. Es kann auch im Gang oder in der Zelle liegen.« Leon ignorierte Emmas Blicke und betastete vorsichtig seinen schmerzenden Hinterkopf. Er erfühlte eine gewaltige Beule.

»Leon?« Pawel stand vor ihm und betrachtete ihn mit seltsamem Gesichtsausdruck. »Dort liegt kein Buch.«

Leon seufzte. »Es kann sich ja wohl schlecht in Luft aufgelöst haben.« Er versuchte, sich aufzurichten, und Pawel sprang rasch vor und griff nach seinem Arm.

»Leon«, sagte seine Kollegin leise, »vielleicht ist es besser, wenn wir dich ins Krankenhaus fahren.«

»Jetzt hör endlich auf damit!«, fuhr Leon sie an.

»Womit?«, fragte Emma, und ihr Tonfall gefiel ihm gar nicht.

»Ihr behandelt mich, als wäre ich nicht ganz richtig im Kopf.

Das Buch muss hier irgendwo liegen! Vielleicht hat jemand es gefunden und zu den Fundsachen gelegt?«

Emma blickte zu den Tischen hinüber. »Da ist nichts.«

»So schwer kann das doch nicht sein«, fauchte Leon. »Helft mir mal.«

Pawel und Emma warfen sich einen bedeutungsvollen Blick zu. Dann griffen sie Leon unter die Arme. Sein Magen drehte sich, und Funken tanzten vor seinen Augen, als er aufstand. Aber nach ein paar Atemzügen ging es besser. Er ließ sich zum Hohlraum führen. Da war tatsächlich nichts außer einem blutigen Fleck auf dem Boden. Leon schluckte. Er überprüfte die Tische mit den Fundsachen – keine Spur des Buches. Ob einer der Studenten es an sich genommen hatte? Aber warum? Das ergab keinen Sinn. Pawel und Emma sagten kein Wort, aber das brauchten sie auch nicht.

»Ich glaube, ich muss ins Bett«, sagte er mit gepresster Stimme.

»Ich glaube, du musst ins Krankenhaus«, widersprach Emma.

»Unsinn«, knurrte Leon. »Das ist mindestens eine Stunde Fahrt, und zuerst geht es über holprige Feldwege. Das kann ich wirklich nicht gebrauchen. Zwei Aspirin und ein paar Stunden Schlaf ... Wenn es dann nicht besser ist, können wir morgen meinetwegen zum Arzt fahren.«

Emma nickte nach einem kurzen Zögern. »Gut. Aber einer von uns bleibt heute Nacht bei dir.«

Leon verzog das Gesicht, sagte aber nichts. Er hatte keine Kraft mehr für eine weitere Diskussion.

Es dauerte fast zehn Minuten, bis er endlich auf seinem Bett saß, zwei Aspirin und ein Glas Wasser in der Hand. Auf dem Schreibtisch stand der geöffnete Koffer. Wo war nur dieses verdammte Tagebuch? Er hatte sich das Ganze nicht eingebildet – das war doch völlig absurd ... oder?

Leon schluckte die Tabletten, während Emma das Licht löschte. Er ließ sich auf die Kissen sinken und schloss die Augen.

Die Bestie vom Gévaudan

Ein Sturm brauste über das Land, zerrte an den hohen Hecken, riss das Stroh von den Dächern und brach Äste in den Wäldern. Der Frühling war nicht mehr fern, aber der Winter schien sich mit aller Kraft zu wehren.

Mit finsteren Blicken starrte Angélique aus dem Fenster. Die aufgewühlte Natur spiegelte sehr nachdrücklich den Zustand ihrer Seele wider. Es war fast drei Monate her, seit Thérèse ihr ihre Schwangerschaft gestanden hatte. Seitdem war kein Tag vergangen, an dem Angélique sie nicht gedrängt hatte, endlich mit Mutter Agnes zu sprechen. Thérèse war immer blasser und durchscheinender geworden. Sie aß kaum noch etwas und magerte zusehends ab, aber das Baby in ihrem Bauch wuchs. Mittlerweile ließ es sich kaum noch verbergen. An diesem Tag hatte Thérèse endlich die Äbtissin aufgesucht. Das Gespräch hatte fast zwei Stunden gedauert. Als sie endlich aus den Räumlichkeiten von Mutter Agnes trat, hatte Angélique ihre Schwester kaum wiedererkannt. Thérèse sah aus wie eine wandelnde Tote. Ohne ein weiteres Wort war sie an Angélique vorbei in ihr Zimmer gegangen und hatte sich dort eingeschlossen.

Bodendielen knarrten, und Angélique fuhr herum. Aber es war nur eine der jüngeren Schülerinnen, die mit gesenktem Blick durch den Raum huschte. Die Tür wurde wieder geschlossen. Die Äbtissin ließ sie warten. Als Thérèse in ihrem Zimmer verschwunden war, war Angélique zu den Räumen der Äbtissin zurückgestürmt, jedoch sehr schroff abgewiesen worden. Mutter Agnes werde mit ihr reden, wenn es an der Zeit sei. Offenbar fand die Äbtissin es dringlicher, junge Schülerinnen für irgendeinen albernen Streich zu schelten, als sich Angéliques Fragen zu stellen. Nun, auch Angélique hatte etwas von der Sturheit der de Vantes. Sie würde hier ausharren, und wenn es die ganze Nacht dauerte.

Wie gut wäre es gewesen, jetzt eine Familie zu haben, die zusammenstand! Angélique wusste nicht, ob es so etwas in der Realität gab. Sie selbst jedenfalls hatte es noch nie erlebt. Ihre Familie war in alle Winde verstreut, und jeder schien mit seinem eigenen Leben beschäftigt. Ihr Vater war in Paris und bereitete die Eröffnung der Generalstände vor. Obwohl er durch seine Heirat zum hohen Adel gehörte, war er zum Delegierten des dritten Standes gewählt worden – ein Affront gegenüber der Familie seiner Frau.

Jean-Louis war inzwischen zum Oberst aufgestiegen und noch immer in der Bretagne stationiert. Nur selten trafen Briefe von ihm ein. In seinem letzten Schreiben erwähnte er, dass ihre Mutter nach Rom gereist war. Das war ungewöhnlich, denn sie verließ Château de Chamilot nur sehr selten, und sie hatte nie etwas von solchen Plänen erzählt. Aber der Abt von Saint-Christophe hatte eine Audienz beim Papst erwirkt, und zu diesem Anlass wäre die Mutter wahrscheinlich auch um die halbe Welt gereist.

Angélique starrte unablässig aus dem Fenster. Der Sturm hatte einen Mistelbusch aus dem Geäst gerissen und trieb ihn wie einen Spielball quer über die Viehweide.

In diesem Augenblick wurde die Tür hinter ihr leise geöffnet. »Ihr könnt jetzt eintreten«, erklang die weiche Stimme von Schwester Judith.

Angélique wandte sich um. Ihr Herz begann, schneller zu schlagen. »Danke.«

Die dicke Ordensschwester lächelte schmallippig. Sie ließ die Tür halb offen stehen, nickte Angélique zu und verließ den Vorraum Richtung Flur. Offenbar wollte Mutter Agnes unter vier Augen mit ihr sprechen.

Angélique reckte das Kinn und trat ein. Die Ordensmutter

hatte ihr den Rücken zugewandt und blickte durch das verglaste Fenster hinaus in den Sturm. »Setzt Euch«, sagte sie leise, ohne sich umzudrehen.

Die junge Frau gehorchte. Mit klammen Fingern umfasste sie die geschnitzte Armlehne des Lehnstuhls.

Die Äbtissin rührte sich nicht von der Stelle, und das Schweigen zog sich über mehrere Minuten hin. »Nun?«, fragte sie schließlich.

»Ich ...«, Angélique räusperte sich. »Ich wollte mit Euch reden, Mutter Agnes.«

»Warum tut Ihr es dann nicht?«, erwiderte die Äbtissin.

Angélique starrte auf den Rücken der Ordensfrau. Dann holte sie tief Luft und sagte: »Thérèse ... Sie hat mit Euch gesprochen.«

Mutter Agnes starrte in das Wüten des Sturms.

»Und ... sie sah furchtbar aus, als sie zurückkam«, fuhr Angélique fort. Sie betrachtete den Rücken der Äbtissin, als könne ihr der schwarze Stoff verraten, was in der Frau vor sich ging. »Sie hat sich in unserem Zimmer eingeschlossen. Ich mache mir große Sorgen um sie.«

Schweigen.

»Mutter Agnes, was habt Ihr Thérèse gesagt?«

Die Äbtissin ignorierte ihre Worte. Stattdessen fragte sie: »Wenn Ihr Euch so große Sorgen macht, warum seid Ihr nicht eher zu mir gekommen?«

»Aber ich habe Thérèse doch seit Monaten gedrängt, mit Euch zu reden«, erwiderte Angélique.

»Vielleicht habt Ihr das«, sagte Mutter Agnes und wandte sich um. Ihre Augen blickten kühl. »Und meint Ihr auch, dass Ihr Eure Verantwortung Eurer Familie und dem Stift gegenüber damit angemessen wahrgenommen habt?«

»Aber was hätte ich denn tun sollen?«, fragte Angélique mit heiserer Stimme. Sie spürte, wie sich ihre Kehle zuschnürte.

»Ja, was hättet Ihr wohl tun können?«, fragte Mutter Agnes. Der Zynismus in ihrer Stimme war scharf wie ein

Skalpell. »Letztlich hattet Ihr wohl keine andere Wahl, als alle Last auf den Schultern Eurer Schwester zu belassen. Damit habt Ihr Eurer Familie und dem Stift schweren Schaden zugefügt.«

Angélique schluckte trocken. *Das ist ungerecht,* wollte sie sagen. *Ich konnte doch nicht hinter Thérèses Rücken von ihrer Schwangerschaft erzählen.* Aber kein Wort kam über ihre Lippen. Die Äbtissin hatte ja recht. Sie hätte etwas tun müssen, irgendetwas.

»Dieser Ort ist Gott und dem heiligen Georges geweiht. Ein Ort der Weisheit, des stillen Gebets und der Fürsorge, und Ihr habt ihn zu einem Sündenpfuhl gemacht, ihn beschmutzt und seinen heiligen Namen in den Dreck gezogen!«

»Aber –«

»Angélique Maria Pauline de Vantes«, unterbrach die Äbtissin sie mit eisiger Stimme, »wollt Ihr Eure Verantwortung etwa leugnen? Wer die Möglichkeit hat zu helfen und es nicht tut, der begeht eine schwere Sünde. Nun wird Thérèse die Konsequenzen tragen müssen!«

Angélique sah sie mit großen Augen an. »Was wollt Ihr damit –?«

»Geht, kümmert Euch um Eure Schwester!« Der Blick, mit dem die Äbtissin sie bedachte, ließ Angélique verstummen. Sie nickte.

Wie eine Schlafwandlerin tappte sie durch die Gänge. Was hatte die Äbtissin gemeint? Sie würde später noch einmal mit ihr reden, wenn die Wogen sich geglättet hatten.

Es kostete sie eine Stunde, Thérèse dazu zu überreden, die Tür zu öffnen. Und als sie schließlich ihrer Schwester gegenüberstand, sagte diese kein Wort. Eine Woche lang behielt sie ihr Schweigen bei. Thérèse aß fast nichts, rührte kein Brot an. Das Einzige, was sie zu sich nahm, waren einige Winteräpfel und Milch.

Dann kam der Husten und mit ihm das Fieber.

Leon saß am Computer in seinem Camper. Den halben Vormittag hatte er damit verbracht, zum Arzt und wieder zurückzufahren. Es bestand der Verdacht auf eine Gehirnerschütterung, und man hatte ihm Bettruhe verordnet. Um Emma zu beruhigen, die sich aus unerfindlichen Gründen auf einmal wie eine Glucke verhielt, hatte er sich tatsächlich eine halbe Stunde ins Bett gelegt, aber lange hatte er es dort nicht ausgehalten. Nun saß er vor dem Bildschirm und versuchte, die Fotos der Ausgrabungsfunde zu katalogisieren; doch immer wieder schweiften seine Gedanken ab, und er stellte fest, dass er an seinem Bildschirm vorbei aus dem Fenster starrte. Es konnte doch nicht sein, dass das Tagebuch einfach verschwunden war! Irgendjemand musste es an sich genommen haben, aber wer und warum? Angéliques Aufzeichnungen besaßen historisch gesehen keinen herausragenden Wert. Aus jener Zeit gab es unzählige Augenzeugenberichte. Abgesehen davon vertraute Leon seinen Studenten. Es gab keinen, dem er einen Diebstahl zugetraut hätte.

Wollte man ihm einen Streich spielen? Sehr unwahrscheinlich. Er kratzte sich nachdenklich am Kinn. Vielleicht hatte Emma das Buch an sich genommen, damit er sich wieder voll und ganz auf das Projekt konzentrierte? *Nein*, er schüttelte den Kopf. Das wäre nicht ihre Art. Sie hätte ihm einfach ihre Meinung gesagt.

Was das Ganze noch skurriler machte, war der Umstand, dass eigentlich niemand außer ihm von diesem Buch wissen konnte. Das war zwar nicht beabsichtigt gewesen, aber es hatte sich so ergeben. Er hatte den Koffer erst geöffnet, als alle anderen längst in ihren Quartieren waren. Das Buch hatte in seinem Camper gelegen. Er hatte es niemandem gezeigt und niemandem davon erzählt – bis es verschwunden war.

Hatte jemand anderes davon gewusst, ohne dass er es ahnte? Gab es irgendein Geheimnis, das jemand unter allen Umständen schützen wollte? Unwillkürlich dachte er an einen hageren Mann mit irrem Blick und einer geladenen Jagdflinte in der Hand. *Unsinn.* Er schüttelte den Kopf. *Jetzt werde ich langsam paranoid.* Und außerdem erklärten all diese Überlegungen nicht das Beben – warum hatte keiner der anderen das Beben gespürt? Der Boden hatte geschwankt, ganz eindeutig! Der Verband um Leons Stirn und seine hämmernden Kopfschmerzen sprachen eine deutliche Sprache. Er hatte sich das Ganze nicht eingebildet! Oder doch? War die psychische Anspannung so hoch, dass er anfing zu halluzinieren? Und der schwankende Boden? Er kannte einen Kollegen, der aufgrund eines akuten Erschöpfungssyndroms unter heftigsten Schwindelattacken litt.

Leon nagte an der Unterlippe. Er speicherte die Bilddateien ab und gab den Namen »Angélique Maria Pauline de Vantes« bei Google ein: keine relevanten Treffer. Nun, das bedeutete noch gar nichts. Er begann, tiefer in die Tiefen des World Wide Web einzudringen. Das Château de Chamilot war bis 1793 im Besitz der de Vantes gewesen. Als letzter Burgherr wurde eine Frau angegeben: Cecile Maria Thérèse de Vantes, Angéliques Mutter. Das war verwunderlich, da sie zu diesem Zeitpunkt angeblich bereits im Ausland weilte. Aber möglicherweise hatte jemand anderes in ihrem Namen die Burg verwaltet. Er forschte weiter und landete bei einer Abgeordnetenliste der ersten französischen Nationalversammlung von 1789. Dort gab es keinen David de Vantes, wohl aber einen David Marceau. Das war der bürgerliche Name von Angéliques Vater gewesen. Sicherlich war der Name für die damalige Zeit nicht ungewöhnlich; aber es sprach einiges dafür, dass es sich um denselben Mann handelte – immerhin, ein Anfang. Dann fand Leon heraus, dass es tatsächlich einen Offizier namens Jean-Louis de Vantes gegeben hatte. Details waren aber nicht herauszubekommen. Im Bildarchiv des Kunstmuseums von Nizza stieß er dann endlich auf den Namen »Angélique de Vantes«. In einer Liste wurde ein Porträt erwähnt, das im Jahre 1787 gemalt worden war. Leon trommelte mit den Fingern nachdenklich auf die Tischplatte. Dann stellte er eine offizielle Anfrage auf Zusendung eines digitalisierten Fotos des Bildes. In seiner Begründung improvisierte er ein wenig, aber als Historiker standen seine Chancen nicht schlecht. Es wäre faszinierend, zu der Person, die er inzwischen recht gut zu kennen glaubte, auch ein Bild zu haben. Außerdem wäre es ein klarer Beweis –

»Was machst du da?«, riss ihn eine barsche Stimme mit französischem Akzent aus seinen Gedanken.

Er zuckte schuldbewusst zusammen und ließ die Website des Kunstmuseums hastig verschwinden. »Ich arbeite«, erwiderte er reflexartig und wandte sich Emma mit einer Miene zu, die seines Erachtens ein perfektes Abbild geschäftiger Unschuld darstellte.

»Du sollst nicht arbeiten!«, fuhr sie ihn an. »Und das weißt du ganz genau. Dein schlechtes Gewissen steht dir doch ins Gesicht geschrieben!«

»Mein schlechtes Ge... – also jetzt reicht es aber! Ich habe lediglich ein paar Bilder sortiert. Das wird mir wohl noch erlaubt sein.«

»Nein!«

»Emma, vergisst du möglicherweise gerade, dass ich der Leiter dieses Projekts bin?«

»Keineswegs«, erwiderte sie ungerührt. »Dieses Projekt braucht einen Leiter, der gesund ist und die richtigen Entscheidungen treffen kann; keinen, der mit einer schweren Gehirnerschütterung am PC sitzt und eine Arbeit macht, die jeder Student ebenso gut erledigen könnte.«

Leon hob den Finger. »Verdacht auf Gehirnerschütterung! Es ist nur ein Verdacht und von schwer war nie die Rede.«

Emma machte ein Gesicht, das Leon bewog, seine weitere Argumentation auf einen späteren Zeitpunkt zu verschieben und den Computer herunterzufahren. Anschließend faltete er die Hände auf der Tischplatte und fragte: »Bist du eigentlich nur zur Patientenkontrolle hier, oder gibt es noch einen anderen Anlass?«

Emma funkelte ihn an. »Du hast Besuch.« Ihr zorniges Gesicht war schon durch die Tür verschwunden, bevor er die Chance gehabt hatte, eine weitere Frage zu stellen. Gleich darauf tauchte Mathéos gewaltiger Schnurrbart auf und der alte Franzose betrat den Wohnwagen.

»Sie scheint mir recht jung, um deine Mutter zu sein«, bemerkte dieser mit seiner knurrigen, tiefen Stimme. »Aber zumindest scheint sie mir stark genug, dich übers Knie zu legen.«

»Im Grunde ihres Herzens ist sie ein sanftmütiges und sensibles Wesen«, erwiderte Leon. Er wies auf einen Campingstuhl. »Setz dich.«

Stirnrunzelnd betrachtete Mathéo das wacklige Gestell. Dann ließ er sich vorsichtig nieder und knurrte: »Du siehst furchtbar aus!«

»Oh, vielen Dank«, brummte Leon, »ich freue mich auch, dich zu sehen. Was macht eigentlich dein Fuß?«

Mathéo zuckte die breiten Schultern und fischte eine Flasche aus seiner Jackentasche. »Hier. Ich habe dir Medizin mitgebracht.«

»Selbstgebrannter Kräuterschnaps?«

Mathéo nickte. »Altes Familienrezept. Das fegt dir jede Erschütterung aus dem Gehirn.«

Leon öffnete die Flasche und roch daran. Wahrscheinlich erhöhte er allein durchs Einatmen schon den Alkoholgehalt in seinem Blut. »Vielen Dank. Woher hast du von meinem kleinen Missgeschick erfahren?«

»Deine Mutter hat es mir erzählt, als ich nach dir fragte.«

»Wenn du Emma noch einmal meine Mutter nennst, schmeiß ich dir dein Familienrezept an den Schädel.«

»Das wäre eine bedauerliche Verschwendung.«

»Trägst du sie eigentlich immer prophylaktisch mit dir herum?«, fragte Leon, auf die Flasche deutend. »Du hast ja gerade erst von meinem Unfall erfahren.«

»Vielleicht habe ich ja eine besondere Gabe«, erwiderte der alte Bauer. Seine Augen funkelten.

Leon runzelte die Stirn. »Was willst du damit sagen?«

»Nun, möglicherweise ahne ich ja, welche Medizin jemandem guttun würde und welche nicht, noch bevor er selbst von seiner Erkrankung weiß?«

Leon lehnte sich zurück und kniff die Augen zusammen. Was wusste Mathéo? Hatte er irgendetwas mit dem Tagebuch zu tun? Einen Augenblick lang maßen sie sich mit Blicken. Dann sah Leon, wie der Schnurrbart des alten Mannes zuckte.

»Du nimmst mich auf den Arm!«, schnaubte er.

Mathéos Lächeln wurde breiter. »In gewisser Weise war das Fläschchen schon als Medizin gedacht, und zwar gleichermaßen als Heilmittel für deine unstillbare Neugier und deine krankenden nachbarschaftlichen Beziehungen.«

Wieder einmal fragte sich Leon, was für ein Mensch Mathéo eigentlich war. Seine Ausdrucksweise war nicht unbedingt so, wie man sie von einem bärbeißigen französischen Bauern erwartete. »Du wolltest mich also unter Alkoholeinfluss dazu bringen, netter zu dir zu sein und nicht so viele Fragen zu stellen?«

»Fast«, erwiderte Mathéo. »Heute ist Markttag, und Aveline Campenon liebt meinen Kräuterschnaps.«

»Aveline Campenon – die verrückte Mutter unseres schießwütigen Nachbarn?«

»Sie verkauft auf dem Markt selbstgehäkelte Decken und Trockenblumensträuße. Aber das ist wohl mehr ein Vorwand. In Wahrheit bringen ihr die Verkäufe wohl gerade mal die Standgebühren ein. Aber auf diese Art kommt sie unter Leute und kann beobachten, was ihre Nachbarn so treiben.«

»Klingt überaus sympathisch.«

»Mein Plan war, dass wir gemeinsam dorthin fahren. Ich stelle den Kontakt her, und du verbesserst eure nachbarschaftlichen Beziehungen.« Der alte Mann zuckte mit den Achseln. »Aber daraus wird wohl nichts. Vielleicht können wir nächste Woche –«

»Unsinn!«, unterbrach Leon ihn. »Mir geht es bestens, und eine kleine Spazierfahrt wird mir guttun.«

Mathéo betrachtete ihn skeptisch. »Ich weiß nicht. Ich würde mich nur äußerst ungern mit deiner Mu... –«

»Sag es nicht!«, knurrte Leon. »Emma hat mir gar nichts vorzuschreiben. Ich bin der Leiter dieses Projekts.«

Mathéo hob die buschigen Brauen.

»Außerdem braucht sie es ja nicht zu erfahren«, fügte Leon hinzu. »Ich behaupte einfach, du hättest mich zu einem anderen Arzt gefahren, damit ich eine zweite Meinung einholen kann.«

Der Schnurrbart des Franzosen zuckte. »Ich sehe, du hast deine Mitarbeiter im Griff.«

Leon stand auf und warf ihm den Kräuterschnaps zu. »Hier, steck dein Familienrezept ein. Wir fahren lieber los, bevor ich es mir anders überlege.«

Aveline Campenon war an diesem Nachmittag in leutseliger Stimmung. Sie hatte zwei Häkeldecken verkauft, und, was viel wichtiger war, sie hatte erfahren, dass der Neffe der Fischverkäuferin eine Liaison mit der Frau des bekannten Jungunternehmers Yves Boyer gehabt hatte. Es war zu einer sehr hässlichen Aussprache gekommen, aber man munkelte, dass die beiden noch immer nicht die Finger voneinander lassen konnten.

Leon war so gut informiert, weil er die ganze Zeit danebengestanden hatte, als sich die alte Dame mit einer beleibten und sehr schnell sprechenden Frau in einem geblümten Kleid unterhalten hatte. »Das wird böse enden«, prophezeite Aveline Campenon mit traurigem Blick, während sie die knotigen Hände aneinanderrieb. »Der arme betrogene Mann.«

»Ja«, entgegnete die beleibte Frau. »Dabei hat er es ohnehin schon schwer genug. Man sagt, dass er fast wöchentlich bei Dr. Markayan in der Praxis sitzt. Du weißt schon, diesem armenischen Urologen. Und man ahnt ja, was das zu bedeuten hat.«

»Mein Jean-Paul hatte diese Probleme nicht«, sagte Aveline und kicherte leise.

Leon fragte sich, ob das Ganze wirklich so eine gute Idee war. Sein Kopf schmerzte wieder stärker, und ein leichtes Schwindelgefühl hatte sich in ihm festgesetzt. Glücklicherweise kam das

Gespräch zurück auf die Häkeldecken, und nach fünf Minuten bissigen Feilschens verließ die beleibte Dame den Stand.

»*Bonjour*, Aveline«, sagte Mathéo.

»*Bonjour.*« Die alte Dame wandte Mathéo ihr faltiges kleines Gesicht zu. »Möchtest du einen Trockenblumenstrauß? Ein wenig Schmuck von zarter Frauenhand würde deiner kargen Einsiedlerhütte sicherlich guttun.«

»Ein andermal vielleicht«, erwiderte der alte Bauer. »Darf ich dir meinen Freund Leon vorstellen? Er ist Deutscher, aber er bedauert es.«

Die graublauen Augen der alten Dame richteten sich auf Leon.

Dieser zuckte innerlich zusammen. Warum hatte Mathéo das gesagt? Wenn er Pech hatte, würde die Alte einem Ausländer gegenüber gar nichts sagen. Andererseits hätte sie ihn vermutlich ohnehin an seinem Akzent erkannt. »*Bonjour*«, begrüßte er sie und ergriff die knotigen Finger der alten Dame. Sie hatte einen unerwartet festen Händedruck.

Sie öffnete den Mund, um eine Frage zu stellen, aber Mathéo kam ihr zuvor. »Du hast nicht zufällig ein paar Gläschen parat?« Er winkte mit dem Kräuterschnaps.

Die Augen der alten Dame blitzten. »Zufällig«, sie kicherte und bückte sich, »habe ich ausnahmsweise ein paar Gläschen dabei.«

Mathéo goss großzügig ein. Die alte Dame musste Teer in der Kehle haben, denn sie kippte den Schnaps in einem Zug hinunter, ohne mit der Wimper zu zucken. Mathéo schenkte nach. »Mein Freund Leon hat gehört, dass es niemanden gibt, der sich so gut mit den Geschichten um das Château de Chamilot auskennt wie du.«

»Ach ja?«, fragte die Alte. Misstrauen blitzte in ihren Augen auf.

»Ja, weil ich es ihm erzählt habe«, fügte Mathéo hinzu und goss, ohne zu fragen, noch ein wenig Schnaps nach.

»Es ist ein verfluchter Ort«, sagte Aveline, und ihr Blick glitt in die Ferne. »Diese Deutschen sollten dort nicht graben. Das weckt die Geister der Vergangenheit.« Plötzlich kniff sie erneut voller Misstrauen die Augen zusammen und fixierte Leons Gesicht. »Sie sind doch auch Deutscher!«

»Das stimmt«, mischte sich Mathéo ein. »Ich werde ihn nachher zur Grabungsstelle fahren. Letztlich kann er entscheiden, ob dort weitergearbeitet wird oder nicht.«

Leon warf dem alten Bauern einen überraschten Blick zu. *Das war zwar alles korrekt, aber ...*

»Warum wird dort überhaupt gegraben? Was interessiert die Deutschen an dieser alten Ruine?«

»Äh ... zum Beispiel wär' es interessant zu erfahren, was Sie über die ursprünglichen Erbauer wissen«, sagte Leon.

Die alte Frau wedelte mit der Hand. »Wer immer es war, er hat einen Fluch in diese Gegend gebracht.«

Leon kniff die Lippen zusammen. *Schade, eine alte Legende zum Erbauer der Festung hätte sehr hilfreich sein können.* »Was für ein Fluch?«, fragte er.

»Böse Dinge sind dort geschehen.« Sie bekreuzigte sich. »Und Böses zieht das Böse nach. Es kehrt immer wieder und findet keine Ruhe. Streit und Zwietracht waren an jenem Ort, solange man sich erinnern kann, und Menschen wurden dort ermordet.« Ihr Blick flackerte. »Ich habe Schreie gehört ...« Ihre Stimme erstarb zu einem Murmeln.

Stirnrunzelnd warf Leon einen Blick auf das leere Glas in den Händen der alten Frau. Aveline wirkte nicht nur geringfügig angetrunken.

»Dann kamen die Blauen«, fuhr die Alte unvermittelt fort, »mit Mordlust in den Augen und Blut an den Händen. Sie haben Tausende getötet, Tausende! Bis endlich diese verfluchten Mauern fielen.«

Leon nickte. Die Blauen waren die republikanischen Truppen. Sie hatten die Burg als Gefängnis genutzt; und als Carrier in Nantes wütete, waren zwar nicht Tausende, aber doch über hundert Gefangene in den Fluten der Loire ermordet worden. Der Zug der Verurteilten fand am Heiligabend des Jahres 1793 statt.

Als die Aufständischen der umliegenden Dörfer davon Wind bekamen, wagten sie einen Befreiungsversuch, der aber nach einem kurzen Schusswechsel scheiterte und zur Folge hatte, dass einen Tag später mehrere Dörfer durch die erbosten Nationalgardisten niedergebrannt wurden. Im Februar 1794 erfolgte der Gegenschlag. Royalistische Konterrevolutionäre griffen die Festung mit wilder Verzweiflung an. Diese wurde daraufhin vollkommen zerstört.

»Aber der Fluch hatte damit kein Ende«, sagte Aveline, »und meine Familie kann es bezeugen.« Ihre Stimme bekam einen beschwörenden Klang. »Es war im Jahre 1898, als die Bestie auftauchte. Sie riss Schafe und Ziegen, ja, sogar Kühe auf den Weiden, und eines Nachts tötete sie einen Hirtenjungen.«

Leon hob die Brauen. »Ein Wolf?«

Aveline schüttelte den Kopf. »Kein Wolf! Es war die Bestie. Sie nahm die Gestalt eines Wolfes an, das ist wahr. Aber in Wahrheit war sie etwas viel Bösartigeres.«

»Die Bestie?«, unterbrach Leon sie. Er erinnerte sich an eine interessante und historisch verbürgte Geschichte, von der er mal gelesen hatte. »Meinen Sie die Bestie vom Gévaudan?«

»Sie wissen davon?«, fragte die alte Dame verwundert.

Leon nickte. Es handelte sich dabei um den oder die Verursacher einer Serie mörderischer Überfälle. Sogar königliche Jäger waren an der Jagd darauf damals beteiligt gewesen. Allerdings konnte es unmöglich einen Zusammenhang zwischen beidem geben. »Aber die sogenannte Bestie vom Gévaudan hat doch schon hundertvierzig Jahre vorher ihr Unwesen getrieben, und zwar Hunderte von Kilometern entfernt im Süden Frankreichs. Und soweit ich weiß, hat man sie auch erlegt. Es war ein großer Wolf oder Wolfshund.«

»So sagt man, ja«, erwiderte Aveline. »Irgendwie musste man die Leute ja beruhigen.« Sie gab sich keine Mühe, die Verachtung aus ihrer Stimme herauszuhalten. Dann fuhr sie in beschwörendem Tonfall fort: »Es war am frühen Morgen des 21. Juni, am Tag der Sommersonnenwende. Mein Großvater war dabei, als sie

Jagd auf die Bestie machten. Der Comte selbst führte die Jagd an. Mehr als hundert Treiber hetzten sie durch die Wälder. Aber sie entkam ihnen immer wieder. Schließlich rannte sie über das offene Feld direkt auf die Ruine zu. Einer der Jäger gab einen Schuss ab, und er schwor später, er habe das Tier getroffen, aber es sprang über die zerstörten Mauern des Château de Chamilot, und dort verschwand es. Einfach so!« Sie gestikulierte mit den faltigen Händen. »Die ganze Nacht und den halben Tag suchte man nach ihr, aber man fand sie nicht.« Sie senkte die Stimme: »Die Bestie kommt und geht, wann und wohin sie will. Und nun ist sie zurückgekehrt. Ein Fluch lastet auf diesem Ort. Fliehen Sie vor dem Bösen! Sehen Sie zu, dass diese Grabungen endlich ein Ende finden!« Nach diesem dramatischen Appell blickte sie ihre Zuhörer herausfordernd an.

Leon räusperte sich. »Äh ... ich danke Ihnen für die Information.«

»*De rien*«, sagte Aveline. Sie schniefte und starrte dann vorwurfsvoll auf ihr inzwischen leeres Glas.

Mathéo runzelte die Stirn. Aus irgendeinem Grund wirkte er zornig und traurig zugleich. »Ich weiß, dass du eine Menge vertragen kannst«, sagte er schließlich, »aber für heute reicht es.« Er stöpselte die Flasche zu.

»Brauchst du vielleicht eine neue Decke für deinen Esstisch?«, fragte Aveline.

»Weißt du, Aveline«, meinte Mathéo, »ich habe in meinem Leben schon viel über das Böse nachgedacht. Und dabei ist mir eines aufgefallen.«

»Und das wäre?«

»Es war mir stets näher, als ich vermutet hatte.«

Nur schlecht verhohlene Neugier trat auf die faltigen Zügen der alten Frau.

»Um das nicht aus den Augen zu verlieren, lese ich ab und zu die Verse 5 und 6 von Jakobus 3.«

Die alte Frau kniff die Augen zusammen und nickte. »Verstehe.«

Auf Leon machte sie allerdings den Eindruck, als ob sie ganz und gar nicht verstünde.

Nachdem sie sich verabschiedet hatten und außer Hörweite waren, fragte Leon: »Du hast auf einen Abschnitt aus der Bibel angespielt?«

»Ja«, erwiderte Mathéo.

»Würdest du einem alten Heiden erklären, worum es da geht?«

»Du bist kein Heide, mein Freund. Oder wann hast du das letzte Mal an einer Donareiche gebetet, ein Trankopfer für Bacchus vergossen und deinem Hausgott eine Mahlzeit bereitet? Heiden glauben an viele Götter, du hingegen glaubst, dass du nicht glaubst.«

Leon betrachtete ihn halb amüsiert, halb irritiert von der Seite. »Na gut, lassen wir das mal so stehen. Und was schreibt nun dieser Jakobus?«

»Lies selbst nach«, brummte der alte Bauer.

Leon warf ihm einen Blick von der Seite zu. »Du bist wütend!«

Mathéo schloss seinen Wagen auf. »Ja.«

»Auf Aveline?«

Der alte Franzose stieg in den Wagen und öffnete von innen die Verriegelung der Beifahrertür. »Auf mich selbst.«

»Aber warum?«

»Lies Matthäus 7, Vers 1.«

»Sag mal, betreibst du heimlich einen lebhaften Handel mit Bibeln, oder was sollen diese ständigen Zitate?«

»Vor vielen Jahren hielt ich es für eine gute Idee, dem Franziskanerorden beizutreten. Da gehörte eifriges Bibelstudium zum Tagewerk.«

»Oh, und wann bist du aus dem Orden ausgetreten?«

»Ich bin nicht ausgetreten«, erwiderte Mathéo und gab Gas.

Leon runzelte die Stirn. Welche Geheimnisse verbarg dieser alte Mann noch?

»Und – hat dich das Gespräch mit Aveline weitergebracht?«, wechselte Mathéo abrupt das Thema.

»Nun ja, das war ziemlich wirres Gerede, wenn ich ehrlich bin. Ganz richtig im Kopf ist die Dame meines Erachtens nicht mehr.«

»Was auch immer das heißen mag«, brummte Mathéo. Dann fügte er hinzu: »Ich habe übrigens schon wieder ein Schaf verloren.«

Leon warf ihm einen schneidenden Blick zu. »Glaubst du etwa ernsthaft, dass irgendetwas an ihren absurden Theorien ernst zu nehmen ist?«

Der Alte zuckte die Achseln. »Du bist hier der Wissenschaftler. Find es heraus!«

Es gelang Leon, eine Begegnung mit Emma zu vermeiden, nachdem Mathéo ihn abgesetzt hatte. Als er in seinem Camper war, schaltete er den Laptop ein und googelte die Bibelstellen, die Mathéo ihm genannt hatte. Im Brief des Jakobus stand an der genannten Stelle: »... Genauso ist es mit unserer Zunge. So klein sie auch ist, was kann sie nicht alles anrichten? Ein kleiner Funke setzt einen ganzen Wald in Brand. Mit einem solchen Feuer lässt sich auch die Zunge vergleichen. Sie kann eine ganze Welt voller Ungerechtigkeit und Bosheit sein, die uns und unser Leben vergiftet. Es gibt nichts und niemand, der vor ihrem Höllenfeuer sicher wäre.«

Eine interessante Anmerkung angesichts der offensichtlichen Tratscherei, in der die alte Frau schwelgte. Und was stand nun in Matthäus 7, Vers 1? »Richtet nicht, damit ihr nicht gerichtet werdet!«

Er runzelte die Stirn. Mathéo war ein komplizierter Mensch, aber Leon stellte fest, dass er ihn mochte. Er würde ihn vermissen, wenn dieses Projekt beendet war.

Leon warf einen Blick auf die Uhr. Genug Zeit, um noch ein wenig zu arbeiten.

Die Fälschung

Mit müden Augen starrte Angélique auf ihre Hände und ließ die Stimme Schwester Maria Marthas an sich vorbeiplätschern wie das Rauschen eines Baches.

Thérèse verließ ihr Zimmer nicht mehr und lehnte jeden Kontakt ab. Als Mutter Agnes schließlich wutentbrannt ins Zimmer gestürmt kam, um sie zur Rede zu stellen, hielt sie sich die Ohren zu und schrie so lange, bis die Äbtissin aufgab. Diese Szene ging Angélique nicht mehr aus dem Kopf. Es war schrecklich, ihre kleine Schwester, die doch stets so viel Fröhlichkeit verbreitet hatte, in einem solchen Zustand zu sehen. Sie war ganz hager und hohlwangig geworden, was ihren schwangeren Bauch umso stärker betonte. Das Fieber glühte in ihren Augen, und ihr Gesicht war vor Furcht und Wut ganz verzerrt, als sie die Äbtissin sah. Ihre Schreie gellten Angélique noch immer in den Ohren.

Mutter Agnes war ganz blass vor Zorn geworden, als Thérèse jedes ihrer Worte einfach überschrie. Es war ihr anzusehen, dass sie das widerspenstige Mädchen am liebsten gepackt und aus dem Zimmer geschleift hätte. »Euer unverschämtes Verhalten wird noch harte Konsequenzen nach sich ziehen, Thérèse«, hatte sie mit nur mühsam beherrschter Stimme hervorgestoßen. Dann hatte sie sich abgewandt.

Angélique hatte einen kurzen Blick auf das Gesicht der Äbtissin erhascht – die zusammengekniffenen, blutleeren Lippen und der beinahe fanatische Glanz in ihren Augen hatten ihr einen Schauer über den Rücken gejagt.

Als sie anschließend versucht hatte, Thérèse zur Rede zu stellen, war sie erneut auf eine Mauer des Schweigens gestoßen. Ihre Schwester hatte einfach durch sie hindurchgestarrt, und auf dem Ärmel ihres schmutzigen Leinenhemdes waren scharlachrote Sprenkel gewesen.

»Angélique? ... Angélique!«, drang die Stimme Schwester Maria Marthas in ihr Bewusstsein.

Sie hob den Blick.

Die Nonne deutete auf das Lesepult. »Wenn Ihr die Güte haben würdet ...«

»Äh ... verzeiht, Schwester Maria Martha. Ich war in Gedanken.«

»Nun, ich hoffe, es waren gute Gedanken«, erwiderte die Nonne ohne einen Hauch von Ironie in der Stimme.

Angélique erhob sich und ging zu der aufgeschlagenen Bibel. Dabei spürte sie die Blicke der anderen Schülerinnen in ihrem Nacken. Doch dies war ihr gleichgültig. »Verzeihung ... was genau soll ich lesen?«

Irgendjemand kicherte.

Die Schwester sah sie lediglich irritiert an und sagte dann: »Lest uns bitte aus dem ersten Brief des heiligen Paulus an seinen jungen Schüler Timotheus Kapitel 5, Vers 23.«

Angélique schlug die Stelle auf, runzelte die Stirn und las laut: »Trinke nicht länger nur Wasser, sondern gebrauche auch ein wenig Wein um deines Magens und deines häufigen Unwohlseins willen.«

Die Schwester wandte sich mit einem strahlenden Lächeln an die Klasse: »Nun, was sagt uns diese Stelle im Kontext unserer Betrachtungen?«

Angélique sah, wie sich Cecile zu ihrer Nachbarin beugte und flüsterte: »Dass der versoffene Kutscher der Äbtissin ein eifriger Student der Timotheusbriefe ist.«

»Cecile, sprecht bitte lauter«, sagte die Schwester. Offenbar hatte sie die Worte nicht genau verstanden. »Lasst uns an Euren Erkenntnissen teilhaben.«

Cecile räusperte sich. »Dass der Wein eine heilende Gabe Gottes ist?«

Schwester Maria Martha runzelte irritiert die Stirn. »Habt Ihr vergessen, wovon wir gerade gesprochen haben?«

»Äh ... nein«, erwiderte Cecile. »Wir sprachen von der Hospitalbruderschaft zum Heiligen Antonius zur Pflege der am Heiligen Feuer Erkrankten.«

»Richtig, wir sprachen davon, dass der Orden vor wenigen Jahren aufgelöst wurde und die verbliebenen Brüder sich dem Johanniterorden anschlossen. Was also bedeutet dieser Vers aus dem Timotheusbrief?«

»Dass es gut ist, wenn wir uns um Erkrankte sorgen?«, meldete sich eine der jüngeren Schülerinnen.

Schwester Maria Martha versuchte zu lächeln. Aber es war deutlich zu sehen, dass ihr dies angesichts der Begriffsstutzigkeit ihrer Schülerinnen nicht leichtfiel. »Das ist nicht falsch, mein Kind, aber es trifft nicht die tiefe Bedeutung des Textes«, erwiderte sie.

Wahrscheinlich wäre sie an der Sorbonne weitaus besser aufgehoben gewesen als in diesem Frauenstift für adlige Töchter, ging es Angélique durch den Kopf. *Aber erstens war ihr dies als Frau nicht möglich, und zweitens wäre es die reinste Qual für sie gewesen. Schließlich wimmelte es an der Pariser Universität nur so von Männern – diesen fremden und gefährlichen Wesen.*

»Angélique, was sagt Ihr dazu?«

»Äh ... nun ja ...«

Schwester Maria Martha seufzte. »Ihr wisst doch, dass Paulus die Gabe der Heilung hatte. Warum empfahl er trotzdem seinem Freund Timotheus ein wenig Wein als Medizin?«

Sie sah in die Runde und erntete ratlose Gesichter. »Weil das Profane und das Heilige sich nicht ausschließen«, beantwortete sie ihre eigene Frage. »Beides fließt aus Gottes Hand. Er will, dass wir unseren Verstand benutzen und die natürlichen Kräfte zum Wohl der Menschen gebrauchen. Der Orden des Heiligen Antonius hatte sich ganz der Pflege und Behandlung der am Heiligen Feuer Erkrankten verschrieben. Schon lange wusste man, dass der Roggen in feuchten Jahren dazu neigt, von Mutterkorn befallen zu werden. Aber dann stellte der Arzt Tuillier fest, dass Brot, in dem Mutterkorn verbacken wurde, die Ursache des Antoniusfeuers ist. Nach dieser Erkenntnis konnte die Krankheit eingedämmt werden, und die Aufgabe des Antoniterordens war beendet. Es ist unsere christliche Pflicht, den Menschen zu helfen, und zwar mit allen Gaben, die Gott uns zur Verfügung stellt.«

Eine der Schülerinnen meldete sich. »Also war das Heilige Feuer gar keine Strafe Gottes für unsere Sünden?«

»Das ist eine schwierige Frage«, erwiderte Schwester Maria Martha mit ernstem Gesicht. Aber gleichzeitig blitzten ihre Augen auf, und Angélique sah, wie etwas Farbe auf ihren bleichen Wangen erschien, und sie glaubte, die Gedanken der Frau lesen zu können: *Endlich eine theologische Herausforderung!* »Wir dürfen nicht in die gleiche Falle tappen, in die einst auch die Pharisäer zur Zeit unseres Herrn Jesu tappten. Sie dachten, sie könnten die Handschrift Gottes entziffern und die Spuren seines Handelns in dieser Welt erkennen; und dabei entpuppten sie sich als seine schlimmsten Feinde, die schließlich unseren Herrn ans Kreuz brachten. Erinnert euch an das 9. Kapitel im Evangelium des Johannes. Dort fragte man, wer schuld an den Leiden eines Blindgeborenen sei – ob er selbst oder seine Eltern so schwer gesündigt hätten. Und was antwortete unser Herr?«

»Weder – noch«, erinnerte sich Angélique und sprach es dabei laut aus.

»Richtig!« Ein strahlendes Lächeln breitete sich über die Züge Schwester Maria Marthas aus. »Es ging nicht um Bestrafung oder Folgen von Sünden. Es ging darum, dass die Werke Gottes offenbar werden würden, und dann heilte Jesus diesen Mann. Und wir sollen ihm darin nacheifern. Was lernen wir daraus? Es ist falsch, alles Böse und alles Leid als Strafe Gottes zu betrachten, aber es wäre ebenso falsch zu vermuten, dass Gott nicht Gutes daraus weben könne. So wie das Mutterkorn nicht nur ein Gift ist, das Fieber auslöst und ungeborene Kinder aus dem Mutterleib stößt, sondern auch ein Heilmittel, das wohldosiert zur Stillung von Blutungen oder Behandlung von Kopfschmerzen eingesetzt werden kann.«

Angélique starrte die hagere Ordensfrau an. Ein furchtbarer Gedanke durchzuckte sie.

»Geht es Euch nicht gut, Angélique?«, fragte Schwester Maria Martha.

»Nein, nein.« Hastig schüttelte sie den Kopf. »Es ist alles in Ordnung.«

»Gut, dann wollen wir fortfahren.«

Vom Rest des Unterrichts bekam Angélique kaum etwas mit. Die Stimmen der anderen drangen nur von Ferne wie durch dichten Nebel zu ihr hindurch. Sobald Schwester Maria Martha ihre Schülerinnen mit einem Kopfnicken entließ, sprang sie auf. Hastig eilte sie durch die Gänge und stürmte die Treppen hinauf zu ihrem Zimmer.

»Sag, dass es nicht wahr ist!« Sie packte ihre Schwester hart an der Schulter und starrte ihr in die geröteten Augen. »Sag, dass du nicht versuchst, das ungeborene Leben in dir zu töten!«

»Was?« Thérèse blickte mit vom Fieber verschleierten Blick zu ihr auf.

»Rede mit mir, und gib mir eine ehrliche Antwort!«, sagte Angélique. »Versuchst du, das Baby in dir zu töten?«

Ihre Schwester begann zu lachen, ein grausiges, zynisches Lachen. »Oh Angélique«, stieß sie schließlich keuchend hervor, »du verstehst gar nichts!«

Die Kopfschmerzen waren sein ständiger Begleiter. Es kam Leon so vor, als hätte sich ein kleiner Maulwurf in seinem Hinterkopf eingenistet, um genüsslich an seinen Nervenbahnen zu knabbern. Wenn er sich hinlegte, ging es etwas besser. Allerdings sank seine Laune dann in tiefste Tiefen. Er fand dieses Nichtstun einfach unerträglich. Schließlich erhob er sich stöhnend. Es waren nur noch etwas mehr als drei Tage, bis das Ultimatum ablief.

Schwerfällig tappte er hinüber zu seinem Schreibtisch und

setzte sich vorsichtig hin, wobei er sich bemühte, den Kopf möglichst gerade zu halten. Er fuhr seinen Laptop hoch, um noch einmal seine Aufzeichnungen durchzugehen, die ihn dazu gebracht hatten, in dieser Festung nach den Spuren des Riothamus zu suchen. Er studierte die sorgfältig zusammengestellten historischen Textfragmente und hangelte sich systematisch an seiner eigenen Argumentationskette entlang. Sie war noch immer schlüssig, nur leider klang sie vor dem Hintergrund der tatsächlichen Funde wie das wissenschaftlich verbrämte Geschwafel eines Vollidioten. Leon seufzte und massierte sich vorsichtig den schmerzenden Nacken.

Der digitale Briefkasten gab ein Signal von sich und meldete die Ankunft einer neuen E-Mail. Leon war nicht undankbar über die Ablenkung und sah nach. Eine Madame Mardini vom Kunstmuseum in Nizza hatte ihm geschrieben.

Sehr geehrter Herr Doktor Weber,

anbei senden wir Ihnen das gewünschte Porträt in digitalisierter Form. Um eine missbräuchliche Nutzung des Fotos zu vermeiden, erhalten Sie es in geringer Auflösung. Sollte dies für Ihre Forschungszwecke nicht ausreichend sein, bitten wir Sie, persönlich zu erscheinen und eine Begutachtung zu beantragen.

Mit freundlichen Grüßen
P. Mardini

Leons Neugier war geweckt. Er öffnete die PDF-Datei im Anhang der Nachricht. Das Bild war etwas pixelig, und er verkleinerte es auf Postkartengröße. Ein zartknochiges junges Mädchen mit einem spitzbübischen kleinen Lächeln blickte ihm von seinem Bildschirm entgegen.

»Hallo, Angélique«, murmelte er.

Der Maler war kein berühmter Meister gewesen, aber er hatte sein Handwerk verstanden. Auch wenn man davon ausgehen musste, dass er sein Porträt ein wenig an die Schönheitsideale der damaligen Zeit angepasst hatte, strahlte das Bild eine große Natürlichkeit und Lebendigkeit aus. Angélique trug ein einfaches helles Kleid, und die vollen, dunklen Haare waren schlicht zurückgesteckt. Es schien, als würde sie über einen stillen Scherz schmunzeln, und ihre Augen funkelten lebhaft. Zu diesem Zeitpunkt war sie 18 Jahre alt gewesen – eine hübsche junge Frau, die ihr ganzes Leben noch vor sich hatte. Sechs Jahre später war sie ermordet worden.

Leon betrachtete das Bild und stellte fest, dass er dieser jungen Frau gerne begegnet wäre. Sie war keine außergewöhnliche Schönheit, aber sie trug eine Lebendigkeit in sich, die selbst dieses starre Porträt, das ja nicht wie ein Foto eine Momentaufnahme, sondern das Werk vieler Stunden war, nicht verbergen konnte.

Ein wehmütiges Lächeln stahl sich auf seine Lippen. Wie lebensfremd und morbide musste man eigentlich sein, um sich solche Gedanken über eine längst verstorbene Frau zu machen?

Er schloss den Laptop und streckte sich vorsichtig. Irgendwo in seinem Rücken knackte es, und er fühlte sich wie ein sehr alter Mann. Schließlich stand Leon auf und sah aus dem Fenster. Es war spät geworden, und die Sonne stand schon tief am Horizont. Ein paar Schritte an der frischen Luft würden ihm guttun.

Es war ein guter Gedanke gewesen, wie er feststellte, als er langsam einen schmalen Feldweg entlangschlenderte. Ein knorriger Apfelbaum am Wegesrand glühte auf im Licht der versinkenden Sonne, und in den Senken sammelte sich schon die Abendfeuchte. Leon war zunächst im Schatten der Ruine und außer Sicht des Lagers querfeldein gelaufen. Er wollte auf keinen Fall riskieren, Emma und ihren oberschwesterhaften Blicken zu begegnen, um sich dann Vorwürfe und hobbypsychologische Theorien über seinen Zustand anhören zu müssen.

Nun war er weit genug vom Lager entfernt. Er zündete sich eine Zigarette an und sog den Rauch tief in seine Lungen. Hier konnte er in Ruhe und ganz allein seinen wirren Gedanken nachgehen. Er brauchte diese Stille einfach. Eine Eigenart, über die sich Nele immer aufgeregt hatte. »Du bist die ganze Zeit unter Bergen von Büchern begraben«, hatte sie geschimpft, »und wenn wir dann mal Zeit für uns hätten, wanderst du stundenlang draußen herum und murmelst vor dich hin, als wärst du nicht ganz richtig im Kopf!« Irgendwann hatte sie dann begonnen, sich zu verabreden, sich mit Freunden zu treffen und tanzen zu gehen. Wäre er etwas pfiffiger gewesen, hätte er erkannt, dass dies durchaus als Indiz für eine nicht mehr ganz rund laufende Beziehung gedeutet werden könnte. Aber er hatte einfach achselzuckend weitergemacht. Schließlich hatte sie ihm an den Kopf geworfen: »Ich habe keine Ahnung, warum du mit mir befreundet bist. Du brauchst mich nicht. Was du brauchst, sind Bücher, tote Dinge und alte Gemäuer um dich herum. Du solltest Mönch werden oder Eremit.«

Ab diesem Moment war in Leon die Ahnung aufgestiegen, dass Nele möglicherweise nicht mehr ganz so glücklich sein könnte. Eine Woche später hatte sie sich von ihm getrennt.

Diese Sache mit dem Mönchsein war ihm später noch ein paarmal durch den Kopf gegeistert. Im Mittelalter wäre er vielleicht sogar Mönch geworden, schließlich waren Klöster Orte der Gelehrsamkeit. Nur die Enthaltsamkeit wäre ihm schwergefallen. Und natürlich gab es da noch die Frage der Religion. Er war nun mal kein gläubiger Mensch, was sich in einem Kloster nicht besonders gut machte.

Mathéo hatte die interessante Formulierung verwendet, dass Leon glaubte, nicht gläubig zu sein. Bei Gelegenheit musste er den alten Mann fragen, was genau er damit eigentlich gemeint hatte.

In der Ferne bellte ein Hund. Es war das gleiche heisere und tiefe Röhren, das er in den letzten Tagen häufiger vernommen hatte. Also hatte der schießwütige Nachbar den streunenden Köter doch nicht erwischt. Aber hatte er den Hund nicht schmerzerfüllt aufheulen hören? *Doch*, fiel es ihm ein, *aber das war vor dem Schuss gewesen – eigentlich merkwürdig.* Vielleicht sollte er Mathéo fragen, was auf dem Nachbarhof vor sich gegangen war. Oder er stattete der spitzzüngigen alten Aveline selbst einen Besuch ab. Er sah sie förmlich vor sich, wie sie mit einem hinterlistigen Lächeln im Gesicht und ihrem hageren Sohn samt Schrotflinte neben sich auf einer alten Bank saß. Ein perfektes Bild für einen Stephen-King-Roman.

Leon stellte fest, dass er den schmalen Feldweg kaum noch erkennen konnte. Die Sonne war bereits untergegangen, und der Mond war von Wolkenschleiern verdeckt. Er beschloss, kehrtzumachen.

Als er bei seinem Camper anlangte, war es beinahe stockdunkel. Deshalb bemerkte er auch die dunkle Gestalt erst nicht, die dort auf ihn wartete. »Dr. Weber?«, vernahm er eine Frauenstimme.

Er zuckte so heftig zusammen, dass ihm der Schlüssel seines Campers aus der Hand fiel.

»Warten Sie, ich helfe Ihnen.«

»Sie haben mir einen ganz schönen Schrecken eingejagt«, sagte Leon erleichtert, als er in der dunklen Gestalt eine seiner Studentinnen wiedererkannte.

»Haben Sie einen Augenblick Zeit?«

»Natürlich, was gibt es denn?«

»Ich will Ihnen etwas zeigen.« Abrupt drehte sie sich um und ging hinüber zum alten Burgfried.

Achselzuckend folgc Leon ihr.

Sie traten unter die Planen, und die Studentin schaltete das Licht ein. »Vor ein paar Minuten hörte ich ein seltsames Geräusch. Ich dachte, einer von den anderen wäre gestolpert oder hätte sich verletzt, und ich kam hierher, um nachzusehen.« Sie stieg zielstrebig über Mauerreste und Grabungswerkzeug hinweg hinüber zu den Tischen, auf denen die neuesten Funde gelagert wurden. »Dann sah ich, dass an jener Mauer dort drüben etwas anders war. Ein Stein lag auf dem Boden, und in dem Hohlraum, den wir vor ein paar Tagen entdeckt hatten, lag das hier.« Sie griff nach einem Gegenstand, der in ein ungefärbtes, schmutziges Leinentuch gewickelt war.

Leon spürte, wie sein Herz schneller zu schlagen begann.

»Ich erinnerte mich daran, dass Sie gestern Abend etwas von einem Tagebuch gesagt hatten.«

Leon schluckte. »Das ist richtig.«

Die Studentin schlug das Tuch beiseite. »War es dieses hier?«

Einige Atemzüge lang starrte Leon das Buch schweigend an. Es sah aus wie Angéliques Tagebuch. Es hatte dieselbe Größe, denselben Einband, dasselbe Leder. Aber zugleich war er sich absolut sicher, dass es nicht ihr Tagebuch war. Stirnrunzelnd nahm er es in die Hand und schlug die erste Seite auf und las dort in den geschwungenen Buchstaben einer mädchenhaften Handschrift:

Angélique Maria Pauline de Vantes

Die junge Studentin blickte ihn arglos an. »Ist es das Buch?«, wiederholte sie.

Leon schlug die nächsten Seiten auf und überflog den Text. Er schluckte. Es gab gar keinen Zweifel: Es war derselbe Text in derselben Handschrift. Mit zitternden Fingern blätterte er die Seiten durch, dann schlug er das Buch zu und besah sich die Bindung.

»Dr. Weber, ist alles in Ordnung mit Ihnen?«

Leon blickte auf. Die junge Frau wirkte verwirrt und vielleicht ein wenig besorgt. »Um Ihre Frage von vorhin zu beantworten: Nein, es ist nicht das Tagebuch.«

»Oh!«

»Es ist eine Fälschung.«

»Eine Fälschung?« Entweder war sie eine hervorragende Schauspielerin, oder sie hatte tatsächlich keine Ahnung, was hier vor sich ging.

Leon nickte. »Ja.« Er hielt ihr das Buch hin. »Auf welches Alter schätzen Sie es?«

»Das Alter?«, gab sie verdutzt zurück. »Nun ja, ich kenne mich da nicht so aus.«

»Das macht nichts. Nehmen Sie es einfach in die Hand, und schätzten Sie das Alter anhand seines Allgemeinzustandes.«

Unsicher nahm die junge Frau das Buch entgegen, blätterte einige Seiten herum, roch daran und betrachtete den Einband. Dann meinte sie unsicher: »Es sieht nicht sonderlich alt aus, vielleicht fünfzig bis sechzig Jahre?« Ihre Verwirrung schien sehr authentisch.

Leon nickte grimmig. »Ich würde auf allenfalls zwanzig Jahre tippen.«

»Ich verstehe. Das Buch, das Sie gefunden haben, war älter?«, entgegnete die junge Frau. »Aber warum sollte jemand so etwas fälschen?«

»Das ist eine ausgezeichnete Frage.« Leon nahm ihr das Buch wieder ab. »Aber das muss nicht Ihre Sorge sein. Vielen Dank, dass Sie so aufmerksam waren und mir Bescheid gegeben haben.«

»Gern geschehen.«

Leon wünschte der jungen Frau eine gute Nacht und ging zurück zu seinem Wohnwagen. Das Buch in seiner Hand verursachte ein Kribbeln in seinen Fingern. Rasch durchschritt er den Burghof. Es war ohne jeden Zweifel eine Fälschung. Jemand hatte sich sehr viel Mühe gegeben, den Text originalgetreu zu kopieren. Leon hatte ein gutes Gedächtnis für Strukturen und Muster. Soweit er es beurteilen konnte, war jeder Federstrich der ursprünglichen Handschrift nachgezeichnet worden. Das Papier hatte dieselbe Konsistenz, und der Einband war originalgetreu. Und doch konnte man auf den ersten Blick erkennen, dass dieses Buch kein historisches Dokument aus dem 18. Jahrhundert sein konnte. Die Studentin hatte genau die richtige Frage gestellt: *Warum um alles in der Welt sollte jemand so etwas tun?* Er schloss den Camper auf und setzte sich an seinen Schreibtisch. Sorgsam blätterte er jede Seite durch. Der Eintrag vom 28. November 1788 war unverändert, und dann ... Leons Augen wurden groß: Dann kam ein Eintrag vom 1. März 1789. Diesen Text hatte es im Original nicht gegeben. Hastig blätterte er weiter, bis er auf den bereits bekannten Vermerk vom 21. Dezember 1793 stieß. Die fehlenden Seiten! In dieser Kopie befanden sich die fehlenden Einträge des Originals! Stirnrunzelnd schüttelte er den Kopf. Das Ganze wurde immer mysteriöser.

Er lehnte sich zurück und starrte aus dem Fenster hinaus in die Dunkelheit. Im Grunde gab es nur zwei sinnvolle Erklärungen dafür: Entweder dieser Text war eine Fälschung, oder aber es handelte sich tatsächlich um die Abschrift des Originals, und irgendjemand hatte die Seiten aus dem echten Tagebuch erst vor relativ kurzer Zeit herausgeschnitten.

Wie auch immer: Irgendjemand hatte sehr viele Mühen auf sich genommen, um Leons Neugier zu wecken. Aber warum? Damit er diese Seiten besonders aufmerksam las?

Leon blätterte weiter. Dann hielt er abrupt inne. »*Merde*!«, entfuhr es ihm unwillkürlich auf Französisch. »Das gibt es doch nicht!«

Die letzten Eintragungen fehlten! Das Buch endete mit dem Text, den er zuletzt gelesen hatte – zumindest fast. Die nächste Seite war ein wenig zerknickt und an einer Stelle eingerissen. Rötlich-braune Flecken befanden sich am Rand, und Leon konnte einen halben Fingerabdruck erkennen. Darunter standen in der geschwungenen Handschrift Angéliques drei Worte:

Qui es-tu?

Wer bist du?

Der Götze

Angéliques Hände zitterten, als sie nach der Feder griff. Außer ihr selbst befand sich nur noch Cecile im Scriptorium, doch diese war ganz in ihr Buch vertieft. Sie wusste, dass die junge Frau dort heimlich Novellen las, während sie ein eifriges Studium theologischer Schriften vortäuschte.

Angélique wartete, bis ihre Hand ruhiger geworden war, und tauchte die Feder in die Tinte.

Saint Georges, den 1. März 1789

Ruhelos sind meine Gedanken. Sie schwirren umher wie Nachtfalter, es drängt sie zum flackernden Licht, und zugleich fürchten sie die tödliche Hitze, die darin verborgen liegen könnte. Etwas Furchtbares geschieht hier, aber ich kann es nicht greifen – oder ahne ich es längst und getraue mich nur nicht, es einzugestehen?

Ich muss meine wirren Gedanken ordnen ...

Thérèse ist schwanger. Sie empfing ein uneheliches Kind von Louis-Antoine de Soissons, diesem Schönling und Dichter, der sie mit den goldenen Fallstricken seiner Zunge einfing, ihr die Unschuld raubte und ... Nein, in diesem Buch will ich der Wahrheit Genüge tun. Es wäre nicht recht, ihm die alleinige Schuld zuzuschreiben. Thérèse spricht nicht darüber, aber ihren Andeutungen kann ich entnehmen, dass sie wusste, worauf sie sich einließ. Es ist mein Zorn, der diesem Mann die Schuld an allem gibt und ihm Arglist unterstellt.

Thérèse versuchte, die Schwangerschaft geheim zu halten. Ich drängte sie, mit Mutter Agnes darüber zu sprechen, aber sie weigerte sich lange Zeit. Irgendwann gab sie dann nach, und das Ergebnis war verheerend. Thérèse ist nicht mehr sie selbst. Sie isst kaum noch etwas, nimmt nur ein wenig Milch zu sich, und ihr Körper verliert seine Kraft. Ein Fieber hat sie gepackt, und ein böser Husten plagt sie. Aber das ist nicht alles. Sie wird zunehmend schwächer und ist doch zugleich voller Zorn und Angst. Es liegt fast so etwas wie ein Wahn in ihren Augen, als wolle alle Welt ihr Böses, und es gäbe niemand, dem sie trauen könne.

Als ich mit Mutter Agnes darüber sprechen wollte, machte sie mir schwere Vorwürfe, dass ich nicht früher zu ihr gekommen sei. Vielleicht hat sie recht, ich hätte etwas unternehmen müssen. Aber was hätte es geändert? Was hätten wir denn tun können? Ich erfuhr doch erst von Thérèses Liebschaft, als es bereits zu spät war.

War es das? Meinte sie, ich hätte aufmerksamer sein und meine Schwester vor dem Dichter schützen müssen? Meinte sie, ich hätte diese Schwangerschaft verhindern können?

Nein, das war es nicht, und es würde auch Thérèses Verhalten nicht erklären. Selbst wenn Mutter Agnes scharf mit ihr ins Gericht gegangen wäre und ihr die härtesten Bußen auferlegt hätte, ließe sich damit Thérèses Verstörung nicht begründen.

Je länger ich darüber nachsinne, umso unwohler wird mir. Wenn ich mich recht erinnere, sagte Mutter Agnes kein Wort über die Leiden meiner Schwester. Es ging auch nicht um die Sünde, die ihre Seele belastete. Stattdessen sagte sie, ich hätte durch mein Verhalten meiner Familie und dem Stift Schaden zugefügt.

Der Gedanke, der mir in den Sinn kommt, ist so ungeheuerlich, dass ich ihn nicht niederzuschreiben wage; ja, ich wage ihn kaum zu denken und doch … Ich muss mit Thérèse sprechen!

Angélique legte die Feder beiseite. Sie drückte ein Löschpapier auf die beschriebene Seite und verließ gleich darauf, ihr Tagebuch fest an sich gedrückt, den Raum. Sie hielt den Kopf gesenkt, als fürchte sie, jeder, der ihr begegnete, könne ihre Gedanken lesen, sobald er ihr nur in die Augen sah. Sie war froh, dass kaum jemand ihren Weg kreuzte. Das Abendgebet war vorüber, und bald würden sich alle schlafen legen.

Sie schloss das Zimmer auf. »Thérèse?«

Ihre Schwester lag im Bett auf der Seite, das Gesicht zur Wand.

Angélique schloss die Tür und setzte sich auf die Bettkante. Der Abend dämmerte, und das Zimmer war in tiefe Schatten gehüllt. Thérèse hatte die Augen geschlossen. Sanft strich Angélique ihr das wirre Haar aus dem Gesicht. Obwohl es im Raum kühl war, klebte es schweißnass an den fiebrigen Wangen des Mädchens. »Thérèse, bist du wach?«

Ihre Schwester antwortete nicht, aber Angélique spürte, wie die Atmung sich änderte.

»Thérèse, ich weiß, was du fühlst.«

Der ausgemergelte Körper verspannte sich, und die Atmung ging flacher.

»Du glaubst mir nicht«, sagte Angélique leise, »und ich kann es dir nicht verübeln. Es tut mir so leid. Ich weiß auch nicht, wie ich so blind sein konnte. Vielleicht habe ich es einfach nicht wahrhaben wollen.«

Noch immer schwieg Thérèse.

»Du hast Angst!«, fuhr Angélique leise fort. »Du hast Angst, dass sie dir das Baby nehmen wollen. Und du redest mit niemandem darüber, weil du weißt, dass es dir niemand glauben würde.«

Thérèse schlug die Augen auf und lag weiter ganz still da.

»Und mit mir redest du nicht, weil du mich nicht auch noch verlieren möchtest. Vielleicht bist du auch wütend auf mich, weil ich dich alleingelassen habe. Oder du fürchtest, dass ich deine Gedanken für Wahn halten könnte?«

Thérèse drehte sich um und sah zu ihr auf.

»Aber so ist es nicht«, fuhr Angélique weiter fort. »Bitte, vertrau mir. Ich halte dich nicht für verrückt. Im Gegenteil: Ich bin mir ziemlich sicher, dass du von uns beiden die Vernünftigere bist, diejenige, die die Dinge besser durchschaut.« Sie machte eine Pause. »Abgesehen natürlich von deiner Liebschaft mit diesem eingebildeten Gecken. Das war wirklich das Unvernünftigste, was du tun konntest! ... Außerdem war ich auch ... nun ja, ein kleines bisschen in ihn verliebt, und es war nicht nett von dir, dass du ihn mir weggeschnappt hast.«

Irrte sie sich, oder zuckte da so etwas wie ein flüchtiges Lächeln über die Lippen ihrer Schwester? »Du lügst!«, krächzte diese.

»Aber nur ein ganz klein wenig!«, gab Angélique zu. »Warte, ich gebe dir etwas zu trinken.« Sie füllte etwas Wasser in einen Becher und half ihrer Schwester auf. Schon nach wenigen Schlucken musste sie husten, und als sie den halben Becher geleert hatte, wirkte sie völlig erschöpft. Es versetzte Angélique einen Stich, als sie zusehen musste, wie kraftlos ihre Schwester zurück in die Kissen sank. »Thérèse, bitte vertrau mir! Ich bin an deiner Seite, gleichgültig, was passiert!«

»Ich weiß«, flüsterte Thérèse.

»Was hat Mutter Agnes dir gesagt?«

»Mir hat mehr Angst gemacht, was sie *nicht* sagte«, entgegnete ihre Schwester leise.

Angélique hob die Brauen, aber sie schluckte ihre Fragen hinunter. Stattdessen gab sie Thérèse noch etwas Wasser zu trinken.

»Zunächst verstand ich gar nicht, worauf sie hinauswollte«, begann Thérèse, nachdem ein neuerlicher Hustenanfall abgeklungen war. »Ich hatte erwartet, dass sie mir mein sündiges Verhalten vorwerfen würde, und das tat sie auch ... in sehr eindrucksvollen Worten. In diesem Moment schien sie der personifizierte Zorn Gottes zu sein. Anschließend malte sie mir sehr deutlich vor Augen, was mein Verhalten für meine Familie und den Ruf des Stifts zur Folge haben könnte. Und dann befahl sie mir, zu einer Frau zu gehen, die über großes Wissen in Bezug auf die Heil- und Kräuterkunde verfüge und dem Stift eng verbunden sei. Diese Anweisung kam so übergangslos, dass ich verwirrt war und nachfragte, was mir dies nützen solle.« Thérèse verstummte.

»Und?«, fragte Angélique.

»Sie sah mich nur wortlos an«, erwiderte ihre Schwester. »Oh Angélique, du hättest diesen Blick sehen sollen! Einen Moment lang war ich wie gelähmt. Dann wich ich unwillkürlich von ihr zurück und sagte: ›Ich gehe da nicht hin!‹

›Ihr müsst!‹, erwiderte sie daraufhin. ›Und Ihr solltet aufhören, immer nur an Euch selbst zu denken. Wollt Ihr, dass Euer Erstgeborener als Bastard aufwächst, als jemand, an dem die Schande klebt und der von allen verachtet und gemieden wird? Wollt Ihr das?!‹«

Thérèse erschauerte. »Ich erwiderte gar nichts. Stattdessen wandte ich mich um. Noch bevor ich an der Tür war, zischte sie: ›Sprecht mit niemandem darüber! ... Ihr müsst auch an Eure Familie denken! Alles ist besser als diese Schande!‹ ... Da begann ich zu rennen.«

Angélique saß wie erstarrt da. Was ihre Schwester hier andeutete, war ungeheuerlich.

»Ich blieb daraufhin auf meinem Zimmer«, erzählte Thérèse weiter. »Als du im Unterricht warst, kam Schwester Judith zu mir und brachte mir Essen. Sie sprach sehr freundlich und mütterlich mit mir und erwähnte meine Schwangerschaft mit keinem Wort. Ich aß nicht viel, nur ein wenig Brot und Suppe. Aber wenige Stunden später bekam ich fürchterliche Krämpfe. Mein Leib presste sich zusammen, als wolle er mit aller Gewalt das Kind aus mir herausstoßen. Ich erbrach mich, und irgendwann wurde es ein wenig besser.« Ein bitteres Lächeln erschien auf Thérèses Lippen. »Anfangs aß ich aus Kummer und wegen der Übelkeit, die Schwangere in den ersten Monaten befällt, kaum etwas. Aber seit jenem Tag aß ich aus Angst nichts mehr.«

Angélique starrte ihre Schwester an. Sie hatte das Gefühl, etwas Kaltes, Dunkles würde nach ihr greifen und ihr den Atem abschnüren. »Wir müssen fort von hier, sofort!«

»Nein!«, erwiderte Thérèse unerwartet heftig. »Auf keinen Fall!«

»Warum nicht? Thérèse, sie haben dir Gift verabreicht, damit du das Baby verlierst! Du kannst unmöglich hierbleiben!«

»Wenn wir von hier verschwinden, wird sie wissen, dass ich dir alles erzählt habe, und dann wird Schlimmes geschehen. Sie hat große Macht. Man wird uns verfolgen. Und wenn man uns erwischt ... Sie werden das Baby töten!«

»Aber ... aber es ist eine furchtbare Sünde! Wie kann sie so etwas tun?«

»Ich glaube, sie hält es für eine schrecklichere Sünde, dass der makellose Ruf ihres Stifts beschmutzt werden könnte.«

Angéliques Gedanken überschlugen sich. Vage Pläne und Fluchtszenarien gingen ihr durch den Kopf und wurden verworfen. Kurz blitzte das Gesicht ihrer Mutter vor ihrem inneren Auge auf, und sie erschauerte. »Wir müssen Vater schreiben!«

»Daran habe ich auch schon gedacht, aber wie sollen wir das anstellen? Mutter Agnes kontrolliert unsere Post.«

»Und wenn ich mich heimlich ins Dorf schleiche?«

Thérèse schnaufte. »Du kannst gar nichts heimlich tun. Glaube mir, jeder deiner Schritte wird überwacht.«

Angélique erinnerte sich an das seltsame Gefühl, das sie in den letzten Monaten hin und wieder befallen hatte. Unwillkürlich blickte sie zurück zur Tür und widerstand dem plötzlichen Impuls, nachzusehen, ob dort jemand lauschte. »Aber wir können doch nicht nichts tun!«, entfuhr es ihr, wobei sie unwillkürlich die Stimme senkte.

Thérèse presste die Lippen zusammen. Tränen schimmerten in ihren Augen.

Angélique nickte. Ihre Schwester war lange stark gewesen, hatte sich ganz allein der Bedrohung gestellt, aber nun war sie am Ende ihrer Kräfte. Erstaunlicherweise spürte Angélique, wie sie ruhiger wurde, als die Erkenntnis sie überkam, dass nun sie die Verantwortung für den nächsten Schritt trug. Sie flüsterte ein stummes Gebet und zwang ihre Gedanken zur Ruhe. Ihr Blick blieb an einem dicken Buch hängen, das auf dem Nachttisch lag. Abrupt stand sie auf.

»Was ist?«, fragte Thérèse.

Angélique griff sich die »Bekenntnisse« des heiligen Augustinus. »Wir können es nicht allein schaffen.«

Furcht flackerte in den Augen ihrer Schwester auf.

»Vertrau mir!«, sagte Angélique mit mehr Zuversicht, als sie selbst empfand. »Du musst mir einfach vertrauen. Ich bin bald wieder zurück!« Sie trat hinaus auf den Flur und schloss die Tür sorgfältig hinter sich ab.

Wer bist du?

Die Worte starrten Leon an. Schwarze Tinte, die sich durch Netzhaut und Sehnerven in sein Hirn fraß. *Wer bist du?*, hallte es in ihm wider – herausfordernd, nüchtern ... spöttisch?

Die Frage hatte ihn auf unerwartete Weise berührt. Etwas tief in ihm regte sich, wurde aufgeschreckt, beunruhigt und ... angelockt. Es fiel ihm schwer, dieses Etwas zu benennen; es fühlte sich ungewohnt an und war doch unzweifelhaft ein Teil seiner selbst. Es war diffus wie eine uralte Erinnerung, die durch irgendetwas angeregt an das Bewusstsein klopft und doch zu unbestimmt ist, als dass man sie ergreifen könnte.

Daneben regte sich jedoch noch ein ganz anderes Gefühl: Zorn. Es fiel Leon nicht schwer, sich auf den zweiten Impuls zu konzentrieren. Es fiel ihm sogar erstaunlich leicht.

Was für eine ungeheure Dreistigkeit! Erst stahl jemand ein historisches Dokument, und dann trieb er mit einer unzweifelhaft gefälschten Kopie seine bizarren Spielchen mit ihm! Wer tat so etwas?!

Ja, das war die entscheidende Frage. Die ältere Version des Tagebuchs war ein historisches Dokument gewesen. Jemand musste davon gewusst oder das Ganze sogar bewusst inszeniert haben. Aber das bedeutete, dieser Jemand hätte das Buch so verstecken müssen, dass Leon es unweigerlich fand, um ihm dann das Original wieder zu stehlen und diese Fälschung zuzuspielen?

Je mehr Leon darüber nachdachte, desto absurder erschien ihm, dass jemand einen solchen Aufwand trieb, nur um ihm einen Streich zu spielen!

Sein Zorn ebbte allmählich ab, und sein Forscherinstinkt gewann die Oberhand. Es konnte bei dieser ganzen Geschichte nicht um ihn persönlich gehen! Die einzig sinnvolle Erklärung war, dass jemand ihn unbedingt dazu bringen wollte, diesem Tagebuch seine ganze Aufmerksamkeit zu widmen. Vielleicht, um ihn von seiner Suche nach dem Riothamus abzulenken? Das schien nicht völlig abwegig, aber dennoch ging Leons Verdacht in eine andere Richtung. Jemand hatte dieses Tagebuch dort in dem Hohlraum deponiert, damit er etwas ganz Bestimmtes entdeckte.

Die Erleichterung, die Leon bei diesen Gedanken empfand, war überraschend stark. Nun bewegte er sich wieder auf gewohntem Terrain. Es ging darum, die Bedeutung eines Dokuments zu erforschen. Ob es nun gefälscht war oder nicht – in diesen Tagebuchseiten musste die Botschaft zu finden sein, die man ihm übermitteln wollte.

Leon blätterte zurück. Die Eintragungen vom 3. März kannte er bereits. Die nächsten Zeilen waren schon einen Tag später geschrieben worden.

Saint-Georges, den 4. März 1789

Ich wage kaum, es niederzuschreiben, so ungeheuerlich ist dieser Gedanke, und doch habe ich nun keinen Zweifel mehr: Thérèse und das ungeborene Baby sind in Gefahr. Man hat sie bereits vergiftet, vermutlich mit Mutterkorn, um das Kind auszutreiben.

Hier im Stift, an einem Ort, der dem Studium, der Erziehung und dem Gebet geweiht ist, ist man offenbar bereit, eine schreckliche

Sünde zu begehen. Warum? Um den Namen des Ordens reinzuhalten? Wie wäre das möglich? Als könnte man den Schatten mit Dunkelheit vertreiben!

Seit Thérèse mir ihre Ängste offenbarte, habe ich das Gefühl, ständig beobachtet zu werden. Jeder scheint mir ein potenzieller Verräter zu sein. Dieser Eindruck ließ mich auch gestern nicht los, als ich am späten Abend noch einmal durch das Stift ging. Der Gang lag im Halbdunkel. Und ständig gingen mir Gedanken durch den Kopf wie: Hat sich dort hinten im Schatten nicht etwas bewegt? Waren das nicht Schritte, die ich soeben vernommen habe? Ich zwang mich, nicht in die dunklen Ecken zu starren, und begab mich zur Bibliothek. Mir war sofort klar, dass wir es allein nicht schaffen können, nicht einmal eine Flucht wäre möglich, nicht in Thérèses Zustand. Wir brauchten Hilfe!

Es gibt nur einen einzigen Menschen in diesem Stift, der Mutter Agnes nicht fürchtet, nur eine einzige Person, die es wagen würde, sich nicht dem Diktat der Äbtissin zu beugen. Allerdings war es auch die letzte Person, der ich mich normalerweise anvertrauen würde. Aber welche Wahl hatten wir schon!

Ich fand Schwester Maria Martha wie vermutet in der Bibliothek. Leider waren wir nicht allein. Cecile saß ganz in der Nähe im Scriptorium und las. Schwester Maria Martha hatte sich in eine Schrift des Pelagius vertieft, der, soweit ich mich erinnerte, ein Häretiker gewesen war. Sie löste sich ganz offensichtlich nur ungern von ihrer Lektüre, als ich sie ansprach. »Er war ein kluger Mann«, sagte sie und klopfte mit den Knöcheln auf die Buchseiten. »Aber er kannte die Menschen nicht.«

Ich fragte sie, ob sie ein wenig Zeit für mich hätte. Man sah ihr an, dass sie weitaus lieber im Geiste die Häresien des Pelagius zerpflückt hätte, aber sie nickte. »Natürlich. Setzt Euch, mein Kind.«

Die verwinkelte Bibliothek würde es einem Lauscher nicht schwer machen, sich unbemerkt näher zu schleichen, und Cecile saß ganz in der Nähe ... Ich druckste ein wenig herum und bat sie um einen abgeschiedeneren Ort.

»Ihr wollt beichten?« Schwester Maria Martha hob überrascht

die Brauen. Sie war als Beichtschwester alles andere als beliebt. Man wandte sich lieber an Schwestern, die eine sanftmütigere Ausstrahlung hatten, wie beispielsweise Schwester Judith. Vermutlich war es schon einige Jahre her, dass sich eine Schülerin der alten Frau anvertraut hatte.

»In gewisser Weise«, erwiderte ich.

»Dann sollten wir den Beichtstuhl in der Kapelle aufsuchen«, sagte Schwester Maria Martha und legte einen roten Wollfaden als Lesezeichen in das Buch.

Ich bat sie leise, einen weniger öffentlichen Raum zu wählen.

Sie war irritiert, aber schließlich murmelte sie: »Also gut, kommt mit.« Sie schlug das Buch zu und klemmte es sich unter den Arm. Dann verließ sie forschen Schrittes die Bibliothek und schlug den Weg zu ihren privaten Räumlichkeiten ein. Ich muss zugeben, mir stockte der Atem, als wir an den Gemächern der Äbtissin vorbeikamen. Bis dato hatte ich gar nicht gewusst, dass die alte Ordensfrau im Nordflügel wohnte.

Ihre Räume waren kalt, klein und düster. Das erste Zimmer sah aus, als wäre es mit Buchrücken getäfelt. An allen vier Seiten reichten die Regale bis zur niedrigen Decke, und selbst die Fensterbank war vollgestellt mit Büchern. Schwester Maria Martha bat mich, einen einfachen, ungepolsterten Holzschemel mitzunehmen, und öffnete die Tür zu einem Nebengemach. Bis auf einen Schemel war der Raum vollkommen leer. Kein Bild, nicht einmal ein Kruzifix hing an der Wand.

»Setzt Euch«, wies die Schwester mich an, bevor sie sich auf dem zweiten Schemel niederließ.

Ich fragte sie, ob dies ihre Gebetskammer sei.

»Er erinnert mich daran, was ich in Händen halte, wenn ich vor Gott trete«, erklärte sie mir. »Es gibt keinen Raum, in dem ich mich freier fühle!« Dabei lächelte sie. Es war ein ungewohntes Bild. Ihre strengen Gesichtszüge entspannten sich, und in ihre blassen Augen trat ein fröhliches Funkeln. Es schien, als habe sie die strenge Gelehrsamkeit abgestreift wie einen alten Mantel. »Was führt Euch zu mir, Angélique?«

»Thérèse ist schwanger«, platzte ich heraus.

»Oh«, sagte Schwester Maria Martha überrascht.

»Sie verliebte sich in Louis-Antoine de Soissons ... er ist der Vater«, fuhr ich hastig fort, ehe mich der Mut verließ.

»Es geschah also freiwillig?«, bohrte sie nach.

»Ja.«

Nachdenklich sah sie mich an. »Ist ihre Schwangerschaft der Grund, warum sich Thérèse so lange schon vom Unterricht fernhält?«

Ich nickte und schüttelte gleich darauf den Kopf. »Ja ... und nein ...« Ich stockte und fuhr dann fort: »Schwester Maria Martha, ich weiß nicht, an wen ich mich sonst wenden soll. Darf ich mich darauf verlassen, dass dieses Gespräch unter das Beichtgeheimnis fällt?«

»Ist es denn eine Beichte?«, fragte sie mich.

»Nicht im eigentlichen Sinne ... aber ...« Mein Mut sank, und ich verstummte.

Eine Weile herrschte ein unangenehmes Schweigen. »Werdet Ihr mir die Wahrheit sagen?«, fragte sie mich schließlich und sah mich ernst an.

Ich nickte stumm.

»Und ... ist es notwendig, dass Ihr mir Euer Geheimnis anvertraut?«

Es war eine seltsame Frage. Aber Schwester Maria Martha ist ja auch eine seltsame Frau. »Ich weiß mir keinen anderen Rat«, erwiderte ich leise.

Ein ermutigendes Lächeln huschte über ihre Züge. »Dann redet frei heraus. Ich verspreche, dass ich Euer Geheimnis bewahren werde.«

Einen Augenblick lang rang ich mit mir. Aber dann sah ich in ihr Gesicht, und ich wusste, sie meinte es genau so, wie sie es sagte. »Ich habe den Verdacht –« Ich brach ab und holte tief Luft. Dann richtete ich meinen Blick auf die leere Wand, und es sprudelte aus mir heraus: »Ich zwang Thérèse dazu, sich Mutter Agnes anzuvertrauen. Die Äbtissin reagierte schockiert und machte ihr schwere Vorwürfe.

Aber ich glaube, sie fürchtet vor allem um den Ruf des Stifts, und deshalb wollte sie meine Schwester dazu bringen, das ungeborene Kind zu töten. Als Thérèse sich weigerte, ließ sie ihr über Schwester Judith eine mit Mutterkorn vergiftete Mahlzeit zukommen. Seitdem verweigert Thérèse nahezu jede Nahrung, und ich fürchte, wenn es so weitergeht, werden weder sie noch das Kind überleben.« Erst nachdem ich geendet hatte, wagte ich es, Schwester Maria Martha wieder anzusehen. Sie wirkte eine Spur blasser. Traurigkeit lag in ihren Augen und noch etwas anderes, das ich nicht einordnen konnte. Dann murmelte sie halb zu sich selbst: »Der Buchstabe tötet, der Geist aber macht lebendig ...« Sie schüttelte den Kopf. »Wir bauen prunkvolle Häuser und ersticken in ihren Mauern.«

Meine Verständnislosigkeit stand mir offenbar ins Gesicht geschrieben, denn sie fuhr fort: »Auch die Kirche kann zum Götzen werden, das ist die perfideste aller Fallen, die der Feind uns stellen kann.«

Ich starrte sie entsetzt an.

»Das klingt, als sei ich eine Hugenottin, nicht wahr? Aber darum geht es nicht. Die Gefahr ist zu groß, ein Regelwerk gegen das andere einzutauschen und –« Sie hielt abrupt inne und lächelte mich verlegen an. Das machte sie jünger und verletzlicher. »Bitte, verzeiht ... Ich versinke in alten Erinnerungen und abstrakten Gedanken. Dabei ist die Not so groß.« Sie schüttelte den Kopf. »Eure Schwester beweist sehr viel Mut ... weitaus mehr, als andere an ihrer Stelle hätten.«

Die Art und Weise, wie sie diese Worte betonte, ließen in mir den Verdacht aufkommen, dass sie von sich selbst sprach, aber ich verdrängte diesen Gedanken.

»Wir müssen sehr sorgsam und mit Bedacht vorgehen«, fuhr die alte Frau energisch fort. »Ich werde Euch helfen, aber mein Arm reicht nicht sehr weit. Ich gebe es ungern zu, aber ein kontemplatives Leben hat in gewissen Situationen seine Nachteile. Gibt es jemanden außerhalb dieser Mauern, dem Ihr vertrauen könnt?«

»Meinem Vater«, erwiderte ich, ohne zu zögern. »Aber er hält sich in Paris auf.«

»In Paris«, wiederholte sie nachdenklich. Ein energisches Funkeln trat in ihre Augen. »Schreibt ihm noch heute Nacht einen Brief und lasst ihn mir zukommen. Ich werde derweil etwas zu essen besorgen. Eure Schwester muss wieder zu Kräften kommen.«

Nun sitze ich hier auf meinem Bett, und Thérèse knabbert an einer kalten Gemüsepastete. Zum ersten Mal seit langer Zeit lüftet sich die schwere Decke der Verzweiflung ein wenig, und sie sitzt aufrecht in ihrem Bett. Hoffnung keimt in mir auf. Wir haben eine Verbündete.

Zorn

Leon trommelte nachdenklich mit den Fingern auf die Schreibtischplatte. Der vormals verschollene Eintrag von Angélique schien ihm authentisch zu sein. Er spiegelte ihren Stil und ihre Wortwahl wider. Auch inhaltlich ergab das Ganze Sinn. Es wäre also durchaus denkbar, dass er tatsächlich eine Abschrift der verlorenen Originalseiten vor sich hatte.

Waren die Seiten aus dem Tagebuch herausgerissen worden, weil sie einen Skandal in Saint Georges aufdeckten? Je nachdem, in wessen Besitz sich das Buch befand, wäre das eine mögliche Erklärung. Andererseits stellte sich natürlich die Frage, ob ein uneheliches Kind in einem Stift für höhere Töchter angesichts der gewaltigen Umwälzungen der Französischen Revolution tatsächlich eine so große Bedeutung hatte, selbst wenn sich der Verdacht bestätigen sollte, dass die Äbtissin eine Abtreibung hatte herbeiführen wollen. Die grausame Bluternte der Guillotine überschattete alles.

Die lautstarken Klänge einer Mundharmonika ließen ihn erschrocken zusammenfahren. Sein Herzschlag beschleunigte sich, und er ließ das Tagebuch auf den Tisch fallen. *Warum zur Hölle rief der Typ mitten in der Nacht an?!* Leon sprang auf und nestelte sein Handy aus der Jackentasche. Das konnte nichts Gutes bedeuten. Er fuhr sich nervös mit der Zunge über die Lippen, bevor er abnahm. Die Titelmusik von »Spiel mir das Lied vom Tod« brach abrupt ab.

»Guten Abend, Mr Brendon«, meldete sich Leon auf Englisch. Er verkniff sich jeglichen Kommentar zur Uhrzeit und fragte stattdessen in verbindlichem Tonfall: »Was kann ich für Sie tun?«

»Wissen Sie, wo ich gerade sitze, Dr. Weber?«, schnarrte eine Stimme mit unverkennbar amerikanischem Akzent.

»Nein«, erwiderte Leon auf die ohnehin nur rhetorisch gemeinte Frage.

»Ich sitze am Tisch mit Sir Colin MacFarlane und sehe mit gespannter Erwartung der 3. Internationalen Camelot-Tagung in New York entgegen, die morgen beginnen wird. Sir Colin berichtete mir gerade, dass ein Fund in Amesbury die These stützt, dass Ambrosius Aurelianus mit großer Wahrscheinlichkeit als die wahre historische Persönlichkeit hinter der Artussage anzusehen sei. Angesichts dessen hätte ich ihm gerne mit neuesten Erkenntnissen zu unserem bretonischen Riothamus das selbstgefällige Lächeln aus dem Gesicht gewischt.« Gedämpft war ein Lachen durch den Telefonhörer zu vernehmen. »Vielleicht können Sie mir bei diesem Ansinnen weiterhelfen, Dr. Weber?«

Der scharfe, beinahe sarkastische Unterton war trotz der schlechten Verbindung deutlich herauszuhören. Leon schluckte. Er verwarf den wahnwitzigen Impuls, seinen wichtigsten Finanzier darauf hinzuweisen, dass die Camelot-Tagung unter seriösen Wissenschaftlern einen bestenfalls zweifelhaften Ruf genoss und im Wesentlichen als Tummelplatz von Hobbyhistorikern und Verschwörungstheoretikern galt. Stattdessen entgegnete er: »Wir kommen mit unseren Grabungen gut voran, sind allerdings noch nicht bis zu den ältesten Schichten der bretonischen Besiedelung vorgedr –«

»Was haben Sie bislang gefunden?«, unterbrach ihn Brendon mit täuschend freundlicher Stimme.

»Die Burg war mehrfach Schauplatz dramatischer Ereignisse. Wir haben historische Aufzeichnungen einer jungen Frau gefunden, die kurz vor der Zerstörung der Burg dort gefangen gehalten wurde und –«

»Das war während des Vendée-Aufstandes, nicht wahr?«, unterbrach ihn der Amerikaner.

»Richtig. Es handelt sich um –«

»Sie wissen, dass mich das nicht einen Deut interessiert!« Brendons Stimme hatte nun jegliche vorgetäuschte Freundlichkeit verloren. »Haben Sie irgendetwas von Belang gefunden?«

Leon spürte Furcht, Scham und vor allem Zorn in sich aufsteigen. In der Leitung knackte es, und die Verbindung war kurz unterbrochen.

»... miserable Funknetze in Europa ...«, hörte er Brendon schimpfen.

Leons Synapsen arbeiteten auf Hochtouren. »Hallo?«, rief er ins Telefon, um sich etwas Zeit zu verschaffen. »Können Sie mich hören?«

»Ihre Stimme klingt, als säßen Sie in einer Sardinenbüchse, aber ich verstehe Sie«, knurrte der Amerikaner. »Also, was haben Sie mir mitzuteilen?«

»Die ... Aufzeichnungen enthalten Hinweise«, behauptete Leon spontan. Er erinnerte sich an die seltsamen Worte von den Geistern der Toten, die Angélique im Kerker niedergeschrieben hatte. »Wir haben Grund zu der Annahme, dass die bretonischen Erbauer der Festung ermordet und ihre Leichname vor den Mauern des Burgfrieds verscharrt wurden«, sagte Leon rasch.

»Nun, das klingt interessant«, erwiderte Brendon nach einigem Zögern. »Ich nehme an, Sie haben diese Hinweise bereits auf ihre Glaubwürdigkeit überprüft und sind dabei, sie zu verifizieren?«

»Natürlich«, log Leon. »Allerdings wird es noch einige Wochen Zeit in Anspruch nehmen, bevor – «

»Ich denke, Professor Degenhardt hat Ihnen mein Ultimatum bereits mitgeteilt. Sie haben noch drei Tage«, unterbrach ihn Brendon.

»Aber – «

»Sie hatten mehr als genug Zeit. In drei Tagen möchte ich Sir Colin MacFarlane und seine lächerliche Ambrosius-Theorie mit sensationellen Neuigkeiten aus der Vendée in den Boden stampfen!«

Wieder war ein gedämpftes Lachen zu vernehmen.
»Haben wir uns verstanden, Dr. Weber?«
»Selbstverständlich.«
»Sehr gut. Ich freue mich auf Ihre nächste E-Mail.« Dann drang ein Tuten aus dem Hörer. Der Amerikaner hatte aufgelegt.
Behutsam legte Leon das Handy beiseite. Dann starrte er aus dem Fenster in die Nacht. Warum hatte er gelogen? Aus Trotz? Aus nackter Panik? Oder war er unbewusst tatsächlich auf eine interessante Spur gestoßen? Leon schnaufte. In jedem Fall hatte es ihm nicht weitergeholfen. Es war ihm nicht gelungen, mehr Zeit herauszuschlagen. In drei Tagen war dieses Projekt beendet.
Er nahm das Tagebuch zur Hand und blätterte zu der Textpassage, die ihm während des Telefonats spontan in den Sinn gekommen war. Diese befand sich auf einer der letzten beschriebenen Seiten. Angélique hatte die Ängste geschildert, die sie in ihrem winzigen Verlies überkamen. Oder der Verfasser der Kopie hatte sie sehr authentisch geschildert:

Ich schaukle vor und zurück, zerkratze meine Arme, als könnte der Schmerz mich trösten. Dann lausche ich auf die fernen Stimmen, die hin und wieder die Mauern durchdringen, und etwas flüstert in mir: Das sind die Geister der Toten. Die jene Wälle zuerst errichteten, wurden ermordet, und ihr Klagen dringt durch die Mauern des Burgfrieds. Victoire hatte uns davon erzählt. Sie kannte unzählige solcher Geschichten.

Leon schürzte nachdenklich die Lippen. Diese Worte waren nur ein Nebengedanke, doch gerade in solchen unscheinbaren Details, in uralten, halb vergessenen Geschichten oder Sagen konnte ein Funke Wahrheit stecken. Hatte sich in Form dieser Spukgeschichten eine verschwommene Erinnerung an die ursprünglichen Erbauer der Festung erhalten? Sein wissenschaftlicher Instinkt sagte ihm, dass es sich lohnte, diesen Gedanken weiterzuverfolgen.
Konzentriert las er noch einmal den letzten Eintrag des Tage-

buchs. Er fand keine weiteren Hinweise auf die frühen Begründer der Festung. Stattdessen blieb sein Blick erneut an den letzten Worten hängen: *Wer bist du?*

Diese Frage tauchte so unvermittelt, so gänzlich ohne Zusammenhang auf. Leon zog die Nase kraus. Das passte nicht! Bislang hatte sich der unbekannte Verfasser sehr genau an die Spielregeln gehalten. Selbst wenn seine Motivation im Dunkeln blieb, war doch seine Vorgehensweise stets klar gewesen. Er war sehr auf Authentizität bedacht. Auch die zuvor fehlenden Seiten waren so geschrieben, dass sie direkt aus der Feder Angélique de Vantes' stammen könnten. Sie standen in einem klaren Zusammenhang. Warum fiel der Verfasser hier aus der Systematik? Aus reiner Provokation? Zufällig?

Nein, sicher nicht. Unwillkürlich schüttelte Leon den Kopf. Er versuchte, sich in die Situation der gefangenen Angélique hineinzuversetzen, genau wie der Verfasser des Buches es getan haben musste. Mit Angélique tauchte er in die Enge, Kälte und Dunkelheit ihrer Zelle ein. Grauen hatte sie gepackt und Todesangst. Dann tauchte plötzlich das Tagebuch auf. Ein Unbekannter schmuggelte es in ihre Zelle. Das weckte in ihr zwar nicht die Hoffnung, aus diesem Gefängnis zu entkommen, aber es war zumindest eine Spur von Menschlichkeit. Sie wagte einen Eintrag und verbarg das Buch in dem Hohlraum. Dann, als sie sich sicher fühlte, holte sie es wieder hervor.

Leon schlug die Augen auf. Sein Blick fiel auf die fast leere Seite. Sofort nahm er wahr, dass sie als Einzige beschädigt war; ansonsten befand sich das Buch in hervorragendem Zustand. Aber hier war das Papier zerknittert, teilweise eingerissen und befleckt. Und die Schrift setzte nicht, wie auf allen Seiten zuvor, etwa eine Daumenbreite vom oberen Seitenrand entfernt an, sondern deutlich tiefer.

Natürlich! Leon schlug sich an die Stirn. Das war der Zusammenhang! Die Frage war nicht um des Effekts willen auf diese besondere Weise niedergeschrieben worden. Sie war schlicht und ergreifend eine Reaktion, eine Reaktion auf die Beschädigung des Buches. Diese rötlich-braunen Flecken – war das Blut? Und dieser Fingerabdruck? Leon schluckte. Mit einem Mal packte ihn ein seltsamer Gedanke. Hastig griff er nach seinem Füller und riss ein leeres Blatt Papier aus dem Drucker. Dann beschmierte er die Fingerkuppen seiner rechten Hand mit Tinte und drückte sie auf das Papier. Er schob die Abdrücke dicht neben die rotbraunen Flecken und nahm seine Lupe zur Hand.

»Scheiße!«, entfuhr es ihm. »Was für ein Irrsinn ist das denn?!«

Leon ließ die Lupe wieder sinken. Er war zwar kein Experte, aber er musste sich schon sehr täuschen, wenn dieser rötlichbraune Fingerabdruck in dem gefälschten Tagebuch nicht sein eigener war!

Zuerst war Leon einfach nur geschockt. Dann glomm Furcht in ihm auf. Welcher Wahnsinnige trieb hier seine abstrusen Spielchen mit ihm? Wie war er an Leons Fingerabdruck gekommen? Unwillkürlich glitt sein Blick zur Tür des Wohnwagens. Es wäre nicht allzu schwer, sie aufzubrechen. Es war finstere Nacht, alle anderen schliefen ...

Unsinn! Er schüttelte den Kopf, und Wut spülte die Furcht hinweg. Er würde sich ganz bestimmt keine Angst einjagen lassen! Wenn jemand glaubte, ihn manipulieren zu können, dann hatte er sich gehörig getäuscht. Kalte Ruhe erfasste ihn. Seine tintenbefleckten Finger spielten nachdenklich mit dem Füller, während allmählich ein Plan in ihm reifte. Schließlich zog Leon die Kappe ab, rückte das Tagebuch zurecht und begann zu schreiben. Es waren nicht viele Worte nötig, nur ein paar Zeilen. Ab jetzt würden sie das Spiel nach seinen Regeln weiterspielen.

Die nächste halbe Stunde verbrachte Leon damit, jede einzelne Seite des Tagebuchs einzuscannen und anschließend das gesamte Dokument als passwortgeschützte Datei abzuspeichern. Er wollte nicht riskieren, dass der Unbekannte das Tagebuch erneut verschwinden ließ und der Text verloren ging oder zumindest Teile davon.

Als er fertig war, schlug er das Buch in das Leinentuch ein

und machte sich auf den Weg. Es war sehr spät geworden, und nirgendwo brannte mehr Licht. Leise huschte Leon zum Materiallager und schnappte sich eine der Funk-Webcams, die sie für Videokonferenzen und kürzere Dokumentationen verwendeten, sowie einen Bewegungsmelder. Es war ein merkwürdiges Gefühl, wie ein Dieb durch sein eigenes Ausgrabungslager zu schleichen. Leon schaltete seine Taschenlampe erst ein, als er sich an der Grabungsstelle befand. Dann deponierte er einen der Halogenstrahler dort so, dass er den Fundort des Tagebuchs gut beleuchtete. Anschließend nahm er den Stein heraus, legte das Tagebuch zurück in den Hohlraum und verschloss ihn wieder. Nun schaltete er den Bewegungsmelder zwischen, sodass der Scheinwerfer erst eingeschaltet würde, wenn sich jemand dem Hohlraum bis auf einen oder zwei Meter näherte. Die Webcam deponierte er unauffällig in einer Nische der ausgegrabenen Grundmauern. Leon nahm einen der Arbeitslaptops aus der verschließbaren Transportkiste, in der die wertvolleren Arbeitsmaterialien an der Grabungsstelle gelagert wurden, und stellte eine Verbindung zur Webcam her. Den Laptop stellte er unter einen der Tische und konfigurierte ihn so, dass er die Aufnahmen der Webcam bei ausgeschaltetem Monitor aufzeichnete und bei niedrigster Auflösung abspeicherte.

Der Wissenschaftler war sehr zufrieden mit sich selbst, als er zu seinem Camper zurückging. Wenn alles nach Plan lief, hätte er schon morgen früh eine Aufnahme des geheimnisvollen Unbekannten, der mit dem Tagebuch der Angélique Maria Pauline de Vantes seine merkwürdigen Spielchen trieb. Der Preis dafür war allerdings eine kurze Nacht. Leon stellte seinen Wecker auf sechs Uhr morgens, um sicherzustellen, dass er als Erster den Ausgrabungsort betreten und genügend Zeit haben würde, sein Überwachungssystem abzubauen.

Nach einem letzten traurigen Blick auf die Uhrzeit schaltete er das Licht aus. Es war bereits kurz nach Mitternacht; ihm blieben noch sechs Stunden.

Mit missmutiger Miene und müden Schritten bewegte sich Angélique durch die Gänge. Sie widerstand dem Impuls, sich nach einer etwaigen Verfolgerin umzusehen. Stattdessen begab sie sich zielstrebig in die Bibliothek, die nach alten Ledereinbänden und staubigem Papier roch. Die junge Frau folgte den verwinkelten Gängen zwischen den Regalen bis in die hinterste Ecke, dort, wo die gewichtigen Bände zur Kirchengeschichte lagerten, ein Ort, den keine der Schülerinnen freiwillig betreten würde. Schwester Maria Martha hatte ihr zum Schein eine besondere Aufgabe zugeteilt. Die Fragestellung, mit der sie sich nun zu beschäftigen hatte, war: »Was ist die Ursache des Streits zwischen Hippolyt von Rom und seinem Gegner Kallist? Bedenke dabei nicht nur die ditheistische Formel als äußerlichen Anlass der Auseinandersetzung, sondern auch die unterschiedliche Herkunft und Geisteshaltung dieser beiden Männer. Was können wir daraus lernen?«

Als Schwester Maria Martha ihr diese Aufgabe erteilt hatte, hatte sie einen Unterton der Begeisterung für dieses Thema nicht gänzlich unterdrücken können. Fast schien sie zu erwarten, dass sich ihre Schülerin für diese wunderbare Aufgabe überschwänglich bedanken würde. Angélique war sich nicht sicher, ob sie dies als großartige schauspielerische Leistung der alten Ordensfrau werten sollte oder ob gerade schlicht ihre tatsächlichen Neigungen zutage traten. In jedem Fall konnte sie die mitleidigen Blicke der anderen Schülerinnen sehen. Indem Schwester Maria Martha anschließend in die Runde fragte, ob irgendjemand Lust verspüre, Angélique bei diesem spannenden Thema zu unterstützen, stellte sie sicher, dass die anderen einen weiten Bogen um sie machten.

Angélique wandte sich dem Regal zu und linste durch die Buchreihen. Niemand war in der Nähe. Sie nahm Band III der kirchengeschichtlichen Enzyklopädie des ersten Jahrtausends aus dem Regal und schlug das 89. Kapitel auf, in dem der Streit der beiden Bischöfe ausführlich dokumentiert war. Sie hatte tatsächlich einen Teil der Texte überflogen, um auf eventuelle

Fragen zu diesem Thema gefasst zu sein. Dabei hatte sie festgestellt, dass Hippolyt von Rom seinem Gegner, einem ehemaligen Sklaven, nicht nur hinsichtlich seiner Bildung, sondern auch hinsichtlich seiner Eitelkeit weit überlegen war.

Heute jedoch verschwendete sie keinen Blick auf die historischen Schriften; stattdessen faltete sie hastig einen kleinen Streifen Papier auseinander, auf dem in der Handschrift Schwester Maria Marthas stand:

Nachrichten aus Paris müssen irgendwie aufgehalten worden sein. Erst heute kam ein Brief zurück. Der Absender schickt jemanden, den Ihr kennt. Schon morgen könnte er eintreffen.

PS: C. ist krank. Es kann nicht schaden, wenn Ihr Euch den Aufgaben des Nikolaus von Myra widmet.

C. stand für Cathérine. Die mütterliche Bedienstete arbeitete in der Küche und war eine der wenigen Vertrauten von Schwester Maria Martha. Offenbar verdankte sie der alten Ordensfrau viel, in jedem Fall war ihre Loyalität ihr gegenüber größer als ihre Furcht vor Mutter Agnes. Bereits einen Tag nach Angéliques Gespräch mit Schwester Maria Martha hatte Thérèse etwas Vernünftiges zu essen bekommen. Cathérine versorgte sie zuverlässig mit allem, was sie brauchte, und in den letzten Wochen war die junge Schwangere zunehmend kräftiger geworden. Nur der Husten wollte sie einfach nicht verlassen.

Angélique suchte die Regale ab und stieß schließlich auf ein Buch mit dem leicht vergilbten Titel »Über Leben und Werk des heiligen Nikolaus«. Als sie es herauszog, fand sich dahinter ein in Leinen eingewickelter Laib Brot. Sie musste schmunzeln. Offenbar hatte Schwester Maria Martha tatsächlich einen gewissen Sinn für Humor. Jedenfalls vermutete Angélique, dass die alte Ordensfrau das Brot mit Bedacht hinter dem Schutzheiligen der Bäcker verborgen hatte.

Sie stopfte das kleine Paket unter ihr Kleid und machte sich auf den Rückweg. Als es zur Vesper läutete, fiel ihr ein, dass

Schwester Maria Martha den Zettel vermutlich bereits am Vortag versteckt hatte. Das würde bedeuten, dass der Bote ihres Vaters schon heute in Saint Georges eintreffen würde. Es war jemand, den sie kannte. Ein aufgeregtes Kribbeln überlief sie. Sie eilte in ihr Zimmer und drückte Thérèse das Bündel mit dem Brot in die Hand.

»Vater schickt einen Boten. Er wird noch heute eintreffen!«

»Das sind gute Neuigkeiten«, sagte Thérèse. Sie sah besser aus und lächelte sogar ein wenig.

»Wenn ich wiederkomme, hast du das Brot aufgegessen!«, mahnte Angélique ihre kleine Schwester. Dann huschte sie hinaus und eilte zur Kapelle.

Mutter Agnes leitete persönlich das Abendgebet. Sie sang mit einem dunklen, volltönenden Alt. Es schien stets ein Hauch von Mysterium und Heiligkeit in dieser Stimme zu liegen. Früher hatte Angélique sich bei diesen Gelegenheiten Gott stets ein wenig näher gefühlt, nun spürte sie beinahe Ekel. Die Äbtissin besaß eine natürliche Autorität. Ihre Lesungen waren eindrucksvoll, und in ihren Predigten fand sie stets kluge Worte. Es gelang Angélique kaum, sie anzusehen.

»Wohlan, nun preiset den Herrn, all ihr Knechte des Herrn.
Die ihr steht im Hause des Herrn zu nächtlicher Stunde.«

Mutter Agnes rezitierte feierlich den 134. Psalm. Angélique drehte sich der Magen um. Konnte denn niemand ihre Falschheit sehen?

»Erhebt eure Hände zum Heiligtum und preist den Herrn.«

Die junge Frau ballte die Fäuste. Wie konnte Gott zulassen, dass diese Frau einen frommen Lobgesang darbrachte und gleichzeitig das Leben anderer zerstörte? War das Gnade oder war es ihm schlicht gleichgültig?

»Es segne dich der Herr von Zion her,
der Himmel und Erde gemacht hat.
Amen.«

Angélique presste die Lippen zusammen, als die anderen das Amen murmelten. Alle weiteren Worte ließ sie an sich vorbeirauschen wie Wasser. Aus den Augenwinkeln versuchte sie, einen Blick auf Mutter Agnes zu erhaschen. Die Ordensfrau hielt den Kopf gesenkt und schien völlig in ihre Andacht versunken. *Heuchlerin*, zischte eine Stimme in Angélique. Sie spürte, dass sie ungerecht war, aber der Zorn in ihr schwemmte alles andere hinweg. Nur mit Mühe unterdrückte sie den Impuls, aufzustehen und vor allen Leuten die Scheinheiligkeit der Äbtissin und dieses ganzen Stifts anzuprangern.

Nach dem Segen verließen die Schülerinnen schweigend die Kapelle. Auf dem Hof vernahm Angélique hinter sich eine strenge Stimme. »Wie weit seid Ihr mit Euren Studien zu Hippolyt und Kallist? Ich hatte einen Zwischenbericht von Euch erwartet!«

Angélique hielt inne. Noch vor wenigen Tagen hätte ihr der eiserne Blick von Schwester Maria Martha einen Schauer über den Rücken gejagt. Heute jedoch war ihr Zorn zu groß. Sie musste all ihr schauspielerisches Talent aufbieten, um angemessen erschrocken zu wirken.

»Kommt mit!«, befahl die alte Frau und führte sie in Richtung Bibliothek. Die anderen jungen Mädchen verschwanden auf ihre Zimmer. »Nun?«, hakte die Ordensfrau nach.

Angélique warf ihr einen verdutzten Blick zu. Erwartete sie tatsächlich eine Antwort?

»Zu welchen Erkenntnissen seid Ihr gekommen?«

»Ich ...« Sie versuchte, sich an die Details dieses kirchengeschichtlichen Streits zu erinnern, platzte aber schließlich heraus: »Wie kann er das tun? Ich verstehe das nicht!«

Schwester Maria Martha hob die Brauen.

»Diese ...«, Angélique gestikulierte in Richtung Kapelle,

»... diese widerliche Heuchelei! Wie kann Gott das zulassen?! Warum tut er nichts?«

»Ihr glaubt, Gott tut nichts?«

»Ich habe keinen Blitz vom Himmel herniederfahren sehen, als diese Giftmischerin und Kindermörderin ein Loblied anstimmte.«

»Ihr meint also, wenn er Euren Rachefantasien gefolgt wäre, hätte er damit ein sichtbares Zeichen seiner Weisheit und Gerechtigkeit gesetzt?«

Angélique warf der alten Frau einen forschenden Blick zu. Machte sie sich etwa über sie lustig? Schwester Maria Martha zeigte jedoch keinerlei Anzeichen von Ironie oder Spott.

»Ihr ... Ihr wisst genau, wie ich das meine«, erwiderte Angélique etwas ruhiger, aber noch immer voller Empörung.

»Ja, vielleicht«, erwiderte Schwester Maria Martha, »vielleicht weiß ich das tatsächlich.«

Irritiert blickte Angélique sie an. Ein seltsam trauriger Unterton hatte in den Worten der alten Ordensfrau mitgeschwungen.

»Es ist jetzt nicht der richtige Zeitpunkt, um über Euren Zorn zu sprechen.«

Es geht nicht um meinen Zorn, wollte Angélique erwidern. *Es geht um die Heuchelei dieser Frau und darum, dass Gott nichts tut.* Aber sie drängte ihre Worte zurück und presste die Lippen nur fester zusammen.

»Aber, wenn Ihr wollt, gebe ich Euch einen Rat.«

Die Ordensschwester blickte sie erwartungsvoll an, und Angélique erkannte, dass sie tatsächlich auf ihre Zustimmung wartete. Etwas widerwillig nickte sie.

»Versucht nicht, Euren Zorn zu unterdrücken, aber lasst auch nicht zu, dass er Euch beherrscht. Ihr müsst damit zu dem gehen, auf den Ihr wütend seid: zu Gott. Sprecht mit ihm, er ist zornige Menschen gewohnt.«

Eine Zeitlang herrschte Schweigen. Dann murmelte Angélique: »Ich werde es versuchen.«

Die alte Frau erwiderte nichts, aber statt hinauf in die Bibliothek zu steigen, führte sie Angélique in einen Seitengang und dann wieder ein paar Stufen hinab nach draußen. Die Luft war kühl und feucht.

»Wohin gehen wir?«

Schwester Maria Martha antwortete nicht gleich. Nachdem sie das Gebäude verlassen hatten, wirkte sie auf einmal angespannt. »Zu den Stallungen.«

Angélique runzelte die Stirn. Dann machte ihr Herz einen Sprung. »Wollt Ihr damit sagen ...?«

»Ja.« In der Abenddämmerung konnte man die Züge der Ordensfrau nicht genau erkennen. Lächelte sie oder zeigte sich Besorgnis auf ihrem Gesicht? »Ihr habt Besuch aus Paris.«

Ein Kribbeln überlief Angélique. Die Gebäude lagen beinahe im Dunkeln. Lediglich am Eingang des Pferdestalls brannte eine Laterne. Stand dort jemand im Eingang?

»Ich ... lasse Euch nun allein«, sagte Schwester Maria Martha. Ihre Stimme klang heiser, und sie räusperte sich.

»Ist Euch nicht wohl?«, fragte Angélique irritiert.

»Kümmert Euch nicht um mich«, erwiderte die alte Ordensfrau. »Ihr habt Wichtiges zu besprechen.«

Angélique versuchte, Schwester Maria Marthas Gesicht zu erkennen. Für einen kurzen Moment flackerte Misstrauen in ihr auf. Doch im nächsten Moment kam sie sich albern vor. Die alte Frau war eine strenge Lehrerin, und ihre Gedankengänge waren schwer zu durchschauen, aber sie war keineswegs eine Intrigantin.

»Beeilt Euch, Kind. Ihr habt nicht viel Zeit. Fabian wird schweigen. Aber es wäre nicht gut, wenn Euch jemand anderes bemerkt.«

Fabian war der Pferdeknecht, ein mürrischer alter Mann, der ohnehin nie mehr als ein oder zwei Worte über die Lippen brachte. Angélique nickte und ging weiter. Ja, da war jemand. Im Schatten des Eingangs waren die Umrisse eines Mannes zu erkennen, eine groß gewachsene, breitschultrige Gestalt mit einem hohen Hut. Sie konnte das Pulsieren ihrer Halsschlagader spüren. In der Nachricht hatte es geheißen, der Absender würde jemanden schicken, den Angélique kannte. Aber nun sah es beinahe so aus ... War es möglich? Angélique beschleunigte ihre Schritte.

»Vater«, flüsterte sie. »Vater, seid Ihr das?«

Allein

Die Gestalt rührte sich nicht, und so blieb das Gesicht im Schatten des Stalls verborgen. Dann sagte eine ihr wohlbekannte Stimme: »Es tut mir leid, Comtesse. Es war Eurem Vater leider nicht möglich, persönlich zu erscheinen.«

»Ach, Pierre«, sagte Angélique, »du bist das«, und die Enttäuschung gab ihrer Stimme einen rauen Klang.

»Hat Euch der Brief Eures Vaters erreicht?« Pierres Stimme klang wie immer formvollendet höflich.

Angélique wusste, dass ihre Enttäuschung kindisch war. Und durch Pierres nüchterne Frage trat dies nur umso deutlicher hervor. Natürlich hatte sie die Nachricht ihres Vaters nicht vergessen. Aber für einen kurzen Moment hatte sie gehofft ...

»Vielleicht ist es besser, wenn Ihr Euch ein paar Schritte in den Stall hineinbegebt, Comtesse. Sonst kann man Euch vom Haus aus sehen.«

Angélique zögerte einen kurzen Moment. Sie konnte sich selbst nicht erklären, warum sie diesen albernen Trotz in sich spürte. Mühsam unterdrückte sie den Impuls, ihm eine harsche Antwort zu geben, und trat tiefer in den Schatten des Stalls.

»Wie geht es Vater?«

»Es wird ihn tief berühren, wenn ich ihm ausrichte, dass Eure erste Sorge ihm galt«, erwiderte Pierre.

»Das ist sehr freundlich von dir, aber keine Antwort auf meine Frage, nicht wahr?«, erwiderte Angélique.

Einige Atemzüge lang schwieg der hochgewachsene Bedienstete.

Angélique versuchte, sein Gesicht genauer zu erkennen. War

er beunruhigt, zornig oder gleichmütig? In der Düsternis des Stalls war kaum mehr auszumachen als ein bleicher Fleck.

»Ihr braucht Euch keine Sorgen zu machen«, begann Pierre mit ruhiger Stimme.

»Warum ist er nicht selbst gekommen?«, unterbrach Angélique ihn. »Welches Geschäft könnte wichtiger sein als seine eigene Tochter?!«

»Nicht so laut, Comtesse«, mahnte Pierre und hob beschwichtigend die Hand. »Ich verstehe Euren Zorn, aber –«

»Dann wirst du ja wissen, wie wichtig mir eine ehrliche Antwort ist.«

»Natürlich«, sagte Pierre und neigte den Kopf. Er holte tief Luft und fuhr dann fort: »Sicherlich habt Ihr auch in Saint-Georges von der sogenannten Halsbandaffäre erfahren?«

Angélique rief sich die wenigen Details in Erinnerung, die sie wusste. Man hatte der Königin für eine unvorstellbar hohe Summe ein diamantenes Collier angeboten. Sie hatte erst abgelehnt, dann aber heimlich Kardinal Louis de Rohan, von dem gemunkelt wurde, er sei der Geliebte der Königin, mit dem Kauf des Schmuckstücks beauftragt. Später stritt sie alles ab, und mehrere Personen wurden wegen Betrugs, Diebstahls und Majestätsbeleidigung verurteilt. Königin Marie Antoinette war noch nie besonders beliebt gewesen, aber nach dieser Affäre zweifelten nur noch wenige daran, dass sie einen ungeheuer verschwendungssüchtigen und lasterhaften Lebenswandel hatte.

»Nur Gerüchte«, erwiderte Angélique schließlich.

»Es gibt wohl nur ganz wenige, die je etwas anderes als Gerüchte erfahren haben. Aber selbst Gerüchte können sehr gefährlich sein …«

»Pierre, mich interessiert das alles nicht. Ich will wissen, was mit meinem Vater los ist!«

»Und ebendies versuche ich Euch zu erklären. Bitte habt Geduld, Comtesse.«

Angélique hatte Pierre noch nie so viele Worte auf einmal

sagen hören. Seit ihrer Kindheit kannte sie ihn stets als stillen, gehorsamen Diener, der geduldig die Bitterkeit seiner Herrin ertrug, ohne eine Miene zu verziehen, die Scherben beseitigte, die drei unachtsame Kinder hinterließen, und seinem Herren überallhin folgte, wohin dieser ihn auch rief. Er war bereits vor dessen Heirat ihres Vaters Diener gewesen und gehörte zum Haus ihrer Eltern wie das Inventar im Salon, die Pferde im Stall oder der alte Wildhüter, der den beträchtlichen Waldbesitz der Familie verwaltete und stets nach Pfeifentabak roch. Plötzlich fragte sie sich, wer Pierre eigentlich wirklich war.

»Euer Vater ist sehr vertraut mit einigen der Juweliere, die das Collier erstellten«, fuhr er fort. »Und da diese Herren anfingen, sich Sorgen zu machen, baten sie ihn, Nachforschungen anzustellen. Euer Vater ging, wie es seine Art ist, dieser Angelegenheit sehr gründlich auf den Grund, und je tiefer er grub, desto mehr Schmutz brachte er zutage.«

»Er spionierte der Königin nach?«

»Er folgte den Gerüchten, hörte zu, was die Leute so redeten, und zog seine Schlüsse. Entscheidend ist nicht, ob etwas letztlich nur üble Nachrede ist, sondern auf welchem Boden dieses Gerede gedeiht. Und dieser Boden ist äußerst fruchtbar.«

»Was willst du damit sagen?«

»Versailles ist nicht die Wirklichkeit; es ist ein Produkt der Fantasie, eine Bühne, auf der die immer gleiche Komödie aufgeführt wird. Dekadenz, Korruption und Ignoranz spielen darin die Hauptrollen. Doch die Menschen sind es leid, dieses Stück zu sehen, sie haben längst aufgehört zu applaudieren.«

Angélique erinnerte sich an das seltsame Gespräch mit Louis-Antoine de Soissons im Garten von Saint Georges. Damals hatte sie sein Gerede nur als Provokation aufgefasst, mit der er sich für die Damenwelt interessant machen wollte. Vielleicht war doch mehr daran gewesen. Sie verdrängte die Gedanken an den schönen Dichter. Er hatte genug Leid verursacht. Stattdessen richtete sie ihre Aufmerksamkeit auf Pierre. Seine Stimme hatte einen völlig ungewohnten, eindringlichen Tonfall angenommen. Die letzten Worte flüsterte er fast: »Es wird nicht mehr lange dauern, und diese Bühne wird mit ohrenbetäubendem Krachen in sich zusammenfallen.«

Angélique starrte ihn sprachlos an.

Pierre räusperte sich. Unwillkürlich schien er sich kleiner zu machen, so als habe man ihn bei einem Fehler ertappt. »Wenn die Scheinwelt zusammenbricht, kommt es darauf an, dass die richtigen Männer Verantwortung übernehmen. Deshalb kann Euer Vater Paris nicht verlassen.«

Angélique runzelte die Stirn. Sie versuchte zu verstehen, was dieser neue, unbekannte Pierre ihr zu sagen versuchte. »Das sind mehr Worte gewesen, als ich je von dir gehört habe«, entgegnete sie schließlich. »Und mit diesen Worten versuchst du geschickt zu verschleiern, was Vater wirklich in Paris hält, habe ich recht?«

Pierres Schweigen dauerte lange, dann sagte er: »Euer Vater versucht, Euch zu schützen.«

Angélique nickte stumm. Sie wusste, dass es keinen Sinn hatte, weiter in ihn zu dringen. Mehr würde der hochgewachsene Bedienstete ihr nicht verraten. »Und was hat er dir noch aufgetragen?«

Pierre erklärte es ihr.

Als er geendet hatte, hob Angélique die Brauen. »Sind die ... Maßnahmen nicht ein wenig übertrieben?«

»Ihr solltet Eurem Vater vertrauen.«

Schon eine Minute später verließ Angélique den Stall und ging über den dunklen Hof zurück. Ein kühler Wind strich über ihren Nacken, aber es war nicht nur die beginnende Nacht, die sie frösteln ließ.

Schwester Maria Martha hatte die Tür zum Seitenflügel offen gelassen. In fast völliger Finsternis schlich Angélique die Stufen empor und huschte durch einen langen, muffig riechenden Gang zurück ins Hauptgebäude. Da es bereits dunkel war, nahm, wer um diese Zeit unterwegs war, sein Nachtlicht mit. Angélique hingegen musste sich an den Wänden entlangtasten. Es knarrte, als sie am Scriptorium vorbeischlich, und eine Tür klapperte. Die junge Frau hielt erschrocken inne und lauschte. Ein leiser Windzug drang an ihr Gesicht. *Hör auf, dich wie eine Idiotin zu benehmen,* schalt sie sich selbst. *Du erschrickst noch vor dem Geräusch deines eigenen Atems!* Die meisten Gebäude von Saint-Georges waren uralt. Das Holz der Decken arbeitete, und überall zog es durch Ritzen und Spalten. Sie zwang sich, ruhig ein- und auszuatmen, und ging langsam weiter. Kurz bevor sie den Aufgang in den nächsten Stock erreichte, klapperte eine weitere Tür. Blitzschnell wandte sich Angélique um, doch der Gang war leer, kein Schatten bewegte sich. Sie biss die Zähne zusammen und huschte rasch ins Treppenhaus. Die Stufen knarrten leise, als sie emporstieg. Warum fürchtete sie sich so? Als sie den Treppenabsatz des nächsten Stockwerks erreichte, lupfte ein kühler Windzug ihr Gewand. Gleichzeitig drang von unten das Knarren von Holz herauf. Kam da jemand? Sie wandte sich hastig um und starrte zurück in das Dunkel des Treppenhauses. Ihre Hand tastete nach der Tür. Als ihre Finger die kühle Klinke fühlten, drückte sie diese hastig herunter und schlüpfte in den Flur. Ein Lichtschein erfasste sie von der Seite, und sie schrie erschrocken auf.

»Was macht Ihr noch so spät auf dem Gang?«

Angélique fuhr herum und starrte in das von flackerndem Kerzenlicht beschienene Gesicht Mademoiselle Favres.

Hatte die Frau hier auf sie gewartet? Wurde sie beobachtet? Angélique versuchte, im Gesicht der zierlichen Frau zu lesen. Spiegelte es Argwohn wider oder bloß Verwunderung?

»Ihr habt mich erschreckt!«

»Das war nicht meine Absicht.«

Und was war dann Eure Absicht?, lag Angélique auf der Zunge. Stattdessen jedoch sagte sie: »Ich habe für eine gewisse Zeit die Stille und Einsamkeit gesucht. Ich mache mir Sorgen um Thérèse und musste ein wenig nachdenken.«

»Möchtet Ihr darüber reden?«

»Nein!« Angélique lächelte, um die Heftigkeit ihrer Reaktion zu mildern. »Aber Euer Angebot ehrt mich.« Sie deutete den Gang entlang. »Es wird Zeit, dass ich mich schlafen lege.«

Mademoiselle Favre nickte.

Angélique spürte den Blick der Frau in ihrem Rücken, bis sie die Tür ihres Zimmers hinter sich geschlossen hatte. Dann eilte sie an das Bett ihrer Schwester und weckte die Schlafende.

Treppenstufen knarrten unter Leons Füßen. Die Tür fiel ins Schloss, und Dunkelheit schlug über ihm zusammen wie eine Welle. Er fuhr herum. Furcht ließ seinen Herzschlag immer schneller werden, und es prickelte auf seiner Haut, als würden tausend Spinnenbeine darüberkrabbeln. Seine Finger ertasteten unverputzte Mauersteine.

Dann vernahm er das Wispern. Da war etwas! Er fuhr herum und starrte mit weit aufgerissenen Augen in den Raum. In der Düsternis hockten Schatten vollkommener Schwärze und starrten schweigend zurück.

Das Wispern wurde lauter und vielstimmiger. Es war, als könne er die Gedanken dieser Schatten hören. Einzelne Silben drangen in sein Bewusstsein, und allmählich formten sich Wörter heraus: »... Nacht ... niemand gesehen ...« Nun erkannte er, dass die Worte nicht von den wispernden Stimmen kamen, sondern diese überlagerten. Ein Geräusch erklang. Jemand pochte an die Tür. *Ich bin hier,* wollte Leon schreien, *öffnet die Tür!* Doch nur unverständliches Gebrabbel kam über seine Lippen.

»Er ... nicht auf«, vernahm er eine Frauenstimme, die irgendeine verschwommene Erinnerung in ihm auslöste.

»Leon?«, rief sie, dieses Mal lauter und klarer.

Schlieren aus grellem Licht durchdrangen die Finsternis, und die Schatten zerstoben.

»Leon, mach auf!«

Mit einem Ruck fuhr er hoch und stieß gegen das Bücherbord

über seinem Bett. Lexika und Nachschlagewerke purzelten auf ihn hinab. »Au, verflixt!«

Leon wickelte sich aus den Decken und taumelte aus dem Bett. Mit zusammengekniffenen Augen schlurfte er durch den Camper und öffnete die Tür.

»Was 'n los?«, nuschelte er.

Emma verschränkte die Arme vor der Brust. »Guten Morgen, Leon. Ich hoffe, du hast gut geschlafen?«

Leon blinzelte in die Helligkeit eines späten Morgens. Mehrere Studenten betrachteten interessiert sein durchlöchertes Schlaf-T-Shirt, auf dem detailgetreu, wenn auch leicht verblichen, Bernd das Brot prangte.

»Was ist passiert?«, fragte er und trat einen Schritt zurück in den Schatten des Campers.

»Jemand hat den Generator sabotiert.«

»Shit! Ich bin gleich da.« Während Leon sich hastig umzog, fiel sein Blick auf den Radiowecker neben seinem Bett. Die Anzeige war tot – kein Wunder, dass er verschlafen hatte!

Wenig später stand er gemeinsam mit Emma und Pawel vor dem defekten Generator, auf den jemand in roter Farbe eine unmissverständliche Botschaft geschmiert hatte: *Verschwindet!*

»Wie hat unser freundlicher Besucher den Generator funktionsunfähig gemacht?«, erkundigte sich Leon.

»Er war ziemlich gründlich.« Pawel seufzte und kratzte sich am Hinterkopf »Zuerst hat er den Tank geleert, anschließend die Anschlusskabel durchtrennt und zur Sicherheit noch ein paar Löcher in den Tank gebohrt.«

»Oh! Aber du kannst es reparieren, nicht wahr?«

»Sollten wir nicht endlich die Polizei informieren?«, fragte Emma.

»Damit sie den Generator konfiszieren und in der Asservatenkammer verstauben lassen, während wir im Dunkeln sitzen?«, gab Leon bissig zurück.

»Du hast wohl keine sehr hohe Meinung von der französischen Polizei?«

»Emma, jetzt sei nicht beleidigt. Ich habe absolut nichts gegen französische Polizisten, sie sind bestimmt sehr fleißig und zielstrebig. Aber uns bleiben nur noch zweieinhalb Tage. Selbst ein französischer Sherlock Holmes dürfte den Fall nicht so schnell gelöst haben.«

»Wenn die Polizei auftaucht, könnte das unsere Nachbarn aber von weiteren Aktionen abhalten«, gab Pawel zu bedenken.

»Ja, vielleicht«, sagte Leon. »Vielleicht spornt sie das aber auch an.«

»Ganz ehrlich, Leon, ich verstehe dich nicht. Vor Kurzem hattest du im Grunde genommen schon aufgegeben, und nun bist du auf einmal so verbissen, als ginge es um Leben und Tod.«

Leon lächelte dünn. »Emma, es geht um Leben und Tod. Wenn wir jetzt aufgeben, ist das Projekt gestorben – und unsere Theorie eines bretonischen Riothamus südlich der Loire ebenfalls.«

Emma verzog das Gesicht.

»Ich zwinge niemanden, hierzubleiben.«

»Das ist es nicht, Leon«, setzte Emma an.

»Aber wer immer sich auch entschließt zu gehen, verpasst vielleicht eine letzte Möglichkeit«, fuhr Leon fort. »Es gibt nämlich eine neue Spur.«

»Was?!« Pawel sah ihn überrascht an. Emma hob die Brauen.

»Dieses Tagebuch –«

»Das niemand außer dir gesehen hat und das plötzlich wieder verschwunden ist?«, unterbrach Emma ihn.

»Dank einer aufmerksamen Studentin wurden die darin enthaltenen Texte gesichert«, erwiderte Leon rasch. »Es gibt dort einen Hinweis, eine alte … Spukgeschichte. Aber du weißt ja, dass in solchen Erzählungen zuweilen ein Körnchen Wahrheit steckt. Wir müssen unsere Grabungen nur geringfügig verlagern.«

»Und zwar?«

»Außerhalb der Mauern des Burgfrieds.«

»In den Burghof?«, gab Pawel skeptisch zurück.

»Den gab es damals noch nicht«, erwiderte Leon. »Zu der

Zeit, die uns interessiert, bestand die gesamte Festung nur aus diesem einen Turm. Ich gehe davon aus, dass der Riothamus und seine engsten Begleiter getötet und vor den Mauern des Turms heimlich verscharrt wurden. Ihr wisst, dass die Artussage, in welcher Fassung auch immer, stets das Element des Verrats enthält.«

Die beiden betrachteten ihn skeptisch.

»In dem Buch heißt es: ›Die jene Wälle zuerst errichteten, wurden ermordet, und ihr Klagen dringt durch die Mauern des Burgfrieds‹«, zitierte Leon. »Für mich klingt es sehr stark danach, dass es von außen nach innen dringt. Wir waren also am richtigen Ort, haben nur an der falschen Stelle gegraben.«

Pawel zuckte die Achseln. »Nun ja, einen Versuch ist es wert.«

»Ich würde mir dieses Tagebuch sehr gerne ansehen«, entgegnete Emma.

Leon warf Emma einen langen Blick zu, den sie arglos erwiderte. Dann nickte er. »Das verstehe ich, aber zurzeit steht es leider nicht zur Verfügung. Ich bin dabei, meine Hypothesen zur Verfasserin zu verifizieren.« Er beobachtete Emma genau, als er dies sagte. Schließlich war sie eine der Personen, die möglicherweise hinter dem Verschwinden des Originaltagebuchs und dem Auftauchen der Kopie stecken könnten. Ihre Reaktion deutete allerdings in keiner Weise an, dass sie wusste, wovon er sprach.

»Warum weiß ich davon nichts? Ich dachte, wir seien ein Team!«

»Ich bin mir erst vor Kurzem über diesen Zusammenhang klar geworden«, erwiderte Leon. »Trommelst du die Truppe zusammen? Ich muss noch kurz etwas überprüfen.«

Nach einem langen skeptischen Blick nickte Emma schließlich »Gut.«

»Vielen Dank. Pawel, könntest du dich der Reparatur des Generators widmen?«

»Klar. Es wäre gut, wenn Jan mir dabei zur Hand gehen könnte.«

»Hol dir, wen du brauchst«, erwiderte Leon. »Wann wird unser Server wieder einsatzbereit sein?«

Sein junger Assistent überlegte einen Moment. »Gib mir drei Stunden.«

»Gut.« Leon grinste und klopfte ihm auf die Schulter. »Ich wusste, dass du das hinbekommst.«

Während Emma die Studenten zu sich rief, machte sich Leon auf den Weg zur bisherigen Grabungsstelle. Er spürte ein leichtes Kribbeln im Magen, als er sich vor den verborgenen Hohlraum kniete und den Stein vorsichtig herauszog. Nachdem er diesen beiseitegelegt hatte, lugte er in das Loch. Das Tagebuch war verschwunden!

»Verdammte Axt«, murmelte Leon. »Was für Spielchen treibst du hier mit mir?!« Er schob den Stein zurück und holte den Laptop hervor, den er unter dem Tisch versteckt hatte. Natürlich war der Akku inzwischen leer. Er tauschte ihn gegen den eines anderen Geräts aus und fuhr den Computer hoch. Dann sah er sich die Aufnahme im Schnelldurchlauf an. Das Bild war grau, beinahe schwarz, da nur das Mondlicht ein wenig Licht durch die durchsichtigen Schutzplanen warf. Nach ungefähr zweieinhalb Stunden Aufnahmezeit wurde das Bild komplett dunkel. »Shit«, flüsterte Leon. Er spulte ein wenig zurück und ließ den Film mit normaler Geschwindigkeit laufen. Als das Bild schlagartig dunkel wurde, zeigte die mitlaufende Uhr 3:12 Uhr morgens an. Um diese Zeit mussten der Generator und damit auch die Kamera ausgefallen sein. Der Bewegungsmelder war nicht angegangen. Hatte jemand bewusst zuvor den Strom ausgeschaltet, um Leons Kamerafalle zu entgehen? Das war natürlich möglich ... Denkbar wäre auch, dass der Tagebuchdieb zufällig nach dem Stromausfall zugeschlagen hatte. Wenn er mit den Gepflogenheiten von Leon und seinem Team vertraut war, wusste er, dass am frühen Morgen die beste Zeit war, um unentdeckt zu bleiben. Oder aber Leon hatte irgendetwas übersehen.

Nachdenklich starrte er auf den dunklen Bildschirm. Da war etwas gewesen, irgendeine Kleinigkeit, die er nicht konkret benennen konnte, die aber irgendwie in seinem Unterbewusstsein hängengeblieben war. Eine winzige Veränderung, kurz bevor die Kamera ausging …

Leon klickte auf einen Zeitpunkt zehn Minuten vor Ende der Aufnahme und drückte dann auf »Wiedergabe«. Die Aufnahme rauschte gleichmäßig, und das Bild blieb so unverändert wie ein Foto. Schemenhaft zeichnete sich die graue Struktur der Mauer auf der unteren Hälfte des Bildes ab, während ein wenig Folie als pixeliger Wolkenfetzen in der rechten oberen Ecke hing. Der Rest des Bildes war beinahe schwarz. Leon starrte so gebannt auf den Bildschirm, dass seine Augen zu brennen begannen. *Du wirst allmählich verrückt, alter Knabe*, sagte er zu sich selbst. *Du hast jetzt schon Albträume, und irgendwann wirst du in jeder dunklen Ecke Gespenster sehen und Stimmen hören, die dir befehlen, dich nackt auszuziehen und den Mond anzuheulen.*

»Halt!« Unbewusst hatte er laut gerufen. Hastig stoppte er den Film und ging eine halbe Minute zurück. Da war tatsächlich eine Veränderung gewesen! Sie war flüchtig, aber real. Irgendetwas war über das Bild gehuscht! Er spielte die Aufnahme nun mit der halben Geschwindigkeit ab. Leise schimpfte er über die miserable Qualität. Für einen kurzen Moment veränderten sich die schwammigen Konturen des Bildes, und es sah aus, als würde etwas Dunkles an der Kamera vorbeiziehen. Leon stoppte sofort, als das Bild wieder normal wurde. Nun klickte er vorsichtig Schritt für Schritt zurück. Sein schweißfeuchter Finger klebte auf dem Touchpad.

Ja! Die Aufnahme wurde dunkler. Es gab einen Ruck, und eine dunkle Welle überzog das hellere Grau der Mauer mit Schwärze. Auch der Fetzen Folie am oberen Rand wurde davon verdeckt. Das Ganze dauerte nicht lange. Leon spielte die Sequenz noch einmal in Ultrazeitlupe ab. Erstaunt bemerkte er, dass die Zeitanzeige sich mit der dunklen Welle zu verändern schien. Es gab eine kurze, nur wenige Millisekunden andauernde Verzögerung.

»Was ist das?«, flüsterte er.

»Leon?« Es war Emmas Stimme, die ihn erschrocken zusammenzucken ließ. Er klappte den Laptop zu und wandte sich um.

»Was machst du da so lange? Wir warten auf dich!« Emma hatte die Plane beiseitegeschlagen und starrte ihn an. Sie gab sich keine Mühe, ihre Verärgerung zu verbergen, aber in ihren Augen spiegelte sich neben Zorn auch Besorgnis.

»Entschuldige, ich bin gleich da.« Leon stand auf. »Ihr habt alles beisammen?«

»Natürlich!«

»Äh ... gut. Wir treffen uns an der Nordseite. Ich bin gleich bei euch.«

Leon erwiderte ihren fragenden Blick mit unbedarfter Miene. Als sie schließlich mit einem Seufzen verschwand, klemmte er sich den Laptop unter den Arm und schloss ihn in seinem Camper ein. Dann eilte er um die Ruine des Turms herum zu den wartenden Studenten.

»Okay«, sagte er, als sich aller Augen erwartungsvoll auf ihn richteten, »Wie äh ... Dr. Emma Blanc Ihnen bereits angekündigt hat, gibt es zwei wichtige Neuigkeiten in Bezug auf unser Projekt. Es kommt möglicherweise ein wenig überraschend für Sie, aber ... uns bleibt nur noch bis Donnerstag. Wenn wir bis dahin keinen Erfolg haben, wird die Finanzierung des Projekts eingestellt.« Als Leon die schockierten Gesichter der Studenten sah, musste er sich eingestehen, dass es fairer gewesen wäre, sie sofort über das Ultimatum zu informieren.

»Aber«, fuhr er hastig fort, »es gibt neue Anhaltspunkte. Vor einigen Tagen stießen wir auf eine Schriftquelle der Familie de Vantes, der späteren Besitzer dieser Burganlage. Dort finden sich Hinweise darauf, dass die ursprünglichen Erbauer der Festung ermordet und außerhalb des Wehrturms verscharrt wurden. Wir befinden uns hier also möglicherweise am Schauplatz eines fünfzehnhundert Jahre alten Verbrechens.« Er blickte in die Gesichter der Studenten. Sie waren überrascht, einige sogar sichtlich geschockt über das drohende Ende des Projekts, aber gleichzeitig sah er auch eine wachsende Entschlossenheit.

Etwas daran irritierte Leon, aber jetzt war wohl kaum der richtige Augenblick, sich auf seine diffusen Gefühle zu konzentrieren. »Die Ermordung des Riothamus würde erklären, warum wir bislang nur so spärliche Hinweise auf seinen Aufenthalt hier in Chamilot gefunden haben. Und sie würde eine völlig neue Sicht auf die moderne Artus-Forschung werfen.« Er lächelte. »Wir haben zwei Tage Zeit, die Geschichte neu zu schreiben. Machen wir uns an die Arbeit! Aufgrund der Umstände ist nicht zu erwarten, dass wir auf Urnen oder typische gallo-römische Grabbeigaben stoßen werden. In allererster Linie suchen wir nach menschlichen Knochen. Ich gehe davon aus, dass sie die Leichen nicht in der Nähe des Eingangs vergraben haben. Zudem werden sie den felsigen Boden im Westen gemieden haben. Wir sollten uns in unseren Grabungen also auf den nordöstlichen Teil des Burghofs konzentrieren. Ich schlage daher vor, dass wir zwei Teams bilden. Dr. Blanc nimmt sich den Osten vor, und ich übernehme den Norden. Ach so ...« Er hielt inne und dachte kurz nach, dann sagte er: »Den meisten von Ihnen ist sicherlich nicht entgangen, dass jemand unseren Generator manipuliert hat. Diese ständige Sabotage mag für einige von uns nicht nur ärgerlich sein, sondern auch bedrohlich erscheinen. Allen, die ernsthafte Sorgen um ihre Sicherheit haben, steht es selbstverständlich frei, das Projekt zu verlassen. Ich verspreche, dass ich diese Entscheidung voll und ganz akzeptieren und nicht in meine Beurteilung einfließen lassen werde. Möchte sich jemand dazu äußern?« Erneut ließ er seinen Blick in die Runde schweifen. Keiner der Studenten reagierte, nur Emma hatte in einer leichten Geste der Verärgerung die Lippen zusammengekniffen. Nach dieser Einführung hätte kaum jemand zugegeben, dass er eigentlich lieber aussteigen wollte. Manipulation gehörte nun mal zum Geschäft. Dennoch meldete sich Leons schlechtes Gewissen leise. »Wer möchte, kann nachher gerne unter vier Augen mit mir darüber sprechen«, fügte er hinzu. »Gibt es sonst noch irgendwelche Fragen?«

Natürlich gab es noch einige Fragen. Leon beantwortete sie

freundlich, aber knapp, und schon eine halbe Stunde später waren alle mit Graben beschäftigt. Auch Leon packte kräftig mit an. Als Emma ihn zwischendurch leise ermahnte, sich wegen seiner Kopfverletzung zu schonen, winkte er ab. »Mir geht es gut!«

Er suchte die körperliche Anstrengung und versuchte, sich ganz auf das Graben zu konzentrieren. Verbissen arbeitete er sich voran, bis ihm der Schweiß über das Gesicht rann.

Sie hatten nicht genügend Zeit, um besonders vorsichtig vorzugehen, und so wurden die Löcher rasch tiefer. Kubikmeter um Kubikmeter Erde wurde beiseitegeschafft. Leons Muskeln brannten, und sein Atem ging keuchend. *Du bist alt geworden*. Er hielt inne, um seinen schmerzenden Rücken zu strecken.

Trotz der Anstrengung herrschte eine gelöste Stimmung unter den Studenten. Sie redeten miteinander, feuerten sich an und spekulierten über die neuen Erkenntnisse. Wieder spürte Leon diese leichte Irritation, die ihn gepackt hatte, als er ihnen von der Bedrohung des Projekts und den Hinweisen auf die ermordeten Erbauer der Burg berichtet hatte. Und nun erkannte er auch, was dieses Gefühl auslöste: Seine Studenten waren noch immer mit ganzem Herzen dabei, aber er selbst nicht! Bislang hatte er seine Projekte stets durch seine eigene Begeisterung vorangetrieben. Er war es gewohnt, dass er voranschritt und die anderen ihm folgten. Und so schien es ja auch dieses Mal zu sein. In Wirklichkeit hatte er aber Schwierigkeiten, sein eigentliches Ziel nicht aus den Augen zu verlieren. Dieses Tagebuch hatte ihn in seinen Bann geschlagen. Immer wieder ertappte er sich dabei, wie seine Gedanken um Angélique und den seltsamen Unbekannten kreisten, der dieses Buch verschwinden und wieder auftauchen ließ. Er wurde das Gefühl nicht los, dass die ganze Sache etwas mit ihm persönlich zu tun hatte und nicht nur mit dem Projekt. Vielleicht lag es schlicht an der seltsamen Frage, die als Letztes in der gefälschten jüngeren Fassung des Tagebuchs gestanden hatte: »Wer bist du?«

So etwas schrieb doch niemand, dem es lediglich darum ging,

ein Grabungsprojekt zu sabotieren. Es lief immer wieder auf die gleiche Frage hinaus: Was hatte das Ganze mit ihm zu tun? Zuerst hatte er Emma im Verdacht gehabt, aber inzwischen hielt er das für sehr unwahrscheinlich. Die Themen des Tagebuchs passten nicht zu ihr. Vordergründig beschäftigte es sich zwar mit einer Intrige, aber inhaltlich ging es sehr viel um Philosophie, Religion und ethische Fragestellungen. Vielleicht war gar nicht seine Kollegin, sondern Mathéo derjenige, der ihm das Buch zugespielt hatte? Zuzutrauen wäre ihm eine solche Aktion durchaus.

Eine plötzliche Bewegung hinter ihm ließ ihn herumfahren. Ein kleiner Schwarm Vögel flatterte auf. Hatten sich die Planen bewegt? War da nicht kurz ein großer dunkler Schatten gewesen? Doch keiner von den Studenten schien etwas bemerkt zu haben. Die anderen gruben mit unvermindertem Eifer weiter.

Leon rammte den Spaten in die Erde. »Ich bin gleich wieder da«, sagte er zu niemandem im Besonderen. Dann stieg er über eine flache Stelle der Mauer in das mit Planen überspannte Innere des Burgfrieds.

Eine Gänsehaut überlief ihn, als er erkannte, dass er den dunklen Schatten in etwa an jenem Ort gesehen hatte, an dem sich auch der Hohlraum befand. Hatte sich jemand daran zu schaffen gemacht? Allerdings war der Schatten viel zu groß für einen Menschen gewesen. Und was hatte die Vögel aufgeschreckt? Der Wissenschaftler ging weiter. Ein seltsamer Geruch, den er nicht recht einordnen konnte, stieg ihm in die Nase. Die Luft unter den Planen war immer ein wenig wärmer und stickiger als außerhalb, aber das war es nicht ... Es roch unangenehm süßlich. Leon fühlte sich an etwas erinnert, das er seit seiner frühen Kindheit zu verdrängen suchte und das als stetig wiederkehrender Albtraum in verschiedenen Varianten aus seinem Unterbewusstsein an die Oberfläche kroch.

Er war noch sehr klein gewesen, als seine Eltern ihn für einige Tage zu seiner Großmutter gebracht hatten, um etwas für ihre Beziehung zu tun, so hatten sie es jedenfalls damals genannt.

Leider hatten sie sich nicht die Mühe gemacht, es ihm zu erklären, und so hatte sich Leon zugleich schuldig und verlassen gefühlt. Viele Menschen hatten positive Erinnerungen an ihre Großmütter, doch die Mutter von Leons Vater war eine verbitterte und kaltherzige Frau gewesen. Leon hatte sie niemals lächeln sehen, und er ging ihr aus dem Weg, so gut es ging. Es kümmerte sie nicht, was er mit seiner Zeit anfing – und das betrachtete er eine Weile durchaus als Vorteil. In dem uralten Bauernhaus, das sie bewohnte, gab es eine Menge zu entdecken. So hatte er auch diese Treppe entdeckt, die vom ehemaligen Stall aus in die Tiefe führte ... Die Neugier hatte ihn schließlich hinabgetrieben. Wenn er daran zurückdachte, dann sah er die Tür hinter sich wie von selbst ins Schloss fallen, aber vielleicht hatte er sie auch unabsichtlich hinter sich zugezogen. In jedem Fall war die Dunkelheit urplötzlich über ihn hereingebrochen. In seiner Panik hatte er den Lichtschalter nicht gefunden. Die Tür schien verriegelt zu sein, denn von innen hatte sie keine Klinke, nur einen Knauf. Dabei hätte er den runden Knauf nur drehen müssen, und er wäre wieder frei gewesen. Aber das hatte er nicht gewusst, und so hatte er weinend und um Hilfe schreiend die schrecklichsten Stunden seines Lebens in diesem Keller verbracht. Ein süßlicher Gestank war aus der unergründlichen Schwärze jenseits der Treppe zu ihm heraufgestiegen. Es war ihm so vorgekommen, als hätte man ihn an den offenen Schlund der Hölle verbannt. In Wahrheit hatten da bloß ein paar halbverweste Ratten gelegen, weil seine Großmutter vor einiger Zeit Gift gestreut hatte. Irgendwann, nach einer halben Ewigkeit, wie ihm schien, hatte er dann Stimmen gehört. Es war seine Großmutter gewesen, die sich mit der Nachbarin unterhalten hatte. Er hatte sich die Kehle wund geschrien, bis sie ihn schließlich gehört und den Keller geöffnet hatte. Einige harte Worte und eine Ohrfeige als Strafe für seine Dummheit waren alles gewesen, was seine Großmutter erübrigen konnte. Leon hatte nie mit irgendjemandem über dieses Erlebnis gesprochen.

Und ein Hauch dieses Gestanks, der ihm damals wie der

faulige Atem der Hölle erschienen war, schien nun in der Luft zu liegen. Er erschauerte.

Leise Schritte näherten sich von hinten, und er fuhr herum.

»Leon, ist alles in Ordnung mit dir? Du bist kreidebleich!«

Der Wissenschaftler atmete erleichtert auf und versuchte, seinen hämmernden Herzschlag zu beruhigen. »Schon gut, Pawel, alles bestens«, sagte er. »Was gibt es denn?«

»Wir haben wieder Strom.«

»Hervorragende Arbeit. Vielen Dank!«, entgegnete Leon. »Wenn du willst, kannst du gerne eine kleine Pause machen und dich dann den anderen anschließen.«

»Ich brauche keine Pause.« Pawel ging nach kurzem Zögern an Leon vorbei auf das Grabungsteam im Norden zu.

Leon stutzte, als sein Blick dem jungen Mann folgte und an der Mauer hängen blieb.

»Aber ...« Pawel wandte sich noch einmal um. »... vielleicht solltest du dich ein wenig ausruhen, Professor, du siehst furchtbar aus.«

»Ja.« Leon nickte beiläufig, während seine Augen an dem jungen Mann vorbei auf die freigelegten Mauersteine starrten. »Ich komme dann nach.«

Nach einem langen skeptischen Blick, den Leon kaum bemerkte, wandte sich Pawel um und ging hinaus zu den anderen.

Die Mauer – Leon konnte nicht aufhören, sie anzustarren. Irgendetwas daran war anders!

Die Botschaft

Kaum war Pawel durch die Plastikplanen nach draußen getreten, eilte Leon zu der freigelegten Mauer. Ein unregelmäßig geformter Fleck von etwa eineinhalb Meter Breite zog sich über das Gestein. Leon kniete nieder und berührte vorsichtig das Mauerwerk – es war feucht!

Warum um alles in der Welt war es feucht? Auch der unangenehm süßliche Geruch wurde stärker. Allerdings ging er nicht von der Mauer aus. Leon blickte zur Seite und zuckte erschrocken zusammen. Eine grotesk verzerrte Fratze starrte zu ihm auf. Bleiche Knochen ragten unter halb verwestem Fleisch hervor. Und die Reißzähne waren gebleckt, als wollten sie dem Tod selbst drohen.

Leon hielt den Atem an und betrachtete den Kadaver genauer. Dem ersten Augenschein nach handelte es sich um eine Katze – allerdings eine ungewöhnlich große Katze. Er schätzte die Kopf-Rumpf-Länge auf beinahe einen Meter. Das Fell war gefleckt, und soweit er erkennen konnte, hatte es einen gelblich-braunen Farbton. Allerlei Getier wimmelte in dem Kadaver herum. Als Leon die Luft nicht mehr anhalten konnte, wurde ihm beinahe übel von dem Gestank.

Hastig trat er ein paar Schritte zurück. Dieser Kadaver war heute Morgen noch nicht da gewesen, irgendjemand musste ihn erst vor Kurzem dort abgelegt haben. Kopfschüttelnd starrte der Wissenschaftler auf die halbverweste Katze. Der Schatten und die aufgeschreckten Vögel – es musste gerade eben erst geschehen sein. Da das tote Tier einen derart penetranten Gestank verströmte, wäre es ihnen garantiert früher aufgefallen. Ein Schauer lief ihm über den Rücken. Wer tat so etwas? War es die gleiche Person gewesen, die den Generator sabotiert hatte? Das ergab keinen Sinn. Warum hatte er die Katze nicht ebenfalls in der Nacht dort abgelegt? Warum hatte er beim defekten Generator eine Botschaft hinterlassen, hier aber nicht? Und warum um alles in der Welt hatte er die Mauer mit Wasser besprengt? War dies das Werk eines Wahnsinnigen?

Erneut kam Leon sein hagerer Nachbar Joseph Campenon in den Sinn. Wenn jemand wirklich glaubte, die Bestie vom Gévaudan wäre nach Hunderten von Jahren plötzlich wieder aufgetaucht, dann war das vom Wahnsinn zumindest nicht allzu weit entfernt.

Es war einfach zu ärgerlich, dass die Kamerafalle nicht funktionsfähig gewesen war. Er musste sie unbedingt wieder aufbauen. Rasch wandte Leon sich um. Über die Mauern hinweg konnte er durch die dicken Planen hindurch die verschwommenen Gestalten der arbeitenden Studenten erkennen. Es wäre gut, wenn er die Sache erledigt hätte, bevor die anderen etwas davon mitbekamen. Noch war nicht völlig auszuschließen, dass es jemand aus dem Team war, der ihnen diese Streiche spielte. Und er musste schnell dieses tote Vieh entsorgen. Sonst wäre die Luft unter den Planen bald völlig verpestet.

Er war schon auf dem halben Weg zu seinem Camper, als ihm plötzlich ein Gedanke kam. Vielleicht gab es ja doch eine Botschaft?! Er machte kehrt, kniete mit angehaltenem Atem neben der toten Katze nieder und zog den Stein aus der Mauer. Er klemmte etwas, doch schließlich hatte er ihn gelöst.

Leon griff in den Hohlraum. »Verflucht, das gibt es doch nicht!«, murmelte er. »Es ist wieder da!« Er nahm den in ein Tuch eingewickelten Gegenstand hervor und wickelte ihn aus. Ja, es war das Tagebuch – und war gleichzeitig doch nicht das Tagebuch. Die Seiten waren alt, weitaus älter als die Kopie, die er gestern noch in den Händen gehalten hatte. Der Historiker schlug es vorsichtig auf. Die Seiten, die im Original herausgeschnitten worden waren, fehlten auch hier, und dennoch – er schüttelte ungläubig den Kopf – musste es sich erneut um eine

Fälschung handeln. Das Buch war zwar alt, aber nicht alt genug. Er blätterte durch die Eintragungen. Sie trugen unverkennbar die gleiche Handschrift, und auch die Worte waren die gleichen. Leons Herz begann schneller zu schlagen. Er schlug die letzten beschriebenen Seiten auf. *Wer bist du?*, stand dort.

Dann änderte sich die Handschrift, und er las Worte, die dort unmöglich stehen konnten – seine eigenen Worte:

Hältst du es wirklich für angemessen, mir diese Frage zu stellen?! Sollte ich nicht derjenige sein, der dich das fragt?

Wozu dieser ganze Aufwand, wozu die Mühe? Angélique Maria Pauline de Vantes existiert nicht mehr. Warum lässt du die Toten nicht ruhen und verrätst mir, wer du wirklich bist und was du willst?

Es war unverkennbar seine eigene Handschrift, und es waren genau die Worte, die er hineingeschrieben hatte. Und doch konnte nicht er es gewesen sein, der sie eingetragen hatte, denn dieses Buch sah so aus, als hätte es wenigstens fünfzig bis sechzig Jahre in dem Hohlraum gelegen. Es war bestimmt um die hundert Jahre alt. Die Kopie allerdings, in die er geschrieben hatte, war allenfalls zwanzig bis dreißig Jahre alt gewesen. Angélique war vor knapp zweihundertzwanzig Jahren gestorben – und doch hatte sie geantwortet! Zumindest standen dort unter seinen Zeilen Worte in ihrer feinen, geschwungenen Handschrift. Ein surreales Gefühl bemächtigte sich seiner, als er zu lesen begann:

Bist du es, den ich unwissend und naiv eine »barmherzige Seele« nannte? Warum tust du das? Bist du in Wahrheit der schlimmste aller Peiniger, ein Voyeur, der mit meiner Seele spielt? Nur du wusstest doch von diesem Buch. Oder hat man auch dich verraten, und jemand anderes nimmt deinen Platz ein?

Wer immer du auch bist, mein Peiniger, du hast recht mit allem, was du sagst. Ich war Angélique Maria Pauline de Vantes, jetzt bin ich nur noch Bürgerin Vantes. In zwei Tagen ist Heiligabend; vermutlich werde ich dann nicht mehr leben.

Du willst wissen, was ich will, was ich mir aus tiefster Seele wünsche? Welch ein Hohn! Warum treibst du deinen Spott mit einer Todgeweihten? Wie viel Hass muss man in sich tragen, um so etwas zu tun? Ist es dir nicht genug, mich meiner Freiheit und meiner Würde beraubt zu sehen, dahinvegetierend wie ein Tier in diesem düsteren Loch? Genügt dir mein Tod nicht?

Ich hatte geglaubt, in diesem Tagebuch ein Zeichen erkennen zu können. Ich hatte gehofft, all diese seltsamen Geschehnisse, die sich seit dem Auftauchen des Buches zugetragen haben, wären so etwas wie das stille Lächeln des himmlischen Vaters. Es schien, als würde eine verborgene Tür geöffnet, nur einen Spaltbreit, als würde ein winziger Lichtschimmer aus der kommenden Welt in meine Finsternis hineinscheinen. Vielleicht ist dies alles Teil deines Spiels; vielleicht beginne ich auch, wahnsinnig zu werden, es ist mir gleich.
Was auch immer du mit all deinen Täuschungen bezweckt hast: Für einen Moment hast du meinen Blick auf das gelenkt, was jenseits von Tod, Hass und Verzweiflung liegt – und das lasse ich mir nicht nehmen. Niemals!

Damit endeten die Eintragungen. Die letzten Ereignisse, die Leon im Original gelesen hatte, fehlten. Noch während er darüber nachdachte, was das zu bedeuten hatte, hörte er Schritte hinter sich. Ohne darüber nachzudenken, stopfte er das Buch unter sein T-Shirt und blickte sich um.

»Was machst du denn hier?«, fragte Emma mit einer Mischung aus Ärger und Besorgnis. »Was ist das für ein bestialischer Gestank?«

»Jemand hat uns ein Geschenk hinterlassen«, sagte Leon und deutete auf den Kadaver.

»Igitt! Was ist das?«

»Wenn du mich fragst, sieht es aus wie eine mutierte Riesenkatze, die ihre besten Tage schon eine ganze Weile hinter sich hat.«

Emma zog den Halsausschnitt ihres T-Shirts über die Nase. »Wie kommt das Vieh hierher?«

»Gute Frage«, entgegnete Leon und erhob sich. »Jemand muss es hierhergelegt haben, als wir mit Graben beschäftigt waren.«

»Leon, das kann so nicht weitergehen!«

»Emma, es ist nur eine tote Katze, keine Bombe.«

»Das ist keine normale Katze! Vielleicht wurde sie aus irgendeinem Versuchslabor gestohlen, vielleicht trägt sie gefährliche Krankheitserreger in sich.«

»Emma!«

»Hör auf, diese ganze Sache herunterzuspielen«, fuhr sie ihn zornig an.

»Pass auf, ich mache dir einen Vorschlag: Als Erstes entsorge ich das Vieh –«

Emma holte Luft, um Einwände zu erheben, aber Leon fuhr rasch fort: »Ich verspreche, dass ich sehr vorsichtig vorgehen werde. Und sollte noch einmal irgendetwas in der Art vorfallen, irgendeine Sabotage, Drohung oder Ähnliches, dann schalten wir die Polizei ein. In Ordnung?«

Emma verschränkte die Arme vor der Brust und machte ein finsteres Gesicht. »Du bist ein unverbesserlicher Dickkopf.«

Leon grinste. »Und das liebst du an mir, stimmt's?«

Sie verdrehte die Augen, und Leon wusste, dass er gewonnen hatte. »Also gut!«, seufzte Emma. »Aber beim nächsten Mal werde ich gar nicht erst mit dir diskutieren, sondern gleich die Polizei holen.«

»Nichts anderes erwarte ich von dir.«

Sie schnaufte. »Was versteckst du da unter deinem T-Shirt?«

Leons Grinsen wurde eine Spur breiter. »Das erzähle ich dir später, okay?«

»Irgendwie habe ich das Gefühl, diese Worte in letzter Zeit immer öfter zu hören.«

»Wir sind fast schon wie ein altes Ehepaar, nicht wahr?«

Emma schüttelte den Kopf. Dann wandte sie sich wortlos um und ging wieder nach draußen.

Leon blickte ihr nach. Warum hatte er ihr das Tagebuch nicht einfach gezeigt? Er wusste es selbst nicht. Vielleicht, weil sein Eintrag darin zu lesen war? Vielleicht auch, weil er Angéliques Antwort erst einmal überdenken musste?

Leon hielt inne und schüttelte den Kopf. Angéliques Antwort – so ein Unsinn! Die Frau war tot. Wenn er selbst nicht mehr in der Lage war, Fiktion und Wirklichkeit auseinanderzuhalten, dann wurde es bedenklich. Er eilte zu seinem Wohnwagen, schloss das Tagebuch in seine Schreibtischschublade ein und griff sich Kamera und Laptop. Zurück am Grabungsort schaltete er den Laptop ein und übertrug die Daten in seinen passwortgeschützten Ordner auf dem Server. Er machte einige Bilder von dem Kadaver und schnappte sich dann eine langstielige Schaufel. Es war eine unappetitliche Angelegenheit, die tote Katze mit der Schaufel anzuheben und hinauszutragen. Er konnte seinen Blick nicht von den wimmelnden Maden lösen, und musste immer wieder den Kopf schütteln, um die umherschwirrenden Schmeißfliegen zu vertreiben. Er verließ den Burgfried auf der Südseite. Ein flüchtiger Blick zu seinen Studenten verriet ihm, dass ihn keines seiner Grabungsteams von hier aus sehen konnte. Leon kam allmählich ins Schwitzen. Trotz des erbärmlichen Zustandes wog das tote Tier noch acht bis zehn Kilogramm.

Abseits der Burgruine hob er rasch ein gut fünfzig Zentimeter tiefes Loch aus und stieß den Kadaver hinein. Fliegen schwirrten ihm um die Ohren, als er ihn mit Erdbrocken bedeckte.

Anschließend machte er eine kurze Stippvisite bei den Grabungsteams, bevor er Pawel zur Seite nahm. »Wir dürfen nicht zulassen, dass so etwas noch mal geschieht und die Täter ungestraft davonkommen«, eröffnete er seinem Assistenten. »Haben wir die technischen Möglichkeiten, mithilfe von Bewegungsmeldern, Scheinwerfern und Kameras das Gelände an strategisch wichtigen Punkten zu überwachen?«

Der junge Mann überlegte einen Moment, dann erwiderte

er: »Ich würde es für sinnvoller halten, wenn wir einige Scheinwerfer die ganze Nacht über brennen lassen und so etwas wie ein Wachsystem einführen.«

Leon kratzte sich am Kinn. Das war nicht das, was er beabsichtigt hatte. Andererseits hatte Pawel nicht unrecht. Die abschreckende Wirkung wäre so am größten. Ärgerlich wäre nur, wenn der geheime Tagebuchfälscher auf diese Weise ebenfalls von seinem Vorhaben abgebracht würde. Wenn er nicht wieder auftauchte, würde Leon nie herausfinden, was es mit den gefälschten Kopien von Angéliques Tagebuch auf sich hatte.

»Gut«, sagte er langsam. »Aber wir können nicht über das gesamte Gelände patrouillieren. Ich schlage vor, dass ein oder zwei Mann den Generator bewachen und wir an einigen Stellen zusätzlich Kamerafallen aufstellen. Vielleicht erwischen wir unseren geheimnisvollen Besucher, während er sich anschleicht. Es wäre doch sehr interessant, einen Blick auf ihn zu erhaschen.«

Pawel nickte. »Das klingt gut. Ich hoffe nur, es finden sich genug Mutige für den Wachdienst. Zwingen können wir niemanden.«

»Auf keinen Fall«, bestätigte Leon. »Kannst du die Fallen so einstellen, dass die Bilder per Funk auf meinen Laptop übertragen werden? Ich würde mich wohlerfühlen, wenn ich auch nachts das Lager im Blick behalten könnte.«

»Du brauchst auch deinen Schlaf.«

Leon lächelte. »Vielen Dank! Ich wusste, dass du das hinbekommst.«

Pawel seufzte.

»Am besten, wir gehen gleich die günstigsten Standorte durch.«

»Gut.«

Bis in den späten Abend hinein wurden die Grabungen fortgeführt; schließlich wurde es zu dunkel, um weiterzumachen. Die Studenten hatten bis an den Rand der Erschöpfung gearbeitet, und Leon bedankte sich bei jedem Einzelnen. Sie hatten nichts gefunden, aber noch blieben ihnen eineinhalb Tage. Alle waren bereit, sich an den Wachen zu beteiligen, nachdem Leon ihnen erklärt hatte, worum es ging. Nachdem sie die Wachen eingeteilt hatten, zogen sie sich in die Wohnwagen zurück.

Leon schloss seinen Camper ebenfalls auf. Auch er selbst würde eine Wache übernehmen, aber bis dahin blieb noch reichlich Zeit, sich einigen Fragen zu widmen. Er setzte sich an den Schreibtisch und warf einen Blick auf den Laptop. Pawel hatte das Alarmsystem aktiviert und dafür gesorgt, dass die Bilder der vier Kameras gleichzeitig auf dem Bildschirm zu sehen waren. Leon interessierte sich vor allem für die untere rechte Kamera, die auf die Mauer mit dem Hohlraum gerichtet war. Pawel hatte sich ein wenig über diesen Kamerastandort gewundert, aber Leon hatte ihm erklärt, dass es dort ein besonders gutes Kameraversteck gebe und man einen Großteil des Zugangs von der Nordseite im Blick habe. Sein junger Assistent hatte schließlich achselzuckend nachgegeben. Leon griff zum Laptop, öffnete ein neues Fenster und lud die Bilder der toten Katze vom Server herunter. Er wählte die beiden besten Fotos aus und speicherte sie auf dem Desktop. Dann nahm er sein Handy zur Hand und wählte eine Nummer.

»Ja?«, meldete sich eine heisere männliche Stimme am Apparat.

»Hallo, Olaf, hier ist Leon. Ich hoffe, ich störe dich nicht?«

»Ich sitze gerade vor einem ungefähr fünfzig Zentimeter hohen Stapel Klausuren einer undisziplinierten Horde von biologischen Analphabeten, die ich spätestens übermorgen fertig korrigiert haben muss. Annika sitzt mir im Nacken, weil ich endlich den neuen Geschirrspüler anschließen soll, der seit einer Woche in unserer Küche steht. Und Paul hat sich bereits zum vierten Mal unter irgendeinem fadenscheinigen Vorwand aus seinem Zimmer geschlichen, weil ihm das Wandtattoo, das ihm seine durchgeknallte Tante zum Geburtstag geschenkt hat, im Dunkeln Angst macht. Ich bin also ganz entspannt und habe Zeit zu plaudern. Wie geht's dir?«

»Vielleicht war es doch ein Fehler, so früh zu heiraten –«

»Ich hatte bereits vor meiner Heirat graue Haare, und ich liebe meine Familie.« Im Hintergrund war eine Frauenstimme zu vernehmen. Olaf legte die Hand auf die Hörmuschel. »Gleich Schatz«, klang es gedämpft an Leons Ohr, »ich telefoniere nur eben zu Ende.« Seine Stimme wurde wieder lauter: »Seit ich dich kenne, rufst du mich nie ohne besonderen Grund an. Also, was kann ich für dich tun?«

Olaf hatte recht. Er war ein alter Freund von Leon, und früher waren sie zusammen joggen gegangen und hatten sich öfter in Kneipen getroffen. Aber inzwischen war Olaf zu einer Art Telefonjoker für biologische Fachfragen geworden. Er unterrichtete nämlich Biologie und Chemie an einem privaten Elitegymnasium und verfügte über einen schier unerschöpflichen Wissensfundus.

»Bist du gerade online?«

»Per Smartphone.«

»Okay, ich schicke dir mal zwei Fotos. Bei einer Grabung sind wir auf den Kadaver einer ungewöhnlich großen Katze gestoßen. Kannst du damit etwas anfangen?«

Eine knappe Minute war es am anderen Ende der Leitung still, dann meldete sich Olafs Stimme zurück. »Bist du gerade in Südamerika?«

»Äh ... nicht ganz. Wir forschen in Westfrankreich.«

»Und dort hast du auch dieses Foto gemacht?«

»Ja. Warum fragst du? Was ist das für eine Katze?«

»Ich müsste mich schon sehr täuschen, wenn es sich nicht um die traurigen Überreste eines Ozelots handelt beziehungsweise eines ›Leopardus pardalis‹. Es sind die größten Vertreter der Pardelkatzen. Die Männchen können eine Kopf-Rumpf-Länge von bis zu einem Meter erreichen. Die Tiere leben in Süd- und Mittelamerika.«

»Oh. Wurden sie vielleicht irgendwann in Europa eingebürgert?«

»Du meinst, so wie Waschbären oder Nutrias?«, entgegnete

Olaf. »Nein. Einen Ozelot findest du bei uns allenfalls im Zoo. Wo hast du den Kadaver denn gefunden?«

»In einer Burgruine. Ich war ursprünglich davon ausgegangen, es würde sich dabei um einen Gruß unserer griesgrämigen Nachbarn handeln.«

»Nun ja, das wäre dann ein sehr exotischer und nicht ganz billiger Gruß.«

»Verstehe. Und, was denkst du, wie lange ist das Tier bereits tot?«

»Ungefähr eine Woche, würde ich schätzen. Aber ich bin kein Pathologe.«

»Vielen Dank. Du hast mir sehr geholfen ... mich vollends zu verwirren.«

Olaf lachte. »Immer gerne.«

»Schönen Gruß an Annika und den Kleinen.«

»Danke. Grüß Nele von mir und einen entspannten Abend noch!«

»Dir auch.« Leon legte auf. Er hatte keine Lust, Olaf darüber aufzuklären, dass er schon eine ganze Weile nicht mehr mit Nele zusammen war. Interessanterweise löste die Erwähnung ihres Namens keinerlei Gefühle in ihm aus, weder positive noch negative. Leon wertete dies als gutes Zeichen.

Er schloss die Schublade auf und nahm das Tagebuch heraus. Es war nun schon die zweite Kopie, die er in Händen hielt, und er kam der Lösung des Rätsels alles andere als näher. Warum hatte sich jemand die Mühe gemacht, eine solch komplizierte Fälschung zu erstellen? Und was hatte diese südamerikanische Raubkatze zu bedeuten? Leon betrachtete seine eigene Schrift. Es waren exakt seine Schriftzüge, und sie sahen so aus, als wären sie vor über einem halben Jahrhundert dort niedergeschrieben worden. Leon blätterte zurück. Als er zu den herausgeschnittenen Seiten kam, war er froh, dass er das Buch beim letzten Mal eingescannt hatte. Einem plötzlichen Gedankengang folgend, rief er die Datei auf seinem Laptop auf und öffnete die Seite des Tagebuchs vor seinem Eintrag. Anschließend legte er eine Folie in den Drucker ein und druckte sie aus. Als er die Folie über den Tagebucheintrag legte, pfiff er leise durch die Zähne. Die Fälschung war nicht nur gut gemacht, sie war absolut perfekt. Jeder Federstrich des Tagebucheintrags stimmte zu hundert Prozent mit dem Computerausdruck überein. Selbst die Umrisse der Blutflecke waren identisch. Lediglich ein paar altersbedingte Einfärbungen wichen von der eingescannten Variante ab.

Der Fälscher musste mit modernster Faksimile-Technik arbeiten. Als Historiker kam Leon oft damit in Berührung. Originaldokumente, die zu wertvoll oder empfindlich waren, wurden mittels fototechnischer Verfahren reproduziert, sodass sie in Größe, Farbe und Erhaltungszustand perfekt dem Original entsprachen und einem breiteren Publikum zugänglich gemacht werden konnten. In diesem Fall musste jemand allerdings bewusst das Erscheinungsalter des Dokuments verändert haben. Stünde ihm mehr Zeit zur Verfügung, hätte Leon das Dokument an einen Spezialisten geschickt, um es analysieren zu lassen. Aber diese Zeit blieb ihm leider nicht. Er musste dem Rätsel ohne technische Hilfe auf die Spur kommen. Vielleicht lag der Schlüssel dazu in den herausgeschnittenen Seiten? Leon suchte sie aus der Datei heraus und druckte sie aus. Während der Drucker arbeitete, rief er das Bild Angéliques auf.

Leon war überrascht von der Faszination, die ihr Anblick in ihm auslöste. Eine braune Locke kringelte sich widerspenstig an ihrer Schläfe, und ihre Augen lachten. Der Schwung ihrer Lippen mit diesem winzigen, angedeuteten Lächeln zog seinen Blick magisch an. Er erinnerte sich, dass er beim ersten Mal, als er das Porträt betrachtet hatte, der Meinung gewesen war, hier keine außergewöhnliche Schönheit vor sich zu sehen. Er hatte sich geirrt: Angélique war schön, vielleicht nicht nach den Maßstäben ihrer Zeit, in der man üppigere Rundungen auch in den Gesichtern der Frauen bevorzugte. Sicherlich entsprach sie auch nicht den Supermodel-Idealen des 21. Jahrhunderts, aber wen scherte das? Was derzeit gerade in Mode war, hatte ihn noch nie sonderlich interessiert. Es gab Dinge, die schienen außerhalb des sich stetig vorwärts wälzenden Stroms der Zeit zu stehen. Wenn die Sonne am Horizont versank und den Himmel rot färbte, war dies schon ein herrlicher Anblick, als die Erde noch jung war; und wenn sie alt und sterbend ihre Bahnen zog, würde sich daran nichts geändert haben. Das ästhetische Empfinden jedes Einzelnen mochte unterschiedlich sein, aber das Wesen der Schönheit war nichts von Menschen Gemachtes, nichts, das man manipulieren oder ins Gegenteil verkehren konnte.

Leon runzelte die Stirn. Waren das seine eigenen Gedanken? Eigentlich war er alles andere als ein poetisch veranlagter Mensch. »Angélique Maria Pauline de Vantes«, murmelte er. »Was machst du mit mir?« Nach kurzem Zögern schloss er das Bild und griff nach den Computerausdrucken der herausgeschnittenen Seiten des Tagebuches. Der letzte Eintrag, den er gelesen hatte, stammte vom 4. März 1789. Erst über einen Monat später hatte Angélique erneut in ihr Tagebuch geschrieben.

Auf der Straße nach Le Mans, den 9. April 1789

Wir sind unbeschadet davongekommen – bislang. Aber mein Herzschlag will sich nicht beruhigen. Laute Stimmen und rohes Lachen erfüllen den Raum. Ich zucke bei jedem unerwarteten Geräusch zusammen.

Mein Blick huscht immer wieder zur Tür, wenn jemand das Wirtshaus betritt. Die zuckenden Flammen im Kamin malen bedrohliche Schatten an die Wände. Obgleich es hier warm ist, behalten Thérèse und ich unsere Mäntel an, als könnten sie uns Schutz gewähren. Ich starre in die dunklen Ecken und erwarte jeden Augenblick, dort einen heimlichen Lauscher zu entdecken.

Immer wieder muss ich mich selbst zur Ruhe mahnen: Es ist vorbei! Wir haben es geschafft!

Ich lese noch einmal, was ich soeben geschrieben habe, und trotz der lauernden Furcht in meinem Herzen muss ich lächeln. Ich bin selbst ganz verwirrt ob meiner diffusen Beschreibungen. Ich will der Reihe nach berichten – und sei es nur, um die wirren Gedankenfetzen zu ordnen und mich selbst auf die Bahnen vernünftigen Denkens zurückzuführen.

Obwohl Thérèse dank Schwester Maria Martha wieder richtige Mahlzeiten zu sich nahm, gewann sie nur langsam die Kraft zurück. Der Husten wollte nicht weichen, und ich machte mir unablässig Sorgen um sie. Zudem hatte ich das Gefühl, ständig und überall beobachtet zu werden. Die Mauern selbst schienen Augen und Ohren zu haben, und bald war es so weit, dass ich fast jeden im Haus, außer Schwester Maria Martha, verdächtigte, für Mutter Agnes zu spionieren. Ich glaubte, in den kalten, grauen Mauern des Stifts fast ersticken zu müssen. Dann sandte Vater eine Botschaft, und mit einem Mal kehrte die Zuversicht zurück.

Ich hatte gehofft, mithilfe von Schwester Maria Martha würde Vater selbst kommen, um uns zu helfen. Doch das war, wie sich bald herausstellte, sehr blauäugig. Vater musste in Paris bleiben; er scheint weit tiefer in die politischen Entwicklungen verstrickt zu sein, als ich ahnte. So sandte er stattdessen Pierre zu uns. An dieser Stelle muss ich beichten, dass ich mich Vaters getreuem Diener gegenüber sehr unfreundlich zeigte. Ich war enttäuscht und ließ meinen Ärger an ihm aus. Erst später wurde mir bewusst, dass ich mich nicht wesentlich anders verhielt als Hippolyt von Rom seinem Gegner Kallist gegenüber. Es sitzt etwas in mir, tief verankert und mir nur selten bewusst, das in solchen Situationen aus mir herausbricht wie eine giftspeiende hässliche Schlange.

Pierre ertrug meine Unverschämtheit mit stoischer Ruhe. Er beantwortete meine Fragen, so gut es ging, und weihte mich dann in Vaters Pläne ein.

Ich muss zugeben, ich war überrascht von ihrem Ausmaß. Aber selbstverständlich erklärte ich mich mit seinen Anordnungen einverstanden.

Mir blieb nur wenig Zeit, um Thérèse auf ihre bevorstehende Verlobung vorzubereiten …

Im Wald

Mutter Agnes sah nicht auf, als Angélique und Thérèse eintraten. Sie saß an ihrem Schreibtisch und blickte mit versteinerter Miene auf einen Brief.

»Nun, Thérèse, wie gut kennt Ihr den Marquis de Volanges?«, fragte sie schließlich.

Thérèse reckte das Kinn. Ihr Gesicht war weiß wie Kreide, aber ihre Augen blitzten. Sie schwieg.

Mutter Agnes seufzte. »Immerhin sollt Ihr mit ihm verlobt werden, wenn ich diesem Schriftstück Glauben schenken darf.«

Angélique warf einen raschen Blick auf Pierre, der kerzengerade neben dem Schreibtisch stand und keine Miene verzog. Sie hätte ihn beinahe nicht wiedererkannt. Er trug einen eleganten, aber beschmutzten Reisemantel, und an seinen Stiefeln klebte der Dreck der Straße. Er sah so aus, als wäre er die gesamte Strecke von Paris bis hierher in einem Stück geritten, und er roch auch so. Sein unrasiertes Gesicht verlieh ihm ein verwegenes Aussehen, und seine Hand hatte er beiläufig auf den Griff eines Kavalleriesäbels gelegt, den er sich um die Hüfte gegürtet hatte. Angélique hatte Pierre noch nie mit einer Waffe gesehen. Vielleicht hatte er tatsächlich noch nie eine getragen, aber es gelang ihm, den Eindruck zu erwecken, als könne er durchaus damit umgehen.

»Ehrwürdige Äbtissin«, meldete er sich höflich zu Wort, seine Stimme klang ungewohnt heiser.

Mutter Agnes blickte zu ihm auf. Es schien, als würde sie seine Anwesenheit erst jetzt bemerken. Sie hatte sich bereits wieder abgewandt, als sie ein zweites Mal aufblickte und ihm einen prüfenden Blick zuwarf. Nachdenklich runzelte sie die Stirn, als versuche sie, sich an etwas zu erinnern.

Angélique schluckte. Pierre trat als Bediensteter des Marquis auf. Es wäre sehr ungünstig, wenn die Äbtissin in ihm einen Leibdiener der de Vantes erkannte, so unwahrscheinlich das auch war. Schließlich hatte sie das Anwesen, soweit Angélique sich erinnerte, nie aufgesucht.

In diesem Moment hatte sich Mutter Agnes bereits wieder Thérèse zugewandt, und Angélique atmete auf.

»Meint Ihr, der Marquis de Volanges wird erfreut sein über seine hochschwangere Braut?«, fragte die Äbtissin scharf.

»Zumindest gehe ich davon aus, dass er nicht versuchen wird, mich zu vergiften!«, stieß Thérèse hervor.

Mutter Agnes warf ihr einen schneidenden Blick zu. »Wie soll ich das verstehen?!«

Angélique spürte, wie ihr Herz schneller zu schlagen begann. Thérèse war drauf und dran, die Sache erheblich komplizierter zu machen.

»Genau, wie sie es gesagt hat«, meldete sich Angélique rasch zu Wort. »Er ist nicht erfreut, aber auch nicht so grausam, ihr ewig zu zürnen«, fügte sie rasch hinzu. »Der Marquis de Volanges ist meinem Vater schon sehr lange verbunden. Wie Ihr sicherlich wisst, hatte die alte und ehrwürdige Familie de Volanges große Besitztümer in Neufrankreich und Dominica. Die Schiffe meines Vaters transportierten ihre Waren. Obgleich Sie durch den Siebenjährigen Krieg und den Pariser Friedensschluss herbe Verluste erlitten haben, blieb ihnen unser Vater treu verbunden. Ich glaube nicht, dass widrige Umstände diese langjährige Freundschaft ernsthaft trüben oder den Marquis de Volanges von einem noch engeren Bündnis mit unserer Familie abhalten werden.«

Mutter Agnes runzelte die Stirn. Angélique hatte ihr soeben recht unverblümt vermittelt, dass David de Vantes den zukünftigen Schwiegersohn für seine schwangere Tochter mehr oder weniger gekauft hatte. Um zu Geld zu kommen, nahm eine verarmte Adelsfamilie einiges in Kauf, im Zweifelsfall auch einen Bastard. Das war natürlich nicht rühmlich, aber durchaus zu verschmerzen.

Thérèse warf Angélique einen bösen Blick zu. Ein Hustenanfall hinderte sie allerdings daran, den Einwurf ihrer Schwester zu kommentieren.

»Mit Verlaub, ehrwürdige Äbtissin«, meldete sich nun Pierre zu Wort, »mein Herr drängte mich zur Eile. Es sind etliche Vorbereitungen zu treffen und –«

»Schweig!«, sagte Mutter Agnes kalt, ohne ihm aber ihre Aufmerksamkeit zu schenken. Sie bedachte Thérèse mit einem eisigen Blick. »Ihr habt Schande über Eure Familie gebracht und mein Vertrauen enttäuscht. Ich rate Euch, es nicht schlimmer zu machen, indem Ihr Lügen über Saint-Georges verbreitet. Eure Mutter und ich kannten uns schon, als Ihr noch gar nicht geboren wart. Sie weiß, wie die Dinge einzuschätzen sind. Überlegt Euch gut, mit welcher Haltung Ihr vor sie treten möchtet.«

Thérèse starrte die Äbtissin mit fiebrigem Blick an. Ihre bleichen Wangen hatten sich gerötet, und sie versuchte, den Hustenreiz zu unterdrücken. Ein heiseres Keuchen entrang sich ihrer Kehle.

»Angesichts Eures Zustandes scheint es mir nicht klug, eine solch weite Reise zu unternehmen, aber ich werde mich den Wünschen Eures Vaters nicht entgegenstellen. Im Gegenteil.« Mutter Agnes öffnete eine Schublade ihres Schreibtisches und entnahm ihr zwei kleine silberne Münzen, die jeweils an einem Lederband hingen. »Seit Gründung des Stifts ist es üblich, die Schülerinnen nicht ohne Segen ziehen zu lassen.« Sie erhob sich.

Angélique widerstand dem Impuls zurückzuweichen, als die Äbtissin ihr das Band um den Hals legte. Bei der kleinen Münze handelte es sich um einen Benediktuspfennig. »Möge das heilige Kreuz Euer Licht sein«, sagte die Ordensfrau.

Thérèse erstarrte, als Mutter Agnes auch ihr ein Band um

den Hals legte. »Und möget Ihr den Einflüsterungen des Bösen widerstehen.«

Angélique warf einen Blick auf die kleine Silbermünze, in deren äußere Umrandung ein Spruch in lateinischer Sprache eingeprägt war: »Weiche zurück, Satan, führe mich niemals zur Eitelkeit. Böse ist, was du mir einträufelst: Trinke selbst dein Gift.«

Angélique biss die Zähne zusammen – diese Heuchelei war kaum zu ertragen.

Das Gesicht der Äbtissin drückte fromme Würde aus, als lese sie gerade eine Messe.

Obwohl Angélique das Bedürfnis verspürte, der Ordensfrau vor die Füße zu spucken, sagte sie: »Dieser Pfennig wird uns eine Mahnung sein, die lehrreichen Tage in Saint Georges niemals zu vergessen, ehrwürdige Mutter.« Sie blickte Pierre an, dessen Miene unergründlich war. »Ist die Kutsche bereit?«

»Ja, Comtesse.«

»Komm, Thérèse.« Sie hakte ihre Schwester unter. »Es ist besser, wir brechen auf.«

Als sie die Treppen hinunterstiegen, musste sich Thérèse schwer auf Angélique stützen. Offenbar hatte diese letzte Begegnung mit der Äbtissin sie alle Kraft gekostet.

Unten im Hof stand eine Kutsche mit zwei bewaffneten Reitern daneben. Niemand war gekommen, um sie zu verabschieden; keines der Mädchen, die sie in den letzten Jahren Freundinnen genannt hatten, war erschienen. Nur eine einzige gebeugte Gestalt wartete auf die beiden Schwestern, hielt aber gebührenden Abstand zur Kutsche. Schwester Maria Martha hielt zwei Bücher unter dem Arm und warf den beiden Bewaffneten argwöhnische Blicke zu.

»Ich dachte mir doch, dass Ihr das Wichtigste beinahe vergessen hättet«, begrüßte sie die jungen Frauen und entblößte ihre lückenhaften Zahnreihen. Sie reichte Angélique zwei dicke Bücher – die Bekenntnisse des heiligen Augustinus.

Angélique freute sich, die alte Frau zu sehen. Noch vor wenigen Wochen wäre nichts unwahrscheinlicher gewesen. »Danke, Schwester Maria Martha.« Sie spürte einen Kloß im Hals.

Ein Lächeln huschte über die faltigen Züge der Ordensschwester, dann wurde ihr Blick wieder ernst. »Ich lasse Euch nur ungern ziehen.« Sie warf einen kurzen Blick hinüber zur Kutsche. »Es sind raue Männer, die Euch begleiten. Seid Ihr sicher, dass Ihr ihnen trauen könnt?«

»Pierre diente meinem Vater schon, als ich noch nicht geboren war. Ihr könnt unbesorgt sein. Bei ihm sind wir weitaus sicherer als unter der Obhut dieser Frau, die es wagt, sich ›Mutter‹ zu nennen.«

Ein Schatten huschte über die Züge der Ordensschwester. »Ihr haltet sie für einen durch und durch bösen Menschen.« Es war eine Feststellung, keine Frage.

Angélique hob den Benediktuspfennig. »Selbst ihr Abschiedsgeschenk ist voller Heuchelei und Gift.«

»Vielleicht ist es so, möglicherweise aber auch nicht. Das Herz des Menschen ist schwer zu durchschauen, selbst das eigene Herz. Wir alle haben ... unsere Geschichte, die uns immer wieder dazu bringt, die Dinge aus einem bestimmten Blickwinkel zu betrachten, und oft ... nein, meist ist unsere Sicht dadurch stark getrübt. Auch die Äbtissin hat ihre Geschichte, und sie ist eng mit der Eurer Familie verwoben. Vielleicht sogar enger, als Ihr ahnt.«

»Sie ist eine alte Freundin meiner Mutter«, erwiderte Angélique verwundert. »Aber das ist kein Geheimnis.«

»Sie ist nicht nur Freundin, sondern auch Leidensgefährtin Eurer Mutter«, erwiderte Schwester Maria Martha.

»Comtesse!«, rief Pierre über den Hof. »Es ist an der Zeit aufzubrechen.«

Schwester Maria Martha zuckte beim Klang der lauten Männerstimme kaum merklich zusammen. Thérèse hing immer schwerer an Angéliques Arm.

»Was –«, setzte Angélique an. Doch die Ordensschwester

unterbrach sie. »Er hat recht, Ihr müsst gehen. Sorgt gut für Eure Schwester.«

»Aber – «

»Geht nur, Kind …«

Angélique nickte. »Lebt wohl und … danke für alles.« Thérèse wankte bei jedem Schritt, als sie sich Richtung Kutsche wandte.

»Möge der Segen unseres guten Herrn Euch begleiten«, sagte die alte Frau. Nach kurzem Zögern fügte sie leiser hinzu: »Erkundigt Euch bei jemandem, dem Ihr vertraut, nach Eurer Tante.«

Angélique blickte überrascht zurück. »Welche Tante? Ich habe keine Tante.«

»Sophie de Vantes, die jüngere Schwester Eurer Mutter. Sie starb, bevor Ihr geboren wurdet.«

Thérèse stolperte und wäre beinahe gestürzt. Sofort war Pierre bei ihnen und stützte die hochschwangere junge Frau auf der anderen Seite. Angéliques Gewissen regte sich. Sie hatte gar nicht auf ihre jüngere Schwester geachtet. Ihr war nicht einmal aufgefallen, dass sie die ganze Zeit schweigend danebengestanden hatte.

Gemeinsam halfen sie ihr in die Kutsche, und Thérèse sank sogleich in die weichen Kissen der Sitze. Angélique setzte sich neben sie. »Es tut mir leid.«

Thérèse schüttelte den Kopf. »Schon gut«, flüsterte sie, »muss … ein wenig ruhen.« Sie schloss die Augen.

Die Kutsche fuhr an und rumpelte aus dem Hof. Als Angélique aus dem Fenster sah, war Schwester Maria Martha verschwunden.

Schon bald waren die weißgetünchten Mauern von Saint Georges hinter den wuchernden Hecken ihren Blicken entschwunden. Die Kutsche war gut gefedert, und die weichen Kissen dämpften zusätzlich den schlechten Zustand der Straße. Dennoch waren die Unebenheiten deutlich zu spüren. Je weiter sie in die Wälder der Vendée vordrangen, desto schlechter wurden die Wege.

Thérèse war in einen unruhigen Schlaf gefallen. Ihre Haut schimmerte feucht. Vorsichtig legte Angélique ihr eine Hand auf die Stirn. Sie fühlt sich sehr warm an, glühte aber nicht vor Fieber. Wahrscheinlich war sie nur erschöpft. Angélique sprach ein stummes Gebet für sie, lehnte sich zurück und sah aus dem Fenster und grübelte darüber nach, was die letzten Worte der alten Ordensschwester wohl bedeuten mochten.

Gegen Mittag schien es Thérèse ein wenig besser zu gehen. Als sie rasteten, konnte sie sich sogar etwas die Beine vertreten und knabberte an ihrem Proviant. »Du solltest Pierre fragen«, meinte sie schließlich unvermittelt.

»Was?«

»Er dient Vater schon seit Jahrzehnten. Es würde mich wundern, wenn er nichts von Mutters jüngerer Schwester weiß.«

»Du hast alles mitbekommen?«

»Natürlich, ich bin schwanger, nicht taub.«

Angélique strich ihrer Schwester eine Haarsträhne aus dem Gesicht. »Es tut mir leid, dass ich dich so lange vor der Kutsche warten ließ.«

»Ich habe mich nicht beschwert.« Ein leichtes Lächeln legte sich auf ihre blassen Lippen. »Du magst diese knurrige alte Jungfer, nicht wahr?«

»Ich glaube, wir alle haben sie ein wenig verkannt.«

»Gewiss.« Thérèse nickte. »Ihre harten Urteile waren vermutlich bloß sorgfältig verbrämte Freundlichkeiten. Und ihre endlosen theologischen Lesungen in kalten Räumen, während draußen die Sonne lachte und die Vögel sangen, all das war ein Ausdruck ihrer Barmherzigkeit.«

Angélique schmunzelte. »In gewissem Sinne, ja. Sie hat lediglich Dummheit und Oberflächlichkeit verurteilt, nicht die Menschen. Und ihre endlosen Lesungen waren pure Nächstenliebe. Für sie gibt es nämlich nichts Schöneres, als sich in alte Bücher und weise Gedanken zu vertiefen.«

Thérèse hob eine Braue.

Angélique kicherte. Ihre Schwester wirkte noch immer sehr

schwach, aber sie hatte wieder dieses schalkhafte Funkeln in den Augen, das sie so lange vermisst hatte.

»Und dass die alte Ordensschwester Männer hasst und bei einem schlichten Tanz schon den Schwefelgeruch der Hölle zu riechen glaubt, ist in deinen Augen sicherlich auch lediglich eine liebenswerte Marotte.«

Angélique wurde wieder ernst. »Ich glaube nicht, dass sie Männer hasst.«

»Sondern?«

»Sie fürchtet sie.«

»Wie kommst du denn darauf?«

»Jeder von uns hat seine Geschichte.«

Thérèse schürzte die Lippen. »Hat sie dir etwas erzählt?«

»Nein. Es ist nur eine Ahnung.«

Die Rast währte nur kurz, und Pierre mahnte zum Aufbruch. »Warte!«, befahl Angélique, nachdem sie Thérèse in die Kutsche geholfen hatte. »Sicherlich ist auf dem Kutschbock auch noch Platz für mich.«

Wenn Pierre verwundert war, ließ er es sich nicht anmerken. Er nickte nur schweigend und holte ein Kissen aus dem Wageninneren, auf dem es sich Angélique bequem machte. Danach stieg er auf, nickte den Reitern zu und ließ die Zügel schnalzen. Mit einem Ruck setzte sich die Kutsche in Bewegung.

Angélique genoss den leichten Fahrtwind und den würzigen Duft des Waldes. »Wer sind eigentlich diese Männer, die uns begleiten?«, fragte sie. »Hat Vater sie geschickt?«

»Es sind Söldner. Ich habe sie im Auftrag Eures Vaters gedungen, um für Eure Sicherheit zu sorgen. In den Wäldern hier ist es nicht ungefährlich.«

»Und du vertraust ihnen?«

Pierre nickte. »Ja, Comtesse.«

»Kennst du sie denn?«

»Seit beinahe dreißig Jahren.«

Angélique warf ihm einen überraschten Blick zu. »Und woher rührt diese lange Bekanntschaft?«

»Wir haben im selben Regiment gedient.«

»Du warst bei der Armee?«

»Ja, Comtesse, bei den Husaren.«

»Dann ist dieser Säbel dort …?«

»Mein eigener.« Er nickte höflich und ohne Emotion. »Aber ich hatte ihn lange nicht mehr in Gebrauch.«

Schweigend fuhren sie weiter. Pierre wandte sich zu einem der Reiter um, worauf dieser sich zurückfallen ließ.

»Was ist?«, fragte Angélique.

»Je nach Gelände muss er sich ein wenig zurückfallen lassen.«

Wieder verfielen sie in Schweigen. Schließlich fragte Angélique: »Sagt dir der Name Sophie de Vantes etwas?«

Pierre antwortete nicht gleich, und wieder betrachtete ihn Angélique von der Seite. Täuschte sie sich, oder war da eine leichte Anspannung in seinen Zügen zu erkennen?

Als er schließlich antwortete, klang seine Stimme höflich und ruhig wie immer. »Warum fragt ihr das, Comtesse?«

»Es interessiert mich.«

»Sie war die jüngere Schwester Eurer Mutter. Aber sie starb bereits, bevor diese Euren Vater heiratete.«

»Dann war sie noch sehr jung. Woran starb sie?«

»Sie brach sich das Genick.«

»Oh, wie schrecklich! Weißt du, wie das geschehen konnte?«

»Es hieß, ihr Übermut und eine morsche Balkonbrüstung seien daran schuld gewesen.«

»Das klingt sehr ungewöhnlich …«

Pierre hatte die ganze Zeit über den Blick auf die Pferde gerichtet. Nun sah er sie an. Keine Regung war auf seinen Zügen zu lesen, nur das höfliche, dienstbeflissene Lächeln, das Angélique schon kannte, seit sie zu denken vermochte. Doch dieses Mal hatte sie das Gefühl, eine Maske anzustarren. »Das ist alles sehr lange her. Warum interessiert Ihr Euch dafür, Comtesse?«

Angéliques erste Reaktion auf diese Frage war ein diffuses Schuldgefühl, als hätte sie etwas vollkommen Taktloses gefragt. Dann spürte sie Zorn in sich, und sie war kurz davor, Pierre anzufahren, dass sie fragen könne, was sie wolle, und er gefälligst Rede und Antwort zu stehen habe. Die Erinnerung an das faltige Lächeln Schwester Maria Marthas und ihr Gespräch über Hippolyt von Rom hielten sie davon ab. Stattdessen sagte sie: »Ich habe erst vor Kurzem erfahren, dass Mutter eine Schwester hatte, und ich frage mich, warum ich nie etwas von ihr gehört habe.«

Pierre wandte den Blick zurück zu den Pferden. »Manche Erinnerungen holt man nicht ohne guten Grund wieder hervor.« Er schnalzte mit den Zügeln.

»Weißt du, was die Äbtissin von Saint-Georges mit der ganzen Sache zu tun hatte?«

»Sie galt als enge Freundin der jungen Sophie«, erwiderte Pierre nach kurzem Zögern.

Angélique vermutete, dass er mehr wusste, als er preisgab, doch das Getrappel von Pferdehufen hielt sie von ihrer nächsten Frage ab. Der Söldner, der die Nachhut gebildet hatte, schloss im Galopp zu ihnen auf. Pierre wandte sich ihm zu, und der Mann sagte irgendetwas, allerdings in einem so seltsamen Dialekt, dass Angélique kein Wort verstand. Sie vermutete, dass er Schweizer war.

Augenblicklich brachte Pierre die Kutsche zum Stehen. »Ihr solltest lieber zurück in den Wagen steigen, Comtesse«, sagte er höflich, aber bestimmt.

»Warum? Was ist geschehen?«

»Wir werden verfolgt.«

Angélique lag schon die nächste Frage auf der Zunge, aber dann sah sie, wie der Söldner eine Pistole aus dem Gürtel zog und die Eisenpfanne überprüfte. Sie kletterte hastig vom Kutschbock und stieg zu ihrer Schwester in die Kutsche. Sie hatte die Tür noch nicht zugezogen, als Pierre die Pferde auch bereits zu einem scharfen Trab antrieb. Angélique konnte sich gerade noch am Fensterrahmen festhalten, um nicht auf ihre Schwester zu stürzen.

»Was ist los?«, murmelte Thérèse.

»Nichts«, erwiderte Angélique und zog die schweren Vorhangstoffe vor die Fenster. »Wahrscheinlich hat Pierre Hunger und will rasch die nächste Wirtschaft erreichen.«

»Und deshalb ziehst du die Vorhänge zu?«

»Die ziehe ich zu, damit du besser schlafen kannst. Du musst dich ausruhen.«

»Ich möchte dir gerne drei Dinge mitteilen, liebe Schwester. Erstens habe ich genug davon, mich auszuruhen. Zweitens ist es keinesfalls so, dass mein Gehirn schrumpft, nur weil mein Bauch wächst. Also hör auf, mich für dumm zu verkaufen. Drittens bist du eine hundsmiserable Lügnerin. Versuch also gar nicht erst, mir irgendwelche Märchen aufzutischen.«

»Hundsmiserabel?« Die Kutsche rumpelte über eine Unebenheit, und Angélique wurde unsanft gegen die Sitze geworfen. Sie hielt sich erneut am Fensterrahmen fest und setzte sich hastig neben Thérèse. »Ich dachte eigentlich, dass ich meine Sache ganz gut gemacht hätte.«

»Deine Lügen sind genauso überzeugend wie die Fahrkünste dieses Verrückten auf dem Kutschbock. Also, warum jagen wir durch diesen Wald, als wäre ein Rudel Wölfe hinter uns her?«

»Entweder wurden Pierre meine Fragen zu unangenehm, oder wir werden tatsächlich von irgendjemandem verfolgt.«

Es gab einen Ruck, als Pierre die Pferde zum Galopp antrieb.

»Das müssen aber sehr unangenehme Fragen gewesen sein«, bemerkte Thérèse mit gepresster Stimme. Mit einer Hand klammerte sie sich am Türrahmen fest, mit der anderen hielt sie ihren Bauch.

Angélique warf ihr besorgte Blicke zu. »Du bekommst doch nicht etwa Wehen?«

Thérèse schüttelte den Kopf. Nach einer Weile fragte sie: »Wer sollte uns folgen?«

»Ich habe keine Ahnung.« Vorsichtig schob Angélique einen Vorhang etwas zur Seite und lugte hinaus. Belaubtes Unterholz und mächtige moosbewachsene Baumstämme rasten vorbei, ein wirres Geflecht aus Grün und Braun. Erde spritzte auf, emporgewirbelt von fliehenden Hufen und eisenbeschlagenen Rädern. Sie jagten um eine Kurve, und die Fliehkraft drückte Angélique hart gegen die Umrandung. Sie blickte nach hinten, konnte aber nur kurz den Blick auf etwas Dunkles erhaschen, ein sich blähender, flatternder Schatten – der Umhang des Söldners, der hinter ihnen ritt. Das hoffte sie zumindest.

»Kannst du ... etwas erkennen?«, fragte ihre Schwester, deren Stimme noch immer gepresst klang.

»Nein.«

Plötzlich krachte ein Schuss, ein Knall, so scharf und bösartig wie ein Peitschenhieb. Angélique zuckte so heftig zurück, dass sie mit dem Kopf gegen die Sitzlehne stieß. Sie spürte den Schlag ihres Pulses an ihrem Halskragen; der bittere Geschmack der Furcht lag auf ihrer Zunge. Hastig ließ sie den Vorhang zufallen. Sie wandte sich ihrer Schwester zu, deren Gesicht im Halbdunkel der Kutsche nur noch ein bleicher Fleck war. Ihre linke Hand hatte sie in ihr Kleid gekrallt.

»Hast du ... Schmerzen?«, stieß Angélique schließlich heiser hervor.

Thérèse schüttelte den Kopf.

Angélique wollte irgendetwas sagen, etwas Tröstendes, Beruhigendes. Aber die Furcht schnürte ihr die Kehle zu. Dabei war die Ungewissheit beinahe genauso schlimm wie das Gefühl drohender Gefahr. Die Schwestern warfen sich einen stummen Blick zu.

Angélique schloss die Augen. Es dauerte einige Augenblicke, bis ihr bewusst wurde, dass sie betete. Sie flüsterte das Glaubensbekenntnis und das Vaterunser, sprach all die Gebete des Rosenkranzes immer und immer wieder. Ihre Lippen bewegten sich, doch ihr Herz fand keine Ruhe. Sie war eine Gefangene der donnernden Hufe und wirbelnden Räder. Bilder von Reitern mit Augen voller Mordlust und von peitschenden Kugeln, die Fleisch und Knochen zerfetzten, rasten durch ihren Kopf. Das Blut rauschte in ihren Adern.

Plötzlich spürte sie klamme Finger, die ihre Hand erfassten. Sie schlug die Augen auf und blickte in Thérèses bleiches Gesicht, die Angéliques Hand in panischer Angst ergriffen hatte. Aber als Angélique ihre Schwester erblickte, wurde ihr etwas bewusst: Ihr größter Gegner waren nicht die unsichtbaren Verfolger, die sie jagten, sondern ihre eigenen Ängste. Thérèse war wirklich, die Ängste hingegen entsprangen vor allem ihrer wild wuchernden Vorstellungskraft. Vielleicht würde man auf sie schießen, aber in diesem Moment sausten keine Kugeln mehr durch die Luft.

Sie holte tief Luft und hörte auf, Gebete wie Zauberformeln vor sich hin zu murmeln. *Es ist das Gebet des Herzens, das vor Gott Gehör findet, nicht das Murmeln unserer Lippen,* hörte sie in ihrer Erinnerung die stets etwas krächzende Stimme Schwester Maria Marthas sagen. *All unser Beten muss die Antwort auf eine einzige Frage sein: Vertraust du mir?*

Angélique warf Thérèse ein flüchtiges Lächeln zu, von dem sie hoffte, dass es ermutigend wirken würde. Dann schloss sie erneut die Augen und versuchte, Gottes Frage zu beantworten. Ein Ja wäre unehrlich gewesen, aber ein Nein entsprach ebenfalls nicht der Wahrheit. Noch immer raste ihr Herzschlag wie der eines erschreckten Rehs in wilder Flucht. Noch immer war ihr Mund trocken, und Bilder des Schreckens lauerten am Rande ihres Bewusstseins, und doch hatte sich etwas verändert. Noch während Angélique innerlich um die Antwort rang und beklommene Worte flüsterte, spürte sie, wie sie ein wenig ruhiger wurde.

Kein weiterer Schuss erklang. Nach einer Zeit, die Angélique wie Stunden vorkam, verlangsamte sich das Trappeln der Pferdehufe, und irgendwann kam die Kutsche ganz zum Stehen. Sie schlug den Vorhang beiseite und erblickte ein großes Fachwerkhaus mit Wänden, die wohl einmal weiß getüncht gewesen waren. Die Fenster waren erleuchtet, und Stimmen waren zu hören – ein Wirtshaus.

Schon kurz darauf wurde die Kutschentür geöffnet, und

Pierres Gesicht erschien in der Öffnung. »Ihr seid in Sicherheit, Comtesse. Bitte entschuldigt die Unannehmlichkeiten.«

»Was ist geschehen?«, fuhr Thérèse ihn an. »Was waren das für Verfolger, und wer hat geschossen?«

»Es waren irgendwelche Reiter, die durchs Unterholz brachen. Joseph hat geschossen, das hielt sie auf Abstand. Alles Weitere können wir nur mutmaßen.«

Angélique warf ihm einen scharfen Blick zu.

Pierre verbeugte sich leicht und half Thérèse aus dem Wagen. »Es ist nur ein einfacher Gasthof, aber es wäre unklug, die Pferde weiter zu strapazieren. Mit Eurer Erlaubnis werde ich mich um Gemächer für die Nacht bemühen.«

Angélique nickte. »Das klingt sehr vernünftig.« Sie nahm ihren Beutel und stieg ebenfalls aus.

»Wenn es Euch recht ist, wird Euch Joseph solange in den Gasthof begleiten.«

»Natürlich«, erwiderte Angélique. »Und ... vielen Dank.«

Pierre verbeugte sich rasch, und der hochgewachsene Söldner mit dem seltsamen Akzent trat vor. Angélique hakte Thérèse unter, und sie folgten dem Mann in den Gasthof.

Weitaus lieber hätte Angélique sich mit ihrer Schwester sogleich auf ein eigenes Zimmer zurückgezogen. Aber bis es so weit war, mussten sie wohl oder übel in der Schenke ausharren. Einige Reisende warfen ihnen neugierige Blicke zu. Doch sehr rasch wandten sie sich wieder ihren Gesprächen zu. Ein Feuer prasselte im Kamin, aber Angélique und Thérèse behielten ihre Mäntel an. Der Wirt bot ihnen warmen Gewürzwein an, doch die Schwangere verlangte einen Tee. Nachdem sie leise einige Worte gewechselt hatten, schwiegen die Schwestern. Dies war nicht der richtige Ort, um sich auszutauschen.

Während sie warten mussten, erinnerte Angélique sich daran, dass sie ihr Tagebuch in ihrem Bündel bei sich trug. Sie nahm es heraus, griff sich ihre Reiseschreibfeder und das Tintenfässchen und versuchte, ihre wirren Gedanken in Worte zu fassen.

Fährtensucher

Schritte kamen näher. Leon hob den Kopf und sah auf die Uhr. Es war erst kurz vor 22 Uhr und damit noch nicht Zeit für seine Wache. Sein Blick wanderte zurück zu den Tagebuchseiten. Wieder einmal war er fasziniert von den Worten der jungen Angélique. Sehr anschaulich hatte sie die beklemmende Atmosphäre ihres Abschieds aus Saint-Georges und die bedrohliche Kutschfahrt durch die Wälder der Vendée beschrieben. Doch ihn ließ auch ihr religiöses Denken nicht unberührt. Es war nicht verwunderlich, dass sie als katholisch geprägter Mensch des 18. Jahrhunderts in einer Gefahrensituation Zuflucht im Gebet suchte. Menschen fast aller Kulturkreise hatten das immer wieder getan und taten es immer noch. Dabei hatte Leon Gebete stets als einen Rückzug in eine Art spiritueller Übung oder ein heiliges Ritual verstanden, eine Form der Meditation, die half, Abstand zur äußerlichen Gefahr zu gewinnen und der Hoffnung auf übernatürliche Hilfe Ausdruck zu geben. Die Veränderung, die Angélique dann allerdings andeutete, war für Leon nicht so leicht zu begreifen, und das wiederum faszinierte ihn.

Seine Gedankengänge wurden von einem Klopfen an der Tür unterbrochen. Leon brummte irgendetwas, das wahlweise als Frage oder Aufforderung einzutreten interpretiert werden konnte, und markierte die Stelle des Tagebuchs, bis zu der er gelesen hatte.

Die Tür wurde geöffnet, und Mathéo lugte herein. »Störe ich?«, fragte er.

»Natürlich«, erwiderte Leon. »Aber vermutlich ist dir das ziemlich gleichgültig.«

Ein kurzes Grinsen huschte über das bärtige Gesicht des alten

Bauern, aber er wurde rasch wieder ernst. Sein Blick streifte Leons Schreibtisch und das Tagebuch, aber er deutete mit keiner Miene an, ob er etwas damit anzufangen wusste. »Komm mit, ich möchte dir etwas zeigen.«

»Nun, wenn ich so höflich gefragt werde ...«, erwiderte Leon und erhob sich. Erst jetzt bemerkte er die mächtige Taschenlampe in Mathéos Hand. Sie sah schwer genug aus, dass man damit einen Grizzly k. o. schlagen könnte. Noch verwirrender war allerdings die Signalpistole in seinem Gürtel. »Ist etwas passiert?«

»In gewisser Weise«, gab der alte Bauer zur Antwort, während Leon sich rasch eine Jacke überwarf. »Ich weiß jetzt, wer unser Schafsmörder ist.«

»Und zwar?«

»Sieh es dir selbst an.«

Sie gingen an der Ruine vorbei Richtung Süden.

»Ist es weit?« Leon zog den Reißverschluss seiner Jacke zu. Es war kalt geworden.

»Für meinen Geschmack nicht weit genug«, erwiderte Mathéo.

Leon runzelte die Stirn. »Es ist doch nicht gefährlich?«

»Wenn man vorsichtig ist und vor allem kein Schaf, muss man sich nicht allzu viele Sorgen machen, denke ich.«

»Mir gefällt diese kleine Relativierung am Ende deines Satzes nicht.«

Mathéo lachte. »Ich dachte, du seist Wissenschaftler. Arbeitest du nicht ständig mit Wahrscheinlichkeiten?«

»Eine falsche Theorie bringt mich im Regelfall nicht um.«

Der alte Mann hielt kurz inne, schwenkte den Strahl seiner Taschenlampe und wandte sich dann etwas nach links. »Da wäre ich mir nicht so sicher«, entgegnete er.

Leon seufzte. »Gib es ruhig zu: In deiner Freizeit nennst du dich auch die Sphinx von Nantes.«

Mathéo grinste »Wie dem auch sei, du wirst mir wohl vertrauen müssen.« Nach ein paar Metern verlangsamte er plötzlich seine Schritte. Er schwenkte die Lampe und nickte dann. »Wir müssen die Böschung dort hinab. Sei vorsichtig!«

»Was soll schon passieren? Schließlich hast du ja eine Signalpistole dabei«, erwiderte Leon, während er die Böschung mehr oder weniger kontrolliert hinabrutschte. Der Boden war von den letzten Regenfällen aufgeweicht und fiel steil ab.

»Eigentlich habe ich sie nur zur Abschreckung mitgenommen«, bemerkte Mathéo.

»Oh danke, jetzt fühle ich mich gleich viel besser«, schnaufte Leon. »Warum hast du denn keine richtige Waffe dabei? Soweit ich weiß, hat hier jeder in der Gegend mindestens ein Gewehr im Schrank.«

»Seit fünfzig Jahren habe ich keine Waffe mehr angefasst, und ich habe auch nicht vor, etwas daran zu ändern.«

Leon warf ihm einen überraschten Blick zu. Er spürte, dass er den alten Mann an einer empfindlichen Stelle getroffen hatte. Seine Neugier war geweckt. »Du warst in der Armee?«

»In der Legion«, entgegnete Mathéo knapp.

»In der Fremdenlegion? Aber dort kämpfen doch nur Ausländer! Bist du etwa kein Franzose?«

»Ich wurde nicht in Frankreich geboren.«

»Wo hast du gekämpft?« Leon kramte in seinem Gedächtnis. Vor fünfzig Jahren, hatte der alte Mann gesagt, das müsste dann in etwa die Zeit des Algerienkrieges gewesen sein.

»Es ist eine Zeit voller trauriger und böser Erinnerungen«, sagte Mathéo leise. »Ich möchte nicht darüber reden.«

»Natürlich, ich verstehe. Bitte verzeih mir.«

»Du hast nichts falsch gemacht.«

Nach einer Minute des Schweigens deutete Leon auf die Signalpistole. »Und wen oder was willst du damit abschrecken?«

»Hab Geduld.«

Leon beschloss, darauf zu vertrauen, dass der alte Bauer schon wusste, was er tat, und konzentrierte sich auf den Weg. Er bereute mittlerweile, dass er seine Trekkingstiefel nicht angezogen hatte. Als sie am Grunde des Grabens ankamen, schwappte schlammiges Wasser in seine Schuhe.

»Das ist wirklich ein herrlicher Spazierweg. Den muss ich mir unbedingt merken«, brummte er.

»Wir müssen jetzt vorsichtig sein«, mahnte Mathéo, »damit wir die Spuren nicht zerstören.«

Der alte Bauer trug Gummistiefel, wie Leon nun neidvoll feststellte. Er versuchte, sich so nahe wie möglich an der Böschung zu halten, um nicht allzu tief in Schlamm und Wasser zu versinken.

Nach etwa einer Minute sorgfältigen Suchens blieb Mathéo schließlich stehen. »Ah, hier ist es. Siehst du – dort?«

Leon beugte sich vor und betrachtete den schlammigen Boden im Lichtkegel der Taschenlampe. »Da sind Spuren. Von einem Hund?«

»Das dachte ich zunächst auch, aber sieh her!« Mathéo führte Leon weiter, die Böschung hinauf auf eine sandige Fläche, die sich wenig später in einer Brache verlor. »Hier!« Er wies auf eine Fährte im Sand. Sie war nicht ganz so gut zu erkennen, da der Boden hier weniger feucht war.

»Faszinierend«, brummte Leon, ohne allzu viel Begeisterung in der Stimme. »Ich vermute, hier fing das Tier an, schneller zu laufen.«

»Ja. Es fiel in Trab.« Die Abdrücke lagen in einer Reihe hintereinander. Mathéo kniete nieder. Eine gewisse Erregung lag in seiner Stimme. »Sieh dir diesen Abdruck genauer an. Wie viele Zehen erkennst du?«

Stirnrunzelnd hockte Leon sich neben ihn. »Vier.«

»Und wie viele Kerben haben die Krallen hinterlassen?«

Leon hob die Brauen. »Es sieht aus, als wären es acht.«

»Genau!« Die Begeisterung in Mathéos Stimme war unüberhörbar.

»Okay, und das heißt, hier läuft ein Mutant frei herum?«, mutmaßte Leon halbherzig.

»Es ist eine Wolfsspur!«, erklärte der alte Mann. »Ein Wolf

schnürt im Trab. Das heißt, er setzt die Hinterpfote in den Abdruck der Vorderpfote. Die Abdrücke sehen aus, als wären sie wie an einer Perlenschnur aufgereiht. Kein Hund läuft auf diese Weise.«

Leon versuchte, diese Neuigkeit einzuordnen. »Unser Schafsmörder ist ein waschechter Wolf? Und wie kommt er hierher?«

»Das ist eine ausgezeichnete Frage. Wölfe gibt es hier schon lange nicht mehr. Meines Wissens haben sich im Südosten Frankreichs, an der Grenze zu Italien, wieder welche angesiedelt. Aber in der Vendée?«

Leon betrachtete nachdenklich das bärtige Gesicht des Bauern. Dann meinte er: »Hier verschwand der letzte Wolf im Jahre 1898 bei einer Treibjagd, an der Aveline Campenons Großvater beteiligt war.«

Mathéo zuckte die Achseln. »Möglicherweise.«

»Hast du nicht den Eindruck, dass dies ein seltsamer Zufall ist?«

»Vielleicht ist es ja kein Zufall.«

»Du meinst, jemand versucht, irgendwie die Vergangenheit zu rekonstruieren?«

Mathéo erhob sich wieder. »Das wäre eine mögliche Erklärung. Aber vielleicht ist es zu früh, um Schlüsse zu ziehen.« Er warf Leon einen irritierenden Blick zu. Wollte er damit etwas andeuten? Doch bevor er weiter darüber spekulieren konnte, sagte der alte Bauer: »Auf jeden Fall solltest du deine Leute über die Situation aufklären, damit sie nicht unvorsichtig sind, wenn sie im Gelände unterwegs sind. Ich werde morgen früh die zuständige Behörde informieren und dann meinen Nachbarn einen Besuch abstatten.«

»Das wird der allgemeinen Hysterie noch mehr Nahrung geben.«

»Nicht auszuschließen. Aber sie müssen Bescheid wissen. Möchtest du mich begleiten?«

Leon dachte an die spitzzüngige Alte und ihren schießwütigen Sohn. Er war nicht allzu begierig darauf, den beiden wieder zu begegnen. Andererseits konnte er so möglicherweise Einfluss darauf nehmen, wie sie das Ganze auffassten. Und außerdem gab es da noch etwas, das er Aveline Campenon fragen wollte.

»Es wird mir ein Vergnügen sein«, brummte er missmutig.

»Gut, ich hole dich ab.«

Sie machten sich auf den Rückweg.

»Woher weißt du eigentlich so viel über Wölfe?«, fragte Leon, während sie langsam über die Felder wanderten.

»Vor vielen Jahren pilgerte ich die Ruta Jacobea de la Lana entlang. Ein Teil des Weges führte auch über abgelegene Landstraßen im Nordwesten Spaniens. Dort gab es noch Wölfe. Und so lernte ich einiges von den ansässigen Bauern.«

»War das in deiner Zeit als aktiver Franziskaner?«

Mathéo schmunzelte. »Wenn du es so bezeichnen möchtest.«

»Was hat dich damals eigentlich bewogen, Mönch zu werden?«

»Die Sehnsucht nach dem Leben«, erwiderte der alte Mann.

Diese Antwort kam Leon merkwürdig vor, doch bevor er nachhaken konnte, erkundigte sich der Bauer: »Und was hat dich bewogen, Agnostiker zu werden?«

»Hm …« Leon kratzte sich am Kinn. »… ich glaube, ich war schon immer Agnostiker. Es war keine einmalige bewusste Entscheidung, eher ein stetig wachsendes Bewusstsein. Für religiöse Erfahrungen und vermeintliche Wunder gibt es wissenschaftliche Erklärungen, und es ist kein Schöpfergott notwendig, um das Entstehen der Welt zu erklären. Ganz ehrlich, ich wüsste nicht, wozu ich Gott brauchen sollte. Ich komme sehr gut ohne ihn zurecht.«

Mathéo kicherte. »Mit anderen Worten, du hast dir nie ernsthaft Gedanken darüber gemacht.«

»Findest du nicht, dass das ein klein wenig herablassend klingt, alter Knabe? Ich könnte jetzt beleidigt sein.«

»Aber das bist du nicht.«

»Nein.« Leon betrachtete den Bauern nachdenklich von der

Seite. »Warum hast du vor Kurzem auf dem Markt gesagt, ich würde nur glauben, dass ich nicht glaube? Wenn du damit andeuten wolltest, dass ich tief im Herzen verkappter Katholik bin, muss ich dich enttäuschen. Ich bin in einem atheistischen Elternhaus groß geworden.«

Mathéo lachte. »Wen hast du vor Augen, wenn du von gläubigen Menschen redest?«

»Den Papst, verbitterte alte Kirchgängerinnen mit Damenbart und leichtgläubige Ministranten«, erwiderte Leon spontan.

Der alte Mann zwirbelte seinen mächtigen Schnurrbart. »Über einen Zusammenhang zwischen Glaube und Gesichtsbehaarung habe ich noch nie nachgedacht.« Er schwieg eine Weile amüsiert.

»Wie sieht denn deiner Meinung nach der typische Gläubige aus?«, hakte Leon nach.

»Wie jedermann, denn meiner Meinung nach gibt es keine ungläubigen Menschen auf dieser Welt.«

»Wie bitte?«

»Es gibt zwei Arten von Glauben, und jeder Mensch praktiziert beide Arten, egal, ob Gott in seinem Leben eine Rolle spielt oder nicht.«

»Okay«, sagte Leon gedehnt, »und kannst du diese doch sehr spezielle Sichtweise auch begründen?«

»Wenn du möchtest.«

»Ich möchte«, erwiderte Leon.

»Im Allgemeinen verwenden wir das Wort ›Glaube‹ im Sinne von Nicht-Wissen«, begann Mathéo. »Wenn jemand die vage Vermutung hat, im Wetterbericht etwas aufgeschnappt zu haben, sagt er: ›Morgen soll es regnen, glaube ich.‹ Diese Form des Glaubens kann sich auf Belangloses, aber auch sehr Bedeutendes beziehen und natürlich auch auf die Existenz Gottes. Ein Deist zum Beispiel hält eine wie auch immer geartete Gottheit als Ursprung allen Seins für wahrscheinlicher als eine rein zufällige Entstehung der Materie. Er vermutet, dass es Gott gibt, obwohl er es nicht beweisen kann, während ein Atheist vermutet, dass es Gott nicht gibt, obwohl er auch dafür keine Beweise hat. In diesem Sinne ist jeder gläubig.«

»Meinetwegen«, gab Leon zu, »darauf kann ich mich einlassen. Ich denke allerdings, dass der Raum für Deisten mit dem zunehmenden wissenschaftlichen Fortschritt immer enger geworden ist. Von daher halte ich meine Vermutung für deutlich wahrscheinlicher.«

»Warum überrascht mich das nicht?« Mathéo lächelte. »Was hältst du von einem kleinen Umweg über die Hügel?«

»Und der Wolf?«

»... ist ein kluges Tier. Er weiß, dass wir keine Schafe sind.«

»Einverstanden.« Leon verstand selbst nicht so ganz, dass er sich Zeit für dieses Gespräch nahm, ohne Unruhe zu empfinden. Sein kostbares Forschungsprojekt stand auf Messers Schneide, und er spazierte durch die Gegend, betrachtete Wolfsspuren und philosophierte mit einem skurrilen alten Bauern über Gott und die Welt. Das lag alles nur an diesem verrückten Tagebuch! Seit es aufgetaucht war, stand Leons Welt Kopf.

»Ein Fehler, der uns Menschen zu allen Zeiten nur allzu leicht unterläuft, ist der, dass wir unseren Glauben beziehungsweise unsere Hypothesen und Theorien mit der Wirklichkeit verwechseln – weil wir sie nie hinterfragen und weil wir unbewusst davon ausgehen, dass die gängige wissenschaftliche, kulturelle oder gesellschaftliche Auffassung die letztgültige Wahrheit ist. Wir meinen zu wissen, dass es Gott nicht gibt, weil wir meinen, ihn nicht mehr zu brauchen. Wir können die Existenz der Welt auch anders herleiten. Es gibt auch keine Wunder mehr, weil scheinbare Wunder ohne übernatürliches Eingreifen erklärt werden können. Und falls das doch nicht möglich ist? Nun, dann haben sie eben nicht stattgefunden. Alles ist natürlich erklärbar, weil es nur die Natur gibt, oder noch konkreter: Alles ist durch den menschlichen Verstand erklärbar, weil er die höchste existierende Instanz ist. Das Ganze ist natürlich ein Zirkelschluss. Es ist ein Glaube im Sinne von Nicht-Wissen, aber ein ungemein weit verbreiteter Glaube.«

»Du bist der philosophischste Bauer, der mir je begegnet ist«, merkte Leon an. Es reizte ihn, Mathéo ein wenig aus der Reserve zu locken. Er wurde den Verdacht nicht los, dass der alte Mann in Bezug auf die mysteriösen Ereignisse der letzten Tage weitaus mehr wusste, als er zugab.

»Das liegt daran, dass du so wenig Bauern kennst. Wir Landwirte sind im Allgemeinen sehr philosophisch.«

»Das mag sein«, sagte Leon. »Dein Verweis auf den Zirkelschluss lässt sich allerdings genauso gut auf die Kirche anwenden. Das ptolemäische Weltbild war richtig, weil es dem Weltbild der Bibel entsprach, und deshalb wurde Galileo Galilei vom Papst verurteilt.«

Mathéo nickte. »Ja, die Leute vergaßen damals, dass die Bibel kein astronomisches Lehrbuch ist.«

»Du stimmst mir also zu, dass die Kirche ein völlig überholtes Weltbild vertritt?«, hakte Leon nach.

Der Bart des alten Mannes zuckte. Er ignorierte Leons Versuch, ihm die Worte im Mund herumzudrehen, und fuhr fort: »Natürlich hat die Menschheit Fortschritte gemacht, vor allem in naturwissenschaftlicher Hinsicht. Aber zu glauben, dass wir jetzt die Wahrheit gepachtet haben, während alle Menschen der Vergangenheit sich im Irrtum befanden, würde bedeuten, dass wir nichts dazugelernt hätten.«

»Also gut, Euer Ehren«, sagte Leon und machte ein zerknirschtes Gesicht. »Ich bekenne mich gläubig im Sinne des Nicht-Wissens und spreche mit Sokrates: Ich weiß, dass ich nicht weiß.«

Mathéo kicherte leise.

Sie wanderten an einem kleinen Wäldchen vorbei, und der harzige Duft von Kiefern lag in der Luft. Der Mond war aufgegangen, und der alte Bauer schaltete seine Taschenlampe aus, sodass nur das silbrig glänzende Licht des Himmelskörpers den Weg vor ihnen erhellte. Die Stille war nahezu vollkommen, nur ihre eigenen Schritte waren zu vernehmen und das kaum wahrnehmbare Wispern des Windes in den Bäumen.

Sie schlugen einen Bogen um den Grundbesitz der Campenons und wanderten über Mathéos leer stehende Schafweiden. Da der alte Bauer nichts unternahm, um das Schweigen zu brechen, war es Leon, der das Gespräch fortsetzte: »Du hattest von zwei Arten des Glaubens gesprochen ...«

»Ja«, sagte Mathéo. Er warf Leon von der Seite einen Blick zu: »Du wirkst nicht sonderlich erschüttert.«

»Sollte ich das?«

»Nun ja, immerhin bist du soeben vom Nichtgläubigen zum Gläubigen geworden.«

»Aber nur in einem abstrakt-philosophischen Sinne«, erwiderte Leon. »An meinen Überzeugungen hat sich ja nichts geändert.«

»Genau«, sagte Mathéo. »All das, was wir besprochen haben, hat nur wenig mit der zweiten, tieferen Bedeutung des Wortes ›Glaube‹ zu tun, jenem Glauben, von dem Jesus sagt, dass er, wenn er nur so groß wie ein Senfkorn sei, Berge versetzen könne. Hier geht es nicht um die Frage, ob irgendetwas oder irgendjemand existieren könnte oder nicht, hier geht es um die Frage: Worauf vertraue ich? Oder auch: Auf wen vertraue ich?«

»Um ehrlich zu sein: Der Unterschied ist mir nicht so ganz klar.«

Der alte Mann antwortete nicht sofort. Sein Blick glitt in die Ferne. »Manche Menschen müssen erst in die tiefsten Tiefen hinab, um das zu verstehen«, sagte er leise. »Sie müssen erst jeden Halt verlieren und vor sich selbst erschrecken, um das Wesentliche zu begreifen.«

Leon ahnte, dass der Bauer von sich selbst sprach, hatte aber keine Ahnung, was genau er damit meinte.

Mathéo schien seine Verwirrung zu bemerken. »Entschuldige, ich war kurz in Gedanken.« Unvermittelt fragte er: »Warst du schon mal klettern?«

»Äh ... bislang nicht.«

»Nun, du kannst alles über Sicherungstechnik, Seilbeschaffenheit und die mechanische Belastbarkeit von Karabinerhaken wissen. Du kannst dir einen erfahrenen Bergführer suchen und all seine Zertifikate und Ausbildungsbescheinigungen von einem Fachmann auf ihre Richtigkeit überprüfen lassen. Du kannst überzeugt sein, dass alles korrekt und sicher ist. Doch erst wenn du vor einer tausend Meter abfallenden Steilwand stehst und entscheiden musst, ob du dem Bergführer dort hinauf folgst, wird sich zeigen, ob du ihm wirklich vertraust. Das ist der Unterschied.«

»Wie meinst du das in Bezug auf die Religion?«

»Dogmen, Überzeugungen, Weltbilder sind eine Sache, über die man angeregt philosophieren oder auch bis aufs Blut streiten kann. Aber letztlich geht es darum, wem oder was ich in diesem wilden, unberechenbaren, großartigen und schrecklichen Leben wirklich vertraue. Jeder vertraut auf irgendetwas, im Zweifelsfall auf sich selbst, die Unabänderlichkeit des Alltags oder das Glück.« Er sah zu Leon. »Worauf vertraust du?«

Der Wissenschaftler wandte den Blick ab und betrachtete den Horizont, der sich als wellige schwarze Linie vom sternenübersäten Nachthimmel abhob. Das anregende philosophische Geplänkel hatte eine unerwartete Wendung bekommen, und Leon wurde sich bewusst, dass er sich noch nie solche Fragen gestellt hatte. Ein Teil von ihm wollte sich innerlich zurückziehen. Leon hasste es, zu irgendetwas gedrängt zu werden. Allerdings wirkte es nicht so, als wollte der alte Bauer ihn irgendwie manipulieren, er stellte nur eine ehrliche Frage. Leon senkte nachdenklich den Blick. Er spürte ein innerliches Ringen. Auf der einen Seite war da tief verwurzelte Skepsis, auf der anderen Seite auch so etwas wie eine schwer zu greifende Aufgeregtheit. Sie erinnerten ihn auf absurde Weise an das Gefühl, das ihn als Kind stets zu Beginn der großen Ferien gepackt hatte. Es war eine vage Vorfreude auf das Unbekannte, Unerwartete, Abenteuerliche und doch fern Vertraute gewesen, die sich im Übrigen am Ende der Ferien stets als unberechtigt herausgestellt hatte. Aber auch später noch hatte ihn dieses Gefühl manchmal gepackt, beispielsweise als er die Bestätigung seines Studienplatzes erhalten oder auch als er Nele kennengelernt hatte.

Worauf vertraust du?, hallte es in ihm wider. Er wusste es nicht. Aber er erinnerte sich an etwas, das er in Angéliques letztem Tagebucheintrag gelesen hatte. Es war ein Zitat der alten Ordensschwester Maria Martha gewesen: *All unser Beten muss die Antwort auf eine einzige Frage sein: Vertraust du mir?* Leon warf Mathéo einen nachdenklichen Blick zu: War es Zufall, dass ihn innerhalb so kurzer Zeit gleich zwei Personen vor diese Frage stellten?

»Ich hoffe, ich bin dir nicht zu nahegetreten«, sagte der alte Bauer, der Leons Schweigen als Missfallen deutete.

»Nein, ich habe nur nachgedacht.« Leon lächelte. »Und du kannst ruhig zugeben, dass dies auch deine Absicht war.«

»Nachdenken schadet nur sehr selten«, erwiderte Mathéo.

Inzwischen waren die Burgruine und das Grabungscamp deutlich zu erkennen. Leon spürte Enttäuschung und Erleichterung zugleich. Kurz bevor sie das Lager erreichten, fragte er: »Glaubst du, dass wir von den Menschen früherer Jahrhunderte etwas Entscheidendes lernen können?«

»Natürlich«, erwiderte Mathéo. »Und du glaubst das auch, sonst wärst du ja nicht Historiker und Archäologe geworden. Allerdings verkläre ich die Vergangenheit nicht. Die Leute vergangener Jahrhunderte könnten genauso auch von den Menschen des 21. Jahrhunderts lernen – wenn es möglich wäre.«

Leon warf ihm einen scharfen Blick zu. Aber Mathéo klopfte ihm lediglich auf die Schulter. »Es war schön, mit dir zu reden. Ich wünsche dir eine gute Nacht.«

»Dir auch, Mathéo, bis morgen.«

Wenig später saß Leon am Schreibtisch in seinem Camper. Das aufgeschlagene Tagebuch lag vor ihm. Es war zu jung, um das echte Tagebuch zu sein, und zu alt für eine moderne Kopie. Wer immer das Ganze inszenierte, er bestand auf der Vorstellung, dass die vor knapp zweihundertzwanzig Jahren verstorbene Angélique Maria Pauline de Vantes das Tagebuch schrieb.

Wenn Leon Antworten haben wollte, musste er sich auf dieses Spiel einlassen.

Er nahm seinen Füller zur Hand und begann zu schreiben:

Vielleicht ist es merkwürdig für dich, diese Zeilen zu lesen. Aber glaub mir, für mich ist es weitaus merkwürdiger. Denn was dir lediglich seltsam und beunruhigend erscheinen muss, ist für mich absolut unmöglich. Entschuldige bitte meine harschen Worte, sie waren meiner Verunsicherung geschuldet ...

Die Hebamme

Leon hielt inne und tippte sich mit dem Füller gegen die Unterlippe. Alles in ihm verlangte danach, die Ebene zu wechseln und jene geheimnisvolle Person direkt anzusprechen, die sich dieses absurde Spiel mit den diversen Varianten des Tagebuchs ausgedacht hatte. Aber der letzte Eintrag in der Handschrift Angéliques hatte unmissverständlich deutlich gemacht, dass der geheime Tagebuchschreiber sich darauf nicht einlassen wollte.

Vielleicht steckte ein ausgeklügelter Plan dahinter, möglicherweise aber auch eine Form von Wahnsinn. Es war durchaus möglich, dass sich jemand tatsächlich für die echte Angélique de Vantes hielt. Wie auch immer, das Ergebnis blieb das Gleiche: Der oder die andere würde ihm nur durch die Stimme Angéliques Antwort geben. Leon musste so tun, als wäre es tatsächlich möglich, durch die Jahrhunderte miteinander zu kommunizieren.

Dazu musste er sich in Angéliques Situation hineinversetzen. Er rief ihr Bild auf und betrachtete es. Dabei versuchte er, sich in Erinnerung zu rufen, welche Frau sie gewesen war und wie sie wohl gedacht und empfunden hatte. Langsam schloss er die Augen und blendete das leise Rauschen der Laptop-Lüftung aus. Er stellte sich vollkommene Dunkelheit vor und das gedämpfte Stöhnen, Weinen und Schreien der anderen Gefangenen.

Es gab kein Licht, keine Toilette. Der Gestank war fürchterlich. Schlimmer noch als der Hunger war der Durst. Das brackige Wasser, das man ihr gab, war viel zu wenig und vermutlich voller Krankheitserreger. Sie trank es trotzdem. So hockte sie in ihrer düsteren Zelle und wartete auf den Tod. Dann plötzlich geschah etwas. Jemand, der es scheinbar gut mit ihr meinte, schmuggelte ihr persönliches Tagebuch in ihre Zelle. Und dieses Buch stellte nun ihre einzige Möglichkeit dar, dem dumpfen Dahinvegetieren in diesem finsteren Loch zu entfliehen. Es war wie ein Zeichen Gottes. Doch plötzlich tauchten Blutspuren in ihrem Buch auf und dann auf einmal fremde Einträge, die ihr völlig absurd erscheinen mussten. Welch ein Schock!

Wenn jemand in Angéliques Situation auf einen solchen Kommentar antwortete, sprach das entweder für große Verzweiflung oder für großen Mut – oder beides.

Leon öffnete die Augen und lächelte grimmig. Nun war er bereit.

Nichts liegt mir ferner, als dein Leid zu wollen, Angélique. Im Gegenteil, wenn ich irgendwie könnte, würde ich gerne einen winzigen Lichtstrahl des Trostes in deine dunkle Zelle senden.

Du hast mich gefragt, wer ich sei, und ich bin dir bislang eine ehrliche Antwort schuldig geblieben. Ich bin weder eine barmherzige Seele noch ein Verräter, und ganz sicher bin ich auch nicht dein Peiniger.

Mein Name ist Leon. Ich beschäftige mich mit dem, was vergangen ist. Es fasziniert mich, Rätsel zu lösen und Antworten auf Fragen zu finden, die kaum eine Handvoll Leute interessieren. Ich kann mich dabei unter Bergen von Büchern vergraben und meine Umwelt ganz und gar vergessen. Manche würden sogar sagen, ich fliehe vor den Herausforderungen der Gegenwart.

Nicht wenige Menschen glauben, dass wir uns selbst verstehen würden, wenn wir betrachteten, woher wir kommen. Mein Vater glaubte an den Fortschritt und die Gesetze der Natur. Er entwickelte Maschinen und lebte ganz und gar für seine Arbeit. Meine Mutter hingegen kam irgendwann zu der Ansicht, dass sie ihr Leben an den Falschen verschwendet hatte, und beschäftigte sich bis zu ihrem Tod mit der Suche nach dem Richtigen. Was hat das mit mir zu tun? Ich weiß es nicht. Aber manche glauben, dass wir in unserem Leben nur das wiederholen, was wir gelernt haben.

Ich habe stets der Vernunft vertraut und war sicher, dass ich auf alle Fragen eine Antwort finden würde, wenn ich nur hartnäckig genug danach suchte. Doch mir scheint, je älter ich werde, desto größer wird die Welt. Sie will sich nicht in meinen Verstand pressen lassen. Das Fragen hört nicht auf, und die Sehnsucht überrascht mich an den seltsamsten Orten. Manche würden sogar sagen, ich sei ein Träumer geworden.

Ich habe stets angenommen, ich sei meines eigenen Glückes Schmied und nur mir selbst und meinem Gewissen verantwortlich. Ich war überzeugt, dass der menschliche Geist ein Produkt von Zeit und Zufall ist und die Seele ein Konstrukt der Natur, geschaffen, um zu überleben. Das Leben ist ein Kampf, aber ich kann entscheiden, wie ich kämpfe. Ich bin frei. Oder habe ich bloß vor meiner Unfreiheit die Augen verschlossen? Gibt es so etwas wie ein Schicksal, eine Vorsehung oder gar ... Gott?

Ein eigenwilliger alter Mann sagte mir, ich glaubte nur, ein Ungläubiger zu sein. Er hat es geschafft, mich zu verwirren.

Was glaubst du, Angélique: Ist unser Schicksal vorherbestimmt, und liegt irgendein Sinn darin?

Nun habe ich noch einmal innegehalten und gelesen, was ich bisher niedergeschrieben habe. Ich wundere mich über mich selbst, denn ich gebe viel mehr von mir preis, als ich eigentlich sagen wollte, sogar mehr, als mir vor dem Schreiben dieser Zeilen bewusst war.

Ich hoffe, ich habe dich nicht verschreckt.

Vielleicht wirst du mir nicht glauben, aber ich versichere dir, dass dein Buch auf sehr geheimnisvolle Weise in meine Hände gelangt ist, und ich weiß nicht, wem ich dies zu verdanken habe. Um ehrlich zu sein, ich verstehe nicht im Geringsten, was hier vor sich geht. Wärst du bereit, mir zu verraten, wie das Buch zurück in deine Hände gelangte?

Ich hoffe sehr auf eine Antwort, vielleicht kann sie ja für uns beide ein wenig Licht in das Dunkel bringen?

Als Leon noch einmal las, was er geschrieben hatte, ergriff ihn ein beklemmendes Gefühl. Worauf hatte er sich da eingelassen?

Seine eigene Offenheit irritierte ihn. Es schien ganz so, als hätte irgendetwas in ihm nur darauf gewartet, schonungslos seine ganze Widersprüchlichkeit zum Ausdruck zu bringen. Hatte er sich nicht auf ein völlig abstruses Spiel eingelassen – auf eine Kommunikation mit einem Menschen, der vorgab, eine vor zweihundertzwanzig Jahren ermordete Frau zu sein?

Wäre dieser Text eine E-Mail gewesen, hätte er sich sofort darangesetzt, die Hälfte zu streichen und zu überarbeiten. Doch hier in diesem Buch war das nicht möglich, es sei denn, er riss die Seiten einfach heraus. Er tat es nicht. Es schien vollkommen verrückt, aber ein Teil von ihm wollte, dass alles genau so dastand, wie er es geschrieben hatte. Er wollte die Kommunikation mit dem oder der Unbekannten, auch auf die Gefahr hin, dass diese ganze Aktion ein perverser Streich war und er sich lächerlich machte.

Entschlossen stand Leon auf und scannte die neuen Seiten ein. Dann klappte er das Buch zu und zog sich seine Jacke über. Anschließend machte er sich auf den Weg zu Angéliques freigelegtem Verlies. Er drehte die Kamera ein Stück zur Seite, damit sie nicht aufzeichnete, was er tat, und versteckte das Tagebuch im Hohlraum. Anschließend drehte er die Kamera wieder zurück. Sollte dies später jemandem auffallen, würde er es mit einem Kameracheck begründen.

Leon sah auf die Uhr. Ihm blieb noch eine gute halbe Stunde bis zu seiner Wache, und so ging er zurück zu seinem Camper. Genug Zeit, um noch ein wenig in den ehemals verschwundenen Seiten von Angéliques Tagebuch zu lesen.

Hof der Familie Raynal nahe Amaillou, den 5. Mai 1789

Es ist eine Qual zu schreiben, aber ich muss meinem Herzen Luft machen und meine Gedanken ordnen.

Die Kerze flackert im Windzug, der durch das undichte Fenster und die Dielen pfeift. Ich hocke auf einem roh gezimmerten Bett, und meine Matratze ist ein alter Strohsack, dessen Leinen fadenscheinig geworden ist.

Ich habe meine Decke auf Thérèses Bett gelegt und mein Laken darübergezogen, um ihr ein wenig mehr Bequemlichkeit zu verschaffen. Mein Mantel ist warm, er genügt mir. Immer wieder wandert mein Blick zu ihrem schmalen, blassen Gesicht. Oft ist sie unruhig und stöhnt im Schlaf. Dann spreche ich leise, beruhigende Worte oder summe ein Lied.

Die Blutungen setzen nach unserer wilden Flucht durch die Wälder ein. Seitdem kehren sie immer wieder. Zwei Tage blieben wir in jenem Gasthof, bis meine tapfere Schwester sich selbst für reisetauglich erklärte. Glücklicherweise tauchten keine weiteren Verfolger auf. Eines der Kutschpferde fing an zu lahmen, und Pierre ließ die Tiere im langsamsten Schritt gehen. Dennoch rumpelte der Wagen unaufhörlich auf den schlechten Straßen, und bei jedem Schlagloch verzog Thérèse schmerzverzerrt das Gesicht. Schließlich brach gegen Mittag, kurz nachdem wir in einem winzigen Weiler gerastet hatten, auch noch eine Achse.

Ich verlangte, dass wir unverzüglich eine Unterkunft für Thérèse suchen müssten.

Meine Verzweiflung stand mir offenbar ins Gesicht geschrieben. Selbst unsere beiden Begleiter warfen mir mitleidige Blicke zu, wie mir schien. Pierre indessen blieb ganz ruhig. »Ich verstehe Eure Sorge, Comtesse. Aber hier gibt es niemanden, der der jungen Herrin helfen kann. Oder wollt Ihr Eure Schwester dem Köhler anvertrauen?«

Seine herausfordernden Worte ließen Zorn in mir hochsteigen.

Er ließ meine Wut schweigend über sich ergehen. Dann sagte er: »Lasst mich Joseph und Rudolph losschicken und die nächstgelegenen Ortschaften erkunden. Eure Schwester braucht einen Arzt oder zumindest eine Hebamme.«

Ich stimmte zu und blieb bei Thérèse in der Kutsche. Erst am späten Nachmittag kehrten die Söldner zurück. Joseph erklärte in seinem merkwürdigen Dialekt, dass er eine heilkundige Frau gefunden habe. Sie lebe etliche Meilen südlich des kleinen Dorfes Amaillou.

»Ist sie Hebamme?«

Er schüttelte den Kopf und sagte irgendetwas, das ich nicht verstand. Pierre übersetzte: »Sie hat schon mancher jungen Frau aus der Nachbarschaft bei der Geburt geholfen. Ihr Hof allerdings ist klein, es gibt dort keinerlei Komfort. Aber sie haben einen Heuwagen, mit dem sie uns abholen könnten.« Er sah mich fragend an.

Ich warf einen Blick zurück zu Thérèse und nickte widerstrebend. »Gut, fahren wir nach Amaillou.«

So kam es, dass wir schließlich auf dem Hof von Jean und Marie, der Heilerin, landeten, wo wir nun schon so lange zu Gast sind.

Ursprünglich war es Vaters Plan gewesen, uns in Vernon, nicht weit von Paris entfernt, bei Freunden unterzubringen. Es waren vertrauenswürdige Leute, die Stillschweigen bewahren konnten. Die Hochzeit mit dem Marquis de Volanges hingegen war lediglich ein Vorwand gewesen, um den Abzug aus Saint-Georges zu erleichtern und eine falsche Fährte zu legen. Der Marquis stand zwar tatsächlich in geschäftlicher Abhängigkeit von unserer Familie, aber Vater würde seine Tochter niemals an einen notorischen Spieler und Frauenhelden verheiraten, auch nicht in der Not. Aber Vernon muss nun warten.

Jean ist ein sehniger, wortkarger Bauer. Bislang habe ich nicht mehr als zehn Worte von ihm gehört. Seine Frau Marie ist kräftig wie ein Mann und hat ein blatternarbiges Gesicht. Zuerst schätzte ich sie auf Mitte vierzig. Inzwischen weiß ich, dass sie fast zehn Jahre jünger ist. Die beiden sind kinderlos, soweit ich weiß.

Marie hieß uns freundlich, aber zurückhaltend willkommen. Vielleicht machte es sie nervös, plötzlich adlige Besucher zu haben und sich um eine kranke Schwangere kümmern zu müssen.

Mittlerweile hat sie sich, wie es scheint, an diesen Umstand gewöhnt, denn wir sind bereits mehrere Wochen hier. Schon am Tag nach unserer Ankunft machte sich Pierre auf die Suche nach einem Arzt. Er kam zwei Tage später mit einem gut gekleideten älteren Herrn zurück. Der Mann untersuchte Thérèse genau. Mir schien, er machte ein besorgtes Gesicht, aber als er zu mir sprach, wirkte er ganz ruhig: »Die Symptome sind nicht eindeutig, und durch die

Schwangerschaft ist die junge Comtesse geschwächt. Es könnte eine Form von Tussis quinta sein.«

Ich runzelte die Stirn und übersetzte die lateinischen Worte: »Fünfter Husten? Was soll das bedeuten?«

»Volkstümlich spricht man von Stickhusten.«

»Ist das nicht eine Krankheit, die nur Kinder befällt?«

»Es gibt Ausnahmen.«

Der Arzt ließ sich von Marie die Kräuter und Tinkturen zeigen, die sie Thérèse verabreichte, und zeigte sich sehr zufrieden, ließ allerdings ein weiteres Fläschchen mit Medizin zurück. »Ihr seid in guten Händen, Comtesse. Aber sollten sich weitere Komplikationen zeigen, dann lasst nach mir schicken. Wenn es allerdings an die Geburt geht, wird Marie Euch eine größere Hilfe sein als ich.«

Als er fort war, fühlte ich mich nur wenig beruhigt. Pierre verließ uns nach einer weiteren Woche, um zu Vater zu reisen und Hilfe zu holen. Er wollte Joseph und Rudolph zu unserer Sicherheit hierlassen, doch ich lehnte ab. Ich habe nicht den Eindruck, dass wir einen solchen Schutz brauchten, und außerdem sind mir die beiden Söldner nicht geheuer. Warum sollte ich jemandem trauen, der bereit ist, für Geld zu töten!? Pierre äußerte Bedenken, beugte sich aber meinen Anweisungen. Nun reist er nach Paris, um Vater über alles in Kenntnis zu setzen.

Marie ist eine gute Gastgeberin. Die Mahlzeiten bringt sie uns aufs Zimmer. Morgens gibt es Brei, mittags und abends Brot. Als ich sie bezahlen will, lehnt sie höflich ab. Sie habe bereits alles erhalten, was sie brauche.

Vielleicht liegt es daran, dass wir dem zweiten Stand entstammen, in jedem Fall legt sie uns gegenüber stets eine gewisse Zurückhaltung an den Tag. Obwohl ich sehr freundlich mir ihr rede, fallen ihre Antworten nur knapp aus, und sie gibt nur wenig von sich preis.

Thérèse scheint davon nichts zu spüren. Sie hat Vertrauen zu ihr gewonnen. Wenn das Fieber sie nicht zu sehr packt, dann redet sie viel über ihr Kind. Marie sitzt dann oft schweigend an ihrem Bett und nickt hin und wieder. Manchmal lächelt sie. Aber es mag auch an ihrem narbigen Gesicht liegen, dass ich ihre Züge nicht zu deuten weiß und sie für distanzierter halte, als sie ist.

Zunächst hat es mich gefreut, dass Thérèse so viel von ihrem Kind spricht, doch inzwischen macht es mich eher unruhig. Ihre Worte haben oft einen melancholischen Beiklang, und ihr fiebriger Blick gleitet in die Ferne, wenn sie von dem kleinen Knaben spricht. Denn dass es ein Junge wird, ist ihr inzwischen zur Gewissheit geworden. Ich wage nicht, meine Empfindungen in Worte zu fassen, aber ich mache mir große Sorgen …

Es war das Poltern schwerer Holzschuhe auf der Treppe, das Angélique zuerst wahrnahm, als sie aus dem Schlaf gerissen wurde. Dann schrie Thérèse ein zweites Mal auf. Angélique warf die Decke von sich und sprang aus dem Bett. »Thérèse, was ist?!«

Ihre Schwester hockte keuchend auf der Bettkante.

Die Tür wurde aufgerissen und Marie hastete im Nachtgewand herein. Sie trug eine Öllampe in der Hand. »Es ist so weit«, sagte sie nach einem kurzen Blick auf Thérèse.

»Das Baby kommt?« Angélique starrte auf das Blut, das Thérèses Beine entlangrann und zu Boden tropfte. Auch das Nachtgewand war voller Blut.

»Ich denke, es ist besser, Ihr geht jetzt, Comtesse.«

»Auf keinen Fall!« Angélique spürte Übelkeit und Schwindel. Ihr Herz raste. Sie biss die Zähne zusammen und versuchte, ruhig zu bleiben. »Ich bleibe bei ihr! Sagt mir, was ich tun kann, um zu helfen.«

Marie warf ihr einen Blick zu, in dem sowohl Ärger als auch so etwas Ähnliches wie Furcht mitschwang. Dann nickte sie knapp und wandte sich zur Tür. Auf der Treppe wartete bereits die hagere Gestalt von Maries Ehemann. »Hol den Schemel, Jean!« Sie ging zurück zu der Schlafstatt der Schwangeren, hockte sich neben Thérèse auf die Bettkannte, stützte sie und sagte: »Ich muss prüfen, ob Euer Körper bereit ist, das Kind loszulassen.«

»Es tut so weh!«, stieß Thérèse gepresst hervor.

»Ja«, sagte Marie. »Es tut immer weh.«

»Also gut.« Das junge Mädchen stöhnte auf. »Tu, was du tun musst!«

Die kräftige Heilerin lüpfte ohne Umschweife Thérèses Nachtgewand. »Nehmt Jean den Schemel ab, Comtesse. Dieser Raum ist nichts für Männer.« Hastig wandte sich Angélique zur Tür. Wenig später vernahm sie schwere Schritte. Sie eilte ein paar Stufen hinunter, riss Jean einen merkwürdig aussehenden Hocker aus der Hand. Er war niedrig, und die Sitzfläche bestand aus zwei schlichten Brettern, die V-förmig zueinander standen. Wortlos drehte sich der hagere Mann um, und Angélique hastete zurück.

»Stellt ihn dorthin!«, wies Marie sie an.

Gehorsam stellte Angélique den Schemel vor das Bett.

»Helft mir, sie zum Geburtsschemel zu bringen!«

Angélique hockte sich neben Thérèse auf das Bett und schlang sich deren Arm über ihre Schulter. Thérèse schrie auf, als eine erneute Wehe sie packte.

»Atmen, atmen«, fuhr Marie sie an, »noch nicht pressen!«

Thérèse stieß einen Fluch aus, wie Angélique ihn noch nie von den Lippen einer Frau vernommen hatte. Doch es war ihr gleichgültig, genauso wie auch die barsche, bäuerliche Anrede der Heilerin und die Tatsache, dass jegliches Schamgefühl und jegliche Intimität auf einmal keine Rolle mehr spielten. Alles war gleichgültig! Hauptsache, Thérèse und das Baby überlebten diese schrecklichen Stunden, die so gar nichts gemein hatten mit den romantischen, ja, geradezu heiligen Vorstellungen einer menschlichen Geburt.

Sie warteten die Wehe ab. Thérèse rang keuchend nach Atem, als sie ihr schließlich auf den Schemel halfen. Ihr Gesicht war schweißnass und bleich.

»Setzt Euch hinter sie auf die Bettkante, sodass sie sich mit den Ellenbogen auf Eure Oberschenkel stützen kann«, befahl Marie. »So könnt Ihr sie stützen.«

Während Angélique sich niederließ, hatte die Heilerin reichlich Öl aus einem Fläschchen genommen und begann, Thérèse sorgfältig zu untersuchen. Konzentriert runzelte sie die Stirn.

»Ist alles in Ordnung?«, fragte Angélique ängstlich.

Das blatternarbige Gesicht blieb reglos. Die Heilerin führte ihre Untersuchung schweigend fort, und als sie endlich sprach, antwortete sie nicht auf Angéliques Frage. »Wenn die nächste Wehe kommt, dürft Ihr pressen, Comtesse. Presst, als wolltet Ihr Eure Eingeweide aus Euch herausstoßen!«

»Geht es ihm gut?«, stieß Thérèse heiser hervor.

»Ja«, erwiderte die Heilerin knapp.

Angélique nahm die Hand ihrer Schwester, um sie zu beruhigen. Gleichzeitig warf sie Marie einen fragenden Blick zu. Irgendetwas stimmte nicht. Doch ihre Blicke prallten an den unbeweglichen Zügen der Frau ab wie Wasser an einer Marmorplatte.

Plötzlich spürte Angélique, wie eine Welle der Anspannung durch Thérèses Körper lief. Die Muskeln verkrampften sich, und ein heiserer Schrei entrang sich der Kehle ihrer Schwester. Ihre zarten Finger krallten sich in Angéliques Handrücken. Es fühlte sich an, als würde ein Greifvogel seine Klauen in ihr Fleisch rammen. Die Presswehe schien Thérèses Körper förmlich zusammenzuballen.

»Stärker! Presst stärker!«, hörte sie die raue Stimme Maries.

Anfangs antwortete Thérèse mit Flüchen und barschen Schimpfworten, während sie gehorchte. Doch irgendwann fehlte ihr die Kraft dazu. Sie gab nur noch ein heiseres Stöhnen von sich, während sie versuchte, das kleine Leben aus sich herauszupressen.

Angélique spürte kaum, dass sie selbst bei jeder Wehe alle Muskeln anspannte. Sie starrte auf den gewölbten Bauch ihrer Schwester, sah das Blut von den weißen Oberschenkeln zu Boden tropfen und spürte, wie es warm zwischen ihre Zehen rann. Während sie unablässig Worte der Ermutigung flüsterte, versuchte sie, ihre stammelnden, taumelnden Gedanken zu einem Gebet zu formen. Doch alles in ihr war erfüllt von dem keuchenden Atem und den schwächer werdenden Bewegungen ihrer Schwester.

Die Wehenpause war viel zu kurz, um dem ausgemergelten Körper Thérèses neue Kraft zu verleihen.

»Pressen!«, forderte Marie mit barscher Stimme.

»Sie kann nicht mehr!«, fauchte Angélique. »Siehst du nicht, dass sie völlig erschöpft ist?!«

»Sie muss!«, erwiderte Marie. »Wenn sie jetzt aufgibt, werden das Kind und sie sterben!«

»Sag so etwas nicht!«

»Wenn ich schweige, ist es nicht weniger wahr.«

»Hört auf!«, keuchte Thérèse.

Angélique spürte Scham in sich aufsteigen und verschloss die Lippen wieder, die sie zu einer wütenden Erwiderung geöffnet hatte. Ein Streit mit der Hebamme war wohl kaum die Art von Unterstützung, die ihre Schwester jetzt brauchte.

Die nächste Wehe kam, und Thérèse presste mit aller Kraft.

»Gut«, knurrte Marie nach einer weiteren qualvollen Minute. »Der Kopf ist halb durch. Nun muss es schnell gehen.«

Angélique küsste das schweißfeuchte Haupt ihrer Schwester. »Dein Junge hat es gleich geschafft! Und du auch.«

Thérèse antwortete nicht. Ihr Atem ging heiser.

Die nächste Wehe kam.

Angélique wusste nicht, woher Thérèse ihre letzten Kräfte nahm. Sie presste und stieß einen Laut aus, der kaum menschlich klang. Ihre Finger, die sich in Angéliques Hand bohrten, waren kalt wie Eisen.

»Der Kopf ist durch – weiter!«

Noch dreimal durchlief eine krampfhafte, zitternde Anspannung Thérèses Körper. Dann hob Marie ein winziges nacktes Bündel empor, es verschwand fast in den riesigen Händen der Heilerin. Angélique starrte es wortlos an. Das Gesicht war aufgequollen und bläulich verfärbt. Eine weiße, käsige Schicht bedeckte die blasse Haut. Marie klopfte ihm auf den Rücken. Das schrumpelige Gesichtchen verzog sich, dann war ein erstes quäkendes Wimmern zu vernehmen. Ein paar dunkle, blutverklebte Haarsträhnen waren auf dem kleinen Schädel zu sehen, und hinter seinem Ohr wuchs ein daumennagelgroßes Blutschwämmchen. Der kleine Junge war hässlich wie jedes Neugeborene – und zugleich wunderschön.

Geschickt band Marie die Nabelschnur ab und schnitt sie dann mit einem scharfen Messer durch. Dann legte sie den Knaben auf das Bett. Thérèse blieb stumm, bis die Nachgeburt draußen war. Ihre Haut schimmerte indessen blass wie Kerzenwachs. Sie schien kaum bei Bewusstsein zu sein, und noch immer hörte das Blut nicht auf zu rinnen. Gemeinsam hievten Marie und Angélique sie aufs Bett.

»Thérèse?« Angélique strich ihrer Schwester das nasse Haar aus dem Gesicht.

Das junge Mädchen schlug die Augen auf. Ihr Blick glitt hinüber zur Heilerin. »Gib ihn mir«, flüsterte sie.

»Später«, erwiderte die große Frau bestimmt. »Der Junge braucht warmes Wasser und weiche Tücher. Und Ihr braucht Ruhe.«

»Gib ihn mir!«, widerholte Thérèse. Ihr Tonfall hatte sich nicht geändert, aber in ihren Augen lag ein Ausdruck, den Angélique bei ihr noch nie gesehen hatte.

Marie zögerte, und es schien erst, als wolle sie erneut widersprechen. Dann jedoch nickte sie. Schweigend legte sie das nackte Menschlein auf Thérèses Bauch. Dann wandte sie sich ab und murmelte irgendetwas von Bad bereiten und Tee holen.

»Danke!«, flüsterte Thérèse. Ihre Hand strich über das verknautschte Gesicht des Knaben. Seine Lippen saugten ungeschickt an ihrem kleinen Finger. Kraftlos zerrte Thérèse an ihrem Ausschnitt. »Hilf mir«, flüsterte sie.

Angélique verstand. Rasch öffnete sie die Verschnürung und half ihrer Schwester, den Kleinen an die Brust zu legen. Thérèse sank zurück. Ihr Gesicht entspannte sich, und es sah aus, als würde sie einschlafen. Doch dann öffnete sie die Augen und murmelte. »Schuh ... im Schuh ...«

Angélique sah sie bestürzt an. Mit jedem Atemzug schien Thérèse schwächer zu werden. Hatte die übermächtige Anstrengung ihr den Verstand geraubt?

»Schuh ... Gib mir ...«, flüsterte Thérèse.

Angélique bückte sich nach Thérèses Schuhen und fand dort zu ihrer großen Überraschung den Benediktuspfennig. Während sie das Lederband verkleinerte, damit es um den Hals des Kleinen passte, hörte sie Thérèse leise kaum verständliche Worte murmeln: »... *Dominus et custodiat te ... et misereatur tui* ...« Mit zitternden Händen schob Thérèse dem Kleinen das Lederband über das Köpfchen, und nun verstand Angélique auch, was sie tat. Sie sprach den uralten aaronitischen Segen über ihrem Sohn aus. »Der Herr segne dich und behüte dich; der Herr lasse sein Angesicht leuchten über dir und sei dir gnädig; der Herr hebe sein Angesicht über dich und gebe dir Frieden.«

Damit hatte sie das, was Angélique als von Bosheit vergiftetes Geschenk empfunden hatte, zu einem Segen gemacht. Angélique erschauerte. Thérèse sprach einen Segen, wie es eigentlich nur Priestern zustand; und die Entschlossenheit, mit der sie es tat, machte ihr Angst.

»Noël«, flüsterte Thérèse. »Er soll ›Noël‹ heißen – Licht ... nach der Dunkelheit.«

Angélique nahm ihre Hand; sie war kalt wie ein Marmorblock. »Ein guter Name!«, sagte sie stockend.

Die Treppenstufen knarrten, und kurz darauf kam Marie herein. Sie hatte ein sauberes Tuch über ihrem Arm und trug einen Becher mit dampfender Flüssigkeit herein. Vorsichtig gab sie Thérèse zu trinken, doch diese war kaum noch bei Bewusstsein und so schwach, dass die Hälfte des Gebräus über ihr Kinn rann. Das junge Mädchen hustete, und sein Atem ging rasselnd, als es zurück in die Kissen sank.

Wenig später waren sie und der Knabe eingeschlafen. Maries kräftige Hände hoben ihn vorsichtig empor. »Das Bad ist bereitet«, sagte sie leise.

Angélique hob zornig den Kopf. Sie wollte die Frau anfahren, dass sie das Kind bei seiner Mutter lassen sollte, doch dann bemerkte sie den ungewohnten Ausdruck von Zärtlichkeit auf dem blatternarbigen Gesicht der Heilerin und ließ es geschehen.

Vorsichtig wickelte Marie den kleinen Noël in das mitgebrachte Tuch.

»Wir ... brauchen einen Priester«, sagte Angélique und spürte, wie ihr die Tränen in die Augen schossen.

Marie nickte. Dann wandte sie sich rasch um und verließ den Raum.

Angélique deckte ihre Schwester sanft zu. Ihre Haut war so furchtbar kalt. Die junge Frau nahm die zweite Decke von ihrem eigenen Bett und schlug Thérèse bis zum Kinn damit ein. Das Zimmer verfügte über einen kleinen, rußgeschwärzten Kamin, ein ungewöhnlicher Luxus für ein Bauernhaus. Die Sonne war bereits aufgegangen und sandte ihre wärmenden Strahlen herein. Dennoch legte Angélique einige Scheite auf und entzündete ein Feuer. Sie nahm die klammen Finger ihrer Schwester, rieb sie und flüsterte ihr ermutigende Worte zu. Doch Thérèse hörte sie nicht. Sie hatte die Augen geschlossen. Ihre Brust hob und senkte sich stockend, und Angélique konnte das Rasseln in ihrer Lunge deutlich hören.

»Bitte«, flehte sie leise, »barmherziger Vater, erbarm dich ihrer, erbarm dich ihrer!« Immer wieder murmelte sie dieses Gebet.

Durch das Fenster hörte sie Hufgetrappel, wahrscheinlich Jean – auf dem Weg zum Priester.

Angélique strich zärtlich über die Wangen ihrer Schwester. So kalt und glatt. Sie stand auf und legte noch mehr Holzscheite auf. Die Flammen blakten und loderten. Schweiß rann ihr über die Stirn, aber in ihr Herz kroch Kälte. Thérèse hatte es gewusst! Sie hatte es genau gewusst, schon vor der ersten Wehe.

Ängstlich beobachtete Angélique jedes Heben und Senken von Thérèses Brust. Wenn nur der Priester bald kam! Pausenlos bewegten sich ihre Lippen im Gebet. Immer wieder fühlte sie den Puls ihrer Schwester, der zunehmend schwächer wurde.

»Thérèse, du musst kämpfen! Dein Sohn braucht dich!« Irrte sie sich, oder hatten sich die Augenlider ihrer Schwester gerade bewegt? Sie starrte auf das blasse, ausgezehrte Gesicht. Nichts!

Schließlich erhob sie sich und ging zum Fenster. Die Sonne stand inzwischen hoch am Himmel. Ein lauer Wind bewegte das hohe Gras der Weiden, und Unkraut spross zwischen dem Weizen. Die Felder waren nicht gut gepflegt. Sie schüttelte den Kopf. *Wie konnte sie jetzt nur so etwas denken?!* Angéliques Blick suchte den Horizont ab. Doch keine Kutsche näherte sich. Keine Reiter waren zu sehen. Ihr Blick verschwamm. Der Priester würde nicht rechtzeitig hier sein.

Sie wandte sich zu Thérèse um. Zu ihrem Erschrecken zeigte sich ein dunkler Fleck auf der hellen Decke. Als sie den Stoff zurückschlug, sah sie, dass alles voller Blut war. Das Leben rann aus Thérèse heraus, und sie konnte nichts tun! Verzweifelt schlug Angélique die Decken zurück.

Ihr Blick fiel auf den Geburtsschemel. Neben blutigen Lappen stand dort auch noch das kleine Fläschchen mit Leinenöl. Marie hatte es gebraucht, um die Haut für die Geburt geschmeidiger zu machen. Angélique nahm es in die Hand und ließ einen goldgelben Tropfen auf ihren zitternden Finger fallen. Dann kniete sie vor dem Bett nieder und strich Thérèse sanft mit dem öligen Finger über die geschlossenen Augen, den Mund und die Ohren. Anschließend benetzte sie erneut ihre Finger mit Öl und salbte auch die Hände und Füße ihrer Schwester. Die Worte kamen wie von selbst über ihre Lippen: »Durch diese heilige Salbung und durch seine mildreiche Barmherzigkeit verzeihe dir der Herr, was du gesündigt hast durch deine Sinne und dein Tun. Amen.«

Sie war kein Priester, nicht einmal eine Ordensfrau, aber sie spürte, dass es richtig war, was sie getan hatte. Wie könnte sie auch auf einen Gott vertrauen, der die segnenden Worte einer sterbenden Mutter überhörte oder die heilige Salbung durch die Hand einer liebenden Schwester ignorierte!

Schweigend kniete sie vor dem Bett, bis die rasselnden Atemzüge verstummten und das sanfte Pulsieren des Herzschlags erlosch.

Das helle Licht der Mittagssonne fiel in warmen Streifen auf Thérèses bleiches Gesicht. Schmerz, Anspannung, selbst die Ermattung waren daraus verschwunden, stattdessen lag nur noch Frieden darauf. Angélique beugte sich vor und küsste ihre Schwester auf die Stirn. Sie fühlte sich leer und ihrer selbst entfremdet, als würde eine andere sich über ihre tote Schwester beugen. Die bizarrsten Details fielen ihr plötzlich ins Auge. Eine Haarsträhne klebte an Thérèses Schläfe, und ein einzelnes graues Haar befand sich darin. Eine Träne troff von Angéliques Wangen, fiel auf das Kinn ihrer Schwester und rann langsam in ihre Halsbeuge. Der Geruch des verschütteten Heiltranks stieg ihr in die Nase. Etwas daran irritierte sie, aber sie verscheuchte diesen Eindruck.

Lange Zeit hockte sie einfach nur da, während ihre Gedanken in dumpfer Leere schwammen. Dann stand sie auf. Sie musste nach dem Kleinen sehen. Noël – das Licht nach der Dunkelheit.

Sie öffnete die Tür und stieg die knarrenden Stufen hinunter. Instinktiv bemühte sie sich, leise zu sein, um das schlafende Kind nicht zu stören. Als sie unten ankam, war es still – vollkommen still! Die Wohnstube war leer. Die junge Frau ging hinüber zur Küche. Auch dort war niemand. »Marie?!«

Angélique wandte sich um. Auf der anderen Seite gab es noch zwei kleine Kammern. Sie ging durch die leere Stube, die Dielen unter ihren nackten Füßen knarrten leise. »Marie?!« Noch immer fiel es ihr schwer, einen klaren Gedanken zu fassen. Es war, als müsste sich jedes einzelne Wort in ihrem Geist durch zähen Schlamm bewegen. Die erste Kammer war leer. Selbst das Bettzeug war fort. Sie ging zur zweiten Kammer. Niemand war hier. Sie war allein.

Bestimmt bringt Marie ihn zu einer Amme. Sie ist Heilerin. Sie hat erkannt, dass Thérèse ... im Sterben lag. Noch während diese Gedanken in ihr Bewusstsein sickerten, sah sie die geöffneten leeren Truhen, und sie wusste, dass dies ein Irrtum war, mit dem sie instinktiv die brutale Wahrheit zu verdrängen suchte. Marie und ihr Mann waren fort ... und den kleinen Noël hatten sie mitgenommen!

»Aber warum?!« Angélique stolperte hinaus auf den Hof und hastete hinüber in den Stall. Die Pferde waren fort, ebenso die Ziegen. Eine rostige Sense stand in der Ecke. Sie war lange nicht mehr gebraucht worden.

Wie in Trance stolperte Angélique zurück zum Haus. Als sie die Treppen zu ihrer toten Schwester emporstieg, fiel ihr plötzlich ein, was sie vorhin so irritiert hatte. Der Heiltrank hatte nach Waldmeister und Labkraut gerochen. Angélique war keine Heilerin, aber ein wenig Kräuterkunde gehörte zum Unterrichtsstoff des Stifts. Waldmeister und Labkraut waren Mittel zur Senkung der Blutgerinnung. Thérèse war krank und geschwächt gewesen, und eine Geburt war immer mit einem hohen Risiko verbunden. Doch Marie, die Heilerin, hatte alles dafür getan, dass Thérèse diese Nacht nicht überlebte.

Der verrückte Graf

Leon nahm das nächste Blatt des Ausdrucks zur Hand. Seine Blicke flogen über die Zeilen. Er spürte weder die Anspannung in seinen Schultern, noch nahm er wahr, wie sein Herzschlag sich beschleunigte. Er saß nicht länger in seinem klimatisierten Camper in Chamilot, sondern in einem stickigen Bauernhaus in der Nähe von Amaillou. Das bleiche, leblose Gesicht Thérèses stand ihm vor Augen, und der Geruch des Bluts drang in seine Nase. Er hockte mit Angélique in einem leeren Haus vor dem toten Körper ihrer Schwester, einen halben Tag und eine ganze Nacht lang.

Am Morgen danach wurde ich vom Gesang der Vögel geweckt. Trällernd sangen sie ihre Lieder, als wäre nichts geschehen. Tau feuchtete die Erde und trug den Duft des jungen Tages bis hinauf in meine Kammer, als würde der Gestank des Todes nicht alles ändern. Die Sonne ging auf ohne Hast, majestätisch, strahlend, als gäbe es die Finsternis nicht, als wäre das Elend dieser Welt ebenfalls nur ein Schatten, der vor ihr fliehen müsste.

Aber die Dunkelheit hockte in den Ecken und Winkeln der Kammer. Sie ballte sich zusammen im erstarrten Herzen Thérèses und klebte unter ihren geschlossenen Augenlidern. Während das Licht des Tages seinen vermeintlichen Siegeszug antrat, während Helligkeit und Farben in verschwenderischer Pracht einherstolzierten wie eitle Fürsten, lachte die Finsternis mir ins Gesicht und grub sich ein in meine Seele. Kalt war ihre Berührung, und betäubend waren ihre tastenden Finger. Wo sie herrschte, breitete sich Leere aus. Ich fühlte nichts, gar nichts, nicht einmal Schmerz, nur Dunkelheit.

Die Zeit schien wie erstarrt. Ich vermute, dass ich zwischendurch etwas Wasser trank und den Abort aufsuchte, aber in meiner Erinnerung ist nichts geblieben als die entsetzliche Leere dieser Kammer und der kalte Hauch des Todes.

Es war wohl am späten Vormittag, als sich schließlich etwas in mir regte. Eine widerliche grüne Schmeißfliege hatte sich auf Thérèses Augenlid niedergelassen. Ich verscheuchte sie, doch sie ließ sich nicht beirren. Immer wieder kehrte sie zurück, und bald kam eine zweite hinzu. Sie krochen auf ihr herum, berührten ihre Lippen, ihre zarten Nasenflügel und ihre bleichen Wangen. Absurderweise spürte ich Wut in mir, Wut auf Thérèse, die sich einfach nicht rührte und es mir überließ, das Geschmeiß zu vertreiben.

Ich sprach ihren Namen aus, vorwurfsvoll, voller Zorn, da brach die Leere in mir, und die grausame Erkenntnis traf mich mit voller Wucht: Thérèse war fort! Das, was hier lag, war nicht länger sie. Es war kaum mehr als eine Erinnerung. Eine Hülle nur, die niemals atmen, lachen oder weinen würde. In den Augen würde niemals wieder dieses besondere Strahlen zu sehen sein, voller Lebenslust und Sehnsucht. Nie wieder würde ein Scherz diese Lippen verlassen ... Hier war nur noch ein Bild des Schlafes.

Ich wollte nicht zusehen, wie dieses Bild allmählich verblasste und sich selbst zerstörte.

Thérèses Körper war so zart und zerbrechlich, doch als ich ihn trug, schien er bei jedem Schritt schwerer zu werden. Meine Muskeln brannten, und ich stolperte, als ich die Stufen hinunterstieg. Am unteren Treppenabsatz stürzte ich beinahe, und ihr Kopf schlug hart und dumpf gegen die Wand. Das Bewusstsein, dass dieser Körper nur noch ein Gegenstand war, ohne Empfindung, ohne Gedanken, ohne Seele, zerriss mich beinahe. Übelkeit stieg in mir auf.

Auf dem Hof taumelte ich und fiel zu Boden. Ich musste all meine Kraft aufbieten, um Thérèse bis zu jenem alten Apfelbaum zu tragen, nur ein paar Dutzend Schritte abseits des Hofs. Ich versuchte, ihren Körper sanft abzulegen, doch meine Kraft reichte nicht. Hart schlug der Leichnam auf dem Boden auf. Ich war völlig erschöpft. Auf allen vieren kroch ich zur Seite und übergab mich.

Es war bereits dunkel, als ich endlich mithilfe der rostigen Sense und meinen bloßen Händen ein flaches Grab ausgehoben hatte. Ich zog ihren Körper hinein und sprach ein Gebet für meine kleine Schwester. So gerne hätte ich gute Worte gefunden und ihr einen würdigen Abschied bereitet. Aber immer wieder durchzuckte mich ein krampfhafter Schmerz, der mir schier die Eingeweide zerriss.

Mit zitternden Händen scharrte ich die Erde über sie und taumelte zurück zum Haus.

Nun sitze ich am Tisch im Schein der Kerze, und ich habe kaum noch Kraft, die Feder zu halten. Alle paar Minuten muss ich aufstehen und den Abort aufsuchen, weil mich Übelkeit und Durchfall übermannen.

Ich habe frisches Wasser aus dem Brunnen geholt, es schmeckt bitter ...

Der Tod trägt ein hässliches Gewand ...

... Ich sitze am Tisch der Mörder!

Warum haben sie das getan? Warum?

Nun ... habe ich kaum noch Kraft ...

Leon starrte auf die Seiten. Die letzten Zeilen waren verschmiert, die Schrift kaum zu entziffern. Er wusste, dass Angélique dort nicht gestorben war. Aber sie selbst schien, vielleicht im Fieberwahn, davon ausgegangen zu sein. Die Gedanken in seinem Kopf überschlugen sich. Was war auf jenem abgelegenen Hof geschehen? Warum dieses Verbrechen? Nur um ein Kind zu stehlen? Oder war es ganz anders geplant gewesen? Lag den Ereignissen überhaupt ein Plan zugrunde, oder war das Ganze eher die Folge eines spontanen Entschlusses?

Leon war so sehr in Gedanken versunken, dass er das Plärren des Radioweckers einfach überhörte. Erst als die Musik immer lauter wurde, reagierte er schließlich.

»Die Wache!« Er schlug sich gegen die Stirn. Natürlich, es war Zeit, Pawel abzulösen. Zögernd legte er die Tagebuchausdrucke zurück in die Schublade. Dann warf er einen Blick auf den Laptop, auf dem nur schemenhaft die Reste von Angéliques einstigem Verlies zu erkennen waren. Eigentlich hatte er die Mauer zwischendurch beobachten wollen. Aber die Tagebucheinträge hatten ihn derart gefangen genommen, dass er die Überwachungskamera darüber vollständig vergessen hatte. Kurz entschlossen schnappte er sich den Laptop, zog sich seine Jacke über und verließ den Camper.

Pawel sah etwas blass, ansonsten aber noch erstaunlich munter aus. »Hallo, Professor.«

»Hallo, Pawel. Wie sieht es aus?«

»Keine besonderen Vorkommnisse. Ich nehme an, Eriks Baseballschläger hat alle potenziellen Saboteure abgeschreckt.« Er deutete mit einem Nicken auf den stämmigen Studenten, der mit ihm zusammen Wache gehalten hatte.

Der junge Mann grinste und lehnte den Knüppel gegen den Generator. »Ich hau mich jetzt ins Bett, Professor. Viel Erfolg bei Ihrer Wache! Nach meiner Erfahrung kommt es vor allem darauf an, nicht einzuschlafen und eine finstere Miene aufzusetzen.«

Leon lächelte. »Gute Nacht, Erik. Ich werde mein Bestes geben.« Als der junge Mann gegangen war, wandte er sich wieder an Pawel: »Wer ist mit mir zusammen eingeteilt?«

»Eigentlich Nina, aber sie sah so müde aus, dass ich sie wieder ins Bett geschickt habe. Deshalb werde ich dir noch ein wenig Gesellschaft leisten.«

»Das scheint mir nicht sonderlich vernünftig.«

»Das habe ich so von meinem Professor gelernt, der auch lieber die ganze Nacht eine Überwachungskamera im Blick behält, statt sich schlafen zu legen.«

Leon spürte einen Hauch von Scham, als er lässig abwinkte.

»Hast du was Verdächtiges bemerkt?«

Leon schüttelte den Kopf. Er konnte ja schlecht zugeben, dass er nicht einmal auf den Monitor gesehen hatte, nachdem er seinem Assistenten so viel Mühe damit gemacht hatte.

Pawel nickte. »Hatte ich auch nicht erwartet.« Er betrachtete Leon von der Seite. »Du scheinst das Scheitern des wichtigsten Grabungsprojekts deiner wissenschaftlichen Karriere erstaunlich gut wegzustecken, wenn ich mir diese Bemerkung erlauben darf.«

Leon seufzte. Nachdem er Pawel über das bestehende Ultimatum informiert hatte, blies dieser in das gleiche Horn wie Emma. »Noch ist es nicht gescheitert«, erwiderte Leon.

»Nein. Aber wir beide wissen, wie gering die Aussichten auf Erfolg sind. Ich hätte eigentlich damit gerechnet, dass du entweder völlig verzweifelt bist oder wie ein Wahnsinniger schuftest, um dein Ziel doch noch zu erreichen. Stattdessen habe ich den Eindruck, dass du mit dem Herzen nicht bei der Sache und zuweilen reichlich zerstreut bis – gelinde gesagt.«

Leon hob die Brauen. »Soso.«

»Um ehrlich zu sein, ich mache mir Sorgen«, fuhr Pawel ernst fort. »Was ist los mit dir?«

Leons erster Impuls war, alles abzuwiegeln, stattdessen tat er jedoch etwas ganz anderes. Er klappte den Laptop auf und öffnete die erste Aufnahme, die er auf dem Server abgespeichert hatte. »Ich möchte dir etwas zeigen.«

»Du hast diesen Abschnitt schon einmal gefilmt?«, fragte Pawel verblüfft.

Leon nickte. »Das wurde gestern Nacht aufgezeichnet.« Er spulte vor und ließ dann die Sequenz, in der sich das Bild verdunkelte, in Zeitlupe ablaufen. »Was denkst du darüber?«

Pawel runzelte die Stirn. »Normalerweise würde ich sagen: Da hat jemand das Licht ausgeschaltet. Aber in diesem Fall ist es das wohl eher nicht.«

»Es wäre bestimmt noch jemandem aufgefallen, wenn Mond und Sterne auf einmal erloschen wären«, bestätigte Leon trocken. »Ist da jemand vorbeigegangen?«

Pawel schüttelte den Kopf. »Die Lichtquelle kommt ja von oben und nicht von vorne.« Er spulte zurück, kniff die Augen zusammen und beobachtete das Ganze noch einmal. »Vielleicht hat jemand mit einem Tuch oder etwas Ähnlichem die Kamera verdeckt?«, meinte er. Aber es war ihm anzuhören, dass er das selbst nicht für allzu wahrscheinlich hielt.

»Beobachte mal die Zeitanzeige«, sagte Leon und ließ die Sequenz ein weiteres Mal ablaufen. »Siehst du ...?«

»Hm«, meinte Pawel.

»Es sieht aus, als würde der Ablauf der Zeit kurz einhalten«, bemerkte Leon. »Was bedeutet das?«

Der Student zuckte mit den Schultern. »Ich weiß nicht genau.«

»Kann man so etwas manipulieren?«

»Ja, ich denke schon. Aber zu welchem Zweck?«

Leon kratzte sich am Kinn. »Ich kann mir zwar nicht vorstellen, wie jemand an diesen Film herangekommen sein könnte, aber rein hypothetisch: Es könnte doch sein, dass jemand die Kamera verdeckt und dann diese Szene herausgeschnitten hat ...«

»Um anschließend die Zeitanzeige zu manipulieren, damit es nicht auffällt«, ergänzte Pawel nachdenklich. »Ja, das wäre möglich. Aber ganz schön aufwendig für jemanden, der bloß vorbeischleicht, um einen Generator zu sabotieren. Bei dieser Aufnahmequalität hätte man ohnehin nicht mehr erkennen können, als dass irgendetwas Menschenähnliches vorbeigeschlichen ist.«

Leon schloss die Datei, und die aktuellen Kamerabilder erschienen wieder auf dem Bildschirm. »Vielleicht ging es ihm gar nicht um den Generator.«

Pawel blickte ihn verwirrt an. »Sondern?«

Leon betrachtete seinen Assistenten. Der junge Mann war ehrlich irritiert. Er konnte sich nicht vorstellen, dass dies geschauspielert war. »Heute Vormittag habe ich einen toten Ozelot an der Mauer gefunden.«

Pawels Verwirrung wuchs. »Einen was?!«

»Das ist eine südamerikanische Wildkatzenart.«

»Und warum um alles in der Welt ...? Ach du Scheiße!« Pawel hatte während ihrer Unterhaltung auf den Bildschirm gestarrt. Plötzlich waren seine Augen groß geworden.

»Was?« Leon wandte den Blick. Das Bild war unverändert.

»Da war es wieder!«, entfuhr es Pawel.

»Bist du sicher?«

Sein Assistent hielt die Aufnahme an und spulte zurück. »Sieh selbst.«

Tatsächlich. Wieder schien sich das Bild für eine Sekunde zu verdunkeln, und die Zeitanzeige stockte. Leon sprang auf.

»He, was hast du vor?«

»Herausfinden, was dort vor sich geht!«

Leon hetzte los. Er schlug die Planen beiseite, stieß sich seinen Fuß an einem umherliegenden Mauerstein und stolperte mit schmerzendem Zeh zur Kamerafalle. Der Bewegungsmelder reagierte, und das Licht ging an. Er starrte auf die Mauer. Dieses Mal schien sie unverändert.

»Niemand da!«, schnaufte Pawel neben ihm. Er hielt den Baseballschläger in der Hand.

Leon ging auf die Mauer zu und kniete nieder. Vorsichtig zog er den losen Stein heraus. Seine Hände zitterten leicht, als er in die Öffnung griff und einen in Wachstuch eingeschlagenen Gegenstand hervorholte.

»Was machst du da?«, hörte er Pawels Stimme hinter sich.

Leon schlug das Wachstuch beiseite. Es war in einem sichtlich schlechteren Zustand als noch vor wenigen Stunden. Es gab einen Schimmelfleck auf dem Einband, der vorher noch nicht dagewesen war. Leon schlug die Seiten auf und blätterte weiter bis zu seinem Eintrag. Er schluckte. *Angélique hatte geantwortet. Nein!* Ärgerlich schüttelte er den Kopf. *Nicht Angélique, sondern der oder die Unbekannte.*

Pawel war hinter ihn getreten. »Ist dies das Tagebuch, das du vor Kurzem gesucht hattest?«

»Nein.« Leon schüttelte den Kopf. »Es ist die vierte Fälschung dieses Buches.«

»Was?«

Leon schlug das Tagebuch zu und stand auf. »Es ist ein bisschen kompliziert.«

»Das scheint mir auch so.« Pawel schob entschlossen das Kinn vor. »Aber du hast ja eine ganze Wache Zeit, es mir zu erklären.«

Leon nickte. »Vielleicht bin ich dir das schuldig.«

Es vergingen zwei Stunden, in denen Leon seinen Assistenten über die mysteriösen Ereignisse um das Tagebuch der Angélique Maria Pauline de Vantes in Kenntnis gesetzt hatte. Er erzählte ihm alles, was er über ihr Leben und die sich ständig verändernden Tagebuchvarianten wusste. Nur ein paar Kleinigkeiten verschwieg er, unter anderem die genauen Inhalte seiner eigenen Eintragungen.

Fasziniert hörte Pawel ihm zu. »Das ist ja eine völlig verrückte Geschichte. Wer macht so etwas?«

»Eine ausgezeichnete Frage.« Leon kratzte sich am Kopf. »In jedem Fall muss es jemand sein, der eine gewisse Affinität zu historischen Dokumenten hat.«

»Und so etwas würdest du unseren mürrischen Nachbarn zutrauen?«

Leon zuckte mit den Achseln. »Ich habe keine Ahnung.«

»Weiß Emma von der Sache?«

»Noch nicht.« Leon verzog das Gesicht. »Um ehrlich zu sein, ich bin mir nicht sicher, wem ich vertrauen kann.«

»Verstehe!« Pawels Stimme verriet keinerlei Missbilligung. »Dann danke ich dir für dein Vertrauen.«

Leon kniff die Augen zusammen. »Höre ich da eine gewisse Ironie aus deinen Worten?«

Pawel schüttelte den Kopf. »Nur weil du mich erst so spät in die ganze Geschichte einweihst, obwohl ich seit Jahren dein engster Mitarbeiter bin? Ich an deiner Stelle hätte nicht anders gehandelt. Meinem persönlichen Assistenten hätte ich auch nicht vertraut. Diese jungen Leute haben doch alle nur ihre Karriere im Sinn. Und wenn sie eine Möglichkeit sehen, ihren Vorgesetzten zu diskreditieren, um selbst eine Projektleitung zu übernehmen, dann zögern die nicht lange.« Er grinste.

»Wunderbar, dann werde ich jetzt viel besser schlafen.«

»Genau das solltest du auch tun. Unsere Wache ist ohnehin gleich zu Ende.«

Leon wartete ab, bis zwei blassgesichtige Studenten angeschlichen kamen, um sie abzulösen. Kaum in seinem Camper angekommen, setzte er sich an den kleinen Schreibtisch und schlug das Tagebuch auf. Er konnte noch nicht schlafen.

Bist auch du ein Gefangener dieser Burg, oder bist du einer derjenigen, die gefangen halten? Ist »Leon« dein wirklicher Name? Oder verbirgst du dich dahinter, so wie du dich hinter seltsamen Andeutungen und Fragen verbirgst? Als ich gestern in mein Tagebuch schrieb, rechnete ich nicht damit, dort noch einmal deine Schriftzüge zu finden.

Ich weiß nicht, was du bezweckst und ob du nicht doch insgeheim deinen Spott mit mir treibst. Aber seltsamerweise verspürte ich so etwas wie Erleichterung, als ich deine Zeilen fand. Vielleicht liegt es daran, dass ich sonst kein menschliches Wesen habe, mit dem ich meine Gedanken teilen könnte. Vielleicht bist du so etwas wie ein Spiegel für mich, wenn auch merkwürdig gebrochen und unscharf. Selbst wenn du zunächst nur meinen Zorn wecktest, so halfst du mir doch, die tierhafte Stumpfheit zu vertreiben, die mich in dieser Finsternis ergriffen hatte.

Nun empfinde ich einen gewissen Trost beim Lesen deiner Zeilen. Du hast mich an deiner Schwäche Anteil nehmen lassen. Ein interessanter Schachzug – durch den du beinahe mein Vertrauen gewinnst.

Du stellst seltsame Fragen an eine Todgeweihte. Glaubst du, ich wüsste mehr als andere über das Schicksal zu erzählen oder über den Sinn all unserer menschlichen Wirren und des Leidens? Ich fürchte, ich muss dich enttäuschen, Leon. Ich begreife nicht, warum all dies so gekommen ist. Wenn ich ehrlich bin, interessiert mich nicht einmal, ob es so kommen musste. In diesen Stunden will ich Gott nicht verstehen; ich will nur wissen, dass er bei mir ist und bei denen, die ich liebe.

Natürlich bin ich mir darüber im Klaren, dass dies eine jämmerlich unzulängliche Antwort auf deine letzte Frage ist. Vor einiger Zeit habe ich selbst einer weisen und eigenwilligen Frau die Frage nach der göttlichen Vorsehung gestellt. Ich will versuchen, ihre Antwort so wortgetreu wie möglich wiederzugeben:

»Die Vorstellung eines unabänderlichen Schicksals ist ein sehr menschlicher Gedanke. Er hängt damit zusammen, dass wir in der Zeit gefangen sind. In gewisser Weise übertragen wir die Unabänderlichkeit der Vergangenheit in die Zukunft. Aber Gott lebt nicht in der Zeit, er hat sie geschaffen. Gottes Ewigkeit ist mit dem lächerlichen Maßstab der Zeit nicht zu begreifen – das können wir von Augustinus lernen. Gott ist der ewige Ich-bin. Alles, was jemals geschah, geschieht für ihn jetzt. Alles, was jemals geschehen wird, ist für ihn längst Gegenwart.

Weiß Gott, was jetzt geschieht, was geschah und geschehen wird? – Ja.

Bedeutet dies, dass er uns damit auch seinen Willen überstülpt und unsere Entscheidungen außer Kraft setzt? – Nein.«

Nun lese ich noch einmal, was ich geschrieben habe, und ich muss lächeln. Wer hätte gedacht, dass dies noch möglich ist! Aber der Gedanke an diese alte Frau und ihre weltvergessene Gelehrsamkeit wärmt mir das Herz. Sie hätte selbst in diesem finsteren Loch den großen Gedanken der Philosophen nachgesonnen und darüber ganz vergessen, dass sie eigentlich hier ist. Ich habe dir also zu danken, unbekannter Leon. Du hast mich noch einmal zum Lächeln gebracht.

Ein Letztes noch, bevor ich schließe. Du fragst, wie das Buch in meine Hände gelangte. Ich will annehmen, dass du diese Frage nicht stellen würdest, wärest du selbst derjenige, der dies bewerkstelligte. Eines Tages fand ich neben der spärlichen Essensration eine Kerze samt Zunderbüchse. Um die Kerze war ein Zettel gewunden. Dort stand, dass ich einen ganz bestimmten Stein meines Verlieses lösen könne. Und als ich das tat, fand ich mein Tagebuch. Das ist alles.

Nein, es ist nicht alles, obwohl ich mich scheue, davon zu schreiben. Von Zeit zu Zeit habe ich den Eindruck, als würden seltsame Dinge geschehen. Mein Verstand sagt mir, dass diese merkwürdigen Wahrnehmungen mehr über meinen geschwächten Zustand aus-

sagen als irgendetwas anderes. Sagt man nicht auch, dass der Verdurstende in der Wüste plötzlich überall Wasser zu sehen glaubt? Obwohl ich im Grunde weiß, dass es nicht sein kann, nehme ich diese Halluzinationen doch als ein Zeichen. Es ist, als würde das Buch mich rufen, und tatsächlich fanden sich plötzlich deine Eintragungen in ihm wieder.

Doch genug davon. Wahrscheinlich weißt du sehr genau, wie all dies miteinander zusammenhängt. Vielleicht bist ja sogar du selbst derjenige, der dies verursacht.

Aber auch wenn du deine Scherze mit mir treibst, bin ich dir nicht gram. Du bist nicht der Feind, gegen den ich kämpfe. Dieser Feind nennt sich Verzweiflung; und für ein paar Minuten hast du, ob gewollt oder nicht, in dieser Schlacht an meiner Seite gestanden.

Leb wohl, Leon.

Leon ließ das Tagebuch sinken und atmete tief durch. Er musste aufpassen, dass ihm diese ganze Sache nicht allmählich den Verstand raubte. Als er den Eintrag gelesen hatte, hatte er es mit dem Gefühl getan, Angélique de Vantes würde tatsächlich aus ihrem Verlies heraus auf seine Fragen antworten. Die textliche Authentizität war verwirrend. Jedes Wort spiegelte die Persönlichkeit wider, die er über das Tagebuch inzwischen so gut zu kennen glaubte wie kaum eine andere. Wie versiert oder wie krank musste man sein, um so etwas fälschen zu können? Nicht nur der Inhalt, auch die Aufmachung der verschiedenen Tagebuchvarianten war perfekt. Verwirrend war lediglich das sich ständig ändernde Alter. Wenn sich schon jemand die Mühe machte, ein durch die Zeit reisendes Tagebuch vorzutäuschen, warum ließ er es nicht jedes Mal auf die gleiche Weise altern? Das würde ihm eine Menge Arbeit ersparen. Abgesehen davon war Leon noch immer vollkommen unklar, was es mit den Verdunklungen auf sich hatte, die von der Kamera aufgezeichnet wurden. Die letzte Beobachtung war sozusagen live gewesen, was bedeutete, dass die Aufnahme nicht im Nachhinein manipuliert gewesen sein konnte.

Er erhob sich und lief im Camper auf und ab. Je mehr er sich in das Problem verbiss, desto verwirrender wurde es. Seine Gedanken wanderten zu dem Text zurück, den er soeben gelesen hatte. Das Zitat über die Zusammenhänge von Zeit und Ewigkeit war sehr interessant. Er hatte das Gefühl, als sollte ihm dies noch mehr sagen, als hätte es irgendeine Bedeutung für ihn. Aber er kam nicht darauf, welche.

Immer wieder schlich sich das Bild von Angélique in seine Gedanken. Sie hatte eine natürliche Anziehungskraft, die ihn immer wieder dazu brachte, ihre Gedanken nachzudenken und die Welt durch ihre Augen zu sehen. Es gelang ihm einfach nicht, seine kritische wissenschaftliche Distanz aufrechtzuerhalten. Die alte Frau, von der sie geschrieben hatte, war sicherlich Schwester Maria Martha gewesen – auch eine Persönlichkeit, die sich in seiner Wahrnehmung sehr gewandelt hatte. Zuerst hatte sie für ihn das Klischee der weltfremden und lebensfeindlichen Nonne bestens erfüllt, aber durch Angéliques Schilderungen hatte sich sein Blick verändert. Schwester Maria Martha war eine Frau, die ganz in ihren Studien aufgehen konnte und dabei die Welt um sich herum aus den Augen verlor. Das machte sie für ihn sehr sympathisch. Ganz offensichtlich war sie eine kritische und selbstbewusste Denkerin, die Traditionen und Institutionen infrage stellte. Insofern wirkte sie beinahe modern. Der Unterschied war nur, dass sie es nicht tat, um zu provozieren. Die Provokation war ein unbeabsichtigtes Nebenprodukt ihrer Suche nach der Wahrheit. Im 21. Jahrhundert hingegen war Provokation längst zum Selbstzweck geworden, mitunter sogar ein Qualitätskriterium. Wer erfolgreich sein wollte, musste provozieren.

Leon kratzte sich am Hinterkopf. Musste er nicht zugeben, dass auch seine Thesen zum historischen Artus auf diesem Boden gewachsen waren? Hatte es ihm nicht eine diebische Freude bereitet, die verblüfften Gesichter der Professorenkollegen zu sehen, als er seine Theorien vortrug?

Er hatte sich dabei sehr wichtig gefühlt, inzwischen jedoch kam er sich lächerlich vor. Welche Bedeutung hatten seine Forschungen wirklich? Welche Relevanz hatten sie für sein Leben oder das anderer Menschen?

Leon setzte sich wieder an den Schreibtisch und nahm seinen Stift in die Hand. Nachdem er volle zehn Minuten lang nachdenklich auf die Tagebuchseite gestarrt hatte, fing er an zu schreiben.

Ich danke dir für deine offene und ehrliche Antwort, Angélique. Ja, meine Eltern haben mich wirklich Leon genannt, wobei ich nicht glaube, dass sie sich bei der Entscheidung allzu viele Gedanken gemacht haben. Und ich befinde mich auf Burg Chamilot, bin jedoch weder ein Gefangener noch ein Wärter. Ich bin hier, um zu forschen, um zu verstehen. Ich verstehe dein Misstrauen und schätze daher umso mehr, dass du es für deine Zeilen beiseiteschieben konntest.

Zu gerne würde ich dein Leid lindern. Was könnte es Wichtigeres geben, als einem Menschen in schwerem Leid und angesichts des drohenden Todes Trost zu spenden?

Aber ich habe keine Worte, nichts, das mir einfiele, um deine Not zu lindern. Nur Fragen bleiben mir. Aber vielleicht können ja auch diese Fragen etwas bewirken – und sei es nur, dass sie dir helfen, dich auf das zu besinnen, was dich stärkt.

Wie schaffst du es nur, angesichts deines eigenen Leides und des Leidens all dieser vielen unschuldigen Menschen auf einen gütigen Gott zu vertrauen? Woher nimmst du diese Kraft?

Für mich bestätigt die gewaltige Summe allen Leides nur, dass es Gott nicht geben kann oder zumindest, dass er sich nicht sonderlich für uns interessiert.

Ich weiß, dies ist kaum ein tröstendes Wort, verzeih mir.

Bitte glaube mir, dass ich keinesfalls in der Lage wäre, dich zu manipulieren. Wir sind durch eine unüberwindliche Mauer getrennt. Wärst du bereit, mir das, was du deine Halluzinationen nennst, zu beschreiben? Ich selbst beobachte nämlich etwas, das mir wie ein großer Schatten erscheint, bevor dein Tagebuch plötzlich und unerwartet bei mir auftaucht.

Ich wünschte, ich könnte dir ebenfalls Gottes Segen zusprechen. Aber was nützte dies bei einem, der nicht glauben kann?

Ohne den Text noch einmal zu lesen, klappte Leon das Tagebuch zu. Er schlug es in das Wachstuch ein und versteckte es erneut in dem Hohlraum, bevor er sich schlafen legte. Der Wissenschaftler hatte gerade die Augen geschlossen – jedenfalls kam es ihm so vor –, als jemand gegen die Tür seines Campers pochte. Leon fiel fast aus dem Bett, taumelte durch den halbdunklen Raum und riss die Tür auf. »Was zur Hölle –«, setzte er an und hielt verblüfft inne, als er, geblendet von dem strahlenden Licht der Morgensonne, in Mathéos schnauzbärtiges Gesicht blinzelte.

»Auch dir einen schönen guten Morgen, mein lieber Freund«, sagte der Bauer ungerührt. »Zur Hölle geht es allerdings heute nicht, lediglich zu den Nachbarn. Wir sind verabredet, wie du dich vielleicht noch erinnern kannst?«

Leon fuhr sich durch die Haare. »Verflixt, schon so spät?« Er musste so herzhaft gähnen, dass sein Kiefer knackte. »Willst du 'nen Kaffee?«

»Mach dir meinetwegen keine Umstände.«

»Du darfst auch zusehen, während ich einen trinke. Ohne Kaffee verlasse ich diesen Camper ohnehin nicht.«

»Überredet.«

Leon setzte Kaffee auf und unterzog sich an dem winzigen Waschbecken einer Katzenwäsche. Sein Rasierspiegel offenbarte ihm, dass seine Haare in alle Richtungen abstanden – es sah aus, als habe jemand einen Wischmopp auf seiner Schädeldecke abgelegt. Das Haarewaschen war an diesem Waschbecken allerdings eine sehr sportliche Herausforderung. So setzte er stattdessen ein Basecap auf. Während er sich die Zähne putzte, goss er tintenschwarzen Kaffee in zwei große Tassen und stellte sie auf den kleinen Tisch vor Mathéo.

»Danke.« Der alte Bauer schnupperte vorsichtig an dem Gebräu, bevor er daran nippte. »Die Wasserpreise in Deutschland sind wohl sehr hoch«, bemerkte er.

»Warum?«, nuschelte Leon und spülte sich den Mund aus.

»Du gehst ausgesprochen sparsam damit um. Sowohl beim Kaffee als auch bei deiner Morgentoilette.«

»Keine Lästereien, mein Lieber«, erwiderte Leon und nahm einen Schluck von seinem Kaffee. Er verzog das Gesicht. »Na gut, er ist ein wenig stark geraten.«

»Er hat die Konsistenz von Eintopf, würde ich sagen.«

Nachdem sie beide ihre Tassen nur zur Hälfte geleert hatten, brachen sie auf. Zum Haus der Campenons war es nicht weit. Der Saum von Leons Jeans sog sich voll Wasser, als sie über eine taubenetzte Weide liefen.

»Was bedeutet Ewigkeit für dich?«, fragte Leon spontan.

Mathéo blickte überrascht auf. Dann lächelte er. »Man könnte mit Fug und Recht sagen: Das ist ein weites Feld. Könntest du deine Frage irgendwie präzisieren?«

»In welchem Verhältnis stehen deiner Ansicht nach Zeit und Ewigkeit?«

»Hm.« Mathéo schwieg nachdenklich. Als Leon schon fürchtete, er werde gar nicht antworten, meinte der alte Mann schließlich: »Wenn ich mir die Zeit als eine Linie vorstelle, dann muss ich mir die Ewigkeit als einen Würfel denken oder vielleicht etwas korrekter ausgedrückt: Wenn die Zeit ein Fluss wäre, dann wäre die Ewigkeit das Universum, das diesen Fluss umgibt.«

Leon runzelte nachdenklich die Stirn. »Interessant«, murmelte er. Er hatte das Gefühl, als hielte er ein wichtiges Puzzleteil in der Hand. Dabei hätte er nicht einmal sagen können, wie das Puzzle eigentlich genau aussah, an dem er arbeitete. Es war mehr eine Art Instinkt, der ihn vorantrieb und der ihn in seiner Forscherkarriere schon dazu gebracht hatte, die merkwürdigsten Details zu sammeln. So wie ein kleiner Junge in seiner Schatztruhe Schneckenhäuser und bunte Steine sammelt, einfach weil sie ihm irgendwie wertvoll erscheinen.

Mathéo betrachtete ihn von der Seite. »Das sind sehr philosophische Gedanken für den frühen Morgen. Liegt das am Kaffee?«

»Nein, an eurem Kirchenvater Augustinus.«

»Du liest Augustinus?« Mathéo wirkte verblüfft.

»Nicht direkt. Ich nehme an, diese Festung dort ist das Haus der Campenons?« Der Historiker deutete auf ein zweistöckiges altes Bauernhaus, das von einer weitläufigen schulterhohen Mauer aus Feldsteinen umgeben war.

Mathéo nickte.

Zorniges Bellen empfing sie. Ein Dobermannmischling zerrte an seiner Kette, als sie den Hof betraten. Er trug einen Verband am rechten Hinterlauf.

»Aus, Arthur!«, ertönte eine knurrige Stimme. Aveline Campenon trat aus einer Seitentür des Gebäudes. Sie hielt ein mindestens zwanzig Zentimeter langes Hackmesser in der Hand.

»*Bonjour*, Aveline«, sagte Mathéo.

»*'jour*«, brummte die Alte. »Joseph ist auf dem Feld.«

Leon folgte Mathéo, der unbekümmert auf die Frau zuging. Der Hund sprang wütend bellend vor.

»Aus, habe ich gesagt!«, fauchte Aveline.

Der Hund zog den Schwanz ein.

Die alte Bäuerin warf Leon einen mürrischen Blick zu. »Sie sind ja immer noch hier.«

Leon nickte und zuckte unverbindlich mit den Achseln.

»Hast du einen Augenblick Zeit?«, fragte Mathéo liebenswürdig.

»Meinetwegen, einen Augenblick.« Sie verschwand wieder durch die Tür, und sogleich war aufgeregtes Hühnergegacker zu vernehmen. Hinter sich vernahm Leon das tiefe, kehlige Knurren des Hofhundes. Dann drang ein dumpfer Schlag gedämpft nach draußen. Kurz darauf kam die alte Bäuerin zurück. Sie hielt ein Huhn an den Füßen, aus dessen kopflosem Hals das Blut zu Boden rann. »Also, was gibt's?«

»Wir haben drüben am Entwässerungsgraben Wolfsspuren gefunden«, sagte Mathéo unbekümmert.

Leon schluckte. Etwas mehr Diplomatie hatte er sich eigentlich erhofft.

»Ha, Wolfsspuren also!« Die Alte kniff die Augen zusammen und warf Leon einen finsteren Blick zu. Dann band sie die Füße des toten Huhns zusammen und hängte es an einen Haken an der Wand. Rasch bildete sich auf dem sandigen Boden eine Lache. Leon wunderte sich, wie viel Blut so ein Vogel verlieren konnte.

»Ja, die Spuren eines ganz gewöhnlichen Wolfsrüden mit einem Gewicht von vierzig bis fünfzig Kilo. Ich werde nachher die Behörden informieren. Bis das Tier eingefangen wird, solltet ihr ein bisschen vorsichtiger mit euren Schafen –«

»›Gewöhnlich‹, sagst du?«, unterbrach ihn Aveline. »Ein Wolf, hier in der Vendée?« Sie schnaufte. Sie bedachte Leon mit einem Blick, der in ihm Fluchtreflexe auslöste. Stattdessen zwang er ein Lächeln auf seine Lippen.

»Der Wolf ist gewöhnlich«, sagte Mathéo, »nicht aber sein Aufenthaltsort.«

»Ein gewöhnlicher Wolf hätte niemals unseren Arthur angegriffen«, erwiderte Aveline.

»Hier im Hof?«

Sie schüttelte den Kopf. »Im Wald, aber was tut das zur Sache?«

»Dann war es wohl umgekehrt. Dein Arthur hat den Wolf attackiert, und weil das Tier verletzt ist, konnte es nicht schnell genug fliehen und hat sich verteidigt.«

Leon erinnerte sich an die Geräusche, die er neulich gehört hatte: ein heiseres Bellen, dann ein Aufjaulen und anschließend einen Schuss. Mathéos Erklärung klang schlüssig.

Aveline winkte ab. »Diese Bestie gehört nicht hierher!« Sie sah Leon in die Augen. »Wo ist sie hergekommen? Das ist doch die entscheidende Frage.«

Leon räusperte sich. »Gibt es hier in der Nähe vielleicht einen Zoo oder ein Wildgehege?«

»Soll das ein Scherz sein?«, fauchte Aveline. »Wenn es so einfach wäre, dann wären wir wohl selbst darauf gekommen.«

»Vielleicht gibt oder gab es ja Privatleute in dieser Gegend, die sich wilde Tiere halten oder mit ihnen handeln?«, bohrte Leon nach.

Aveline runzelte die Stirn. »Seit dem verrückten Grafen hat niemand mehr irgendwelche wilden Tiere in diese Gegend geschleppt.«

Leon wurde hellhörig. »Der verrückte Graf?«

Die Alte winkte ab. »Das ist über hundertfünfzig Jahre her.«

»Warum wurde der Mann ›der verrückte Graf‹ genannt?«

»Er war eigentlich kein Graf, sondern ein Kaufmann aus Nantes mit Besitzungen in Französisch-Guyana. Sein Name war Juppé. Er war mit dem Handel von Kaffee und Kakao reich geworden und führte sich auf wie ein König. Hier ganz in der Nähe ließ er sich eine Villa bauen. Er hatte mehr Angestellte als der Comte und behandelte seine Leute so herablassend, als wären sie Sklaven. Allerdings zahlte er wohl recht gut. Er war schon immer recht eigen, war aber im Lauf der Jahre immer verrückter geworden – hielt sich Affen als Haustiere und versuchte, irgendwelche Bestien aus dem Dschungel zur Jagd abzurichten. Irgendwann wurde eines der Dienstmädchen gebissen. Sie starb an Wundbrand, wie es hieß, und diesem Schwein war das scheißegal. Er kümmerte sich nur um seine wertvollen Tiere. Dann gab es da diese furchtbare Gewitternacht.« Aveline grinste böse. »Aus irgendeinem Grund fing der Stall Feuer, und anschließend brannte auch noch ein Seitenflügel des Gebäudes. Zufälligerweise genau jener Teil, in dem sich sein geliebtes Bestiarium befand. Es heißt, der verrückte Graf sei wie von Sinnen in die brennenden Räume gestürzt und habe versucht, seine wertvollen Tiere zu retten. Bei dieser Aktion ist er dann den Heldentod gestorben. Die Villa brannte bis auf die Grundmauern nieder.« Sie sah Leon in die Augen. »Die Leute in dieser Gegend lieben es nicht, wenn man irgendetwas anschleppt, das nicht hierher gehört. Und sie wissen sich zu wehren.«

Leon beschloss, diese nicht gerade subtile Drohung zu ignorieren. »Sie wissen nicht zufällig, wann dieser Brand war und ob irgendwelche Tiere den Flammen entkommen konnten?«

Sie zuckte die Achseln. »Es war ungefähr zu der Zeit, als Louis Napoléon sich zum französischen Kaiser ausrufen ließ. Falls Bestien dem Brand entkamen, haben die Leute dafür gesorgt, dass sie nicht lange ihr Unwesen treiben konnten. Das können Sie mir glauben. Und dieses Mal wird es nicht anders sein.« Sie blickte zu Mathéo. »Danke für die Warnung, Nachbar!«

»Überlasst die Sache lieber den Behörden, Aveline.«

»Aber sicher«, entgegnete die Alte und griff nach dem Huhn, aus dessen Hals das Blut nur noch tröpfchenweise rann. »*Au revoir!*«

Als sie den Hof verlassen hatten, erkundigte sich Mathéo: »Warum interessierst du dich für diesen verrückten Grafen?«

»Erzähle ich dir vielleicht später«, erwiderte Leon. »Besuchst du die anderen Nachbarn ohne mich? Ich hab noch eine Menge zu erledigen.«

Der alte Mann zuckte die Achseln. »Wie du meinst.« Sie verabschiedeten sich. Wenig später zog Leon sein Handy aus der Tasche und wählte eine Nummer. »Pawel ... ja, guten Morgen. Hör zu, du musst unbedingt etwas für mich recherchieren ...«

Der Pilger

Die Maserung der hölzernen Dielen verschwamm vor ihren Augen. Jeder Atemzug tat weh und brachte sie bis an die Grenzen ihrer Kraft. Sie war so schwach, dass es ihr kaum gelang, die Augenlider zu heben, doch wenn die kolikartigen Krämpfe kamen, entzogen ihre zitternden Muskeln ihrem Körper auch noch die letzten Kräfte, und sie wand sich vor Schmerzen. Die Hitze des Fiebers ließ sie innerlich glühen. Sie sehnte sich nach einem Schluck Wasser, doch der Brunnen trug das Verderben in sich. Jean und Marie Raynal hatten ihn vergiftet. Eine Zeitlang konnte Angélique mit Regenwasser ihren Durst stillen, doch seit einigen Tagen blieb der Himmel wolkenlos. Seit gestern waren die letzten kostbaren Tropfen Wasser verbraucht.

Dieser Hof war die perfekte Falle. Er lag so abgelegen, dass Angélique keine Chance hatte, Hilfe zu holen. Die Koliken hielten sie gefangen, und der vergiftete Brunnen sorgte dafür, dass sie langsam, aber sicher verdurstete. Es war Stunden her, dass sie auf dem Boden zusammengebrochen war. Sie hatte nicht mal mehr die Kraft vorwärtszukriechen.

Ich werde sterben – der Gedanke durchbrach mit verblüffender Nüchternheit und Klarheit ihre wirren Fieberträume, und genauso klar und deutlich drang etwas anderes in ihr Bewusstsein, fast so, als würde eine Stimme zu ihr sprechen: *Ja, du wirst sterben, aber nicht heute. Heute muss der Tod fliehen von dir.*

Es war der letzte Gedanke, bevor die Dunkelheit über ihr zusammenschlug und sie tief hinabriss, dorthin, wo die Stille herrscht und jedes Wort verstummt.

Das Nächste, was sie bewusst wahrnahm, war das Schwanken der Erde und ein unablässiges Flüstern. Sie versuchte, die Augen zu öffnen, aber es gelang ihr nicht. Ein Stöhnen entrang sich ihrer Kehle.

Plötzlich hielt das Schwanken inne und ebenso das Flüstern. Sie fühlte, wie etwas ihre geschwollenen Lippen berührte und köstliches, kühles Wasser über ihre Zunge rann. Sie trank. Ihre Kraft reichte jedoch nur für wenige Schlucke, dann wurde sie erneut bewusstlos.

Angélique hatte jedes Gefühl für Zeit verloren, aber als sie das nächste Mal etwas wahrnahm, schwankte der Boden nicht mehr. Sie lag auf einem weichen, federnden Untergrund. Es roch nach feuchtem Moos und brennendem Holz. Ganz in der Nähe hatte jemand ein Feuer entzündet, das leise knackte. Angélique versuchte, die Augen zu öffnen, und konnte durch einen Lidspalt über sich ein grünes Blätterdach erkennen. Über das Knacken des Feuers hinweg vernahm sie wieder jenes stete Flüstern. Sie lauschte, und ganz allmählich konnte sie die Worte heraushören: »Herr Jesus Christus, du Sohn Gottes, erbarm dich meiner.« Das war alles. Nur dieser eine Satz. Immer und immer wieder flüsterte die tonlose Stimme diese Worte. Und bald verwob sich der Rhythmus dieses Gebets mit Angéliques Atem, legte sich wie eine warme, weiche Decke auf sie und geleitete sie sanft in den Schlaf zurück.

Irgendwann spürte sie, wie jemand behutsam ihren Kopf stützte. Ein hölzerner Becher berührte ihre Lippen. Bittere Flüssigkeit rann in ihren Mund, und sie verzog das Gesicht.

»Trink«, drang eine Stimme in ihre Fieberträume. »Es wird dir guttun!«

Angélique tat mechanisch, was die Stimme ihr auftrug. Dann schlief sie erneut ein.

Hin und wieder wurde ihr Schlummer unterbrochen. Sie trank die bittere Medizin und spürte, wie die furchtbaren Bauchkrämpfe ganz allmählich nachließen. Und stetig begleitete sie das Flüstern: »Jesus Christus, du Sohn Gottes, erbarm dich meiner.«

Als sie das nächste Mal von selbst erwachte, fühlte sie sich deutlich besser. Zu ihrer Verwunderung hatte ihr jemand eine Stoffbinde über die Augen gebunden. Mühsam hob sie die Hand, um sie abzunehmen.

»Nein!« Eine große, schwielige Hand legte sich auf die ihre. »Es ist besser, wenn du es nicht tust.«

»Warum?«, fragte Angélique mit krächzender Stimme. Die große Hand lag sanft auf ihren Fingern, und sie spürte keine Furcht.

Der Atem des anderen ging langsam und schwerfällig. Lange Zeit sagte er nichts. »Hier, iss«, sagte er schließlich.

Angélique spürte einen Holzlöffel an ihren Lippen und ließ ihre Hand sinken. Wenn ihr Retter nicht wollte, dass sie etwas sah, würde sie das akzeptieren – vorerst. Die Suppe war angenehm warm und sämig, jedoch ohne Salz zubereitet. Angélique schmeckte Fenchel und zähe Fleischstücke heraus.

»Hab Dank«, sagte sie, als sie satt war. »Was war das?«

»Alles, was die Erde und der Wald uns schenken«, erwiderte der Mann. Kleidung raschelte, und wenig später setzte etwas abseits das unaufhörliche Flüstern wieder ein.

»Warum betest du die ganze Zeit und immer wieder dieselben Worte?«

»Es ist das sogenannte Herzensgebet, das viele der griechischen Mönche beten. Sie folgen damit der Aufforderung des Apostels Paulus, der im ersten Brief an die Thessalonicher schreibt: ›Betet ohne Unterlass.‹«

»Glaubst du wirklich, dass dies wörtlich gemeint war?«

»Das weiß ich nicht. Aber mir zeigt dieses Gebet, wer ich bin und wer Jesus ist. Es hilft mir, die Nähe Gottes zu suchen und ... zu ertragen.«

»Wie meinst du das?«, fragte Angélique.

»Ruh dich aus. Du musst wieder zur Kräften kommen.«

Immer wieder fiel Angélique in tiefen Schlaf. Die Fieberträume ließen jedoch nach, und die Wachzeiten wurden länger. Es musste gegen Mittag sein, als sie die Augen schließlich aufschlug. Die Binde war verrutscht, und sie blinzelte in das goldene Funkeln der Sonne, deren Strahlen das grüne Blätterdach des Waldes durchbrachen. Angélique lag unter einem aus Zweigen geflochtenen Baldachin auf einem Bett aus Fichtenzweigen und Moos. Das vertraute Flüstern des Gebets kam von links. Ihr Blick huschte über ein erloschenes Lagerfeuer. In einem ausgehöhlten Baum lagen ein paar wenige Habseligkeiten – ein verbeulter Napf, grob geschnitztes Holzgeschirr und ein fadenscheiniger Flickenmantel. Ihr Retter stand mit dem Rücken zu ihr. Er war gerade damit beschäftigt, sein nasses Hemd auszuwringen und über einen niedrig hängenden Ast zu legen. Sein nackter Rücken war muskulös, über beide Schultern zog sich wulstiges Narbengewebe. Sein Hinterkopf war bis auf einige wirre Haarbüschel kahl und ebenfalls vernarbt. Angélique schluckte. Sie wusste, dass es schicklich gewesen wäre, den Blick abzuwenden, aber sie tat es nicht.

In diesem Augenblick wandte der Mann sich um. Er war auf das Furchtbarste entstellt. Feuer hatte seine Gesichtszüge zerfressen. Alles war mit rot glühendem Narbengewebe bedeckt. Die Lippen waren verzogen, die Nase nur noch ein Stummel. Ein Ohr fehlte, das andere war kaum mehr als ein zerfetzter Hautlappen. Sein Blick fiel auf Angélique, und seine Mundwinkel verzogen sich. Es war eine grausige Grimasse, die beinahe dämonisch anmutete, und doch war es eine zutiefst menschliche Geste.

»Ich hätte dir diesen Anblick gerne erspart«, sagte der Mann mit sanfter Stimme, in der so etwas wie eine gedämpfte Traurigkeit mitschwang.

Angéliques Augen fühlten sich mit Tränen. Nun erst wandte sie den Blick ab. »Es tut mir so leid, bitte verzeih mir.«

»Es gibt nichts, was ich dir verzeihen müsste.« Er kam vorsichtig näher. »Soll ich dir die Binde zurechtrücken?«

»Wenn du es willst.«

»Ich dachte dabei nicht an mich.«

»Dann wollen wir die Binde ablassen. Ich käme mir vor wie

die schlimmste Heuchlerin, wenn ich den Blick jetzt vor dir verbergen würde.«

Der Mann nickte. »Hast du Hunger?«

»Ein wenig.«

»Das ist gut so.«

Still beobachtete Angélique, wie der Mann das Feuer neu entfachte und eine Suppe zubereitete. Geschickt schälte er einige dicke Knollen und zerkleinerte etwas, das so aussah wie lange, faserige Wurzeln. Seine Bewegungen waren kräftig und sicher, er war also noch kein alter Mann. Bei allem, was er tat, bewegten sich seine Lippen in unablässigem Gebet.

»Ich weiß nicht, wie ich dir danken soll«, sagte Angélique nach einer Weile.

»Dann lass es«, erwiderte der Mann und zog wieder eine Grimasse.

Angélique ahnte, dass dies sein Lächeln war. Sie erwiderte es. »Wer bist du?«

»Ein Pilger.«

»Hier im Wald?«

Er nickte.

»Und wie darf ich dich nennen?«

»Edmond.«

»Mein Name ist Angélique.«

Er neigte den Kopf und widmete sich wieder der Suppe.

Eine Weile lang sah Angélique ihm zu. Dann erkundigte sie sich: »Darf ich fragen, wie du mich gefunden hast? Ich weiß nicht, wie lange ich auf diesem Hof war, aber ich habe dort noch nie irgendjemanden zufällig vorbeikommen sehen.«

Edmond lächelte. »Dann war es vielleicht kein Zufall.«

»Sondern?«

»Gnade.« Er breitete die Arme aus und ließ sie wieder sinken. »Ich war auf der Suche nach einem Gehöft, um meine Dienste anzubieten. Eigentlich tue ich das nicht gerne, denn die meisten Menschen fürchten mich, und ich will keine Furcht mehr erregen. Aber mein Wasserschlauch ist nicht mehr zu reparieren, und ein neuer Kochtopf wäre ebenfalls schön. Dennoch konnte ich bereits aus einiger Entfernung erkennen, dass der Bauernhof verlassen war. Ich wollte schon umkehren, doch irgendetwas hielt mich zurück. Zu gerne würde ich sagen, ich hätte eine Stimme vom Himmel gehört, aber so war es nicht. Gottes Stimme ist meist leiser. Er bietet uns die Chance, sie zu überhören. Aber ich hatte nichts zu verlieren, und so ging ich ins Haus und fand dich.«

»Du hast mir das Leben gerettet!«

Edmond nahm einige getrocknete Kräuter aus einem Beutel und rührte sie in die Suppe. »Es tut mir leid, dass ich dich aus deinem Haus in die Wildnis entführt habe, aber ich habe es dort nicht ausgehalten. Außerdem ist das Wasser verdorben. Der Kadaver eines Schafes lag im Brunnen.«

»Es ist nicht mein Haus, und ich bin sehr froh, dass ich hier bin.« Angélique runzelte die Stirn. »Ein totes Schaf, sagst du? Wie konnte es dort hineingelangen?«

Der Pilger zuckte die Achseln. »Das verstehe ich auch nicht. Der Brunnenrand ist eigentlich zu hoch, als dass es hineinspringen konnte.«

Angélique schluckte. Dann blickte sie auf und betrachtete das zerstörte Gesicht des Mannes. »Dann ist es also so, dass du die wahren Besitzer des Hofes nicht kennst?«, fragte sie.

Er nickte. »Ich war noch nie zuvor dort.«

»Du hast sie auch nicht vorbeiziehen sehen? Eine Frau mit blatternarbigem Gesicht? Ein Neugeborenes mit einem kleinen Blutschwämmchen hinter dem rechten Ohr?«

»Ich meide die offiziellen Wege«, erwiderte er. »Du bist der erste Mensch, den ich seit über einem halben Jahr gesehen habe.«

»Ich verstehe.« Natürlich hatte sie bereits vorher gewusst, dass Jean und Marie Raynal ihnen nach dem Leben getrachtet hatten, doch die Kaltblütigkeit, mit der sie vorgegangen waren, raubte ihr den Atem. Dann fiel ihr ein, was der Mann soeben gesagt hatte. Seit über einem halben Jahr hatte er keinen Menschen gesehen. Sie räusperte sich. »Sicherlich musst du viel Leid ertragen wegen …?« Sie zögerte.

»Nein!« Er zog eine Grimasse. »Mein Pilgerpfad ist eine innere Reise. Hauptsächlich suche ich die Einsamkeit, um mich dem Herzensgebet zu widmen, aber es gibt noch einen anderen Grund.« Er senkte den Blick. »Ich hasse es, die Furcht in den Augen der Kinder zu sehen. Das Leid, das ich trage, ist nicht meines.«

»Du bist ein sanftmütiger Mann, Pilger. Angesichts deines Schicksals ist das mehr als erstaunlich.«

»Ich fürchte, du verstehst mich falsch, Angélique.« Seine Stimme klang traurig. »Ich habe hundertfaches, nein, tausendfaches Leid verursacht. Meine Schuld ist so unermesslich groß … manchmal fürchte ich, dass selbst die Gnade Gottes daran zerbrechen könnte.«

»Wie kannst du so etwas sagen?«

»Ich sage nicht, dass ich es für wahr halte.« Er rührte gedankenverloren in dem zerbeulten Topf. »Aber in dunklen Stunden, wenn die Vergangenheit mich einholt und die Augen Tausender schmerzerfüllt oder voller Furcht und Hass auf mir ruhen, dann wächst die Furcht in mir, dass nichts und niemand groß genug sein kann, diese Schuld zu sühnen.«

»Bist du nicht zu streng mit dir?«

»Ganz gewiss nicht!« Er schüttelte den Kopf.

»Aber was kann so furchtbar sein?«

»Die Furcht in den Augen der Kinder löste ich aus, bevor ich diese Narben hatte.« Er verstummte.

Angélique ließ ihm Zeit. Sie hatte nicht das Recht, in ihn zu dringen. Der Pilger füllte zwei Schalen mit Suppe. Er fütterte Angélique und aß dann selbst. Sorgfältig spülte er die Holzschalen mit klarem Wasser. Die ganze Zeit über bewegten sich seine Lippen im flüsternden Gebet. Schließlich hockte er sich Angélique gegenüber auf einen Stein.

»Vor dem Feuer gehörte ich zu einer angesehenen und wohlhabenden Familie aus Nantes.« Er blickte auf. »Du weißt, welchem Umstand diese Stadt überwiegend ihren Reichtum verdankt?«

»Dem Handel mit den Kolonien?«

»Dem Sklavenhandel«, berichtigte Edmond sie. »Geldanlagen im Sklavenhandel sind ausgesprochen beliebt.« Er senkte den Blick wieder. »Ich vergrößerte meinen Reichtum, indem ich in ein fremdes Land reiste. Ohne Skrupel überfiel ich mit meinen Männern kleine Siedlungen und wehrlose Dörfer. Ich entriss Menschen ihrer Heimat, raubte ihnen die Freiheit. Ich trennte Kinder von ihren Eltern, legte sie in Ketten.« Er schluckte. »Ich ließ Menschen verhungern, zu Tode foltern oder wahnsinnig werden. Ich raubte, mordete und brannte nieder. Ich hielt andere für Untermenschen und war doch selbst vollkommen entmenschlicht. Ich war einem Dämon so ähnlich, wie ein Mann nur sein kann.« Er blickte Angélique ins Gesicht, seine Hände zitterten. »Und dann kam das Feuer. Ich hatte es selbst gelegt. Wir hatten ein Dorf überfallen. Einige Männer hatten Widerstand geleistet. Also war ich der Meinung, dass wir ein Exempel statuieren mussten. Nach unserer Siegesfeier, bei der jede Menge Branntwein floss, befahl ich, die Männer, die sich zur Wehr gesetzt hatten, an Pfähle zu binden, die Gesichter dem Dorf zugewandt. Dann ließ ich diejenigen, die sie zu verteidigen versucht hatten – Frauen, Kinder, Alte, Schwache –, in die Strohhütten bringen und dort fesseln.« Er schluckte, sein Blick wanderte ins Leere. »Ich selbst nahm die Fackel. Meine Männer grölten, als ich auf die Hütten zustolperte. Die Dorfbewohner schrien. Vermutlich flehten sie mich um Erbarmen an, aber ich verstand ihre Sprache nicht. Ich hatte zu viel getrunken, viel zu viel. Eine nach der anderen steckte ich die Hütten in Brand. Die Flammen loderten und zischten, aber die Schreie der Opfer waren dennoch zu hören. Nur in einer der Hütten blieb es still, obwohl das Dach bereits in hellen Flammen stand. Betrunken, wie ich war, stolperte ich dort hinein. Ich fühlte mich allmächtig und wollte sehen, wer es wagte, mir zu trotzen. Ich ging also mit der brennenden

Fackel in der Hand hinein. Was dann geschah, weiß ich nicht mehr genau. Ich sah helle Augen in schwarzen Gesichtern. Sie blickten mich an. Meine Fackel loderte und zischte. Ich stolperte über irgendetwas, das am Boden lag. Plötzlich gab es eine Explosion, und die Hitze riss mir das Gesicht fort. Ich weiß noch, dass ich dachte: *Nein! Nein!* Dann schlug die Finsternis über mir zusammen. Die Erinnerungen an das, was anschließend geschah, sind mit Träumen verwoben. Ich weiß nicht, wie viele der Bilder in meinem Kopf dem Fieber entsprangen. Aber eines weiß ich noch genau: Es war ein schwarzes Gesicht, das sich über mich beugte, als ich das erste Mal die Augen aufschlug. Die Hand, die mir einen Becher mit Wasser reichte, war von dunkler Hautfarbe und mit rosigen Brandwunden überzogen. Und ich sah einen Knaben neben mir qualvoll an seinen Wunden sterben. Ich sah eine junge Mutter, die keine Tränen mehr hatte, und eine Frau mit ernstem Gesicht meine Wunden waschen. Dann verschwimmen meine Erinnerungen. Ich will nicht weiter darüber reden, nur so viel: Ich ging nicht nur einmal durchs Feuer, und jedes Mal brannte ein Teil meiner selbst, bis ich vollkommen nackt war und mich sah, wie ich wirklich bin.« Tränen liefen ihm über das vernarbte Gesicht, und er verfiel erneut in sein flüsterndes Gebet.

Angélique wollte etwas sagen, presste aber die Lippen zusammen und schwieg.

»Das nächste Mal, als ich mit wachem Blick um mich sah, lag ich im Bauch eines Schiffes, das Richtung Nantes fuhr. Man hatte mich an meinem Siegelring erkannt.« Er seufzte. »Es gleicht einem Wunder, dass ich überlebte ... Vielleicht werde ich eines Tages verstehen, warum es geschah.«

»Vielleicht wegen dir?«, wandte Angélique leise ein.

»Vielleicht. Ich ahne aber, dass dies nur eine Facette von etwas weit Vielschichtigerem ist. Im Bauch eines Sklavenschiffes reiste ich zurück nach Nantes. Zu Hause bei meiner Familie hielt ich es nicht lange aus. Den Ekel, den sie bei meinem Anblick empfanden, konnte ich ertragen, nicht aber ihre Ignoranz.

Denn kaum war ich daheim, reiste mein Bruder an meiner statt gen Süden, um auf Menschenjagd zu gehen. Meine mahnenden Worte und Warnungen gingen ins Leere, als hätte ich sie niemals ausgesprochen. Sie behandelten mich so, als hätte ich mit meinem Gesicht nicht nur meinen Hochmut, sondern auch meinen Verstand verloren. Als ich eines Morgens erwachte, fehlte der Siegelring an meinem Finger, und ich lag in einem Armenhaus am Rande der Stadt. Ich wurde ein Heimatloser. Aber noch immer besaß ich Dinge, die für andere wertvoll waren. Als Gesichtsloser war ich ohnehin kein richtiger Mensch für sie, wozu brauchte ich einen Mantel oder Schuhe? Noch am selben Abend verlor ich meinen letzten Besitz und beinahe mein Leben. Ich floh in die Wälder.« Er atmete tief durch, als wolle er sich von diesen schrecklichen Erinnerungen befreien. »Irgendwann traf ich dann den alten Einsiedler, der hier unter diesem Baum gelebt hatte. Ich lernte viel von ihm. Es ist nun schon vier Sommer her, dass er starb.« Edmond verstummte.

Angélique schwieg ebenfalls. Was hätte sie auch sagen sollen?

Schweigend aßen sie die Suppe, und während der Mann sein Gebet sprach, saßen sie beieinander, bis es Abend wurde. Angélique wollte ihn fragen, ob sein Gebet ihn wirklich Gott näherbrachte und ob er irgendeinen Sinn in all dem zu sehen vermochte. Doch als die Sonne vollständig untergegangen war und die Schatten der Nacht sich über die Baumwipfel legten, sagte sie: »Ich muss nach Paris.«

»Das ist weit.«

»Um die Mörder meiner Schwester zu finden, brauche ich Hilfe. Und die finde ich nur dort.«

»Ich weiß, es gibt keinen Grund, mir Glauben zu schenken«, sagte Edmond leise, »aber Rache wird dir keinen Frieden bringen.«

Angélique senkte den Blick. Zorn stieg in ihr auf, aber sie kämpfte ihn nieder. »Mein Neffe lebt. Die Mörder seiner Mutter haben ihn in ihrer Gewalt.«

»Ich verstehe.«

Der Mond ging auf, und sein bleiches Licht fiel fleckig auf den moosigen Boden zu Angéliques Füßen.

»Die Gegend ist nicht ganz ungefährlich. Aber ich kenne Wege, die niemand entlangzieht. Wenn du willst, begleite ich dich ein Stück durch die Wälder nach Nordwesten.«

»Es wäre mir eine Ehre.«

»Aber sobald wir die Grenzen der Vendée erreicht haben, wäre ich dir keine Hilfe mehr. Außerdem hast du mir etwas klargemacht: Ich muss zurück nach Nantes.«

Verblüfft hob Angélique den Blick. »Was hat das mit mir zu tun? Ich habe Nantes mit keinem Wort erwähnt.«

»Ich hatte gedacht, ich sei hilflos. Aber nun weiß ich, dass ich sehr wohl etwas tun kann.«

Die junge Frau nickte grimmig. »Also dann, auf nach Paris! Aber zuvor muss ich noch einmal auf den verfluchten Gutshof der Raynals zurück. Ich habe dort etwas liegen lassen.«

Es war ihr Tagebuch, das Angélique am nächsten Morgen aus dem verlassenen Haus holte, außerdem eine warme Decke und ein rostiges Messer, das sie in der Küche fanden. Am gleichen Abend schrieb sie auf, was ihrer Schwester und ihr selbst widerfahren war. Dann klappte sie das Buch zu und hielt es eine sehr lange Zeit verschlossen.

Denn bereits ab dem nächsten Tag war sie viel zu sehr damit beschäftigt, irgendwie zu überleben und den Alltag zu bewältigen. Es dauerte ein Jahr, zehn Monate, drei Wochen und fünf Tage, ehe sie wieder in ihr Tagebuch schreiben sollte.

Paris

Paris, den 19. Juli 1791

Fast habe ich nicht mehr daran geglaubt, aber nun bin ich tatsächlich hier. Die Abenddämmerung sendet ihr sterbendes Licht in meine Kammer. Ich schreibe mit einem winzigen Bleistiftstummel; Tinte und Feder habe ich nicht mehr. Der Lärm der Schenke dringt zu mir herauf, und ich versuche, meine Ohren vor dem Lachen, Grölen und Fluchen der Männer zu verschließen. Ich hocke auf einer Matratze. Die Stuhllehne klemmt unter der Türklinke. Ich habe meine Lektionen gelernt.

Erst jetzt ist mir wirklich bewusst, wie reich und verwöhnt ich war. Nach Paris zu ziehen schien mir das einzig Logische und Richtige zu sein. Ich hatte ja keine Ahnung, wie beschwerlich das Reisen ist, wenn man allein und mittellos und noch dazu eine Frau ist!

Ach, es gäbe so vieles zu berichten! Doch ich muss mich kurz fassen, denn das Tageslicht schwindet, und eine Kerze kann ich mir nicht leisten. Vielleicht werde ich irgendwann einmal die Zeit und genügend Tinte haben, um alles aufzuschreiben, was mir auf meiner Reise hierher widerfuhr. So muss es vorerst reichen, dass ich die Ereignisse überfliege.

Edmond, der Pilger, begleitete mich bis in die Nähe von Angers. Er erwies sich als ein guter Begleiter und wuchs mir sehr ans Herz. Es ist kaum vorstellbar, dass er einst ein solch grausamer und selbstbezogener Mann gewesen sein soll. Ich bin mir nicht sicher, ob das Feuer, das sein Gesicht und sein bisheriges Leben zerstörte, eine Strafe Gottes war. Auf den ersten Blick scheint es so, schließlich hatte Edmond die Flammen durch seine Grausamkeit selbst entfacht. Dennoch gewinne ich den Eindruck, dass dies zu einfach gedacht wäre. Das, was uns widerfährt, hinterlässt tiefe Spuren, aber noch tiefer ist die Antwort unserer Seele darauf. Vielleicht ist Gottes Handeln dort zu finden, wenn wir danach fragen?

Ach, ich weiß es nicht – zu sehr wünschte ich mir noch, der Allmächtige würde die Dinge einfach ungeschehen machen. Zu sehr wünschte ich mir, Thérèse wäre noch bei mir, ihren kleinen Noël fröhlich lachend auf dem Schoße wiegend. Mein Neffe ist nun schon zwei Jahre alt. Er hat gewiss das Laufen erlernt und erobert sich die Welt mit seinen eigenen kindlichen Worten. Kein Tag vergeht, ohne dass ich an ihn denken muss. Meine Gebete sind voller Sorge und Angst ... Auch Hass ist dabei, denn in Gedanken sehe ich ihn stets in den Händen der Mörder. Kann Gott denn solches Flehen überhören? Ich weiß es nicht, weiß nur, dass ich nicht anders kann, als meine Seele vor ihm auszubreiten.

Doch zurück zu dem, was mir auf meiner Reise widerfuhr:

Nachdem ich die Wälder der Vendée verlassen und mich von Edmond verabschiedet hatte, verdingte ich mich auf einem Bauernhof in der Nähe von Angers, um genügend Geld für die Reise aufzutreiben.

Während dieser Zeit erreichten uns immer wieder Nachrichten großer Veränderungen. Staunend vernahm ich, dass die Deputierten des dritten Standes dem König getrotzt und ihm große Zugeständnisse abgerungen hätten. Die Bastille sei gestürmt worden, das Feudalsystem abgeschafft, und die universellen Rechte der Menschen seien erklärt worden. Bei dieser Nachricht jubelten die armen Bauern des Ortes. An der schweren Arbeit änderte sich jedoch nichts. Täglich gab es neue Nachrichten und Gerüchte. Sie waren so widersprüchlich und zum Teil verwirrend, dass ich nur schwer einschätzen konnte, was wirklich geschehen war.

Einige der Veränderungen wurden aber tatsächlich spürbar. Denn selbst auf dem Land hatten sich überall Nationalmilizen gebildet. Ihre eigentliche Aufgabe war mir allerdings nicht so ganz klar. Einmal hatte ich mitbekommen, wie sie eine arme Frau beinahe ins Gefängnis geworfen hätten, nur weil sie sich einem unbekannten englischen Lord als Führerin angeboten hatte, um ein paar

Sous hinzuzuverdienen. Sie verdächtigten den Mann, ein Spion zu sein, ohne jedoch schlüssig erklären zu können, was es in dieser Gegend eigentlich auszuspionieren gäbe. Es wurde sogar der Verdacht geäußert, der Mann sei ein Agent der Königin, die geplant habe, den Ort in die Luft sprengen zu lassen und die Überlebenden auf die Galeeren zu schicken. Schließlich siegte die Vernunft, wenn auch nur knapp, und man ließ die arme Frau und den englischen Lord wieder frei.

Auch bei den Mitgliedern des zweiten Standes erfreute sich die Königin Marie Antoinette nicht unbedingt großer Beliebtheit. Wie verhasst sie jedoch im Volke war, hatte ich nicht geahnt. Während man den König für gutwillig, wenn auch etwas schwach hielt, schien die Königin in den Augen der Menschen eine Art Dämon in Menschengestalt zu sein, der jede Boshaftigkeit zuzutrauen war.

Man munkelte, Marie Antoinette intrigiere heimlich gegen Frankreich. Sie habe überall ihre Agenten und plane, Frankreich zu verraten. Es sei ihrer Verschwendungssucht zuzuschreiben, dass die Brotpreise ins Unermessliche stiegen.

Der Großbauer, bei dem ich arbeitete, war ein wortkarger, gottesfürchtiger Mann. Im Umgang mit seinen Knechten und Mägden war er rau, aber ehrlich. Ich fürchte, er hatte es nicht leicht mit mir. Ich war körperliche Arbeit nicht gewohnt und erledigte meine Aufgaben mehr schlecht als recht. Dies allerdings machte ich mit einer scharfen Zunge und ständigen Widerworten wett. Es gleicht einem Wunder, dass er mich nicht vom Hof jagte. Im Nachhinein bin ich dankbar, dass ich ihm zumindest bei den Rechnungen helfen und eine Petition an den Dorfrat für ihn verfassen konnte. Als ich ihn im späten Frühjahr des letzten Jahres verließ, sah ich ihn zum ersten Mal lächeln.

Nun hatte ich ein wenig Geld beisammen. Genug, um eine längere Strecke mit der Kutsche zu reisen. Ich kam allerdings nicht allzu weit. Auf einem Markt in Tours wurde mir mein ganzes Geld gestohlen. Einen Tag lang war ich völlig verzweifelt. Dann begann ich, als Tagelöhnerin auf dem Markt zu arbeiten. Während dieser Zeit hörte ich dann vom berühmten Zug der Marktweiber nach

Versailles. Gerüchten zufolge sollten allerdings auch viele Männer der Miliz, etliche als Frauen verkleidet, dabei gewesen sein. Im Triumphzug brachten sie die königliche Familie nach Paris und sangen dabei: »Hier kommen der Bäcker, die Bäckersfrau und der kleine Bäckerjunge.« Ich bin mir nicht sicher, ob die Ereignisse tatsächlich so stattgefunden haben. Aber zumindest ist es wohl richtig, dass der König später einer Ausfuhrsperre für Getreide und der Festlegung von Höchstpreisen für Weizen und Fleisch zustimmte. Mir nützte das Ganze vorerst herzlich wenig. Ich litt jeden Tag Hunger, bis ein reicher Kaufmann mir anbot, mich als Hausmagd anzustellen. Ich war nur kurz in seinen Diensten. Aber ich weiß noch, wie die Köchin mir eines Morgens mit breitem Lächeln zuflüsterte: »Der Adel ist abgeschafft. Endlich stürzt man diese Lumpen von ihrem hohen Ross.« Nicht weniger freudig wurde kurz darauf die Zivilverfassung für den Klerus aufgenommen. Alle Priester mussten nun einen Eid auf die Verfassung ablegen. Der Papst widersprach dieser Anweisung auf das Schärfste. Viele Geistliche weigerten sich daraufhin, den Eid zu leisten, und die Gefängnisse füllten sich.

Ich hatte indessen wenig Muße, mich mit den politischen Ereignissen zu beschäftigen, denn schon bald merkte ich, dass die Absichten des reichen Kaufmanns alles andere als ehrenvoll waren. Ich möchte seine Annäherungsversuche nicht näher beschreiben, allein die Erinnerung daran ist mir zuwider. So floh ich mitten in der Nacht aus seinem Haus, kaum mehr als meine Kleidung am Leib und ohne einen einzigen Sou in der Tasche. Ich zog bettelnd durch die Straßen, bis ich eine Anstellung als Wäscherin fand. Die Arbeit war eine elende Schinderei. Meine Hände waren stets rot und rissig von der Seifenlauge. Es vergingen kein Tag und keine Nacht, in denen mich mein Rücken nicht schmerzte. Einen Großteil meines kostbaren Lohns wendete ich für eine Unterkunft auf, in der ich sicher vor Diebstahl und gierigen Männerhänden war.

Mehr als einmal bereute ich, zunächst nicht nach Château de Chamilot zurückgekehrt zu sein. Doch Mutter hätte vermutlich versucht, mich zurück nach Saint-Georges zu schicken, und hätte mein eigentliches Ansinnen niemals unterstützt.

Als ich im Frühjahr dieses Jahres schließlich genug Geld beisammen hatte, packte mich ein Fieber und warf mich für viele Wochen aufs Krankenlager. Geschwächt brach ich fast zwei Monate später auf. Meine Ersparnisse reichten für die Postkutsche bis Orléans. Von dort wanderte ich zu Fuß bis nach Paris.

Als ich dort anlangte, hörte ich zuallererst erschreckende Nachrichten. Die königliche Familie sei aus der Stadt geflohen. Man habe sie in Varennes nahe der Grenze gefasst und verhaftet. Ganz Paris scheint jetzt in heller Aufregung. Niemand kann hier der Politik entfliehen. Allenthalben ereifern sich die Menschen; Furcht und Zorn sprechen aus ihren Gesichtern und ein Fanatismus, der mir Angst einjagt.

Mein Geld ist fast aufgebraucht, es reicht nur noch für die billigste Unterkunft. Eigentlich hatte ich geplant, sofort meinen Vater aufzusuchen, aber ich hatte unterschätzt, wie riesig Paris ist. Ohne einen ortskundigen Kutscher ist es vollkommen unmöglich, die Stadt an einem Tag zu durchqueren. Morgen werde ich mich auf den Weg machen. Aber ich muss vorsichtig sein. Die ganze Welt scheint im Umbruch zu sein, und das Zentrum dieses Umbruchs ist der Moloch von Paris.

Gerade jetzt höre ich, wie die Betrunkenen aus der Schenke strömen. Lärm dringt von der Straße herein. Ich versuche, dem Grölen irgendeinen Sinn zu entnehmen. Oh Herr, erbarme dich! Irgendetwas Schreckliches ist geschehen, hier auf dem Marsfeld, mitten in Paris.

Das Licht ist zu schwach geworden. Ich muss schließen.

Angélique erwachte nach einer unruhigen Nacht mit knurrendem Magen. Sie lugte durch das winzige Fenster ihrer Kammer. Die Straßen waren bereits voller Menschen. Stimmengewirr summte wie Tausende von Bienen, die sich sammelten und deren Flügelschlag immer heftiger wurde.

Die junge Frau nagte an den Lippen. Furcht wollte sie instinktiv zurückhalten. Aber sie hatte kaum eine Wahl. Sie hatte nicht genug Geld, um sich länger hier einzumieten. Furcht war ein Luxus, den sie sich nicht leisten konnte. Zudem gab es da noch einen gänzlich anderen Impuls in ihr: Sie wollte endlich ihren Vater wiedersehen und ihren kleinen Neffen aus den Händen der Mörder befreien. Nach einem kurzen Gebet schob sie energisch den Stuhl beiseite, öffnete die Tür und trat hinaus auf den dunklen Flur. Sie eilte rasch hinaus, bevor dem Wirt womöglich einfiel, dass sich über Nacht die Preise erhöht hatten. Der Lärm der Straße nahm sie gleich darauf in Empfang. Etliche Läden waren geschlossen, aber überall zogen die Leute mit Karren durch die Straßen und hatten kleine Verkaufsbuden errichtet. Entschlossen stapfte Angélique auf einen alten Mann zu, der müde unter seiner roten phrygischen Mütze hervorlugte. Diese Mütze war bei den Jakobinern immer mehr in Mode gekommen und galt als Symbol der Freiheit, weil man irrtümlich glaubte, in der Antike seien solche Mützen das Erkennungszeichen freigelassener Sklaven gewesen. Angélique lächelte den Alten an und verkniff es sich, ihn darüber aufzuklären, dass die ehemaligen Sklaven in Wahrheit eine Filzkappe getragen hatten, die man Pileus nannte. Dass sie dieses Wissen in einem Konvent für adlige Töchter erworben hatte, brachte ihr an dieser Stelle ganz gewiss auch keine Vorteile.

In seinem Bauchladen bot der alte Mann blau-weiß-rote Kokarden, Altarkerzen und billigen Messingschmuck an. Er erwiderte ihr Lächeln und offenbarte damit sehr lückenhafte Zahnreihen. »Was kann ich für dich tun, Bürgerin? Einen Ring für deine zarten Finger?« Seine müden Augen wirkten mit einem Mal deutlich wacher.

In diesem Moment war Angélique dankbar für ihre rauen Waschfrauenhände. Selbst in ärmlichen Kleidern erkannte man die Adligen an ihren gepflegten, weichen Händen, und beim Adel vermutete man jede Menge Geld.

Stirnrunzelnd nahm Angélique eine der Kokarden in die Hand. »Was willst du dafür?«

Der Mann nannte einen Preis.

Angélique reagierte mit einem erstickten Aufschrei und warf das Abzeichen empört zurück auf den mobilen Ladentisch. Die Augen des Alten blitzten auf, und das Feilschen begann.

Nach zehn Minuten lautstarker Verhandlung heftete sich Angélique die Kokarde an den Ausschnitt. Im Gegenzug schrumpfte ihr ohnehin sehr mageres Budget um ein Drittel. Der Alte grinste sehr zufrieden, als er die Münzen hastig in seinem Geldbeutel verschwinden ließ, und Angélique erkannte, dass der alte Gauner sie über den Tisch gezogen hatte.

Ihr Ärger währte jedoch nur kurz. Das rot-weiß-blaue Abzeichen der Revolution bot sicherlich keinen uneingeschränkten Schutz, aber es erleichterte das unbehelligte Fortkommen in den Gassen von Paris erheblich. Sie schlug sich durch bis an das Ufer der Seine. Eine Menschentraube an einer Brücke hielt sie auf. Die meisten Männer trugen die langen Hosen und roten Mützen der *Sansculotten*[2].

Eine wilde Debatte war entstanden. Angélique vernahm Satzfetzen wie: »... Attentat der Monarchisten ...«

»... Unsinn ... bloß zwei Voyeure ... haben Löcher in ... gebohrt ... um den Frauen unter die Röcke zu schauen ...«

»... und das Fass voller Schwarzpulver ...?«

»... Lafayette und Bailly sind Blutsäufer ... an den Galgen gehören sie ...«

»... zuerst geschossen ...«

Immer wieder deuteten Hände zu einer Stelle am Fuß der Brücke.

Angélique stellte sich auf die Zehenspitzen und lugte über den Rücken einer jungen Frau hinab. In den schmutzigen Fluten der Seine trieb ein Leichnam. Es war ein Mann. Der Rock des Toten hatte sich irgendwie an einem der Brückenpfeiler verhakt. Die sanften Wellen des Flusses stießen den leblosen, aufgedunsenen Leib in stetem Rhythmus gegen den Pfeiler. Hastig wandte sich Angélique ab.

Die junge Frau vor ihr spürte die Bewegung und wandte sich um. »Ein trauriger Anblick, was?«

Angélique nickte stumm.

»Das ist einer der Toten vom Marsfeld«, erklärte die junge Frau.

»Sie haben sie alle in die Seine geworfen!«, knurrte ein graubärtiger Mann.

»Hunderte!«, ergänzte ein junger Mann. »Ich war dabei. Lafayette hat das Volk zusammenschießen lassen, friedliche Menschen, die lediglich eine Petition unterschreiben wollten …«

»Auf den General wurde zuerst geschossen!«, rief jemand.

Der Mann fuhr herum. »Wer sagt das?«

»Ich sage das!«, rief ein Hüne in der Kleidung eines Zimmermanns. »Dieses ganze Unglück haben allein die ›Cordeliers‹[3] zu verantworten, allen voran Marat, dieser Hetzer und Verleumder.«

Ein wütender Schrei war die Antwort.

Angélique hatte während der ganzen Debatte kein einziges Wort gesagt, aber sie befand sich nun im Mittelpunkt der Auseinandersetzung. Männer drängten aufeinander zu. Jemand rempelte Angélique von hinten an, sodass sie stolperte. Sie hielt sich an irgendeiner Schulter fest und wich hastig zur Seite. Aus den Augenwinkeln sah sie, wie die junge Frau neben ihr gegen das Brückengeländer gestoßen wurde und vor Schmerzen aufschrie. Männer brüllten, und gleich darauf hörte man das dumpfe Klatschen, mit dem Fäuste auf Körper und Gesichter trafen. Ein nach Wein stinkender Mann in einer zerrissenen Priestersoutane warf sich direkt neben Angélique auf einen mehlbestaubten Bäckersgesellen. Ein hagerer Mann mit harten Augen rammte den Schädel seines Kontrahenten auf den Boden. Eine Frau stürzte sich gleich darauf auf den Hageren und versuchte, ihm den Kehlkopf einzudrücken. Blut floss. Angélique war umgeben von einer wilden, tobenden Meute. Messer blitzten in der Menge auf. Blitzschnell duckte die junge Frau sich weg, krabbelte durch die bestrumpften Beine eines Mannes, der wilde Hiebe mit seinem Spazierstock austeilte, und schlängelte sich an weiteren Kämpfenden vorbei. Ein Knie traf hart gegen ihre Rippen, und ein Frauenfuß in Holzpantoffeln trat ihr auf die Hand, dann war sie außer Reichweite. Hastig richtete sie sich auf und floh an einer Gruppe Schaulustiger vorbei zur nächsten Straßenecke. Ein Dutzend Schritte weiter war von der wüsten Schlägerei kaum noch etwas wahrzunehmen.

Die Pariser waren nur schwer zu erschüttern, und der Lärm des prallen Lebens verschluckte die Wut- und Schmerzensschreie. Ein Barbier ging auf der Straße ungerührt seinem Handwerk nach. Frauen verkauften Waren aus kleinen Handwagen. Schmutz und Elend waren unübersehbar, aber die Menschen hielten hartnäckig am Leben fest und versuchten, jede Möglichkeit zu nutzen, ihr Los zu verbessern.

Eine zahnlos lächelnde Alte verkaufte Chorhemden und Messgefäße, die ganz sicher nicht auf legale Weise in ihren Besitz gelangt waren. Ein Messerschleifer verkaufte unter seinem Tischchen Pistolen und Schwarzpulver.

Mit offenem Mund stolperte Angélique durch den Staub und Lärm der Stadt. Ein barfüßiger Junge lief an ihr vorbei und pries die neueste Ausgabe des *L'Ami du Peuple* an. »Freund des Volkes« nannte sich die Zeitung Marats, deren Leitartikel ständig neues Öl in das Feuer der Revolution gossen.

Erneut brandete Lärm auf. Noch immer benommen von den unzähligen Eindrücken, nahm Angélique ihn kaum wahr. Plötzlich packte sie eine Hand. »He, nich' so verträumt, Bürgerin!«, rief eine jugendliche Stimme. Nun konnte sie das Getöse zuordnen. Es war das Trommeln von Hufen. Sie wandte sich um und sah eine Abteilung Nationalgardisten auf sich zupreschen. Die Reiter waren so nah, dass sie die Schaumspritzer auf den Nüstern der Pferde erkennen konnte. Im letzten Moment zerrte die Hand sie hinter einen Prellstein.

Der Trupp donnerte so dicht an ihr vorbei, dass Spritzer von Pferdeschweiß und aufgewirbelter Dreck der Straße sie trafen. Als die Schar vorüber war, stoben die zerrissenen und beschmutzten Reste des *L'Ami du Peuple* durch die Gasse.

Angélique sah sich nach ihrem Retter um. Es war der jugendliche Zeitungsverkäufer.

Er blickte den Reitern hinterher und murmelte: »Ihr wisst noch nich', gegen wen ihr kämpfen sollt!«

»Ich danke dir!«, sagte Angélique. »Du hast mir wahrscheinlich das Leben gerettet!«

Ein Grinsen zog über das sommersprossige Gesicht des Jungen. Er nahm die Kappe ab und verbeugte sich. »Stets zu Diensten, Mademoiselle.«

Nachdem die Reiter vorüber waren, kamen die Leute wieder hinter Prellsteinen und aus Hauseingängen hervor. Einige schimpften lautstark, die meisten jedoch gingen ohne viel Aufhebens zur Tagesordnung über. Innerhalb von Sekunden war das Sträßchen wieder voller Menschen.

»Deine schöne Zeitung«, sagte Angélique und blickte bedauernd auf die Papierfetzen, die in den Staub der Gasse getreten wurden.

Der Junge zuckte die Achseln. »Ich sollte die Artikel unter die Leute bringen, und das is' mir ja auch gelungen.« Er grinste.

Angélique zog ihren Geldbeutel hervor.

»Behalt dein Geld. Du kannst gar nichts dafür, dass die Scheißviecher alles platt gemacht ham.«

»Lass mich dir wenigstens einen Teil – «

»Ich komm schon klar«, unterbrach er sie. »Aber du bist wohl neu in Paris?«

»Sieht man das?«

Als Antwort hob er lediglich eine Braue. Dann fragte er: »Was führt dich her?«

»Ich ... suche einen Mann.«

»Die gibt's hier haufenweise«, erwiderte der Junge mit frechem Grinsen.

»Er«, spontan beschloss Angélique, den Namen ihres Vaters lieber zu verschweigen, »wohnt in der Rue du Paon.«

Der Junge zog die Stirn kraus. »Dann haste dir aber 'nen sehr originellen Weg ausgesucht, um dorthin zu kommen.«

»Kannst du mir den Weg zeigen?«

Der Junge nickte. Er führte Angélique den Weg zurück, den sie gekommen war. Es ging durch schmale Gassen und an Hinterhöfen vorbei, die so erbärmlich stanken, dass ihr beinahe schlecht wurde.

»Siechhäuser«, erklärte der Junge lakonisch.

Angélique schluckte. Die Armut war erdrückend, und der Gegensatz zwischen dem Luxus von Versailles und diesen Orten war himmelschreiend. Angesichts dieses Elends glich selbst Saint-Georges einem Palast. Angélique wurde sehr still.

Der Junge schien es nicht zu bemerken. Er erzählte von einigen absurden Verschwörungstheorien und einem pfiffigen Mann, der mit dem Verkauf von Steinen aus der erstürmten Bastille ein Vermögen machte. Dann führte er sie zum günstigsten Bäcker von ganz Paris, und Angélique kaufte zwei Brote, von denen er dankbar eines nahm. Als Angélique in den dunklen Brotlaib hineinbiss, verstand sie sogleich, warum das Brot so günstig war. Der Teig war mit Sägemehl gestreckt worden; es fanden sich einige seltsame Stellen darin, die mit Sicherheit keine eingebackenen Rosinen waren. Angélique verzichtete darauf, sie genauer zu untersuchen.

Der Junge hatte allerdings ihren Gesichtsausdruck bemerkt und meinte grinsend: »Mehlwürmer und Kakerlaken. Nich' schön, aber nahrhaft.«

Angélique warf ihm einen bösen Blick zu, und er kicherte. Ein paar Straßenecken weiter verabschiedete er sich von ihr. »Von hier aus is' es nich' mehr weit. Du folgst einfach dieser Straße bis zum Ende und wendest dich dann nach rechts. Die zweite Straße links is' die Rue du Paon. Viel Glück.« Er nickte ihr zu und wandte sich in die andere Richtung.

»Ich danke dir«, rief Angélique ihm hinterher.

Er sah sich kurz um und winkte mit dem angebissenen Brot. Erst als seine rote Mütze um die Ecke verschwand, fiel Angélique auf, dass sie nicht einmal seinen Namen kannte.

Mit raschen Schritten folgte sie dem angegebenen Weg.

Ohne den Jungen fühlte sie eine gewisse Beklemmung. Die Gassen von Paris waren gefährlich, und die herrschende Gewalt war so willkürlich und unberechenbar wie ein Wirbelsturm. Die gegensätzlichen Eigenarten des Menschen prallten hier mit voller Wucht aufeinander: Egoismus, Brutalität und Grausamkeit fanden sich auf der einen Seite, Mut, Hilfsbereitschaft und Selbstlosigkeit auf der anderen. In den Straßen von Paris waren die Menschenrechte geboren worden, und gleichzeitig galt das Leben eines Menschen hier nichts.

Die Gassen, denen Angélique folgte, waren voller Leben. Die meisten Männer trugen die typische Tracht der Sansculotten. Überall sah man phrygische Mützen und die dreifarbigen Kokarden der Revolutionäre.

Als sie in die Rue du Paon einbog, fiel ihr als Erstes die ungewöhnliche Stille auf. Ein Mann mit Kniebundhosen und blauem Mantel überquerte raschen Schrittes die Straße. Er hatte ein markantes, längliches Gesicht. Wirres Haar lugte unter seinem Dreispitz hervor, an dem deutlich sichtbar das blau-weiß-rote Abzeichen prangte. In einem Hauseingang sah sie einen schmutzigen Frauenrock verschwinden. Angéliques Augen huschten die Häuserfronten entlang. Sie sah an einer Stelle ein Kindergesicht hinter einem Fenster, doch ansonsten wirkte es beinahe, als wären die Häuser unbewohnt. Wie tot war alles, die Fenster blicklos und der Staub auf den Straßen unberührt. Der Mann mit dem Dreispitz war verschwunden, und als ihr Blick zu dem Fenster zurückhuschte, war auch das Kind nicht mehr zu sehen.

Angélique hörte ihren eigenen Atem. Jeder ihrer Schritte schien zwischen den Häuserreihen widerzuhallen. Unwillkürlich tastete ihre Hand nach dem Benediktuspfennig, und sie flüsterte ein Gebet. Mit jedem Schritt wurde sie langsamer, und schließlich blieb sie vor einem unscheinbaren, dreistöckigen Haus stehen. Sie starrte hinauf, und die leeren Fenster schienen wie die kantigen Augen eines riesigen Steinschädels zurückzustarren.

Angélique schluckte. Dann trat sie vor. Die Tür war verschlossen. Nach kurzem Zögern klopfte sie an.

Nichts rührte sich.

»Hallo, ist da wer?«, rief sie gedämpft.

Keine Antwort.

Sie klopfte erneut, diesmal lauter. Gebannt lauschte sie, hoffte, Schritte zu vernehmen oder eine fragende Stimme. Doch alles blieb ruhig. Die Enttäuschung schnürte ihr beinahe die Luft ab. Sie war so weit gekommen, die ganze Strecke nach Paris, all die Mühen, die sie auf sich genommen hatte, und nun stand sie vor verschlossenen Türen. Sie schlug mit der Faust gegen die Tür. »Ist denn niemand zu Hause?«

Stille senkte sich auf sie herab.

Angélique biss die Zähne zusammen und drängte die Enttäuschung zurück. Es gab tausend Gründe, warum ihr Vater ihr nicht öffnete. Er wusste ja nicht einmal, dass sie in der Stadt war. Sie musste ihm eine Nachricht hinterlassen. Entschlossen kramte sie ihr Tagebuch aus der Tasche und riss eine Seite heraus. Sie drückte den Zettel gegen die Tür und nahm den Bleistift zur Hand. Doch kaum hatte sie das erste Wort geschrieben, bewegte sich die Tür. Angélique keuchte erschrocken auf.

Die Tür wurde nur einen kleinen Spalt geöffnet. »Das würde ich nicht tun«, sagte eine Männerstimme leise. In der Dunkelheit des Raumes war nicht mehr als ein schemenhaftes Profil zu erkennen.

»Ich ...«, stammelte Angélique, »... ich suche David de Vantes ...«

»Diesen Mann kenne ich nicht!«, sagte der Mann im Schatten barsch.

Angélique biss sich auf die Lippen. »Er nennt sich inzwischen wahrscheinlich David Marceau. Er ist ...«

»... nicht hier!«, unterbrach sie die Stimme.

»Aber ...«

»Hör zu, Mädchen, ich gebe dir jetzt einen guten Rat. Du

kehrst um, ohne ein weiteres Wort zu verlieren, und gehst ganz entspannt dorthin, woher du gekommen bist ...«

»Ich werde nichts dergleichen tun, nicht, ehe ich weiß, wo mein Vater ist!« Angélique verschränkte die Arme vor der Brust.

»Dein ...?« Der Türspalt, wurde ein wenig geöffnet. Angélique konnte eine Hakennase und schmale blutleere Lippen erkennen. »Verflucht!« Der Mann dachte nach. »Warte hier!«

Angélique öffnete den Mund, um zu widersprechen, hatte aber nur noch eine geschlossene Tür vor sich. Von drinnen waren sich eilig entfernende Schritte zu vernehmen. Der Mann hatte ängstlich gewirkt, und sein Verhalten hatte sich schlagartig geändert, als Angélique sich als David de Vantes' Tochter zu erkennen gegeben hatte. Ein mulmiges Gefühl ergriff sie. Diese Stille in der ganzen Straße hatte sie zuvor schon nervös gemacht, jetzt bekam diese etwas unverkennbar Bedrohliches. Die junge Frau sah sich um. Da! War dort auf der anderen Seite nicht eine Bewegung am Fenster gewesen?! Dann vernahm sie durch die massive Haustür erneut Geräusche, rasche Schritte und hastiges Tuscheln. Kurz darauf öffnete sich die Tür. Eine kleingewachsene Frau mit runden Wangen erschien im Türspalt. Sie hielt einen Laib helles Brot in der Hand und lächelte Angélique an. Ihre Lippen bewegten sich kaum, als sie in einem Tonfall, der nichts mit ihrem freundlichen Lächeln zu tun hatte, sagte: »Sieh dich nicht um. Nimm einen Umweg nach Hause, bewege dich durch dichte Menschenmengen. Brich das Brot erst zu Hause, und komm nie wieder hierher zurück.«

»Aber –«

»Gott sei mit dir, mein Kind«, sagte die Frau laut, »und er segne deine Kinder.« Sie drückte Angélique das Brot in die Hand. Ihr Mund lächelte noch immer, aber ihre Augen waren hart. Dann schloss sie die Tür.

Einen Moment lang stand Angélique unschlüssig da und starrte verdutzt auf das Brot. An einer Stelle war die Kruste feucht. Angélique betrachtete sie genauer. Jemand hatte ein

Stück herausgeschnitten und anschließend wieder in den Brotlaib gedrückt. Ihr Herz machte einen Sprung. Sie drückte das Brot an sich und ging rasch die Straße hinunter. Kurz bevor sie in die nächste Gasse einbog, glaubte sie, Schritte hinter sich zu hören, aber sie widerstand dem Impuls, sich umzudrehen. Schon bald darauf tauchte sie in die Menschenmenge ein. Zunächst folgte sie dem Weg zurück, den der Zeitungsjunge ihr gezeigt hatte. Sobald sie sich etwas sicherer fühlte, wählte sie einige Umwege und verharrte sehr lange in einem dunklen Hauseingang, von dem aus sie die Straße beobachtete. Als ihr niemand Verdächtiges auffiel, wagte sie sich wieder heraus und mietete sich schließlich in der billigsten Pension ein, die sie finden konnte. Es kostete sie ihre letzten Münzen.

In der winzigen Kammer hockte sie sich auf die muffig riechende Strohmatratze und brach das Brot. Ein eingerolltes Stück Papier kam zum Vorschein:

Conciergerie – Kontakt unmöglich
in zwei Tagen Abbaye
suche Bertrand Mirabeau
er verlangt mindestens zehn Livres
alles hat seinen Preis, und der Berg wirft mächtige Schatten

Die Toten

Die Sonne brannte heiß in seinem Nacken. Leon spürte, wie die Schweißtropfen über sein Gesicht liefen. Sie rannen von der Stirn und troffen von seiner Nasenspitze zu Boden. Immerhin lenkte ihn die Hitze von seinen Rückenschmerzen ab. Er war das körperliche Arbeiten einfach nicht mehr gewohnt, aber er wollte sich vor seinen Studenten keine Blöße geben und grub stoisch weiter.

Pawel ging vom einen zum anderen und verteilte Wasserflaschen. Ein junger Student trank in einem Zug eine halbe Flasche leer, und eine Kommilitonin goss sich Wasser über das Gesicht. »Zum Glück haben wir nicht Sudan-Archäologie studiert«, meinte sie grinsend. »Sonst müssten wir in der Wüste buddeln.«

»Wie läuft's denn so an der Ostseite?«, wandte sich der Student an Pawel.

»Sie haben gerade ein Schwert ausgegraben, auf dessen Heft ›Excalibur‹ eingraviert ist«, erwiderte Pawel.

»Sehr witzig.«

»Nun, ein bisschen besser als ihr kommen sie schon voran, und sie haben tatsächlich die Reste eines Schwertes gefunden.«

Sofort wurden alle in der Umgebung hellhörig. »Und, welche Zeitepoche?«

»Lässt sich schwer sagen. Es ist stark verrostet, Heft und Griff sind vermodert. Länge und Form könnten mit der römischen Spatha übereinstimmen.«

»Ein römisches Reiterschwert!«, rief einer der Studenten aus.

»Möglich, aber noch wissen wir nichts Genaues«, dämpfte Pawel die aufkeimende Begeisterung ein wenig. »Die Spatha war bis ins 12. Jahrhundert hinein im Gebrauch.«

»Ja, aber in den späteren Jahrhunderten doch meist die wuchtigere germanische Variante mit abgerundetem Ort und Hohlkehle, oder?«

Pawel lächelte. »Da hat aber jemand seine Hausaufgaben gemacht. Tja, wie es aussieht, hat die Ostseite mit diesem Fund einen klaren Vorteil. Wollt ihr das so auf euch sitzen lassen?«

Der scherzhafte Appell blieb nicht ungehört. Mit neuem Eifer machten sich die Studenten ans Werk. Leon blieb nicht verborgen, dass Pawel die Arbeit verrichtete, die eigentlich seine Aufgabe als Leiter der Expedition gewesen wäre. Es war bezeichnend, dass sein Assistent vor ihm selbst informiert worden war. Er konnte das allerdings niemandem übelnehmen. Er war einfach nicht mit ganzem Herzen bei der Sache.

»Hallo, Chef!« Pawel reichte Leon eine Wasserflasche.

»Gute Arbeit. Ich denke, ich werde mir das Schwert einmal ansehen.«

»Emma ist bereits dran«, erwiderte sein Assistent.

»Ich bin aber auch ein wenig neugierig«, beharrte Leon.

»Ach?« Pawel hob die Brauen.

»Sehr witzig!«, schnaubte Leon.

»Ich habe übrigens herausgefunden, wann genau der Brand stattgefunden hat«, sagte Pawel.

Leon, der sich bereits Richtung Burg orientiert hatte, hielt inne und wandte sich um. »Schieß los!«

»Die Villa und das Bestiarium des Herrn Juppé brannten am 9. Juli 1852 nieder.«

»1852«, murmelte Leon. Bevor er sich zu den Grabungsteams gesellt hatte, hatte er den Kadaver des Ozelots wieder ausgegraben. Es war eine übel riechende Angelegenheit gewesen, aber nicht ohne Erfolg. Das Tier hatte tatsächlich Brandverletzungen. Teile des Fells waren eindeutig versengt, und auch am Schädel gab es eine verkohlte Stelle. Leon war kein Pathologe, aber nach seiner Einschätzung könnte der Kadaver zu einem Tier passen, das einem Brand schwer verletzt entkam und kurz darauf an den

Auswirkungen der Verbrennungen an einem zurückgezogenen Ort verstarb. »Und konntest du in Erfahrung bringen, welche Tiere der verrückte Graf in seinem Bestiarium hielt?«

»Ja, ich habe etwas herausgefunden – und das innerhalb kürzester Zeit, trotz minimalen Schlafs und eines Grabungsprojekts, das eigentlich meine ganze Aufmerksamkeit erfordert.« Er verstummte.

»Du bist der beste wissenschaftliche Assistent der Welt, und ich kann mich glücklich schätzen, ausgerechnet dich in meinem Team zu haben«, gab Leon routiniert zur Antwort.

Pawel nickte. »Ja.«

Nach einigen Sekunden des Schweigens ergänzte Leon seufzend: »Und ich bin ein hundsmiserabler Projektleiter, der seinen armen geplagten Mitarbeiter bis an die Grenzen seiner Leistungsfähigkeit fordert und eigentlich ein deutlich höheres Gehalt für ihn herausholen sollte ...«

Pawels Gesichtsausdruck wurde etwas gnädiger.

»... und ich lade dich nachher auf einen Kaffee ein.«

»Lieber nicht.« Pawel räusperte sich. »Also, leider sind die Listen, die ich gefunden habe, nicht sehr präzise. Aber zumindest stand darin: ›Südamerikanische Wildkatze, frisst überwiegend Nagetiere wie Ratten oder Kaninchen, aber auch Vögel und kleinere Reptilien.‹ Das klingt doch sehr passend.«

Leon nickte und murmelte: »16. Juli 1852 und 21. Juni 1898.«

»Bitte, was?«, fragte Pawel.

Leon winkte ab. »Ich habe nur laut nachgedacht.«

»Und worüber?«

»Ob es einen Zusammenhang zwischen den Daten gibt. Am 21. Juni 1898 verschwindet ein Wolf, und plötzlich werden bei uns Schafe gerissen, und Mathéo findet Wolfsspuren. Am 9. Juli 1852 brennt ganz in der Nähe ein Bestiarium mit Tieren aus Südamerika nieder, und wir finden den verkohlten, ungefähr eine Woche alten Kadaver eines Ozelots. Das Tagebuch besaß zunächst ein authentisches Alter von ungefähr zweihundertfünfzig Jahren. Als es wieder auftauchte, deutete sein Zustand darauf hin, dass es nicht älter als ein oder zwei Jahrzehnte war. Dann alterte es wieder. Was hat das zu bedeuten?«

»Vielleicht will uns jemand auf eine Spur bringen?«, mutmaßte Pawel.

»Aber warum all diese Geheimnisse und dieser enorme Aufwand und warum so unsystematisch? Mal wird das Tagebuch älter, mal jünger.«

Sein junger Assistent zuckte die Achseln. »Vielleicht ist dieser Jemand verrückt?«

Aufgeregte Rufe unterbrachen ihr Gespräch. Sie kamen vom Grabungsteam auf der Ostseite.

»Was ist da los?«, fragte Leon.

Pawel zuckte die Achseln. »Keine Ahnung.«

»Professor Weber!« Eine Studentin kam eilig auf sie zugelaufen. »Kommen Sie schnell!«

»Was ist passiert?«, fragte Leon, während er ihr mit einer Gruppe aufgeregter Studenten auf den Fersen zur Ostseite folgte.

»Wir haben Knochen gefunden«, erwiderte sie, »menschliche Knochen!«

Obwohl Leon die Grabungen in der Hoffnung auf einen solchen Fund angeordnet hatte, konnte er kaum glauben, dass sie tatsächlich Erfolg haben sollten. »Sind Sie sicher?«, hakte er nach.

Die Studentin nickte eifrig. »Eine menschliche Hand ist unverwechselbar.«

Alle Mitglieder des östlichen Grabungsteams hatten sich in einer Traube um die Fundstelle versammelt. Rasch machten sie Platz, und Leon kniete am Fundort nieder. Bleiche Handknochen ragten aus der dunklen Erde. Einige waren zersplittert. »Wer hat sie gefunden?«

»Ich«, ein junger Mann blickte mit einer Mischung aus Stolz und schlechtem Gewissen zu ihm hinab. »Ich habe sie leider erst bemerkt, als es unter meinem Spaten knirschte ...«

»Ihr hattet den Auftrag, schnell zu graben«, unterbrach ihn

Leon. »Sie haben alles richtig gemacht, hervorragende Arbeit!«

Der Mann grinste.

»Ab jetzt müssen wir allerdings äußerst vorsichtig sein. Wir nehmen nur noch feines Werkzeug. Vielleicht liegt hier nur dieser eine Tote, vielleicht sind es aber auch mehrere. Wir legen deshalb die Fläche von dem Felsblock dort drüben bis zum Rand der Mauer frei. Dabei können wir jede helfende Hand gebrauchen. Das Grabungsteam Nord konzentriert sich auf die Mauerseite. Ost macht hier drüben weiter. Wo ist Dr. Cabaye?«

»Direkt hinter dir!«, meldete sich Emmas Stimme.

Leon wandte sich um.

Seine Kollegin hatte ein breites Lächeln aufgesetzt. »Die Spatha ist römischen Ursprungs. Ich bin mir zu neunzig Prozent sicher. Wie es aussieht, hast du den richtigen Riecher gehabt, Professor Weber.«

»Warten wir es ab«, erwiderte Leon, aber er spürte, dass sie recht hatte.

Gemeinsam mit dem Studenten, der zuerst auf die Knochen gestoßen war, legte er den Toten weiter frei. Mit Spateln und kleinen Schaufeln trugen sie das Erdreich Schicht für Schicht ab. Die Arbeit tat Leon gut und half ihm, Angéliques Tagebuch und die verwirrenden Jahreszahlen für ein paar Stunden aus seinem Hirn zu verbannen. Bald hatten sie den Körper zur Hälfte freigelegt. Es war deutlich erkennbar, dass es sich um eine männliche Leiche handelte. Der Schädel des Mannes trug keinen Helm und zeigte Kampfspuren. Der Oberkiefer wies einen Riss auf, zersplitterte Reste der Schneidezähne waren zu erkennen – ein übler Hieb, vermutlich mit einem Schwert oder einer Kampfaxt. Aber diese Wunde war nicht tödlich gewesen. Leons Herz schlug schneller, als er die stark verrosteten Überreste eines Kettenpanzers entdeckte. Der überwiegende Teil der Rüstung war zu rotbraunem Staub zerfallen, aber an den Schultern war das Geflecht doppelt so stark und besser erhalten. Er nahm einen Pinsel zur Hand und entfernte mit äußerster Vorsicht die

Erdkrumen von den geflochtenen Eisendrähten. Dann nahm er eine Lupe zur Hand. Es gab keinen Zweifel. Das Geflecht war abwechselnd aus geschlossenen und gestanzten Ringen erstellt worden.

»*Lorica Hamata*«, stieß er hervor.

Der Student blickte auf. »Sind Sie sicher?«

»So sicher, wie man zum jetzigen Zeitpunkt nur sein kann. Sowohl die spezielle Fertigung der Eisenringe als auch die Aufdoppelung über den Schultern sind typisch römisch.« Leon spürte einfach, dass seine Einschätzung richtig war.

Bald hatten sie den Leichnam vom Kopf bis zu den Füßen freigelegt. Von der sonstigen Kleidung waren nur Teile der mit Nägeln besetzten Stiefel und das Gürtelschloss erhalten geblieben. Vorsichtig gruben sie tiefer. Leon fand eine halb verrottete Dolchscheide.

»Ich glaube, ich habe die Todesursache gefunden!«, meldete sich der Student aufgeregt.

Leon blickte auf.

Der Student deutete auf ein Eisenteil, das im Brustkorb des Toten lag. »Sehr gut!«

»Sieht aus wie eine Pfeilspitze«, sagte der junge Mann

»Eher ein Armbrustbolzen. Vorsicht, nicht berühren!«

Behutsam entfernten sie mit Pinsel und Spatel die Erdkrumen. Leon legte sich auf den Bauch und betrachtete das Geschoss durch die Lupe. Er runzelte die Stirn und betrachtete die Knochen an Rippen und Wirbelsäule genauer. Dann stieß er einen leisen Pfiff aus. »Ja, mit absoluter Sicherheit haben Sie die Todesursache gefunden.« Er nagte an der Unterlippe.

»Stimmt etwas nicht?«, fragte der Student.

»Das Geschoss hat den Mann regelrecht durchschlagen. Sehen Sie hier. Der Bolzen muss direkt durch den Ringpanzer gedrungen sein. Er hat dort den Rippenbogen durchschlagen, ist durch die Lunge gedrungen und hat dann einen Wirbelknochen zerschmettert. Dabei hat er sogar Teile der Rüstung mitgerissen. Sehen Sie diese ringförmige Verfärbung?«

»Ja. Vielleicht wurde er aus nächster Nähe erschossen?«

Leon nickte. »Ja, vielleicht.«

»Knochenfund!«, unterbrach ihn eine aufgeregte Stimme. Nur wenige Meter entfernt winkte eine junge Studentin ihm aufgeregt zu. Er eilte zu ihr hinüber. Etliche Stunden später wussten sie, dass sie einen zweiten spätrömisch-keltischen Reitersoldaten gefunden hatten, der eines gewaltsamen Todes gestorben war.

Als am späten Abend die Sonne am Horizont versank, machten sich die Studenten daran, Grabungszelte über den Fundorten aufzustellen.

Emma blickte zu Leon hinüber. Sie sah erschöpft aus, aber sie lächelte glücklich. »Du hast es tatsächlich geschafft, Leon! Vielleicht ist einer dieser Männer der Riothamus. Ha, König Artus und seine Ritter, ermordet in ihrer eigenen Burg mitten in der Vendée! Die Engländer werden sich vor Wut ins Knie beißen, wenn sie erfahren, dass ihr großer mystischer Held in Frankreich begraben liegt.« Übermütig knuffte sie Leon in die Seite. Er zuckte zusammen. Die Frau wusste einfach nicht, wie viel Kraft sie hatte. »Guck nicht so grimmig. Das ist eine wissenschaftliche Sensation!«, fügte sie hinzu.

»Noch wissen wir nicht, wer diese Männer waren und was hier wirklich geschah«, hielt Leon ihr entgegen.

»Du alter Grimmbär! Das hier reicht locker aus, um die Fortsetzung unseres Projekts zu gewährleisten, und allein das gleicht einem Wunder. Schon die ersten Indizien sind so vielversprechend, dass wir die meisten anderen Theorien über den historischen Artus weit übertreffen. Also, freu dich gefälligst, und ruf Professor Degenhardt an!«

»Du hast eine sehr energische Art, Emma, weißt du das?«

»Notgedrungen«, erwiderte die Französin ungerührt. »Hör auf zu grübeln, und genieß deinen Erfolg. Du bist gut, Leon, richtig gut. Ich muss ehrlich sagen, dass ich nicht mehr an den Erfolg unseres Projekts geglaubt habe. Deine Idee, ausgerechnet hier zu suchen, war brillant.«

Und diese Idee verdanken wir Angéliques Tagebuch, dachte Leon. Aber er sprach es nicht aus. Stattdessen zwang er sich zu einem Grinsen. »Du hast ja recht. Ich werde Dr. Degenhardt gleich anrufen. Ich möchte wetten, dass er uns längst abgeschrieben hat. Wahrscheinlich hat er die Projektgelder längst anderweitig versprochen. Bin gespannt, wie er sich aus dieser Situation herauswinden wird.«

»Er ist ein Wendehals. Solange ein Vorteil für ihn herausspringt, hat er kein Problem damit, Versprechen zu brechen.«

»Da hast du wohl recht. Könntest du ein paar schöne Fotos unserer Funde heraussuchen und auf den Server stellen? Ich muss unserem amerikanischen Finanzier noch heute eine E-Mail schicken.«

»Ist in einer halben Stunde erledigt.«

»Danke.« Während Leon die Stelle aufsuchte, von der man die beste Verbindung zum Telefonnetz hatte, stellte er verwundert fest, dass Emma mit ihren Kommentaren nicht ganz unrecht hatte. Eigentlich müsste er vor Begeisterung über ihren Fund jubeln und tanzen. Der bretonische Riothamus war das wichtigste Projekt seines Lebens. Wenn sich auch nur ein Teil seiner Thesen bestätigte, stand ihm eine glänzende Karriere bevor. Natürlich freute er sich über den Fund. Aber Jubel wollte sich nicht einstellen. Er verstand seine Zurückhaltung selbst nicht.

Etwas abseits der Ruine wählte er die Nummer des Professors. Das Licht der untergehenden Sonne schimmerte rot auf den kuppelförmigen Grabungszelten. Dazwischen wuselten seine Studenten umher wie emsige Ameisen. Die aufgekratzte Stimmung des Teams war bis hierher zu spüren. Er hingegen spürte eine ungewohnte Bedrückung. Hier waren Menschen auf brutalste Art und Weise umgebracht worden. Natürlich war dies schon sehr lange her, aber dennoch ... Es schien ihm nicht richtig, dass der Anblick von Toten Jubel auslöste.

»Degenhardt«, meldete sich eine barsche Stimme am anderen Ende des Telefons.

»Guten Abend, Professor, ich hoffe, ich störe Sie nicht?«

»Nun, wenn ich ehrlich bin ...«, der Professor legte die Hand über den Lautsprecher und gab irgendjemandem eine recht ruppige Anweisung. Dann brummte er ins Telefon: »Ich habe nicht viel Zeit, also fassen Sie sich bitte kurz.« Im Hintergrund waren das Klirren von Geschirr und leises Stimmengewirr zu vernehmen. »Wenn Sie um Aufschub bitten wollen, kann ich Ihnen gleich sagen, dass –«

»Wir haben sie gefunden«, unterbrach Leon ihn.

»Bitte, was?« In Professor Degenhardts Stimme schwang eine Mischung aus Verblüffung und Ärger mit.

»Die Überreste von zwei keltisch-römischen Reitersoldaten, auf brutale Weise getötet und außerhalb der Burg verscharrt«, gab Leon zur Antwort. »Wir gehen davon aus, dass wir in den nächsten Tagen noch weitere Tote finden werden«, fügte er rasch hinzu.

Am anderen Ende der Leitung herrschte verblüfftes Schweigen. Gedämpft konnte Leon eine Stimme hören, die in höflichem Tonfall eine Frage stellte. Der Professor räusperte sich. »Sagen Sie das noch mal!«

»Ich sagte, wir haben zwei keltisch- –«

»Sie doch nicht!«, fauchte Degenhardt seinen Gesprächspartner vor Ort an. Dann hielt der Professor die Hand vor den Lautsprecher, und Leon konnte nichts mehr vernehmen. Kurz darauf meldete er sich mit freundlicher Stimme zurück: »Ähm, entschuldigen Sie, Dr. Weber, manche Leute sind einfach zu ... inkompetent. Fahren Sie bitte fort.«

»Wir haben heute Nachmittag einen Fund gemacht, der dem ersten Anschein nach meine Theorie zu bestätigen scheint«, kürzte Leon das Ganze ab.

Degenhardt antwortete nicht sogleich. Das Stimmengewirr im Hintergrund wurde leiser. »Zwei keltisch-römische Reitersoldaten?«, fragte er schließlich. »Sind Sie sicher?«

»So sicher, wie man zum jetzigen Zeitpunkt nur sein kann«, erwiderte Leon. »Bewaffnung und Rüstung entsprechen dem spätrömischen Standard.«

»Verflucht, wer hätte das gedacht!«, murmelte der Professor. Etwas lauter fügte er hinzu: »Sie haben es aber wirklich spannend gemacht.«

»Also können wir das Projekt fortführen?«

»Na, was glauben Sie denn?!« Der Professor lachte dröhnend. »Sie sind ein verdammtes Genie, Dr. Weber. Ich werde mich mit aller Macht dafür einsetzen, dass Sie alle Unterstützung bekommen, die Sie benötigen. Als Erstes werde ich Brendon die freudige Nachricht überbringen. Am besten, Sie machen sich gleich daran, einen kurzen schriftlichen Bericht anzufertigen. Anschließend lasse ich meine Kontakte zur Presse spielen – «

»Halten Sie das nicht für verfrüht?«, unterbrach Leon ihn.

»Keiner erwartet einen kompletten wissenschaftlichen Aufsatz von Ihnen. Verfassen Sie eine kurze Eilnachricht, um den Rest kümmern sich die Journalisten. Für diesen Fall können wir gar nicht genug Publicity haben. Vertrauen Sie mir, von diesen Dingen verstehe ich mehr als Sie.«

»Aber – «

»Glauben Sie mir, Leon, in einem halben Jahr sind Sie ein berühmter Mann. So, und nun machen Sie sich am besten gleich an die Arbeit!«

»Gut. Aber finden Sie nicht – ?«

»Ich denke, wir machen das so: Sie schicken mir per Mail alle Berichte, die Sie an Brendon und die Presse weitergeben wollen, und ich leite sie nach einer kurzen Prüfung weiter«, unterbrach Degenhardt ihn. »Ich werde Tag und Nacht online sein. Es wird also nur eine minimale Verzögerung geben.« Er lachte. »Machen Sie sich keine Sorgen. Fachlich habe ich vollstes Vertrauen in Ihre Fähigkeiten, ich werde mich lediglich in Bezug auf Stil und Design einbringen.«

»Äh ...«

»Ich schlage vor, wir machen uns gleich an die Arbeit. Ich muss eine Gruppe Schmarotzer abwimmeln, und Sie haben einen Bericht zu schreiben. Ihnen einen schönen Abend noch. Genießen Sie Ihren Erfolg. Auf Wiederhören!«

»Wiederhören«, erwiderte Leon. Es tutete. Der Professor hatte aufgelegt. Achselzuckend steckte der Wissenschaftler das Handy wieder ein. Er brauchte sich nichts vorzumachen. Er hatte von Anfang an gewusst, wie Degenhardt dachte, und er hatte seine Hilfe gern in Anspruch genommen. Die Schmarotzer, die der Mann nun abwimmeln würde, waren wahrscheinlich hoffnungsvolle junge Wissenschaftler, die gehört hatten, dass Gelder eines gescheiterten Projektes in Aussicht standen.

Inzwischen hatten die Studenten die Aufbauarbeiten fast beendet. Leon ging zu ihnen und hielt eine kurze Rede, um sich für ihren Einsatz zu bedanken und Organisatorisches festzulegen. Während der Rest des Teams sich daran machte, den großartigen Fund zu feiern, begab er sich zu seinem Camper und hackte einen Bericht in den Computer. Er fügte ein Dutzend Bilder hinzu, die Emma auf den Server gestellt hatte, und schickte die Mail ab.

Anschließend klickte er sich durch die über zweihundert Bilder, die heute geschossen worden waren. Die Aufnahmen waren gut. Man konnte jeden Knochenbruch deutlich erkennen. Er hatte wirklich fähige Leute in seinem Team. Die Reste der Rüstungen, das Schwert, das sie gefunden hatten – alles deutete darauf hin, dass seine Theorie zutraf, und doch ... Es gab etwas an den Bildern, das ihn irritierte.

Eine leise Fanfare wies ihn darauf hin, dass er eine E-Mail erhalten hatte. Sie stammte von Mr Brendon. Degenhardt hatte nicht zu viel versprochen, er hatte seinen Bericht schnellstmöglich weitergeleitet.

Der kurze Text ließ erkennen, dass sein Finanzier bereits einigen Alkohol im Blut gehabt hatte, als er die Mail erhielt. Und vermutlich hatten die guten Nachrichten ihn animiert, diesen Anteil systematisch zu erhöhen:

Ha, ich wusste doch, dass Sie es draufhaben! König Artus starb in der Vendée! Junger Mann, Sie sind ein Genie!

Sie hätten das Gesicht von Sir MacFarlane sehen sollen! Der arrogante alte Lackaffe wurde bleich wie Ziegenkäse, als er Ihren Bericht las. Allein das war jede Investition wert.

Ich habe meine Sekretärin angewiesen, Ihnen einen Flug zu buchen. Sie werden der Star der Abschlussveranstaltung.

Sie erhalten die Tickets und Reiseinformationen dann per E-Mail.

Feiern Sie nicht zu wild, und feilen Sie ein bisschen an Ihrem grauenhaften Englisch.

Best regards,
Brendon

Leon seufzte. Der Star der Camelot-Tagung in New York zu sein war nichts, was ihn in irgendeiner Art und Weise reizte. Er warf einen Blick aus dem Fenster. Die Sonne war bereits untergegangen. Und er brauchte dringend frische Luft.

Die Temperaturen draußen waren noch angenehm lau. Es roch nach feuchter Erde. Langsam wanderte Leon hinüber zu den Grabungszelten, wobei er an einem studentischen Wachposten vorüberkam, mit dem er kurz plauderte.

Irgendetwas drängte ihn dazu, noch einmal die Toten zu sehen. Unter den Zeltplanen war es einige Grad wärmer. Er schaltete eine der leistungsstarken Lampen ein und richtete den grellen Lichtschein auf die Knochen. Der zweite Mann war besonders groß und kräftig gewesen, und er war übel zugerichtet worden. Ein Hauch von Traurigkeit streifte Leon, als er die sterblichen Überreste betrachtete. »Was für ein Mensch warst du? Ein Berserker oder ein freundlicher Riese? Warst du intelligent, humorvoll?« Er beugte sich vor. »In jedem Fall hast du deine Zähne gepflegt. Das lässt auf eine kultivierte römische Prägung schließen. Den Verletzungen nach zu urteilen, hast du dich tapfer gewehrt …« Leon hielt inne und betrachtete den Schädel des Mannes genauer. Eine Art Delle verlief quer über den Schädel. Irgendetwas hatte mit großer Wucht gegen den Knochen geschlagen, ihn aber nicht gebrochen. Ein Zahn war eingedrückt. Auf dem Kinn waren diese Spuren ebenfalls zu sehen. Hätte der Mann einen Schlag mit Schwert oder Axt abbekommen, hätte die Wunde anders ausgesehen. Es wirkte eher so, als hätte eine lange, scharfe Schneide ihn eingedrückt. Leon kniete sich nieder. Woran war der Mann gestorben? Seine Finger fuhren vorsichtig die beschädigten Knochen entlang. Dann fiel sein Blick auf die Halswirbelsäule. Zwei der Wirbel waren gesplittert. Es sah ganz so aus ... Leon schluckte. Es musste eine andere Erklärung geben. Und doch ... Alles deutete darauf hin, dass dieser Mann von einer Hellebarde getötet wurde. Diese Waffe bestand aus einer Art Speer, der mit einer sichelförmigen oder beilartigen Klinge kombiniert wurde. Die Schweizergarde, die den Vatikan bewachte, trug sie noch heute als traditionelle Bewaffnung. Der Abdruck auf Wangenknochen und Kinn des Schädels stammte von der sichelförmigen Klinge des Beils, die Spitze hatte die Kehle durchbohrt und war bis in den Halswirbel vorgedrungen.

Langsam erhob sich Leon. Ja, es war eine absolut schlüssige Erklärung, abgesehen von einem kleinen Detail. Zur Zeit des Riothamus gab es noch keine Hellebarden. Sie kamen erst ab dem 13. Jahrhundert in Gebrauch.

Nun fiel Leon auch ein, was ihn bei dem ersten Toten, den sie gefunden hatten, irritiert hatte. Es war die enorme Durchschlagskraft des Armbrustbolzens gewesen. Er hatte den Mann trotz Rüstung fast komplett durchbohrt. Zwar gab es einen Vorläufer dieser Waffe schon bei den antiken Griechen, weite Verbreitung fand sie aber erst deutlich später. Auch die erhöhte Durchschlagskraft ging erst mit der Entwicklung der mittelalterlichen Plattenpanzer einher.

Das Ganze ergab einfach keinen Sinn! Hatten sie sich so sehr getäuscht? Waren die Waffen und Rüstungen der Toten in Wahrheit dem Hochmittelalter zuzuordnen? Entschlossen verließ Leon das Zelt. Er musste sich die Fundstücke genauer ansehen.

Emma hatte die Waffen auf einem der großen Tische in der mit Planen überspannten Ruine des Burgfrieds gelagert. Leon schaltete einen Scheinwerfer ein. Das Schwert war in keinem guten Zustand. Nur noch die Klinge war erhalten geblieben, und diese war stark verrostet. Die Schlagkanten verliefen weitgehend parallel und verjüngten sich zum Ende hin nur geringfügig. Die Waffe hatte keine Hohlkehle, war einen knappen Meter lang und wog nach Leons Schätzung nicht mehr als ein Kilogramm. Der Historiker kratzte sich nachdenklich am Kopf. Alle Details deuteten auf eine klassische Spatha hin. Er nahm die Lupe zur Hand, um den Griff nach organischen Spuren abzusuchen. Wenn nur ein wenig Holz oder Leder haften geblieben war, konnte man mithilfe der Radiokarbonmethode eine genaue Altersbestimmung durchführen. Aber trotz sorgfältiger Untersuchung fand er nichts.

Leon legte die rostige Waffe wieder zur Seite. Die Untersuchung hatte ihn auf eine Idee gebracht: Vielleicht sollte er Angeliqués Tagebuch auf diese Weise untersuchen lassen? Das könnte zumindest Aufschluss darüber geben, wie alt das Buch tatsächlich war. Ob der Unbekannte es mittlerweile wieder zurückgelegt hatte?

Er ging hinüber zur Mauer, kniete nieder und zog den losen Stein heraus. Angéliques Tagebuch lag tatsächlich darin, sorgfältig eingewickelt in schmutziges Leinen. Der Stoff verströmte einen unangenehm muffigen Geruch. Leon nahm das Paket und ging hinüber zum Untersuchungstisch. Als er das Buch ausgewickelt hatte, stellte er fest, dass es nicht wesentlich älter zu sein schien als beim letzten Mal. Er wollte es gerade aufschlagen, als ein plötzliches Geräusch ihn erschrocken zusammenzucken ließ. Hastig wandte er sich um. Da war etwas! Er konnte noch sehen, wie ein Flackern über die dunkle Mauer huschte. Dann kehrten Schatten und Stille zurück.

»Hallo?!«

Der Wissenschaftler drehte den starken Schweinwerfer ein Stück. Die geborstenen Mauerkuppen warfen scharfkantige Schatten. Eine feine Staubwolke legte sich langsam. Leon stopfte das Buch unter sein Hemd und nahm einen Spaten zur Hand. Um sich selbst nicht das Licht zu nehmen, ging er im Bogen auf die Stelle zu, aus der das Geräusch gekommen war. Er hatte so etwas noch nie gehört. Es hatte wie der Nachhall eines lauten

Knalls geklungen. Als wäre in einem schalldichten Raum ein schweres Brett zu Boden gefallen, und kurz nachdem es auf den Boden aufgeschlagen war, hätte jemand die Tür geöffnet.

Doch nun war alles still, und niemand war zu sehen. Aber es gab ja noch die Kamera! Er ging zum Kameraversteck hinüber und spulte die Aufnahme zurück. Aus den Lautsprechern drang blechern das abgehackte Geräusch. Dann sah er fast zeitgleich einen Lichtschein vorbeihuschen, ganz leise war noch etwas zu vernehmen. Aber Leon achtete nicht darauf. Mit weit aufgerissenen Augen starrte er auf den kleinen Bildschirm. Der Lichtschimmer verschwand. Er spulte hastig zurück und sah sich die Aufnahme noch einmal an. Die Stelle, an der er das Flackern wahrgenommen hatte, lag über dem Mauerstück von Angéliques ehemaligem Gefängnis. Leon schluckte. Der vorbeihuschende Lichtschein offenbarte unbehauenes Mauerwerk – an einer Stelle, an der es gar kein Mauerwerk gab! Vorsichtig ging Leon auf die niedrige Mauer zu.

Als er niederkniete, fiel sein Blick auf den Boden. Da lag etwas im Staub! Er nahm es in die Hand und hielt es ins Licht des Scheinwerfers. Es war eine kleine, unregelmäßig geformte Bleikugel – und sie fühlte sich warm an.

Der Verdacht

Leons Blick fiel auf das kleine Mauerstück direkt vor ihm. An einem der Steine war ein Teil des Granits herausgesplittert. Die Bruchkanten des kleinen Kraters waren scharf, und er konnte Splitter auf der Erde liegen sehen. Kopfschüttelnd hielt der Wissenschaftler die Bleikugel ins Scheinwerferlicht. Sie hatte eine Naht und war an einer Seite abgeflacht, und zwar – es gab keine andere Erklärung – an der Stelle, an der sie auf den Granit getroffen war. Plötzlich hörte er Schritte hinter sich. Er wandte sich um und sah Emma mit grimmigem Gesichtsausdruck auf sich zustapfen. Sie trug ein weites T-Shirt und kurze Shorts. Der Zustand ihrer Frisur erhärtete den Verdacht, dass sie bereits im Bett gelegen hatte.

»Hallo, Emma«, sagte er stirnrunzelnd.

»Jetzt reicht es!«, fauchte sie und streckte gebieterisch die Hand aus. »Gib her!«

»Was?«

»Das, was du dort in der Hand hältst. Und wage nicht, mich für dumm zu verkaufen!«

Achselzuckend ließ er die kleine Bleikugel in ihre Hand fallen.

Emma warf einen Blick darauf und presste die Lippen zusammen. »Ich rufe die Polizei!«

»Glaubst du wirklich –«, setzte Leon an.

»Ich weiß gar nicht, was es da zu diskutieren gibt! Man hat auf dich geschossen!«, schrie Emma wütend.

»Unsinn! Ich war doch gar nicht in der Nähe«, beschwichtigte Leon. »Ich war dort drüben bei den Artefakten, als mich dieses Geräusch aufschreckte. Ich nehme an, du hast es auch gehört?«

»Ich war auf dem Weg zur Toilette«, erwiderte seine Kollegin in etwas ruhigerem Tonfall. Ihr Blick drückte allerdings sehr deutlich Skepsis aus.

»Emma, wenn jemand versucht hätte, auf mich zu schießen, wäre die Kugel ganz sicher nicht am anderen Ende der Grabungsstelle in die Wand eingeschlagen. Hast du irgendjemanden gesehen?«

Emma schüttelte den Kopf. Dann sagte sie leise, aber bestimmt: »Ich bin ganz gewiss kein furchtsamer Mensch, Leon, aber wir können nicht länger so tun, als wäre nichts. Sobald jemand mit Schusswaffen herumspielt, hört das Ganze auf, ein Spaß zu sein – «

»Ist dir eigentlich aufgefallen, dass dieser Knall sehr merkwürdig klang?«, unterbrach Leon sie. »Fast so, als hätte jemand einen Schalldämpfer verwendet, der nicht richtig funktioniert.«

»Das macht die Sache nicht besser, Leon. Morgen früh gehe ich zur Polizei.«

Leon runzelte die Stirn. »Du weißt, wie sehr das die Grabungen behindern könnte?«

»Unser Fund verschwindet dadurch nicht. Wir haben einen großartigen Erfolg erzielt. Und wir werden weiter daran forschen. Ich möchte nur nicht, dass irgendjemandem etwas passiert ...« Sie verstummte und bedachte Leon mit einem merkwürdigen Blick.

»Was ist?«, fragte er.

»Ich weiß nicht, sag du es mir!«

Leon verzog die Lippen zu einem schiefen Grinsen. »Jetzt klingen wir wirklich wie ein altes Ehepaar.«

Die Französin seufzte. »Um ehrlich zu sein, habe ich den Eindruck, dass deine Skepsis gegenüber der Polizei gar nicht so viel mit dem Projekt zu tun hat.«

Leon nickte. »Sie könnten die Cannabisplantage entdecken, die ich hinter dem Brunnen gepflanzt habe ...«

»Sehr witzig.« Emma verzog bei seinem müden Scherz keine Miene. »Diese Grabung ist dein Projekt, dein Lebenstraum! Du hast Jahre darauf hingearbeitet, den Beweis für deinen bretonischen König zu finden, und nun …«, sie hob in einer hilflosen Gebärde die Hände, »nun, wo alles darauf hindeutet, dass du recht hast, bist du nicht mehr bei der Sache.«

Leon schürzte die Lippen. »Emma, ich hab alles getan, um das Projekt fortzuführen. Gerade erst habe ich unserem Finanzier eine E-Mail geschickt – «

»Leon, ich behaupte nicht, dass du faul bist. Ich habe das Gefühl, dass du mit dem Herzen nicht mehr bei der Sache bist. Hat es etwas damit zu tun?« Sie deutete an ihm vorbei auf die verborgene Hohlstelle in der Mauer.

Der Wissenschaftler hob die Brauen und blickte zu ihr auf.

Emma seufzte. »Was hat es mit diesem geheimnisvollen Tagebuch auf sich, das auftaucht und verschwindet und das du so sorgfältig vor allen verborgen hältst?«, konkretisierte sie ihre Aussage.

Leon presste das Buch in einer halb unbewussten Geste fester an sich. »Wie kommst du darauf, dass ich etwas verbergen würde?«

»War es nicht eine Bemerkung in diesem Buch, die dich dazu inspirierte, die Grabungen in den Burghof zu verlagern? Trotzdem hat niemand diese Texte je zu Gesicht bekommen. Du bist doch sonst nicht so zurückhaltend mit deinen Quellen, ganz im Gegenteil!«

Leon starrte sie an und versuchte, in ihrem Gesicht zu lesen. Sie wirkte müde und blass. Wahrscheinlich schminkte sie sich normalerweise, wenn auch sehr dezent. Verschiedenste Emotionen spiegelten sich in ihren Zügen wider. Emma schien verwirrt und besorgt, aber auch enttäuscht. Nichts deutete darauf hin, dass sie insgeheim mehr von dem Tagebuch wusste oder irgendetwas mit den Veränderungen in Angéliques Texten zu tun hatte. Noch ehe er etwas sagen konnte, nickte sie. »Also gut, Leon, behalte deine Geheimnisse. Aber morgen werde ich zur Polizei gehen. Dieser Entschluss ist unumstößlich. Schon als diese verweste Katze auftauchte, hätte ich gehen sollen.« Sie starrte ihn an, als erwarte sie Widerspruch.

Aber Leon nickte. »Du hast recht. Zeig ihnen die Kugel, vielleicht können sie etwas über den Schützen herausfinden ...«

»Gut.« Ein müdes Lächeln huschte über ihre Züge. »Gute Nacht, Leon.«

»Gute Nacht.« Er blickte ihr nach, bis sie hinter den Planen verschwand. Dann holte er das Buch hervor und schlug es auf. Sein Herz begann, schneller zu schlagen. Angélique hatte geantwortet.

Ist dir bewusst, Leon, welch ein Rätsel du für mich bist? Du schreibst, als würdest du die Welt aus der Ferne betrachten. Dabei bist du doch hier auf dieser Burg, bist inmitten von Leid und Tod. Hast du dich so tief in deine Gedanken vergraben, versteckt hinter Bergen von Büchern?

Die Vendée brennt. Für die Republik brennen sie ganze Dörfer nieder. Für den König erschießen sie Kinder in Uniformen. Der Gestank des Todes, der Pesthauch von Schmerz, Angst und Leid durchzieht die Gassen, erstickt die Städte und wabert in den undurchdringlichen Wäldern. Du fragst mich, wie ich angesichts all dieser Leiden noch an Gott glauben kann. Gewiss ist diese Frage berechtigt, aber nicht sie ist es, die mich zuallererst umtreibt. All dieser Schrecken lässt mich am Menschen zweifeln. Freiheit, Gleichheit, Brüderlichkeit – welch großartige Gedanken, welch tiefe Erkenntnis des Guten ist mit ihnen verbunden! Und doch sind diese Worte in Blut geschrieben, werden geschrien von Kehlen, heiser vor Mordlust und Hass.

»Für Gott und den König!«, brüllen die Männer mit den weißen Kokarden und dem Herzen Jesu auf der Brust. Wie können sie morden für einen Gott, der sagt: »Liebe deinen Nächsten wie dich selbst! Liebe deine Feinde, segne, die dir fluchen.« Und was für ein König ist es, für den sie Hinterhalte errichten und Kugelhagel in Menschenleiber jagen? Es ist ein einsames Kind – ein Knabe, der Vater und Mutter verloren hat! Das Letzte, was dieses Kind braucht, sind eine Armee und blutige Hügel verstümmelter und gemordeter Menschen.

. *Es fällt mir schwer, angesichts all dieser Dinge den Glauben an die Menschheit nicht zu verlieren, zumal auch in meinem Herzen Hass und Rachlust schlummern. Ich kann nur hoffen und beten, dass Gott sich unser erbarmt.*

Was meinst du, wenn du von der »Summe allen Leides« sprichst? Können wir Leid addieren wie Goldmünzen oder Brotlaibe? Ich habe nicht das Gefühl, dass mich dies der Tiefe des Schmerzes näherbringt. Spürst nicht auch du das tiefste Leid, wenn die Menschen, die du liebst, davon betroffen sind?

In der Begegnung mit einzelnen Menschen komme ich dem Leid am nächsten. Und manchmal habe ich eine Ahnung, dass all dieser Schmerz nicht immer ziellos ist. Wie du vielleicht weißt, traf ich einst einen Mann, der furchtbar gezeichnet war. Das Feuer hatte ihm das Gesicht genommen und tiefe Spuren in seinem Körper hinterlassen. Aber es hatte ihn auch zum Menschen gemacht, denn zuvor war er wie eine tollwütige Bestie gewesen, ein Fluch für Tausende von Menschen. Für mich ist er zu einem Segen geworden.

Aber ich weiß aus tiefstem Herzen, dass die Antwort auf die Frage, wozu all dieser Schmerz gut ist, nicht so einfach zu finden ist. Es haben sich schon tausend Philosophen den Kopf darüber zermartert. Wir versuchen, die Schatten an der Wand zu deuten, und wissen nichts von dem Licht, das sie hervorruft.

Deshalb frage ich mich, ob es nicht im tiefsten Kern um etwas anderes geht. Denn selbst wenn es mir gelänge, eine Antwort auf die Frage nach dem Leid zu finden, würde das meinen Verstand vielleicht befriedigen, aber mein Herz bliebe trotzdem einsam. Was nützte es mir und was nützte es anderen, wenn ich die Kuppen der Berge beleuchtet sähe und doch in der Dunkelheit des Tals über meine eigenen Füße stolperte? Was ich wirklich brauche, ist das Licht für den nächsten Schritt!

Wir haben dieses Trachten in uns, die ganze Welt zu durchschauen. Und ja, wir wollen Gerechtigkeit schaffen. Aber der Ort, an dem dies alles beginnen muss, ist unser eigenes Herz. In der Tiefe des Lebens und des Todes sind all die großen Gedanken über die Missstände dieser Welt mit einem Male ganz klein und unbe-

deutend. Jetzt interessiert nur eines: Worauf vertraue ich oder besser gesagt: Wem vertraue ich?

Wie ist es mit dir, Leon, auf wen setzt du dein Vertrauen?

Leon hielt inne, obwohl der Text noch nicht zu Ende war. Er spürte das Pulsieren seiner Halsschlagader. Während des Lesens hatte er plötzlich aufgehört, sich vor Augen zu führen, dass dieser Text nicht authentisch sein und dass Angélique de Vantes ihn unmöglich geschrieben haben konnte. Die Worte, die er las, berührten ihn auf eine Weise, die er nicht einzuordnen vermochte. Vielleicht lag es daran, dass darin auf Platons Höhlengleichnis Bezug genommen wurde. Während seines Studiums hatte sich Leon auch mit abendländischer Philosophie beschäftigt. Er hatte Auszüge aus Platons Werken im Original gelesen. Und während er sich mühsam durch die griechische Grammatik gekämpft hatte, waren die Worte plötzlich lebendig geworden. Die Bilder hatten ihn gepackt. Er sah sie förmlich vor sich: die an den Felsen geketteten Höhlenbewohner, die den Tanz der Schatten an der Wand beobachteten und ihn zu deuten versuchten, ohne zu ahnen, dass dies nur ein schwacher und verwirrender Abglanz der Wirklichkeit war, dass die Höhle, die sie für die ganze Welt hielten, nur ein finsteres Loch war und dass es jenseits davon wirkliches Licht gab und Menschen, die weit mehr waren als schemenhafte Schattenbilder. Für einen kurzen Moment hatte er die Tücken der griechischen Grammatik vergessen, den Lehrstoff, der ihm auftrug, dieses Bild in die Systematik der Philosophie Platons einzuordnen. Und er fragte sich, ob Platon nicht recht haben könnte. Vielleicht war all das, was er selbst als Realität betrachtete, alle wissenschaftliche Forschung, alle sinnliche Wahrnehmung, alle Erfahrung und alles kluge Denken nicht mehr als ein schemenhafter Abglanz der Wirklichkeit.

Ein ähnliches Gefühl packte ihn auch dieses Mal. Er kam sich oberflächlich und banal vor in seinem vergleichsweise gefahrlosen Leben und seinem scheinbar so sicheren Wissen. *Wie ist es mit dir, Leon, auf wen setzt du dein Vertrauen?* Scharf wie ein

Messer hatte sich diese Frage in sein Bewusstsein gebohrt. Gab es jemanden oder wenigstens etwas, dem er wirklich vorbehaltlos vertraute? Oder verlief sein Leben in so seichten und ruhigen Gewässern, dass dies noch gar nicht notwendig gewesen war? Dümpelte er im Planschbecken dahin, während draußen das Meer brauste?

Dann, als wehrte er sich instinktiv gegen die Gefahr, die von dieser Frage ausging, meldete sich sein skeptischer Verstand. Hatte er nicht vor Kurzem eine ganz ähnliche Frage gehört?

»Worauf vertraust du?«, hatte Mathéo ihn gefragt. Sie hatten sich über Glauben unterhalten und waren von abstrakt-philosophischen Gedanken plötzlich ins sehr Persönliche gekommen. Irgendwie schien Angéliques Tagebuch mit einem Mal sehr stark mit den Gedanken zu korrespondieren, die der alte Bauer ihm nahegebracht hatte. Und war es nicht Mathéo gewesen, der all die merkwürdigen Geschehnisse auf Burg Chamilot mit der Vergangenheit in Verbindung brachte? Er hatte die Wolfsspuren gefunden. Mathéo war es gewesen, der den Kontakt zu Aveline Campenon hergestellt hatte, der alten Nachbarin mit ihren abenteuerlichen Geschichten von Wolfsjagden und dem brennenden Bestiarium des verrückten Grafen.

War das alles nicht ein sehr merkwürdiger Zufall?

Leon fuhr sich mit der Hand über das Gesicht und begann, unruhig auf und ab zu gehen. Da war noch etwas. Die Bleikugel, die er gefunden hatte, war unzweifelhaft von einer Schusswaffe abgefeuert worden. Aber es war keine moderne Waffe gewesen. In Gedanken begab sich Leon noch einmal zurück zu jenem Abend, als das Gewitter die Stromleitungen zerstört und Mathéos Scheune in Brand gesteckt hatte. Er erinnerte sich daran, wie er bei dem alten Mann im Wohnzimmer gesessen hatte. Sie hatten Wein getrunken ... Plötzlich hatte Leon das fehlende Puzzleteil wieder vor Augen. Wut erwachte in ihm.

Abrupt wandte er sich um und eilte hinaus. Kaum hatte er die Planen verlassen, fing er an zu laufen. Er riss die Tür zu seinem Camper auf, schloss das Tagebuch in die Schreibtischschublade und griff sich die Autoschlüssel. Wenig später saß er in dem schweren Geländewagen und startete den Motor. Dabei kümmerte es ihn nicht, dass der Lärm des aufheulenden Motors vermutlich die Hälfte des Grabungsteams aus dem Schlaf reißen würde. Holpernd und bockend jagte der Toyota über den Feldweg. Leon parkte ihn schließlich vor der schwarzen Ruine von Mathéos Scheune. Als er aus dem Wagen sprang, empfing ihn wütendes Hundegebell.

»Halt's Maul, Jacques!«, brüllte Leon.

Ein klägliches Winseln war die Antwort.

»Mathéo, mach auf!« Der Wissenschaftler hämmerte gegen die Tür.

Es blieb ruhig, nur Jacques nahm irritiert sein Bellen wieder auf.

»Öffne, verdammt noch mal!«, rief Leon. Er gab der Tür einen heftigen Tritt.

Das Licht ging an. Schritte waren zu vernehmen. Kurz darauf öffnete sich die Tür einen Spalt, und das verschlafene Gesicht Mathéos lugte heraus. »Leon?!« Er öffnete die Tür etwas weiter. »Was ist denn los?«

»Wir müssen reden!« Leon spürte einen Anflug schlechten Gewissens, als er den alten Mann in Schlafanzug und Morgenmantel vor sich stehen sah, die Augen aufgerissen, das Haar in wirren Strähnen im Gesicht hängend.

»Natürlich, komm herein.« Mathéo schloss die Tür hinter ihm, und Leon ging ohne ein weiteres Wort ins Wohnzimmer. Suchend huschte sein Blick zu der alten Kommode. Halb überrascht hob er die Brauen. Sie lag tatsächlich noch da!

Hinter sich vernahm er die Schritte des alten Mannes. »Ich nehme an, es gibt einen guten Grund dafür, warum du um diese Zeit bei mir auftauchst?«, erkundigte Mathéo sich. Er hatte inzwischen zu seiner gewohnten Ruhe zurückgefunden.

»Ja.« Leon drehte sich um und betrachtete den alten Mann.

»Was ist passiert?«

»Ich habe Fragen.«

Mathéo runzelte die Stirn. Ob er verärgert, verwundert oder vielleicht sogar verunsichert war, konnte Leon nicht sagen.

»Du weißt ja, wo die Gläser stehen«, sagte der Alte und holte eine Flasche Wein aus dem Keller. Schweigend stellte Leon die Gläser auf den Tisch.

»Setz dich.« Der alte Bauer schenkte ein. Er schob ein Glas zu Leon hinüber, setzte das andere vor sich ab und wartete.

Leon lehnte sich zurück und verschränkte die Arme vor der Brust. »Was für ein Spiel treibst du hier, Mathéo? Was willst du erreichen?«

Der Bauer nahm einen Schluck Wein, setzte das Glas vorsichtig wieder ab und lehnte sich zurück. Sein Stuhl knarrte leise. »Nun ja, du kommst mitten in der Nacht zu mir, wirfst mich aus dem Bett und schaust mich an, als plantest du, mich zu ermorden und meine Leiche in handliche Stücke zu zersägen ... Ich würde sagen, wenn hier gerade ein Spiel gespielt wird, dann bestimmst du die Regeln. Was ist los, Leon?«

Leon starrte den alten Mann an, als könne er ihn dadurch zwingen, seine Gedanken zu offenbaren, doch das Einzige, was er aus dem Gesicht des alten Bauern abzulesen vermochte, war Verwunderung. »Welches Interesse hast du an Burg Chamilot? Warum legst du Spuren in die Vergangenheit und warum fälschst du das Tagebuch von Angélique de Vantes?«

Mathéo blickte ihn einige Sekunden lang prüfend an. Dann sagte er: »Ich bin mir sicher, dich gut genug zu kennen, Leon, um zu wissen, dass du diese Fragen nicht ohne Grund stellst. Aber das ändert nichts daran, dass ich damit nichts anzufangen weiß. Welche Spuren sollte ich legen? Und von welchem Tagebuch sprichst du?«

Leon schwieg. Er hatte Mathéo gegenüber das Tagebuch nie erwähnt. Der alte Bauer konnte einfach alles abstreiten. Und es sah auch ganz danach aus, als würde er es tun. Das Problem war, dass er dabei auch noch ausgesprochen ehrlich wirkte. Und dennoch – irgendetwas wusste der alte Mann. Da war sich Leon ganz sicher. Er räusperte sich. »Von Anfang an haben die

Leute kein Hehl daraus gemacht, dass sie uns nicht hier haben wollen. Schon bevor die Sabotagen einsetzten, war das deutlich zu spüren. Du bist die einzige Ausnahme. Warum?«

Mathéo lächelte. »Müsste die Frage nicht andersherum lauten? Seit wann ist es verdächtig, Gastfreundschaft zu üben?«

»Tja, wie es aussieht, ist Freundlichkeit in dieser Gegend verdächtig. Also, warum hilfst du uns?«

»Ich hoffe sehr, dass ich keinen besonderen Grund brauche, um mich angemessen zu verhalten. Was die anderen denken, ist mir egal. Aber gut, ich will ganz ehrlich sein. Ich mag dich, Leon, deshalb habe ich dir gern geholfen.«

»Warum?«

»Sagen wir mal so: Du erinnerst mich an jemanden, dem ich einst begegnet bin ... vor langer Zeit.«

Leon glaubte dem alten Mann. Die gegenseitige Sympathie, die sie empfanden, war nicht gespielt, aber das bedeutete nicht, dass Mathéo in jeder Hinsicht ehrlich zu ihm war. »Was verbindet dich mit Angélique de Vantes?«

»Die de Vantes waren die Besitzer der Burg. Diese ganze Gegend hier gehörte ihnen. Aber soweit ich weiß, lebt keiner von ihnen mehr.«

»Das war nicht meine Frage.«

»Ich lebe auf dem Land, das einst den de Vantes gehörte. Das ist meine einzige Verbindung zu dieser Frau.«

»Das heißt, du kennst Angélique?«

»Sie ist tot.«

»Aber du weißt, wer sie ist?«, bohrte Leon nach.

»Ich weiß, dass sie 1793 Gefangene auf dieser Burg war. Vermutlich wurde sie hingerichtet, so wie all die anderen auch, die dem Wüten des Nationalkonvents zum Opfer fielen.«

»Woher weißt du das?«

»Dies ist schon lange meine Heimat. Ich weiß auch, dass der Comte Henri de Vantes im Jahre 1586 im Kampf gegen die Hugenotten fiel und dass es hier bereits zur Altsteinzeit erste Siedlungen gab.«

Leon seufzte. »Am selben Tag, als deine Scheune brannte, fanden wir in den Mauern des Burgfrieds einen Hohlraum. Dort war ein Tagebuch versteckt – das Tagebuch von Angélique Maria Pauline de Vantes. Um herauszufinden, wie es einst versteckt worden war, legte ich es zurück in den Hohlraum. Gleich darauf erlitt ich eine Art Schwindelanfall und stieß mir den Schädel. Als ich wieder zu mir kam, war das Tagebuch verschwunden. Kurz darauf tauchte es wieder auf, in genau jenem Hohlraum. Aber es war verändert.«

Mathéo hatte seinem Bericht mit unbewegter Miene zugehört. An dieser Stelle hob er jedoch die Brauen.

»Es schien deutlich jünger zu sein, und Teile des Textes fehlten.« Leon sah Mathéo scharf an, doch dieser betrachtete ihn nur aufmerksam.

»Um es kurz zu machen: Irgendwann begann ich, in dieses Buch zu schreiben. Und allem Anschein nach antwortet Angélique darauf. In jedem Fall verändert sich das Tagebuch immer wieder, nachdem ich es im Hohlraum abgelegt habe. Und nicht nur das. Es gibt noch andere Bezüge. Ein Wolf taucht auf, obwohl diese Tiere in der Vendée längst ausgestorben sind. Dann finden wir den verkohlten Kadaver eines Ozelots an unserem Ausgrabungsort, und kurz darauf berichtet mir Aveline von dem Bestiarium des verrückten Grafen. Und heute hörte ich einen Schuss und fand eine Bleikugel, die dicht neben dem Hohlraum in die Mauer eingeschlagen war.«

»Man hat auf dich geschossen?!« Die Stimme des alten Mannes klang erschrocken.

»Ich bin mir sicher, dass diese Kugel aus einer alten Waffe stammt«, fuhr Leon unbeirrt fort, »zum Beispiel aus einem Steinschlossgewehr.« Er erhob sich und ging hinüber zur Kommode. »Oder aus so einer Pistole!« Er nahm die Waffe in die Hand, die Mathéo dort liegen hatte.

Der Alte starrte einen Augenblick lang sehr nachdenklich zu Boden. Dann hob er ruckartig den Kopf. »Du glaubst, dass ich auf dich geschossen habe?!«, rief er ungläubig.

»Nicht auf mich«, erwiderte Leon. Nach einer kurzen Pause fragte er: »Hast du damit geschossen?«

Mathéo schüttelte den Kopf. »Wie gesagt, ich habe seit fünfzig Jahren keine Waffe mehr angefasst. Und der letzte Schuss aus dieser Pistole wurde zur Zeit des Vendée-Aufstandes abgegeben.«

»Woher hast du sie?«

Mathéos Miene wurde unnachgiebig. »Das geht dich nichts an.«

Leon atmete tief aus und schloss für einen Moment die Augen. Er war verunsichert. Der Bauer reagierte nicht so, wie er es erwartet hatte. Wenn der alte Mann tatsächlich hinter all dem steckte, war er ein Meister der Verstellung. »Und was sagst du zu all diesen Geschehnissen, von denen ich dir berichtet habe? Hältst du das Ganze für Zufall?«

»Nein.«

»Hältst du mich für verrückt?«

»Das erst recht nicht.«

»Was hat das Ganze dann zu bedeuten? Wer betreibt diesen ungeheuren Aufwand?«

Mathéo warf ihm einen undurchdringlichen Blick zu und schwieg. Dann sagte er leise: »Wenn jemand in der Lage ist, das herauszufinden, dann du.«

Leon stieß ein spöttisches Schnauben aus. »Danke für dein Vertrauen. Darf ich diese Pistole mitnehmen? Ich nehme an, die Polizei wird ohnehin alle Waffen in der Gegend überprüfen lassen.«

Nach kurzem Zögern nickte Mathéo. »Natürlich.«

Leon setzte sich wieder an den Tisch und nahm einen Schluck Wein. »Ich frage mich, ob die ganze Sache weiter eskaliert oder sich beruhigen wird, jetzt, nachdem wir die Toten gefunden haben.«

»Die Toten?!«, rief Mathéo aus. »Welche Toten?«

»Vor den Mauern des Burgfrieds waren Leichen vergraben. Bis jetzt haben wir zwei männliche Skelette gefunden, aber wir rechnen mit weiteren. Vieles deutet darauf hin, dass es keltisch-römische Reiterkrieger waren. Aber es gibt noch einige Ungereimtheiten.« Leon stellte das Glas wieder ab und fügte mit ironischem Lächeln hinzu: »Tja, es sieht beinahe so aus, als hätte wir König Artus und seine Männer gefunden. Wer weiß, vielleicht bin ich bald eine Berühmtheit.«

»Wo habt ihr die Toten hingebracht?«, fragte Mathéo. Es klang, als bemühte er sich, seiner Stimme einen beiläufigen Klang zu geben.

»Sie liegen noch immer dort, wo wir sie gefunden haben«, erwiderte Leon. »Wir gehen in solchen Fällen sehr behutsam und vorsichtig zu Werke. Jede Umlagerung kann wertvolle Spuren zerstören.«

»Wertvolle Spuren«, wiederholte Mathéo kopfschüttelnd. Dann senkte er den Blick und starrte auf die Tischplatte. »Ich hoffe, ihr behandelt diese Toten mit Respekt. Für euch sind es Forschungsobjekte, aber ... es waren einmal Menschen.«

Leon warf Mathéo einen scharfen Blick zu, aber die Miene des alten Mannes blieb undurchdringlich. Er nickte. »Dessen sind wir uns bewusst, Mathéo. Du kannst unbesorgt sein.«

Der alte Bauer trank seinen Wein aus. Dann blickte er auf und lächelte. »Möglicherweise wäre es eine gute Idee, den Rest dieser Nacht zu nutzen, um ein wenig Schlaf zu finden?«

Leon nickte. »Ich habe verstanden.«

»Natürlich möchte ich nicht, dass du das Gefühl hast, ich würde dich rausschmeißen ...«

»Aber genau das tust du«, ergänzte Leon den Satz.

»So ist es.«

Als Leon die kurze Strecke zurück zur Grabungsstätte fuhr, versuchte er, Ordnung in das Chaos seiner Gedanken zu bringen. Er war sich so sicher gewesen, dass Mathéo hinter all dem steckte, doch nun hatte er größte Zweifel an dieser Theorie. Es schien doch sehr weit hergeholt, dass der alte Mann all dies bewerkstelligt haben sollte, nur um Leon dazu zu bringen, seine Überzeugungen infrage zu stellen und über Gott und die Welt nachzudenken. Dennoch wurde er den Eindruck nicht los, dass der alte Bauer etwas vor ihm verbarg, warum auch immer.

Als er wieder zurück in seinem Camper war, hatte Leon das Gefühl, seine Verwirrung könnte gar nicht größer werden, als sie es in diesem Moment war. Er sollte sich täuschen.

Da er zu aufgekratzt war, um an Schlaf auch nur zu denken, setzte er sich an seinen Schreibtisch. Da fiel ihm wieder ein, dass er den neuen Abschnitt in Angéliques Tagebuch nicht zu Ende gelesen hatte. Er öffnete die Schublade seines kleinen Schreibtischs, legte die alte Steinschlosspistole hinein und holte das Tagebuch heraus. Dann setzte er sich auf sein Bett und blätterte zu jenen Sätzen, die er als Letztes gelesen hatte:

In der Tiefe des Lebens und des Todes sind all die großen Gedanken über die Missstände dieser Welt mit einem Male ganz klein und unbedeutend. Jetzt interessiert nur eines: Worauf vertraue ich oder besser gesagt: Wem vertraue ich?

Wie ist es mit dir, Leon, auf wen setzt du dein Vertrauen?

Nach einem kleinen Absatz setzte die Schrift wieder ein:

Bevor ich schließe, möchte ich aber deine zweite Frage nicht unbeantwortet lassen. Du hast mich in der dir eigenen Dreistigkeit nach den Inhalten meiner Halluzinationen gefragt, die mich zuweilen erfassen. Es ist noch nicht lange her, da hätte ich diese Impertinenz mit einer scharfen Zurechtweisung oder kaltem Schweigen beantwortet. Doch hier unten legt man solchen Dünkel bald ab. Ich will dir von meinen Visionen erzählen, auch wenn ich noch immer den Gedanken in mir trage, dass du es bist, der diese kleinen Signale an mich sendet. Zuweilen höre ich Geräusche, die nicht hierher zu passen scheinen, sei es fröhliches Gelächter, das wie aus weiter Ferne zu mir dringt, oder das friedliche Zwitschern eines Vogels. Einmal schien sich unnatürlich weißes Licht durch die Fugen dieser Mauern pressen zu wollen. Ein andermal drang ein Geruch in meine Nase, frisch wie der Morgen, voll Feuchtigkeit und dunkler, schwerer

Erde. Ich weiß nicht, wer oder was solches zu bewirken vermag, aber für mich war jedes Durchbrechen der finsteren, stinkenden Ödnis um mich herum ein Geschenk.

Ich kenne dich nicht, Leon, noch immer bist du mir ein Rätsel. Dreist hast du dich in mein Tagebuch geschlichen und dich in meine Gedanken gezwängt. Seltsamerweise bin ich dir nicht gram deswegen. Vielleicht, weil mein Leben bald enden wird, vielleicht auch, weil du mich, ob gewollt oder ungewollt, dazu zwangst, gute Gedanken zu denken und mich auf das zu besinnen, was der Zeit nicht unterworfen ist.

So sage ich dir zum zweiten Mal: Leb wohl.

Place de Grève

Noch war es still in den Straßen und kühl. Das fahl-gelbe Licht der Laternen mischte sich mit dem schwachen Leuchten des blassblauen Morgenhimmels. In Hauseingängen und Kellerschächten lagen hier und da zerlumpte Bündel – Menschen, die wie Angélique selbst auch kein Dach über dem Kopf hatten. Ein älterer Mann saß halb aufrecht an eine Hauswand gelehnt und schnarchte laut. Seine Füße waren bloß, aber die Strümpfe, die er trug, waren kaum beschmutzt, und seine Hose war von guter Qualität. Leise ging Angélique auf ihn zu. Der penetrante Gestank nach Wein und Urin, der von ihm ausging, war nur schwer zu ertragen. Vorsichtig durchsuchte sie seine Taschen. Das schlechte Gewissen nagte an ihr, als ihre Finger vorsichtig in seine Westentasche schlüpften. Aber sie hätte sich keine Gedanken zu machen brauchen, andere waren schneller gewesen.

Irgendwo auf einem schmutzigen Hinterhof krähte ein Hahn, und der Betrunkene zuckte zusammen. Erschrocken sprang Angélique zurück. Doch der Mann sackte einfach nur in sich zusammen und schlief weiter.

Als sie um die nächste Straßenecke ging, wäre sie beinahe gegen die schwarz verfärbten Füße eines Toten gestoßen. Man hatte den Mann an einer Laterne aufgehängt. »Laternisieren« nannte man dies verharmlosend. Ohne dass Angélique etwas dagegen tun konnte, summte eine boshafte Stimme in ihrem Hinterkopf die eingängige Melodie des Liedes, das sich unter den Sansculotten größter Beliebtheit erfreute und schon von kleinen Kindern gesungen wurde:

»Ah, das geht ran, das geht ran, das geht ran,
die Aristokraten an die Laterne.
Ah, das geht ran, das geht ran, das geht ran,
die Aristokraten, hängt sie dran.
Und wenn sie alle hängen, marsch,
haut man ihn'n die Schippe vorn Arsch.
Ah, das geht ran, das geht ran, das geht ran,
die Aristokraten, hängt sie dran ...«

Angélique schluckte und machte einen Bogen um die Leiche, deren erstarrte Muskeln ihr ein groteskes Aussehen verliehen. Bei diesem Toten fand sich ganz sicher kein Geld mehr in den Taschen. Vermutlich war der Mann ein spätes Opfer des Massakers auf dem Marsfeld. Blut forderte Blut. Nachdem man grundlos Hunderte von Menschen getötet hatte, wollte der Zorn besänftigt werden, und man suchte nach Spitzeln, Verrätern und Konterrevolutionären. Und dabei ging man nicht sehr wählerisch vor. Obwohl sich der Volkszorn gegen die Aristokratie richtete, waren die meisten Opfer einfache Leute.

Die junge Frau eilte weiter die Straßen entlang. Es war noch weit bis Abbaye, und sie wollte früh da sein. In den vergangenen zwei Tagen hatte sie wohl tausendmal die wenigen Zeilen gelesen, die der unbekannte Mann ihr hatte zukommen lassen:

Conciergerie – Kontakt unmöglich
in zwei Tagen Abbaye
suche Bertrand Mirabeau
er verlangt mindestens zehn Livres
alles hat seinen Preis, und der Berg wirft mächtige Schatten

Sie hatte versucht, so viel wie möglich herauszufinden, aber da sie niemanden kannte, war es schwierig, sich Informationen zu beschaffen. Die Conciergerie war ein Gefängnis, das mitten im alten Paris auf einer Insel der Seine lag. Warum ihr Vater dort inhaftiert war, hatte sie nicht herausbekommen können, aber sie hatte eine Ahnung. Der *Ami du Peuple* hatte angeprangert, dass einige wohlhabende Kaufleute und ehemalige Mitglieder des zweiten Standes sich die Mehlknappheit zunutze machten, um ihre Profite zu erhöhen. Es wurden sogar Namen und Adressen genannt. Ihr Vater wurde zwar nicht erwähnt, aber es fiel der Name Lamourette. Der Mann war Reedereibesitzer und ein enger Geschäftsfreund ihres Vaters. Es war gut möglich, dass ihm diese Freundschaft nun zum Verhängnis geworden war.

Offenbar gab es in der Conciergerie keine Möglichkeit, ihren Vater zu besuchen, aber heute sollte er nach Abbaye verlegt werden, ein ehemaliges Zisterzienserkloster, das nun als Gefängnis genutzt wurde. Wenn sie sich nicht täuschte, war Bertrand Mirabeau dort als Wachmann eingeteilt, der gegen Bestechung einen Besuch bei ihrem Vater ermöglichen würde. Das Problem allerdings war, dass Angélique nicht über die geforderten zehn Livres verfügte. Sie hatte nicht einmal die Hälfte der Summe erbetteln, erarbeiten und stehlen können. Sie würde es dennoch versuchen. Und wenn sie früh genug dran war, konnte sie vielleicht sogar den Gefangenentransport abfangen und ihren Vater sprechen, bevor er in seiner Zelle saß.

Der letzte Teil der Botschaft war leicht zu entschlüsseln, aber dennoch schwer zu deuten gewesen: »alles hat seinen Preis, und der Berg wirft mächtige Schatten«. Der Berg bezog sich vermutlich auf die radikale politische Gruppierung des Nationalkonvents, die bevorzugt die oberen Sitzreihen besetzte und deshalb »Montagnards« genannt wurde. Der Jakobinerclub und die »Cordeliers« gehörten zu ihnen.

Der Text deutete an, dass sie zunehmend an Einfluss gewannen. Die Worte »alles hat seinen Preis« könnten sich auf das Bestechungsgeld beziehen. Aber Angélique vermutete, dass sich noch mehr dahinter verbarg. Hatte ihr Vater irgendetwas getan, das ihm nun zum Verhängnis zu werden drohte? Hatte Pierre nicht angedeutet, dass er irgendetwas mit der Halsbandaffäre zu tun gehabt haben könnte? Tausend Fragen spukten ihr durch den Kopf, aber bevor sie nicht mit ihrem Vater gesprochen hatte, würde sie darauf keine Antworten finden.

Sie hastete weiter die Straßen entlang. Als sie den festungsartigen Bau des Klosters erreichte, begann das Leben auf den Straßen zu erwachen. Die junge Frau suchte sich einen Platz unweit der Eingangstore und wartete. Die Sonne stieg langsam über den Dächern der Stadt empor. Es würde ein heißer Tag werden. Eine Stunde verging und noch eine. Die Leute gingen an ihr Tagwerk, und bald entfaltete sich der typische Lärm der Großstadt. Bei jedem Fuhrwerk, das die Straßen entlangkam, krampfte sich Angéliques Magen zusammen. Aber es kam kein Gefangenentransport.

Schließlich hielt sie es nicht mehr aus. Sie ging auf die Wachposten zu, die mit müden, stumpfen Blicken auf das bunte Treiben starrten.

»Guten Morgen, Bürger«, sagte sie und versuchte, ein bezauberndes Lächeln auf ihre Lippen zu zwingen. »Man sagte mir, dass heute einige Gefangene aus der Conciergerie eintreffen sollen.«

Der eine der Männer sah sie nur schweigend an. Sein Blick glitt prüfend an ihr herab. Es kostete sie Mühe, ihr Lächeln aufrechtzuerhalten.

Der andere Posten kratzte sich das bärtige Kinn und brummte: »Von 'nem Transport weiß ich nichts.«

»Könnte es sein, dass er zuvor schon eingetroffen ist?«, hakte Angélique nach.

»Nich', dass ich wüsste«, erwiderte nun der andere Wachposten, der konzentriert auf Angéliques Brüste starrte, die sich unter ihrem fadenscheinigen Kleid abzeichneten.

»Wann treffen denn üblicherweise die Gefangenentransporte ein?«

Der Bärtige zuckte die Achseln. »Unterschiedlich. Suchst du jemand Bestimmtes?«

Angélique zögerte, schließlich sagte sie: »Ich würde gerne Bertrand Mirabeau sprechen.«

»Warum?«, fragte der Gaffer und stützte sich lässig auf seine Pike.

»Bitte«, sagte Angélique mit gequältem Lächeln.

»Vielleicht kann ich dir ja weiterhelfen? Der Caporal is' auch nicht hübscher als ich.« Der Mann grinste, was sein Gesicht nicht ansprechender aussehen ließ.

Angélique wandte sich von ihm ab und warf nun dem Bärtigen einen Hilfe suchenden Blick zu.

»Es ist 'ne Schande«, sagte der Mann und gähnte. »Da riskiert man nun Tag für Tag sein Leben für Volk und Vaterland – und was is' der Lohn? Ein Sold, der kaum zum Überleben reicht und auch noch unpünktlich gezahlt wird. Jeder Tagelöhner führt ein besseres Leben als wir.«

Angélique seufzte im Stillen. Das wenige Geld, das sie besaß, reichte jetzt schon nicht, um Mirabeau zu bezahlen. Aber welche Wahl hatte sie schon?

»Was für eine himmelschreiende Ungerechtigkeit«, erwiderte sie. »Gewiss habt ihr Frau und Kinder zu versorgen.« Sie zog einige ihrer kostbaren Münzen aus der Tasche und steckte sie dem Bärtigen zu. Dieser warf einen Blick darauf, verzog das Gesicht und brummte: »Was für 'ne elende Welt.« Dann sah er auf und knurrte: »Komm mit!«

Angélique folgte ihm.

»He, und was ist mit mir?«, rief der Gaffer ihr hinterher.

Angélique verkniff sich eine Erwiderung.

Das Innere des Klosters war düster und kalt. Der Mann führte sie eine Treppe hinab und an einer Gruppe Karten spielender Soldaten vorbei zu einer Tür. Er klopfte. »Caporal?«

Eine mürrische Stimme antwortete.

Der Soldat öffnete die Tür und schob Angélique in einen düsteren Raum, der nur durch ein winziges Fenster Licht und Luft hereinließ. Ein Mann saß an einem Schreibtisch und trug im Licht einer Kerze etwas in ein großes Buch ein. Er blickte nicht auf.

Nachdem der Soldat wieder hinausgegangen und die Tür

hinter sich geschlossen hatte, ergriff Angélique das Wort: »Bertrand Mirabeau?«

»Was willst du?« Er schrieb weiter in das Buch.

»Man sagte mir, dass heute ein gewisser David de Vantes oder David Marceau mit einem Gefangenentransport aus der Conciergerie eintreffen solle.«

Schweigen.

»Ist der Transport schon eingetroffen?«

»Woher weißt du davon?«, fragte der Caporal in kühlem Tonfall.

»Jemand ... hat es mir erzählt. Ich weiß nicht, wie der Mann heißt. Warum fragst du? Ist irgendetwas Besonderes an diesem Transport?«

Der Mann zuckte die Achseln. »Vielleicht? Vielleicht auch nicht. Warum kommst du mit deinem Anliegen zu mir?« Er wandte seine Aufmerksamkeit wieder dem Buch zu und ergänzte seine Eintragungen.

Angélique starrte ihn an. Dann endlich verstand sie, worauf er hinauswollte. Sie zog ihr restliches Geld aus der Tasche und legte es auf den Tisch. Es waren knapp drei Livres.

Der Mann runzelte die Stirn und steckte die Münzen in seinen Beutel. Dann sagte er mit kühler Miene: »Offensichtlich hat man dich falsch unterrichtet. Ich kann dir leider nicht weiterhelfen.«

»Aber ...« Angélique starrte ihn an. Zorn mischte sich in ihre Verzweiflung.

Offensichtlich sah der Caporal die Wut in ihren Augen. Er verschränkte die Arme vor der Brust und lächelte.

Obwohl das ihren Zorn nur noch mehr anstachelte, erkannte Angélique, dass sie in einem Machtkampf den Kürzeren ziehen würde, gleichgültig, was sie tat. Ihre privilegierte Herkunft nützte ihr nichts, ganz im Gegenteil. Die Verhältnisse hatten sich umgekehrt. Angélique schloss die Augen und holte tief Luft. Sie hasste sich für ihre Hilflosigkeit. »Bitte ... David de Vantes ist mein Vater. Wo kann ich ihn finden?«

Der Mann betrachtete eingehend ihr Gesicht. Plötzlich schoss seine Hand vor. Mit hartem Griff packte er ihr Handgelenk und drehte ihre Handfläche nach oben. Dann nickte er langsam. »Ja, die Zeiten haben sich geändert. Es ist nicht leicht, von seiner Hände Arbeit zu überleben, nicht wahr?«

»Bitte, wo ist mein Vater?«

Der Mann ließ ihre Hand los. »Es tut mir leid. Der Transport wurde abgesagt.«

»Was ... was heißt das?«

»Die Gefangenen wurden zum Tod durch das Schwert verurteilt. Die Hinrichtung findet heute auf dem Place de Grève statt.«

Angélique hatte das Gefühl, eine zentnerschwere Last würde sich auf ihre Brust legen. »Und ... mein Vater ist auch unter ihnen?«, stieß sie keuchend hervor.

»David de Vantes steht auf der Liste.«

Angélique taumelte. Sie stieß gegen den Schreibtisch des Mannes. Der Caporal sprang auf und packte sie an der Schulter. Er blickte mit einer Mischung aus Missbilligung und Mitleid auf sie herab.

»Wann genau?«, stöhnte sie.

»Noch vor dem Mittag, vermutlich schon um die zehnte Stunde.«

Angélique riss sich los und taumelte aus dem Raum. Irgendwie fand sie den Weg nach draußen. Kaum hatte sie die Straße betreten, fing sie an zu laufen. Die beiden Wachposten lachten, und einer von ihnen rief ihr eine unflätige Bemerkung hinterher. Doch sie achtete nicht darauf. Angélique eilte, so rasch sie konnte, durch die zunehmend belebten Straßen. Sie wusste nur, dass der Platz unweit der Conciergerie liegen musste. Man würde die Gefangenen kaum durch die halbe Stadt fahren. Nach Atem ringend, hielt sie inne und fragte einen freundlich wirkenden Mann, der ein schweres Fuhrwerk mit Baumaterial lenkte, nach dem Weg.

»Hier über die Seine und dann rechts«, brummte er. »Du

findest den Platz gegenüber der Île du Palais am Hôtel de Ville. Ich allerdings würde diesen Ort an deiner Stelle lieber meiden.«

»Warum?«, gab Angélique zurück und spürte, wie die Furcht ihr die Kehle zuschnürte.

»Weil er zu dieser Stunde den Voyeuren und Blutdurstigen gehört.«

»Haben sie schon mit den Hinrichtungen begonnen?«, fragte Angélique entsetzt.

Der Mann, der ihre Miene offensichtlich missdeutete, schnaubte abfällig. »Wenn du dich beeilst, wirst du einen Teil des Schauspiels sicherlich noch miterleben.«

Angélique wandte sich um und hetzte die Straße Richtung Norden auf die nächstgelegene Brücke zu. Der Mann mit dem Fuhrwerk rief ihr irgendetwas hinterher. Es mischte sich mit dem Lärm der Straße und dem Kreischen der Möwen, die das Ufer der Seine belagerten, zu einem bedrohlichen Brausen. Angélique erreichte die Brücke und hastete an Menschen, Fuhrwerken und Reitern vorbei. Überall war wimmelndes Leben. Ein Wirrwarr von Sinneseindrücken prasselte auf sie ein: der Lärm von schreienden und plaudernden Stimmen, das Rattern der Fuhrwerke und der dröhnende Hufschlag der Kutschpferde. Ein wogendes Meer aus Farben von schmutzigem Grau bis zu leuchtendem Purpur umgab sie. Es roch nach Schweiß, Zwiebeln, Parfüm und Straßenkot. Es war, als versuche alles Leben dieser Stadt, ihre Aufmerksamkeit zu erringen, während sie dem Tode entgegeneilte.

Die Luft von Paris brannte in ihren Lungen, und ihre Muskeln schmerzten, als sie, wie ihr schien, den von Tausenden von Menschen verstopften Platz erreichte. Man hatte für das Schafott ein erhöhtes Podest errichtet. Trotzdem konnte sie kaum etwas erkennen. Die Menschen drängten gegeneinander. Einige hatten sogar Laternen erklommen, um besser sehen zu können.

Ein Mann in einem blutroten Gewand stieg auf das Gerüst.

Beifall brandete auf. Das musste Charles-Henri Sanson sein, der Henker von Paris. Er verkündete etwas, doch durch den Lärm hindurch konnte Angélique nichts verstehen. Sie zwängte sich zwischen zwei breitschultrigen Männern hindurch. Die Verurteilten mussten sich hinter dem Podest befinden. Undeutlich konnte sie erkennen, wie eine Gestalt die Treppen emporgeführt wurde. *Vater?!* Angéliques Herz setzte einen Schlag aus, nur um gleich darauf umso heftiger gegen ihre Rippen zu pochen. Nein, es war ein kahlköpfiger Mann in einem schlichten Hemd. Pfiffe und Schmährufe ertönten. Ein Priester beugte sich vor und sprach mit dem Verurteilten. Offenbar hatte der Mann nicht viel zu sagen, denn kurz darauf wich der Geistliche zurück, und der Mann wurde auf die Knie gedrückt. Den Richtblock konnte Angélique nicht erkennen. Trommelwirbel setzte ein. Die junge Frau sah das Richtschwert silbern in der Sonne glänzen. Sie senkte den Blick und versuchte, sich weiter durch die Menge nach vorn zu zwängen. Der Trommelwirbel setzte aus. Für einen kurzen Moment trat Stille ein. Nun blickte Angélique doch auf. Sie bereute es sogleich. Einer der Henkersknechte hatte das blutige Haupt des Geköpften ergriffen und hielt es empor, damit jeder es sehen konnte. Angélique spürte Übelkeit in sich aufsteigen, aber sie unterdrückte den Würgereiz und schlüpfte durch die gaffende Menge dichter an das Schafott heran. *Vater – ich muss zu ihm*!

Erneut ergriff der Scharfrichter das Wort. Er bat um Ruhe und darum, die Würde dieses Gerichts zu wahren – ein vergebliches Bemühen.

Ein zweiter Mann wurde emporgeführt. Er war stark beleibt und wankte, als man ihn auf das Blutgerüst brachte. Allein seine Wohlgenährtheit schien den Zorn der Menge anzustacheln. Angélique zwängte sich durch die Reihen der Zuschauer weiter nach vorn.

»Was hat der Mann eigentlich getan?«, hörte Angélique die neugierige Stimme eines Jungen fragen.

»Er hat die Kornkammern des Volkes leer gefressen«, erwiderte eine Frauenstimme.

Jemand lachte.

»Diese Leute dort sind Vaterlandsverräter und Spione«, knurrte ein Mann.

»Sie haben 'nen Mord geplant«, sagte ein anderer.

Trommelwirbel erscholl. Die Verlesung des Urteils war im allgemeinen Lärm untergegangen. Das Schwert blitzte auf. Wieder senkte Angélique rasch den Blick. Hastig schlüpfte sie zwischen den dicht an dicht stehenden Menschen weiter nach vorn.

Plötzlich ging ein Raunen durch die Menge. Man konnte ein schmerzerfülltes Brüllen hören. Instinktiv reckte Angélique den Kopf und blickte zur Hinrichtungsstätte.

Der Henkersknecht hatte nicht richtig getroffen, und der Verurteilte blutete aus einer furchtbaren Wunde. Er zuckte und wand sich. Seine Schreie übertönten das Dröhnen der Trommeln. Nervös schlug der Henkersknecht ein weiteres Mal zu. Doch auch dieses Mal war der Hieb nicht tödlich. Schwindel erfasste Angélique, sie stolperte und fiel auf die Knie. Die Menschen um sie herum beachteten sie nicht. Viele murrten empört.

»Macht endlich ein Ende!«, schimpfte eine Frau.

»Ach was! Lasst ihn doch verbluten wie ein Schwein!«, entgegnete ein anderer.

Er erntete empörte Ausrufe.

»Das Recht darf hart, aber niemals grausam sein«, rief ein gebildeter Mann entrüstet.

Angélique erbrach sich würgend auf das Pflaster.

»Da, jetzt nimmt Sanson es selbst in die Hand«, meinte jemand.

Der Trommelwirbel endete abrupt.

»Na endlich«, brummte jemand.

Die meisten in der Menge schwiegen nach diesem grausamen Schauspiel, doch bei anderen schien der Blutdurst nun erst recht geweckt. Angélique drängte sich weiter nach vorn. Durch Zwischenrufe und Johlen hindurch vernahm sie die Stimme des Scharfrichters: »David de Vantes ...«

Sie sprang auf. »Nein!«

Der Priester, der mit dem nächsten Verurteilten gesprochen hatte, trat beiseite. Eine wohlbekannte hochgewachsene Gestalt wurde auf das Gerüst geführt.

»Vater!«, schrie Angélique laut und gellend.

Einige wandten sich um und warfen ihr verblüffte Blicke zu.

»... verurteilt wegen Vaterlandsverrat ...«

Angélique zwängte sich nun mit aller Gewalt durch die Menge. Sie achtete kaum auf die Litanei von Vorwürfen, aber die Menge begann sich aus ihrer Schockstarre zu lösen, und erneut wurden Schmährufe laut. Noch immer hatte man nicht genug Blut gesehen.

»... Weitergabe von geheimen Dokumenten an ausländische Regierungen, insbesondere das Königreich Preußen und das britische Empire ...« Hohlwangig und bleich stand David de Vantes vor dem blutigen Richtblock. Sein Blick ging ins Leere.

»Vater!«, schrie Angélique.

Eine Veränderung ging in dem Gesicht des Verurteilten vor, Verwunderung – Zweifel?

»Vater!« Angélique kämpfte sich weiter nach vorn.

»... Planung eines Giftmordes ...«, fuhr die Stimme des Henkers fort.

Die Augen ihres Vaters begannen, die Menge abzusuchen. Angélique rief, so laut sie konnte. Aber angesichts der vermeintlichen Verbrechen des Verurteilten wurden die Leute wieder unruhiger. Einige forderten lautstark die Fortsetzung der Hinrichtung.

Verzweifelt versuchte Angélique, die Aufmerksamkeit ihres Vaters auf sich zu ziehen. Ein großgewachsener Mann warf ihr mitleidige Blicke zu.

Der Scharfrichter verstummte, das Urteil war verkündet.

Trommelwirbel setzte ein. David de Vantes suchte noch immer die Menge ab. Plötzlich veränderte sich sein Gesichtsausdruck, eine seltsame Mischung aus Traurigkeit und Hass verzerrte sein Gesicht. Aber sein Blick glitt über Angélique hinweg. Er hatte irgendetwas oder -jemanden in der Menge entdeckt.

Die Henkersknechte zwangen ihn in die Knie.

»Vater!«, schrie Angélique verzweifelt.

Plötzlich packte sie jemand bei den Hüften. Instinktiv wehrte sie sich. »Komm auf meine Schultern, Mädchen«, sagte eine ruhige Stimme. Es war der Fremde, der ihr mitleidige Blicke zugeworfen hatte.

Angélique hörte auf, sich zu wehren, und ließ sich emporheben. Ihr lautes Rufen übertönte den Trommelschlag. Nun endlich traf sie der Blick ihres Vaters. Sie sah, wie seine Lippen ihren Namen formten. Die Henkersknechte zerrten ihn auf den blutigen Richtblock. Er bäumte sich auf, versuchte, sich zu wehren. Dann rief er etwas, das sie nicht verstand.

Die Menge johlte.

Mit brutaler Gewalt wurde David de Vantes auf den Richtblock gepresst. Sein Gesicht war vom Blut seiner Vorgänger beschmiert. Tränen ließen Angéliques Sicht verschwimmen. Wieder rief ihr Vater etwas. Angélique konnte Satzfetzen vernehmen, aber sie verstand sie nicht. Es klang wie: »Hör ... Worte ... Judas ...!«

Angélique spürte seine Verzweiflung. Obwohl sie nicht verstand, was er meinte, nickte sie bestätigend.

Endlich entspannte er sich. Ein erleichtertes Lächeln erschien auf seinen Lippen. Seinen Blick hielt er fest auf Angélique gerichtet.

Der Mann in dem blutroten Gewand hob das schreckliche Schwert. Die Lippen des Verurteilten murmelten ein Gebet. Dann sauste der blitzende Stahl hinab. Angélique glaubte, die Erschütterung zu spüren, als er mit einem dumpfen Aufschlag sein Ziel fand. Der Lärm der Menge verebbte zu einem tiefen, summenden Rauschen. Licht und Farben verschwammen vor ihren Augen. Sie spürte, wie sie fiel und wie die Dunkelheit nach ihr griff.

Das Nächste, was Angélique wahrnahm, war eine Hand, die ihre Wange tätschelte und eine Stimme, die eindringlich auf sie einredete. »Comtesse! Bitte wacht auf!«

Die Stimme kam ihr bekannt vor.

»Wacht auf, wir müssen fort von hier!«

Dunkelheit mischte sich mit verschwommenen Linien, als sie mühsam die Augenlider hob. Vertraute Züge wurden sichtbar. »Pierre?«, murmelte sie.

»Dem Himmel sei Dank, Ihr erwacht!« Das Gesicht des Dieners war bleich und angespannt. Er blickte sich rasch um. Sie waren noch immer auf dem Place de Grève. Die Menschenmenge begann, sich zu zerstreuen, aber es gab auch einige aggressive Stimmen. Manche hatten offenbar noch nicht genug Blut gesehen. »Bitte lasst Euch helfen«, sagte Pierre. »Wir müssen fort von hier.« Er umfasste Angéliques Schultern.

Sie wollte etwas sagen, doch sie brachte nicht mehr als unverständliches Gestammel über die Lippen. Ihr Vater war tot ...

Pierre zerrte sie auf die Füße. »Sie sind hier!«, zischte er. »Die Leute, die Euren Vater auf dem Gewissen haben, sind hier auf diesem Platz! Wir müssen fort von hier, rasch!«

Einige Schritte ließ sich Angélique widerstandslos mitführen. Dann hielt sie inne. »Wie ... hast du mich gefunden?«

»Ich hatte mich in der Menge versteckt, Comtesse. Ich sah Euch zufällig. Mein Gott, überall haben wir nach Euch gesucht. Wir glaubten schon, Ihr und Eure Schwester wärt tot.« Wieder blickte er sich um.

»Thérèse ist tot«, sagte Angélique. »Sie wurde ermordet und nun ... Vater.« Sie blickte auf. »Was geschieht hier, Pierre?«

»Eure Schwester wurde ermordet?«

»Ich war dabei, als es geschah ...«

»Was für ein Unglück! Was für ein schrecklicher Fluch lastet bloß auf Eurer Familie?« Plötzlich zuckte er zusammen. Es schien, als habe er jemanden in der Menge entdeckt. Rasch drängte er Angélique weiter.

Doch sie stemmte sich gegen seinen Druck. »Vor wem fliehen wir? Was ist hier los?«

»Euer Vater hatte mächtige Feinde. Wir haben jetzt keine Zeit, darüber zu besprechen. Ich werde Euch alles später erklären.«

Angélique blickte sich um. Sie konnte nichts Auffälliges in der Menge erkennen. Plötzlich erwachte Misstrauen in ihr. »Wo warst du die ganze Zeit, Pierre? Warum hast du uns auf diesem furchtbaren Bauernhof allein gelassen?«

»Aber Ihr selbst habt mich doch nach Paris geschickt, um Hilfe zu holen«, erwiderte er.

War es wirklich so gewesen? Angélique konnte sich nicht mehr genau erinnern, wer diese Maßnahme vorgeschlagen hatte. Thérèse war hochschwanger gewesen; alles war in drängender Eile beschlossen worden.

»Ich kam zurück, so rasch ich konnte, doch dann fand ich den Bauernhof verlassen vor. Ich war außer mir vor Sorge und hoffte, dass Eure Schwester bereits entbunden hatte. Es sah danach aus, als währet Ihr gemeinsam aufgebrochen.« Er hakte sie behutsam unter. »Bitte, Comtesse.«

Angélique ging einige Schritte weiter, dann blieb sie erneut stehen. »Waren es nicht deine Freunde, die uns erst zu diesem verfluchten Hof geführt haben?«

Pierre wirkte angespannt, er blickte an ihr vorbei in die Menschenmenge. »Wenn Ihr Euch erinnert: Ihr selbst hattet darauf bestanden, in jener Gegend um Hilfe zu ersuchen, weil Ihr Euch solche Sorgen um Eure Schwester machtet«, erwiderte er. Falls er von Angéliques Misstrauen enttäuscht oder verletzt war, ließ er es sich nicht anmerken. »Aber vielleicht habt Ihr gar nicht so unrecht, und dem Ganzen liegt tatsächlich ein Plan zugrunde. Joseph und Rudolph waren nicht meine Freunde, sie waren alte Kameraden. Ich war mir sicher, Ihnen trauen zu können. Doch auf dem Weg nach Paris verschwanden sie auf einmal. Ich habe mir damals nicht viele Gedanken darüber gemacht, schließlich hatten sie ihren Auftrag erfüllt und ihren Sold erhalten. Es war ihr gutes Recht, spontan ein neues Reiseziel zu wählen. Ich wunderte mich nur, wie eilig sie es hatten, sich zu verabschieden.« Er schob sie weiter durch die Menge.

Angélique stemmte sich erneut gegen sein Drängen und blieb stehen. »Die Bauersleute haben das Kind entführt. Das kann doch kein Zufall sein!«

»Ihr habt recht. Das Ganze ist äußerst mysteriös. Selbst bevor ich wusste, welch fürchterliches Verbrechen diese Menschen begangen hatten, war ich irritiert, dass sie ihren Hof im Stich gelassen hatten. Für mich sah es nach einer gemeinsamen Flucht aus. Ich stellte daher einige Nachforschungen an –«

»Wo sind sie?!«, unterbrach Angélique ihn.

»Nicht so laut, Comtesse. Einiges habe ich herausgefunden, etliches ist mir noch unklar. Aber ich weiß mit absoluter Sicherheit, dass hier nicht der richtige Ort ist, um darüber zu reden.« Er griff wieder nach ihrem Arm, um sie weiterzuziehen, doch Angélique riss sich los.

»Sag es mir jetzt!«, zischte sie.

»He, lass die Frau in Ruhe«, erklang plötzlich eine raue Stimme vor ihnen. Ein hünenhafter Sansculotte hatte sich vor Pierre aufgebaut. Er winkte einige Kameraden zu sich. »Das Schschwein hat die Frau begrapschscht«, erklärte er. Die Worte kamen undeutlich hervor, als müsse er sich Mühe geben, sich klar zu artikulieren. Angélique konnte den Branntwein in seinem Atem riechen, als er näher kam.

»Es ist schon gut«, wandte sie beschwichtigend ein. »Er hat mir nichts getan ...«

Ihre Worte schienen den Mann wenig zu interessieren. Er versetzte Pierre einen Stoß.

»Hört auf!«, rief Angélique. Aber es war offensichtlich, dass die Fremden diesen Kampf unbedingt wollten.

Der Diener wich einen Schritt zurück. Er schien eher verärgert als verängstigt. Der Sansculotte holte zu einem mächtigen Hieb aus, dem Pierre mühelos auswich. Plötzlich war der Diener an ihrer Seite. Sie spürte, wie er ihr einen kleinen Beutel in die Hand drückte.

»Wir trennen uns«, raunte er. »Morgen Abend, Rue du Paon 8.«

Er wich leichtfüßig zurück.

»Schschnappt euch das Schschwein!«, rief der Hüne. Seine Freunde folgten Pierre, der geschickt in der sich zerstreuenden Menschenmenge untertauchte.

Angélique starrte auf den Beutel in ihrer Hand. Er war schwer, und sie konnte Münzen spüren. Hastig ließ sie das Geld in ihrer Rocktasche verschwinden. Als sie wieder aufblickte, sah sie einen Mann im blauen Mantel mit raschen Schritten auf sie zukommen. Er trug einen Dreispitz mit blau-weiß-roter Kokarde.

Ein Schauer überlief sie. Rasch senkte sie den Blick, unwillkürlich tasteten ihre Finger nach dem Benediktuspfennig um ihren Hals. Das markante längliche Gesicht mit den buschigen Augenbrauen war unverwechselbar. Sie hatte diesen Mann schon einmal gesehen, als sie ihren Vater vergeblich gesucht hatte, und zwar an jenem Ort, den Pierre ihr soeben zugeraunt hatte – der Rue du Paon. Den Pfennig fest umklammert, ging Angélique weiter. Der Mann eilte, ohne zu zögern, an ihr vorüber. Er hatte, wie es schien, den Blick auf irgendeine Person in der Menge gerichtet.

Erst als Angélique den Platz verlassen hatte und in eine der schmalen Seitengassen eingebogen war, wagte sie, sich umzudrehen. Der blaue Mantel war nicht mehr zu sehen. Niemand schenkte ihr länger Beachtung.

Einige Atemzüge beobachtete Angélique die vorbeigehenden Menschen, dann verschwamm ihre Sicht. Tränen rannen ihr über die Wangen.

Die Tabelle

Zum ersten Mal seit langer Zeit hatte Angélique ausreichend Geld, um sich eine gute Unterkunft und genug Essen leisten zu können. Aber sie hatte kaum einen Bissen hinunterbekommen. Stattdessen hatte sie die halbe Nacht wach gelegen und an die Decke gestarrt.

Ihre Gedanken waren so starr und leblos wie Felsgestein. Sie versuchte, sich an unbeschwerte Zeiten zu erinnern, an gute gemeinsame Stunden und das Lachen ihres Vaters, aber all das war hinter dichten Nebeln verschwunden. Nur schemenhaft zeigten sich einzelne Bilder. Klar und deutlich hingegen stand ihr anderes vor Augen. Sie sah das schwere Richtschwert in der Hand des Henkers. Der Stahl glänzte silbrig im Licht der Sonne, und über ihm wölbte sich der wolkenlos blaue Himmel. Darunter wartete der blutüberströmte Richtblock. Er war leer. Weder ihr Vater noch die anderen Verurteilten hatten Platz in diesen Bildern, als wollte ihr Geist nicht akzeptieren, was geschehen war. Immer wieder ertappte sie sich bei dem Gedanken: *Ich muss Vater suchen! Ich muss mit ihm reden.* Es war absurd bis an die Grenzen des Irrsinns.

Denn mit diesem Gedanken verbunden war der Wunsch, ihm alles zu erzählen – von der ungewollten Schwangerschaft Thérèses und ihrem Tod, von der Geburt ihres Neffen und dem langen, beschwerlichen Weg nach Paris ... Jedes Mal, wenn ihr bewusst wurde, welcher Wahnsinn da in ihr vorging, erschauerte sie. So sehr hatte die Suche nach ihrem Vater ihr Leben in den letzten Monaten bestimmt, dass ihr Geist nicht davon ablassen konnte, obwohl sie doch wusste, dass er tot war.

Sie flüchtete sich ins Gebet, doch Gott schien ihr unnahbar und so weit entfernt wie die Fixsterne am Horizont.

Angélique verließ die Pension, in der sie genächtigt hatte, sehr spät. Ziellos wanderte sie durch die Straßen. Es schien ihr, als habe sich eine unsichtbare Glocke über sie gestülpt. Der Lärm der Gosse drang nur gedämpft an sie heran. Die geschäftig umhereilenden Menschen, Kutschen und Fuhrwerke – alles war fern und unwirklich, als wandere sie durch eine Stadt voller Geister. Halb unbewusst wanderten ihre Füße in Richtung Rue du Paon, als die Sonne sich neigte und der Abend anbrach.

Je näher sie ihrem Ziel kam, desto mehr schienen auch ihre Sinne zu erwachen. Der Gestank des Siechhauses durchbrach die unsichtbare Barriere um sie herum. Zwei Straßenecken weiter donnerte ein Fuhrwerk an ihr vorbei. Straßenkot spritzte auf. Ein paar zerlumpte Gestalten, die an einem Prellstein Karten spielten, schienen sie unter gesenkten Augenlidern zu beobachten. Das vertraute Gefühl der Angst stellte sich ein.

Das Haus Nummer 8 in der Rue du Paon war alt. Es hatte nichts gemein mit jenem Haus, das sie zuletzt in dieser Straße aufgesucht hatte. Die Fassade bröckelte, und ein Teil des Schornsteins war eingestürzt. Warum hatte Pierre sie hierher bestellt? Zögernd trat sie näher und griff nach dem Türklopfer, da bemerkte sie, dass die Tür einen Spalt offen stand. Sie bewegte sich quietschend in den Angeln, als Angélique sie weiter aufstieß. Die Diele war düster. Alles sah verlassen aus.

»Hallo?!«

Angélique ärgerte sich, dass ihre Stimme zitterte. Ihre Finger schlossen sich um den Griff des Küchenmessers, das sie aus dem Hause der Raynals mitgenommen hatte.

»Ist hier irgendjemand?«, rief sie, diesmal ein wenig lauter. Sie ging ein paar Schritte hinein. Die Dielen unter dem mottenzerfressenen Läufer knarrten.

»Guten Abend, Comtesse«, erklang eine ruhige, tiefe Stimme erschreckend nah.

Angélique zuckte erschrocken zusammen. Dann spürte

sie Zorn in sich aufsteigen. »Was soll das, Pierre?! Warum schleichst du dich so an mich heran?«

Der hochgewachsene Diener verbeugte sich leicht. Er stand im Eingang eines Zimmers. »Ich bitte um Verzeihung, Comtesse. Ich wollte nur sichergehen, dass Euch niemand gefolgt ist.«

»Warum sollte mir jemand gefolgt sein?«

Pierre lächelte. Dann ging er an ihr vorbei, um die Haustür zu schließen. Die rostigen Angeln quietschten, und der düstere Flur verdunkelte sich noch mehr.

»Lass sie bitte einen Spalt offen!«

Pierre wandte sich um. Ein Hauch von Überraschung zeigte sich auf seinem Gesicht. »Es ist sicherer, wenn man nicht so leicht hier hineinkommt«, bemerkte er höflich, aber bestimmt.

Angélique schluckte trocken. Wie sollte sie erklären, dass dieses alte tote Haus ihr Angst einjagte, dass sie das Gefühl hatte, ein Sargdeckel würde sich über ihr schließen, wenn Pierre die Tür ins Schloss zog?

»Ich will, dass mein Begleiter rasch hier sein kann, sollte irgendetwas geschehen«, log sie.

»Ihr seid nicht allein gekommen?« Pierre wirkte überrascht. Unwillkürlich warf er einen Blick durch den Türspalt, natürlich ohne eine Spur des Unbekannten zu entdecken.

»Sollte ich?«, fragte Angélique.

Der Diener verbeugte sich. »Es steht Euch frei zu tun, was immer Euch beliebt.« Er ließ die Haustür einen Spalt offen und führte Angélique in das Zimmer, aus dem er gekommen war. Dort entzündete er eine Kerze und stellte sie auf einen Tisch. Höflich schob er einen Stuhl zurecht und nahm erst Platz, nachdem Angélique saß. Seine Gesichtszüge wirkten so unnahbar wie eh und je. »Zunächst möchte ich Euch mein tief empfundenes, herzliches Beileid aussprechen, Comtesse. Euer Vater war ein großer und bedeutender Mann.«

»Warum wurde er ... getötet?« Angélique schluckte. »Was sollten diese absurden Anklagen?«

»Manchmal sind die Dinge ganz anders, als sie scheinen. Wer kann schon in das Herz der Menschen schauen?«, erwiderte Pierre. »Euer Vater war nicht der Mann, den Ihr zu kennen glaubtet.«

»Was willst du damit andeuten?!«

Zwei oder drei Atemzüge lang schwieg Pierre. Ein ungewöhnlicher Ausdruck huschte über sein Gesicht, und in seinen Augen glomm etwas auf, das Angélique noch nie bei ihm gesehen hatte, etwas Wildes, Leidenschaftliches. Dann senkte er den Blick, und als er wieder aufsah, war sein Gesichtsausdruck distanziert wie immer. »Ihr kanntet ihn als liebevollen Vater und vielbeschäftigten Geschäftsmann. Aber er war weit mehr als das. Er verzichtete freiwillig darauf, als Vertreter des zweiten Standes zu fungieren, und zog als Deputierter des dritten Standes in die Nationalversammlung. Er war ein Mann, bei dem die Fäden zusammenliefen. Er wusste mehr als andere – gefährliche Dinge. Und dies wurde ihm schließlich zum Verhängnis.«

»Was soll ich damit anfangen, Pierre? Das sind für mich Worte ohne Bedeutung. Kannst du nicht konkreter werden?«

»Nicht, ohne Euch und auch mich zu gefährden!«

»Pierre, hör auf, in Rätseln zu sprechen!«

»Vielleicht erinnert Ihr Euch an das Gespräch zwischen Eurem Vater und Eurer Mutter, als Ihr das letzte Mal im Château de Chamilot zu Tische saßt. Es ging um Victor Barrère, den Abt von Saint-Christophe.«

Angélique nickte. »Ich erinnere mich.«

»Ist Euch nicht aufgefallen, über welche Fülle an Details Euer Vater Bescheid wusste?«

»Doch«, gab Angélique zu, »aber damals dachte ich –« Sie verstummte. In der Tat war sie überrascht gewesen, dass ihr Vater über die diversen Einkommensquellen und Kontakte des Mannes bestens Bescheid gewusst hatte. Ohne viel darüber nachzudenken, hatte sie Eifersucht als die treibende Kraft dahinter vermutet, aber nun wurde ihr deutlich, wie unwahrscheinlich dies war. Damit eine Ehe von Eifersucht überschattet werden kann, muss es zunächst so etwas wie Liebe gegeben haben.

Pierre nickte, als hätte er ihre Gedanken erraten. »Euer Vater war ein Meister darin, sich Informationen zu beschaffen. Er wusste viele Dinge und hatte auch früh erkannt, welch gewaltige Umwälzungen Frankreich bevorstehen. Alles, was als unantastbar und unumstößlich galt, ist nun infrage gestellt.«

Angélique dachte an die letzten politischen Ereignisse. Der König war inzwischen quasi Gefangener seines eigenen Volkes. Und die Monarchen Europas sammelten sich zum Krieg.

Pierre beobachtete sie. »Und das Ende ist noch nicht erreicht. Es wird weitergehen. Auch das wusste Euer Vater. Dinge in Erfahrung zu bringen geriet bei ihm zur Besessenheit. Aber es kann gefährlich werden, Geheimnisse aufzuspüren. Letztlich hat es ihn das Leben gekostet. Er hat nichts von dem getan, was man ihm vorwarf, aber er hätte alle Mittel dazu gehabt, es zu tun.«

Angélique wandte den Blick ab. Vater war also das Opfer einer politischen Intrige geworden. In ihre Trauer mischte sich Zorn. Wofür hatte er all das getan? Wofür war er gestorben? Ergab das irgendeinen Sinn? »... ein Meister darin, Geheimnisse aufzuspüren«, murmelte Angélique. »Aber was wusste er von seinen Töchtern?«

»Es scheint ein Fluch dieser Familie zu sein.« Pierre erhob sich. Sein Rücken verdeckte das Licht, das durch das Fenster fiel. Er ragte wie ein dunkler Schatten vor ihr auf. Angélique spürte Beklommenheit in sich aufsteigen.

»Welchen Fluch meinst du?«, fragte Angélique.

»Dass Liebe darin keinen Platz hat und alles einem vermeintlichen Ideal geopfert wird. Schon Eurer Tante wurde dies zum Verhängnis.« Pierre kam einen Schritt näher. Riesenhaft ragte er vor ihr auf.

»Was ... was soll das Pierre?« Im schattenhaften Licht sah

sie, wie er etwas Langes, Glänzendes aus der Manteltasche zog – ein Messer? Sie zuckte zusammen. »Pierre?«

»Pst.« Er legte den Kopf zu Seite, als lausche er. Dann fragte er: »Habt Ihr Euren Begleiter angewiesen, in das Haus einzudringen?«

Angélique presste die Lippen zusammen. Was sollte sie sagen? Der Diener schien mit einem Mal so verändert.

»Habt Ihr?«, bohrte er nach.

Im selben Moment konnte Angélique aus dem Flur das leise Knarren einer Treppenstufe hören. Sie schüttelte den Kopf.

»Dann ist es wohl an der Zeit zu gehen!«

Er nahm Angélique am Arm und führte sie eilig durch ein Durchgangszimmer in einen düsteren Flur. Von dort aus ging es ein paar Stufen hinab auf einen engen Hinterhof. »Wir sollten uns trennen«, wisperte er hastig. Aus den Augenwinkeln sah Angélique, dass er das glänzende Metall zurück in die Manteltasche schob. »Ich rate Euch, Paris zu verlassen. Wenn Ihr jene Tür dort nehmt, gelangt Ihr über einen zweiten Hof hinaus auf die Straße.« Er ließ ihren Arm los.

Angélique wandte sich ab und eilte auf die Tür zu. Hinter sich im Haus konnte sie polternde Schritte vernehmen.

»Die Raynals wurden vor einem Monat in Touvois gesehen«, zischte Pierre ihr hinterher. Sie fuhr herum, konnte jedoch nur noch erkennen, wie er mit wehendem Mantel auf einen niedrigen Fenstersims sprang und in dem gegenüberliegenden Haus verschwand. Sie hastete zur Tür, riss sie auf und schloss sie eilig hinter sich. Schwere Schritte polterten übers Pflaster. Sie hob die Röcke und hastete durch einen zweiten Hof. Eine alte Frau saß dort auf einem Stuhl und zog mit einem blutigen Messer einem pelzigen kleinen Tier das Fell ab. Mit offenem Mund verfolgte sie, wie die junge Frau an ihr vorbeihetzte und durch ein schmales Tor auf die Straße lief.

Als Angélique einen Blick nach hinten warf, glaubte sie kurz, ein bekanntes Gesicht in einem Fenster zu sehen. Es gehörte dem Mann, der ihr die Informationen über ihren Vater hatte zukommen lassen. Sie eilte weiter. Als sie sich wenig später erneut umsah, war das Gesicht verschwunden.

Angélique bog in die nächstbeste Gasse ab und verlangsamte ihre Schritte. Kurz entschlossen folgte sie in dichtem Abstand einem hageren Mann, der einen Handkarren hinter sich herzog. Im besten Fall sah es so aus, als gehörten sie zusammen. Unauffällig beobachtete sie die Straße. Niemand schien ihr zu folgen. Dennoch blieb sie dicht hinter dem hageren Mann, bis dieser ihr befremdliche Blicke zuwarf. Erst als sie eine belebtere Hauptstraße erreichte, ließ sie von ihm ab.

Und während sie weiter mit klopfendem Herzen und keuchendem Atem durch die Straßen von Paris zog, versuchte sie zu verstehen, was diese seltsame Begegnung mit Pierre zu bedeuten hatte.

»Du gehst da hinein, sofort!« Die Gestalt der alten Frau ragte riesenhaft über dem kleinen Jungen auf. Ihr Finger deutete auf eine offene Kellertür. Fahles Licht beleuchtete einige nackte Steinstufen, der Rest der Treppe verlor sich in schwarzer Dunkelheit.

Der Junge schüttelte den Kopf. »Dort unten sind Ratten.«

Die alte Frau lachte. »Natürlich sind dort Ratten, du Dummkopf. Aber sie sind alle tot. Die Toten tun dir nichts. Das solltest du inzwischen wissen. Hier!« Sie drückte ihm einen Eimer in die Hand. »Sammle sie ein, und vergrab sie hinter der Scheune.«

Die Finger, die den Eimer umklammert hielten, zitterten. »Ich will nicht.«

»Ich habe dich nicht nach deinen Wünschen gefragt«, erwiderte die alte Frau in ruhigem Tonfall. Dann beugte sie sich vor, sodass ihre Nase fast die des Jungen berührte. Er sah die Poren auf ihrer faltigen Haut und das trübe Gelb ihrer Augäpfel. »Tu, was ich dir sage, Junge!«

Der Junge wandte sich um und stieg die Treppe hinab in die Dunkelheit. Der Eimer klapperte leise, als er gegen die Steinwand stieß. In Leons Ohren klang es wie Totengebein. Denn der Junge war Leon, auch wenn er es eben noch nicht gewesen war. Und die alte Frau, deren Schatten den Kellereingang verdunkelte, war seine Großmutter.

»*Die Toten tun dir nichts*«, hallte es in ihm wider. Aber er wusste, dass dies eine Lüge war. Anfangs war alles still, nur seine Schritte und sein eigener überlauter Atem waren zu vernehmen. Dann hörte er es – ein leises Trappeln, das Huschen krallenbewehrter Pfoten.

Leon stieg tiefer hinab und wusste selbst nicht, warum er es tat, warum er nicht einfach umkehrte oder wenigstens stehen blieb. Irgendetwas zog ihn nach unten, irgendetwas, das mehr war als die Angst vor seiner Großmutter. Er hatte eine Taschenlampe dabei. Immer wenn er ein Rascheln hörte, sandte er den Strahl seiner Lampe blitzschnell in diese Richtung, aber niemals sah er etwas außer nacktem Gestein. Die toten Ratten trieben ihr Spiel mit ihm.

Schließlich hatte er das Ende der Treppe erreicht.

Leon wusste, dass er träumte. Ein winziger Teil seines Bewusstseins registrierte dies, ohne jedoch etwas gegen die dunkle Strömung seines Unterbewusstseins ausrichten zu können, die ihn hier hinuntergerissen hatte. Der Keller war groß, viel größer, als er sein dürfte. Er ging weiter. Überall um ihn herum war Tappen und Kratzen und wortloses Wispern. Er ging mitten hindurch, durch das Grauen, den Ekel und die uralten Ängste. Seine Augen waren auf die gegenüberliegende Wand gerichtet, der er sich langsam, Schritt für Schritt, näherte. Ein heller Fleck wurde immer größer. Zuerst dachte er, es sei ein Fenster, doch dann erkannte er, dass es ein Bild war – das Bild einer jungen Frau. Er erkannte sie wieder. Die vollen dunklen Haare waren zurückgesteckt. Sie zeigte ein spitzbübisches Lächeln, und ihre Augen funkelten. Staunend trat Leon näher. Der winzige Teil seines Bewusstseins, der wach war, reagierte verwundert. Schon oft hatte er erlebt, dass schöne Träume zu Albträumen wurden, das Umgekehrte war ihm neu. Und während er ganz in die Betrachtung des Porträts versank, hatte er das Gefühl, es würde immer lebendiger werden. War es nicht so, dass ein leiser Wind in ihren Haaren spielte, und war da nicht eben ein Wimpernschlag gewesen? Das Lächeln schien sich zu verändern ... und da war eine Stimme zu vernehmen. Sie sprach Französisch, nein, sie sang!

Aber es war nicht das Bild, das lebendig wurde, im Gegenteil, es verblasste zusehends.

Klar und deutlich drang die Melodie eines französischen Chansons an Leons Ohr. Sie drang blechern aus den Lautsprechern seines Radioweckers. Er schlug die Augen auf. 8 Uhr 45 zeigte die neongrüne Anzeige des Weckers. Mit einem leisen Fluch auf den Lippen streckte sich Leon und schaltete den Wecker aus. Er hatte noch 15 Minuten bis zum Frühstück.

Er brauchte zwei Minuten, um seine Sachen zusammenzusuchen, sieben Minuten fürs Zähneputzen und die Dusche, eine Minute fürs Ankleiden und fünf Minuten, um seine E-Mails zu checken. Brendons Sekretärin hatte sich gemeldet.

Guten Morgen, Dr. Weber,

Ihr Flug geht heute Abend um 22:35 Uhr von Nantes nach Paris und von dort um 24:18 Uhr direkt nach New York. Mr Brendons Fahrer wird Sie dort abholen.

Im Anhang sende ich Ihnen die Tickets und genauere Reiseinformationen.

Ich wünsche Ihnen einen guten Flug.

Felicitas Smith

Executive Secretary, Brendon Corporation

Leon druckte die Tickets aus. Business Class nach New York – es gab sicherlich Schlimmeres. Er überflog die Flugdaten und verstaute die Unterlagen dann in der Schublade seines Schreibtisches.

Als er die unter einer Plane errichteten Campingtische erreichte, an denen die Gruppe ihre Mahlzeiten einnahm, saßen die meisten schon beim Frühstück.

»Morgen, Professor, gut geschlafen?«

Pawel strahlte eine jugendliche Frische und Tatkraft aus, die Leons ohnehin nicht sonderlich ausgeprägte Morgenlaune weiter verdüsterte. Er brummte etwas, das im Großen und Ganzen als angemessene Erwiderung durchgehen konnte.

»Kaffee?«, fragte Pawel.

Leon nickte. Nachdem er einen kräftigen Schluck genommen hatte, fragte sein noch immer bestens gelaunter Assistent: »Bereit für neue Nachrichten?«

»Schieß los!«

»Der Wolf ist tot.«

Leon hob die Brauen.

»Du weißt schon, die Bestie, die hier seit einiger Zeit ihr Unwesen treibt und Schafe reißt. Sie starb vor ein oder zwei Tagen. Der Kadaver wurde ein paar Kilometer südlich in einem Wald entdeckt. Das schwer verwundete Tier hatte sich dort hingeschleppt und ist dann verendet.«

»Das ist ... tragisch«, brummte Leon.

»Das Interessante dabei ist, dass es zwei Kugeln im Leib hatte«, fuhr Pawel ungerührt fort. »Beide weisen einige Besonderheiten auf. Letztlich tödlich war ein modernes, großkalibriges Kupferjagdgeschoss, das jemand zuvor mit einer dünnen Silberschicht versehen hatte.«

»Das muss einer der Spinner aus dieser Gegend gewesen sein«, warf Leon ein.

»Zumindest jemand, der bezüglich aller Werwolfgerüchte auf Nummer sicher gehen wollte«, nahm Pawel den Faden wieder auf und schenkte sich Kaffee nach. »Im rechten Hinterlauf fand man jedoch eine Bleikugel, vermutlich handgegossen. So etwas verwendet heutzutage kein Mensch mehr. Die Kugel hatte das Tier übrigens schon länger im Leib, vielleicht eine Woche.«

»Woher weißt du das alles?«

»Diese Informationen hast du Emmas Charme zu verdanken. Als sie bei der Polizei Anzeige erstattete, fiel dem Beamten ein, dass er so eine Bleikugel vor Kurzem schon einmal gesehen hatte. Wie du dir denken kannst, ließ Emma nicht locker, bis sie ihm sämtliche Informationen aus den Rippen geleiert hatte.«

»Stammen die Bleikugeln aus der gleichen Waffe?«

»Das konnte man zu dem Zeitpunkt noch nicht sagen, aber zumindest sind sie ähnlicher Machart.«

»Interessant.«

»Das finde ich auch. Ich muss gestehen, dass mir all diese Botschaften, die in die Vergangenheit weisen, keine Ruhe gelassen haben. Ich habe eine ganze Weile über die Daten nachgedacht, zu denen wir eine Verbindung herstellen konnten. Wir haben folgende relativ feste Zeiten: 21. Juni 1898, Wolfsjagd; 16. Juli 1852, toter Ozelot, sieben Tage nach dem Brand des Bestiariums des verrückten Grafen; dann die Kugel, die auf den 20. Februar 1794 hindeutet, als das Château de Chamilot zerstört wurde. Erkennst du irgendeinen Zusammenhang?«

Leon verzog das Gesicht. »Die Daten führen immer tiefer in die Vergangenheit?«

Pawel hob die Brauen und stieß einen leisen Pfiff aus. »Das ist wirklich ... ich weiß gar nicht, wie ich mich ausdrücken soll, pfiffig ... meisterhaft ... genial! Dass ich darauf nicht gleich gekommen bin! Wahrscheinlich liegt es daran, dass ich noch keinen Doktortitel habe ...«

Leon seufzte. »Ist ja gut, Pawel, auch ich darf mal banal sein. Außerdem habe ich entscheidenden Einfluss auf deine Gehaltseinstufung.«

»Dass du immer gleich drohen musst.«

»Also, was hast du herausgefunden?«

»Der Abstand zwischen den ersten beiden Daten beträgt sechsundvierzig Jahre, der zwischen den nächsten beiden Daten achtundfünfzig Jahre.«

»Aha, und was sagt uns das?«

Pawel zuckte die Achseln: »Keine Ahnung. Aber hast du dich nie gefragt, warum die Burg noch im Februar 1794 von den Aufständischen gestürmt wurde?«

»Es war eine strategisch wichtige Stellung.«

»Die Sache der Aufständischen war längst verloren.«

»Vielleicht hatten manche von ihnen das noch nicht mitbekommen?«

»Die sogenannte ›Große Katholische und Königliche Armee‹ wurde am 13. Dezember 1793 bei Le Mans vernichtend geschlagen, und nur zehn Tage später wurde das, was davon übrig war, in den Sümpfen von Savenay aufgerieben. Am 8. Februar 1794 begannen die infernalischen Kolonnen unter General Turreau Dorf für Dorf niederzubrennen und alle Bewohner auf bestialische Weise zu ermorden.«

»Ich weiß, Pawel, ich weiß«, erwiderte Leon. »Militärisch hatte das Ganze keinen Sinn. Auch ich habe meine Hausaufgaben gemacht. Aber du darfst nicht vergessen, dass die Erhebung der ›Großen Katholischen und Königlichen Armee‹ im Grunde genommen ein Bauernaufstand war. Cathelineau, einer ihrer wichtigsten Anführer, war ein gewöhnlicher Fuhrmann, während die revolutionäre Armee zu einem nicht unerheblichen Teil von erfahrenen adligen Offizieren geführt wurde. Eine Ironie der Geschichte! Die Vendéer verstanden sich hervorragend auf Guerillaangriffe, denn sie waren bestens mit der unwirtlichen Gegend vertraut und sehr gute Schützen. Sie konnten dem Feind erheblichen Schaden zufügen, indem sie überfallartig aus dem Hinterhalt zuschlugen und sich dann wieder zurückzogen. Aber sie waren keine echte Armee, auch wenn sie sich noch so hochtrabende Titel gaben. Sie besaßen weder die taktischen Fähigkeiten noch die Mittel, um eine richtige Schlacht zu schlagen, geschweige denn einen geordneten Feldzug durchzuführen. Wenn sich ein Krieg dem Ende zuneigt, gibt es immer Chaos. Wie viele sinnlose Schlachten werden noch geschlagen, wenn eigentlich alles verloren ist! Vielleicht war es auch ein letztes Aufbäumen, ein verzweifelter Versuch, einen Schutzraum zu schaffen, um den heranrückenden infernalischen Kolonnen Widerstand zu leisten? Interessanterweise wissen wir nicht einmal, wer der Anführer des Angriffs war. Angeblich ein junger Adliger, der auf Befehl des Oberkommandierenden La Rochejaquelein handelte.

Doch zu diesem Zeitpunkt war dieser bereits tot.« Leon kratzte sich am Kinn. »Wir kommen vom Thema ab. Ich frage mich, ob wir nicht die Daten ergänzen sollten.«

»Um was?«

»Um die Zeitangaben aus Angéliques Tagebuch.«

Pawel schürzte die Lippen. »Aber was hat das Auftauchen des Wolfs mit dem Tagebuch zu tun?«

»Ich weiß es nicht. Aber ich glaube, dass alles auf das Tagebuch hinausläuft. Irgendjemand wollte, dass wir es finden, und dieser jemand kommuniziert nun über das Buch mit mir. Ich kann mir nicht vorstellen, dass die Daten, die in das Tagebuch eingetragen wurden, zufällig ausgewählt wurden.«

»Vielleicht hast du recht.« Pawel trommelte nachdenklich mit den Fingern gegen seine Kaffeetasse. »Dann sollten wir vielleicht noch weitere Termine berücksichtigen.«

»Und zwar?«

»Die Zeiten, in denen unsere Kameraaufnahmen in irgendeiner Weise manipuliert wurden.«

»Gute Idee!«

Nach dem Frühstück begaben sich die beiden in Leons Camper. Während Leon die Daten herausschrieb, die aus Angéliques Aufzeichnungen seit dem Beginn ihrer Kommunikation hervorgingen, ging Pawel die Aufzeichnungen der Kamera durch. Zwei Stunden später hatten sie eine Tabelle erstellt. Die Manipulationen der Kamera setzten sie gleich mit dem Auftauchen bzw. Verschwinden des Tagebuchs. Leon ergänzte Pawels Aufzeichnungen um den ungefähren Zeitpunkt, an dem das Tagebuch zum ersten Mal verschwand.

Tagebucheintrag	Vergangenheitsbezug	Auftauchen und Verschwinden des Buches
	Di., 21.6.1898: Wolf	
Sa., 21.12.1793		So., ca. 22:15 Uhr: Tagebuch verschwindet
?	?	Mo. abends: Tagebuch wieder da, ca. 20 Jahre alt
So., 22.12.1793	Fr., 16.07.1852: Ozelot	Di., 3:05 Uhr: Tagebuch verschwindet Di., 13:12 Uhr: Tagebuch wieder da
Mo., 23.12.1793	?	Di., 22:43 Uhr: Tagebuch verschwindet
Mo., 23.12.1793	?	Mi., 2:30 Uhr: Tagebuch wieder da
Di., 24.12.1793	Do., 20.2.1794: Erstürmung der Burg, Gewehrkugel	11:50 Uhr: Tagebuch verschwindet Do., 21:30 Uhr: Tagebuch wieder da, Schussgeräusch, Auffinden der Bleikugel

Leon schaute nicht auf die Uhr, aber gefühlt starrten sie ungefähr zwei Stunden lang auf die fertige Tabelle, ohne dass einer der beiden etwas sagte.

Schließlich seufzte Leon. »Tut mir leid, ich erkenne da kein System. Du vielleicht?«

Pawel schüttelte den Kopf. »Nur das offensichtliche. Sowohl die Daten aus dem Tagebuch als auch die Uhrzeiten, die wir der Kamera entnehmen konnten, bewegen sich in Zeiträumen von maximal einem halben Tag. Die anderen Daten machen Sprünge von mehreren Jahrzehnten.« Er zuckte mit den Achseln. »Vielleicht bedeutet das Ganze gar nichts. Wir zermartern uns umsonst das Hirn, und irgend so ein Spaßvogel lacht sich ins Fäustchen.«

»Unsinn! Wer immer hinter der Sache steckt, betreibt einen enormen Aufwand. So etwas tut man nicht, um sich einen Spaß zu machen.« Er schob frustriert die Tabelle von sich. »Wir brauchen einen Mathematiker oder besser noch einen Supercomputer.«

Pawel starrte ihn an. Plötzlich breitete sich ein breites Grinsen auf seinem Gesicht aus. »Nein, für so etwas brauchen wir ein Genie.«

Leon verzog das Gesicht. »Hey, natürlich, warum bin ich nicht gleich darauf gekommen? Ein Genie ... wenn's weiter nichts ist.«

Pawels Grinsen wurde noch etwas breiter.

Leon runzelte die Stirn. »Was ist? Willst du etwa sagen, du hast zufällig so jemanden an der Hand?«

»Genau das! Das heißt, nicht ich, sondern ein alter Freund von mir. Er arbeitet bei einer Softwarefirma und ist zurzeit in Le Mans im Einsatz. Sie haben dort einige verzwickte Probleme und sich deshalb einen ungewöhnlichen Softwareprüfer eingekauft. Er ist ein absolutes Zahlengenie und hat ein besonderes Gespür für mathematische Zusammenhänge – ziemlich einzigartig, wenn man bedenkt, dass Mathematik eine ausschließlich logische Wissenschaft ist. Jedenfalls gelingt es ihm, hochkomplizierte mathematische Probleme grafisch darzustellen. Was wiederum gewöhnlich begabten Mathematikern die Möglichkeit gibt, Berechnungsgrundlagen zu erstellen, mit denen sie das jeweilige Problem in den Griff bekommen können. Der Typ ist absolute Weltklasse, allerdings auch ziemlich durchgeknallt.«

»Inwiefern?«

»Er ist ein Savant.«

»Und das heißt?«

»Nun ja, wenn ich meinen Freund richtig verstanden habe, ist er so etwas wie ein hochbegabter Autist.«

»Ein Autist? Du meinst so jemand wie Rain Man?«

Pawel zuckte mit den Achseln. »Ja, vermutlich, ich kenne mich da nicht so aus.«

»Okay. Am besten, du rufst deinen Freund an und fragst, ob wir dem Genie unsere Tabelle schicken dürfen.«

»Gut.«

Während Pawel nach seinem Handy griff und nach draußen ging, starrte Leon auf die Tabelle, als könne er den Zahlen allein durch die Intensität seines Blickes ihr Geheimnis entlocken. Seine eigene Anspannung überraschte ihn. *Was mache ich hier eigentlich?*, schoss es ihm durch den Kopf. *Ich bin hier, um meinen Traum zu verwirklichen und das Geheimnis des historischen Artus zu lüften. Und statt mich mit all meiner Kraft auf die Ausgrabungen zu konzentrieren, denke ich Tag und Nacht nur noch an dieses Tagebuch* ... Er riss seinen Blick von dem Zettel los und sah aus dem Fenster. *Dieses Buch hat dich irgendwie verhext*, fuhr eine boshafte kleine Stimme in ihm fort. ... *oder die Frau, die es einst schrieb!* »Blödsinn«, entfuhr es Leon laut. Er trat an die Tür.

Pawel war in eine angeregte Diskussion vertieft und lief mit seinem Handy vor dem Camper auf und ab. »Wie? ... Und warum nicht? ... Hm ... Seine Assistentin? Er hat eine Assistentin? ... Oh ... Jetzt lenk nicht vom Thema ab ... Also, wann? ... Wie? Jetzt gleich? ... Na gut, wenn du meinst. Bis später.«

»Und?«, fragte Leon.

»Er meint, er könne das nicht einfach so weiterleiten. Schließlich werde der Mann fürs Prüfen der Software bezahlt und nicht für irgendwelche Zahlenspiele. Aber wir können vorbeikommen und fragen, ob er sich privat Zeit für uns nehmen würde. Wenn es ihn interessiert, wäre das durchaus möglich. Wir müssten aber zuerst mit seiner Assistentin sprechen.«

»Er hat eine Assistentin?«

»Ja.«

Leon bemerkte, dass Pawels Wangen sich eine Spur röteten. »Was hat es mit dieser Assistentin auf sich?«

»Nichts. Entscheidend ist aber, dass wir noch heute nach Le Mans reisen. Der Mann hat seinen Job schon so gut wie erledigt.«

»Heute noch ...«, murmelte Leon. »Prima, ich muss sowieso nach Paris. Le Mans liegt so gut wie auf dem Weg.«

Auf Pawels fragenden Blick erwiderte er: »Camelot-Tagung in New York.«

»Oh, das tut mir leid.«

»Mir auch. Fahren wir mit dem Zug?«

»Ich schaue mal nach den Abfahrtszeiten.«

Bereits eine Stunde später standen sie auf dem Bahnhof von Nantes. Leons Herz pochte heftig. Er wusste selbst nicht genau, warum.

Heimkehr

Das rhythmische Klappern der Pferdehufe wurde vom gleichmäßigen Quietschen der schlecht geschmierten Achsen des Fuhrwerks übertönt. Angélique saß mit dem Rücken an einen der mit mageren Rüben gefüllten Leinensäcke gelehnt. Der ungefederte Wagen rumpelte über Wurzeln und Bodenwellen. Schon nach einer halben Meile hatte Angélique der Hintern wehgetan. Aber alles war besser als laufen zu müssen. Helle Sonnenflecken fielen hier und da durch das dichte Blätterdach des Waldes und huschten über die bäuerlichen Holzpantoffeln an ihren Füßen, ihre braun gebrannten, von hässlichen blauen Flecken bedeckten Schienbeine und den mit Flicken übersäten Rock. Sie sah aus wie eine Tagelöhnerin. Und genau das war sie auch. Eine Tagelöhnerin, die nur selten Arbeit fand und deren Lohn kaum ausreichte, um genug Brot zum Leben zu haben. Ihre abgetragenen ledernen Schuhe hatte sie in irgendeinem der winzigen Weiler gegen einen Beutel schrumpeliger Äpfel und Holzpantoffeln eingetauscht. Sie wusste nicht mehr genau, wann das gewesen war. Fast ein Jahr war vergangen, seit sie Paris verlassen hatte. Dreimal hatte sie das Fieber gepackt, und beim letzten Mal war sie nur knapp mit dem Leben davongekommen. Einmal war sie ausgeraubt worden und zweimal fast vergewaltigt. Beim letzten Mal war sie nur deshalb entkommen, weil der Mann zu betrunken gewesen war, um sein Werk zu vollenden. Halbnackt war sie aus dem heruntergekommenen Gasthof in die Nacht hinaus geflohen und hatte sich als Hure beschimpfen lassen müssen.

Sie war trotz bitterer Kälte, Hunger und Gefahr weitergezogen, immer angetrieben von den Worten Pierres, die er ihr kurz vor der Flucht zugeraunt hatte: »Die Raynals wurden vor einem Monat in Touvois gesehen.« Gegen Ende des Winters jedoch war ihr Wille fast gebrochen gewesen. Sie war bis ins Mark erschöpft, krank und hungrig, immerzu hungrig. So hatte sie kurz davorgestanden, in das Angebot eines Bauern einzuwilligen, seine gerade erst verstorbene Frau zu ersetzen. Mit breitem Grinsen hatte er ihr sein geheimes Vorratslager gezeigt. Er hatte dort nicht nur Korn und Winteräpfel versteckt, sondern auch eingemachte Birnen, Hartkäse und sogar Wurst. Ihr war das Wasser im Mund zusammengelaufen. Letztlich war es nicht nur ihr Pflichtgefühl gewesen, das sie daran gehindert hatte, auf sein Angebot einzugehen, sondern ein letzter Rest Stolz und ihr Ekel. Der Mann hatte fürchterlich schlechte Zähne gehabt.

Als sie Touvois erreichte, hatten sich bereits die ersten Frühlingsboten gezeigt. Sie hatte alles abgesucht, jede Gasse, jeden Hof, hatte überall nachgefragt. Schließlich hatte sie einen Hufschmied gefunden, der ihr bärbeißig erklärte, er habe eine Familie gesehen, auf die Angéliques Beschreibung zutreffen würde – blatternarbige Frau, mürrischer, hagerer Mann und ein kleiner blonder Knabe. Ihren Namen wisse er nicht, aber sie seien Richtung Südosten gezogen, auf Chamilot zu.

Es war der einzige Hinweis, den Angélique erhalten hatte. Was blieb ihr anderes übrig? Sie musste ihm folgen. Nun fuhr sie auf einem klapprigen Fuhrwerk die altvertrauten Waldpfade entlang. Hungrig, verdreckt und gescheitert kehrte sie heim. *Wie der verlorene Sohn*, schoss es ihr durch den Kopf. Aber anders als den jungen Mann aus dem biblischen Gleichnis würde sie kein liebender Vater am Wegesrand erwarten und mit offenen Armen auf sie zulaufen – ganz im Gegenteil.

Sie konnte jetzt schon den entsetzten Schrei ihrer Mutter in ihren Ohren gellen hören, konnte ihren missbilligend zusammengekniffenen Mund sehen und die Verachtung in ihren Augen. Erstaunlicherweise war ihr das gleichgültig, vollkommen gleichgültig. Selbst wenn die Mutter sie im Stall schlafen ließe, was die Familienehre natürlich nicht zuließe, hätte sie ein weiches Lager und etwas zu Essen im Bauch. Als Tochter würde sie die Unterstützung einfordern, die ihr zustand. Ihre Mutter würde froh sein, sie wieder loszuwerden, und sie konnte ihre Suche fortsetzen. Noël, der Sohn ihrer geliebten Schwester, durfte nicht in den Händen der Mörder bleiben. Alles andere war gleichgültig.

Die dramatischen politischen Ereignisse, die selbst in den entlegenen Provinzen Wellen schlugen, interessierten sie kaum. Frankreich befand sich im Krieg mit Österreich und Preußen. Die Garde des Königs war aufgelöst worden. Kurz darauf war die Pariser Bevölkerung sogar in die Tuilerien eingedrungen und hatte den König gezwungen, eine rote, phrygische Mütze zu tragen. Vertreter der Nationalgarden verlangten inzwischen die Absetzung des Königs. Angélique wusste nicht, ob dies lediglich Gerüchte waren, aber nach allem, was sie in Paris beobachtet hatte, hielt sie diese Nachrichten für durchaus realistisch. In der Vendée war man empört über solch frevlerisches Treiben. Am meisten erzürnte es sie, dass die Nationalversammlung von den Priestern den Eid auf die Verfassung forderte. Viele Geistliche folgten diesem Aufruf, obwohl Papst Pius VI. dies verurteilte. Aber es gab auch etliche, die sich dem Druck nicht beugten. Sie waren nun in den Pariser Gefängnissen eingekerkert, was sie in den Augen der Vendéer zu Märtyrern machte. Die Menschen hier waren streng katholisch und königstreu. Jede neue Botschaft aus der Hauptstadt wurde mit wachsendem Unmut aufgenommen.

Der Wagen verließ die dichten Wälder, rumpelte an dornigen Hecken vorüber auf den breiten Weg, der hinauf zum Château de Chamilot führte. Nachdem sie das schützende Blätterdach hinter sich gelassen hatten, brannte ihr die Sonne ins Gesicht. Es war drückend und heiß. Angélique schob die Ärmel ihres Kleides hoch. Ihre Arme waren dünn, aber von sehnigen Muskeln durchzogen, und sie waren braun gebrannt wie die einer Bäuerin. Sie verzog die Lippen zu einem bitteren

Lächeln. Weiche Hände und weiße Haut und all die anderen Schönheitsideale der Frau waren ein Luxus für die Reichen. Für Angélique gehörten all die Fragen, die sie selbst und die anderen jungen Mädchen in Saint-Christophe so intensiv beschäftigt hatten, der Vergangenheit an.

Das Fuhrwerk hielt an. »Wir sind da«, brummte der Bauer. »Zum Markt geht's hier weiter. Wenn du willst, dass ich dich bis Chamilot hinauffahr, kostet dich das –«

»Vielen Dank! Ab hier komme ich allein zurecht«, unterbrach ihn Angélique. Sie hatte kein Geld, um ihn zu bezahlen. Natürlich hätte ihre Mutter diese Kosten übernehmen können, aber ihr Stolz ließ nicht zu, dass sie für ihre eigene Bequemlichkeit in deren Schuld stand. Angélique kletterte vom Wagen.

»Wie du meinst.« Der Bauer schnalzte mit den Zügeln und fuhr weiter.

Angélique stieg die breite Straße zum Château de Chamilot hinauf. Jeder Baum am Wegesrand, jeder Busch war mit Kindheitserinnerungen verbunden. Diesen Weg war sie zum ersten Mal mit ihrem Pony entlanggeritten, stolz wie eine kleine Königin. In jenem Gebüsch dort hatte Thérèse sich einmal einen halben Nachmittag versteckt, und die ganze Dienerschaft hatte sie suchen müssen. Zu dritt waren sie auf den uralten Apfelbaum geklettert und als Mutprobe von den oberen Ästen zu Boden gesprungen. Dabei hatte sich Jean-Louis den Arm gebrochen, weil er Angélique unbedingt übertrumpfen wollte. Sie erinnerte sich an die furchtbaren Kutschfahrten mit ihrer Mutter, in denen sie herausgeputzt wie Porzellanpüppchen schweigend neben ihr gesessen und so getan hatten, als bewunderten sie die Ländereien ihrer Familie. Angélique wusste noch genau, wie überrascht sie gewesen war, als man ihr erklärte, diese riesigen Gebiete gehörten allein ihrer Familie. Wie konnte das Land irgendjemandem gehören? Es wusste doch nichts davon; ihm war es gleichgültig, wer auf ihm spazieren ging oder vergängliche Häuser auf ihm baute. Es war schon da, als es noch keine Menschen gab, und es würde auch noch da sein, wenn niemand mehr irgendetwas von der Familie de Vantes wusste. Angélique senkte den Kopf. Wer weiß, vielleicht würden sich ihre kindlichen Gedanken von damals bald als prophetisch erweisen. Der Adel war bereits vor zwei Jahren per Dekret abgeschafft worden, möglicherweise würden ihm schon bald die ehemals Adligen folgen?

Als sie um die Wegbiegung schritt und die Mauern des alten Châteaus erblickte, stellte sie zu ihrer Überraschung fest, dass einige Nationalgardisten dort Wache standen. War die Burg konfisziert worden? Nein, es wirkte nicht so. Neben den revolutionären Farben wehte noch immer das alte Familienwappen der de Vantes an der Zinne des Turms. Eigentlich waren mit den Titeln auch die Wappen abgeschafft worden, aber in der Provinz nahm man es damit nicht so genau. Hatte Angéliques Mutter vielleicht sogar die Hilfe der Nationalgarde angefordert? Das war eher unwahrscheinlich, war ihr doch alles Revolutionäre zutiefst verhasst. Andererseits konnte sie auch mit unerwartetem Pragmatismus überraschen. Vermutlich ein Erbe Großvaters. Ein Pakt mit den neuen Machthabern könnte durchaus hilfreich sein, allerdings war das Ganze ein durchaus gewagtes Spiel. Wie auch immer, Angélique musste es darauf ankommen lassen. Sie bedauerte, dass sie ihre blau-weiß-rote Kokarde nicht mehr hatte. In den letzten Monaten wäre sie ihr zwar hinderlich gewesen, denn was in Paris beinahe lebensnotwendig gewesen war, sorgte hier in der Vendée für Argwohn und Hass, aber nun hätte sie das Abzeichen der Revolutionäre gut gebrauchen können.

Die Wachposten beobachteten gelangweilt, wie sie näher kam. Ihre Bajonette glänzten in der Sonne.

Der Älteste der Männer, ein schwarzbärtiger Mann mit riesigen Händen, trat einen Schritt vor. »Was willst du?«

»*Bonjour*, Bürger«, grüßte Angélique freundlich, aber nicht übermäßig ehrerbietig. »Bitte meldet mich Cecile Maria Thérèse de Vantes. Ich muss sie in einer dringenden familiären Angelegenheit sprechen.«

»Aha.« Der Mann kratzte sich am Bart. »Und wer bist du?«

»Ich bin ... ihre Tochter«, erwiderte Angélique nach kurzem Zögern. »Mein Name ist Angélique de Vantes.«

»Soso«, murmelte der Bärtige. »Nimm's mir nicht übel, aber irgendwie siehst du mir nicht aus wie die Tochter der ... Burgherrin.«

»Ich möchte dir und deiner Beobachtungsgabe nicht zu nahetreten, Soldat. Aber vielleicht sollte sie selber entscheiden, ob ich ihre Tochter bin?«

Der Mann rührte sich nicht und betrachtete sie nachdenklich. Schließlich sagte er: »Warte hier. – Robert ...«, er wandte sich an einen jungen Mann mit Sommersprossen, der nach Angéliques Schätzung noch keine sechzehn war, »... du übernimmst.«

»Jawohl.« Der Junge trat vor und hielt die mit dem Bajonett bestückte Muskete kampfbereit vor die Brust.

Angélique öffnete den Mund, schloss ihn jedoch wieder, als sie in seine zornigen Augen blickte. Es wäre nicht klug, den Jungen zu reizen. Geduldig wartete sie auf die Rückkehr des Bärtigen. Es dauerte beinahe eine halbe Stunde, bis er wiederkehrte.

»Bitte folge Camille«, sagte er freundlich und nahm seinen Posten wieder ein.

Wortlos fügte Angélique sich und folgte der unbekannten jungen Frau, die sie in den Gästeflügel der Burg führte. Dass es ständig neue Gesichter unter den Bediensteten gab, war Angélique gewohnt, aber dass man sie nicht in ihre eigenen Gemächer ließ, irritierte sie. Andererseits war ihrer Mutter durchaus zuzutrauen, dass sie Angélique auf diese Weise eine erste Kostprobe ihrer Missbilligung zukommen ließ.

»Wie geht es meiner Mutter?«, fragte sie, als sie dem jungen Mädchen die Stufen hinauf folgte.

»Ich habe ein Bad für dich vorbereitet«, erwiderte Camille. »Nachher werde ich dir neue Kleider bringen.« Die Stimme der jungen Frau klang weder unterwürfig noch unfreundlich.

Sie klang allenfalls betont unbeteiligt, als habe man ihr befohlen, sich auf kein Gespräch mit dem neuen Gast einzulassen.

»Vielen Dank«, sagte Angélique. »Ein Bad wäre in der Tat etwas Wunderbares. Und was passiert, nachdem ich gebadet und eingekleidet bin?«

»Das Abendessen wird um sechs Uhr serviert.«

»Ich verstehe.«

Das heiße Bad war großartig. Angélique konnte sich nicht mehr erinnern, wann sie das letzte Mal etwas so Wohltuendes erlebt hatte. Allerdings war es eine harte Arbeit, den hartnäckigen Schmutz von ihrer Haut zu schrubben. Vor allem an den Händen und Füßen musste sie eine raue Bürste zu Hilfe nehmen. Als sie sich schließlich erhob und abtrocknete, ließ sie eine lauwarme braune Brühe zurück. Das Kleid, das Camille ihr gebracht hatte, war Angélique unbekannt. Vielleicht hatte es zu Thérèses späterer Garderobe gehört. Der Gedanke an ihre Schwester stimmte sie traurig, und sie zog das Kleid nur widerwillig an. Es war ein leichter Sommerstoff, so dünn, dass er beinahe durchsichtig war. Der Stoff umschmeichelte ihren Körper und war bemerkenswert schlicht gehalten, als habe der Schneider einen bewussten Gegensatz zu den überladenen Ballkleidern von Versailles schaffen wollen. Allerdings betonte das Kleid ihre Figur sehr stark, und das Dekolleté war so tief ausgeschnitten, dass man es nicht mehr als züchtig bezeichnen konnte. Warum hatte ihre Mutter ein solches Kleid ausgewählt? Vielleicht weil die kurzen Ärmel den hässlichen Gegensatz zwischen Angéliques weißen Oberarmen und den braun gebrannten Unterarmen besonders hervorhoben? Auch der tiefe Ausschnitt zeigte den Unterschied zwischen ihrem braun gebrannten Hals und dem viel helleren Brustansatz nur allzu deutlich. An einer gepflegten jungen Frau hätte das Kleid verführerisch gewirkt. Angélique jedoch erschien wie ein verkleideter Bauerntrampel. Sie beschloss, sich diese Demütigung nicht anmerken zu lassen und das Kleid mit Würde zu tragen. Sorgsam legte sie sich das Lederband mit dem Benediktuspfennig um. Vor einiger Zeit hatte sie das Band kürzen müssen, da es an einigen Stellen zu reißen drohte. Nun lag die Münze auf ihrer Halsbeuge. Angélique betrachtete sich im Spiegel. Der wenig elegante Schmuck wirkte wie eine Provokation. Und vielleicht war er es auch ein bisschen. Vor allem aber symbolisierte der Pfennig all das, was Angélique in den letzten Jahren durchlebt und durchlitten hatte. Er war ein Bild dafür, dass der Fluch nicht das letzte Wort haben, dass das Böse nicht siegen sollte.

In einem kleinen Sekretär fand Angélique Feder und Tinte. Sie verbrachte die restlichen Stunden damit, ihre Tagebuchaufzeichnungen zu ergänzen und sich zu überlegen, was sie ihrer Mutter sagen wollte.

Irgendwann klopfte es an der Tür. »Ja?«

Camille steckte den Kopf zur Tür herein. »Es ist angerichtet.«

»Danke.«

Schweigend folgte Angélique der jungen Frau in den Salon. Samtvorhänge verdeckten die Fenster, und Kerzen erhellten den Raum. Ein opulentes Mahl wartete auf dem riesigen Tisch. Aber nur zwei Gedecke standen dort, ganz vorne an der Stirnseite. Eine hochgewachsene Gestalt stand am Kamin und hatte ihnen den Rücken zugewandt.

»Danke, Camille, du kannst jetzt gehen.«

Die Bedienstete zog sich schweigend zurück und schloss die Tür hinter sich.

Zuerst erkannte Angélique den Mann nicht, der sich ihr nun zuwandte. Er trug einen sorgfältig gestutzten Bart. Seine Kleidung war schlicht, aber elegant und verdeckte geschickt die Ansätze seines Schmerbauchs. Er lächelte. Ein Schauer überlief Angélique.

»Ihr?!«, stammelte sie.

»Nehmt Platz, Angélique. Ihr seht hungrig aus.«

Angélique rührte sich nicht. Mit offenem Mund starrte sie den Abt von Saint-Christophe an. Er hatte sein geistliches Gewand gegen elegante bürgerliche Kleidung getauscht, sein

Haar wies einige graue Strähnen mehr auf, und er hatte sich einen Bart wachsen lassen. Aber es war unverkennbar derselbe Mann.

»Was habt Ihr hier zu suchen, Abt?«, stieß Angélique hervor. »Wo ist meine Mutter?«

»Ich sehe, Euer Aufenthalt in Saint-Georges hat Euch tief geprägt. Zuerst muss der Hunger des Geistes gestillt werden, dann kommen die Bedürfnisse des Körpers. Aber«, er zog einen Stuhl für Angélique zurück und nahm dann selbst Platz, »es spricht auch nichts dagegen, sich beiden Bedürfnissen zur selben Zeit zu widmen. Als ich von Eurer Ankunft erfuhr, habe ich mir spontan den ganzen Abend für Euch frei genommen. Also setzt Euch. Es ist gewiss schon eine ganze Weile her, dass Ihr Fasan zu Euch genommen habt. Und dieser hier ist ganz ausgezeichnet.«

Ungläubig starrte Angélique auf den munter plaudernden Mann. »Wenn Vater hier wäre, hätte er Euch eigenhändig hinausgeworfen!«

»Aber das ist er ja nicht«, erwiderte der Abt, »bedauerlicherweise, wie ich hinzufügen möchte. Lasst mich Euch an dieser Stelle mein herzliches Beileid aussprechen. Euer Vater und ich waren gewiss keine Freunde, aber dieses Ende hatte er nicht verdient. All diese schlimmen Dinge, die man ihm vorgeworfen hat ...« Er schüttelte den Kopf. »Das kann nur ein grausames Missverständnis gewesen sein oder, schlimmer noch, eine Intrige.«

Angélique hatte die Hände zu Fäusten geballt. »Ich werde mir dieses ... Gerede nicht länger anhören.« Sie wandte sich ab.

»Ihr werdet Euch setzen, und wir werden ein anregendes und freundliches Gespräch führen«, entgegnete der Abt.

»Das bezweifle ich!« Angélique ging zur Tür.

»Bleibt!« Scharf wie ein Peitschenknall hallte die Stimme des Abts durch den Raum. Unverhohlene Aggressivität schwang in ihr mit.

Die junge Frau zuckte zusammen. Sie blieb stehen und

drehte sich langsam um. Die Augen des Abts glühten vor Zorn. Aber schon einen Wimpernschlag später lächelte er wieder. »Ihr werdet mit mir reden, auf die eine oder andere Art und Weise. Ich persönlich würde es vorziehen, das Gespräch bei einem zivilisierten Abendessen fortzuführen. Und glaubt mir, auch Ihr möchtet das.«

»Nun habt Ihr wenigstens einen Augenblick lang Euer wahres Gesicht gezeigt, Abt.«

»Wenn Ihr das glauben möchtet.« Er goss Wein in die Gläser. »Nehmt Platz, Angélique.«

Sie setzte sich.

»Darf ich Euch etwas von dem Fasan anbieten? Oder ein wenig Kalbspastete vielleicht?«

Angélique starrte ihn über die funkelnden Weingläser hinweg böse an. Er zuckte die Achseln und belud seinen eigenen Teller großzügig mit Speisen.

Angéliques Magen zog sich schmerzhaft zusammen. Das Wasser lief ihr im Mund zusammen. Sie schluckte. Ganz sicher würde sie sich nicht die Blöße geben und mit diesem Mann zu Abend speisen. »Also, was habt Ihr hier zu suchen, Abt? Und wo ist Mutter?«

»Nennt mich ruhig bei meinem Namen. Ich heiße Victor Barrère, und ich bin nur ein einfacher Bediensteter dieses Staates.« Er spießte ein Stück Pastete auf und schob es sich in den Mund.

»Ihr habt Eure Abtei aufgegeben?«

»Das habe ich nicht gesagt.« Er spülte die Pastete mit einem Schluck Wein hinunter. »Aber ich habe noch anderweitige mildtätige Verpflichtungen. Unter anderem muss ich diese Burg und die dazugehörigen Güter verwalten. All dies tue ich übrigens, ohne ein Entgelt dafür zu erwarten. Lediglich Kost und Logis sind mein Lohn.«

»Wo ist Mutter?!«

»An einem sicheren Ort. Wie Ihr wisst, sind die Zeiten für Menschen ihres Standes sehr unsicher, um nicht zu sagen gefährlich geworden. Seit knapp einem Jahr verwalte ich das Gut nun in ihrem Namen.« Er riss einen Schenkel von dem gebratenen Fasan und knabberte daran.

»Ist sie in Rom geblieben?«

»Das wäre ein kluger Schachzug, nicht wahr? Viele Personen mit Beziehungen haben sich ins Ausland abgesetzt. Nicht jeder ist so patriotisch und waghalsig wie Euer Vater ...« Er winkte ab, wobei er noch immer den Fasanenschenkel in der Hand hielt. »Lassen wir das. In jedem Fall bin ich nicht befugt, über den Aufenthaltsort Eurer Mutter Auskunft zu geben.«

»Ihr wagt doch sicher zu scherzen?!«

»Keineswegs«, erwiderte Barrère kauend, »aber selbstverständlich könnt Ihr gerne ein Schriftstück aufsetzen, das ich an sie weiterleiten werde. In ein bis zwei Monaten könnte ihre Antwort bereits hier sein. Bis dahin könnt Ihr die Gastfreundschaft dieses Ortes genießen.«

Es kostete Angélique große Mühe, nicht die Beherrschung zu verlieren. »Dieser Ort ist das Haus, in dem ich geboren wurde. Es ist die Burg meiner Familie. Ihr sitzt auf dem Stuhl meines Vaters, Victor Barrère.«

»Tatsächlich?« Er tätschelte die Lehne des Stuhls. »Dann habe ich mir ja, meinem untrüglichen Instinkt folgend, den besten Platz ausgesucht.« Er bedachte sie mit einem Lächeln, das aber seine Augen nicht erreichte. »Natürlich habt Ihr recht damit, diesen Ort als Eure Heimat zu betrachten, Angélique. Und selbstverständlich gehört diese Burg noch immer zum Besitz der Familie de Vantes ... theoretisch.«

»Was soll das heißen?«

»Ich habe schon vermutet, dass Ihr die Papiere sehen möchtet. Sie liegen dort auf dem Tisch.« Er legte den abgenagten Fasanenschenkel beiseite und wischte sich die fettigen Hände an einer Serviette ab.

Angélique erhob sich. Sie fühlte sich wie in Trance, als sie auf den Tisch zuging. Hastig griff sie nach den Dokumenten.

»Es sind Duplikate«, meldete sich Barrère mit vollem Mund, »nur für den Fall, dass Ihr auf dumme Gedanken kommen solltet. Die Besitztümer Eures Vaters sind, wie Ihr wohl schon vermutet habt, sämtlich dem Staat zugefallen – aufgrund der verbrecherischen Taten, deren das Gericht ihn für schuldig befunden hat.«

Angélique las das Schriftstück. Es sprach dem Abt umfangreiche Vollmachten zu. Das Papier trug die Unterschrift irgendeines Kommissars sowie die ihrer Mutter und das Familiensiegel. Zwei Notare hatten es beglaubigt. Wenn es eine Fälschung war, dann eine geradezu perfekte. Sie ließ das Schreiben zurück auf den Tisch sinken.

»Es gibt Personen in nicht unbedeutenden Positionen, wie ich hinzufügen möchte, die davon ausgehen, dass noch mehr Familienmitglieder in die Verschwörungen Eures Vaters verstrickt sein müssen«, fügte Barrère hinzu. »Ich persönlich halte dies für üble Verleumdungen, aber die Gerüchte sind nun einmal in der Welt. Setzt Euch, Angélique.«

Wortlos nahm sie Platz. Der Abt kam ihr vor wie eine Spinne in einem Netz – sorgfältig seine Hunderte von Fäden prüfend und jederzeit bereit zuzuschnappen, stetig darauf bedacht, Informationen zu sammeln, mit denen er weitere klebrige Fäden spinnen konnte, um Menschen darin zu fangen und seine Macht zu mehren.

»Habe ich schon erwähnt, dass Ihr in diesem Kleid ganz bezaubernd ausseht?«

»Euch hingegen stand die Soutane besser, Abt. Dieses weltmännische Gehabe passt nicht zu Euch.« Es kostete sie Mühe, ihren Ekel zu unterdrücken, wenn sie ihm ins Gesicht sah.

Er kicherte. »Das sehe ich anders. Aber ich danke Euch für Eure Ehrlichkeit. Es wäre gut, wenn Ihr auch bei unserem weiteren Gespräch dabei bliebet. Pürierte Erbsen?«, fragte er liebenswürdig.

Sie schüttelte den Kopf.

»Es ist nun schon drei Jahre her, dass Ihr und Eure reizende Schwester Saint-Georges verließt. Was ist seitdem geschehen?« Er tat sich großzügig von dem pürierten Gemüse auf und nahm sich noch ein wenig Rinderbraten.

»Als ob Ihr das nicht wüsstet!«

»Ich gebe zu, dass ich in der Regel recht gut informiert bin, aber zu meinem Bedauern und zu meiner eigenen Überraschung muss ich immer wieder feststellen, dass es dennoch einige Dinge gibt, die ich noch nicht weiß.«

Angélique starrte an ihm vorbei aus dem Fenster. Sein Anblick war ihr unerträglich.

»Vielleicht hilft es Euch, wenn ich Eurem Gedächtnis ein wenig auf die Sprünge helfe. Im April 1789 reistet Ihr mit Eurer Schwester sehr kurzfristig und mitten im Unterrichtsjahr von Saint-Georges ab. Einige Monate zuvor hatte das Stift Besuch von Louis-Antoine de Soissons, einem jungen Freund von mir. Ein sehr selbstbewusster junger Mann, der dazu neigt, seine Dichtkunst ein wenig zu überschätzen. Aber als Liebhaber soll er unübertroffen sein, wie mir zu Ohren kam. Ich vermute, er war nicht ganz unschuldig daran, dass Eure süße kleine Schwester sich für mehrere Monate in ihre Kammer zurückzog und über Unwohlsein klagte?«

Angélique spürte, wie sie erblasste. »Ihr habt das alles eingefädelt?!«, stieß sie, heiser vor Zorn, hervor. »Ihr elendes, mieses – «

»Na, na, na!«, unterbrach Barrère sie. »Sagt nichts, das Ihr bereuen würdet. Ihr selbst wisst, dass Eurer Schwester keine Gewalt angetan wurde, außer der süßen Gewalt der ersten Liebe vielleicht. Sie gab sich de Soissons vollkommen freiwillig hin, und sie war alt genug, die Konsequenzen zu kennen. Es war ihre Entscheidung und nicht die irgendeines anderen. Wollt Ihr das bestreiten?«

Angélique presste die Lippen zusammen. Ihr Blick wanderte zu dem fast dreißig Zentimeter langen Tranchiermesser, das unweit von ihr auf dem Tisch lag.

»Denkt nicht einmal daran«, meinte Barrère. »Ich bin ein

vorsichtiger Mann. Ihr wärt tot, bevor sich Eure Finger um den Griff schlössen. Das wäre doch sehr bedauerlich, findet Ihr nicht?«

Angélique reagierte nicht. Sie fragte sich, ob der Abt selbst eine Waffe bereithielt oder ob einer seiner Männer sie mit einer geladenen Muskete in der Hand aus einem Versteck heraus beobachtete. In jedem Fall war es durchaus sehr wahrscheinlich, dass er entsprechende Vorbereitungen getroffen hatte.

»Mir scheint, es ist eine verhängnisvolle Eigenart Euer Familie, das Unglück, für das sie selbst verantwortlich ist, auf andere abzuschieben«, fuhr er im Plauderton fort. »Euer Vater zum Beispiel hasste mich, obwohl ich für sein Unglück nicht verantwortlich war. Ich habe ihn nicht gezwungen, Eure Mutter zu heiraten ...«

»Und was war mit meiner Tante? War sie auch verantwortlich für ihr Unglück?« Angélique war einem plötzlichen Impuls gefolgt und hatte diesen Pfeil aufs Geratewohl abgeschossen. Aber er schien ins Schwarze zu treffen. Das überlegene Lächeln des Abtes wurde starr, und in seinen Augen flackerte etwas auf, das sie noch nie zuvor bei ihm gesehen hatte. Zuerst glaubte sie, es sei Zorn gewesen, doch dann ahnte sie, dass es etwas anderes war: Verunsicherung vielleicht oder gar Angst? Nur zwei Herzschläge später hatte er sich jedoch wieder vollkommen in der Gewalt, und sein Blick war so kühl wie zuvor. »Zum zweiten Mal an diesem Abend muss ich zugeben, dass mein Wissen begrenzt ist. Darum plaudere ich auch so gerne mit Euch. Also, was geschah, als Euer Vater seinen treuen Diener zu Euch sandte?«

Angélique überlegte, ob sie noch einmal auf ihre geheimnisvolle Tante zu sprechen kommen sollte, von deren Existenz sie erst durch Schwester Maria Martha erfahren hatte. Aber das Überraschungsmoment war vorüber. Barrère würde nichts preisgeben.

»Wir fanden Zuflucht auf einem Bauernhof bei Amaillou.

Zumindest glaubten wir das. Bis meine Schwester starb und ich nur knapp mit dem Leben davonkam.«

»Woran starb Eure Schwester?«, fragte der Abt. Er schien nicht überrascht von dem, was Angélique sagte.

»Sie verblutete.«

»Bei der Geburt ihres Kindes.« Es war eine Feststellung, keine Frage.

»Ja.«

»Also ein natürlicher Tod?«

»So sollte es zumindest aussehen.«

»Verstehe. Und auch Euch wollte man töten?«

»Das Wasser im Brunnen wurde vergiftet.«

»Das Kind?«

Angélique zögerte einen Moment zu lange.

»Ah, es lebt also noch«, bemerkte Barrère, ehe sie etwas sagen konnte. Er wirkte überrascht, aber er war auch ein hervorragender Schauspieler. All das konnte ebenso gut Täuschung sein. »Wo war Pierre während der Geburt?«, hakte er nach.

Angélique verwarf den Gedanken, dem Mann eine Lügengeschichte über Noëls Tod aufzutischen. Er war zu gewieft und sie eine zu schlechte Lügnerin. So beantwortete sie seine nächste Frage nach kurzem Zögern: »Pierre war auf dem Weg nach Paris, um meinen Vater zu informieren und Hilfe zu holen.«

»Er ließ Euch allein?«

»Ich selbst hatte es ihm befohlen.«

»Möglicherweise schon wieder eine verhängnisvolle Entscheidung. Das Schicksal kann sehr grausam sein.«

»Ihr weidet Euch am Unglück anderer. Wie könnt Ihr Euch einen Mann Gottes nennen!« Angélique spie diese Worte förmlich aus.

»Welchen Sinn macht es, mit der Vorsehung zu hadern?«, erwiderte der Abt ungerührt. »Zu Anbeginn der Zeit wurden die Steine ins Rollen gebracht. Klug ist, wer ihr Donnern rechtzeitig vernimmt und beiseitetritt, um nicht von ihnen zermalmt zu werden.« Er leerte sein Weinglas. »Ihr mögt mich für einen gleichgültigen oder gar zynischen Menschen halten, dabei habe ich für so vieles Verständnis. Ich verstehe den einfachen Bauern, der an wundersame Reliquien und die Kraft des Rosenkranzes glaubt. Und ich verstehe den Gebildeten, der all dies in Zweifel zieht. Ich verstehe den, der an der Güte Gottes zweifelt, und den, der sie schmerzhaft herbeisehnt und vielleicht auch herbeiredet. Ich verstehe all dies und gebe jedem das, was er hören möchte – und wer dankt es mir?!« Er seufzte. »Der Papst fürchtet um seine Macht, und die Girondisten und Montagnards haben Angst um ihre Revolution. Wer wäre ich, wenn ich nicht für beides Verständnis hätte? Was bleibt mir anderes übrig, als den Kompromiss zu suchen?«

Angélique erhob sich. »Haben wir nun genug geredet? Ich bin müde.«

»Selbstverständlich.« Er entließ sie mit einer großzügigen Geste. »Schlaft wohl. Wir werden uns morgen weiterunterhalten. Und dann gibt es da noch einige Papiere, die Ihr unterzeichnen müsst ...«

Als Angélique vor die Tür trat, fand sie dort zwei Wachposten und eine ihr unbekannte Bedienstete vor. Die Frau führte Angélique zurück in ein anderes Zimmer, das ein Stockwerk höher lag. Einer der Bewaffneten folgte ihr. Als sich die Zimmertür hinter ihr schloss, hörte sie, wie ein Schlüssel umgedreht wurde. Sie war eine Gefangene.

Müde betrachtete Angélique das Negligé, dass man ihr als Nachtgewand bereitgelegt hatte. Ihr altes Kleid und ihre Holzpantoffeln waren fort, aber der Beutel mit ihrem Tagebuch und ihren wenigen Habseligkeiten war noch da. Vom Hof her war Pferdegetrappel zu vernehmen. Sie trat ans Fenster und sah hinaus. Man hatte sie in einem Turmzimmer untergebracht. Von hier oben waren es zehn Meter bis hinab in den Hof, und es gab keinen Balkon.

Ein Reiter, der einen Dreispitz trug, zügelte sein Pferd. Sein Mantel wehte, als er abstieg. Zwei Wachposten salutierten, und einer von ihnen ergriff die Zügel des Pferdes. Der Mann nickte ihnen zu und begab sich raschen Schrittes direkt zum Hauptgebäude. Etwas an der Art und Weise, wie er sich bewegte, kam Angélique bekannt vor, und nicht nur das – es jagte ihr einen Schauer über den Rücken. Dieser Mann dort unten war derselbe, der sie in der Rue du Paon beobachtet hatte und der ihr erneut auf dem Place de Grève begegnet war. Ihr Herz begann, schneller zu schlagen. Sie wartete, bis der Mann verschwunden war, dann öffnete sie das Fenster und sah sich um. Nicht eine Nacht würde sie unter einem Dach mit Barrère, diesem Ungeheuer, und seinen Helfershelfern verbringen. Leise schloss sie das Fenster wieder. Sie stopfte ihren Beutel in das Kissen, presste es fest an sich und pochte gegen die Tür.

Finsternis und Hoffnung

»Hallo, Wache?!« Angélique verlieh ihrer Stimme einen drängenden, ängstlichen Tonfall. »Öffne die Tür, schnell!«

Der Mann antwortete nicht, aber sie konnte das Scharren seiner Stiefel hören.

Angélique lächelte. Dann rief sie verzweifelt: »Bitte, du musst mir helfen! Hier ist etwas in meinem Zimmer!«

Der Mann räusperte sich. Er befand sich in einem Zwiespalt: Einerseits sollte er die Frau bewachen und ihr andererseits gleichzeitig das Gefühl vermitteln, sie sei ein Gast.

Angélique hämmerte gegen die Tür. »Hilfe.«

»Äh ... ich habe strikte Order ...«

»Da, schon wieder! Da ist es! Irgendein Tier! Eine Ratte!«

»Äh ... ein Tier, aber ...«

Angélique schrie und hämmerte mit beiden Fäusten gegen die Tür.

Schließlich vernahm sie ein Klicken. Die Tür öffnete sich einen Spalt, und das blasse Gesicht eines jungen Mannes erschien. Er trug die Uniform der Nationalgardisten. Angélique warf sich mit aller Macht gegen die Tür. Der Soldat hatte damit nicht gerechnet. Das Türblatt schlug gegen seine Wange, er taumelte zurück, und Angélique schlüpfte hinaus. Sie machte allerdings nicht den Fehler, fortzulaufen. Stattdessen lehnte sie sich ängstlich an die Wand, das Kissen mit ihren Sachen umklammert, als suche sie darin Trost und Schutz.

»Ich gehe da nicht wieder rein!«

»*Merde!*« Der Mann rieb sich die Wange und lugte in das Zimmer. »Da ist nichts!«

»Ich verlange ein anderes Zimmer!« Angélique hatte keine

Ahnung, was der Mann über sie wusste, aber im Allgemeinen machten Gerüchte unter den Bediensteten der Burg schnell die Runde. Er musste zumindest gehört haben, dass es mit dieser Gefangenen etwas Besonderes auf sich hatte. Vielleicht hatte ihn sogar der Abt selbst darüber in Kenntnis gesetzt.

»Gut«, brummte er, »dann nehmt eben dieses.« Aber noch ehe er das nächste Zimmer aufschließen konnte, schrie Angélique entsetzt auf. »Nicht auf dieser Etage! Die Ratten kommen durch die Dielen. Ich weiß das!«

»Aber – «

»Ich werde keinen Fuß durch die Tür setzen! Eher schlafe ich hier auf dem Flur.«

Der Mann knurrte einen Fluch. »Nach unten darf ich dich nicht bringen. Hier ... ist es sicherer.«

»Dann gehe ich eben eine Etage höher. Dort gibt es doch auch Schlafzimmer!«

»Aber ...« Der Mann warf einen Blick auf Angéliques wild entschlossenes Gesicht. »Meinetwegen. Geht voran!«

Die junge Frau unterdrückte ein zufriedenes Lächeln.

Gehorsam ging sie vor dem Wachposten her. Er führte sie an einem zweiten Posten vorbei, der am Treppenabsatz wartete, und bat, ihm eine der Dienstmägde zu holen. Dann führte er Angélique nach oben. An einem weiteren Posten kamen sie nicht vorbei. Die Zimmer dort oben waren deutlich weniger komfortabel, die Decken waren niedrig und die Fenster klein.

Mit mürrischem Blick stapfte eine Dienstmagd herbei und bezog das Bett in einem der schlichten Zimmer.

Angélique bedankte sich und ließ sich widerstandslos in dem kleinen Zimmer einsperren. Sie löschte das Licht und legte sich angezogen, wie sie war, ins Bett. Es war lange her, dass sie so bequem gelegen hatte. Sie war erschöpft, und es fiel ihr schwer, die Augen offen zu halten. Dann dachte sie an Victor Barrère, an sein überlegenes Lächeln und die kalte Boshaftigkeit in seinen Augen, und es gelang ihr, wach zu bleiben. Zwei Stunden lag sie still da und starrte an die Decke. Sie wusste, dass es falsch war zu hassen, dass ihre düsteren Gedanken niemandem etwas nutzten, am wenigsten ihr selbst. Sie konnten ihre Schwester und ihren Vater nicht wieder lebendig machen, selbst wenn ihr Hass ins Uferlose wachsen und den Abt von Saint-Christophe in den Tod reißen würde. Aber er trug die Schuld an allem. Es musste so sein! Die Art und Weise, wie er über das Ende ihres Vaters gesprochen hatte, dieser wissende Blick, als sie von Thérèses Tod sprach – wer, wenn nicht er, sollte hinter all dem strecken? Er war die Spinne im Netz, ein Meister der Intrige, der es geschafft hatte, trotz der Revolution sein Amt zu behalten und nun auch noch die Besitztümer der Familie de Vantes in seine Gewalt zu bringen. War es falsch, das Böse zu hassen? War es falsch, Gerechtigkeit zu fordern? Ihre Hand umklammerte den Benediktuspfennig. »Weiche zurück Satan, führe mich niemals zur Eitelkeit. Böse ist, was du mir einträufelst: Trinke selbst dein Gift.« Immer wieder flüsterte sie diese Worte, bis sie ruhiger wurde. In Bosheit hatte man ihr dieses Geschenk gemacht, und die einzig richtige Antwort darauf war, die Bosheit nicht anzunehmen und den Fluch in einen Segen zu verwandeln. Was in ihr tobte, war nicht die Suche nach Gerechtigkeit, es war der Durst nach Rache. Nichts würde sie gewinnen, wenn sie der Dunkelheit in sich selbst nachgab, aber alles verlieren, was an Hoffnung noch in ihr war. »Herr, erbarme dich«, flüsterte sie, »und schenke Gelingen!«

Leise erhob sie sich von ihrem Lager. Alles war ruhig. Sie ging zum Fenster. Die schmale Sichel des Mondes verbreitete nur ein schwaches Licht. Wolken huschten hie und da über den Himmel und warfen Schatten aus Schwärze. Leise öffnete sie das Fenster. Sie hob den Rock und gürtete ihn fest, sodass der Saum gerade noch ihre Knie erreichte. Dann band sie sich ihren Beutel fest auf den Rücken und kletterte barfuß auf das Fensterbrett. Sie lugte in die Tiefe. Der Hof lag dreizehn bis vierzehn Meter unter ihr. Das Mauerwerk war glatt, und es gab keine Balkone und Balustraden. Unten brannten Fackeln, in deren Schein ein halbes Dutzend Wachposten zu sehen war.

Sie würde sich das Genick brechen, wenn sie versuchte, dort hinabzusteigen. Sobald sie den Lichtkreis der Fackeln erreichte, würden die Wachposten das Flattern ihres Gewandes wahrnehmen wie einen letzten Flügelschlag. Dann würde es einen dumpfen Aufprall geben, und das Weiß des Kleides wäre in dunkles Rot getaucht.

Angélique biss sich auf die Lippen. Sie hatte nicht vor, dort hinabzuklettern, ganz im Gegenteil: Sie hatte vor, höher hinaufzuklettern. Sie streckte sich, und ihre Hände ertasteten den schmalen, zwei Finger breiten Sims über dem Fenster. Dann klemmte sie den nackten Zeh auf die untere Angel des rechten Fensterladens, zog sich ein Stück hoch, presste die linke Fußsohle gegen den rauen, noch immer warmen Stein des Fensterrahmens und drückte sich weiter empor. In diesem Moment war sie dankbar für die Kraft in ihren Unterarmen, die viele Monate des Arbeitens mit sich gebracht hatten, und für die Hornhaut unter ihren Füßen. Der Sims, an dem sie sich hielt, war schmal. Je höher sie mit den Füßen kletterte, desto schwieriger wurde es, das Gleichgewicht zu halten. Vorsichtig tastete sie das glatte Mauerwerk nach oben ab und fand schließlich einen fingerbreiten Spalt zwischen zwei Steinen. Sie presste zwei Finger dort hinein, wisperte ein stilles Gebet und tastet sich mit den Füßen höher, bis sie schließlich auf den schwankenden Brettern der Fensterläden zu stehen kamen. Ihre Hand zitterte, und sie biss sich auf die Lippen. *Ganz ruhig*, mahnte sie sich selbst. *Sieh nicht nach unten! Sieh nur hinauf, dein Ziel ist nah, ganz nah.* Die Finger ihrer rechten Hand waren noch immer in dem engen Spalt verkeilt. Die Haut riss auf, und warmes Blut troff auf ihr Handgelenk. Angélique bemerkte es kaum. Sie streckte die Linke nach oben. Ihre rechte Wade verkrampfte sich, und ihr Bein begann zu zittern. Der Fensterladen klapperte, als er rhythmisch gegen die Wand schlug. Ganz behutsam verlagerte Angélique ihr Gewicht und entspannte das rechte Bein etwas. Erneut streckte sie sich – vergebens! Sie hatte sich verschätzt. Lange konnten die aufgerissenen Finger der linken Hand sie nicht mehr halten. Sie würde springen müssen.

»Herr gib mir Kraft!«, wisperte sie. Dann ging sie etwas in die Knie, holte tief Luft und legte all ihren Willen in diesen einen Sprung. Erneut klapperten die Fensterläden, aber ihre Hand bekam den schmalen, mit Taubenkot beschmutzten Sims des Dachfensters zu packen. Nun baumelte sie an einem Arm über der Tiefe. Hastig griff sie mit der blutverschmierten linken Hand zu. Ihre nackten Füße suchten Halt an der Mauer. Irgendwie gelang es ihr, sich hochzuziehen. Zu ihrer Erleichterung bemerkte sie, dass die Fenster auf dem Dachboden noch immer nicht repariert worden waren. Sie drückte das provisorisch angebrachte Pergament ein, ergriff das Fensterkreuz und zog sich weiter empor. Als sie mit den Knien auf dem schmalen Fenstersims hockte, öffnete sie das Fenster und stieg mit zitternden Beinen auf den Dachboden. Es war nahezu stockfinster in dem riesigen Raum. Die Luft war staubig und heiß. Es roch nach Fledermauskot. Sie vernahm leises Trappeln – Mäuse und Ratten gab es hier auch. Ein leicht irrwitziges Lächeln legte sich auf ihre Lippen. Trotz der Gefahr, in der sie sich noch immer befand, und trotz ihrer Erschöpfung hätte sie beinahe gekichert.

Sie gönnte sich nur eine kurze Verschnaufpause. Dann verschloss sie das kaputte Fenster wieder und schlich mit ausgestreckten Händen vorsichtig durch den dunklen Raum. Einmal bemerkte sie einen Balken zu spät und stieß mit der Schulter dagegen, ein zweites Mal traf ihr Zeh unsanft auf einen alten Holzeimer. Sie verharrte regungslos und lauschte. Es war unwahrscheinlich, dass sich so weit oben irgendjemand befand, der sie hören konnte, aber auszuschließen war es nicht. Als alles ruhig blieb, schlich sie weiter.

Schließlich hatte sie die andere Seite des Raumes erreicht. Fahles Mondlicht fiel durch ein kleines Fenster in den Raum, das kurz darauf von einer dichten Wolke verschlungen wurde. Aber der kurze Moment hatte ausgereicht, um Angélique zu zeigen, was sie gesucht hatte. Sie huschte ein paar Schritte nach links, ging dann auf die Knie und tastete suchend über den staubigen Boden, bis sie den eisernen Ring gefunden hatte. Mit aller Vorsicht öffnete sie die Klappe. Dennoch gellte das Quietschen der ungeölten rostigen Angeln in ihren Ohren. Sie betete, dass noch immer alles genau so war wie in ihrer Kindheit und dass der Dienstbotenflügel dieses Gebäudes weitgehend unbenutzt geblieben war. Nichts war zu hören. Leise schlich sie die Holzleiter hinunter, durchquerte eine leer stehende, fensterlose Kammer und trat hinaus auf einen unbeleuchteten Gang. Alles war noch genau so leer und verlassen wie damals. Zum ersten Mal dachte sie mit Wohlwollen an die zahllosen einsamen Herbst- und Wintertage, die sie mit ihren Geschwistern hier verbracht hatte. Bei einem Vater, der kaum zu Hause war, und einer Mutter, die keinerlei Zweifel daran ließ, dass sie wenig Wert auf die Gesellschaft ihrer Kinder legte, hatte man viel Zeit, durch die Burg zu streifen, über Dachböden zu schleichen und leere Gebäudetrakte zu erkunden.

Die junge Frau huschte über den Flur und stieg eine schmale Wendeltreppe hinab. Im Erdgeschoss öffnete sie eine Tür und spähte hinaus. Nun begann der schwierige Teil ihres Unterfangens. Als Erstes musste sie dringend dieses Kleid loswerden. Leise schlich sie den Gang entlang, bis er sich verzweigte; sie wandte sich nach links, Richtung Hauptgebäude. Diesen Teil des Gebäudes hatten sie als Kinder nur selten aufgesucht, denn hier wohnten die Dienstboten. Barrère hatte keinen Grund gehabt, daran etwas zu ändern. Erschrocken fuhr Angélique zusammen, als durch eine der Türen laute Schnarchgeräusche drangen. Sie musste das richtige Zimmer finden. Am Logischsten wäre es, in der Nähe der Waschküche zu suchen. Sie schlich weiter, bis ein Geräusch sie erneut innehalten ließ. Eine Diele knarrte. Aufgeschreckt huschte Angélique zur Seite und versuchte, sich hinter einem schmalen Türrahmen zu verstecken. Erneut quietschte die Diele, und sie erkannte, dass das Geräusch genau aus jenem Raum kam, vor dem sie sich gerade verbarg. Einen Moment lang war sie unfähig, sich zu bewegen, dann huschte sie, so rasch sie es wagte, den Gang entlang. Schließlich erreichte sie die Waschküche. Die Wannen, in denen die Wäsche geschrubbt wurde, waren leer. Sie lauschte an der Tür nebenan – nichts. Als sie leise die Klinke hinunterdrückte und die Tür aufschwang, stieg ihr ein unangenehmer Geruch in die Nase. Kopfschüttelnd schloss sie die Tür wieder. Warum hatte man den Abort direkt neben die Waschküche gebaut?

Sie versuchte es an der nächsten Tür und hatte endlich Glück. Vorsichtig ertastete sie mit Stoff gefüllte Säcke. Alles roch muffig und nach altem Schweiß. Sie brauchte Licht, um mehr erkennen zu können. Rasch eilte sie zurück in die Waschküche und fand schließlich einen Kerzenstummel. Zurück in der Kammer mit der Schmutzwäsche fischte sie ihre Zunderbüchse aus dem Kissenbezug, in den sie ihre Habseligkeiten gesteckt hatte, und entzündete die Kerze. Es war nicht besonders angenehm, in der verschmutzten Wäsche zu wühlen. Aber sie hatte weit Schlimmeres hinter sich. Die Kerze war ein gutes Stück heruntergebrannt, bevor sie endlich ein einigermaßen passendes Kleid fand. Es war etwas kurz und vielleicht auch ein wenig weit, aber auf solche Details konnte sie jetzt keine Rücksicht nehmen. Rasch schlüpfte sie aus dem feinen Abendkleid und verstaute es irgendwo in einem der hintersten Säcke. Sie legte ein Kopftuch zu einem breiten Band zusammen und griff nach dem provisorischen Beutel mit ihren Habseligkeiten, um ihn sich um den nackten Bauch zu binden, als sie plötzlich Schritte hörte. Schlurfend tappten diese näher. Angélique erstarrte. Sie schienen direkt auf sie zuzukommen. Leises Murmeln drang durch die Tür. Hastig pustete Angélique die Kerze aus. Die Schritte hielten inne. Angélique konnte den Schein einer Lampe durch den Türspalt schimmern sehen. Ihr Herz pochte wild gegen ihre Brust, und sie wagte nicht zu atmen. Jemand griff nach der Klinke.

Die Tür wurde aufgerissen, und Angélique stand splitternackt im Schein einer Nachtlampe. Trübe Augen blinzelten ihr unter buschigen grauen Augenbrauen entgegen.

»*Excusez-moi!*[4]«, murmelte eine tiefe Stimme hastig, und die Tür wurde wieder zugeschlagen. »Verflixt!«, fluchte die Stimme leise.

Angélique konnte hören, wie die Tür des Nebenraumes geöffnet wurde. Ein donnernder Darmwind wurde hörbar. Jemand ließ sich auf dem Abort nieder, und man konnte vernehmen, wie sich sein Darm geräuschvoll entlud. »Dieser verfluchte … Eintopf bringt mich noch um«, keuchte die Stimme angestrengt. Schließlich seufzte sie erleichtert. Kurz darauf wurde die Tür zugeschlagen, und die schlurfenden Schritte entfernten sich wieder.

Angélique hatte die ganze Zeit regungslos verharrt. Erst jetzt wagte sie, tief einzuatmen und ein leises Dankgebet zum Himmel zu schicken. Rasch entzündete sie die Kerze wieder, band sich mit zitternden Händen den Beutel um den Bauch und schlüpfte in das verschmutzte grobe Leinenkleid. Es strömte keinen besonders angenehmen Geruch aus, vor allem im Achselbereich. Um den Bauch herum saß es dank ihres Beutels gut, ansonsten hing es lose an ihr herab. Aber es würde reichen müssen. Nun kam es darauf an, den perfekten Zeitpunkt abzupassen. Der Trakt war nicht so groß, und die Dienstboten kannten einander. Sie musste also die Erste sein; allerdings durfte sie auch nicht so zeitig unterwegs sein, dass sie Verdacht erweckte.

Sie schlüpfte hinaus auf den Flur und huschte weiter bis zur Küche. Dort schnappte sie sich zwei Zinkeimer und untersuchte, ob die Tür zum Hof sich öffnen ließ. Glücklicherweise war dies der Fall. Nun hieß es warten.

Es wäre gut, etwas zu essen zu haben! Die Speisekammer war jedoch verschlossen. Als sie sich umsah, fand Angélique in der gesamten Küche lediglich einen Kanten altbackenes Brot und ein paar Zwiebeln. Diese waren scharf und trieben ihr die Tränen ins Gesicht. Die junge Frau aß nur eine, die anderen stopfte sie in die Taschen ihres Kleides. Das Brot war so hart, dass sie um ihre Zähne fürchtete, aber wenn sie es mit Speichel etwas anfeuchtete, ging es.

Immer wieder lugte sie aus der Tür. Ihr karges Frühstück war längst beendet, als sich am Himmel die ersten Zeichen des erwachenden Morgens zeigten. Irgendwo polterte es. Einige Minuten später hörte sie schwere Holzpantoffeln, die über Dielenbretter schlurften. Es wurde Zeit!

Angélique öffnete die Tür und trat auf den Hof hinaus. Die Zinkeimer klapperten, aber sie gab sich keine Mühe, leise zu sein. Nun kam alles darauf an, dass sie sich nicht täuschte. Es gab Ställe in der Burg. In Krisenzeiten waren die Tiere dort untergebracht; einfacher war es jedoch, sie in den Stallungen unterhalb der Burg unterzubringen, dort, wo die Weiden waren. Auf dem Weg hierher hatte sie nicht darauf geachtet.

Eine der Wachen warf Angélique einen müden Blick zu. Sollte sie grüßen? Sie entschied sich für ein demonstratives Gähnen und ein mürrisches Nicken. Mit gesenktem Kopf stapfte sie weiter auf das Tor zu. Ein halbes Dutzend Männer standen dort. Die Nachtwachen. Sie waren müde, warteten auf die Ablösung. Wahrscheinlich würden sie einer Magd keine Beachtung schenken. Oder doch? Was, wenn Angélique sich getäuscht hatte? Was, wenn einer der Männer etwas genauer hinsah und sie erkannte? Würden sie Fragen stellen?

Ihr Herz pochte bis zum Hals. Die Zinkeimer klapperten. Das Geräusch schien ihr so laut wie das Dröhnen der Glocken von Notre-Dame. »*Bonjour*«, murmelte sie, als sie die ersten Männer erreichte hatte.

Eine der Wachen brummte irgendetwas. Aus den Augenwinkeln bemerkte sie, dass ein anderer sie beobachtete. Er hatte ein junges, sommersprossiges Gesicht. Es war der Junge von gestern. Angélique schluckte.

Plötzlich sprang er vor und richtete das Bajonett auf sie. »Halt!«

Angélique blieb abrupt stehen. Sie hielt den Blick auf seine Stiefel gesenkt.

»Hast du uns etwas mitgebracht?«, fragte er.

Sie hielt ihm die leeren Eimer hin.

»Bist du stumm?«

»Nein.«

»Sieh mich an, wenn ich mit dir rede!« Er hielt ihr das Bajonett unter das Kinn.

»Lass den Blödsinn, Robert«, brummte einer der älteren Soldaten.

»Die sollen uns gefälligst 'n bisschen mehr Respekt entgegenbringen!«, knurrte der Junge. »Ist dir aufgefallen, wie die uns hier ansehen, sobald sie glauben, man beobachtet sie nicht? Die hassen uns! Am liebsten würden die uns alle tot sehen.«

»Erstaunlich, nicht wahr?«, erwiderte der Ältere gelassen. »Und das, wo du dir so viel Mühe gibst, neue Freunde zu gewinnen.«

Einer der Männer lachte leise, und der Junge wurde rot.

»Darf ich jetzt Milch holen gehen?«, fragte Angélique.

»Geh schon«, zischte der Junge und stieß hart mit dem Bajonett gegen einen der Zinkeimer, sodass dieser zu Boden polterte.

Angélique hob ihn wieder auf und ging an den Männern vorbei durch das Tor.

»Hübsche Füße«, brummte eine der Stimmen.

»Hat aber 'n dicken Bauch«, erwiderte ein anderer.

»Das kommt vom Eintopf!«, knurrte ein Dritter. »*Merde alors,* noch eine Woche von diesem Fraß, und mir platzen die Gedärme!«

Die junge Frau passierte das Tor. Es kostete sie große Mühe, nicht loszulaufen, als sie weiter auf die Stallungen zuhielt.

»Warte!«, hörte sie plötzlich eine harsche Stimme hinter sich.

Angélique erstarrte. Ihre Hände umklammerten die Eimergriffe so fest, dass die Knöchel weiß hervortraten.

»Dreh dich um!«

Zögernd gehorchte sie.

Es war der ältere Soldat, der sie angesprochen hatte. Prüfend blickte er ihr ins Gesicht. »Habe ich dich hier schon einmal gesehen?«

»Vermutlich«, erwiderte Angélique.

»Woher kommst du?«

»Ich wurde in dieser Gegend geboren. Aber ich arbeite noch nicht lange hier«, erwiderte Angélique.

Der Mann nickte zögernd. Dann fragte er: »Hassen die Leute uns?«

Angélique wollte den Kopf schütteln, wollte eine Antwort nuscheln und verschwinden, stattdessen sagte sie: »Es gefällt den Leuten nicht, wenn man auf sie herabsieht, sie als unverständige, dumme Bauern beschimpft und ihnen ihre Priester nimmt. Sie haben etwas dagegen zu hungern. Sie hassen es, wenn man ihre Söhne und Brüder in den Krieg schickt und für einen Staat sterben lässt, den sie nicht verstehen. Aber euch ...?« Sie sah auf, blickte jedem der Männer ins Gesicht. »Warum sollten sie euch hassen?«

Keiner der Soldaten sagte etwas.

Mit zitternden Knien wandte Angélique sich um und ging auf die Stallungen zu. Irgendwann waren die Männer wieder in ein angeregtes Gespräch vertieft, aber Angélique war zu weit entfernt, um verstehen zu können, was gesagt wurde. Es kostete sie all ihre Kraft, ihre Schritte nicht zu beschleunigen. Am Kuhstall angekommen, stieß sie hastig die Tür auf. Es war warm und roch nach Heu und Kuhdung. Kein Mensch war zu sehen. Angélique ließ die Eimer los, die mit lautem Scheppern zu Boden fielen. Dann hob sie die Röcke und begann zu laufen. Sie hastete an den wiederkäuenden Tieren vorbei durch eine zweite Tür. Im Schatten des Gebäudes rannte sie auf den nahen Wald zu. Die Morgensonne tauchte die Wipfel der hohen Bäume in ein rötliches Licht. Ein lauter Ruf hallte zu ihr hinüber. Angélique beschleunigte ihre Schritte. Sie warf einen Blick über die Schulter, konnte aber außer dem dunklen Schatten des Kuhstalls nichts erkennen. Hatten die Soldaten erkannt, wer sie war? Es wäre zu früh, viel zu früh! Wenn sie jetzt hinter ihr herkamen, dann hätte sie keine Chance zu entkommen. *Warum habe ich nicht mein vorlautes, dummes Mundwerk gehalten!*

Sie erreichte den Waldessaum. Taufeuchter Farn streifte ihre nackten Füße und Waden. Uralte Bäume mit bemoosten Stämmen streckten ihre Äste wie schützende Arme nach ihr aus. Ihr Atem ging keuchend und brannte in ihren Lungen. Es war unvernünftig, so schnell zu rennen; sie würde ihre Kraft vergeuden und nur Verdacht erregen. Im Laufen warf sie einen Blick über die Schulter. Hatte da in der Ferne zwischen den dunklen Baumstämmen und dem grünen Unterholz nicht eine blaue Uniform aufgeblitzt? Erst im allerletzten Moment nahm sie aus den Augenwinkeln eine Bewegung war. Sie fuhr herum, versuchte, ihren Lauf zu bremsen, doch es war zu spät. Angélique rannte dem Mann direkt die Arme. Ihr Kinn stieß unsanft gegen ihn, der Kolben einer Flinte prallte gegen ihren Oberschenkel. Sie verlor das Gleichgewicht. Raue Hände griffen nach ihr. Sie stieß sie von sich, stürzte, rappelte sich aber im gleichen Moment wieder auf und wurde schließlich am Arm gepackt und festgehalten.

»Nicht so hastig, Frau«, sagte eine tiefe Stimme. »Was ist los?«

Wütend starrte Angélique den Fremden an. Sein bärtiges Gesicht war braun gebrannt. Er trug eine Schafsfellweste, die Ärmel seines ausgeblichenen Hemdes hatte er hochgekrempelt. Über der Schulter trug er eine lange Flinte, und an einem Strick in seiner linken Hand baumelten zwei tote Rebhühner. Ein Wilderer?

»Lass mich los!« Angélique versuchte, sich aus dem eisenharten Griff des Mannes zu befreien. »Sie sind hinter mir her!«

»Wer?«

»Die Soldaten.«

»Warum?«

Angélique antwortete nicht. Wut und Verzweiflung stiegen in ihr auf.

»Hast du gestohlen?«

»Ausgerechnet ein Wilderer fragt mich dies!«, stieß sie hervor.

Der Mann sah schweigend auf sie herab. Er wirkte belustigt.

»Lass mich los. Ich habe nichts gestohlen.«

»Du bist eine Dienerin und von der Burg des Abtes weggelaufen«, stellte er fest.

»Es ist nicht seine Burg!«, zischte Angélique.

»Das ist wahr.« Überraschenderweise ließ er Angélique los. »Haben sie dir etwas angetan?«

»Victor Barrère hat mir alles genommen, was ich von Herzen liebe«, erwiderte sie zu ihrem eigenen Entsetzen, und die Tränen schossen ihr in die Augen.

Der Mann starrte sie an, und unter seiner braunen Haut wurde er plötzlich bleich. »Ihr ... Ihr seid die junge Comtesse!« Er verbeugte sich ungeschickt. »Bitte verzeiht ...«

»Es gibt nichts zu verzeihen«, sagte Angélique. Sie warf rasch einen Blick über die Schulter, konnte aber keine Verfolger erkennen. »Aber ich bin nicht länger die Comtesse. Ich bin nur Angélique ...«

»Ihr seid die Comtesse«, beharrte der Mann. »Kommt!« Er führte sie von dem schmalen Pfad hinein ins Unterholz. Eine Weile ging es durch dichtes Gebüsch, dann erreichten sie einen schmalen Wildwechsel.

»Die Menschen lieben den Abt nicht«, sagte der Bärtige. »In Paris schwört er den Eid, aber in der Kirche gibt er den allerkatholischsten Diener seiner Heiligkeit in Rom. Er bittet Gott um Brot für die Armen und mehrt gleichzeitig seinen eigenen Besitz. In seinen Predigten redet er von Dingen, die wir nicht verstehen, aber jeder sieht, dass er sich nimmt, was nicht ihm gehört. Und das lässt er von fremden Soldaten aus Paris schützen.«

»Victor Barrère ist ein gefährlicher Mann.«

»Es gibt viele Unzufriedene, sehr viele. Es fehlt nur jemand, der sie führt ...«

»Sag so etwas nicht!«

»Es ist die Wahrheit.«

»Eine tödliche Wahrheit. Wie heißt du?«

»Jacques Verney. Ich bin der Wildhüter des Château de Chamilot.«

Angélique warf ihm einen prüfenden Blick zu.

»Gewiss kennt Ihr noch meinen Vater.«

Sofort hatte Angélique das Bild eines breitschultrigen bärtigen Mannes mit einem freundlichen Lächeln vor Augen. Sie nickte. »Wenn du kämpfst, Jacques Verney, wirst du sterben!«

»Unterschätzt uns nicht, Comtesse«, erwiderte der Mann.

Eine Weile gingen sie schweigend weiter, dann meinte er: »So, wir sind da.«

Verwundert blickte Angélique sich um. Sie hatten eine winzige Lichtung erreicht. Die junge Frau öffnete gerade den Mund, um zu fragen, wo genau sie denn seien, als der Mann einen umgestürzten Baumstamm zur Seite rollte und einen moosbedeckten Stein hochwuchtete. Darunter kam eine erstaunlich geräumige, mit rohen Pfählen abgestützte Erdhöhle zum Vorschein. »Dort drinnen findet Ihr alles, was Ihr braucht: Wasser und etwas zu essen, eine warme Decke – vor allem aber Schutz vor jedem Verfolger. Ursprünglich haben Wilderer das Erdloch angelegt. Wir benutzen es als Vorratslager. Wartet den Tag über, und zieht erst im Schutz der Nacht weiter. Ich werde Euch jemanden schicken, der Euch führen kann.«

»Ich weiß nicht, wie ich dir danken soll, Jacques Verney.«

»Es ist schlimm genug, dass die Comtesse de Vantes sich in einem Erdloch verkriechen muss.« Er half ihr hinab.

»Kein Mensch sollte sich in einem Erdloch verkriechen müssen. Aber es ist dennoch das Beste, das mir seit Langem widerfahren ist. Eine Frage noch, Jacques: Ist hier in der Gegend eine kleine Familie aufgetaucht? Jean und Marie Raynal?

Sie haben einen Jungen bei sich. Ich weiß nicht, wie sie ihn nennen, aber er müsste jetzt drei Jahre alt sein.«

Der Mann sah sie fragend an, doch Angélique hatte nicht vor, ihre Ausführungen genauer zu erläutern.

»Raynal«, murmelte er nachdenklich. »Nein, tut mir leid. Diesen Namen kenne ich nicht. Aber vor längerer Zeit war eine Familie hier, auf die diese Beschreibung zutreffen könnte. Ich glaube, sie nannten sich Peltier.«

»Wo lebten sie?«

»In der Burg. Angeblich waren sie mit irgendjemandem aus der Dienerschaft verwandt. Aber das blieb ein unbestätigtes Gerücht. Der Abt gab ihnen Arbeit, aber der Mann – sein Name könnte tatsächlich Jean gewesen sein –, stellte sich nicht sonderlich geschickt an. Irgendwann sind sie dann wieder abgereist, aber ziemlich kurzfristig. Vielleicht hatte es Streit gegeben.«

»Wann war das?«

»Ist noch nicht so lange her, vielleicht zwei oder drei Wochen.«

»Weißt du, wohin sie gereist sind?«

»Nach Nordwesten. Ich glaube, irgendjemand sagte etwas von Saint-Florent. Aber sicher bin ich mir nicht.«

»Kannst du so viel wie möglich darüber in Erfahrung bringen?«

»Gewiss, Comtesse. Doch nun ruht Euch aus.«

Der Wildhüter kletterte hinaus und schob den Stein über die Öffnung. Schwärze umgab Angélique. Aber in ihrem Herzen war ein neuer Funke der Hoffnung entzündet worden.

Das Genie und der Coach

Da Emma den Toyota brauchte, nahmen sie den Zug. Von Le Mans aus würde Leon dann entweder zurück nach Nantes fahren und von dort aus fliegen oder direkt nach Paris weiterreisen. Leon war gespannt darauf, den Spezialisten kennenzulernen. Die ganze Fahrt bis zum Bahnhof hatte er sich den Kopf darüber zerbrochen, welchen Zusammenhang es zwischen den einzelnen Daten geben könnte und was sie bedeuten mochten – vergeblich.

In Nantes waren sie in den Zug gestiegen. Pawel, der ihm gegenübersaß, hatte seinen Tablet-PC ausgepackt und schien sehr konzentriert bei der Arbeit zu sein. Aufgrund seiner hektischen Fingerbewegungen vermutete Leon jedoch, dass sein Assistent heimlich »Tetris« spielte.

Er nahm die vollständige Kopie von Angéliques Tagebuch zur Hand, die er angefertigt hatte, und las die letzten Eintragungen vor ihrer Verhaftung. Interessanterweise war sie ein Jahr vor ihrer letzten Gefangenschaft schon einmal Gefangene im Haus ihrer Eltern gewesen. Der Abt von Saint-Christophe hatte versucht, sie dort festzuhalten. Über seine Gründe schrieb sie nichts, allerdings deutete sie an, dass er hinter all dem Unglück stehe, das ihre Familie getroffen hatte. Es war ihr gelungen, sich selbst zu befreien. Details ihrer Flucht verriet sie nicht, sie erwähnte nur, dass ihr diese aufgrund ihrer Ortskenntnis gelungen sei.

Irgendjemand hatte ihr dann den Hinweis gegeben, dass die Raynals mit dem Kind ihrer ermordeten Schwester nach Saint-Florent-le-Vieil geflohen seien und dass sie sich inzwischen vermutlich Peltier nannten.

Ihre Notizen wurden immer knapper, zumindest bis kurz vor ihrer Verhaftung.

Saint-Florent-le-Vieil, den 24. September 1792

Ein freundlicher Fuhrmann hat mich heute das letzte Stück des Weges mitgenommen. Ich fragte ihn, ob er sich an eine Familie Raynal oder Peltier erinnern könne, und beschrieb sie ihm so genau wie möglich. Er meinte, es sei schon möglich. Vor einigen Wochen hätte er eine solche Familie getroffen. Der Mann sei recht mürrisch gewesen und habe kaum ein Wort gesagt. Die Frau mit dem narbigen Gesicht habe allerdings sehr liebevoll mit dem kleinen blonden Jungen gespielt.

Ich spürte, wie mir die Bitterkeit ins Herz fuhr. »Dann können sie es nicht gewesen sein!«

Er warf mir einen verwunderten Blick zu, sagte jedoch nichts weiter. Um von meiner ungeschickten Äußerung abzulenken, fragte ich, ob er Neues aus Paris gehört hatte. Anfänglich war er mir als freundlicher und ruhiger Mann erschienen. Zunächst zögerte er auch einen Moment, bevor er mir Antwort gab. Doch je mehr er sprach, desto mehr redete er sich in Rage, wenn auch mit erstaunlich wohlgesetzten Worten. Was er mir mitteilte, war im Wesentlichen Folgendes:

Am 10. August hatten sich Kämpfer der radikalen Pariser Sektionen vor den Tuilerien versammelt. Sie hatten Hass im Herzen und verlangten nicht weniger als die Abschaffung der Monarchie. Der König floh mit seiner Familie in die Nationalversammlung. Einige Männer der Schweizer Palastwache leisteten Widerstand; sie wurden niedergemetzelt, und Teile des Palastes wurden in Brand gesteckt. Der König wurde abgesetzt; er und seine Familie gefangen genommen. Nun sollte der neu zu wählende Nationalkonvent über die Staatsform entscheiden.

»Das ist das Ende der Monarchie und damit auch das Ende Frankreichs«, sagte der Fuhrmann mit düsterer Stimme zu mir.

Ende August drangen österreichische und preußische Truppen in Lothringen ein. Paris geriet in Panik. Man beschloss die Einberufung von 30 000 Mann ins Heer. Es entstand die irrationale Furcht, die Gegner der Revolution könnten von den Gefängnissen aus eine Gegenrevolution auslösen, und so brachte man die Gefangenen um, meist ohne Prozess. Mit Säbeln hackte man sie in Stücke, darunter viele Priester, die den Eid verweigert hatten. Bestimmten Gegnern der Revolution drückte man zuvor brennende Fackeln ins Gesicht, damit man sie später nicht wiedererkennen konnte – ein rasender Mob, ein furchtbares Blutbad. Auch viele gewöhnliche Gefangene waren unter den Opfern. Danton, der Justizminister, unternahm nichts, um dem Morden Einhalt zu gebieten. Man ließ diese Raserei einfach geschehen. Weit über tausend Menschen starben.

Die Augen des Fuhrmanns glühten, als er seinem Zorn auf die Revolution freien Lauf ließ. Er drückte es etwa so aus: »Freiheit, Gleichheit, Brüderlichkeit – was bedeutet das? Ich will es dir sagen: Man nimmt sich die Freiheit, alle, die man fürchtet oder hasst, gleichermaßen zu Feinden zu erklären, um sie dann in brüderlicher Eintracht niederzumetzeln. Paris ist ein Sündenpfuhl, ein Ort schrecklicher Verbrechen. Es maßt sich an, für das Volk zu sprechen, aber lange wird sich das Volk dieses gottlose Treiben nicht mehr ansehen.«

Die Glut in seinen Augen machte mir Angst. Dies war ein gefährlicher Mann.

Gestern am späten Nachmittag gelangte ich in Saint-Florent-le-Vieil an. Bis zum späten Abend durchstreifte ich die Gassen und stellte vorsichtig meine Fragen. Dabei musste ich sehr behutsam vorgehen. Seit den schrecklichen Pariser Ereignissen haben die Leute Angst. Und Furcht kann sehr schnell in Hass und Wut umschlagen. Wenn man mich für eine Agentin aus Paris hielt, war mein Leben in Gefahr. Ich gab mich als eine verzweifelte Frau auf der Suche nach ihrer Familie aus. Und dabei musste ich nicht einmal lügen, denn ich war auf der Suche nach meinem Neffen – seit nun gut drei Jahren. Und diese lange Zeit brachte mich oft an den Rand der Verzweiflung.

Ein freundlicher Gastwirt gab mir schließlich einen Hinweis: Ja, er habe eine solche Familie gesehen, wie ich sie schilderte. Ihren Familiennamen wisse er nicht. Der Vater heiße Jean. Den Jungen hätten sie Bertrand genannt. Den Namen der Mutter wisse er nicht.

Es fiel mir schwer, die Fassung zu wahren. Sie hatten den Jungen nicht nur seiner Familie, sondern auch seines wahren Namens beraubt. Natürlich war es so, denn sie hatten den Kleinen ja bereits kurz nach der Geburt geraubt und kannten den Namen nicht, den seine Mutter für ihn gewählt hatte. Ich erkundigte mich bei dem Mann, wo ich die Familie finden könne.

Er warf mir einen misstrauischen Blick zu. Offensichtlich verriet mein Gesicht etwas von den in mir brodelnden Gefühlen. Schließlich antwortete er mir aber doch. »Der Mann suchte vergeblich nach Arbeit. Sie sind nach Osten gezogen, Richtung Ancenis.«

Natürlich wollte ich sofort wissen, wann das gewesen war.

»Vor ungefähr zwei Wochen.«

Ich bedankte mich.

Oh barmherziger Gott, warum lässt du das zu? Warum lässt du den Sohn von Thérèse in der Hand ihrer Mörder? Ich verstehe das nicht. Aber ich werde nicht aufhören zu suchen, und ich werde auch nicht aufhören, dir mit Bitten und Flehen in den Ohren zu liegen, bis du mich erhörst!

Ancenis, den 17. November 1792

Dieses Mal habe ich sie um eine Woche verpusst. Sie sind weiter Richtung Le Cellier. Es treibt mich die Angst um, dass sie nach Nantes wollen. Wie soll ich sie in dieser großen Stadt finden? Und vom Hafen aus könnten sie überall hin!

Der Winter naht. Die Nächte sind bitterkalt. Ich fürchte, mein Fieber kommt zurück.

Der Nationalkonvent hat Frankreich zur Republik erklärt. Die Armee hat Mainz eingenommen.

Kloster der Ursulinen bei Ancenis, den 28. Dezember 1792

Ich habe ihre Spur verloren! Das Fieber hat mich gepackt und hält mich mit eiserner Faust umklammert. Ich kam nicht weiter als bis vor die Tore dieses Klosters.

Die Schwestern kümmern sich rührend um mich, aber es steht nicht gut, ich sehe es in ihren Gesichtern.

Barmherziger Gott, schütze Noël! Sende deine Engel aus, und behüte ihn und seine Seele!

Kloster der Ursulinen bei Ancenis, den 12. März 1793

Der Herr hatte Erbarmen mit mir. Ich habe überlebt. Das Fieber geht zurück. Sobald ich wieder bei Kräften bin, werde ich weiterziehen.

Die Schwestern haben große Angst. Der König wurde hingerichtet. Man hat ihm mit dieser schrecklichen Tötungsmaschine den Kopf abgeschlagen. Immer mehr Nationen erheben sich gegen uns. Die Einberufung von über einer Viertelmillion Rekruten wurde durch den Konvent beschlossen. Auch hier in der Vendée sollen sich die kriegstauglichen Junggesellen und Witwer einfinden. Dann wird das Los entscheiden, wer in den Krieg ziehen muss. Überall in den Dörfern und Gemeinden brodelt es. Ich fürchte, die guten Schwestern sorgen sich nicht umsonst.

Le Cellier, den 15. April 1793

Die Spur der Raynals ist erkaltet – es ist zu lange her! Niemand kann sich an die Familie erinnern. Verzweiflung greift nach mir, aber ich werde nicht aufgeben, und wenn ich mit jedem einzelnen Bewohner dieses Ortes sprechen muss.

Ich muss um Brot betteln. Arbeit gibt es keine.

Alles ist in heller Aufregung. Überall in den Dörfern erheben sich die Leute und kämpfen gegen die Nationalgardisten. Angefangen hat es in Saint-Florent-le-Vieil, nun breitet es sich wie ein Flächenbrand aus. Der Anführer des Aufruhrs ist Jacques Cathelineau, ein Fuhrmann und Messner. Ich muss an jenen stillen, zornigen Mann denken, der mich vor einem halben Jahr auf seiner Kutsche mitfahren ließ. Ich glaube, er hieß Jacques, aber ich bin mir nicht sicher.

Le Cellier, den 2. Mai 1793

Es gibt einen Hinweis, aber er ist so vage, dass es dumm wäre, auch nur einen Pfifferling darauf zu verwetten. Doch was für eine Wahl habe ich! Eine Bäuerin glaubt, an einem Markttag eine kleine Familie gesehen zu haben, auf die meine Beschreibung zutrifft. Wenn sie sich nicht täusche, habe ein Wollhändler, der südlich der Loire in Le Loroux-Bottereau lebe, die Leute mitfahren lassen.

Morgen werde ich versuchen, die Loire zu überqueren. Ich hoffe, dass ich durchkomme. Überall wird gekämpft. Die Weißen, wie die Aufständischen wegen ihrer royalistischen Kokarden genannt werden, haben bislang alle republikanischen Gegenangriffe zurückgeschlagen. Bei Chemillé soll es eine richtige Schlacht gegeben haben.

Überall gibt es Bewaffnete. Wer mit den Blauen sympathisiert, muss um Leib und Leben fürchten. Und die republikanischen Truppen schlagen mit äußerster Härte zurück. Selbst Frauen und Kinder werden nicht verschont. Ob auch um das Château de Chamilot schon der Kampf entbrannt ist?

Ich bete, dass das Morden bald ein Ende hat.

Südöstlich von Cellier, am Ufer der Loire, den 3. Mai 1793

Ein Sonnenstrahl dringt durch die düstere Wolkendecke. Zwar bin ich auf der Suche nach Noël nicht viel weitergekommen, doch gibt es Nachrichten von Jean-Louis. Heute traf ich am Ufer einen

Trupp von Deserteuren. Sie trugen mit Stolz die weißen Kokarden und gesellten sich zu uns, die wir auf den Fährmann warteten. Die Männer stammen aus der Bretagne und wollen sich dem Heer der Aufständischen anschließen. Viele begrüßten sie mit Jubel, aber einige blieben still.

Sie sprachen mich freundlich, wenn auch recht keck an. Durch Zufall erfuhr ich, dass einer der Männer im selben Regiment wie Jean-Louis diente. Nun weiß ich mit Sicherheit, dass auch er sich in den Dienst der Aufständischen stellen möchte. Die Weißen sammeln sich unter Jacques Cathelineau zur Großen Katholischen und Königlichen Armee. Ich werde mit ihnen ziehen, wir haben ohnehin den gleichen Weg.

Wie wunderbar wäre es, Jean-Louis wiederzusehen!

Auf der Straße nördlich von Le Loroux-Bottereau, den 28. Mai 1793

Es war eine andere Familie! Nachdem ich den Wollhändler ausfindig gemacht hatte, konnte er mir sogar die Namen der Leute nennen, die er auf seinem Fuhrwerk mitgenommen hatte. Sie bewohnen ein kleines Gehöft nördlich der Stadt.

Nun habe ich jede Spur verloren. Es bleibt die vage Hoffnung, dass die Raynals nach Nantes weitergezogen sind. Um diese Stadt jedoch wird bald eine Schlacht entbrennen.

Überall sammeln sich die Bewaffneten. Tausende sind unterwegs. Ich folge einem Heerhaufen, der nordwärts zieht, und verdiene mir mein Brot damit, dass ich den Kämpfern kleine Abzeichen mit dem Sacré-Cœur an die Revers nähe. Ich fühle mich jedes Mal schlecht, wenn ich einen solchermaßen gezeichneten Waffenrock zurückgebe. Dabei ist die Begeisterung allenthalben groß. Priester begleiten den Heereszug, und man ist gewiss, mit Gottes Segen in die Schlacht zu ziehen. Und so mancher fühlt sich mit dem Herzen Jesu auf der Kleidung unverwundbar. Ich kann diese Zuversicht nicht teilen. Eine alte biblische Geschichte fällt mir ein. Die Israeliten trugen die Bundeslade mit den zehn Geboten in die Schlacht gegen ihre

Erzfeinde, die Philister. Es war der heiligste Gegenstand, den sie besaßen. Und ging es nicht gegen einen grausamen, gottlosen Feind, der den Baal verehrte? Musste Gott nicht auf ihrer Seite sein? Musste er sich nicht als mächtig erweisen?

Die Schlacht ging verloren, und die Bundeslade wurde von den Feinden geraubt. Ich fürchte, der heiligste Gegenstand kann zum Talisman werden, wenn man glaubt, dadurch über Gott verfügen zu können. Ob Jesu Herz für uns schlägt? Ob er mit uns zieht, wenn es darum geht, das Blut von Menschen zu vergießen?

Ich bete, dass ich Jean-Louis finde und dass er in der kommenden Schlacht verschont bleibt!

Am Ufer der Loire, den 18. Juni 1793

Welche Freude nach all diesen furchtbaren Ereignissen! Ich habe Jean-Louis gefunden, wohlgemut und bei bester Gesundheit! Er ist älter und ernster geworden, mein großer Bruder. Eine Narbe quer über der Stirn verleiht ihm ein finsteres Aussehen. Aber sein Lachen ist noch genau wie damals. Inzwischen ist er stolzer Vater dreier Kinder. Ich habe zwei Nichten hinzugewonnen.

Er wusste von Vater und selbst von Thérèse. Der treue Pierre hat es geschafft, in den Wirren des Krieges Jean-Louis' Regiment ausfindig zu machen und ihm eine Nachricht zukommen zu lassen. Letztlich war es diese grausame Botschaft, die im Wesentlichen dazu beigetragen hat, dass mein Bruder sein Regiment verließ und sich dem Aufstand anschloss. »Wie könnte ich einem Regime dienen, das meinen Vater ermordet hat?«, erklärte er mit düsterer Stimme. Dann berichtete er mir voller Zorn: »Weißt du, wie sie sich ihre Siege holen? Jeder General, der eine Schlacht verliert oder sich zurückzieht, muss damit rechnen, auch sein Leben zu verlieren. In Massenangriffen werden die Soldaten zu Tausenden in den Tod geschickt. Es ist ein gnadenloses Schlachten. Sieg oder Tod, etwas anderes gibt es nicht! Selbst der Feind zeigt sich barmherziger. Diese Republik muss fallen, sie ist gottlos und grausam.«

Ich hörte den Zorn in seiner Stimme und wurde ganz still. Ich weiß, ich hätte etwas erwidern sollen, aber mir fehlten die rechten Worte. Ist Hass die rechte Antwort auf Grausamkeit? Würde die Große Katholische und Königliche Armee milder mit ihren Feinden verfahren?

Schon bald wandte sich unser Gespräch anderen Themen zu. Jean-Louis sprach viel von seinen Kindern, die er sehr liebt. Er sagt es nicht direkt, aber zwischen den Zeilen kann ich heraushören, dass er auch seine Frau liebt. Er spricht mit großer Wertschätzung von ihr, und sie ließ ihn nur äußerst ungern in die Schlacht ziehen.

Es ist gut zu hören, dass die Kälte, die zwischen unseren Eltern herrschte, sich nicht zwangsläufig auf die Ehen der nächsten Generation überträgt. Da fielen mir wieder die rätselhaften Worte Pierres ein, der von einem Fluch sprach, der scheinbar unsere Familie getroffen habe und dem auch meine geheimnisvolle Tante zum Opfer gefallen sei. Liebe sei vermeintlichen Idealen geopfert worden. Ich fragte Jean-Louis, ob er jemals gehört habe, dass unsere Mutter eine jüngere Schwester Sophie gehabt habe, die jung gestorben sei.

Er sah mich erstaunt an. »Wie kommst du darauf?«

Ich erzählte ihm, dass Schwester Maria Martha sie mir gegenüber erwähnt und erklärt hatte, das Schicksal der Tante hätte unsere Mutter und Agnes, die Äbtissin von Saint-Georges, zu Leidensgefährtinnen gemacht. Auch von Pierres Worten berichtete ich ihm.

»Sophie ...«, grübelte er.

Irgendeine schwache Erinnerung kam dabei in ihm hoch. Ich konnte es sehen. Schließlich meinte er: »Ich glaube, Mutter hat diesen Namen einmal im Zorn erwähnt. Aber ich getraute mich nicht nachzufragen. Du weißt, wie sie ist, wenn diese Kälte in ihrem Blick liegt.«

Ich nickte.

Dann jedoch kam ihm ein sehr bemerkenswerter Gedanke: »Wenn wir tatsächlich eine Tante Sophie gehabt hätten, müsste sie auch in der Familiengruft der de Vantes bestattet worden sein. Alle verstorbenen Familienmitglieder liegen dort. Aber der Name Sophie taucht nirgendwo auf.« Wir hatten beide keine Erklärung dafür.

Ich glaube nicht, dass Schwester Maria Martha sich täuschte, zumal auch Pierre etwas über unsere geheimnisvolle Tante zu wissen schien. Es wäre gut, noch einmal mit ihm in Ruhe darüber sprechen zu können. Aber seit meiner Flucht aus Paris weiß ich ja nicht einmal, wo er ist.

Hier wusste Jean-Louis allerdings ein wenig mehr. Pierre hatte ihm geschrieben, dass er sich auch nach dem Tode unseres Vaters noch immer der Familie de Vantes verpflichtet fühle. Er wolle also Mutter aufsuchen und ihr zu Diensten sein.

Unser Gespräch wandte sich von den geheimnisvollen Toten der Vergangenheit wieder den Lebenden zu. Ich berichtete ihm, welch große Sorgen ich mir um unseren entführten Neffen mache.

Jean-Louis sprach mir Mut zu. Er zeigte sich sehr zuversichtlich: »Wenn Nantes erst in unserer Hand ist, lasse ich von meinen Männern die ganze Stadt durchkämmen. Wir werden Thérèses Sohn finden!«, sagte er.

Seine Zuversicht hat etwas Ansteckendes. Ich bin so guten Mutes wie schon lange nicht mehr.

Vor Nantes, den 30. Juni 1793

Die Schlacht ist verloren, der Boden getränkt von Blut! Cathelineau ist schwer verwundet. Alles flieht!

Noch nie habe ich Schrecklicheres gesehen. Obwohl ich der Schlacht in sicherer Entfernung beiwohnte, dröhnte mir das unaufhörliche Donnern der Geschütze in den Ohren. Der Boden erzitterte. Menschen wurden niedergemäht wie Gras, Leiber zerfetzt. Ich wollte den Blick abwenden, aber ich konnte nicht aufhören, in diese Hölle zu starren. Ohne Unterlass floss der Strom der Verwundeten hinter die Linien, verstümmelte, schreiende, wimmernde Menschen.

Irgendwann erschollen die Rufe: »Die Schlacht ist verloren! Rückzug! Wir ziehen uns zurück!«

Ich versuchte, Jean-Louis ausfindig zu machen, aber es war unmöglich. Ich wurde mitgerissen von der Masse der Flüchtenden.

Irgendwie gelang es einigen Offizieren, etwas Ordnung in das Chaos zu bringen und aus der Flucht einen geordneten Rückzug zu machen.

Auf der Flucht, den 3. Juli 1793

Ich kann Jean-Louis nicht finden. Einige sagen, seine Abteilung wurde vollständig aufgerieben; andere glauben, dass ein Teil entkommen konnte. Oh Gott, bitte lass ihn nicht gefallen sein!

Im Heerlager, den 12. Juli 1793

Jean-Louis lebt! Er ist nur leicht verwundet. Eine Kugel hat seinen Arm gestreift, und er hat eine ordentliche Beule am Kopf. Sein Pferd wurde von einem Querschläger getroffen – in vollem Galopp. Es gleicht einem Wunder, dass er so glimpflich davongekommen ist. Noch immer plagen ihn Kopfschmerzen, und ihm ist von Zeit zu Zeit übel. Auch sein Grimm und seine Zuversicht haben die Schlacht unbeschadet überstanden. »Wir haben ein Gefecht verloren, aber nicht den Kampf! Die Blauen können nicht an allen Fronten gleichzeitig kämpfen. Wir werden nicht aufgeben. Im Osten haben sie es mit den Preußen und den Österreichern zu tun, und über das Meer werden die Engländer kommen.«

Ich schweige dazu und bin nur froh, dass ich ihn lebend bei mir habe.

Cathelineau ist tot. Ich habe nicht herausgefunden, ob er tatsächlich der Fuhrmann war, der mich einst ein Stück des Weges mitnahm. Nun gibt es ein Gerangel um den Oberbefehl, so scheint es mir jedenfalls.

Ein Teil der Armee hat sich inzwischen zerstreut. Viele Bauern kehren auf ihre Gehöfte zurück. Etliche jedoch wollen weiter nach Cholet ziehen. Man erwartet, dass die Blauen dort angreifen werden.

Ich mache mich nützlich, so gut ich kann, und helfe bei der Versorgung der Verwundeten. Doch wir haben nur wenige Möglichkeiten. Es gibt kaum Ärzte, kein Verbandsmaterial und so gut wie nichts zu essen. Viele werden es nicht schaffen.

Auf dem Weg nach Cholet, den 18. August 1793

Jean-Louis ist nicht zu bremsen in seinem Zorn. Manchmal kommt er mir ganz fremd vor, als habe der Krieg ihm ein Stück seines Herzens geraubt. Ein Massaker der Weißen in Machecoul und das Abschlachten wehrloser Kriegsgefangener entschuldigt er mit dem gerechten Zorn der Aufständischen. Ja, schlimmer noch, er hält es sogar für eine sinnvolle taktische Maßnahme! »Die Blauen müssen uns fürchten«, erklärt er. »Jedem Soldaten sollen sich die Nackenhaare sträuben, wenn er den Marschbefehl in die Vendée erhält. Furcht und Zittern soll jeden seiner Schritte begleiten.«

Ich war erschüttert und versuchte zu argumentieren. »Eure Grausamkeiten werden sie nur dazu bringen, bis zum letzten Mann zu kämpfen«, sagte ich. »Denn warum sollten sie sich ergeben, wenn sie wissen, dass man sie ohnehin töten wird?«

Doch er lachte nur rau und warf mir vor, ein zu weiches Herz zu haben und von der Kriegskunst nichts zu verstehen. »Sie nennen uns Briganten«, erklärte er mir. »Im März haben sie ein Gesetz verabschiedet, dass jeder, der mit einem Gewehr oder einer weißen Kokarde angetroffen wird, erschossen werden soll. Aber wir werden es ihnen doppelt und dreifach heimzahlen. Schon jetzt fürchten sie uns mehr als jeden anderen Gegner. Sie haben die Zerstörung der Vendée beschlossen. Sie sind halb wahnsinnig vor Hass, und sie werden an ihrem Hass ersticken. Es werden die Blauen sein, die hier den Tod finden. In der Vendée wird die Republik beerdigt werden.«

Ich war entsetzt. »Du irrst dich!«, fuhr ich ihn an. »Nicht die Republik wird in der Vendée ihren Tod finden, sondern die Menschlichkeit.«

Heute Abend gingen wir im Streit auseinander.

Vor Cholet, den 21. August 1793

Seit Tagen kann ich nachts nicht mehr schlafen. Doch es sind nicht die Erinnerungen an das Donnern der Kanonen, das Schreien der Verwundeten und das Röcheln der Sterbenden, die mich in der Dunkelheit wachhalten, und auch nicht die Geräusche des Heerlagers. Es ist das leise Wimmern eines Säuglings, der nach seiner Mutter verlangt. Das kleine rosige Gesicht Noëls verfolgt mich, es sieht mich anklagend und fragend an.

Hier kann ich nichts tun. Ich kann die Zornigen nicht vom Kampf abhalten und die Verwundeten nicht heilen. Hier braucht mich niemand, auch Jean-Louis nicht. Meine Worte erreichen ihn nicht. Er wird seinen Weg gehen, ob mit mir oder ohne mich.

Noël aber hat niemanden mehr ...

Ich werde es tun, ich muss es wenigstens versuchen. Morgen reise ich zurück nach Nantes.

Vor Cholet, den 22. August 1793

Selten habe ich Jean-Louis so zornig erlebt. Erst versuchte er, mein Ansinnen ins Lächerliche zu ziehen; dann befahl er mir, hier im Heerlager zu verweilen, und zum Schluss brüllte er mich an und prophezeite mir den sicheren Tod.

Ich ließ Kälte, Hitze und Sturm über mich hinwegbrausen. Dann wünschte ich ihm Lebewohl und wandte mich ab. Er hätte schon Gewalt anwenden müssen, um mich zurückzuhalten.

Ich hatte das Heerlager noch nicht verlassen, als er mich wieder einholte. Sein Gesicht war zornesrot. Ein halbes Dutzend Bewaffneter folgte ihm in einigem Abstand. Er befahl mir, stehen zu bleiben.

Ich hielt inne.

Dann begann er mit einer wahren Schimpfkanonade. Er warf mir vor, die uneinsichtigste, verbohrteste und dickköpfigste Person zu sein, die er kenne. Die Männer hinter ihm warfen sich bereits irritierte Blicke zu.

Ich erklärte ihm, das müsse wohl in der Familie liegen.

Er schnaufte.

»Bist du gekommen, um mich zu verabschieden?«, fragte ich kühl. In Wahrheit jedoch war ich mir nicht sicher, ob er mich am Ende vielleicht doch mit Gewalt zurückhalten würde.

»Natürlich«, erwiderte er grimmig. »Ich lasse meine kleine Schwester doch nicht ohne Hilfe und allein ins Feindesgebiet ziehen.« Dann war er bei mir und zog mich fest in seine Arme und befahl mir, gut auf mich aufzupassen.

Ich war beschämt, erleichtert und traurig zugleich und bat ihn, ebenfalls vorsichtig zu sein. Dann gab ich ihm einen Kuss auf die Wange.

Er gab mir Proviant und ein Bündel Assignaten mit auf den Weg. Ich fragte ihn, ob sie gefälscht seien.

Er lachte. »Frisch aus englischen Druckerpressen. Diese Männer sind gute Leute«, er wies auf die Bewaffneten hinter sich. »Sie kennen sich hervorragend in dieser Gegend aus und werden dich sicher nach Nantes bringen.«

Ich wollte ablehnen. Niemand sollte sich meinetwegen in Gefahr bringen. Doch der Anführer der sechs, ein bärtiger, hagerer Mann um die vierzig, versicherte mir, dass für sie keinerlei Gefahr bestehe. »Niemand wird uns sehen, wenn wir es nicht wollen.«

»Wir sind da!«

»Bitte was?!« Leon schreckte hoch.

»Hast du die Ansage nicht gehört?« Pawel verstaute seinen Tablet-PC. »Le Mans Hauptbahnhof.«

»Oh.« Leon sah aus dem Fenster. Der Zug fuhr gerade in den Bahnhof ein. Draußen regnete es. Er schlug das kopierte Tagebuch zu und steckte es in die Tasche.

»Bei dem Wetter nehmen wir am besten ein Taxi«, schlug Pawel vor.

»Natürlich«, brummte Leon. »Im Grunde genommen sind wir ja reich und berühmt. Warum sollten wir uns mit den öffentlichen Verkehrsmitteln abmühen?«

Pawel grinste.

Der Bahnhof war überfüllt, da irgendein Zug Verspätung gehabt hatte. Eine ältere Dame zerrte einen riesigen Neufundländer hinter sich her. Das Fell des Hundes war tropfnass und strömte einen intensiven und nur für große Hundeliebhaber angenehmen Geruch aus. Pawel rümpfte die Nase. Leon blieb stehen. Der Geruch erinnerte ihn an etwas ... etwas Bedeutsames. Es war beinahe wie eine Art olfaktorisches Déjà-vu. Dann war die Frau mit ihrem Köter vorüber, und Pawel drängte ihn hinaus zum Taxistand.

Sie hatten Glück, es war gleich ein Wagen frei. Pawel nannte die Adresse, und der Fahrer lenkte den Wagen auf die regennassen Straßen von Le Mans.

Während der kurzen Fahrt klärte Pawel Leon über die wichtigsten Details auf: »Die Firma, in der mein alter Freund arbeitet, heißt ›Medisoft‹. Unser mathematisches Genie trägt den Namen David Sobanski, er arbeitet für Vandenhoek & Partner, ein mittelständisches holländisches Unternehmen mit Zweigniederlassungen in London, Berlin und Paris. Sie haben ein spezielles Programm, in dem sie Savants und andere sehr spezielle Personen mit Inselbegabungen als Softwareprüfer, Berater oder Entwickler in Fremdfirmen vermitteln.«

»Als Zeitarbeiter?«, fragte Leon.

»Gewissermaßen. Vandenhoek & Partner stellt seinen Genies Assistenten zur Seite, sogenannte Coaches. Sie helfen ihnen dann, mit den komplizierten Aspekten des Arbeitseinsatzes klarzukommen.«

»Als da wären?«

»Den Arbeitsplatz wiederfinden, passende Kleidung auswählen, schwierige soziale Kontakte wie beispielsweise die morgendliche Begrüßung der neuen Kollegen bewältigen, angemessene Nahrung finden und anderes.«

Leon warf seinem Assistenten einen überraschten Blick zu.

»Hab mich schlau gemacht«, erwiderte dieser selbstzufrieden. »Am besten, du überlässt das Reden mir.«

Leon nickte stirnrunzelnd.

»Da wären wir. Das macht dann 27 Euro 80«, meldete sich der Taxifahrer freundlich.

»Und das Zahlen überlässt du mir, nehme ich an?«, brummte Leon.

Pawel nickte. »Jeder das, was er am besten kann.«

»Sehr witzig.«

Leon gab dem Taxifahrer dreißig Euro. »*C'est bon comme ça.*«

»*Merci*, Monsieur.«

Wenig später fanden sie sich in einer großen, lichtdurchfluteten Eingangshalle wieder. An der Empfangstheke saß eine junge Frau mit streng zurückgekämmten Haaren und kurzem Röckchen. »*Bonjour*, was kann ich für Sie tun?«

»Pawel Schalow und Dr. Leon Weber. Wir haben einen Termin bei Marcel Börstel«, entgegnete Pawel.

»Bitte folgen Sie mir.«

Die junge Frau führte sie in den zweiten Stock zu einem blassen Mann mit schütterem rotem Haar. Er begrüßte Leon freundlich und Pawel überschwänglich. Leon sah sich im Raum um, während die beiden Erinnerungen austauschten. Alles sah sehr amerikanisch aus, fand er: ein Großraumbüro mit abgetrennten Arbeitsbereichen, an der Wand ein riesiges Whiteboard mit Zeilen in irgendeiner unverständlichen Programmiersprache, daneben eine komplizierte Grafik, die Leon entfernt an ein Atommodell erinnerte.

Nach kurzer Plauderei sah Marcel Börstel auf die Uhr und meinte: »Die Mittagspause ist gerade vorbei. Die Zeit ist günstig.« Er führte die beiden zu einer Tür. Das Schild »Kopierraum« war mit Kreppband überklebt, und jemand hatte in geschwungener Schrift »David Sobanski, Softwareprüfung« darauf geschrieben. Der blasse Mann klopfte leise an.

Die Tür öffnete sich, und eine junge, sehr attraktive Frau trat heraus. Ihre langen dunklen Locken hatte sie zu einem Zopf gebunden. Sie hatte winzige Sommersprossen auf der Nase und ein betörendes Lächeln. »Ja, bitte?«

»Hier sind die beiden Archäologen, von denen ich erzählt habe.«

»Ah, ich erinnere mich. Dr. Weber?« Die junge Frau ergriff Pawels Hand.

»Nein ...«, Pawel grinste dümmlich. »Äh ... Pawel. Nennen Sie mich einfach Pawel. Und Sie sind der Coach?«

Die junge Frau lachte. »Genau. Mein Name ist Ronan.« Dann begrüßte sie Leon mit einem kurzen Händedruck und sagte: »Bitte warten Sie einen Moment.« Sie schob die Tür wieder zu.

Marcel Börstel klopfte Pawel auf die Schulter. »Ich lasse euch dann mal allein. Viel Erfolg!«

»Danke.«

»Hast du das Tattoo gesehen?«, raunte Pawel Leon zu.

»Was für ein Tattoo? Dein alter Kumpel hat ein Tattoo?«

»Quatsch! Laura hat eins, einen kleinen Drachen an ihrem rechten Fußknöchel.«

»Ihre Knöchel habe ich mir nicht angeschaut«, erwiderte Leon. »Woher kennst du eigentlich ihren Vornamen?«

»Recherche.«

»Ich hoffe, du vergisst nicht, warum wir hier sind?«

»Natürlich nicht, für wen hältst du mich?«

Bevor Leon etwas erwidern konnte, öffnete sich die Tür wieder. Leons Blick huschte unwillkürlich die schlanken, braunen Beine der Frau hinab bis zu einem kleinen Drachentattoo, das sich um ihren Knöchel wand. Dann jedoch wurde sein Blick von dem Mann neben ihr gefangen genommen. Er sah jung aus, beinahe jugendlich. Eine schlanke, blasse Hand hatte er auf Lauras Schulter gelegt. Seine Augen waren leicht zusammengekniffen, als blende ihn das Neonlicht.

»Oh, guten Tag«, sagte Pawel. »Sie müssen David Sobanski sein.« Er sprach überdeutlich, was seiner Ausdrucksweise etwas Künstliches gab.

Leon warf ihm einen verwirrten Blick zu, doch sein junger Assistent wirkte sehr zufrieden mit sich.

Der junge Mann starrte auf Pawels Nase und murmelte etwas. Dann fragte er etwas lauter, doch noch immer undeutlich. »Ein Kunde?«

»Ja«, sagte Laura freundlich, »ein Kunde.«

David ergriff Pawels Hand und schüttelte sie zweimal. Anschließend wandte er sich Leon zu. Genauer gesagt starrte er konzentriert auf Leons Nase.

»Dr. Weber, ebenfalls ein Kunde«, erklärte Laura.

David Sobanski nickte. »Monoton fallend«, murmelte er, um seine Lippen zuckte ein kleines Lächeln. Dann griff er Leons Hand, schüttelte sie akkurat, indem er sie exakt zweimal hob und senkte. Anschließend wandte er sich ab und ging zu seinem Schreibtisch, der in dem engen, kargen Raum an der Wand stand.

Mordkomplott

»Setzen Sie sich bitte«, sagte Laura freundlich.

Leon und Pawel quetschten sich auf die schmalen Stühle, die neben dem Schreibtisch noch Platz gefunden hatten. Ein Laptop und ein Notizblock mit einem Kugelschreiber stellte bereits die gesamte Ausstattung dar. Ein winziges Fenster führte auf den Hinterhof und ließ kaum Licht herein.

»Ein wenig großzügiger hätte sich ›Medisoft‹ schon zeigen können«, meinte Leon und warf einen vielsagenden Blick auf die spartanische Einrichtung.

David Sobanski zuckte hilflos mit den Schultern und blickte dann hinüber zu seinem Coach.

»Ist es in Ordnung, wenn ich den beiden kurz etwas über dich erzähle, David?«

Der junge Mann nickte. »Ja.«

Leon nutzte den kleinen Augenblick, in dem die beiden sich besprachen, um seinem Assistenten einen kräftigen Tritt gegen das Schienbein zu versetzen. Die junge Frau hatte die Beine übereinandergeschlagen, wobei ihr Rock ein wenig hochgerutscht war und nun die Ansätze eines zweiten, größeren Tattoos auf ihrem Oberschenkel offenbarte. Pawel starrte es so unverhohlen an, dass es Leon schon peinlich war. Lautlos, aber mit deutlichen Lippenbewegungen gab Leon ihm das Signal: »Reiß dich zusammen.«

Pawel zuckte mit den Achseln. Seine Wangen röteten sich ein wenig.

Laura wandte sich ihnen wieder zu. »Wenn Sie Bescheid wissen, ist es etwas entspannter.«

»Entspannung klingt gut, nicht wahr, Pawel?«, entgegnete

Leon und warf seinem Assistenten einen vielsagenden Blick zu.

Das Rot auf Pawels Wangen vertiefte sich.

»Wir haben uns diesen Raum selber ausgesucht, weil es hier am wenigsten Ablenkung gibt und David sich so am besten konzentrieren kann. Falls Ihnen aufgefallen sein sollte, dass er sich besonders auf Ihre Nasen konzentriert hat, seien Sie bitte nicht irritiert. Es fällt David sehr schwer, sich Gesichter zu merken. Früher hatte er sich an den Haaren orientiert. Leider ändern Menschen aber ihre Frisuren. Vor allem bei Frauen soll so etwas ja hin und wieder vorkommen.« Sie lächelte verschmitzt. »Bei meinem Vorstellungsgespräch trug ich zum Beispiel einen Zopf. Am ersten Arbeitstag hingegen trug ich die Haare offen, was zur Folge hatte, dass David mich nicht wiedererkannte und mich freundlich auf seinen ungeleerten Papierkorb hinwies, weil er dachte, ich sei die Putzfrau.«

Der junge Mann grinste. »Sie hat die gleichen Haare.«

»Allerdings ist sie 25 Jahre älter, geringfügig schwerer und hat einen spanischen Akzent«, fügte Laura hinzu. »Jedenfalls änderte David seine Vorgehensweise und konzentrierte sich auf Nasen. Sie ändern sich ja eher selten und erinnern zudem an markante Kurvenformen, die sich mathematisch festhalten lassen.« Sie lächelte Leon an. »Sie zum Beispiel haben eine sehr schöne Nase, Dr. Weber.«

David Sobanski nickte. »Monoton fallend«, sagte er anerkennend.

»Vielen Dank!« Amüsiert registrierte Leon den eifersüchtigen Blick seines Assistenten.

»Mir ist auch schon aufgefallen, dass die Leute ständig über deine Nase sprechen«, brummte Pawel.

»Tatsächlich?«, fragte David Sobanski. Er wirkte verunsichert. Rasch warf er einen Blick auf die junge Frau. Als er sah, dass sie schmunzelte, verzog auch er die Lippen zu einer Art Lächeln.

»Noch eine Bitte«, meinte Laura. »Sprechen Sie möglichst klar und exakt, damit David genau versteht, was Sie meinen.«

»Langsam und deutlich, geht klar«, sagte Pawel.

»Verstehen Sie mich nicht falsch. Ich meine damit nicht, dass die Äußerungen nicht anspruchsvoll sein dürfen. David ist der intelligenteste Mensch, den ich kenne. Aber die menschliche Kommunikation ist allzu oft ... nun ja, unpräzise ...«

»Sie ist unlogisch, widersprüchlich und chaotisch«, merkte David Sobanski an.

Offenbar bemerkte Laura Leons irritierten Blick.

»Darf ich Beispiele nennen?«, fragte sie David.

Er nickte.

»Menschen sagen Dinge wie: ›Kann es sein, dass es hier ein wenig zieht?‹ Aber eigentlich meinen sie: ›Mach das Fenster zu.‹«

»Verstehe.« Pawel nickte.

»Unsere Sprache gibt aber noch viel drastischere Abweichungen her. Ich kann mich an ein Geschäftsessen in einem Nobelrestaurant erinnern. Es gab aufwendig dekorierte Köstlichkeiten zu essen, aber einer der Beteiligten bekam keinen Bissen hinunter. Die ganze Zeit starrte er mit einer Mischung aus Ekel und gespannter Erwartung den Gastgeber an, als erwarte er jeden Moment eine unappetitliche und absurde Handlung. Dabei hatte der Mann lediglich die Künste des Küchenchefs gelobt, und zwar mit der Bemerkung: ›Das Auge isst mit!‹«

»Ich habe die ganze Zeit darauf gewartet, dass der Mann sich plötzlich vorbeugt, um die Knoblauchsauce in seinen Augapfel zu saugen«, meldete sich David Sobanski zu Wort. Er schüttelte sich.

»Wie gesagt«, warf Laura ein, »menschliche Kommunikation ist hochkomplex. Den meisten von uns fällt es bloß nicht auf, weil wir die Dinge intuitiv erfassen. Eine kleine Geste, ein Augenzwinkern, eine bestimmte Betonung, eine Übertreibung oder schlicht der Zusammenhang, in dem etwas gesagt wird, verwandelt die gesprochenen Worte in etwas ganz anderes. Oftmals verkehren diese Kleinigkeiten sie sogar ins Gegenteil. Wer diese Intuition nicht hat oder andere Zusammenhänge herstellt als die meisten Menschen, hat ein ernsthaftes Problem. Daher unsere Bitte: Versuchen Sie, Dinge nicht zwischen den Zeilen zu sagen.«

Leon und Pawel nickten.

»Vielen Dank! Noch weitere Fragen?« Laura lächelte ihnen zu.

Pawel öffnete den Mund, schloss ihn dann aber wieder und schüttelte den Kopf.

»Dann können Sie David gerne Ihr Problem vortragen.«

»Vielen Dank!« Leon räusperte sich. »Herr Sobanski – «

»Nennen Sie mich bitte David. Ich habe sonst das Gefühl, Sie reden mit meinem Vater.«

Leon lächelte versuchsweise, aber Davids Gesicht blieb ernst. Es war also kein Scherz gewesen. »Also gut ... David. Ähm ... im Rahmen unseres Forschungsprojekts sind wir auf eine Reihe von Daten gestoßen.« Er zog die Tabelle aus der Tasche und legte sie dem jungen Mann vor. »Wir sind uns sicher, dass es irgendeinen Zusammenhang zwischen diesen Daten geben muss. Aber es ist uns nicht gelungen, ihn herzustellen. Können Sie etwas damit anfangen?«

David zog das Blatt rasch zu sich herüber und betrachtete es konzentriert. »Sie ist unvollständig.«

»Ja, leider.« Leon seufzte.

David starrte auf das Blatt. Nach wenigen Sekunden kniff er missbilligend die Augen zusammen. »Keine Zahlen.«

Leon sah hinüber zu Laura. »Was meint er damit?«

Sie zuckte mit den Achseln. »Ich bin nur dafür da, die Arbeitsbedingungen zu optimieren. Von Davis Fachgebiet habe ich keine Ahnung.«

Der junge Mann nahm einen Stift zur Hand, und Leon beugte sich vor. Mit raschen, beinahe ärgerlich wirkenden Bewegungen kringelte David die Daten ein. »Keine Zahlen!«, murmelte er und klopfte mit dem Kugelschreiber auf das Blatt.

»Keine Zahlen?«, wiederholte Leon. »Was meinen Sie damit? Es sind Daten ... Zeitpunkte ... und sie müssen in irgendeinem Zusammenhang stehen ... glauben wir zumindest.«

»Machen Sie diesen Job schon lange?«, fragte Pawel die junge Frau.

»Inzwischen sind es schon fast vier Jahre.«

»Ich finde, das ist eine ganz großartige Arbeit, die Sie da machen ...«

Leon verdrehte die Augen und beugte sich weiter vor. Er versuchte, das Gespräch der beiden auszublenden.

David Sobanski hatte begonnen, winzige Zahlenreihen neben die Tabelle zu kritzeln. Er fing bei der dritten Zeile an. Dort schrieb er: 21390 und 513360.

»Was bedeuten diese Zahlen?«, fragte Leon.

Der junge Mann tippte auf die erste Zahl: »Tage«, dann auf die zweite: »Stunden.« Er machte eine winkende Handbewegung.

Eine ganze Weile starrte Leon auf das Blatt Papier. Dann verstand er. Der Abstand zwischen dem Tagebucheintrag vom 22. Dezember 1793 und dem vergangenen Ereignis, mit dem er verbunden schien, nämlich dem Auftauchen des toten Ozelots, betrug 21390 Tage oder 513360 Stunden. Und die Handbewegung sollte wohl andeuten, dass die Werte nicht ganz exakt waren, da sie ja die genaue Uhrzeit nicht kannten.

Der junge Mann kritzelte in schwindelerregendem Tempo weitere Zahlen auf das Papier.

»Das können Sie alles im Kopf berechnen?«, fragte Leon verblüfft.

David reagierte nicht. Im Grunde genommen zu Recht, denn Leons Frage war überflüssig. Er sah ja selbst, dass der Mann keine Schwierigkeiten damit hatte.

»Darf ich fragen, ob der kleine Drache an Ihrem Knöchel eine besondere Bedeutung hat?«, durchdrang die Stimme Pawels die konzentrierte Stille.

»Ich hätte einen Vorschlag«, unterbrach Leon seinen Kollegen rasch und setzte ein liebenswürdiges Lächeln auf. »Wie wäre es, wenn ihr beide einen Kaffee trinken geht, während David und ich uns der Tabelle widmen?«

»Gerne«, sagte Pawel und sprang auf. Nach kurzem Zögern nickte auch Laura. Sie erhob sich geschmeidig und fragte: »David, wie lange möchtest du an dem Problem arbeiten?«

Der junge Mann starrte auf das Blatt Papier.

»David?«, hakte Laura etwas lauter nach.

Er hob den Kopf – etwas unwillig, wie Leon schien.

»Wie lange möchtest du an dem Problem arbeiten?«, wiederholte Laura.

»Wie viel Zeit haben wir?«, fragte David Sobanski.

»Den ganzen Tag, wenn du willst. ›Medisoft‹ ist sehr zufrieden. Du bist schneller, als sie erhofft hatten.«

»Bis achtzehndreinull«, entgegnete David Sobanski.

Laura nickte. »Okay, bis zum Abendessen also.« Als sie mit Pawel den Raum verließ, hörte er sie sagen: »Das Problem fasziniert ihn, Sie haben Glück.«

Kaum hatte sich die Tür geschlossen, widmete sich der junge Mann wieder der Tabelle. Mit raschen, beiläufigen Bewegungen warf er Zahlen aufs Papier. Dann hielt er plötzlich inne. Er hob beide Hände in Höhe der Schläfen und schüttelte sie rasch, sodass seine Finger zu flattern schienen. Leon war irritiert. Das wirkte nicht wie das Verhalten eines intelligenten Menschen. Andererseits kannte er einen Archäologen mit Doktortitel, der wahllos Schokolade in sich hineinstopfte, wenn er sich auf das Schreiben wissenschaftlicher Artikel konzentrieren wollte. Auch das war nicht unbedingt ein Zeichen überragender Intelligenz. Mit Sicherheit war Davids Methode die kalorienärmere Variante.

Zwei Atemzüge später war der junge Mann ganz ruhig. Dann nahm er erneut den Stift zur Hand und schrieb weitere Zeilen aufs Papier. Leon sah, dass es nicht nur Zahlen waren, sondern auch Gebilde, die Hieroglyphen nicht unähnlich waren und die Leon noch nie gesehen hatte.

»Was bedeuten diese Zeichen?«, wollte er fasziniert wissen. »Sind das Formeln?«

David Sobanski schüttelte den Kopf. »Marker«, sagte er knapp. Er schrieb noch zwei Zeilen, hielt abrupt inne und starrte wieder an die Wand. Mehrere Minuten rührte er sich nicht. Nur sein Brustkorb hob und senkte sich, und ab und zu blinzelte er.

Leon räusperte sich. »Wenn ich Ihnen irgendwie helfen kann, brauchen Sie nur zu fragen ...«

»Können Sie still sein?«

Die unverblümte Reaktion brachte Leon zum Schmunzeln. Er stellte fest, dass er diesen seltsamen jungen Mann mochte. Also nickte er stumm und beobachtete David weiter bei der Arbeit. Das hastige Kritzeln von Zahlen nahm ab, ebenso wie das Händeausschütteln. Immer wieder hielt David inne und starrte an die Wand. Seine Augäpfel bewegten sich. Es schien, als verfolgte er imaginäre Linien an der Wand. Plötzlich lächelte er. Es war ein strahlendes, glückliches Lächeln, das sein Gesicht völlig veränderte.

Leon wagte kaum zu atmen. Er biss sich auf die Lippen, um nicht nachzufragen, was der junge Mann gerade entdeckt hatte.

Mit raschen, geübten Bewegungen zog David den Laptop zu sich heran und fuhr ihn hoch. Er startete irgendein Programm, und seine Finger flogen regelrecht über die Tastatur. Ab und an glitt sein Blick über den Bildschirm hinweg ins Leere, und er murmelte vor sich hin. Dann widmete er sich wieder dem Programm. Schließlich hielt er inne. Er betrachtete den Bildschirm und schüttelte den Kopf. Leon wagte nicht, aufzustehen und ihm über die Schulter zu schauen.

Plötzlich blickte David ihn an. »Es fehlt etwas.«

»Ich weiß.« Leon nickte. »Wie gesagt, die Daten sind unvollständig, aber –«

»Nein, nicht das«, unterbrach ihn der junge Mann. Seine Stimme wurde leiser. »Es fehlt der zweite Wirbel.«

»Äh?«

»Der zweite Wirbel, der das Wellenmuster verstärkt.«

»Nun ja ...«, druckste Leon. »Wäre es möglich, das so zu erklären, dass es auch ein Laie versteht? Ich verstehe kein Wort.«

David nickte. Nach einer Minute des Schweigens sagte er:

»Wenn man einen Stein ins Wasser wirft, schlägt er Wellen. Haben Sie so etwas schon einmal gesehen?«

»Ja.«

»Wenn man nun einen zweiten Stein hineinwirft, genau im richtigen Abstand, dann verstärkt er die Wellen.«

»Okay, das kann ich nachvollziehen.«

»Es gibt einen zweiten Wirbel, der stärker geneigt sein muss, was weniger Überschneidungen zur Folge hat, die aber ein breiteres Spektrum umfassen. Verstehen Sie?«

»Äh ... fast«, log Leon.

»Mehr Zahlen haben Sie nicht?«, hakte David nach.

Leon schüttelte den Kopf. Ein flaues Gefühl breitete sich in seinem Magen aus, als er das enttäuschte Gesicht des jungen Mann es sah. »Heißt das, die Daten reichen nicht aus, um die Zusammenhänge zu erkennen? Sie können uns nicht helfen?«

»Das Ergebnis ist unvollständig. Aber das Muster dieses einen Wirbels ist korrekt.«

»Oh ... das heißt, Sie haben etwas herausgefunden?! Darf ich es sehen? Bitte!«

David nickte und drehte den Laptop so, dass Leon einen Blick auf den Bildschirm werfen konnte. »Oh!«, sagte er und dann schwieg er eine ganze Weile.

»Es ist schön«, sagte David, »aber es ist nicht vollkommen.«

»Tja ... ich finde, es sieht ... interessant aus. Aber um ehrlich zu sein, ich verstehe nicht, was es bedeuten soll.« Die Grafik, die David ihm zeigte, wirkte ein wenig so, als habe man einen Screenshot von jenen alten Windows-Bildschirmschonern gemacht, bei denen sich bunte Linien vor einem schwarzen Hintergrund zu bizarren Mustern wanden.

»Diese Ansicht gefällt mir am besten«, sagte David leise. Er seufzte und drückte eine Taste. »Aber so verstehen Sie es besser.« Das Bild kippte etwas und ein Koordinatenkreuz erschien. Es dauerte einen Moment, bis Leon das erkannte, da es nicht nur eine X- und eine Y-, sondern auch eine Z-Achse hatte. Es war also dreidimensional. Nun erkannte Leon eine schräge, stark gekrümmte rote Wellenlinie, die von einer spiralförmig gebogenen blauen Linie geschnitten wurde. Das war der Wirbel, von dem David gesprochen hatte. Die Wellenlinie war riesig, der Wirbel im Vergleich dazu winzig. »Um ehrlich zu sein, verstehe ich immer noch nicht so ganz ...«

David drückte eine weitere Taste und an den Schnittpunkten erschienen Zahlen. Er fuhr mit dem Kugelschreiber eine der großen Wellen nach: »513 360.« Dann folgte er der Spirale von einem Schnittpunkt zum nächsten: »9,3.«

»Äh – 9,3 was?«, fragte Leon.

»Stunden.«

»Stunden ...«, murmelte Leon. »Das sind Zeitabstände! Diese Welle bedeutet, dass 513 360 Stunden abgelaufen sind. Habe ich das richtig verstanden?«

David nickte. »Vom 23. Dezember 1793 bis zum 16. Juli 1852.«

Leon starrte auf den Bildschirm. Er spürte ein Kribbeln in sich. »Und diese 9,3 Stunden zwischen den beiden Schnittpunkten der Spirale?«

»Dienstag, der 3. August dieses Jahres von 3:05 Uhr bis 13:25 Uhr.«

Leon schluckte. Das Kribbeln wurde stärker. »Können Sie diese Daten sichtbar machen?«

»Ja.« David nickte, machte aber keine Anstalten, irgendetwas zu unternehmen.

»Würden Sie das bitte für mich tun?«, konkretisierte Leon seine Anfrage.

»Ja.« Davids Finger flogen über die Tastatur. An jedem Schnittpunkt der Linien erschienen nun ein rotes und ein blaues Datum. Die roten Daten lagen weit in der Vergangenheit, die blauen bildeten die Ereignisse der letzten Tage ab.

Leon starrte auf das Bild, und langsam nahm es Gestalt an. *Augustinus ... Zeit und Ewigkeit ... und der intensive Moschusgeruch eines nassen Fells* ... Sein Herz begann, schneller zu schlagen. Alles fügte sich wie die einzelnen Teile eines Puzzles zusammen. Noch war das Bild etwas undeutlich, aber es nahm nach und nach Gestalt an. »Wenn das wahr wäre ...« Leon schluckte. »Wenn das wirklich wahr wäre ...« Er verstummte. Der Wirbel war spiralförmig; die Überscheidungen mit den Wellenlinien wechselten also gewissermaßen vor und zurück. Auf die konkreten Daten übertragen hieß das, es gab so etwas wie Zeitenkollisionen, die mal dichter an der Gegenwart und mal weiter in der Vergangenheit lagen. Das scheinbare Chaos bekam nun ein System.

»Soll ich das Fenster öffnen?«, fragte David.

»Was ... wieso?«

»Sie schwitzen. Ich dachte, Ihnen ist vielleicht zu warm.«

Leon winkte ab. »Lassen Sie das Fenster, wie es ist. Können Sie mir das Ganze ausdrucken?«

»Ja. Der Drucker befindet sich draußen, eineinhalb Meter rechts neben der Tür.«

»Danke!« Leon wartete, bis David einen kurzen Befehl eingegeben hatte, dann fragte er: »Diese Stelle hier in der Mitte der Spirale – ist das definitiv die letzte Überschneidung?«

»Es ist das letzte Mal, dass sich der Wirbel und die Welle berühren«, erwiderte David.

Leon schluckte. *So bald schon ...*

Es klopfte und Laura steckte den Kopf herein. »Es ist exakt 18:30«, sagte sie.

»Oh.« David erhob sich. »Ich muss essen.«

»Natürlich.« Leon stand ebenfalls auf. »Ich weiß gar nicht, wie ich Ihnen danken soll!« Aus einem Impuls heraus wollte er den jungen Mann umarmen, doch als er dessen verunsichertes Gesicht sah, beließ er es bei einem Schulterklopfen und sagte: »Sie sind ein Genie! Sie haben ...«, er schüttelte den Kopf, »... soeben meine Welt auf den Kopf gestellt und das ganze Universum gleich mit.«

»Es hat Spaß gemacht«, entgegnete David, der von Leons Gefühlsausbruch offensichtlich irritiert war.

»Er ist ein Genie!«, meinte Leon zu der ebenfalls verblüfft dreinschauenden Laura. Dann verließ er den Raum und nahm den Ausdruck aus dem Kopierer, der sich, wie angekündigt, exakt eineinhalb Meter neben der Tür befand. Zum Abschied winkte er den beiden noch einmal zu. »Vielen Dank! Und guten Appetit.« Er griff seinen etwas verloren dastehenden Assistenten am Arm und zog ihn hinter sich her. »Komm, Pawel!«

»Was ist denn los?«

Sie hetzten die Stufen hinunter.

»Wir brauchen schnell ein Taxi!«

»Aber du hast noch massenhaft Zeit, dein Flug – «

»Ich fliege nicht nach New York.«

»Aber – «

»Ich erkläre es dir später.«

Eine halbe Stunde später saßen sie im Zug Richtung Nantes. Draußen regnete es noch immer. Leons Gedanken rasten. *Der alte Kirchenvater Augustinus hatte ihn dazu gebracht, die Zusammenhänge zu erkennen – Augustinus, ein nasser Hund und ein alter bretonischer Bauer …*

»Würdest du bitte die Güte haben und mir erklären, was los ist?«, brummte Pawel.

»Sobald ich sicher bin«, sagte Leon. »Zuerst muss ich noch einmal mit Mathéo sprechen.«

»Mit Mathéo?! Wieso mit Mathéo, was hat der denn damit zu tun?! Und was soll überhaupt diese ganze Heimlichtuerei? Ich war es schließlich, der dich zu David Sobanski geführt hat! Vertraust du mir denn nicht?«

»Ich vertraue dir«, erwiderte Leon ernst. »Vertraust du mir auch?«

Pawel starrte ihn an. Dann wandte er den Kopf ab und schaute missmutig aus dem Fenster.

Der Wissenschaftler runzelte die Stirn. Dann fragte er vorsichtig: »Und – wie lief es so?«

»Woher soll ich das wissen, ich war ja nicht dabei«, knurrte Pawel.

»Ich meine das Gespräch mit Laura. Du weißt schon, die hübsche Assistentin mit den neckischen Tattoos.«

Pawel verschränkte die Arme vor der Brust.

»So schlimm?«, fragte Leon mitleidig.

Sein Kollege schwieg.

»Sie hat bereits einen Freund?«, mutmaßte Leon.

Pawel kniff die Lippen zusammen, schließlich seufzte er und meinte: »Schlimmer!«

»Sie ist verlobt?«

»Noch schlimmer.«

»Sie ist zum dritten Mal verheiratet und hat vier Kinder von fünf verschiedenen Männern?«

Ein winziges Zucken um die Mundwinkel verriet, dass Pawel seinen Humor noch nicht völlig verloren hatte. Er seufzte und sagte: »Viel schlimmer. Sie ist Single.«

»Aber – «

»Und sie hat mir dennoch unmissverständlich deutlich gemacht, dass sie keinerlei Interesse an mir hat.«

»Oh!« Leon warf seinem Assistenten einen mitleidigen Blick zu. »Bist du sicher? Was genau hat sie denn gesagt?«

»Vergiss es«, winkte sein Gegenüber ab.

»Vielleicht siehst du das zu pessimistisch. Gut, möglicherweise hattet ihr nicht den besten Start. Vermutlich hättest du sie nicht so anstarren sollen, aber wenn du – «

»Leon«, unterbrach Pawel ihn scharf. »Vergiss es! Ich weiß, ich sollte so etwas nicht sagen, schließlich bist du mein Chef, aber es gibt Dinge, von denen du definitiv keine Ahnung hast! Liebe und Frauen gehören auf jeden Fall dazu – und Fußball«, fügte er etwas leiser hinzu. »Keine Bange, ich werde das schon verkraften, du brauchst keine Angst zu haben, dass ich vor den Zug springe. Aber bitte tu mir den Gefallen, und lass mich einfach in Ruhe, ja?«

Leon nickte. Es blieb ihm auch kaum etwas anderes übrig. Eine Weile starrte er hinaus in den Regen. Dann nahm er die ausgedruckte Grafik zur Hand und ging noch einmal jedes Detail durch. Das ergab Sinn! Es war verrückt und stellte seine ganze scheinbar so festgefügte Welt auf den Kopf, aber es ergab

Sinn! Sein Blick blieb an der letzten Überschneidung hängen ... Er musste mit Mathéo reden.

Seine Gedanken überschlugen sich. Er erinnerte sich an den letzten Eintrag in Angéliques Tagebuch, jenes Tagebuchs, das sie zuerst gefunden hatten und das tatsächlich zweieinhalb Jahrhunderte alt gewesen war. Einige Sätze standen ihm noch so deutlich vor Augen, als hätte er das Buch gerade erst beiseitegelegt:

Sie kommen! Ich kann ihre Schritte hören, ihre groben Scherze und das Lachen ...

Gefesselt wie einen gefährlichen Verbrecher werden sie mich vor das Tribunal führen. Dann wird der Schlächter vortreten und sein Urteil sprechen. Es steht jetzt schon fest.

Vielleicht wird man mich erschießen, wahrscheinlich aber werden sie mich auf eine dieser schrecklichen Barken führen und ersäufen ... Ich habe Angst – schreckliche Angst! ...

Ich höre die Riegel, wie sie mit dumpfem Knallen zurückgeschoben werden.

Der Tod ist bereits hier. Er sitzt in meiner Zelle und sieht mich an mit Augen voller Schwärze ... Doch ich darf nicht in Furcht erstarren und nur an mich denken – sie dürfen diese Zeilen nicht finden ...

Leon erschauerte. Dann nahm er den Stapel Blätter zur Hand, den er zu Beginn der Fahrt eingesteckt hatte. Es waren Kopien der Tagebuchversion, die nicht viel älter als zwanzig Jahre gewesen war. Er blätterte durch die Einträge und blieb schließlich an der Stelle hängen, an der er seine Lektüre auf dem Hinweg unterbrochen hatte.

Nantes, den 1. Oktober 1793

Wir haben Nantes erreicht – nach etlichen Wochen Mühsal und Gefahr. Die sechs Männer, die mich begleiten sollten, nahmen nicht den direktesten Weg. Ich hatte mir schon gedacht, dass sie nicht nur die Aufgabe hatten, mich sicher nach Nantes zu bringen. Sie sollten nebenbei die Gegend ausspionieren und Informationen über die Truppenbewegungen der Blauen sammeln. Nicht beabsichtigt war sicherlich das Feuergefecht, in das wir bei Tillières gerieten. Einer der Männer wurde verwundet. Es war eine blutige Angelegenheit, die Kugel zu entfernen. Wir mussten uns verstecken. Zehn Tage hielten wir in einem Erdloch im Wald aus. Von da an wanderten wir des Nachts weiter. Wegen des verwundeten Kameraden kamen wir nur langsam voran.

Aber schließlich erreichten wir das Feld vor Nantes, auf dem die verlorene Schlacht so viele Menschenleben gefordert hatte. Seltsam, wie wenig davon zu sehen war. Alles Blut war fortgewaschen, die Toten begraben. Nur die Krater, die von den Geschossen in die Erde gerissen wurden, waren noch zu sehen – Narben, über die schon im kommenden Frühjahr das Gras wachsen wird.

Hier trennten sich unsere Wege. Ich verabschiedete mich von den Männern, die mir zu treuen Kameraden geworden waren. Ich bin mir sicher, dass ihr Auftrag noch nicht beendet ist. Gewiss werden zumindest einer oder zwei die Stadt erkunden, die in fester Hand der Republikaner ist. Doch es ist für alle sicherer, wenn wir von nun an getrennte Wege gehen.

Heute übernachte ich in der Scheune eines Bauern am Rande der Stadt. Dieses Vergnügen kostet mich ein kleines Vermögen in Assignaten. Aber mein Zorn verrauchte, als ich sah, wie leer die Scheune ist, die um diese Zeit doch reich gefüllt sein müsste. Durch die Schlacht haben viele Bauern ihre Ernte verloren.

Morgen werde ich in die Stadt gehen. Noch habe ich keinen rechten Plan, wie ich meine Suche gestalten soll. Aber ich vermute, dass der Hafen am meisten Erfolg verspricht. Wenn die Raynals oder Peltiers oder wie immer sie sich inzwischen nennen Arbeit suchen, dann ist es dort am Erfolg versprechendsten.

Nantes, den 15. Oktober 1793

Seltsame Dinge sind mir widerfahren. Ich frage mich, ob Gott am Ende doch Erbarmen mit mir hat und meine Gebete erhören wird. Noch habe ich zwar Noël nicht gefunden, aber von gänzlich unerwarteter Seite wird mir nun Hilfe zuteil.

Doch ich will der Reihe nach berichten:

Am 2. Oktober zog ich in die Stadt. Zwar kann es Nantes nicht mit Paris aufnehmen, aber es ist dennoch eine große Stadt. Ich wusste, dass die Suche nicht einfach werden würde. Was sie jedoch zusätzlich erschwert, ist die außerordentlich bedrückende Atmosphäre des Misstrauens und der Furcht, die hier überall herrscht. Der Nationalkonvent hat einen neuen Kommissar nach Nantes geschickt. Sein Name ist Jean-Baptiste Carrier. Er hat versprochen, mit harter Hand durchzugreifen und alle Feinde der Republik auszurotten. Und wie es scheint, setzt er sein Ansinnen vom ersten Tag an mit allem Eifer in die Tat um. Die ganze Stadt scheint voller Spitzel zu sein. Priester, die den Eid verweigern, werden als Verräter und Urheber des Aufstandes angesehen. Adlige und wohlhabende Familien mit Kontakten ins Ausland verdächtigt man als Spione. Flüchtlinge aus der Vendée werden mit großem Misstrauen betrachtet. Das Denunziantentum wuchert und treibt die seltsamsten Blüten. Gestern habe ich gehört, dass ein Mann verhaftet wurde, weil der verzierte Zeiger seiner Taschenuhr ein Ornament aufweist, das an eine Lilie erinnert. Er trage das Zeichen des Tyrannen, wurde ihm vorgeworfen.[5] *Die Gefängnisse der Stadt sind bereits jetzt übervoll, und ich frage mich, wo das noch enden wird.*

Das Spitzelwesen hat zur Folge, dass niemand mehr bereit ist, auf meine Fragen zu antworten. Entweder hält man mich für eine Spionin der Aufständischen oder für eine Agentin des Konvents. Ich muss sehr vorsichtig sein. Einmal geriet ich in ein unangenehmes Verhör, und ein anderes Mal musste ich vor einer Gruppe zorniger Frauen die Flucht ergreifen. Seitdem bleibt mir nichts anderes übrig, als mich nur noch auf meine eigenen Augen und Ohren zu verlassen. Tag für Tag durchstreife ich das Hafenviertel und halte Ausschau nach den Mördern meiner Schwester.

Gestern sind mehrere Schiffe in den Hafen eingelaufen und mussten entladen werden. Viele Tagelöhner wurden neu eingestellt, es gab viel zu tun. Ich hatte einen guten Beobachtungsposten im obersten Stock eines alten Lagerhauses. Die Entladung der Fracht zog sich bis in den späten Abend hin. Irgendwann muss ich eingenickt sein. Als ich erwachte, war es bereits Nacht. Nur wenig Mondlicht fiel durch die morschen Dachsparren. Als ich mich erheben wollte, stellte ich fest, dass ich nicht allein war.

Aus der Dunkelheit drangen Stimmen zu mir herauf. Sie schienen voller Zorn zu sein.

Ich hörte einen Mann mit heiserer Stimme fauchen, dass er nichts mehr habe, um die hungrigen Mäuler seiner Familie zu stopfen.

Ein anderer Mann, dem deutlich anzuhören war, dass er bereits reichlich getrunken hatte, jammerte über seine verlorene Ehre. Er habe mehr als zwei Dutzend Mann befehligt, Hunderte von Kämpfen bestritten, Tausende von Seemeilen bewältigt, und nun müsse er Säcke mit Getreide schleppen wie der niedrigste Drecksklave.

Der andere bestätigte die Entehrung und knurrte: »Wie kann er es wagen! Nach all diesen Jahren, die wir seinem Haus treu gedient haben!«

Die Revolution spüle eben den Abschaum der Gesellschaft nach oben. Jeder, der dem Konvent nach dem Mund rede, könne tun und lassen, was er wolle. Dabei habe er die meisten der mächtigen Reedereien gegen sich.

»Wer weiß, welches Dämonsgesicht sich hinter seiner Larve verbirgt«, zischte der Heisere.

Und der andere lallte: »Den verdammten Bastard bringe ich um!«

Die Männer redeten sich immer mehr in ihre Mordpläne hinein. Was als wütende Äußerung begonnen hatte, steigerte sich zu einem regelrechten Komplott. Man müsse es schlau anstellen, sagte der Heisere. Hin und wieder besuche der Gesichtslose die Armenspeisungen, die er finanziere und mit denen er vermutlich sein Gewissen zu beruhigen versuche. Dann kehre er erst spät in sein Haus zurück.

Gewiss eine Stunde lang beredeten sich die beiden Männer. Schon am nächsten Abend wollten sie, wenn möglich, zuschlagen. Mit klopfendem Herzen lauschte ich ihren Schritten, die sich langsam entfernten. Das geht dich nichts an, fuhr es mir durch den Kopf. Was hatte ich mit diesem Mann zu schaffen? Ich kannte ja nicht einmal seinen Namen. Hatte ich nicht genug damit zu tun, Noël zu suchen? Aber je mehr ich so argumentierte, desto heißer brannte mein Gewissen in mir. Ich dachte an das Gleichnis vom barmherzigen Samariter – wollte ich wirklich zu jenen gehören, die den Blick abwandten und an jenem vorübergingen, der den Räubern zum Opfer gefallen war?

Zwar kannte ich den Namen des Mannes nicht, die beiden Männer hatten ihn stets nur den Gesichtslosen genannt, aber ich wusste, dass er in einem Herrenhaus des Reedereiviertels wohnte, in der Rue Kernégan, Ecke Rue Olivier de Clisson. Das hatten sie bei ihren Plänen erwähnt. Dorthin begab ich mich nun, schlich mich leise durch die nächtlichen Straßen und klopfte zögernd an die Tür. Ein vierschrötiger Riese mit fast kahlem Schädel und einer Narbe über dem Auge öffnete und fragte mich knurrend, was ich wolle.

Als er hörte, dass ich den Gesichtslosen sprechen wolle, warf er mir einen finsteren Blick zu und gebot mir zu warten. Bange stand ich im Hausflur und fragte mich, ob es ein Fehler gewesen sei, hierherzukommen.

Der Riese kehrte wenig später zurück und führte mich in einen großen, düsteren Salon und gebot mir, auf einem Stuhl Platz zu nehmen. Eine brennende Kerze stand auf dem Tisch neben mir. Dann drehte er sich um und ging wieder. Ich rief ihm hinterher, dass die Botschaft, die ich auszurichten habe, dringend sei, aber er ignorierte mich und schloss die Tür hinter sich. Verärgert sank ich in meinen Stuhl zurück, als ich plötzlich eine Stimme vernahm. »Nur heraus mit deiner dringenden Botschaft. Ich bin hier!«

Das kam so unerwartet, dass ich einen leisen Schrei ausstieß und erschrocken zusammenfuhr. Erst jetzt bemerkte ich, dass ein

Dutzend Schritte entfernt eine Gestalt in einem Sessel hockte. Das Licht der Kerze flackerte. Sein Gesicht konnte ich nicht erkennen; es war, als würde ich mit einem Schatten sprechen. Das Gespräch, das nun folgte, habe ich beinahe noch Wort für Wort in Erinnerung:

»Du bist der Gesichtslose?«, fragte ich.

Der Mann lachte leise. »Es gibt Leute, die mich so nennen.«

Etwas an seiner Stimme weckte eine vage Erinnerung in mir, aber ich konnte sie nicht einordnen. Mein Vater hatte viele Geschäftsfreunde unter den Reedern von Nantes, gut möglich also, dass ich ihn bei irgendeinem der vielen Geschäftsessen in unserem Haus schon einmal gesehen hatte. »Ich habe eine Warnung für dich. Heute wurde ich ungewollt Zeugin eines Gesprächs. Zwei Männer planen, dich zu ermorden. Schon morgen Abend wollen sie dir auflauern.«

»Und deshalb kommst du spät in der Nacht in mein Haus?«

»Es scheint mir doch ein guter Grund zu sein«, erwiderte ich halb verwundert, halb verärgert.

»Es gibt viele Menschen, die mich hassen«, meinte die Stimme. »Wo hast du diese Männer belauscht? Wie sahen sie aus?«

»Wie gesagt, ich wurde zufällig Zeugin ihres Gesprächs. Sie trafen sich in einem alten Lagerhaus am Hafen. Es war zu dunkel, um ihre Gesichter zu erkennen. Ihrem Gespräch war zu entnehmen, dass sie einst verantwortungsvolle Positionen im Dienste deiner Familie innehatten, nun aber niedere Arbeiten verrichten müssen, um überleben zu können.«

»Das ist interessant«, sagte die Stimme nach kurzem Zögern. Es schien mir, als würde Zorn in ihr mitschwingen. »Und was hattest du abends in dem alten Lagerhaus zu suchen? Das ist kein ungefährlicher Ort für eine junge Frau.«

»Das geht dich nichts an.« Ich erhob mich. »Ich habe meine Botschaft überbracht. Tu damit, was du willst. Ich werde jetzt gehen.«

»Du willst einfach so gehen, ohne eine Belohnung zu fordern?«, gab die Stimme zurück.

Daran hatte ich in der Tat nicht gedacht. Natürlich wäre mir jede

Hilfe recht. Meine Assignaten wurden unerbittlich weniger, und ihr Wert sank beinahe täglich. Andererseits war mir die Situation unheimlich, und ich wollte rasch fort. Unschlüssig verharrte ich.

»Bitte setz dich ... Angélique«, sagte die Stimme sanft.

Ich zuckte zusammen, mit einem Male aufs Höchste alarmiert. Ich hatte meinen Namen nicht genannt. Hastig machte ich einen Schritt rückwärts. Meine Hand tastete nach dem Messer, das ich in einer Tasche meines Kleides verborgen hielt.

»Es ist nun schon das zweite Mal, dass du mir hilfst«, fuhr die Stimme fort.

Verwirrt ließ ich meine Hand sinken. »Was ... woher ...?«, stammelte ich.

»Das erste Mal ließest du mich erkennen, dass ich eine Aufgabe zu erledigen habe, hier in Nantes.« Die Gestalt erhob sich und kam langsam näher, und als sie in den Schein der Kerzenflamme trat, zuckte ich zusammen. Eine schrecklich anzusehende narbige Fratze zeigte sich anstelle eines Gesichts.

»Edmond«, flüsterte ich.

Das klaffende Loch, das sein Mund war, verzog sich auf grausige Weise, doch der Glanz in seinen Augen war wunderbar. Er lächelte. »Ja.« Warm und herzlich ergriff er meine Hand.

Was für eine Freude. Ich ließ jeden Anstand beiseite und fiel ihm einfach um den Hals. Dann wischte ich mir die Tränen aus den Augen. Wir setzten uns.

»Du hast deine Pilgerreise beendet?«, fragte ich.

»Nein, ich führe sie auf andere Art und Weise fort.« Er seufzte leise. »Es war einfacher in den Wäldern.« Und dann berichtete er mir, wie es ihm ergangen war: Er war nach Nantes zurückgekehrt. Mithilfe eines alten Freundes und einiger bei einem Notar hinterlegten Urkunden hatte er sich seinen Anteil am Familienbesitz zurückerstritten. Dabei war ihm die Revolution zu Hilfe gekommen, denn seine Familie stand nicht gut mit den neuen Machthabern. Mehrere Schiffe, einige Häuser und ein wenig Landbesitz durfte er nun sein Eigen nennen. Edmond machte sich sofort daran, sein zurückgewonnenes Vermögen Schritt für Schritt zu verbrauchen, denn

er stellte unverzüglich den Sklavenhandel ein, der der Grundstein für den Reichtum seiner Familie war. Die beiden Männer, die ihn hassten, waren vermutlich ehemalige Sklavenjäger. Sie alle hatten eine Abfindung erhalten und ein Arbeitsangebot. Aber nicht wenige lehnten es ab, entweder aus Stolz oder weil ihnen der Gewinn zu gering erschien. Ohne die Sklaven war der Handel deutlich weniger gewinnbringend, und Edmond wusste, dass er irgendwann wieder arm sein würde. Aber bis dahin versuchte er, das Beste aus seinen Möglichkeiten zu machen.

»Und – wie ist es dir ergangen?«, fragte er. »Hast du deinen Neffen gefunden?«

Ich schüttelte den Kopf und berichtete von all den Erlebnissen, die mir bislang widerfahren waren.

Er hörte aufmerksam zu. Dann sagte er: »Es fällt mir schwer, diese Begegnung für einen Zufall zu halten, und ich werde alles in meiner Macht Stehende tun, um dir zu helfen, Angélique. Wenn dein Neffe tatsächlich in Nantes ist, werden wir ihn auch finden!«

Wie wunderbar ist es, wenn das Licht der Hoffnung neu erstrahlt und die dunklen Schatten der Verzweiflung fliehen müssen!

Bertrand

Nebel lag über den Dächern der Stadt. Schatten herrschten in den Gassen von Nantes. Wasser spritzte auf und durchnässte den Saum ihres Kleides, als sie durch die Straßen eilte. Angéliques Gedanken waren so trüb wie der graue Novemberabend. Trotz Edmonds Hilfe war Angélique bei ihrer Suche nach den Mördern ihrer Schwester keinen Schritt vorangekommen. Inzwischen bezweifelte sie stark, dass sie überhaupt in der Stadt waren. Jean Raynal hatte offenbar nirgendwo um Arbeit ersucht, und auch Marie hatte niemand gesehen. Bei keiner Armenspeisung waren sie erschienen; nirgendwo war der blonde Schopf des kleinen Noël, den sie Bertrand nannten, aufgetaucht. Edmond hatte Angélique an diesem Abend rufen lassen, weil es einen vagen Hinweis gab. Dies hielt die winzige Flamme der Hoffnung am Leben, aber sie war kurz davor zu verglimmen. Hinzu kam die Sorge um ihren Bruder Jean-Louis. Cholet war gefallen, die Weißen hatten die Schlacht um die Stadt verloren und waren über die Loire zurückgedrängt worden. Das war nun bereits einen ganzen Monat her. Angéliques einzige Hoffnung war, dass die Aufständischen noch nicht vernichtend geschlagen waren. Unter ihrem neuen Anführer, dem jungen Adligen Henri de La Rochejaquelein, hatten sie Nantes weit umgangen und zogen nun nach Norden, zumindest wenn die Gerüchte zutrafen, die an ihr Ohr gelangten. Es gab noch weitere junge Offiziere adligen Geblüts, die dem Heerführer zur Seite standen. Angélique hoffte inständig, dass Jean-Louis überlebt hatte und einer von ihnen war.

In Nantes wurde die Situation immer unerträglicher, und in Paris schienen die Jakobiner unter Danton und Robespierre jedes Maß zu verlieren. Mitte Oktober war Marie Antoinette hingerichtet worden. Nur zwei Wochen später nahm das Fallbeil den Führern der Girondisten das Leben. Der Letzte von ihnen rief auf dem Schafott: »Die Revolution ist wie Saturn, sie frisst ihre eigenen Kinder.« Der Schrecken war zum Erkennungszeichen der Revolution geworden. Angélique schauerte. Wo sollte das Morden enden, wenn man schon die eigenen Leute umbrachte! Die dreifarbige Kokarde war schon lange kein Schutz mehr.

Die junge Frau bewegte sich mit wachsender Anspannung durch die Straßen. Ganz bewusst besuchte sie Edmond nur selten in seinem Haus und versuchte, so weit wie möglich ungesehen dort ein- und auszugehen. Die Männer, die es auf Edmonds Leben abgesehen hatten, waren gefasst worden. Sie saßen nun im Gefängnis und warteten auf ihre Verhandlung. Allerdings hatten sie mächtige Unterstützer, und das Urteil war ungewiss. Es gab viele Personen, die Edmond hassten. Wenn sie ahnten, wer den Mord vereitelt hatte ...

Angestrengt lauschte sie dem Widerhall ihrer eigenen Schritte, als sie durch die Rue Kernégan ging. Kurz bevor sie die Rue Olivier de Clisson erreichte, sah sie etwas Dunkles in den Nebeln. Das Schnauben eines Pferdes war zu vernehmen. Angélique hielt inne. Da waren Reiter – vor Edmonds Haus. Nach einigen Sekunden des Schreckens ging die junge Frau langsam weiter. Sie wechselte auf die andere Seite der Straße und verbarg sich in deren Schatten. In einem Hauseingang schräg gegenüber dem Herrenhaus blieb sie stehen. Die Männer waren Nationalgardisten. Sie warteten. Sollte Edmond verhaftet werden?

Angélique verharrte. Sie konnte nichts anderes tun als warten. Schließlich kam Bewegung in die Gruppe der Reiter. Die Eingangstür wurde geöffnet, ein Mann verließ das Haus. Er trug einen langen Mantel und setzte sich seinen Dreispitz auf, als er hinaustrat. Angélique schluckte. Die Silhouette des Mannes kam ihr bekannt vor. Er drehte sich zur Seite und sagte etwas zu einem der Wartenden. Das Licht, das durch die Tür drang, beleuchtete sein Profil: lange Nase, buschige Augenbrauen und ein markantes Kinn. Angélique erstarrte. Da war er wieder – der Mann mit dem Dreispitz und dem markanten Gesicht!

Wer war er? Was wollte er hier? War er ihretwegen gekommen? Sie wagte nicht, sich zu rühren.

Der Mann stieg auf sein Pferd. Der vordere Reiter entzündete eine Laterne, und die Gruppe setzte sich in Bewegung. Sie ritten die Straße entlang auf Angélique zu. Mit angehaltenem Atem presste sie sich in den Hauseingang. Sie senkte den Blick, und steckte die Hand in ihre Tasche, als suche sie dort nach ihrem Hausschlüssel. Die Männer ritten langsam vorüber. Entsetzlich langsam. Einer von ihnen knurrte etwas von frömmelnden Priestern.

»He, pass auf, dass der furchtbare Bannstrahl des großen Ablasskrämers dich nicht trifft«, sagte ein anderer.

»Pah! Marat hatte ganz recht: Halbieren sollte man diese Pfaffen! Am besten mit einem scharfen Säbel.«

»Hatte er nicht gesagt, man müsse ihre Anzahl halbieren?«, warf ein anderer ein.

»Das eine bedingt das andere«, erwiderte der Erste.

Raues Lachen erklang.

»Diese Verräter sind es nicht wert, dass guter Stahl an ihnen stumpf wird«, meinte eine kalte Stimme. »Es gibt andere Möglichkeiten.«

Angélique erschauerte. Es war der Mann mit dem Dreispitz, der gerade gesprochen hatte. Schien es ihr nur so, als habe er ihr sein Gesicht zugewandt und beobachtete sie? Sie wagte nicht aufzublicken.

Die Hufe der Pferde klapperten weiter über das Pflaster. Niemand sprach sie an. Keine Hand packte sie an der Schulter. Dann war die Gruppe an ihr vorüber, doch Angélique rührte sich nicht, bis auch der letzte Hufschlag der Pferde verklungen war. Trotz des kühlen Novemberabends spürte sie Schweiß ihren Nacken hinabrinnen. Sie eilte über die Straße und pochte an die Tür des Herrenhauses. Der riesenhafte Vertraute Edmonds öffnete ihr. Sein Name war Ramon, und er war wie Edmond ein ehemaliger Sklavenjäger.

»Guten Abend«, sagte Angélique. »Edmond ließ mir eine Botschaft zukommen. Ist er hier?«

»Er betet.«

»Dann will ich ihn nicht stören.«

»Du störst nicht. Komm mit.«

Der Riese führte sie in einen Raum, der so karg war wie die Zelle eines Mönchs. Ein Kruzifix hing an der weiß getünchten Wand. Edmond hatte auf einem Betschemel gekniet und erhob sich, als Angélique eintrat. Seinem zerstörten Gesicht war keine Regung abzulesen, aber sein Händedruck war warm und herzlich. Er führte Angélique in den Salon. »Hast du schon zu Abend gegessen?«

»Ich habe keinen Hunger.« Sie sah ihm in die Augen. »Wer war der Mann, der dein Haus verließ, bevor ich kam?«

»Carrier.«

»Der Kommissar des Konvents?«

Edmond nickte. Dann betrachtete er Angélique prüfend. »Was ist? Du wirst ganz blass?«

»Er ist der mächtigste und gefährlichste Mann von ganz Nantes.«

»Ja«, sagte Edmond. »Das ist er.«

»Und was wollte er hier?«

»Er sagte mir, er sei gekommen, um zu prüfen, ob ich das Gesetz über das Maximum einhalte. Er hat Einblick in meine Bücher verlangt, die Preise meiner Waren und die Löhne meiner Leute geprüft.«

»Und war das wirklich der Grund, warum er hier war?«

»Ich weiß es nicht. Die Bücher beschlagnahmte er nach einer oberflächlichen Prüfung. Anschließend stellte er mir viele Fragen zu verschiedenen Personen, die ich kenne.«

»Auch zu mir?«, fragte Angélique.

»Nein, warum fragst du?« Seinem narbigen Gesicht war wie üblich keine Regung anzusehen, aber Edmonds Augen weiteten sich ein wenig. War das Verwunderung oder Furcht? Hatte er sie verraten?

Edmond erwiderte ihren Blick ruhig und wartete, bis sie sprechen würde.

Angélique erschrak über sich selbst. War es schon so weit gekommen? War das Gift des Argwohns und der ständigen Verdächtigungen nun schon so tief in ihr eigenes Herz gedrungen, dass sie ihrem besten Freund misstraute? »Ich kenne diesen Mann. Er war zugegen, als mein Vater ermordet wurde. Auch tauchte er auf, als man mich im Haus meiner Familie gefangen hielt. Und ich glaube, er hat mich vorhin gesehen, als der Trupp an mir vorüberritt.«

»Glaubst du, Carrier hat etwas mit dem Tod deines Vaters zu tun?«

»Ich weiß es nicht. Nach allem, was ich gehört habe, verdächtigt er alle und jeden, ein Verräter zu sein. Vielleicht hatte er ja seine Hände im Spiel?«

»Er ist ein Mann voller Hass«, bestätigte Edmond. »Es dürfte klüger sein, die Stadt zu verlassen –«

»Auf keinen Fall«, entfuhr es Angelique.

»Ramon könnte dem neuen Hinweis auch ohne dich nachgehen.«

»Ich bleibe.«

Edmond nickte. Er würde nicht versuchen, ihr etwas auszureden.

»Was hast du herausgefunden?«, erkundigte sich Angélique.

»Jemand stiehlt von den Lebensmittelvorräten, die zur Verteilung an die Armen bestimmt sind. Zunächst fiel es gar nicht auf, weil es immer nur kleine Mengen waren, vermutlich für den eigenen Bedarf.«

»Aber das ergibt doch gar keinen Sinn, wenn die Lebensmittel ohnehin an Bedürftige verschenkt werden sollen!«, wandte Angélique ein.

»Es sei denn, jemand möchte um jeden Preis vermeiden, in der Öffentlichkeit gesehen zu werden. Ich stellte im Geheimen Wachen auf. Der Dieb ist eine Frau … mit Blatternarben im Gesicht.«

»Marie Raynal?!«, warf Angélique aufgeregt ein.

»Möglicherweise. Es gibt viele, die solcherart gezeichnet sind. Dennoch hielt ich es für sinnvoll, dich darüber in Kenntnis zu setzen. Wenn du willst, kannst du Ramon ins Lagerhaus begleiten und dich dort verbergen. Allerdings –«

»Ich will!«, unterbrach Angélique ihn, bevor er seine Bedenken äußern konnte. Sie drückte seine Hände. »Ich danke dir, mein Freund!«

Einige Stunden später folgte sie dem hünenhaften ehemaligen Sklavenjäger hinaus in die Nacht. Angélique war dankbar für seine Gegenwart, denn sie mussten eine Gegend durchqueren, in der es nicht ratsam war, als Frau allein unterwegs zu sein, nicht einmal tagsüber. Trotz seiner Größe bewegte sich der Mann leise und leichtfüßig. Er kannte sich in dem Viertel gut aus und führte sie sicher durch die Dunkelheit.

Als sie ihr Ziel erreicht hatten, verbargen sie sich zwischen einigen leeren Truhen und einem Stapel Segeltuch direkt in der Lagerhalle. Anfangs zuckte Angélique schon beim kleinsten Rascheln zusammen. Jede Maus, die vorbeihuschte, versetzte sie in Alarmbereitschaft. Doch die Stunden vergingen, und niemand kam.

»Vielleicht –«, setzte sie an, doch Ramon gebot ihr sogleich mit einer blitzschnellen Handbewegung, still zu sein.

Die Zeit floss dahin, und Angélique kämpfte gegen ihre Müdigkeit, als Ramon plötzlich ihren Arm packte. Sie schreckte auf, und er legte mahnend den Finger auf ihre Lippen. Eine Gestalt huschte durch den Raum, so lautlos, dass Angélique sie ohne Ramons Hilfe vermutlich nicht bemerkt hätte. Ob Mann oder Frau, vermochte Angélique nicht zu sagen. Der Eindringling machte sich an einer der Kisten zu schaffen. Vermutlich steckte er Zwiebeln oder Rüben in einen Beutel. Dann huschte die Gestalt davon. Ramon und Angélique folgten ihr hinaus durch schmale Gassen und über leere Straßen. Einmal fiel etwas Licht durch ein Fenster nach draußen, und es wurde erkennbar, dass es sich bei dem nächtlichen Dieb tatsächlich um eine Frau handelte. Ohne die Hilfe des ehemaligen Sklavenjägers hätte Angélique keine Chance gehabt, ihr auf den Fersen zu bleiben. Die Frau bewegte sich wie ein Schatten durch die Nacht. Doch gerade als sie um eine Hausecke schlüpfen wollte, erklang plötzlich eine raue Stimme. »Halt! Wer da?« Das helle Licht einer Blendlaterne fiel der Frau ins Gesicht. Sie erstarrte.

Angéliques Herz setzte beinahe aus. Sie packte Ramons Arm. »Sie ist es«, wisperte sie, »es ist Marie Raynal!«

»Still!«, fuhr Ramon sie an und zog sie nach unten hinter einen Haufen Gerümpel. Das Licht der Blendlaterne huschte in die Gasse, fuhr dicht über ihre Köpfe hinweg und tastete sich von einer Hauswand zur nächsten. Dann verschwand es wieder.

»Sie ist allein. Was sollen wir machen?« Da wandte sich der Mann mit der Laterne an jemand anderen.

»Bitte ...«, konnten sie Maries Stimme in ihrem Versteck vernehmen, »... ich habe einen kranken Mann, einen kleinen Sohn ... Ich muss zu ihnen!«

Angélique ballte stumm die Fäuste.

Die andere Stimme sagte etwas, zu leise, um es zu verstehen, und der Mann knurrte: »Verpiss dich, Hure, aber schnell!«

Lautlos huschte Marie davon. Angélique sprang auf, wurde aber sogleich von Ramon wieder heruntergezogen. »Bist du wahnsinnig?!«, wisperte er.

»Sie darf nicht entkommen!«, flüsterte Angélique verzweifelt.

»Pst!«

Erneut huschte das Licht der Laterne in die Gasse. Der fremde Mann brummte etwas Unverständliches. Dann waren Schritte zu vernehmen, und gleich darauf hörte man aus der Ferne Pferdegetrappel und das Rumpeln von Rädern.

»Komm mit«, flüsterte Ramon ihr ins Ohr. Sie schlichen um den Abfallhaufen herum, dann zog der ehemalige Sklavenjäger sie in einen Hauseingang auf der anderen Seite der kleinen Gasse. Kurz machte er sich an der Tür zu schaffen, dann schwang sie auf. Das Haus schien unbewohnt zu sein, denn es roch nach feuchter, abgestandener Luft und Schimmel. In fast vollkommener Dunkelheit huschten sie eine morsche Treppe hinauf. »Hier entlang!«, flüsterte der Riese. Gleich darauf erklang gedämpftes Knacken und Splittern und sie traten in einen Raum. Durch ein zerstörtes Fenster zog die Nachtluft herein. Angélique hastete vor und starrte durch das zerborstene Glas auf die andere Seite der Straße. Dort musste Marie Raynal verschwunden sein. Ramon trat neben sie. »Dort hinten ist der Kanal, da geht es nicht weiter. Sie muss irgendwo in diesem Viertel ihren Schlupfwinkel haben. Wir können die Gegend morgen früh mit einem Trupp Männer durchsuchen.«

Schwaches silbriges Mondlicht drang durch die zerrissene Wolkendecke, als Angélique auf die niedrigen Häuser und Schuppen starrte, die sich an winkligen Gassen entlangzogen. Irgendwo dort verkroch sich die Mörderin ihrer Schwester in ihrem Versteck. Irgendwo dort hauste Noël im Schmutz der armseligen Gassen und wusste nicht einmal, wer seine wahre Mutter war. Mit schierer Willenskraft versuchte sie, die Düsternis zu durchdringen, suchte nach einer dunklen Gestalt, einem huschenden Schatten.

Das Getrappel der Hufe und Rumpeln der Räder wurde lauter. »Was zur Hölle soll das bedeuten?«, knurrte Ramon leise. »Sie fahren hinunter zum Fluss.«

Angélique achtete nicht auf ihn. Sie suchte weiter die Gassen ab.

»Ein Gefangenentransport mitten in der Nacht?«, murmelte Ramon. »Das müssen fast hundert Mann sein.«

Fuhrwerke und berittene Soldaten zogen nun direkt unter ihrem Fenster hinweg, ohne dass Angélique auch nur einen

Blick darauf warf. Dort hinten, an jenem Lagerschuppen, hatte sich dort nicht etwas bewegt?

»Priester«, flüsterte Ramon überrascht. »Was hat dieser Wahnsinnige vor?«

Ja, da war etwas! Angélique beugte sich vor und starrte in die Nacht. Ein Schatten huschte über den leeren Platz und verschwand in einem stallähnlichen Gebäude. Das war Marie Raynal! Das musste sie sein. Rasch wandte sie sich vom Fenster ab und eilte durch den Raum.

Der Riese reagierte einen kleinen Moment zu spät. »Bleib hier!«, zischte er. »Bist du verrückt geworden?«

Angélique schlüpfte durch die Tür und eilte die Treppen hinunter. Sie musste Noël finden, heute noch. Wer konnte sagen, ob die Mörder sich nicht morgen schon ein anderes Versteck suchten? Nicht eine Stunde länger wollte Angélique den Jungen in der Gewalt dieser Leute lassen.

»Warte!«, hörte sie die gedämpfte, aber unverkennbar zornige Stimme des ehemaligen Sklavenjägers. Er setzte ihr nach, doch Angélique beschleunigte ihre Schritte. Seit vier Jahren war sie auf der Suche nach dem Kleinen. Sie würde sich nicht aufhalten lassen, nicht so kurz vor dem Ziel! Geduckt huschte sie die Gasse entlang. Vor ihr rumpelte ein Fuhrwerk die Querstraße entlang. Männer hockten darauf, dicht zusammengepfercht. Sie glaubte, Soutanen zu erkennen. Dahinter kamen bewaffnete Reiter. Angélique duckte sich hinter einen Prellstein und warf einen raschen Blick über die Schulter. Der riesenhafte Schatten Ramons näherte sich. Gehetzt warf sie wieder einen Blick auf die Reiter, die den Abschluss des Konvois bildeten. Niemand sah in ihre Richtung. Tief geduckt kroch Angélique hinter dem Prellstein hervor auf die Pferde zu. Der ehemalige Sklavenjäger würde nicht riskieren, gesehen zu werden. Die Pferde waren nun ganz nah. Sie konnte ihren Schweiß riechen, das Knarren des Sattelzeugs hören. Wenn nur ein Reiter den Kopf zur Seite wandte und nach unten sah ... Angélique kroch auf die andere Seite der Gasse und presste sich gegen eine Hauswand. Sie hatte sich den Verlauf der Gassen gut eingeprägt. Alles in ihr drängte danach, weiterzulaufen und der Mörderin zu folgen. Sie blickte auf zu den Soldaten. Waren dies wirklich die letzten Reiter? Sie riskierte einen kurzen Blick um die Ecke. Ja, da kam niemand mehr. Dann wandte sie sich um. Ramon war bis zum Prellstein vorgeschlichen, und es sah so aus, als wolle er nun zu ihr hinüberhuschen. Angélique glaubte, durch das Klappern der Hufe hindurch das Pochen ihres Herzens zu vernehmen. Der Schweif des letzten Pferdes zuckte, als es vorüberschritt. Angélique sprang auf und hetzte im Rücken der Reiter über die Straße. Eines der Pferde wieherte, und ein Mann fluchte. Sie sah nicht zur Seite, sondern konzentrierte sich nur auf die dunkle Gasse auf der anderen Straßenseite. Die schützende Düsternis war nur noch wenige Schritte entfernt. Plötzlich flammte Licht auf, huschte über sie hinweg und kam wieder zurück. Angélique hob die Röcke und beschleunigte ihre Schritte.

»Halt, stehenbleiben!«, war eine gedämpfte Stimme zu vernehmen.

Angélique rannte weiter.

»Nicht schießen«, zischte eine befehlsgewohnte Stimme. »Erledigt das leise.«

Ein Pferd schnaubte laut, Hufe klapperten unstet. »Verflucht!«, schimpfte eine raue Stimme, und sie vernahm das Sirren von Metall. Säbel wurden gezogen.

Angélique erreichte die dunkle Gasse und hetzte weiter. Hufgetrappel hallte von den dicht stehenden Hauswänden wider, und die Düsternis wurde von zuckenden Lanzen aus Licht durchstoßen. Angélique stolperte, konnte sich gerade noch fangen und rannte weiter. Sie stieß mit dem Schienbein gegen etwas Scharfkantiges und eilte, den Schmerz ignorierend, weiter. Plötzlich öffnete sich neben ihr ein dunkler Schlund, sie verlangsamte ihre Schritte, bog ab und stolperte in das Dunkel einer winzigen Gasse. Sie war zu schmal für die Pferde. Das Klappern der Hufe verstummte. Verzweifelt rannte sie weiter, versuchte, die Orientierung nicht zu verlieren. Hinter sich hörte sie das Trappeln schwerer Stiefel. Sie bog erneut ab, stieß eine Tür auf und schlug sie sofort hinter sich zu. Sie befand sich in einer stockfinsteren Lagerhalle. So rasch sie es wagte, tastete sie sich voran. Während sie an Fässern und Stapeln von Brettern vorbei durch die Dunkelheit schlich, versuchte sie, sich das Gelände ins Gedächtnis zu rufen. Sie musste sich jetzt unterhalb des Platzes befinden, den Marie überquert hatte. In diesem Augenblick stieß die junge Frau auf eine Bretterwand. Durch die Ritzen und Spalten drang ganz schwach Mondlicht herein.

Hinter ihr wurde die Tür aufgestoßen. Das Licht von Blendlaternen huschte durch die Halle, Männerstimmen flüsterten miteinander. Angélique ließ sich zu Boden fallen. Mit zitternden Fingern tastete sie die Wand ab. Das Holz war morsch und in Bodennähe faulig. Dort – eine Lücke. Sie packte das Brett daneben und zog mit aller Kraft. Es knirschte, brach aber nicht. Die Lichter der Laternen kamen näher. Schwere Stiefel ließen die Bodendielen knarren. Angélique drehte sich, drückte sich mit dem Rücken gegen ein schweres Fass und trat mit aller Kraft gegen das morsche Brett. Es splitterte.

»Hast du das gehört?«, flüsterte jemand. Die Lichter huschten über die Wand.

Angélique biss die Zähne zusammen. Noch einmal trat sie zu. Es knackte laut. Das Brett war gebrochen.

»Dort drüben!«, rief jemand.

Wie eine Schlange wand sich Angélique, auf dem Boden liegend, durch die schmale Lücke. Ihr Rock riss, und ein Splitter bohrte sich schmerzhaft in ihre Haut. Dann war sie durch. Sie rappelte sich auf und rannte quer über den Platz hinüber zum Stall. Die Tür war von innen verriegelt. Sie fluchte und betete zugleich, warf einen Blick zum rückwärtigen Lagerhaus. Licht drang durch den Spalt, und man konnte schwere Schläge vernehmen. *Gleich sind sie durch!*

Verzweifelt eilte Angélique auf der Suche nach einem zweiten Eingang um das Haus – vergebens! Fast hatte sie den Stall vollständig umrundet, als sie plötzlich stolperte. Sie schlug mit dem Knie gegen etwas Hartes und unterdrückte nur mit Mühe einen Schmerzensschrei. Als sie sich aufrappelte, stellte sie fest, dass sie über eine am Boden liegende Leiter gefallen war. Sie blickte nach oben. Ja, dort gab es eine Luke! Sie lehnte die Leiter an die Wand und kletterte nach oben. Schon konnte sie die Männer näher kommen hören. Gleich würde das Licht der Laternen auf sie fallen. Sie erreichte die Luke. Gott sei Dank, sie war nicht verschlossen! Angélique erwog, die Leiter hochzuziehen, aber die Lichter waren zu nah. Es würde zu lange dauern. Also stieß sie die Leiter um und hoffte, dass die Männer nicht auf sie achten würden. Es klapperte dumpf. Sofort huschte ein Lichtstrahl in ihre Richtung. Angélique duckte sich ins Dunkel des Dachbodens und verschloss die Luke. vorsichtig kroch sie über die unbearbeiteten Bodenbretter. Die Männer draußen schienen sich zu entfernen. Alles war still. Immer wieder hielt Angélique inne und lugte durch schmale Spalte und Ritzen nach unten. Nichts! Dann hörte sie etwas, das ihren hämmernden Herzschlag für einen Augenblick aussetzen ließ.

»Mama?«, fragte eine kindliche Stimme, die sich vergeblich bemühte, leise zu sein. Angélique kroch weiter bis zu einer ausgebrochenen Bodenluke. Von dort aus lugte sie hinunter in die Dunkelheit. Nicht weit entfernt konnte sie Strohballen erkennen. Sie schwang die Beine über die Luke und ließ sich hinabgleiten. Leise plumpste sie ins weiche Stroh.

»Mama?«, wiederholte die Kinderstimme. Sie war nah, irgendwo hinter ihr.

»Leise! Sei still, mein Schatz«, antwortete eine flüsternde Frauenstimme zärtlich.

Angélique lag wie erstarrt da.

»Du warst so lange weg. Hast du etwas zu essen mitgebracht, damit Papa wieder gesund wird?«, fragte die kindliche Stimme, die einem Knaben zu gehören schien.

»Ja, Bertrand …«

Noël, wisperte eine Stimme lautlos in Angélique.

»… du musst jetzt ganz leise sein. Böse Männer sind dort draußen. Wir müssen uns vor ihnen verstecken.«

Das leise Rascheln von Kleidung war zu vernehmen und ein Kussgeräusch. Angélique erinnerte sich, wie ihr Vater Thérèse und ihr einen Kuss auf die Stirn gegeben hatte, jeden Abend beim Schlafengehen. Tränen traten ihr in die Augen.

»Jean, bist du wach?«

Angélique wollte näher heran, wollte sehen, was dort geschah. Aber jede Bewegung im raschelnden Stroh kam ihr unerträglich laut vor. Sie hielt ihre Hand um den Griff ihres Messers gelegt, so fest, dass es wehtat. Welches Recht hatte sie, den Kleinen der einzigen Familie zu entreißen, die er kannte?

»Jean, wach auf!«

Ein unwilliges Stöhnen war zu vernehmen.

»Du musst.«

Angélique kroch näher. Sie glaubte vage, Gestalten erkennen zu können, aber in dieser Dunkelheit war nichts gewiss.

»Hier ist es nicht mehr sicher. Denk an den Jungen!«

»Gut, warte ein wenig.« Es raschelte. Jemand keuchte auf vor Schmerz.

Angéliques Herz krampfte sich zusammen. Das waren also die Unmenschen, die Bestien, die sie all die Jahre gesucht hatte!

»Du weißt doch, was geschieht, wenn er ihn in die Hände bekommt!«

Er? Von wem redeten sie? Wer sollte Noël etwas antun wollen? Der Abt von Saint-Christophe? Es würde einen gewissen Sinn ergeben, schließlich war der Junge einer der Erben von Château de Chamilot.

»Ich weiß.« Wieder raschelte es, und Jean stöhnte.

Plötzlich waren ganz andere Geräusche zu vernehmen. Holz schlug auf Holz. Der Schein einer Lampe drang durch die

Ritzen in der Holzwand. Er wanderte höher. *Die Leiter*, ging es Angélique durch den Kopf, *sie haben die Leiter gefunden!*

»Beeil dich!«, drängte Marie.

»Verdammt, Weib, ich tue, was ich kann«, zischte Jean.

Jetzt waren Schritte auf dem Dach zu hören.

»Mama, ich hab Angst!«, wisperte Noël.

Angélique lag wie erstarrt.

»Komm her, ich trage dich.« Lautes Rascheln war zu vernehmen, als die drei sich hastig entfernten.

»Da unten ist jemand! Die Lampen, schnell!« Schritte polterten auf dem Dachboden.

Steh auf, lauf!, schrie eine Stimme in Angélique, doch sie konnte nicht. Es schien, als wäre jeder Muskel in ihr erstarrt. Alles schien mit einem Male vollkommen sinnlos. Warum sollte sie fliehen? Für wen? Noël existierte nicht mehr. Er hatte nur wenige Minuten gelebt, nur die kurzen Augenblicke, die er an Thérèses Brust gelegen hatte. Dann war er zu Bertrand geworden, und Bertrand hatte eine Familie, hatte Eltern, wurde geliebt ...

Lichter huschten nun über den Dachboden. Angélique konnte sie durch den Spalt zwischen den Brettern erkennen. Schwere Stiefel durchquerten scharrend und polternd den Raum.

»Halt den Jungen«, zischte Marie. Sie machte sich irgendwo an der Stallwand zu schaffen. »Und halt ihn gut! Du brauchst ihn, wenn du jemals ein besseres Leben führen willst.« Ihre Stimme klang nun ganz anders als noch vor wenigen Augenblicken. Sie war scharf und hart wie gewetzter Stahl.

Angélique sprang auf. *Ein besseres Leben führen?* Was bedeutete das? Ihre Hand ergriff das Messer. War letztlich doch alles nur Berechnung?

Ein heller Lichtstrahl fiel durch das Dunkel des Stalls. Sie konnte jemanden durch ein Loch in der Wand schlüpfen sehen. Ein Schuss krachte. Die Kugel pfiff dicht an ihr vorbei, und sie hörte den erstickten Schrei eines Mannes. Eine dunkle Gestalt sackte zu Boden, und eine Kinderstimme schluchzte entsetzt auf. Für einen kurzen Moment glaubte sie, einen blonden Haarschopf zu sehen.

»Halt!«

Wenn sie jetzt losrannte, hatte sie vielleicht noch eine Chance. Aber was, wenn eine Kugel den Jungen traf? Angélique stand auf.

»Da drüben!«, zischte eine Stimme hinter ihr.

»Keine Bewegung! Bleib, wo du bist!«

Ein zweiter Schatten schlüpfte unbemerkt durch das Loch in der Wand.

»Schieß endlich, du Idiot!«, fauchte jemand.

»Ich schieße keiner wehrlosen Frau in den Rücken«, sagte die Stimme nun dicht hinter ihr. Eine Hand packte sie rau an der Schulter und wirbelte sie herum.

Angélique stolperte und fiel auf die Knie. Grelles Licht stach ihr in die Augen. Tränen ließen ihre Sicht verschwimmen. Undeutlich erkannte sie die blaue Uniform der Nationalgarde.

»Außerdem können Tote nicht reden«, fügte die Stimme hinzu.

Die Klinge eines Bajonetts legte sich unter ihr Kinn. »Komm mit!«

Der Entschluss

Leon fand den alten Bauern an einem für ihn ungewöhnlichen Ort. Er war gleich vom Bahnhof aus zu Mathéos Haus gefahren und hatte es leer vorgefunden. Auch auf den Feldern war er nicht gewesen. Und nun stand der alte Mann hier im Burghof und starrte auf die tiefen Löcher, in denen sie die skelettierten Überreste der keltisch-römischen Reitersoldaten gefunden hatten. Leon sah auf die Uhr. Es war 19:58 Uhr. Ihm blieben noch ungefähr zweieinhalb Stunden. Er ging zu Mathéo hinüber. »*Bonjour.*«

Der alte Mann blickte auf, ein seltsamer Ausdruck lag auf seinem Gesicht. »*Bonjour.*«

»Die Knochen befinden sich im Zelt.«

Mathéo nickte. »Ich weiß.«

»Und – ist alles zu deiner Zufriedenheit?«, fragte Leon.

Der alte Bauer sah ihn fragend an.

»Du hattest dir doch Sorgen gemacht, dass wir die Toten nicht mit der angemessenen Würde behandeln.«

»Ich denke, ihr seid bemüht, das nicht zu vergessen.«

Leon lächelte. »Ich werte das mal als ein Ausreichend.« Nachdenklich betrachtete er den alten Mann von der Seite. »Normalerweise würde ich dich an diesem Abend in Ruhe lassen. Aber ich muss mit dir reden. Darf ich mich zu einem Glas Rotwein bei dir einladen?«

Mathéos Bart zuckte. »Für die Feinheiten einer höflichen und unaufdringlichen Kommunikation habt ihr Deutschen einfach kein Gespür.«

»Dann bin ich ja bei einem Bretonen in guter Gesellschaft«, erwiderte Leon ungerührt. »Komm, ich fahre dich, das geht schneller.«

»Ist es so eilig?« Mathéo hob verwundert die buschigen Augenbrauen.

»Ich stehe gewissermaßen unter Zeitdruck«, erwiderte Leon.

Achselzuckend folgte ihm der alte Bauer.

Wenig später stand Leon im Wohnzimmer seines Freundes und betrachtete das Foto, das die lachende junge Frau mit einem wesentlichen jüngeren Mathéo zeigte. Er blickte glücklich, aber auch ein wenig befremdet in die Kamera.

Der alte Bauer kam mit einer Flasche Rotwein aus dem Keller zurück.

»War sie deine Frau?«, fragte Leon und deutete auf das Bild.

Mathéo betrachtete das Bild so intensiv, als suche er irgendetwas darin. Dann nickte er langsam. »Ja.«

»Also bist du erst danach den Franziskanern beigetreten?«

Der alte Mann nickte.

Leon betrachtete erneut das Bild. »Ihr seht glücklich aus.«

»Ja, wir waren glücklich. Auch wenn wir keine Kinder bekommen konnten, hatten wir wunderbare Jahre ... Dann kam der Krebs.«

Leon schluckte. Er spürte, dass er hier eine Wunde berührt hatte, die vernarbt, aber niemals vollständig geheilt war. »Das tut mir leid«, sagte er.

Mathéo schenkte Wein ein. »Es waren gute Jahre«, erwiderte er leise. »Ich bereue nichts.« Er warf Leon einen seltsam eindringlichen Blick zu, den dieser nicht ganz einordnen konnte.

Nach einem Moment des Nachdenkens fragte Leon: »Glaubst du, es war Schicksal, dass ihr beide euch kennengelernt habt und dass euer Leben so verlief, wie es verlaufen ist?«

Mathéo lächelte. »Ich glaube nicht an Schicksal ... nicht mehr.«

Leon warf ihm einen überraschten Blick zu.

»Der Begriff des Schicksals impliziert für viele die Vorstellung, dass alles, was uns widerfährt, einen bestimmten Sinn ergeben muss. Und das bringt Menschen dazu, absurde Berechnungen anzustellen und Lohn oder Schuld zu suchen, wo nichts von beidem zu finden ist.«

»Also ist das Leben letztlich sinnlos?«

»Das habe ich nicht gesagt. Ich denke nur, wer diese Nuss zu knacken versucht, beißt sich unweigerlich die Zähne aus. Und schlimmer noch, er lässt sich vom Eigentlichen abhalten. Es ist nicht unsere Aufgabe, dem Schicksal in die Karten zu schauen, das sich nur allzu oft als mächtige, aber vollkommen verblödete Schwester des Zufalls zu erweisen scheint. Vielmehr ist es unsere Aufgabe, in allem, was uns widerfährt, sei es gut oder böse, die Verantwortung zu ergreifen und das Richtige zu tun.«

»Das sind ziemlich harte Worte.«

Mathéo lächelte wehmütig.

»Aber glaubst du nicht an Gott?«, fügte Leon verblüfft hinzu. »Glaubst du nicht, dass er allmächtig ist und alles bestimmt, was auf dieser Erde geschieht?«

»Ja, ich glaube an Gott, und manchmal hat mich das innerlich fast zerrissen.« Der alte Bauer hatte bei diesen Worten ins Leere gestarrt. Nun sah er auf und blickte Leon aufmerksam an. »Die Geschichte der Menschheit ist voller Grausamkeit. Ich glaube nicht, dass wir der Wahrheit näherkommen, wenn wir den Lauf der Welt einfach mit Gottes Wille gleichsetzen. Und ganz abgesehen davon: Warum sollte Gott uns einen eigenen Willen geben, wenn er dann doch nur damit beschäftigt wäre, ihn ständig zu manipulieren oder zu durchkreuzen? Warum sollte er Dinge veranlassen, die durch und durch böse sind, um sein Ziel zu erreichen? Ich glaube nicht, dass alles vorherbestimmt ist. Aber ich glaube, dass die Finsternis nicht das letzte Wort haben wird. Ich glaube, dass Gottes Spuren tiefer sind als der Lauf der Geschichte und dass er bei uns ist, bei all dem Auf und Ab des Lebens – so nah und so dicht bei uns, dass wir oftmals nicht in der Lage sind, ihn wahrzunehmen.«

»Das heißt, wir wissen letztlich nicht, warum die Dinge so geschehen, wie sie geschehen?«

»Manchmal nicht«, erwiderte Mathéo. »Oder, um ehrlich

zu sein, meistens nicht. Glauben heißt nicht, für alles eine Erklärung zu haben. Glauben heißt zu vertrauen.«

»Aber ist das nicht ... nun ja, erschreckend wenig?«

Mathéo lachte, und seine Augen funkelten. »Mit welchem Recht gehen wir davon aus, dass die Wirklichkeit klein genug wäre, um in unsere Gehirne zu passen?«

Leon schmunzelte. »Mit dem Recht der Arroganz?«

Mathéos Augen blitzten. »Ich gebe mich geschlagen. Das hatte ich nicht bedacht. Möchtest du noch einen Schluck Wein?«

»Nein danke.« Leons Blick wanderte wieder hinüber zu dem Foto an der Wand. »Vielleicht haben wir kein Recht auf den Weltendurchblick. Aber glaubst du, dass wir ein Recht auf Glück haben?«

»Eine gute Frage.« Mathéos Blick wurde nachdenklich. »Ich bin mir nicht sicher.« Er drehte sein Weinglas, von dem er kaum getrunken hatte, in den Händen und betrachte das funkelnde Rot. Schließlich sagte er: »Ich vermute, dass wir der Wahrheit dann am nächsten kommen, wenn wir bei unserem Streben nach Glück nicht uns selbst, sondern den anderen im Blick haben.«

Leon starrte auf seine Hände. Dann hob er den Blick und sagte: »Du meinst Schicksal hin und her – es kommt darauf an, die Verantwortung zu übernehmen? Und in jeder Situation, egal, wie ... verrückt sie zu sein scheint, das Richtige zu tun?«

Mathéo musste die Veränderung aus Leons Stimme herausgehört haben. Der alte Mann sah ihm in die Augen, seine gebräunten Wangen schienen eine Spur blasser zu werden. Dann nickte er langsam.

Leon räusperte sich. »Ich habe eine möglicherweise etwas ungewöhnliche Bitte. Dürfte ich mir ein Hemd, eine Weste und vielleicht auch eine Leinenhose von dir ... ausleihen?«

»Darf ich fragen, wozu du sie brauchst?«

»Fragen sind immer erlaubt«, entgegnete Leon. »Also, gibst du sie mir?«

Mathéo sah ihn an. Dann atmete er tief ein und aus und erhob sich. Er holte die Kleidungsstücke aus dem Schrank und legte sie auf den Tisch. »Sie werden dir nicht passen.«

Leon nickte. »Du bist ein wenig zu breit und ein wenig zu kurz, aber es wird schon gehen.«

Diesmal ging Mathéo auf die Flachserei nicht ein. Er sah ernst zu Leon auf. Es schien, als wolle er etwas sagen. Aber dann legte er ihm lediglich die Hand auf die Schulter und drückte diese.

»Danke.« Leon nahm die Sachen. »Ich habe die Pistole übrigens nicht an die Polizei gegeben.«

Mathéo hob die buschigen Augenbrauen. »Hältst du das für eine gute Idee?«

Leon lächelte schief. »Du hast nicht zufällig Kugeln und Schwarzpulver?«

Der alte Bauer schüttelte den Kopf.

»Dachte ich mir beinahe«, sagte Leon. Dann blickte er auf die Uhr. »Ich muss jetzt los.«

Mathéo nickte und geleitete ihn zur Tür.

Am Ausgang wandte Leon sich noch einmal um. »Eine Frage noch: Wann wurdest du geboren?

Ein Lächeln legte sich auf die Lippen des alten Mannes. »Fragen sind immer erlaubt.« Dann ergriff er Leons Schultern und drückte ihn an sich. »Leb wohl, mein Freund.«

Leon erwiderte die Umarmung. »Leb wohl.«

Eine knappe halbe Stunde später saß ein totenblasser und fassungslos zu ihm aufschauender Pawel in Leons Camper und starrte auf die weiten Hosen Mathéos, die um Leons schlanke Beine schlackerten und ein gutes Stück über seinen Knöcheln endeten. Leon schob die lederne Scheide eines einfachen Messers durch das Baumwolltuch, das ihm als Gürtel diente.

»Das … ist nicht dein Ernst«, stammelte er.

Leon machte sich nicht die Mühe, darauf einzugehen. »Denk daran, sämtliche Aufnahmen der Kameras zu löschen. Auf keinen Fall darf hier die Polizei herumschnüffeln.«

»Das wird sich nicht vermeiden lassen …«

»Du weißt, was ich meine«, sagte Leon. »Niemand darf auch

nur ahnen, was hier wirklich geschieht.« Er schob die Steinschlosspistole in seinen Hosenbund und zog das Hemd darüber. Schließlich warf er sich noch die weite Schafsfellweste über. »Nun, wie sehe ich aus?«

»Wie ein schlechter Schauspieler in einer albernen Schulaufführung.«

»Danke.«

Pawel schnaufte. »Mir ist wirklich nicht nach Scherzen zumute. Woher willst du wissen, dass du lebend dort ankommst?«

»*Canis lupus*«, erwiderte Leon.

»Der Wolf?«

»Ja. Es hat schon einmal funktioniert.« Nachdenklich fügte er hinzu: »Wahrscheinlich sogar mehrmals – ich habe da so einen Verdacht.«

»Aber das ist doch der komplette Wahnsinn! Du wirfst dein Leben weg!«

Ernst blickte Leon auf ihn hinab. »Nein. Ich denke, es ist eher das Gegenteil der Fall!«

Pawel schien verzweifelt. »Aber selbst, wenn es funktionieren sollte – du weißt doch gar nicht, was du alles damit auslöst ...«

Leon lächelte. »Was immer ich tun werde, habe ich bereits getan. Es fing damit an, dass ich einen Stift zur Hand nahm und in ein fremdes Tagebuch schrieb.«

»Oh Scheiße.« Pawel schüttelte den Kopf. »Ich glaub das alles nicht!«

Leon nahm die Zeichnung von David Sobanski zur Hand, rollte sie zusammen und steckte sie unter sein Hemd. Dann sah er auf die Uhr. »Zeit zu gehen. Ich muss allein sein, und du brauchst ein Alibi.«

Pawel erhob sich. Er wirkte verloren. Einem spontanen Impuls folgend trat Leon vor und umarmte ihn. »Danke für alles!«

»Werde ich ... von dir hören?«

»Auf die eine oder andere Weise«, erwiderte Leon. »Du bist ein guter Historiker und ein noch besserer Archäologe.«

Pawel grinste schief. »Das sagst du mir jetzt erst?«

»Noch etwas: Du wirst Emma einweihen müssen. Aber erst, wenn die Polizei wieder abgezogen ist und der Wirbel sich gelegt hat.«

Der junge Mann seufzte. »Ich freue mich schon darauf.« Dann straffte er die Schultern, nickte Leon ein letztes Mal zu und ging hinaus, um das Team zusammenzurufen.

Kaum hatte sein junger Assistent die Tür hinter sich geschlossen, fiel die Maske von Leon ab, und es war um seine Selbstbeherrschung geschehen. Sein Herz hämmerte in seiner Brust, sein Mund war trocken, und er musste die Hände zu Fäusten ballen, damit sie nicht so stark zitterten. War er sich wirklich sicher in dem, was er tat? Alles, was er hatte, war ein Tagebuch, das sich ständig veränderte, die philosophischen Gedankenspiele eines alten Kirchenvaters und die bizarren Muster eines Autisten. Er schluckte. Sein Gaumen war trocken und rau wie Sandpapier. *Nein, du hast mehr ... einen Wolf, einen toten Ozelot, eine Kugel aus einer alten Waffe ... und einen rätselhaften alten Mann, der weitaus mehr weiß, als er zugibt.*

Leon öffnete das Fenster, sah hinaus und nickte einer Gruppe von Studenten zu, die Pawels Aufruf folgten und an seinem Camper vorbei Richtung Kantinenzelt trabten. Es war wichtig, dass man ihn nach seiner Begegnung mit dem jungen Assistenten noch einmal lebend sah. Wenn die jungen Leute seine seltsame Kleidung bemerkten, verkniffen sie sich einen Kommentar. Als alle hinter den Zeltplanen verschwunden waren, trat er hinaus. Es dämmerte bereits, und die Erde war feucht und kühl unter seinen nackten Füßen. Leon huschte über den Trampelpfad hinüber zur Grabungsstätte am Burgfried. Als er die Plane zur Seite schob, hörte er ein Räuspern hinter sich. Er fuhr herum.

»Wie siehst du denn aus?!« Emma hatte die Arme über der Brust verschränkt und starrte ihn fragend an.

Leon stöhnte auf. Seine französische Kollegin war die letzte Person, der er in dieser Situation begegnen wollte. »Ich ... äh ...« Er blickte auf die Uhr an ihrem Armgelenk. Das fluoreszierende

Ziffernblatt zeigte ihm, dass ihm weniger als vier Minuten bis zum Beginn des errechneten Zeitraums blieben.

Emma hob die Brauen.

»Ich ... Erinnerst du dich an unser erstes gemeinsames Projekt bei Trier?«

»Die drei Wochen mit den Schülern?«, fragte sie verblüfft.

»Ja.« Leon nickte. Gemeinsam mit Emma hatte er dort die fachliche Leitung eines Projekts zur experimentellen Archäologie mit deutschen und französischen Schülern innegehabt. Gemeinsam mit den begeisterten jungen Leuten hatten sie Teile eines keltischen Dorfes wieder aufleben lassen.

»Und was willst du mir damit sagen?«

»Weißt du noch, wie wir den jungen Leuten dort erklärt haben, dass man als Archäologe manchmal detektivischen Spürsinn an den Tag legen müsse, um verstehen zu können, was damals geschah? Man begibt sich in die Lebenswelt der damaligen Zeit, versucht, mit denselben Mitteln zu denken, zu leben und zu handeln wie sie.«

»Natürlich, aber was –«

»Du selbst hast mich inspiriert, wieder einen solchen Ansatz zu verfolgen. Erinnerst du dich, was du vor ein paar Tagen zu mir sagtest, als ich fast aufgegeben hatte? Du sagtest: ›Dieser Ort atmet Geschichte. Hier dürfen wir Menschen begegnen, die alle anderen auf diesem Planeten längst vergessen haben. Wir können in ihr Leben eintauchen und von ihnen lernen.‹«

»Ich erinnere mich, aber –«

»Siehst du, und genau das habe ich vor. Ich will etwas ausprobieren, und dann bin ich ... weg.«

»Ich dachte, du wärst schon weg. Müsstest du nicht längst im Flieger nach New York sitzen?«

»Es ist etwas dazwischengekommen. Pawel wird dir alles erklären. Er hat schon alle zusammengerufen. Du musst dich beeilen.«

Emma blieb unschlüssig stehen.

Leon schielte auf ihre Uhr. Noch zwei Minuten. »Ich muss jetzt wirklich weitermachen, Emma.«

»Gerne, aber womit?«

Leon spürte einen Anflug von Verzweiflung. »Lass mich einfach allein. Du weißt doch, wie ich arbeite.«

»Ja, ich weiß«, entgegnete Emma. Ein resigniertes Lächeln zeigte sich auf ihrem Gesicht. »Diese merkwürdigen Sachen, die andere Menschen machen – du weißt schon –, miteinander reden, gemeinsam planen, zusammenarbeiten und so weiter. So etwas kann manchmal recht nützlich sein.«

»Ich werde mich bessern.« Leon nickte ihr zu und machte einen Schritt rückwärts. »Also dann ...«

»Versprochen?«, hakte Emma nach.

»Versprochen. Ich habe doch schon bewiesen, dass ich sehr wohl über deine Worte nachdenke.«

Sie seufzte. »Du bist unverbesserlich.«

»Danke«, sagte Leon und wandte sich ab.

Emma lachte. »Bis später.«

»*Adieu!*« Leon eilte weiter. Nach ein paar Schritten warf er noch einmal einen Blick über die Schulter und stellte fest, dass Emma tatsächlich in Richtung Kantinenzelt ging. Er hastete weiter hinüber zu dem kleinen Mauerabschnitt, der sein ganzes Leben über den Haufen geworfen hatte.

Direkt neben dem Hohlraum kniete Leon sich auf den Boden. Er strich mit den Händen über das raue Gestein. Sein Herz klopfte, sein Atem ging heftig, als wäre er nicht zwanzig, sondern vierhundert Meter gerannt. Er wartete.

Nichts geschah. Minuten vergingen. Auch nach einer gefühlten Viertelstunde war noch nichts geschehen. Er spürte, wie das Hämmern seines Herzschlags nachließ. Sein keuchender Atem beruhigte sich. Aus der Ferne drangen Stimmen zu ihm herüber. War er zu spät gekommen? Hatte die letzte ... Kollision bereits stattgefunden? Die Zeiten waren nur ungefähr berechnet worden. Was, wenn David Sobanski sich geirrt hatte? Oder, schlimmer noch, was, wenn er selbst sich täuschte, wenn all diese vermeintlichen Berührungen mit der Vergangenheit nichts anderes waren als ein Betrug, ein grausamer Scherz, den irgendein Wahnsinniger mit ihm trieb? Leon versuchte, die immer lauter werdenden Stimmen des Zweifels in sich zu unterdrücken – vergeblich.

»Oh Gott«, flüsterte er, »das kannst du nicht machen! Du kannst mich nicht so im Stich lassen.«

Eine weitere Viertelstunde zog vorüber, ohne dass irgendetwas geschah. *Man hat dich betrogen*, flüsterte eine giftige Stimme in ihm. *Jemand, der cleverer ist als du, hat dich ausgetrickst. Und nun hockst du hier wie der letzte Idiot.* Die Stimme wurde immer boshafter: *Was bist du nur für eine jämmerliche Gestalt! Die ganze Welt wird über dich lachen.* Seine Selbstbeschimpfungen gingen weiter, auch als die Erde plötzlich unter ihm zu wanken schien und sein Magen sich schmerzhaft zusammenzog. Selbst als es plötzlich einen Ruck zur Seite gab und seine Schulter hart gegen rauen Stein prallte, hielt das zynische innere Flüstern unbeirrt an. Schwindel ergriff ihn, und schreckliche Übelkeit stieg in ihm auf. Erst als vollkommene Dunkelheit ihn umfing, verstummte die boshafte Stimme.

Die Luft war schlagartig kalt, dumpf und verbraucht, es stank entsetzlich. Leon würgte und übergab sich. Als sein keuchender Atem sich beruhigt hatte, richtete er sich auf und tastete mit seiner Rechten über kühles Gestein. Die Mauer endete nicht, wo sie hätte enden müssen. Taumelnd machte Leon einen Schritt nach hinten und stieß gegen etwas. Es polterte. Das Geräusch hallte nach. Um ihn herum waren nur Mauern und Dunkelheit.

Mit weit aufgerissenen Augen sah Leon sich um. Von irgendwo drang ein winziger Lichtschein in die Schwärze. Er befand sich in einem schmalen Gang, umgeben von Mauern, die er nur als Trümmer kannte. Es roch nach Exkrementen, ungewaschenen Körpern und Tod. Seine Hand legte sich erneut auf die kühlen, klammen Steine einer Wand, die noch vor wenigen Herzschlägen nicht existiert hatte.

Es ist wahr, flüsterte die Stimme in ihm, halb triumphierend, halb panisch. *Alles ist wahr!* Dies hier war kein mathematisches Konstrukt, kein abenteuerliches Gedankenspiel mehr, sondern nackte, unumkehrbare Realität. Der bittere Geschmack der Furcht legte sich auf seine Zunge. Es gab nicht mehrere Tagebücher, es gab nur ein einziges. Jedes einzelne Wort in Angéliques Tagebuch hatte der Wahrheit entsprochen. Die Zeit war keine gerade Linie, die sich wie ein Strahl in die Unendlichkeit zog. Sie bog und wand sich, schlug Wellen und Wirbel, und manchmal, an ganz besonderen Orten, berührten sich die verschiedenen Zeiten für einen kurzen Moment.

Plötzlich durchbrach der gelbliche Schimmer einer Laterne die Dunkelheit. Er drang hinter einer Mauer hervor und beleuchtete steinernen Boden. Leon sah einige verschmierte Halme Stroh dort liegen. Unbewusst machte er erneut einen Schritt nach hinten. Es gab ein dumpfes Geräusch, als er mit der Ferse gegen etwas Hartes stieß.

»*Hé?*«, hallte eine tiefe Stimme durch die Gänge. »*Qui est là?*«[6] Schritte kamen näher.

24. Dezember 1793

Der Lichtkegel wurde größer. Die näher kommenden Schritte waren nun ganz dicht. Leons Blick fiel auf einen Riss aus Dunkelheit, der nicht weit entfernt in der Wand klaffte. Angéliques Zelle! Die Tür zu ihrem Verlies stand offen. Hastig quetschte er sich durch den Spalt und versuchte, die Tür nicht zu bewegen, damit ein mögliches Quietschen der Angeln ihn nicht verraten würde. Die Zelle war tatsächlich leer. Es stank nach Fäulnis, und schimmliges Stroh klebte an seinen nackten Fußsohlen. Auch die Luft war stumpf und schwer. Leon presste sich hinter der Tür an die kalte Wand und hielt den Atem an. Nun fiel ihm auf, wie still es war. Nur die näher kommenden Schritte waren zu vernehmen – kein Ächzen und Stöhnen, kein Fluchen und Flehen erfüllte den Raum, und das Weinen war ebenfalls verstummt. Nichts war zu hören von alledem, was Angélique in ihrem Tagebuch beschrieben hatte. Nicht nur Angélique, alle Gefangenen waren fort! Sein Herz setzte aus. Wie lange schon? War er zu spät gekommen? *Nein,* beruhigte er sich, denn die Windungen des Zeitenwirbels wurden zum Schluss immer enger, was zur Folge hatte, dass die Zeitkollisionen in immer kürzeren Abständen erfolgten. Genau das hatte er ja auch Angéliques Einträgen entnehmen können, die zum Ende hin in immer kürzeren Abständen erfolgt waren. Die Gefangenen konnten erst vor Kurzem hinausgeschafft worden sein.

Das Licht erfüllte nun den Gang vor der Zelle. Eine Gestalt glitt an dem winzigen Spalt vorbei – schlank, kerzengerade und etwas kleiner als Leon. Sie trug etwas bei sich. Plötzlich verharrte sie. Zwar konnte Leon die Person nun nicht mehr sehen, aber die Schritte waren bereits verstummt. Licht fiel an der Tür vorbei in die winzige Zelle. Leon presste sich in den Schatten. Wollte der Fremde etwa hier herein?

Nein, in diesem Augenblick war das Scharren von Stein auf Stein zu vernehmen. Das Versteck! Der Mann kannte das Versteck von Angéliques Tagebuch! War er die barmherzige Seele, von der die junge Frau gesprochen hatte? Für einen Moment war es still. Dann wurde der Stein zurückgeschoben. Wenig später bewegte sich der Schatten, und auch das Licht zog sich zurück. Der Mann verschwand wieder.

Leon wartete dennoch. Als die Schritte leiser wurden, huschte er vor und spähte in den Gang hinaus. Er sah den breiten Rücken des Mannes, kurz bevor dieser hinter der nächsten Ecke verschwand. Leon erkannte eine eckige Ausbuchtung, so als würde er einen kleinen Kasten an einem Riemen bei sich tragen. Sein dunkler Mantel wehte leicht und folgte ihm wie ein auflodernder Schatten.

Leise folgte Leon ihm.

Der Fremde trug eine Öllampe. Er bewegte sich ruhig und sicher, als sei er schon oft in den Tiefen des Burgfrieds gewesen. An einem steinernen Treppenaufgang hielt er inne. Er schien zu lauschen. Und nun konnte auch Leon ferne Stimmen hören. Er drückte sich in einen Türrahmen, als der Mann plötzlich die Lampe herumschwenkte und sich umsah. Kurz hatte Leon einen Blick auf ein unscheinbares, glatt rasiertes Gesicht werfen können. Nach kurzem Zögern setzten die Schritte wieder ein. Der Historiker zählte lautlos bis zehn, dann schlüpfte er aus seiner Deckung, um dem Mann zu folgen. Doch da war niemand mehr zu sehen. Der Fremde war verschwunden.

Erschrocken starrte Leon den dunklen Gang entlang. Vom Treppenabsatz her drang ein schwacher Lichtschimmer. War der Unbekannte dort hinaufgegangen? Aber warum waren dann seine Schritte nicht mehr zu vernehmen? Leon biss sich auf die Lippen. Hatte der andere ihn gesehen und wartete nun in der Dunkelheit auf ihn? Unschlüssig blieb er stehen. Vermutlich wäre es sicherer abzuwarten und sich versteckt zu halten. Doch etwas in ihm drängte vorwärts. Wer konnte schon sagen, wie viel Zeit ihm noch blieb, um seinen verzweifelten Plan in die Tat umzusetzen?

Mit angehaltenem Atem schlich er den Gang entlang. Die Augen weit aufgerissen, versuchte er, die Dunkelheit zu durchdringen. Schließlich erreichte er die Treppe. Der schwache Lichtschimmer, der nach unten drang, war gleichbleibend. Die Stimmen waren ruhig und drangen aus einiger Entfernung zu ihm. Leon setzte den Fuß auf die erste steinerne Stufe und zögerte. Nein, der Mann war nicht nach oben gegangen. Das hätte er gehört. Er wandte sich ab und schlich wieder in das Dunkel des Verlieses. Nur wenige Schritte später, als der letzte Lichtschimmer, der vom Treppenabsatz herunterdrang, zu verschwinden drohte, entdeckte er eine niedrige Tür. Sie war vollkommen unscheinbar und so winzig, als wäre sie für ein Kind gemacht. Leon legte das Ohr gegen das raue Holz. Er hörte ein dumpfes Scharren und gleich darauf leises Quietschen. Seine Augen spürten einen sanften Luftzug.

Lauter werdende Stimmen ließen ihn plötzlich herumfahren.

»... nicht an uns vorbeigekommen«, erklang es von der Treppe her.

Eine andere Stimme sagte etwas. Sie war etwas leiser, sodass Leon die Worte nicht verstand.

»Aber die Gefangenen sind fort!«

»Sieh trotzdem nach«, meinte die andere Stimme nun etwas lauter. Sie klang weich und nicht unfreundlich. Dennoch schwang ein Unterton darin mit, der den anderen Mann hastig reagieren ließ.

»Natürlich, sofort. Wie du befiehlst.«

Stiefel polterten die steinernen Stufen herab, und der Lichtschein wurde heller.

Leon wandte sich hastig wieder der Tür zu, die, wie er nun feststellte, gar keine richtige Tür war, sondern eher eine Art Verhau aus rohen Brettern, der ein kaum ein Meter hohes Loch in der Wand verschloss. Es gab keinen Knauf und keine Klinke. Bei Licht betrachtet, wäre Leon nie auf die Idee gekommen, dass es hier einen Durchgang geben könnte. Aber es musste so sein. Der Fremde war hier hinein verschwunden.

Die Schritte kamen näher. Leises Murren war zu hören. Trotz der Kühle rann Leon ein Schweißtropfen über die Stirn. Er drückte und schob – nichts geschah.

»Verdammter Pfaffe«, brummte der Mann auf der Treppe, »jagt mir immer wieder einen Schauer über den Rücken.«

Leon presste die Schulter mit aller Kraft gegen das Holz – vergeblich.

Er konnte seinen eigenen Schatten an der Wand entlangwandern sehen. Mit jeder Treppenstufe, die der Wachposten tiefer stieg, zog der Lichtkegel in Leons Rücken ein Stück weiter. Aber die Tür bewegte sich nicht einen Millimeter. Leon fluchte lautlos. Wenn er hierblieb, würde die Wache ihn gleich entdecken. Gerade als er Anstalten machte, sich in die Dunkelheit des Gangs zurückzuziehen, in der vagen Hoffnung, den aufmerksamen Blicken des Mannes irgendwie zu entgehen, entdeckte er etwas auf dem Boden direkt vor der Tür. Es waren feine Kratzer und Linien von Holzmehl – Schleifspuren! Fieberhaft tasteten seine Finger an der Kante nach einem Loch oder einem Haken. Schließlich fand er eine Vertiefung. Er presste seine Finger hinein und zog. Die Tür öffnete sich nach außen! Er warf einen hastigen Blick über die Schulter und sah bereits die schweren Stiefel des Soldaten auf den obersten Treppenstufen. Nun packte er die Kante der niedrigen Tür und zog sie auf. Dann schlüpfte er hinein. Auf der Rückseite befand sich ein Eisenring. Er zog sie rasch hinter sich zu und sah durch den sich schließenden Spalt gerade noch die Gestalt des Soldaten auf den Gang treten. Leon hielt den Atem an und wartete. Die Schritte entfernten sich. Erleichtert stieß er die Luft aus und richtete sich vorsichtig auf. Der Raum, in dem er sich befand, war winzig. Beim Hineinschlüpfen hatte er einen Blick auf eine Art hölzerne Stange erhascht. Er wandte sich um und ertastete eine Leiter. Der Fremde musste dort hinaufgestiegen sein. Der Raum hatte eine Fläche von ungefähr einem, maximal eineinhalb Meter im Quadrat, viel zu eng für eine Zelle oder einen Lagerraum. Es musste sich um einen verschütteten Brunnen oder, was wahrscheinlicher war, um einen Belüftungsschacht handeln, den jemand nachträglich begehbar gemacht hatte. Leon hob den Kopf und starrte nach oben. Irgendwo weit über ihm fiel durch einen schmalen Spalt ein wenig dämmriges Licht herein. Ansonsten war nur Schwärze und Stille um Leon. Der Fremde hatte an der Treppe kurz gezögert und sich umgesehen. Dann war er rasch verschwunden. Dass Leon ihm gefolgt war, wusste er nicht. Der Mann wollte also von den Wachen nicht gesehen werden – zumindest eine Gemeinsamkeit, die er mit Leon hatte. Vielleicht war er ein potenzieller Verbündeter? In jedem Fall lohnte es sich, ihm nach oben zu folgen, denn wenn er die Treppe nahm, würde er mit Sicherheit irgendwelchen Wachen in die Arme laufen. Er musste irgendwie hier raus, und zwar schnell, denn heute war der 24. Dezember 1793.

Leon legte seine Hand auf eine Sprosse der Leiter und begann, nach oben zu steigen. Vorsichtig tastete er sich in absoluter Finsternis vorwärts.

Wenig später endete die Leiter. Als er sich suchend vortastete, stieß Leon neben sich auf eine schmale hölzerne Plattform und den Fuß einer weiteren Leiter. Er kletterte vorsichtig hinauf und stieg noch höher. Erneut erreichte er eine schmale Plattform, auf der ebenfalls wieder eine Leiter stand. Mit einem Schaudern machte er sich bewusst, dass der Burgfried der höchste Turm der Festung war. In diesem Moment war er dankbar, dass er die wacklige Konstruktion und die Tiefe unter sich nicht sehen konnte. Bei seinem Aufstieg kam er hier und da an breiteren Belüftungsschlitzen vorbei, die jedoch fast alle in die Finsternis geschlossener Räume führten. Schließlich erreichte er die letzte Plattform. Dort gab es keine Leiter mehr, stattdessen stand er vor einer dickbohligen Tür, durch deren

Spalt ein schwacher Lichtschimmer drang. Schritte waren zu vernehmen. Leon presste sein Ohr an das Holz und lauschte. Er vernahm das plätschernde Geräusch von Wasser, das in ein Gefäß gegossen wird, dann erneut Schritte. Eine Tür wurde geschlossen und der Lichtschimmer schwächer. Leon ertastete einen Knauf, der sich lautlos drehen ließ. Leise öffnete der Historiker die Tür und spähte umher. Er fand eine Art Kammer vor, von der drei Türen abgingen. Eine davon war mit schweren Eisenriegeln versehen, die zurückgeschoben worden waren. Neben dieser Tür befand sich ein Regal. Ein Krug Wasser stand darin, ein Windlicht sowie ein wenig irdenes Geschirr und ein trockener Brotlaib.

Vorsichtig schlich Leon hinaus. Als er die Tür hinter sich zudrücken wollte, stellte er fest, dass sie von dieser Seite aus gar nicht als Tür zu erkennen war. Vielmehr war sie die exakte Kopie des gegenüberliegenden Holzregals. Eine Decke und mehrere Tücher lagen sorgfältig zusammengefaltet darin. Was aber vor allem Leons Blicke auf sich zog, war ein kleiner, messingbeschlagener Lederkoffer. Vermutlich war dies der Kasten gewesen, den der Unbekannte bei sich getragen hatte. Leon schluckte: Diesen Koffer hatte er schon einmal gesehen. Es war kaum eine Woche her ... und ungefähr zweihundertzwanzig Jahre.

Leon schob die als Regal getarnte Tür zu, schloss sie jedoch nicht ganz. Dann tastete er nach seiner Pistole. Sie war zwar nicht geladen, aber er fühlte sich sicherer, wenn die Waffe griffbereit war. Leise schlich er über den steinernen Fußboden zu der entriegelten Tür und presste sein Ohr gegen das Holz.

»... und warum liest du nicht weiter?«, vernahm er nun eine männliche Stimme in ruhigem Tonfall sagen. »Interessiert es dich nicht? Oder willst du lediglich nicht wahrhaben, dass sie wahnsinnig geworden ist?«

»Verflucht sollst du sein!«, krächzte eine heisere weibliche Stimme.

Der Mann lachte leise. »Dein Fluch traf mich bereits vor

neunundzwanzig Jahren. Spar dir deine Worte, Frau.« Die Stimme klang kalt und hohl, als dränge sie aus den Tiefen einer Gletscherspalte herauf. Leon schauderte. Was geschah hier? Wer war die Frau und was sollte sie lesen – Angéliques Tagebuch?

»Komm her, ich will dir etwas zeigen!«, erklang die männliche Stimme erneut.

Schweigen.

»Komm. Ich öffne sogar das Fenster für dich.« Das Klappern von Fensterläden war zu vernehmen. »Siehst du diese Gefangenen dort? Es sind einhundertvierunddreißig. Ahnst du, wer unter ihnen ist? Und ahnst du, wohin sie gehen?«

Ein rhythmisches Klirren war zu vernehmen, das vermutlich von Eisenketten stammte.

»Du Bestie!«, stieß die Frau hervor. Ihre heisere Stimme war voller Hass.

»Es ist ein furchtbares Gefühl, nicht wahr?«, entgegnete der Mann.

Es dauerte einen Augenblick, bis in Leons Bewusstsein sickerte, was der Mann kurz zuvor gesagt hatte: Die Urteile waren gesprochen, die Gefangenen waren bereits unterwegs! Bis zur Loire war es nicht weit, und der Zwischenfall würde sich nur wenige Hundert Meter vom Ufer entfernt abspielen. Leon wandte sich ab. Ihm blieb keine Zeit, sich um die seltsamen Geschehnisse zu kümmern, die sich gerade nebenan abspielten. Jede Sekunde zählte. Er huschte zur anderen Tür hinüber und öffnete sie einen Spalt. Schwach konnte er gestapelte Fässer erkennen – ein Lagerraum.

Rasch eilte Leon zur nächsten Tür und griff nach der Klinke. Er zog, dann drückte er – der Ausgang war versperrt.

Es war kalt. Sie konnte es an den Atemwolken sehen, die von den schnaubenden Nüstern der Pferde aufstiegen, und an ihrem eigenen Atem. Schweigend und mit missmutigen Gesichtern hockten die Nationalgardisten auf ihren Pferden und zogen fröstelnd die Mäntel enger um sich. Die Gefangenen, die neben Angélique im Karren hockten, zitterten. Doch sie fror nicht. Eine Hitze glühte in ihr, die sie von innen heraus zu verbrennen drohte. Schweiß rann ihr über die Stirn, und ihre Kehle war so ausgedörrt, dass jeder Atemzug wehtat. Das Fieber hatte sie erneut überwältigt. Ihre Gedanken wirbelten umher wie Schneeflocken, Bilder blitzten auf und verschwanden wieder.

Der Mann, der sie in Nantes verhört hatte, war noch jung gewesen, mit weichen Händen und harten Augen – ein Buchhalter. Immer wieder hatte er gefragt, woher sie von dem Zug der Verurteilten gewusst hatte, wer ihre Kontaktleute seien, was die Vendeér planten und wie sie mit den Engländern zusammenarbeiteten. Angélique wusste nicht mehr, was sie geantwortet hatte. Sie hatte einen Zug mit mehreren Fuhrwerken und bewaffneten Reitern gesehen, mehr nicht. Von anderen Gefangenen hatte sie erfahren, dass Carrier in jener Nacht vierundneunzig Priester ohne Urteil hatte ermorden lassen. Er hatte sie unter dem Vorwand eines Gefangenentransports auf Barken bringen lassen und diese versenkt. Sie waren allesamt ertrunken.

Edmond, der treue Freund, hatte sie während ihrer Gefangenschaft in Nantes mit Essen und Trinken versorgt. Er hatte auch mit ihr sprechen wollen, aber man hatte ihn nicht durchgelassen. Angélique war froh darüber, denn der ehemalige Sklavenjäger befand sich selbst in Gefahr. Er hatte sich viele Feinde gemacht, und das Denunziantentum blühte in dieser Stadt. *Herr Jesus, du Sohn Gottes, erbarm dich seiner!* Überraschenderweise war Angélique nicht lange in den Kerkern von Nantes geblieben. In der dritten Nacht wurden die Riegel zurückgeschoben, und grelles Fackellicht drang in die Dunkelheit ihrer Zelle, in der sie dicht an dicht mit anderen Gefangenen hockte. Sie war als Einzige herausgezerrt worden. Schon hatte sie damit gerechnet, das Tageslicht nie mehr zu erblicken, aber dann hatte man sie auf Befehl des Kommissars verlegt.

Sie hatte ihren Augen nicht trauen wollen, als sie am nächsten Morgen die Mauern des Château de Chamilot erblickte. War das die perfide Rache von Victor Barrère, des Abts von Saint-Christophe? War seine Position bei den neuen Machthabern so stark, dass er selbst auf den Schlächter von Nantes Einfluss nehmen konnte? Immerhin hatte sie den Kommissar schon einmal im Burghof gesehen. Jeden Tag hatte sie damit gerechnet, auch das verhasste Gesicht mit dem sorgfältig gestutzten Bart zu erblicken, wie es spöttisch lächelnd auf sie herabblickte. Aber der Abt hatte sich nie gezeigt.

Plötzlich war ihr Tagebuch aufgetaucht. Das Buch, das man ihr mit all ihren persönlichen Gegenständen bereits in Nantes abgenommen hatte. Es war Fluch und Trost zugleich für sie gewesen. Kurz darauf hatte sie festgestellt, dass jemand anderes ihr Tagebuch gelesen hatte, dass es sich veränderte, und sie war Leon begegnet. Zuerst hatte sie an einen üblen Scherz geglaubt. Vielleicht hatte der Abt das Buch hereingeschmuggelt, um sie auf diese Weise auszuhorchen oder seine Spiele mit ihr zu treiben? Doch die Worte Leons und auch seine Fragen passten nicht zu diesem zynischen, grausamen Mann. Leon war für sie zu einer Antwort Gottes auf ihre verzweifelten Gebete, ihre Angst und Einsamkeit geworden. Dieser unbekannte Mann mit seinen seltsamen Fragen und seiner unbeholfenen, liebenswerten Ehrlichkeit hatte Licht in das Dunkel ihrer Zelle gebracht. Noch immer hatte sie nicht die geringste Ahnung, wer er sein mochte. Aber sie hoffte und betete, dass es ihm gut ging und dass er verschont bliebe von den grausamen Irrtümern dieser Zeit. *Herr Jesus, du Sohn Gottes, erbarm dich seiner!*

Sie sah ihren Vater vor dem Richtblock knien und das blitzende Schwert des Henkers über ihm; sie sah Thérèse ihren kleinen Jungen segnen. Wer hasste ihre Familie so sehr, dass er sie alle dem Tode überantwortete? Oder war es lediglich das blinde Schicksal, das sie grausam schlug? Wer auch immer das Böse über ihre Familie gebracht hatte, mit einem hatte er nicht gerechnet: mit dem Licht, das selbst aus der tiefsten Dunkelheit hervorzustrahlen vermochte. Im Geist sah sie den blonden Schopf Noëls im Dunkel des Stalls, sah, wie er sich an die Frau klammerte, die seine Mutter ermordet hatte. Er liebte Marie Raynal. Ob es umgekehrt auch so war, wusste sie nicht, aber zumindest deuteten die wenigen Worte, die sie in jenem Stall in Nantes belauscht hatte, darauf hin, dass Jean und Marie Raynal ihrem mysteriösen Auftraggeber um des Knaben willen zuwidergehandelt hatten. So hatte Angélique alles getan, damit niemand die Spur des Jungen aufnahm. Sie hatte alle Seiten ihres Tagebuchs herausgetrennt, die auf die Existenz Noëls hindeuteten, bevor sie es wieder in dem Geheimversteck verbarg. Anschließend hatte sie die herausgerissenen Blätter in feine Schnipsel zerrissen und in den Kloakeeimer gestopft, der sporadisch ein- oder zweimal die Woche geleert wurde. Vielleicht konnte sie wenigstens auf diese Weise dazu beitragen, dass der Junge dem Schicksal seiner Herkunftsfamilie entrann. *Jesus, du Sohn Gottes, erbarm dich seiner!*

Die Kolonne erreichte den Waldesrand, und die Soldaten entzündeten Fackeln. Flackerndes Licht huschte gespenstisch über die bleichen Gesichter der Gefangenen. Ein alter Bauer hockte ihr gegenüber, schwer atmend und in sich zusammengesunken. Eine Frau mit vorzeitig ergrautem Haar hielt die Augen geschlossen, ihre Lippen bewegten sich unaufhörlich in geflüstertem Gebet. Ein feister Mann starrte Angélique an, sein Gesicht zu einem gequälten Grinsen verzogen. »Wer weiß, vielleicht feiern wir beide noch heute Nacht republikanische Hochzeit, mein Täubchen. Ein letztes Geschenk der Revolution ...«

Der Wagen fuhr über eine Wurzel. Der feiste Mann schrie erschrocken auf, und Angélique wurde beinahe von dem harten Brett geschleudert, das ihr als Sitzbank diente. Der Gefangene neben ihr, ein junger Mann mit aschblonden Haaren und schmalem Gesicht, hielt sie fest. Er lächelte, aber in seinen Augen stand Angst geschrieben. »Kümmre dich nicht um den

Dicken«, sagte er. »Jeder hat seine eigene Art, mit dem Tod umzugehen.«

Angélique nickte. *Mariages républicains* nannten manche zynisch die Hinrichtungen Carriers, die mittlerweile in aller Öffentlichkeit durchgeführt wurden. Man fesselte jeweils zwei Gefangene zusammen, oftmals Mann und Frau, um zu verhindern, dass sie sich schwimmend über Wasser hielten, nachdem sie in die Loire geworfen worden waren.

Die Fuhrwerke rumpelten durch den stillen, dunklen Wald. Einige der Gefangenen versuchten, ihre Furcht durch Scherze zu verdrängen, etliche beteten. Die meisten saßen jedoch schweigend da und sahen zu Boden. Angélique starrte zu den schwarzen Baumreihen am Wegesrand. Wie die Arme toter Riesen ragten die kahlen Äste in den Abendhimmel, an dem erste Sterne blinkten. Licht und Hoffnung schienen so unendlich fern. Die Dunkelheit war so viel näher, so viel stärker. Bilder drängten sich vor ihr inneres Auge, dunkle Fluten, die sie packten und mit kalten, feuchten Todeshänden hinab in die schwarze Tiefe sogen, dorthin, wo kein Leben mehr war, nur Kälte und ewige Finsternis.

Entsetzt starrte Leon auf die Klinke in seiner Hand. Er zog und drückte weiter, doch nichts geschah. Dic Tür war fest verriegelt. Fieberhaft blickte er sich nach einem Schlüssel um – vergebens. War er durch die Zeit gereist, um an einer verschlossenen Tür zu scheitern? *Bleib ruhig!*, befahl er sich selbst. *Denk nach!* Er zwang sich dazu, erst einmal tief durchzuatmen. Das hier war kein unüberwindliches Hindernis. Die Türschlösser des 18. Jahrhunderts waren im Allgemeinen simpel aufgebaut. Wenn er nur das passende Werkzeug hätte! Wieder ließ er seinen Blick durch das Zimmer gleiten. Er blieb an dem Windlicht hängen, das im Regal stand. An der Halterung für den Kerzenstummel war ein Drahtbügel angebracht.

Aus dem angrenzenden Zimmer drangen noch immer gedämpfte Stimmen, aber sie waren zu leise, als dass man die

Worte verstehen konnte. Leon zog sein Messer und löste den Draht, die Schneide des Messers als Hebel nutzend. Anschließend flocht er den Draht in mehreren Lagen übereinander. Mithilfe des Messerknaufs bog er das eine Ende des Drahts auf dem harten Dielenboden nach rechts und das andere nach links. Währenddessen versuchte er unablässig, die panische Stimme in sich zu unterdrücken, die ihm immer wieder zuflüsterte: *Es sind nur dreieinhalb Kilometer bis zu den Ufern der Loire. Sie haben Fuhrwerke und Pferde. Du wirst zu spät kommen, zu spät!*

Leon holte tief Luft und führte den provisorischen Dietrich in das Schloss ein. Vorsichtig bewegte er ihn hin und her, um die richtige Position zu ertasten. Das leise Klicken und Knirschen des Schlosses schien wie Donnerschläge durch den Raum zu hallen. Er warf einen Blick über die Schulter zu der entriegelten Tür. Die Stimmen waren hier kaum noch zu vernehmen. Er hoffte und betete, dass jenes Gespräch nicht so schnell enden würde. Schließlich hakte der Draht ein, und Leon spürte den Gegendruck der Feder. Behutsam drehte er den provisorischen Dietrich weiter. Der Riegel bewegte sich ein Stück, dann hakte er fest. Das Schloss war alt und rostig. Leon erhöhte den Druck. Es knackte, der Draht verbog sich. *Oh nein! Du wirst zu spät kommen, zu spät!*

Leon nahm das Messer in die Linke und drückte es in Höhe des Riegels in den Türspalt. Dieser war nicht breit. Es gab nur einen oder zwei Millimeter Spielraum. Leon presste die Messerspitze gegen den Riegel, drehte den Dietrich und schob gleichzeitig mit der Messerspitze nach. Erneut knackte es. Dann löste sich der Riegel und ließ sich weiterdrehen. Leon lief der Schweiß über den Rücken. Hinter ihm quietschte es. Er warf einen Blick über die Schulter. Die Klinke der anderen Tür bewegte sich nach unten. Im selben Moment schnappte der Riegel zurück. Leon zog das Messer heraus, drückte die Klinke herunter und riss die Tür auf. Sie quietschte in den Angeln, und ein kühler Lufthauch streifte seine Beine.

Hinter ihm sog jemand zischend den Atem ein. Leon warf erneut einen Blick über die Schulter. In der geöffneten Tür stand ein Mann mit breiten Schultern und graumeliertem Haar; ein Pistolengriff ragte aus seinem Gürtel. In dem karg eingerichteten Zimmer dahinter glaubte Leon eine hagere Frauengestalt zu erkennen. Einen Wimpernschlag lang starrte der Fremde ihn mit offenem Mund an. Dann fuhr seine Hand an den Gürtel, und er sprang auf ihn zu.

Leon schlüpfte hastig durch die offene Tür. Sie führte auf einen steinernen Absatz und dann eine düstere Wendeltreppe hinab.

Leon stolperte die Stufen hinunter.

»Stehen bleiben!«, zischte der Mann.

Leon spürte, wie ein Windhauch seinen Nacken streifte, und gleich darauf klirrte es. Aus dem Augenwinkel sah er eine blitzende Klinge gegen die steinerne Wand prallen – ein Dolch. Doch das Mordwerkzeug polterte zu Boden, und Leon hetzte, immer zwei Stufen auf einmal nehmend, die enge Treppe hinab.

Hinter ihm erklangen Schritte. In wilder Hast jagte Leon weiter die Stufen hinunter. Der Mann folgte ihm dicht auf. Der Historiker wartete auf den dröhnenden Knall seiner Pistole, doch kein Schuss erklang. War die Waffe des Fremden nicht geladen? Und warum löste er keinen Alarm aus? Die Wendeltreppe führte in engen Windungen tiefer. Leon hielt sich außen, wo die Stufen etwas breiter waren, dennoch rutschte er zweimal ab und konnte sich nur mit Mühe halten. Schließlich kam er an eine Tür, sie war halb angelehnt. Er stieß sie auf und rutschte, von seinem Schwung getragen, über steinernen Fußboden, bis er gegen eine weitere Tür krachte. Er warf einen Blick zurück, konnte in der Düsternis jedoch nichts erkennen. War der Mann noch hinter ihm? Mit fahrigen Bewegungen ergriff er die Klinke und drückte sie herunter. Im nächsten Augenblick stolperte er in einen von Fackelschein erleuchteten Hof. Einige Männer waren dort gerade dabei, Äxte und Seile in Handkarren zu verladen. Etwas abseits stand ein Dutzend Bewaffneter. Alle blickten auf und starrten Leon an.

Einer der Bewaffneten, offenbar der Offizier, kniff die Augen zusammen und griff nach seinem Säbel. »Was –«, setzte er an, wurde jedoch von einer rauen Stimme unterbrochen. »Da bist du ja endlich!« Einer der Arbeiter, ein Mann mit breiten Schultern und einem Brustkasten wie ein Fass, eilte auf Leon zu und packte ihn am Arm. »Konntest dich wieder mal nicht trennen, was?« Er zwinkerte Leon auf sehr zweideutige Art und Weise zu. Irgendjemand lachte.

»Los, nun fass schon mit an!« Er drückte ihm den Griff eines Karrens in die Hand. »He, Claude, pass mit der Fackel auf!«, brüllte er einem anderen zu. »Die Scheune ist voller Munition.« An den Offizier gewandt, meinte er: »Wir sind so weit, Leutnant, es kann losgehen.«

Der Offizier warf Leon einen misstrauischen Blick zu und stieß schnaubend seinen Säbel zurück in die Scheide. »Also gut, vorwärts!«

Der kräftige Mann hielt sich dicht an Leons Seite, stieß mit dem Ellenbogen gegen den Pistolenkolben unter Leons Hemd und zischte: »Trag deine Waffe nicht so auffällig, du Idiot.«

Leon knüpfte mit einer Hand die Weste zu. Er hatte keine Ahnung, was hier vor sich ging. Offenbar hielt ihn der muskulöse Anführer der Arbeiter für jemand anderen.

Sechs Bewaffnete begleiteten ein Dutzend Arbeiter hinaus aus der Burg. Leon nagte an der Unterlippe. Von den Fuhrwerken mit den Gefangenen war nichts mehr zu sehen. Er musste sich irgendwie von dieser Gruppe lösen. Aber wie?

Während der Wagen durch den dunklen Wald rumpelte, versuchte Angelique, sich ins Gebet zu versenken, versuchte, durch die diffusen Schattenbilder des Fiebers und der Todesfurcht hindurch Gottes Nähe zu spüren. Aber all ihre Gebete waren nicht mehr als ein Wispern, das sich in der kalten Nacht verlor und auflöste wie der Nebel ihres Atems.

Kälte schien sich um ihre Brust zu winden und sie zusammenzupressen.

Angélique richtete sich auf, um ihre Lungen mit frischem Atem zu füllen. Kalte Abendluft kratzte in ihrer Kehle. Sie hustete. Magensäure stieg ihre Speiseröhre empor, und Würgereiz krampfte ihren Körper zusammen. Sie hustete und spie zwischen ihre nackten Füße auf den Bretterboden. Unruhe kam auf, doch sie nahm kaum etwas davon wahr. Schließlich packte eine Hand ihre Schulter und richtete sie auf.

»Hier!«, sagte eine Stimme befehlend. »Trink das!« Eine Feldflasche wurde ihr an die Lippen gesetzt. Angélique trank kühles, klares Wasser. Hustenreiz kam erneut in ihr hoch. Sie unterdrückte ihn, bis ihr die Tränen in die Augen traten. Dann wurde es etwas besser. Sie packte die Flasche mit den gefesselten Händen und nahm erneut ein paar gierige Schlucke. Aus irgendeinem Grund hielten die Fuhrwerke plötzlich an, und das Rumpeln hörte auf.

»Ruhig, Frau, nicht so hastig, sonst kommt der Husten zurück«, meinte die Stimme. »Lass dir Zeit. Trink, so viel du willst.«

Angélique gehorchte. Langsam ließ sie das Wasser durch ihre gepeinigte Kehle rinnen. Schließlich hatte sie genug und gab die Flasche zurück. Sie gehörte einem der Soldaten, der dicht neben dem Karren ritt und sich zu ihr hinabbeugte. Es war ein bärtiger Mann mit wettergegerbtem Gesicht. Seine Züge wirkten hart, aber in seinen Augen stand Mitleid.

»Danke!«, krächzte Angélique.

»Danke mir nicht«, entgegnete der Mann. Dann richtete er sich auf und hängte die Flasche an den Sattelknauf. Leise und mehr zu sich selbst fügte er hinzu: »*Merde*, das ist es nicht, wofür ich gekämpft habe!« Er schüttelte den Kopf und verzog die Lippen zu einem bitteren Lächeln. »Das ist es ganz gewiss nicht!«

Plötzlich gab es einen Knall und dann noch einen. Angélique sah, wie der Soldat zusammenzuckte. Blut floss in einem feinen Rinnsal von seiner Schläfe. Sein Arm fiel schlaff herab, und die brennende Fackel glitt zu Boden. Sein Pferd stieg erschrocken auf, und er rutschte aus dem Sattel.

»Alarm! Ein Hinterhalt!« Weiteres Knallen ertönte. Es klang, als ließe man schwere Kieselsteine auf ein Blech prasseln. Unwillkürlich duckten sich die Gefangenen. Das Pferd des Soldaten bockte und tänzelte ein paar Schritte vorwärts, dann blieb es unruhig stampfend stehen. Den toten Soldaten hatte es mit sich geschleift; ein Stiefel hatte sich im Steigbügel verfangen.

Die Nationalgardisten erwiderten das Feuer. Offenbar suchte ein Teil von ihnen Deckung hinter den Wagen, während ein anderer in den Wald vordrang. Angélique schluckte. Sie warf einen letzten Blick auf den toten Mann, der ihr eben noch so freundlich begegnet war.

Eine Kugel pfiff dicht an ihr vorbei und riss Splitter aus dem obersten Brett des Karrens. »Runter!«, zischte der junge Gefangene neben ihr und zog an ihrem Arm. Das Blut rauschte in ihren Adern, und in ihrem Kopf drehte sich alles. *Aber wir werden doch ohnehin sterben,* wollte sie erwidern. Doch sie sagte nichts, stattdessen hockte sie sich zu den dicht gedrängten Gefangenen auf den Boden des Fuhrwerks.

Leon versuchte, sich in der vollkommen veränderten Gegend zu orientieren. Zunächst war die Gruppe offenbar dem einzigen befahrbaren Weg, den wohl auch der Gefangenentransport genommen hatte, nach Norden gefolgt. Nach ungefähr einem Kilometer waren sie jedoch abgebogen. Nun zogen sie die holpernden Karren über ein Stoppelfeld auf einen dicht bewaldeten Hain zu. Drei der Soldaten gingen vor, um den Weg zu sichern, drei folgten als Nachhut. Als sie nur noch ein paar Dutzend Schritte vom Waldesrand entfernt waren, sah Leon seine Chance gekommen. Er blickte sich unauffällig um ... und begegnete dem misstrauischen Blick des breitschultrigen Anführers.

Der Mann drängte sich neben ihn und zischte: »Hat sich der Plan geändert?«

Leon zuckte mit den Schultern und murmelte eine Verneinung.

»Mann ...«, der Breitschultrige schüttelte den Kopf, »... hast nicht allzu viel Grips im Kopf, was? Ich hoffe, du kannst wenigstens kämpfen. Es war schwer genug, den Pfaffen davon zu überzeugen, dass er mehr Feuerholz und freie Sicht benötigt und vor allem, dass es klug wäre, noch heute damit anzufangen. Wenn ihr das jetzt in den Sand setzt und mein Bruder stirbt, werde ich den Verantwortlichen finden und mir seinen Kopf holen. Ist das klar?«

Leon nickte. Wovon redete der Mann?

»Wir sind da, Leutnant«, sagte er. »Behaltet das Dickicht gut im Auge. Die verdammten Hurensöhne kommen immer aus dem Hinterhalt.«

Die Männer stellten die Handkarren ab. Plötzlich zerriss ein Schuss die abendliche Stille. Er hallte zwischen den hohen Bäumen wider. Es war unmöglich zu sagen, ob er aus der Ferne oder ganz in der Nähe abgegeben worden war.

Die Männer zuckten zusammen.

»Briganten!«, rief der Hauptmann. »Achtung!« Die Soldaten hatten ihre Gewehre gezückt und starrten angespannt in das Unterholz.

»*Merde*«, knurrte der Breitschultrige und zog eine langschäftige Axt vom Handkarren. »Das ist verdammt noch mal viel zu früh!« Er holte aus und ließ zu Leons Entsetzen den schweren Axtkopf in den Nacken des Hauptmanns sausen. Der Mann brach augenblicklich blutüberströmt zusammen. Die übrigen Arbeiter stürzten sich mit Beilen und Äxten auf die völlig überraschten Soldaten. Es war ein grausames Gemetzel. Zwei Schüsse fielen, dann war alles vorbei. Alle Soldaten waren tot, und auch einer der Arbeiter lag mit leerem Blick am Boden. Leon stand da, unfähig, auch nur ein Glied zu rühren.

Unregelmäßiges Gewehrfeuer drang zu ihnen herüber.

Während die Männer sich die Musketen der Soldaten griffen, warf der Breitschultrige Leon einen verächtlichen Blick zu. »Kämpfen kannst du also auch nicht. Nun denn, los – bevor deine Kameraden alles vermasseln.«

Mit einem bitteren Geschmack auf der Zunge wandte sich Leon von den Toten ab und folgte den anderen in das Dunkel des Waldes.

Die Wasser der Loire

Die Gefangenen hockten in den Karren und starrten einander in die bleichen Gesichter, während Kugeln über sie hinwegpfiffen. Angéliques fiebrige Augen konnten in der Düsternis und durch den dichten Rauch des verdampften Schießpulvers hindurch kaum mehr erkennen als schemenhafte Fratzen. Einige der Gefesselten begannen, Hoffnung zu schöpfen und sich flüsternd zu unterhalten. Fragen flogen hin und her. Diente der Hinterhalt ihrer Befreiung, oder hatten Royalisten den Zug für einen Versorgungstrupp gehalten? Schüsse knallten unaufhörlich durch die Nacht. Männer schrien, Pferde wieherten schrill. Jemand erklärte, dass das Gewehrfeuer der Soldaten in Salven erfolgte, während die Vendéer unregelmäßig und in schneller Abfolge antworteten. Als ob dies in irgendeiner Weise von Bedeutung gewesen wäre!

Einer der Gefangenen stand plötzlich auf und schrie: »Für Gott und den ...« Der Rest ging in ersticktem Gurgeln unter, als eine Kugel ihn traf. Ein anderer wollte ebenfalls aufspringen. Doch der feiste Mann hielt ihn zurück. »Bleib unten, du Idiot! Wenn sie uns alle abknallen, sterben die da drüben umsonst.«

Das Gewehrfeuer verlagerte sich tiefer in den Wald. Einige atmeten erleichtert auf, doch die meisten ahnten, dass dies nichts Gutes zu bedeuten hatte. Schließlich verstummte das Knallen bis auf einige vereinzelte Schüsse ganz.

Ein Offizier bellte Befehle, und Soldaten machten Meldung: »... schätzen, dass es höchstens zwanzig Mann waren. Wir haben ein Dutzend Männer gefunden, tot oder schwer verletzt.«

»Unsere Verluste?«

»Sechs Tote, dreizehn Verwundete, Hauptmann, die meisten nur leicht.«

»Und das Hindernis?«

»Haben wir in ein paar Minuten beseitigt. Es ist nur ein Baum. Ursprünglich wollten sie wohl mehrere fällen ...«

Ein Mann in einem blauen Mantel kam näher. »Dafür werden die verdammten Briganten teuer bezahlen!« Sein kantiges Gesicht war bleich vor Zorn. Carrier, der Schlächter von Nantes, war unverwundet aus dem Kampf hervorgegangen.

Der Offizier neigte leicht den Kopf. »Mit Verlaub, Kommissar. Während des Gefechts waren auch Schüsse aus dem Süden zu vernehmen. Gut möglich, dass man uns in die Zange nehmen wollte. Ich schlage vor, dass eine Abteilung Männer hier ganz in der Nähe einen Hinterhalt legt, für den Fall, dass uns noch weitere Aufständische auf den Fersen sind.«

Carrier nickte. »Tu, was du für richtig hältst.«

Der Offizier erteilte seine Befehle, und gleich darauf setzte sich der Gefangenenzug wieder in Bewegung. Schon nach kaum mehr als hundert Metern kündete plötzliches Gewehrfeuer hinter ihnen davon, dass der Hauptmann mit seiner Vermutung recht gehabt hatte. Doch der Schusswechsel verstummte abrupt. Die Gefangenen in den Fuhrwerken schwiegen, sie ahnten, was das zu bedeuten hatte.

Nach einer knappen Meile erreichten sie das Ufer der Loire. An einem winzigen Fischernest machten sie halt.

»Los, runter!«, herrschte ein Soldat die Gefangenen an.

Angélique rappelte sich auf. Ihre Muskeln schmerzten, und ihre gefesselten Hände fühlten sich taub an. Einige der Soldaten sprangen auf den Karren und stießen die Gefangenen mit ihren Gewehrkolben vorwärts. Einige setzten auch die Bajonette ein. Schmerzensschreie erklangen. Jemand stieß Angélique grob in den Rücken, und sie stürzte vom Wagen. Ungeschickt fing sie sich ab. Dennoch schlug ihre Stirn hart gegen einen Wurzelballen. Benommen kam sie wieder auf die Knie. Jemand packte ihre Haare und riss sie brutal nach oben.

»Dort hinüber, los, los!«, brüllte jemand.

Wie eine Herde Vieh wurden sie Richtung Ufer getrieben, umringt von Soldaten, die sie über den blinkenden Stahl ihrer Bajonette hinweg mit glühenden Augen anstarrten. Der plötzliche Überfall und das Gefecht im Wald hatten alles verändert. Waren sich einige der Männer zuvor schäbig vorgekommen und wie die Handlanger eines Mörders, als sie die wehrlosen Gefangenen – darunter Greise, Frauen und Knaben, die kaum alt genug waren, Männer genannt zu werden – zur Schlachtbank führten, so fühlten sie sich nun als Opfer, die hinterrücks überfallen worden waren und treue Kameraden verloren hatten. Furcht und Kampfeswut hatte sich in Hass verwandelt. Alles Mitgefühl war aus ihren Gesichtern gewichen. Diese Männer wollten Rache.

Man begann, die Fesseln durchzuschneiden, und ging dabei nicht sonderlich vorsichtig zu Werke. Blut lief über Angéliques taube Hände, als die scharfe Klinge beim Durchtrennen des Hanfseils die Haut von ihren Handballen riss.

»Ausziehen!« Der Befehl des Kommissars hallte durch die Nacht.

Einige der Gefangenen, vor allem die Frauen und Alten, warfen sich schockierte Blicke zu. Angélique sah einige der Soldaten grinsen. Eine Frau Mitte vierzig, die während der gesamten Fahrt eine würdevolle Haltung bewahrt hatte, schüttelte entsetzt den Kopf. Mit weit aufgerissenen Augen starrte sie auf einen der Männer, der mit gezücktem Säbel auf sie zukam.

»Ausziehen!«, knurrte er.

Sie schüttelte erneut den Kopf.

Daraufhin schlitzte er ihr Kleid mit dem Säbel auf. Die Kleidung fiel zu Boden. Entsetzt starrte die Frau auf das Blut, das aus einer tiefen Schnittwunde in hellen Strömen über ihre weiße Haut lief.

Grobes Lachen erklang, und obszöne Bemerkungen hallten durch die Nacht.

Die anderen Gefangenen beeilten sich nun, dem Befehl

nachzukommen. Bald standen sie nackt und frierend in der Kälte. Priester und Bauern, Wäscherinnen und Adlige – in diesem Moment waren sie alle gleich, eine obszöne Verdrehung der revolutionären Ideale.

Angélique hielt die Arme um sich geschlungen. Ein Soldat trat vor und betastete mit den Augen ihren Körper. Sein Blick blieb an dem Benediktuspfennig hängen, der noch immer um ihren Hals hing. Er trat vor und griff danach. Dann schnaubte er verärgert. »Billiger Tand!« Es sah aus, als wolle er ihn trotzdem abreißen, doch dann ließ er plötzlich von ihr ab.

Carrier trat vor. Er sagte etwas zu seinen Männern, beschwor die Revolution und den Hass auf die Feinde der Republik. Doch die Worte rauschten an Angélique vorbei wie das Grollen eines fernen Gewitters. Das Fieber kam oft in Wellen, und zuweilen wurde sie davon fortgespült. Trotz der beißenden Kälte glühte ihre Haut. Immer wieder verschwamm ihre Sicht, und die bleichen Gesichter der Soldaten wurden im flackernden Schein der Fackeln zu wabernden Schwaden grauen Nebels.

Plötzlich packte eine Hand sie grob am Arm. Raue Knöchel streiften die weiche Haut ihrer Brust. Jede Berührung brannte auf ihrer fiebrigen Haut.

»Sieh, was für einen wundervollen Bräutigam wir für dich erwählt haben«, sagte der Soldat feixend. Er führte sie auf den Steg, an dem einige Barken warteten.

Angélique blickte in das faltige Gesicht des alten Bauern, der ihr gegenübergesessen hatte. Sein Atem ging schwer und röchelnd. Eines seiner Augen war erblindet und trüb, das andere aber suchte ihr Gesicht. Er nickte ihr zu, und sein schwaches Lächeln sprach ihr Mut zu. Die Männer fesselten sie eng aneinander. Angélique verschloss ihre Ohren vor ihren anzüglichen Worten und versuchte, die groben Berührungen ihrer Hände auszublenden.

Der Alte hielt jetzt die Augen geschlossen. Seine Brust hob und senkte sich krampfhaft, und sie konnte das Brodeln in seinen Lungen spüren.

»Hab keine Furcht«, flüsterte er. »Gott ist mit uns, darum fürchten wir uns nicht, was können uns Menschen tun?«

Angélique presste die Lippen aufeinander. Der Alte hatte ihr eine Variation der uralten Worte eines Psalms zugeflüstert. Schon oft hatte sie diesen Vers gehört. Aber in dieser Situation schien er ihr nicht tröstlich, sondern wie ein Hohn. Bewiesen die Menschen nicht im Gegenteil, wozu sie imstande waren? Verspotteten ihre Taten nicht die Macht des Höchsten? Niemand war da, der sie zur Rechenschaft zog, kein Gott, der seine Hand ausstreckte, keine Engel, die den Unschuldigen zu Hilfe eilten.

»Sie werden uns töten«, flüsterte sie.

Der Alte nickte. »Das ist alles, was sie tun können.«

Angélique blickte zu dem verwitterten Gesicht des alten Mannes auf. Er war hilflos, gedemütigt und dem Tode geweiht. Und dennoch flüsterte er mit heiserer Stimme Psalmworte. War es Trotz, war es Ausdruck eines verwirrten Geistes, oder besaß er einen Glauben, der selbst in dieser grausigen Situation zu bestehen vermochte?

»Der Herr ist mein Hirte, mir wird nichts mangeln.« Sie wurden in die Barke gestoßen. »Er weidet mich auf grünen Auen ...« Sein Murmeln war kaum noch zu hören. Der Alte keuchte auf, als sie auf den Planken aufschlugen.

Nachdem er wieder zu Atem gekommen war, fuhr er fort. »Er erquickt meine Seele, er führet mich auf rechter Straße ...«

Weitere Gefangene wurden auf die Barke getrieben. Sie stolperten. Angélique spürte einen Schlag im Rücken. Ein Ellenbogen traf den alten Mann an der Schläfe. Er wollte weitersprechen, aber seine Worte erstarben röchelnd und gingen in keuchendes Atmen über.

Da sprach Angélique an seiner Stelle weiter: »... und ob ich schon wanderte im finsteren Tal der Todesschatten, fürchte ich kein Unglück ...« Die Worte kamen über ihre Lippen, ohne dass sie eine bewusste Entscheidung getroffen hatte. »... denn du bist bei mir, dein Stecken und Stab trösten mich ...«

Mit jedem Wort, das Angélique sprach, wurde ihre Stimme fester. »Du bereitest vor mir einen Tisch im Angesicht meiner Feinde. Du salbest mein Haupt mit Öl und schenkest mir voll ein …«

»Alle Gefangenen sind verladen!«, ertönte die Stimme eines Soldaten.

»Gutes und Barmherzigkeit werden mir folgen mein Leben lang …«, flüsterte Angélique.

Ein lauter Ruf hallte durch die Nacht: »Leinen los!«

»… und ich werde bleiben im Hause des Herrn immerdar«, wisperte Angélique in das Ohr des Alten.

Die Barke legte ab.

Zweige peitschten in Leons Gesicht, seine Füße hasteten durch totes Laub, über Wurzeln und durch dichtes Unterholz. Der Mond war aufgegangen und sandte sein silbriges Licht durch die entlaubten Baumkronen. Leon spürte, wie seine Kräfte allmählich nachließen. Seine Füße waren taub vor Kälte. Er hatte mehrere Schnittwunden, und sein rechter großer Zeh strömte im Rhythmus seines Pulsschlags Wellen dumpfen Schmerzes aus. Er hatte den Geschmack von Eisen auf der Zunge, und sein Atem ging keuchend. Aber auch die anderen schnauften vor Anstrengung. Es war der breitschultrige Mann, der sie immer weiter vorantrieb. Mal drohte er, mal ermutigte er. Er schien selbst in tiefster Dunkelheit sehen zu können, warnte sie vor Hindernissen und schien jeden Baum des Waldes zu kennen. Er war der geborene Anführer.

Inzwischen hatte Leon einigermaßen erfassen können, was hier vor sich ging. Der Breitschultrige arbeitete auf den Gütern des Château de Chamilot. Sein Bruder gehörte zu den Gefangenen, die in dieser Nacht hingerichtet werden sollten. Er hatte sich daraufhin mit einigen der aufständischen Vendéer zusammengetan, um eine Befreiungsaktion zu starten. Leon hielt er für einen der Royalisten. Offenbar war alles in großer Hast verabredet worden, und nun war etwas schiefgegangen.

Die Kämpfer der Aufständischen hatten zu früh angegriffen. Das Gewehrfeuer war fast vollständig verstummt.

»Auf, auf!«, ermutigte der Breitschultrige sie. »Noch ist nichts verloren. Wenn wir sie überraschen, ist alles möglich!«

Während Leon durch den Wald hetzte, rasten die Gedanken in seinem Kopf. Alles war anders gelaufen, als er erwartet hatte. Er hatte gedacht, dass sein überlegenes Wissen aus der Zukunft ihm erhebliche Vorteile verschaffen würde. Stattdessen hatten die Ereignisse ihn überrollt, und er stolperte halb blind hinterdrein und hoffte, irgendwie Schritt zu halten. Sein ursprünglicher Plan war es gewesen, Angélique noch in der Burg zu befreien. Sollten die Umstände dies nicht erlauben, hatte er geplant, dem Gefangenentransport in kurzem Abstand zu folgen. Da er schon vorher wusste, dass es kurz vor den Ufern der Loire einen Angriff geben würde, hatte er die dadurch entstehende Verwirrung nutzen wollen, um Angélique zu befreien.

Nun schien es, als wäre der Angriff bereits gescheitert, bevor Leon den Gefangenentransport überhaupt erreicht hatte. Und der Kampf selbst, den er als historisches Ereignis emotional lediglich mit Gefahr und vielleicht sogar mit einer vagen Abenteuerlust verbunden hatte, erwies sich als brutales, menschenverachtendes Morden. Obwohl Leon sich selbst nicht daran beteiligt hatte, fühlte er sich elend und vom Bösen besudelt.

»Vorsicht«, zischte der Breitschultrige. »Dort links ist der Weg, und da hinten ist die Wegbiegung, hinter der das Hindernis aufgebaut werden sollte.«

Leon starrte in die Düsternis des Waldes. Er konnte nichts erkennen, rein gar nichts.

»Sie können unmöglich schon weg sein«, flüsterte einer der Männer. »Für das Hindernis brauchen sie mindestens eine halbe Stunde.«

»Still!« Der bullige Anführer blieb stehen und lauschte in die Nacht. »Ich hab was gehört ...«

»Was – ?«, fragte der andere.

Sein Satz blieb unvollendet, denn im gleichen Moment

krachte ein Schuss, und der breitschultrige Mann sackte lautlos in sich zusammen.

Instinktiv ließ sich Leon zu Boden fallen. Die anderen Männer taten es ihm gleich. Blindlings eröffneten sie das Feuer.

Mehrere Schüsse antworteten und trafen ihr Ziel, wie Leon den Schmerzensschreien entnehmen konnte. Er robbte hinüber zum Anführer und legte seine Finger auf dessen Halsschlagader. Der Mann war tot.

Die Republikaner hielten sich geschickt verborgen. Die Kugeln schienen von überall zu kommen. Die Männer, die keinen plötzlichen Angriff erwartet hatten, waren ihnen beinahe hilflos ausgeliefert. Ihr einziger Schutz war die Nacht. Sie zischten einander widersprechende Anweisungen zu – ohne Anführer waren sie verloren. Schließlich sprang einer auf und ergriff die Flucht. Das war das Signal, instinktiv folgten ihm weitere Männer. Nun herrschten die Gesetze des Schwarms, jeder tat, was er seinen nächsten Nachbarn tun sah. Statt eines geordneten Rückzugs rannten die Männer in wilder Flucht davon.

Leon unterdrückte den Impuls, ihnen zu folgen. Er robbte über den kalten Waldboden nach links auf den Weg zu. Es schien, als würden die republikanischen Soldaten ihre Deckung verlassen und den Fliehenden hinterherhetzen. Schüsse knallten und Kugeln pfiffen durch die Nacht. Leon hörte ein Zischen und dann einen dumpfen Aufschlag in einem Baumstamm dicht neben sich. Er hoffte, dass dies nur ein Querschläger war. Gehetzt warf er einen Blick über die Schulter und sah schwarze Schatten in südliche Richtung rennen. Niemand schien ihn bemerkt zu haben. Geduckt lief er weiter durchs Unterholz, hastete über den ungeschützten Weg auf die andere Seite. Dort warf er sich hinter dichtes Gestrüpp in Deckung – gerade rechtzeitig, denn erneut krachte ein Schuss, und nicht weit entfernt splitterte ein Ast.

Leon presste sich auf den Boden. Mit zitternden Händen beschmierte er sein Gesicht mit dunkler Erde. Er wünschte sich, in ein Erdloch kriechen zu können. Schließlich wagte er es aufzuschauen. Durch das Gestrüpp hindurch konnte er ganz nah auf der anderen Seite des Weges eine bewegungslose Gestalt ausmachen. Schwacher Mondschein ließ ein Gesicht schemenhaft leuchten und glitzerte auf dem silbernen Stahl des Bajonetts. Der Mann zielte in Leons Richtung, ruhig und hochkonzentriert. Er war der Jäger, und Leon war das Wild. Jede unbedachte Bewegung, das leiseste Rascheln konnte jetzt tödliche Folgen haben.

Leon wagte nicht, sich zu rühren, konnte aber auch nicht den Blick abwenden. Er wusste nicht, wie lange er so ausgeharrt hatte. Es kam ihm so vor, als seien Stunden vergangen, bis plötzlich eine zweite Gestalt auftauchte.

»Lass gut sein, Blaise. Sie sind fort, und in diesem verdammten Wald schießen wir uns noch selbst über den Haufen.«

»Dort drüben ist einer von diesen Bastarden«, erwiderte der Soldat, »ich bin mir sicher.«

»Und wenn schon. Der Konvoi ist längst am Ufer angelangt. Wir ziehen uns zurück. Dort haben wir freie Sicht, und sie werden nicht wagen, noch einmal anzugreifen.«

»Also gut.« Der Mann zog sich langsam zurück, ohne Leons Versteck aus den Augen zu lassen. »Dieses verdammte Dickicht ist wie Unkraut, in dem es vor Ungeziefer nur so wimmelt. Man müsste alles mit Stumpf und Stiel ausreißen.«

Der andere Mann lachte leise. »Ich hab auch Sehnsucht nach Paris.«

Die Gestalten der beiden Männer verschmolzen mit den Schatten.

Leon wagte einen tiefen Atemzug. Dann drang in sein Bewusstsein, was der Mann gerade gesagt hatte. *Der Konvoi hatte das Ufer erreicht!* Er hatte seine Chance verpasst. Sie waren bereits am Fluss. Dort gab es keine Möglichkeit, sich heimlich anzuschleichen. Sie würden die Gefangenen immer zu zweit aneinanderfesseln und auf die Barken schleppen. *Und dann in der Mitte des Stroms, wo das Wasser tief war ...*

Leon richtete sich auf. Er hatte keinen Plan. Seine Gedanken verloren sich in düsterer Verzweiflung und Furcht. Dann begann er zu laufen, erst geduckt im Schutz des Unterholzes, dann immer schneller. Schließlich sprang er die Böschung hinab und rannte auf dem Weg weiter, den auch der Konvoi genommen hatte. Erst als er das Leuchten von Fackeln sehen konnte, verließ er den Pfad und schlug sich links ins Unterholz. Dann ging er in einem Bogen weiter und gelangte westlich eines kleinen Fischernests ans Ufer. Nach Atem ringend und mit schmerzhaftem Stechen in den Seiten sah er, wie ein halbes Dutzend Barken eine nach der anderen vom Ufer ablegte. Ohne auf seine Deckung zu achten, rannte er über den Strand. Niemand sah in seine Richtung, aller Augen waren auf das schreckliche Schauspiel am Fluss gerichtet. Schließlich ließ er sich keuchend im hohen Schilf auf die Knie fallen.

Er war nun so nah, dass er die einzelnen Gestalten auf den Barken erkennen konnte. Fackelschein beleuchtete die nackt aneinandergefesselten Paare. Auch einige Frauen waren darunter. Eine von ihnen wand sich in den Fesseln, die sie mit einem feisten, glatzköpfigen Mann verbanden. Ihr glattes, blondes Haar schimmerte wie Weizen. Eine andere war schon etwas älter. Sie hing in den Fesseln, als drohe sie ohnmächtig zu werden. Ihre bleiche Haut war blutbeschmiert. Eine weitere war an einen alten, gebeugten Mann gefesselt. Es sah aus, als versuche sie, ihn mit ihrer schmächtigen Gestalt zu stützen. Der Wind zauste an ihren dunklen Haaren und verdeckte einen Teil ihres Gesichts. Sie schien den Blick zu den Sternen zu heben. In ihrer Halsbeuge schimmerte etwas – ein Schmuckstück, das man ihr gelassen hatte? Etwas Wertloses vermutlich, ein Talisman oder ein Amulett. Vielleicht der bronzene Benediktuspfennig?

»Oh Gott, Angélique«, flüsterte Leon.

Viele der Soldaten hatten lange gegabelte Stangen dabei. Zuerst dachte Leon, sie benötigten sie, um auf den Fluss hinauszustaken. Doch die meisten hielten sie einfach nur in der

Hand, und ihm wurde klar, dass sie einem anderen Zweck dienten.

Die Barken zogen träge über den ruhigen Fluss. Der Tod war sich seiner Sache sicher. Er hatte es nicht eilig. Wut keimte in Leon auf und durchdrang wie ein Feuerstrahl den düsteren Mantel aus Verzweiflung, der sich um ihn gelegt hatte. Sein Blick huschte das Ufer entlang und blieb an einem Gegenstand hängen, der einige Dutzend Schritte entfernt ins Wasser ragte.

Die Wellen plätscherten leise gegen den Bug. Einen Moment lang gelang es Angélique, das Stöhnen und das Wimmern und Flüstern der anderen Gefangenen auszublenden. Eine Geschichte aus dem Alten Testaments kam ihr in den Sinn. Hatte das Volk Israel nicht den Jordan überqueren müssen, um das Gelobte Land zu erreichen? Vielleicht geschah hier etwas ganz Ähnliches?

Der alte Mann wankte und stöhnte leise. Angélique versuchte, ihn so gut es ging zu stützen. Obwohl er weitaus älter und äußerlich keine Ähnlichkeit vorhanden war, erinnerte er sie irgendwie an ihren Vater, vielleicht, weil er ihr Trost gespendet hatte, als er den Psalm rezitierte. Angélique hatte seine Worte aufgenommen, um ihm einen Gefallen zu tun, und nun spürte sie, dass sie selbst ruhiger geworden war. Ein sanftes Lächeln huschte über ihr Gesicht, und unwillkürlich blickte sie hinauf in den Nachthimmel. Sie erinnerte sich daran, mit welch fantastischer Geschichte ihr Vater sie über den Tod ihres Lieblingsponys Schneelocke hinweggetröstet hatte. Er hatte das Tier in ihrer Fantasie über die himmlischen Weiden der Milchstraße galoppieren lassen.

»Ich will nicht sterben«, wimmerte einer der Gefangenen. »Ich bin unschuldig. Stets bin ich ein treuer Anhänger der Republik gewesen.«

»Offenbar nicht treu genug«, erwiderte eine Frau gehässig, und ein anderer Gefangener fauchte: »Hör auf zu jammern, und stirb wie ein Mann.«

»Maul halten!«, befahl einer der Soldaten.

Ein eisiger Windhauch leckte über Angéliques nackten Rücken und zerrte an ihren Haaren. Es schien ihr, als wäre der Tod erbost darüber, dass ihre Gedanken abschweiften, und fordere ihre volle Aufmerksamkeit zurück. Der alte Mann schwankte, bemühte sich aber, das Gleichgewicht zu halten. Angélique wollte ihn stützen, doch ihr war selbst schwindelig. Aneinandergefesselt versuchten sie, sich gegenseitig Halt zu geben. Wieder stöhnte der alte Mann.

»Hast du Schmerzen?«, fragte Angélique.

»Mein Arm ... der Schmerz zieht bis in meine Schulter und legt sich um meine Brust.«

Angélique erinnerte sich an ihren Unterricht in Heilkunde. »Ist es ... der linke Arm?«

»Woher weißt du das?«

Die junge Frau schluckte. »Es wird bald nicht mehr wehtun.«

»Ja.« Er keuchte und schwankte erneut.

Nur mit Mühe gelang es Angélique, das Gleichgewicht zu wahren.

»Der Tod spielt mit uns«, flüsterte der Mann heiser. »Aber was kann er schon tun? Letztlich ist er ein armseliger Knecht. Geschlagen und längst besiegt, schlägt er seine Krallen in alles Lebendige und versucht zu verletzen, was er nicht zu halten vermag. Für mich hat er seinen Schrecken verloren. Aber du bist jung. Für dich ist es schwerer.«

»Das reicht!«, erklang eine laute Stimme.

»Wurde auch Zeit«, brummte ein Unteroffizier. Er zog seinen Säbel. »Männer!«

Die Soldaten richteten die Bajonette auf die Gefesselten. War es nun so weit? Angélique blickte in die trüben Fluten der Loire. Angst durchflutete sie, lähmte jeden Gedanken. Sie wollte beten, ihre Seele Gott anvertrauen. Aber alles, was sie in diesem Augenblick denken konnte, war: *Dort lauert der Tod, der dunkle, schwarze Tod!*

»Wohin sollte ich gehen vor deinem Geist, wohin fliehen vor

deinem Angesicht?«, sagte der alte Mann mit heiserer, leiser Stimme. »Führe ich gen Himmel, so bist du da; bettete ich mich bei den Toten, siehe, so bist du auch da …«

Einer der Soldaten trat vor und packte den Arm des alten Mannes. »Zeit für die ›Déportations verticales‹!«, rief er grinsend. Die Gefangenen wurden an die Reling gezerrt und gestoßen. Viele der Soldaten hatten lange, gegabelte Stangen in der Hand.

»Nähme ich Flügel der Morgenröte und bliebe am äußersten Meer«, flüsterte der Alte in Angéliques Ohr, »würde auch dort deine Hand mich führen und deine Rechte mich halten …«

»Im Namen der Republik!«, rief der Unteroffizier.

Angélique spürte einen harten Stoß und kippte vornüber. Ein vielstimmiger Schrei erscholl. Auch ihrer Kehle entrang sich ein Wehruf und übertönte die Worte des alten Mannes. Eisiges Wasser griff nach Angélique und zog sie hinab. Instinktiv strampelte sie mit den Beinen. Das Wasser schäumte, spritzte und brodelte. Es gelang ihr, für einen kurzen Moment aufzutauchen. Aus den Augenwinkeln sah sie, wie einer der Soldaten mit einer Stange die wild zappelnden Gefangenen neben ihr unter Wasser drückte. Sie hörte den alten Mann hinter sich einen gurgelnden Laut ausstoßen. Sein Körper zuckte kurz und erschlaffte dann. Er war tot. Sein schwaches Herz hatte den Schock des eisigen Wassers nicht überstanden. Wie ein Stein zog sein Gewicht Angélique nach unten. Verzweifelt versuchte sie, durch wilde, ungelenke Bewegungen zurück an die Oberfläche zu gelangen. Für einen kostbaren Atemzug gelang es ihr, die Wasseroberfläche zu durchdringen, gierig saugte sie Luft in ihre Lungen. Doch der Sog der Tiefe war zu stark, sie schluckte Wasser und wurde erneut nach unten gezogen. Über sich sah sie das flammende warme Licht der Fackeln, das immer undeutlicher und schwächer wurde. Mit eisiger Faust hielten die Wasser der Loire sie umschlungen und zogen sie tiefer in die Dunkelheit hinab. Angéliques Bewegungen wurden schwächer. Ein entsetzlicher Druck lastete auf ihrer Brust.

Ihre Lungen brannten. Immer tiefer zog der tote Leib des alten Mannes sie nach unten.

Warum konnte sie nicht einfach loslassen, warum nicht einfach den Mund öffnen und das kalte Wasser der Loire die Flammen in ihrer Brust ersticken lassen? *Oh Gott, hilf mir!* Zitternd tastete ihre Seele nach der Hand, nach der Gegenwart Gottes, die irgendwo jenseits des mahlenden dunklen Stroms der Angst auf sie wartete. Sie hielt Ausschau nach jenem nie verlöschenden Funken Lichts, aber ihr Blick war umnebelt von Schwärze und Verlorenheit. ... *bettete ich mich bei den Toten, siehe, so bist du auch da ...*

Einen rasenden Herzschlag lang war es still, und sie glaubte, so etwas wie den Widerhall einer Stimme zu hören. *Hab keine Furcht!*

Luft entwich ihren schmerzenden Lungen und stieg in blubbernden Blasen nach oben. Plötzlich schien die Zeit sich zu verlangsamen. Bilder rasten durch ihren Kopf. Das Gesicht ihrer Schwester Thérèse stand ihr vor Augen. Aber nicht das blasse, schöne Gesicht der jungen Frau, die starb, als sie ihrem Sohn das Leben schenkte, sondern ein rundes, zahnlos lächelndes Babygesicht. Sie hörte das völlig unmusikalische, aber hingebungsvolle Singen ihres älteren Bruders, als er im Garten spielte, und vernahm das dröhnende Lachen des Vaters. Stationen ihrer Kindheit, die sie längst vergessen hatte, tauchten vor ihrem inneren Auge auf, so frisch, als wäre alles erst gestern geschehen. Sie selbst, wie sie das erste Mal auf ihrem Pony gesessen hatte. Das Tier war ihr riesenhaft erschienen und der Boden unter ihren Füßen unendlich weit entfernt. Sie hatte geweint. Dann hatte sie des Vaters Hände gespürt. Sanft hatte er sie heruntergehoben. Fast glaubte sie, seine warmen Hände auch jetzt an ihren Schultern zu spüren. Er hatte sie an sich gedrückt und ihr einen Kuss gegeben ... Es war, als würde sie auch jetzt seine Lippen auf den ihren spüren. Und plötzlich drang süße, warme Luft in ihre gepeinigten Lungen und linderte den Druck auf ihrer Brust. Auf einmal schien sie frei zu sein von aller Last. Es gab keine Fesseln mehr, die ihre Arme banden, und kein Gewicht, das sie in die Tiefe zog. Ein Arm legte sich um sie und zog sie nach oben.

War das ein Engel, der sie hinauf in den Himmel trug? Aber warum war dann noch so viel Kälte um sie, und warum nahm der Druck auf ihrer Lunge wieder zu? Blubbernd entwich die Luft durch ihre Nase. Noch einmal spürte sie fremde Lippen auf den ihren, und wieder floss warme Luft in sie hinein, doch dieses Mal war es weniger. Angélique spürte, wie ihre Kräfte nachließen, wie wirre Bilder sie umschwirrten und tiefe Erschöpfung sich breitmachte. Sie hatte kaum noch Kraft, ihre Glieder zu bewegen. Plötzlich wandelte sich das dumpfe Gurgeln des Wassers in helles Plätschern. Tropfen perlten über ihr Gesicht, und sie spürte, wie etwas Raues, Hartes an ihrer Wange kratzte.

»Atme«, flüsterte eine Stimme mit seltsamem Akzent in ihr Ohr. »Du musst atmen.«

Angélique gehorchte. Dann überkam sie Schwindel, und die flackernden Lichtschimmer auf dem Wasser drehten sich in einem Mahlstrom verglühenden Lichts und verschwanden in der Dunkelheit.

Der Stall

Das Schreien, Plätschern und Gurgeln war verstummt. Ein schrecklicher Friede lag über den Wassern der Loire, als der Baumstamm träge dahinglitt. Einem aufmerksamen Beobachter wäre aufgefallen, dass er ein wenig vom Fluss der Strömung abwich.

Leon versuchte, seinen keuchenden Atem zu beruhigen. Er zwang seine schmerzenden und vor Kälte zitternden Beine zu sanften, gleichmäßigen Schwimmbewegungen. Mit einer Hand hielt sich Leon an einem der knorrigen Äste fest, mit der anderen umschlang er Angéliques ausgekühlten Körper. Sie hatte das Bewusstsein verloren, und ihr Atem ging flach und gurgelnd.

Der Baumstamm glitt weniger als zwanzig Meter entfernt an einer der Barken vorbei. Die Flammen der Fackeln zeichneten den unregelmäßig zuckenden Schatten des Baumstamms auf das Wasser. Er konnte die Stimmen der Soldaten hören. Sie klangen ruhig und entspannt. Jemand lachte.

Wie Bauern, die nach einem Tag harter Arbeit die Ernte in die Scheune bringen, ging es Leon durch den Sinn, *eine schreckliche, blutige Ernte.* Er verdrängte diesen Gedanken und legte all seine Konzentration in den nächsten Schwimmzug. *Bitte, Gott, lass uns ungesehen das Ufer erreichen! Lass nicht zu, dass Angélique stirbt!*

Zug um Zug näherte er sich dem dunklen Band des Ufers. Die Barken hielten auf die andere Seite des Flusses zu. *Ich bete!*, schoss es Leon durch den Kopf. *Verrückt! Wieso bete ich, obwohl ich gar nicht glaube?* Seit dem Übergang in eine vergangene Zeit lief alles anders als erwartet. Sein historisches Wissen hatte ihm gar nichts gebracht, stattdessen eröffnete ihm der Sport, den er in seiner Jugend betrieben hatte, die einzige Chance, sein eigenes Leben und das von Angélique zu retten. Und auch sein Denken schien verändert. Alle Abgeklärtheit, alles technische Wissen und alles säkulare Selbstverständnis halfen ihm im Augenblick der Gefahr nicht weiter. Stattdessen schrie er wie ein Kind nach einem Gott, an dessen Existenz er eigentlich nicht glaubte. Aber vielleicht wusste das Kind in ihm zuweilen mehr als der Erwachsene?

Leons Beine wurden schwer, und die Finger begannen, in der Kälte des Wassers taub zu werden. Angéliques Körper war erschreckend kalt, und ihr Atem war so flach, dass er in kurzen Schreckmomenten schon fürchtete, er habe ganz ausgesetzt. Der Historiker begann, schneller zu schwimmen. Vielleicht würde einer der Soldaten zurückschauen und es bemerken, aber er bezweifelte es, und was nützte es, wenn sie zwar unbemerkt blieben, dabei aber beide ertranken!

Schließlich spürte er schlammigen Untergrund unter den Füßen. Augenblicke später blieb der Baumstamm im Uferschilf hängen. Leon ließ ihn los und zog Angélique ans Ufer. Zitternd und nach Atem ringend drückte er sie an sich, um ihr ein wenig Wärme zu spenden.

Er musste unbedingt einen geschützten Ort finden und ein Feuer machen. Aufgrund des nahen Atlantiks war das Klima in dieser Gegend zwar etwas milder, sodass es auch in der dunkelsten Nacht des Jahres noch Plusgrade gab. Aber nass und erschöpft, wie sie war, würde Angélique dennoch erfrieren, wenn sie nicht rasch ins Warme kam. Er zog sein Hemd über den Kopf, wrang es aus und streifte es ihr über die blasse, kalte Haut. Vielleicht würde es sie etwas vor dem eisigen Wind schützen. Ihre Regungslosigkeit machte ihm Angst, aber er wollte keine Zeit damit verschwenden, sie aufzuwecken.

Er hob sie hoch und drückte sie an seinen nackten Oberkörper. Angélique war leicht wie ein Kind. Mit schmerzenden Beinen stolperte er die Uferböschung empor und auf einen nahen Wald zu. Dabei fragte er sich bang, wie er es anstellen sollte, Feuer zu machen. Er hatte weder Streichhölzer noch Feuerzeug bei sich. Bewusst hatte er alle modernen Gegenstände zurückgelassen. Natürlich wusste er in der Theorie, wie die Menschen in früheren Zeiten Feuer entzündet hatten. Aber ungeübt, wie er war, konnte es eine halbe Ewigkeit dauern, bis ihm das gelang – und Zeit war etwas, das er nicht hatte. Er hastete durch dorniges Gestrüpp und wucherndes Gras auf den Waldesrand zu. Unbewusst bewegten sich seine Lippen im Gebet. Es waren keine besonders ausgefeilten Worte, die er sprach, nur verschiedene Versionen eines einzigen Satzes: »Bitte, lass sie nicht sterben! Bitte, lass sie nicht sterben!«

Der Wald bestand überwiegend aus Nadelbäumen. Die hohen Wipfel schluckten das Mondlicht, und Dunkelheit legte sich um sie wie ein Mantel. Leon fand neben einer umgestürzten Tanne eine Mulde. Hier waren sie einigermaßen wind- und sichtgeschützt. Mit dem Fuß schob er abgestorbene Äste und Zweige beiseite und legte Angélique vorsichtig auf dem mit Moos und Tannennadeln bedeckten Waldboden ab.

»Ich bin gleich wieder da! Hab keine Angst. Ich hole nur trockenes Holz«, flüsterte er in ihr Ohr.

Leon tastete sich in der Dunkelheit vor. Unter einer Tanne mit ausladenden niedrigen Ästen fand er trockene, abgestorbene Zweige. Aber er brauchte noch beständigeres Brennmaterial. Er stolperte weiter. Zwischen zwei mächtigen Tannen ragte plötzlich ein breiter, dunkler Schatten auf. Vorsichtig tastete sich Leon weiter und fühlte dickes Holz unter seinen Fingern. Erst überrascht, dann von jäher Freude erfüllt, stellte er fest, dass es Holzscheite waren, gehackt und sorgfältig gestapelt. Er tastete höher und fühlte eine Wand aus roh gezimmerten Brettern. Eine Hütte!? Mit beiden Händen tastete er sich um das Gebäude herum und fand eine Tür. Er griff nach der Klinke und zog, doch sie schien zu klemmen. Heftig rüttelte er daran.

»*Du balai!*«, drang der gedämpfte Ruf einer heiseren Stimme an sein Ohr. »Verschwinde, sofort, oder du bist tot!«

»*Au secours!*«, rief Leon hastig und trat einen Schritt zurück. »Ich brauche Hilfe.«

Eine Zeitlang geschah gar nichts. Dann hörte er leises Rumpeln und Klappern aus der Hütte.

»*Allô?*«, fragte Leon vorsichtig.

Ein dünner Lichtstrahl drang durch den Türspalt. Gleich darauf wurde sie geöffnet. Ein faltiges, zahnloses Gesicht erschien in der Tür. In der rechten Hand hielt die Frau ein Beil, in der linken ein Windlicht mit einem halb niedergebrannten Kerzenstummel.

Das Kinn angriffslustig vorgestreckt, knurrte sie: »Du hast Glück, dass ich so verdammt gutherzig bin, mein Junge. Aber wenn du versuchst, mich übers Ohr zu hauen, werde ich dich erst entmannen und dir dann Stück für Stück jedes Glied einzeln abhacken. Hast du verstanden?«

Leon nickte stumm.

»Also, was ist los? Bist du im Suff ins Wasser gefallen?«

Zuerst kam der Schmerz. Es schien, als würde flüssiges Blei und nicht Blut durch ihre Adern rinnen. Tausend kleine Nadeln stachen in ihre Haut. Verschwommen konnte sie eine niedrige Strohdecke und Holzbretter erkennen. Dann war da ein Schatten. Jemand beugte sich über sie und sagte etwas. Ein Becher wurde an ihre Lippen geführt. Heiße, süße Flüssigkeit rann ihre Kehle hinab. Es schmerzte und tat zugleich wohl.

Wieder sagte jemand etwas, eine männliche, fürsorgliche Stimme. Angélique versuchte, einen Blick auf sein Gesicht zu erhaschen. Aber ihre Augenlider waren so schwer, sie konnte sie nicht mehr offen halten.

Wirre Träume hielten sie gefangen. Erinnerungen mischten sich mit seltsamen Bildern. Das Gesicht ihres Vaters verwandelte sich in das sanftmütige Antlitz eines alten Mannes. Die Mutter blitzte sie zornig an, und Thérèse weinte. Wasserwogen rauschten.

Sie spürte, wie jemand sie im Arm hielt und leise, beruhigende Worte flüsterte. Ein Mädchen lag auf einer Wiese und hatte die Augen geschlossen. Es lag ganz ruhig da, und die Sonne strahlte warm herab. Dann war sie selbst dieses Mädchen. Die Wärme der Sonne brannte auf ihrer Haut. Die Wiese wimmelte von kleinen Tierchen. Sie krabbelten vielbeinig an ihr hoch. Immer mehr der winzigen Wesen bissen und stachen sie. Überall krabbelte und juckte es. Sie musste sich kratzen.

Angélique öffnete die Augen einen Spalt. Wieder war die niedrige Decke aus Stroh über ihr. Es roch nach Ziegenkot und Holzfeuer. Rauch zog hinauf und schlängelte sich durch ein Loch nach draußen. Sie war erwacht, doch die Ameisen schienen nicht verschwunden zu sein. Überall juckte und kribbelte es. Unwillkürlich bewegte sie die Hände und stellte fest, dass diese nicht mehr gefesselt waren. Ihre Finger kratzten über ihren Bauch und die Hüften. Am schlimmsten jedoch war der Juckreiz in den Füßen. Sie versuchte, sich aufzurichten, doch ihre Bauchmuskeln zitterten.

»Das Jucken ist normal«, hörte sie erneut diese männliche Stimme mit dem seltsamen Akzent. »Es wird bald nachlassen.«

Angélique zuckte zusammen. Erst jetzt erblickte sie einen hochgewachsenen Mann, der auf der anderen Seite des Feuers an der Bretterwand hockte. Er sah müde aus und lächelte unsicher. In seinen Augen glänzte etwas, das Angélique auf seltsame Art und Weise berührte. Sie erwiderte sein Lächeln.

»Möchtest du etwas trinken?« Er deutete mit dem Kopf zu einem kleinen, dampfenden Kessel über dem Feuer.

Angélique nickte.

Als er sich erhob fiel ihr auf, dass sein Oberkörper nackt war. Seine nassen Kleidungsstücke hingen an einem Strick in der Nähe des Feuers. Er wickelte die fadenscheinige Decke um seine Hüften fest und goss mit der anderen Hand etwas von der Flüssigkeit in einen Becher. Der Ziegenstall – Angélique vermutete zumindest, dass es sich um einen solchen handelte – bot nicht genug Platz für seinen schlaksigen Körper, und er musste sich tief bücken, als er zu ihr herüberging.

Angélique stützte sich auf ihre Ellenbogen. Angesichts seiner ungelenken Bewegungen musste sie schmunzeln, bis ihr aufging, dass sie selbst splitternackt war und die Decke ihre Blöße nur sehr unzureichend bedeckte. Hastig zog sie den groben Stoff über ihre Brüste.

»Hier ...« Er reichte ihr den Becher. »Aber trink langsam, in kleinen Schlucken.« Sein Blick war nur auf ihr Gesicht gerichtet, und sie schämte sich für ihre Verlegenheit.

Bei dem Gebräu handelte es sich um Tee, dessen bitterer Geschmack mit reichlich Honig gemildert wurde. Angélique trank, bis der Becher leer war. Nun war es ihr sehr warm, aber sie konnte die Decke natürlich nicht ablegen. Mühsam richtete sie sich in eine sitzende Position auf. Sie wagte nicht, zu ihm hinzusehen.

Eine betretene Pause entstand.

Der Mann räusperte sich. »Bitte, denk nichts Falsches von mir, du warst völlig unterkühlt, und ich –«

Angélique blickte auf. »Bist du ... Leon?«, unterbrach sie ihn.

Wieder dieses Lächeln. »Ja.«

»Du hast mich geküsst«, entfuhr es ihr, »unter Wasser.«

Der Mann wurde rot, und Angélique spürte, dass auch ihr das Blut in die Wangen schoss, was bei ihrer ohnehin schon glühenden Haut vermutlich nicht auffiel. So hatte sie ihre Worte gar nicht formulieren wollen.

»Ich habe dir meinen Atem gespendet«, sagte der Mann schließlich und betrachtete seine Hände. »Du wärst sonst ... ertrunken.«

»Du hast mir das Leben gerettet.«

Leon öffnete den Mund, um etwas zu sagen, nickte dann aber nur.

»Warum?« Die Frage kam so schneidend und brüsk aus ihrem Mund, dass Angélique es augenblicklich bereute. Es klang wie ein Verhör, dabei war sie lediglich verwirrt und versuchte zu verstehen.

»Um ehrlich zu sein ... ich habe nicht besonders viel darüber nachgedacht. Es schien mir einfach richtig zu sein.« Er blickte auf, wieder dieses unsichere Lächeln im Gesicht. »Siehst du das anders?«

Angélique biss sich auf die Lippen und schüttelte den Kopf. »Entschuldige, ich rede Unsinn. Es ist nur so ... ich dachte ... der Tod war so nah ... und nun lebe ich. Das ist so schwer zu verstehen ...«

»Im Nachhinein betrachtet war es wohl der alte Mann, der deine Rettung ermöglich hat.«

Verwirrt blickte Angélique auf. Sollte das ein Scherz sein? Leon sah nicht so aus.

»Derjenige, der an mich gefesselt war?«, fragte sie.

Leon nickte. »Ich war im Schutz eines Baumstamms bis dicht an die Barke herangeschwommen. Aber hättet ihr wie die anderen um euer Leben gekämpft und hätten die Soldaten euch mit ihren Stangen unter Wasser gedrückt, bis jeder Widerstand erstarb, hätte ich keine Chance gehabt, unbemerkt zu dir zu gelangen. Ich vermute, dass der alte Mann einen Herzinfarkt bekam und auf der Stelle starb.«

Angélique nickte. Sie hoffte sehr, dass dessen Zuversicht sich erfüllt hatte und dass er nun frei und geborgen war.

»Aber wie hast du das getan? Wie konntest du mich retten? Ich war im dunklen Wasser versunken, überall waren Soldaten ...?

»Weil der Körper des alten Mannes dich durch sein Gewicht sofort tief unter Wasser zog, hatte ich die Möglichkeit, unbemerkt zu dir hinabzutauchen und dich zu befreien. Geschützt durch den Baumstamm konnten wir dann ungesehen ans andere Ufer gelangen. Das Wichtigste war nun Wärme. Auf der Suche nach Feuerholz stieß ich auf eine Hütte, und die Besitzerin war so freundlich, uns ihren Stall zur Verfügung zu stellen. Er ist frei, weil sie ihre Ziege wegen einer entzündeten Bisswunde schlachten musste.«

Angélique starrte ihn wortlos an.

»Du musst mit dem Kräutertee etwas vorsichtig sein. Ich

fürchte, sie hat einen ordentlichen Schluck Schnaps hineingetan«, fügte Leon hinzu. »Wenn du Hunger hast ... sie gab mir etwas Brot und ... Ziegenwurst.«

Angélique spürte, wie ihre Wangen zu glühen begannen. Ein glucksendes, gurgelndes Geräusch entrang sich Angéliques Kehle. Es war absurd. Schreckliches war geschehen und Wundersames, aber sie konnte nicht anders, ein albernes, kicherndes Lachen perlte aus ihr heraus wie Wasser aus einer sprudelnden Quelle.

Leons Augen wurden groß. Erst wirkte er noch verlegener, dann grinste er jungenhaft.

»Du hast ... eine sehr ... prosaische Art des Erzählens«, stieß Angélique schließlich hervor.

Ein lautes, ärgerliches Pochen ertönte an der Wand. »Ruhe da drin, albernes Pack!«, knurrte eine heisere Stimme. »Da war ja das Schnarchen der Ziege noch angenehmer.«

Angélique verschluckte sich, und ihr Kichern verwandelte sich in krächzendes Husten. Ihr wurde schwarz vor Augen, und Schwindel packte sie. Rasch war Leon an ihrer Seite, um sie zu stützen. Als der Husten endlich nachließ, sah sie kleine Blutsprenkel auf ihren Händen. Ihre Sicht verschwamm, und sie spürte, dass sie das Bewusstsein verlor. *Oh wie ärgerlich*, war das Letzte, das ihr durch den Sinn ging.

Als sie das erwachte, fiel Sonnenlicht durch die halb geöffnete Tür. Die Luft schien zu flimmern, und ihr war unerträglich heiß. Sie brauchte Luft! Mühsam versuchte sie, sich aufzurichten, aber es wollte ihr nicht gelingen. Sie fühlte sich so hilflos wie ein neugeborenes Kätzchen.

»Leon?«, flüsterte sie heiser.

»Du bist wach!« Stroh raschelte, und gleich darauf sah sie das besorgte Gesicht ihres Retters über sich. Er hatte dunkle Ringe unter den Augen und sah völlig übermüdet aus. Vorsichtig kniete er sich hinter sie und hob ihren Rücken in eine aufrechte Position. Dabei stellte Angélique fest, dass sie inzwischen ein Kleid trug, genauer gesagt ein dünnes, viel zu kurzes Nachtgewand, das Flecken und Brandlöcher aufwies. Der dünne Stoff war schweißdurchtränkt und klebte an ihr, als wäre sie damit aus dem Wasser gestiegen. Um ihre nackten Waden waren zwei schmutzige, nasse Lappen gewickelt. Es war nicht sehr schicklich, aber es war ihr gleich. Ihr war so heiß, dass sie sich am liebsten noch die wenigen Kleider vom Leib gerissen hätte.

»Du musst trinken.« Leon hielt ihr einen Becher an die Lippen.

Angélique nahm zwei Schlucke.

»Das reicht nicht!«, sagte Leon bestimmt.

Gehorsam nahm Angélique drei weitere Schlucke.

»Den ganzen Becher. Seit Tagen hast du Fieber – du bis völlig dehydriert.«

»Dehydriert – das ist Griechisch, nicht wahr?«, fragte Angélique. »Du bist sehr gebildet.«

»Entschuldige, ich meinte, du bist ganz ausgetrocknet.«

»In der Loire habe ich genug Wasser zu mir genommen.«

»Das Wasser in der Lunge zählt nicht. Du musst trinken!«

»Gebildet und streng ...«, nuschelte Angélique. Dann schluckte sie gehorsam. Aber der Becher war noch nicht ganz geleert, als sie wieder einer dieser furchtbaren Hustenanfälle packte. Sie spie Schleim aus und zum Schluss kam Blut. Es war ihr sehr unangenehm. »Entschuldige«, keuchte sie, als der Anfall endlich vorbei war.

»Sei nicht albern«, erwiderte er. Seine Stimme klang belegt. Ein seltsamer Ausdruck zeigte sich auf seinem Gesicht. War das ... Angst? »Hast du diesen Husten schon lange?«, fragte er.

»Seit über drei Jahren. Aber manchmal verschwindet er fast. Nur wenn das Fieber kommt, ist er so schlimm. Vielleicht ist es Stickhusten. Meine Schwester hatte Stickhusten, bevor sie ... starb.«

»Ja, vielleicht.«

Angélique runzelte die Stirn. »Glaubst du, es ist etwas anderes?«

»Ich bin kein Arzt«, erwiderte er mit dünnem Lächeln.

Leons Gesicht verschwamm vor ihren Augen. »Darf ich mich wieder hinlegen, bitte? Mir ist so schwindlig.«

»Natürlich.«

Sanft ließ er Angélique ein Stückchen hinabgleiten. Ihr Kopf ruhte auf seinen Knien, sie sah sein Gesicht undeutlich über sich schweben.

»Hier, du musst auch ein wenig essen.« Aus einer Holzschale gab er ihr etwas Brei aus zerstoßenem Weizen und Wasser. Angélique schluckte. Es schmeckte fad und schleimig, aber es tat gut. Nachdem sie die halbe Schale geleert hatte, fühlte sie sich satt. Das Fieber loderte erneut auf in ihr. Sie hatte das Gefühl, als würde ihr ganzer Körper in Flammen stehen.

»Mir ist so heiß.«

»Warte.« Er nahm ihr die Wickel ab. Sie vernahm das Plätschern von Wasser, und gleich darauf wurden die Lappen kühl und feucht erneut um ihre Waden gewickelt.

»Eigentlich schickt sich das nicht«, murmelte Angélique. »Schwester Maria Martha wäre entsetzt.« Sie verzog die Lippen zu einem schmalen Lächeln, als sie sich das schockierte Gesicht der kleinen alten Frau vorstellte.

»Angélique?« Leons Stimme schien aus weiter Ferne zu kommen. »Hör zu! Du musst ...« Seine Worte schienen im Nebel zu verhallen.

Die junge Frau schloss die Augen. Das Denken fiel ihr schwer. Es schien, als würde sich eine Decke aus Blei um sie legen. Sie glitt hinab in dunklen Schlaf und fiebrige Träume.

Das Wasser war um sie. Es schluckte alles Licht, alles Leben, und es griff nach ihr mit kalten, gestaltlosen Klauen. Die bleichen Gesichter der Ertrunkenen schwebten neben ihr in den Fluten, die Augen weit aufgerissen und die Münder halb geöffnet. Ihre Haare bewegten sich, und die Gesichter drehten sich willenlos im Spiel der Wellen. Ein grausiger Totentanz.

Es ist falsch, falsch!, rief eine leise Stimme in ihr. Doch sie war zu schwach, um gegen die Gewalt der Bilder anzukommen.

Langsam verblichen die Gesichter, wurden zu Schemen, die in der Tiefe versanken.

Die Schwärze überrollte sie wie eine mächtige Woge. Eine eisige Faust schien in sie einzudringen und sich um ihr Herz zu legen.

»Nein!« Angélique riss die Augen auf. Ihr eigener Schrei schien in dem winzigen Stall nachzuhallen. Vollkommene Finsternis umgab sie. Es war bitterkalt, sie zitterte, und ihre Zähne schlugen aufeinander. »Leon?«

Schweigen.

Sie versuchte, sich aufzurichten. Ihre zitternden Muskeln waren so entsetzlich schwach. »Leon, bist du hier?«

Niemand antwortete. Kein beruhigendes Atmen war zu hören, kein Rascheln von Kleidern. Grabesstille herrschte.

Angélique tastete nach der fadenscheinigen Decke und legte sie sich mit zitternden Händen über die Schulter. Mit weit aufgerissenen Augen versuchte sie, die Dunkelheit zu durchdringen. Auf der einen Seite glaubte sie, verschwommene Formen düsteren Graus in der Schwärze zu entdecken. Sie kroch auf Händen und Knien darauf zu.

»Leon!?« Schrill drang ihr Schrei in die Dunkelheit hinaus.

Sie ertastete die Tür und drückte sie einen Spalt weit auf. »Leon, wo bist du?«

Plötzlich waren Schritte zu vernehmen, eilige Schritte, raschelnd und knackend im Unterholz. Sie spürte warme Hände auf ihrem Gesicht.

»Pst, ich bin ja hier!«, flüsterte Leon atemlos. Er legte seinen Arm um ihre Schulter. »Ich bin hier.«

Erleichterung durchflutete sie. Und gleichzeitig spürte sie den eisigen Griff der Kälte. Ihre Zähne klapperten. Unwillkürlich presste sie sich an seinen wärmenden Körper. »Wo warst du?«

»Wir müssen fort hier, schnell.«

Hasenragout

Oh Gott, es hat begonnen! Es hat begonnen!, schoss es Leon immer wieder durch den Kopf, und: *Angélique ist viel zu schwach für eine Flucht!* Seit Tagen lag sie in einem Fieberschlaf, aus dem sie kaum je richtig erwachte. Es gelang ihm nur hin und wieder, ihr etwas Wasser und Getreidebrei einzuflößen.

Leon hatte die Hütte nur kurz verlassen, um sich von der Alten den Weg zeigen zu lassen. Offenbar war Angélique genau in dieser Zeit hochgeschreckt und hatte ihn, noch halb im Fiebertraum, gesucht.

»Ich bin bei dir«, flüsterte er ihr zu. Er wartete, bis der Wind die dichte Wolke vertrieben hatte und das Licht des Mondes die Umrisse der Bäume enthüllte. Dann nahm er Angélique auf die Arme.

Er ging in den Wald bis zu der Stelle, die ihm die Alte gezeigt hatte, und versuchte, sich zu erinnern, was sie ihm gesagt hatte. »Von hier aus folgst du dem Wildwechsel eine halbe Meile nach Süden. Dort findest du einen Baum, den der Blitz gespalten hat. Von dort gehst du zweihundert Schritte in westlicher Richtung und gelangst dann auf eine kleine Lichtung mit moosbewachsenen Findlingen. Dort wartest du, wenn es sein muss, bis zum Morgengrauen.«

»Und du?«, hatte Leon gefragt.

»Um mich mach dir keine Gedanken, Junge.«

Leon ging los. Sorgsam, um nicht zu stolpern, setzte er einen Fuß vor den anderen.

»Was ist geschehen? Wohin gehen wir?«, flüsterte Angélique verwirrt.

»Die höllischen Kolonnen sind unterwegs. Das große Morden hat begonnen.« Leon erinnerte sich an das totenbleiche Gesicht der Alten und an das Entsetzen, das aus ihren Worten gesprochen hatte. »Ich bringe dich in Sicherheit!«, flüsterte er. In Gedanken fügte er hinzu: … *wenn es hier überhaupt noch so etwas wie Sicherheit gibt.*

Am Vorabend waren aus der Ferne Schüsse zu hören gewesen. Die Alte war in den Wald gezogen, um Wurzeln zu holen und ihre Schlingen zu überprüfen, mit denen sie Kaninchen und Eichhörnchen fing. Mit leeren Händen und bleichem Gesicht war sie erst bei Sonnenuntergang zurückgekehrt. Kurz darauf trieb der Wind schweren Brandgeruch herbei.

»Was ist geschehen?«, hatte er die Alte gefragt.

»Ihr seid hier nicht mehr sicher.«

»Was genau ist passiert?«

»Das willst du nicht wissen.«

»Ich *muss* es wissen.«

Sie hatte ihn lange schweigend angesehen. Der Ausdruck grimmigen Lebenswillens, der sonst ihr Gesicht kennzeichnete, war blankem Entsetzen gewichen. »Sie haben sie ermordet, alle – Frauen, Kinder, Alte … das ganze Dorf, selbst das Vieh haben sie nicht verschont.«

»Wer?«, fragte Leon, aber er ahnte schon, was geschehen war. General Turreau hatte seine höllischen Kolonnen in Bewegung gesetzt. Früher, als es die Geschichtsbücher lehrten.

Stockend berichtete ihm die Alte, dass sie Schüsse und Brandgeruch aufgeschreckt hatten. Als es endlich still wurde, war sie in Richtung des kleinen Dorfes geschlichen, das nur knapp zwei Meilen entfernt am Waldesrand lag. Die letzte Glut in den verkohlten Holzbalken hatte Bilder beleuchtet, die so grausig waren, dass ihr die Worte fehlten, um sie zu beschreiben. Aber Leon kannte die Berichte, die man später über die Taten der höllischen Kolonnen verfassen würde. Keine Bestie konnte grausamer sein als der Mensch. Schon bald würde General Turreau verkünden: »Die Vendée muss ein nationaler Friedhof werden.« Seine Truppen würden das Land verheeren und das schrecklichste Blutbad der Französischen Revolution anrichten. Niemand würde die genaue Zahl der Opfer kennen, aber das Gebiet würde nach dem Ende des Schreckens um rund 117 000 Menschen ärmer sein.

Angélique schien wieder in Fieberschlaf zu versinken. Ihre Körperspannung ließ nach, und sie hing schlaff in seinen Armen. Mehrmals musste er Rast machen, weil seine Arme erlahmten oder weil die Sicht so schlecht wurde, dass er Angst hatte, mit ihr zu stürzen.

Wie ein gespenstischer Schatten ragte die Silhouette des gespaltenen Baums irgendwann vor Leon auf. Er wandte sich nach rechts, zählte seine Schritte. Bei hundertvierundsechzig Schritten hörte er plötzlich ein leises Knacken hinter sich.

Als er sich umdrehte, spürte er den Lauf einer Flinte auf seiner Brust.

»Wer bist du?«, fragte eine tiefe Stimme.

»Ich ...«, setzte Leon an, als ein aufgeregter Ruf ihn unterbrach.

Eine Laterne flammte auf. Ein Junge, kaum älter als vierzehn, hielt sie in der Hand. Neben ihm starrte der bärtige Bewaffnete auf Angélique. »Die Comtesse«, flüsterte er.

»Ja«, sagte Leon rasch. »Wir müssen sie in Sicherheit bringen.«

Der Mann warf ihm einen misstrauischen Blick zu. »Durchsuch ihn!«, befahl er dem Jungen. Leon bettete Angélique vorsichtig auf dem Boden. Der Junge tastete ihn ab.

»Er hat eine Pistole!«, rief er.

»Sie ist nicht geladen!«, erklärte Leon hastig.

Die Schusswaffe und das Messer wurden ihm dennoch abgenommen.

»Ich bin ein Freund. Die Alte aus dem Wald schickt mich.«

Der Mann nickte knapp. Seine Miene wurde nicht freundlicher. »Komm mit.«

Es gab einen kurzen Streit, wer Angélique tragen sollte, aber schließlich gab Leon nach. Er glaubte nicht, dass die beiden

Angélique schaden wollten, und es hatte auch keinen Sinn zu diskutieren – ein geladenes Gewehr war stärker als alle Argumente. Leon wurden die Augen verbunden. Wenig später wurde er an einem Seil irgendwo hinabgelassen. Es roch nach Erde und kalter Asche. Die Luft war stickig und verbraucht.

Man nahm ihm die Augenbinde ab, und Leon stellte fest, dass sie sich in einem mit Balken abgesicherten Erdloch befanden. Ein Leuchter mit drei brennenden Kerzen stand auf dem Boden. Angélique hatte man sorgfältig auf eine Matratze aus Stroh und alten Decken gebettet. Eine zweite Decke wärmte sie. Leon kniete sich neben sie und sah sich um. Das Erdloch war kein hastig gegrabenes Versteck, sondern mit Bedacht und auf Dauer angelegt. In einer Nische gab es Nahrungsvorräte und einige Kerzen. In einer anderen lagen Waffen und Munition. Durch Luftschächte drang zwar wenig, aber doch stetig Frischluft herein. An einer Stelle war neben einem auf dem Boden liegenden Fassdeckel lose Erde aufgeschichtet, ein Spaten steckte darin.

Der Bärtige saß ihm gegenüber auf einem Holzschemel. Er hatte sein Gewehr gegen eine Pistole eingetauscht, die auf Leons Brust zielte.

»Und jetzt?«, fragte Leon.

»Jetzt warten wir.«

Es war das Kitzeln auf ihrem Arm, das sich penetrant in Angéliques Träume mischte und sie schließlich aus dem Schlaf riss. Als sie die Augen aufschlug, fühlte sie gleich, dass das Fieber ein wenig zurückgegangen war. Weder Hitze noch Kälte plagten sie. Stroh knisterte, als sie sich bewegte. Angélique verscheuchte ein kleines vielbeiniges Insekt von ihrem Arm und stellte verwundert fest, dass sie anstelle einer Bretterwand gepresste Erde vor sich sah.

»Leon?«, fragte sie schläfrig.

»Ich bin hier.«

Sie richtete sich auf. »Wo sind wir?«

»In einem sicheren Versteck, Comtesse«, antwortete eine andere Stimme.

Sie lugte an Leon vorbei. »Jacques?!«, stieß sie überrascht aus, als sie den Wildhüter wiedererkannte. »Jacques Verney, du siehst deinem Vater immer ähnlicher.«

»Ist er ein Freund?« Der Wildhüter deutete mit einem grimmigen Nicken auf Leon.

»Ein sehr guter Freund. Er hat mir das Leben gerettet.«

»Dann ist er auch mein Freund«, sagte Jacques. Er stand auf und steckte seine Pistole zurück in den Gürtel. »Nichts für ungut, Leon.« Er gab ihm Pistole und Messer zurück, die er ihm zuvor offenbar abgenommen hatte.

»Es ist schon in Ordnung«, erwiderte Leon etwas steif. »Du warst ja nur um die Sicherheit ... der Comtesse besorgt.«

Jacques Verney wandte sich um und nahm ein Fellbündel aus einem Topf. »Die Comtesse sollte etwas Kräftiges essen. Solange es Nacht ist, könnt Ihr Feuer machen. Man wird den Rauch vielleicht riechen, aber nicht zuordnen können. Gerade heute nicht«, fügte er düster hinzu. »Bleibt auf jeden Fall hier unten, egal, was auch passiert. Wenn Ihr Stimmen hört, reagiert nicht. Wenn Schüsse erklingen, rührt Euch nicht. Tagsüber muss das Feuer erloschen sein und Ihr solltet Euch nur im Flüsterton unterhalten. Harrt aus! Wir werden Euch holen, sobald es wieder sicher ist. Das Passwort lautet: Briganten des Königs.«

Angélique sah, wie Leon die Stirn runzelte. Ihm schien die bestimmende Art des ehemaligen Wildhüters nicht zu gefallen. Aber Jacques ließ keine Zeit für Diskussionen. Er warf Leon das Fellbündel zu, das sich als toter Hase entpuppte. Leon zuckte zusammen und hätte das tote Tier beinahe wieder fallen lassen.

Jacques nickte Angélique ernst zu. »Gott mit Euch«, sagte er und kletterte an einem der schweren Stützbalken empor, in den man Kerben geschlagen hatte. Rasch schob er den flachen Stein beiseite, der als Tür diente, und verschloss ihn wieder sorgfältig, bevor er in der Nacht verschwand.

Angélique sah ihm hinterher. »Was ist geschehen?«, fragte sie.

»Das erzähle ich dir später. Zuerst solltest du etwas essen.«

Angélique warf ihm einen strengen Blick zu. Sie mochte es nicht, bevormundet zu werden. Dann allerdings zuckte es um ihre Lippen, als sie sein Gesicht sah.

»Appetit auf Nagetier?«, fragte Leon und hielt ihr mit gequältem Lächeln den Hasen entgegen.

»Wenn ich könnte, würde ich seine halbe Verwandtschaft gleich mit verspeisen«, erwiderte sie. »Ich habe einen Bärenhunger.«

»Das ist ein gutes Zeichen«, sagte Leon. »Tja, ähm ...« Den Hasen mit spitzen Fingern haltend, sah er sich um. »Wie würdest du ihn zubereiten?«

»Ragout«, erwiderte Angélique, der bei der bloßen Vorstellung einer richtigen Mahlzeit das Wasser im Munde zusammenlief. Es war lange her, dass sie Fleisch genossen hatte. »Wie isst man ihn in deiner Heimat?«, fragte sie.

»Äh ... selten«, erwiderte Leon, »sehr selten.«

»Dann ist es wohl besser, wenn ich mich um das Rezept kümmere.« Es erfüllte sie mit Stolz, dass sie aufgestanden war, ehe Leon ihr zu Hilfe eilen konnte. Es ging ihr endlich besser. Sogar gut genug, um wieder Scham zu empfinden. Das Nachtkleid der alten Frau war ihr viel zu kurz. Es reichte ihr kaum bis zu den Knien. Kurzerhand wand sie sich eine Decke als Rock um die Hüften. »Am besten, ich sehe nach, was wir noch in der Speisekammer haben, und du ziehst dem Hasen das Fell ab und nimmst ihn aus.«

»Großartige Idee«, erwiderte Leon mit dünner Stimme. »Dann brauche ich wohl ein Messer, nehme ich an.«

Angélique durchsuchte die Säcke und Töpfe des Vorratslagers. Hinter ihr fluchte Leon leise. »Alles in Ordnung?«, fragte sie, während sie einen Leinensack aufschnürte.

»Alles bestens.«

Zu ihrer großen Freude fand Angélique getrocknete Pilze,

einen Topf voll Schmalz und hartes Brot. Daraus ließ sich etwas machen. Als sie sich mit ihren Schätzen umdrehte, sah sie, wie Leon, den Blick halb abgewandt, ein Messer in den Hasen stieß, den er auf den Schemel gelegt hatte.

»Was tust du da? Der Hase ist bereits tot.«

»Verdammt zäh das Biest«, knurrte Leon und zerrte an dem Messer.

»Halt! Nicht so tief, wenn du die Galle triffst, wird alles ungenießbar!« Sie trat neben ihn und nahm das Messer. Als ihre Finger seine Hand berührten, schien ihre Haut zu prickeln, und sie spürte, wie die Röte in ihre Wangen schoss.

»Sieh her«, sagte sie rasch. »So macht man das. Nur das Fell durchtrennen. Du musst das Messer so führen, mit der Klinge nach außen. Du schneidest das Fell vom Schwanz her wie ein Y ein und gehst dann nach oben.«

»Wie kommt es, dass eine Frau mit so zarten Fingern, noch dazu eine Comtesse, so hervorragend mit dem Messer umgehen kann?«

»Wie kommt es, dass ein kluger, starker Mann, der sein Leben riskiert, um mich der schwarzen Tiefe der Loire zu entreißen, Angst vor einem toten Hasen hat?«, gab Angélique zurück.

»He, ich habe keine Angst«, gab Leon zurück. »Ich habe so etwas lediglich noch nie getan.«

»Isst man bei dir zu Hause kein Fleisch?«

»Doch, aber um all die ... blutigen Angelegenheiten kümmern sich andere.«

»Ich verstehe«, sagte Angélique. »Beim Fellabziehen musst du mir helfen, dafür braucht man viel Kraft.«

»Gerne«, entgegnete Leon und sah aus, als müsse er sich gleich übergeben.

Da sie die Hinterläufe nicht festnageln konnten, war es ein hartes Stück Arbeit. Angélique hielt die Läufe fest, und Leon zog dem toten Tier das Fell über die Ohren. Anschließend musste sie sich setzen und Atem schöpfen. Ihre Lunge gab eigenartig pfeifende Geräusche von sich, und Leon musterte sie besorgt.

»Es geht gleich wieder«, schnaufte sie.

Sobald das Flimmern vor ihren Augen nachließ, packte Angélique das Messer und begann, das Tier auszunehmen.

Leon beobachtete sie dabei. Allerdings sah er nicht auf ihre Hände.

»Wenn du nicht richtig hinsiehst, lernst du auch nichts.«

»Aber ich sehe doch richtig hin. Und ich habe schon einiges gelernt. Auf deiner rechten Wange hast du etwas mehr Sommersprossen als auf der linken. Wenn du dich konzentrierst, streckst du deine Zungenspitze aus dem linken Mundwinkel. Du hast wunderbar geschwungene Augenbauen, und wenn du im Stillen lachst, zucken deine Nasenflügel.«

»Du bist aber reichlich keck!«, erwiderte Angélique. »Und offenbar nicht ausreichend beschäftigt. Traust du dir zu, das Fleisch zu zerschneiden?«

»Für dich und das Ragout sogar mit bloßen Zähnen.«

»Nimm lieber das Messer.« Sie drückte ihm die Klinge in die Hand und begann, frisches Holz auf die Feuerstelle zu legen.

Eine Zeitlang arbeiteten sie schweigend. Angélique war verwirrt. Sie empfand Dinge, die sie so noch nie empfunden hatte und die ihr seltsam widersprüchlich erschienen. Leons Anblick bewirkte, dass sich ihr Magen zusammenzog, ihre Haut kribbelte und ihre Gedanken umherschwirrten wie übermütige Schwalben. Sie genoss seine Nähe und spürte gleichzeitig eine unbestimmte Furcht. Dabei fürchtete sie nicht ihn, jedenfalls nicht direkt. Es war eine neue, unbekannte Furcht. Leon war ein Fremder, und doch schien er ihr ungeheuer vertraut. Als das Wasser in dem kleinen Kessel kochte, gab sie Fleisch und Salz hinzu. »Was machen wir damit?«, fragte Leon und wies auf das Fell mit den blutigen Innereien.

»Dasselbe wie mit dem Inhalt des Nachttopfs«, sagte Angélique und wies auf den Fassdeckel am Boden. »Vergraben.«

Leon nahm den Deckel ab, warf die blutigen Überreste in die

darunterliegende Grube und streute hastig Erde darüber, bevor er sie wieder verschloss. Dann hockte er sich neben sie.

Eine Weile saßen sie einfach still beieinander. Seltsamerweise war das Schweigen nicht unangenehm. Hin und wieder rührte Leon den köchelnden Topfinhalt um und schnupperte. Schließlich meinte er: »Ich glaube, es ist fertig.«

»Das ist leider ein Irrglaube«, erwiderte Angélique schmunzelnd. »Aber wir können ein wenig von der Soße abschöpfen und das Brot dazu essen.«

»Eine Vorsuppe! Hervorragende Idee. Ich liebe die französische Küche.«

Leon füllte zwei Schalen und reichte eine davon Angélique.

»Sprichst du das Dankgebet?«, fragte sie.

»Äh ... das überlasse ich lieber dir«, erwiderte Leon rasch.

Angélique sprach ein schlichtes Gebet, und sie begannen zu essen. Es schmeckte köstlich.

»Warum tust du das?«, fragte Leon, während er krachend ein Stück trockenes Brot zerkaute.

»Was?«, fragte Angélique und blickte ihn irritiert an.

»Warum bedankst du dich bei Gott? Er hat weder das Vorratslager angelegt noch die Suppe gekocht.«

»Meinst du das ernst?« Angélique runzelte die Stirn. Leon erwiderte ihren Blick offen und mit ehrlichem Interesse.

»Ist das eine religiöse Pflicht?«, hakte er nach.

Angélique nahm einen Schluck Suppe. Das war eine seltsame Frage, aber bei Leon gewöhnte sie sich allmählich an seltsame Fragen. »Wenn ich ehrlich bin, habe ich es oftmals für eine fromme Übung gehalten. Aber inzwischen ... da ich weiß, was Hunger ist, hat sich das verändert. Wenn ich danke, hilft mir das, mich selbst nicht zu verlieren.«

»Wie meinst du das?«

»Jedes Dankgebet erinnert mich daran, dass ich Geschöpf bin und nicht aus mir selbst heraus existiere. Ich habe mich nicht selbst geschaffen. Und ich kann mich nicht selbst am Leben erhalten. Alles Gute, das mir widerfährt, ist ein Geschenk.«

»Aber was hat Gott damit zu tun? Es waren deine Eltern, die dich auf die Welt gebracht haben. Der Bauer hat das Feld bestellt und die Ernte eingefahren. Dieser bärtige Waldschrat hat den Hasen geschossen ...«

Angélique kicherte. »Jacques ist Wildhüter.«

»Was auch immer.« Leon winkte ab. »Verstehst du, was ich meine?«

»Ich denke schon. Aber etwas zu benutzen ist nicht dasselbe, wie etwas zu erschaffen.« Angélique knabberte an einem Brotkanten und suchte nach Worten. »Die Welt würde kleiner und leerer werden. Würde ich ohne Dank alles hinnehmen, was mir Gutes widerfährt ... wäre das, als würde ich wunderbare Musik hören und nicht mehr als bloße Geräusche wahrnehmen. Ich wäre wie ein kleines Mädchen, das vor einem gewaltigen Gemälde steht und nur einige bunte Farbklekse auf der Wand darin sehen kann. Ich wäre ärmer ohne Dank und unglücklicher.« Zweifelnd blickte sie zu Leon auf. »Klingt das in deinen Ohren seltsam?«

Leon blickte nachdenklich in seine Suppenschale. »Es klingt ungewohnt«, sagte er leise. Dann grinste er und lenkte das Gespräch auf belanglose Dinge.

Als Angélique sich den letzten Rest der salzigen Soße von den Lippen geleckt hatte, sagte sie: »Nun bist du mir aber eine Antwort schuldig. Was geschah dort bei der Hütte? Warum mussten wir so plötzlich fliehen?«

Leons Gesicht verdüsterte sich. »Dort in der Nähe gab es ein kleines Dorf. Es wurde gestern Abend angegriffen und vollständig zerstört. Sie ... haben alle getötet, auch die Frauen und Kinder ... selbst die Säuglinge ...«

Angélique keuchte. »Wer hat das getan?«

»Die höllischen Kolonnen.«

Angélique lief ein Schauer über den Rücken. »Die höllischen Kolonnen?«

Leon biss sich auf die Lippen. »So wird man sie nennen. Sie haben den Auftrag, die Vendée auszulöschen. Niemand soll überleben. Das ganze Land soll ein einziger Friedhof werden.«

»Aber ... das ist doch ... absurd! Warum sollte man so etwas Bestialisches tun?«

»In Paris fürchten sie die Vendée, sie fürchten sie mehr als die Preußen, die Österreicher und die Engländer zusammen. Sie glauben, auf dem Schlachtfeld der Vendée wird das Schicksal der Revolution entschieden.«

Angélique starrte Leon an. Ein kaltes, klammes Gefühl breitete sich in ihr aus. »Wer bist du, Leon? Woher weißt du das alles?«

Der Historiker sah sie an und lächelte schmallippig. »Das ist schwer zu erklären.«

Unwillkürlich wich Angélique zurück. »Bist du ein englischer Spion?«

»Nein.« Er schüttelte vehement den Kopf.

»Aber du bist auch kein Franzose. Dein seltsamer Akzent ...«

»Meine Großmutter war Französin ...«

»Woher kommst du? Aus Preußen? Aus Österreich? Warum erzählst du solch schreckliche Dinge? Warum bist du wirklich hier? Willst du den Hass schüren, damit die Franzosen sich selbst zerfleischen und die anderen europäischen Mächte leichtes Spiel mit ihnen haben?«

»Nein!« Leon hob beschwichtigend die Hände.

Angélique erhob sich erregt und wich weiter von ihm zurück. Ihr Herz klopfte wild, furchtbare Gedanken kamen ihr in den Sinn. »Was willst du von mir?! Denkst du, eine Adlige aus dieser Gegend würde sich gut als Symbol des Widerstandes machen? Hast du mich deshalb gerettet?«

»Nein! Angélique, hör mir zu.« Sein Blick huschte zur Decke. »Bitte, wie müssen leise sein.«

Er stand auf und kam langsam auf sie zu.

»Bleib, wo du bist!« Angélique hustete.

»Bitte, Angélique«, sagte Leon mit gedämpfter Stimme. »Ich werde dir alles erklären, das verspreche ich dir!«

Angélique rang nach Atem. Sie hatte plötzlich das Gefühl, die Luft in ihren Lungen würde zäh und klebrig wie Sirup werden. Der Hustenreiz wurde unerträglich. Sie fiel auf die Knie, hustete, würgte und spie blutigen Schleim aus. Plötzlich war Leon bei ihr und stützte sie.

»Ich bin nicht wegen des Aufstandes hier«, flüsterte er, »nicht wegen des Krieges oder der Revolution!«

»Sondern?«, fragte Angélique mit krächzender Stimme.

»Wegen dir!«

»Aber – «

»Pst. Da ist jemand.«

Angélique verstummte. Über das heisere Pfeifen ihres eigenen Atems hinweg hörte sie dumpfes Stampfen, dann einen barschen Befehl. Die raue Stimme drang gedämpft herab. Worte waren nicht zu verstehen, aber allzu weit entfernt konnte der Mann nicht sein.

»Das Feuer!«, wisperte Angélique.

Leon eilte vor, nahm den Topf beiseite und warf Erde auf die Flammen. Dann blies er die Kerzen aus. Angélique hörte, wie er leise zur ihr zurückschlich. Seine warme Hand berührte ihren nackten Fuß. Unwillkürlich zuckte sie zurück. Sie zog ihre Beine an sich und umklammerte ihre Knie mit den Händen. Leon blieb dicht neben ihr. Sie konnte seinen leisen Atem hören. Aber er kam nicht so nah, dass sie sich berührten.

Schweigend lauschten sie. Das Stampfen rührte von Schritten her, die scheinbar willkürlich hin und her huschten.

»Wie viele?«, hörten sie plötzlich jemanden fragen. Der Mann musste sich dicht neben einem der Belüftungsschächte befinden, seine Stimme klang sehr nahe, als würde er nur wenige Meter neben ihnen sitzen. Angélique schluckte, wenn der Schall so gut hier herabdrang, waren sie dort draußen dann ebenso leicht zu vernehmen gewesen?

Jemand stellte eine Frage, die nicht genau zu verstehen war. Die Antwort kam umso deutlicher: »Tötet sie! Es wundert mich, dass diese Schweine überhaupt noch am Leben sind …«

Er sagte noch mehr, doch seine Worte wurden leiser, offensichtlich entfernte er sich vom Schacht. Das Stampfen wurde jedoch lauter. Plötzlich war es direkt über ihnen. Erdbrocken rieselten von der Decke herab.

Angélique erstarrte. Sie versuchte, das heisere Pfeifen ihres Atems zu unterdrücken. Aber das hatte nur zur Folge, dass der Hustenreiz wieder stärker wurde. Sie hörte leises Scharren. Jemand machte sich an dem Stein zu schaffen, der den Eingang verschloss. Unwillkürlich tastete sie nach Leons Hand. Als sie seine Finger berührte, wurde der Hustenreiz so stark, dass sie ihn nicht mehr unterdrücken konnte. Sie versuchte die röchelnden Geräusche in ihrer Armbeuge zu dämpfen, obwohl es sinnlos war. Man hatte sie entdeckt.

Der Stein wurde zur Seite geschoben. Fahles Mondlicht beleuchtete die düstere Silhouette eines Mannes. »Comtesse?«

»Das Passwort, du Trottel«, zischte eine andere Stimme.

»Äh ... Briganten des Königs. Comtesse, seid Ihr da?«

Erleichterung durchströmte Angélique, und sie musste erneut husten. Als der Anfall vorüber war, krächzte sie: »Ja.«

»Wir lassen jetzt ein Seil herunter. Euer Begleiter kann die Pfahlleiter nehmen. Könnt Ihr laufen?«

»Ein Stück weit wird es schon gehen.«

Eine Laterne wurde gebracht und ein Seil herabgelassen. »Ein Bündel hängt daran. Wir haben Euch Kleidung mitgebracht. Verzeiht bitte, dass es nur Knabensachen sind. In der Eile hatten wir nichts Besseres. Kleidet Euch um und kommt herauf. Wir bringen Euch in Sicherheit.«

Leon band das Bündel ab und reichte es Angélique. Dann drehte er sich demonstrativ um, damit sie sich umkleiden konnte. »Das schöne Ragout«, brummte er, als Angélique in die Hose schlüpfte. »Nun war all die Mühe umsonst.«

Es wurde ein Gewaltmarsch. Den Rest der Nacht flohen sie, begleitet von einem Dutzend Bewaffneter, durch die Wälder. Direkt neben dem Versteck hatten zwei tote republikanische Soldaten gelegen. Man hatte ihnen die Kehlen durchgeschnitten. Leon war froh, dass sie den Ort so rasch wie möglich verlassen hatten. Die Brutalität dieses Krieges war schwer zu ertragen.

Es stellte sich heraus, dass die republikanischen Truppen in dieser Gegend an verschiedenen Stellen und mit verheerender Wucht zugeschlagen hatten. Viele der Aufständischen hatten ihre Familien verloren. Nun befanden sich die Überlebenden auf der Flucht.

Die kleine Gruppe hastete über schmale Wildwechsel und versteckte Pfade durch die Wälder und hier und da an Dornenhecken vorbei über winzige Ackerparzellen.

Leon spürte die Erschöpfung bis in die Knochen. Aber für Angélique war es eine wahre Last. Sie war sehr tapfer, doch ihr entkräfteter Körper forderte seinen Tribut. Irgendwann gegen Morgen wurden ihre Schritte zunehmend langsamer. Ihr Atem pfiff, immer wieder wurde sie von Hustenanfällen ergriffen. Das Fieber war zurückgekehrt.

»Wir müssen rasten!«, sagte Leon an den Anführer der kleinen Gruppe gewandt, einen zähen kleinen Mann, den Angélique von früher zu kennen schien.

Er zog die Stirn kraus und presste nachdenklich die Lippen aufeinander. »Gut, zehn Minuten Rast«, ordnete er an. »Philippe, du gehst dort drüben hin und schaust, ob uns jemand folgt. Ihr beide seht dort vorne nach.«

»Zehn Minuten werden nicht reichen.«

»Mehr haben wir nicht. Sie sind überall. An den Ufern der Loire, bei Chamilot und südlich davon. Die Truppen bilden eine Zange, die sich langsam schließt. Wir müssen hier raus nach Westen und uns sammeln, sonst werden wir zerquetscht.«

Leon warf einen Blick auf Angélique, die sich völlig erschöpft auf dem Boden zusammengekauert hatte.

»Die Comtesse ist krank«, sagte er leise, »schwer krank. Sie stirbt, wenn sie ihren Körper weiter derart überanstrengt.«

»Wenn sie hierbleibt, stirbt sie auch«, hielt der Mann ihm entgegen.

»Dann müssen wir sie eben tragen.«

Der kleine Anführer runzelte die Stirn. »Wir dürfen nicht langsamer werden.« Offenbar fiel es ihm schwer, den Ernst ihrer Erkrankung einzuschätzen, zumal Angélique alles tat, um ihre Schwäche zu verbergen.

»Wenn zwei sie gemeinsam tragen, können wir das Tempo halten«, erwiderte Leon bestimmt. Er sah sich um. »Wir brauchen einen Ledergurt und einen kräftigen Mann, der etwa meine Größe hat.«

»Das dürfte schwierig werden. Wie groß bist du – sechseinhalb, sieben Fuß? Philippe ist der Größte von uns, aber er ist fast einen halben Kopf kleiner als du.«

»Es wird schon gehen.«

Als die Rast vorbei war, erhob sich Angélique mit totenbleichem Gesicht und müdem Lächeln.

»Wir werden dich tragen«, sagte Leon.

»Nicht nötig ...«

»Keine Widerrede, du bist zu langsam und bringst damit alle anderen in Gefahr.«

Angélique starrte ihn an. Dann nickte sie stumm.

Gemeinsam mit Philippe hielt Leon den Gurt so, dass Angélique sich daraufsetzen konnte. Sie trugen sie zwischen sich, und sie konnte sich an ihren Schultern festhalten, was das Gewicht noch besser verteilte. Eine Zeitlang ging es recht gut voran. Aber gegen Nachmittag bemerkte Leon, dass Angélique sich immer schwerer gegen ihn lehnte. Als es bergauf über einen engen steinigen Pfad ging, wäre sie vor Schwäche beinahe hintenübergekippt.

»Wir müssen rasten!«, rief er.

»Gleich, nur noch bis über diesen Hügelkamm.«

»Die Comtesse kann sich nicht mehr halten.«

Ein Schuss krachte, und Leon spürte die Kugel an sich vorbeipfeifen. Der neben ihm gehende Philippe stöhnte auf. Blut rann aus seinem Arm. Er ließ den Gurt abrupt los, doch Leon konnte Angélique gerade noch festhalten. Die Aufständischen nestelten an ihren Gewehren. Weitere Schüsse krachten. Einer der Männer sank leblos zusammen.

»Lauft!«, rief der Anführer. »Verteilt euch, und rennt um euer Leben.«

Leon nahm Angélique auf die Arme und warf einen Blick über die Schulter. Männer in blauen Uniformen brachen durch das Unterholz. An dieser Stelle war die Bewaldung durch Rodung ausgedünnt worden und bot weniger Schutz.

Leon begann zu rennen. Jeder Muskel schmerzte, und jeder Atemzug schien ihm fast die Lungen zu zerreißen. Schüsse knallten, und Kugeln pfiffen. Leon spürte einen Schlag gegen den Oberschenkel und rannte weiter. Angélique lag still in seinen Armen. Sie hatte das Bewusstsein verloren.

Plötzlich krachten weitere Schüsse. Diesmal vor ihnen. Hinter dicken Baumstämmen und aus dichtem Buschwerk stiegen Rauchwolken auf. Leon fiel auf die Knie und sah sich verzweifelt um.

Eine Hand packte seinen Arm. »Weiter, weiter«, schrie ihm der zähe kleine Anführer ins Ohr. »Das sind die Unsrigen.«

Leon rappelte sich auf und lief weiter den Hügel hinauf gegen den Schmerz an. Das Krachen wurde lauter. Und schließlich ertönten Jubelrufe. »Sie ziehen sich zurück!«

Ihre Retter wurden sichtbar: kräftige, bäuerliche Gestalten mit Lammfellwesten und breitkrempigen Hüten. Mit zitternden Knien überwand Leon den Hügelkamm und ließ sich neben einem umgestürzten Baumstamm zu Boden sinken.

»Willkommen«, knurrte eine Stimme neben ihm. Eine Feldflasche mit Wasser wurde ihm in die Hand gedrückt. »Willkommen bei der großen Katholischen und Königlichen Armee. Oder bei dem, was davon noch übrig ist.«

Erst jetzt hob Leon den Blick und sah, was sich hügelabwärts hinter der Kuppe befand.

Der Kommandant

Leon sah Dutzende von Lagerfeuern vor sich, um die sich kampfbereite Männer in der einfachen Kleidung bretonischer Bauern geschart hatten, um sich zu wärmen oder eine Mahlzeit zuzubereiten. Nicht wenige von ihnen waren verwundet. Zwischen den Bewaffneten gab es auch Gruppen von Frauen und Kindern. Insgesamt befanden sich nach Leons grober Schätzung knapp dreitausend Menschen in der Senke, davon etwa zweitausend Kämpfer. Vier Geschütze hatten die Aufständischen erbeutet. Daneben entdeckte Leon einige Fuhrwerke, die neben Munition, Proviant, Decken und Kleidung auch mit allem möglichen Hausrat beladen waren, was den Eindruck erweckte, bei dieser Armee handle es sich in Wahrheit um einen Flüchtlingstreck.

Offenbar hatte er die letzte Bemerkung laut ausgesprochen, denn der knurrige Bauer nickte grimmig. »Ja, das sin alle, die in dieser Gegend überlebt ham. Diese verdammten Bastarde machen vor nichts Halt. Kleine Kinder werden mit Bajonetten aufgespießt, Kranke und Alte wer'n einfach niedergemetzelt. Selbst 'n Nonnenkloster und Frauenstift ham sie abgefackelt. Nur 'n paar Frauen konnten entkommen.« Die Stimme des Mannes wurde kalt und hart wie Stein. »Aber die Rache Gottes wird über sie kommen. Und wir wer'n das blutige Schwert in seiner Hand sein!« Der Bauer nickte Leon grimmig zu und wandte sich ab.

Leon erschauerte, als er den Hass in der Stimme des Mannes hörte. Was konnte gefährlicher sein als ein Mann, der seine Rachsucht für etwas Heiliges und Gottgewolltes hielt?

Der Blick des Historikers wanderte zurück zu dem improvisierten Lager. Einige wenige Zelte waren aufgebaut worden, der Rest campierte unter freiem Himmel. Das musste der verzweifelte Heerhaufen sein, der den letzten Sieg der Aufständischen erringen sollte. Die Kämpfer waren jedoch nur leicht bewaffnet. Leon fragte sich, wie es ihnen gelingen würde, mit nur vier Geschützen eine solch starke Festung wie das Château de Chamilot bis auf die Grundmauern zu zerstören. Aber Hass war eine Triebkraft, die man niemals unterschätzen sollte.

Angélique stöhnte leise. Ihre Augenlider zuckten. Sie murmelte etwas, aber Leon konnte ihre Worte nicht verstehen.

»Komm!« Eine Hand legte sich auf Leons Schulter. Es war der drahtige kleine Anführer, der sie hierhergebracht hatte. »Sie bringen euch ins Lazarett.«

Leon fragte sich bang, welche Art von medizinischer Versorgung sie in diesem improvisierten Heerlager wohl erwartete, nickte aber stumm.

Eine Handvoll Gestalten kam ihnen entgegen. Zwei von ihnen hatten eine Trage dabei – zwei Stangen, zwischen die man Stoff gespannt hatte.

Als Leon sich mit Angélique in den Armen erheben wollte, stellte er überrascht fest, dass ihm die Kraft dazu fehlte. Zwei der Männer nahmen Angélique vorsichtig aus seinen Armen und legten sie auf die Trage. Ein weiterer half ihm empor. Dann reichte er ihm ein weitgehend sauberes Tuch und brummte: »Hier, press das auf die Wunde.«

Leon blickte ihn verdutzt an. »Was für eine Wunde?«

Der Mann runzelte die Stirn und blickte auf Leons rechten Oberschenkel. Das ganze Hosenbein war blutdurchtränkt. Noch immer quoll Blut aus einem länglichen Riss in Leons Bein – ein Streifschuss musste ihn getroffen haben. Vage erinnerte er sich, dass er während der Flucht einen Schlag verspürt hatte. Während Leon neben Angéliques Trage in die Senke hinabhumpelte, konnte er nun auch mit zunehmender Heftigkeit den Schmerz fühlen.

Das Lazarett war nicht mehr als ein Sammelplatz unter den

weit ausladenden Ästen einer mächtigen Eiche. Dutzende von Verwundeten lagen dort auf Matratzen aus Moos und Tannenzweigen, über die man Decken gebreitet hatte. Eine kleine Gruppe von Ordensschwestern mit blassen Gesichtern und müden Augen kümmerte sich um sie. Etwas abseits lagen die Schwerverwundeten, von denen viele das Bewusstsein verloren hatten. Ein Priester ging von einem zum Nächsten. Angesichts der katastrophalen Bedingungen, die hier herrschten, würden die wenigsten überleben.

Eine der Frauen kam auf Leon zu und drückte ihm einen Becher mit einer heißen Flüssigkeit in die Hand. »Hier, trink.«

Leon roch vorsichtig an dem Gebräu. »Was ist das?«

»Es stillt die Blutung. Setz dich.«

Die Frau war noch nicht alt, vermutlich in den Dreißigern, aber sie sah verhärmt und vollkommen erschöpft aus. »Zieh das Hosenbein hoch.«

Während Leon vorsichtig den Stoff von der Wunde zog, holte sie eine Schüssel. Sobald die Wunde frei war, begann sie, diese ohne übertriebene Sanftheit zu reinigen.

Hätte ihn ein Arzt oder eine Krankenschwester des 21. Jahrhunderts so behandelt, hätte Leon sich sofort beschwert, vielleicht sogar juristische Konsequenzen angedroht. So biss er lediglich die Zähne zusammen und warf immer wieder besorgte Blicke auf Angéliques fiebriges Gesicht.

Die Frau legte einen straffen Verband an, während Leon beobachtete, wie einer der Bauern seiner Gruppe mit einer beleibten Ordensfrau sprach. Eindringlich redete er auf sie ein. Dabei deutete er auf Angélique. Leon konnte nur das Wort »Comtesse« vernehmen.

Die Frau stemmte die Fäuste in die Hüften und schüttelte den Kopf. »... muss warten!«, konnte Leon lediglich verstehen.

Während die beiden sich stritten, fiel Leon eine gebeugte Alte auf, die abseits der anderen unter einer Plane gekauert hatte und nun überrascht den Kopf hob. Sie starrte zu Angélique hinüber und erhob sich plötzlich erstaunlich behände.

Als sie näher kam, erkannte Leon, dass sie auch nach den Maßstäben des 21. Jahrhunderts eine alte Frau war. Sie musste die Siebzig bereits überschritten haben. Ihre deformierten Hände zeigten, dass sie vermutlich unter Arthrose litt. Ihr faltiges Gesicht wirkte angespannt, und ihre Lippen bewegten sich flüsternd. Schließlich blieb sie abrupt stehen. Ihre Augen weiteten sich. »Angélique!«, wisperte sie. Eine Mischung aus Freude und Besorgnis zeigte sich auf ihrem Gesicht.

Eine Ahnung überkam ihn. »Ihr kennt sie?«, fragte Leon. Unbewusst verwendete er die höfliche vorrevolutionäre Anrede.

Die Frau zuckte zusammen. Obwohl Leon auf dem Boden saß, überragte ihn die gebeugte Alte nur um Haupteslänge. Furcht blitzte in ihren Augen auf, aber sie hob tapfer das Kinn und sagte: »Was geht Euch das an?!«

»Frieden, Schwester«, sagte der zähe kleine Anführer sanft. Er hatte sich von der kämpferischen Dicken abgewandt und war näher gekommen. »Dieser Mann hat der Comtesse das Leben gerettet.«

Offenbar kannte die Alte den Mann. Jedenfalls schien sie ihn nicht zu fürchten. Sie kniff die Augen zusammen und betrachtete Leon von oben bis unten. Dann nickte sie. Behutsam legte sie die Hand auf Angéliques fiebrige Stirn. »Seit wann hat sie das Fieber schon?«

»Seit einigen Tagen. Zeitweilig kam Schüttelfrost hinzu«, erwiderte Leon. »Es wäre möglich, dass sie Tuberkulose ... ich meine, Schwindsucht hat, vielleicht auch eine Lungenentzündung. Sie wäre beinahe ertrunken und war stark unterkühlt.«

Die Alte presste die Lippen zusammen. Mit einer zärtlichen Geste strich sie Angélique das Haar aus der Stirn. Dann warf sie ihm einen langen, prüfenden Blick zu. »Könnt Ihr sie tragen?«

Leon nickte.

»Bringt sie dort hinüber.« Sie deutete zu der Plane, unter der sie zuvor gehockt hatte.

Leon nahm Angélique auf die Arme. Es gab einen schmerzhaften Stich in seinem Oberschenkel, als er aufstand; und ein pulsierendes Pochen verriet ihm, dass die Wunde wieder aufgebrochen war und blutete. Sanft legte er Angélique auf das Lager, das dort neben Töpfen und Tiegeln, frischen Kräutern und sogar einigen versengten Büchern bereitet worden war. Er vermutete, dass die Ordensschwester hier ihre Schlafstatt hatte, und die Ahnung, die in ihm hochgekommen war, verstärkte sich.

Die Alte drückte ihm eine Decke in die Hand. »Haltet sie so, dass man Angélique vom Lager aus nicht sehen kann. Ich muss sie untersuchen. Schließt die Augen, und wendet Euch ab!«

Leon lag eine Erwiderung auf der Zunge: *Es gibt nichts, was ich nicht schon gesehen hätte, schließlich habe ich sie nackt aus dem Wasser gezogen.* Aber er schwieg und gehorchte. Und aus irgendeinem Grund schien ihm das auch richtig so zu sein.

Die Alte brauchte lange für ihre Untersuchung, schließlich seufzte sie leise. »Ihr könnt die Decke wieder herunternehmen.«

Leon schlug die Augen auf und breitete die Decke über Angéliques zerbrechliche Gestalt.

Die Alte betrachtete ihn. »Sie wäre beinahe ertrunken, sagt Ihr?«

Leon nickte.

»Und Ihr habt sie gerettet?«

»Ja«, erwiderte Leon. Er räusperte sich. »Ihr seid Schwester Maria Martha, nicht wahr?«

Lange Zeit schwieg die Alte. »Wir müssen mit dem Kommandanten sprechen«, meinte sie schließlich ernst. »Und ich rate Euch, die Wahrheit zu sagen, nichts als die Wahrheit.«

Sie rief einen der Bewaffneten, und wenig später sah Leon einen Mann rasch auf sich zukommen, der von einer Eskorte umringt war. Er war schlank und nicht auffällig groß gewachsen. Seine Kleidung war schlicht. Er trug einen Säbel und eine weiße Schärpe, und eine Narbe zog sich über seine Stirn. Als er sie erreichte, blieb die Eskorte in einiger Entfernung stehen. Der Mann beachtete weder die alte Ordensschwester noch Leon. Er kniete sichtlich aufgewühlt neben Angélique nieder. Sanft flüsterte er etwas, drückte ihre Hände und strich ihr zärtlich über die Wange. Dann erhob er sich abrupt. Seine Augen schimmerten feucht, aber als er sie auf Leon richtete, waren sie kühl und wachsam. Er war noch jung, vielleicht Mitte zwanzig, dennoch umgab ihn eine natürliche Autorität. Er hatte die gleichen dunklen Locken wie Angélique und die gleichen Augen. »Willkommen in meinem Feldlager.«

Leon verbeugte sich stumm. Ein Puzzleteil fügte sich in das nächste. Er hatte sich stets gefragt, was die Aufständischen bewogen hatte, die Festung anzugreifen. Jetzt ahnte er es, und er fragte sich, ob er gerade den Lauf der Geschichte geändert hatte.

»Mir liegt sehr viel an dieser Frau«, fuhr der junge Kommandant fort. »Und man sagte mir, du habest sie gerettet. Wenn das wahr ist, bin ich dir zu großem Dank verpflichtet.« Das Lächeln, das über das Gesicht des jungen Mannes huschte, erreichte seine Augen nicht. »Wer bist du?«

»Mein Name ist Leon Weber, Comte –«

»Name und Titel tun nichts zur Sache. Ich bin der Kommandant, mehr nicht«, unterbrach ihn der Mann. »Woher kommst du?«

»Geboren wurde ich in Berlin …«

»Ein Preuße also«, sagte der Mann und runzelte die Stirn. »Was hat dich in die Vendée verschlagen?«

Leon versuchte, sich seine Nervosität nicht anmerken zu lassen. »Ich bin Gelehrter und studiere die alte Geschichte dieser Gegend.«

Das Stirnrunzeln vertiefte sich. »Wir haben Krieg!«

»Ich weiß, ein ungewöhnlicher Zeitpunkt für eine Studienreise. Aber ich bin schon länger hier und wurde von den Ereignissen gewissermaßen überrollt.« Leon ahnte, dass sein Lächeln nicht besonders überzeugend wirkte.

»Woher kennst du Angélique?«

»Wir begegneten uns eher ... zufällig. Zunächst schrieben wir uns. Sie hat gute Erinnerungen an Euch, Comte. Sehr eindrücklich ist mir in Erinnerung, wie sie von einem Tag am Meer berichtete, ihrem Ritt in die Wellen und einem Hut, der beinahe in den Fluten verloren ging.« Der stechende Blick des Kommandanten glitt für einen kurzen Moment in die Ferne. Er erinnerte sich. Das war gut.

»Auch ihre Zeit in Saint-Georges bedeutet ihr viel«, fügte Leon hinzu, »wenn auch einige bittere Erinnerungen damit verbunden sind. Vor allem ihren Unterricht bei Schwester Maria Martha hat sie schätzen gelernt.« Er warf der alten Ordensschwester einen raschen Blick zu. »Ohne Angélique wäre ich nie auf die ›Confessiones‹ des Augustinus gestoßen. Sie besitzt übrigens noch immer den Benediktuspfennig, den die Äbtissin ihr zum Abschied schenkte, und sie trägt ihn ohne Hass in ihrem Herzen.«

Der Blick, den die Alte ihm zuwarf, war schwer zu ergründen.

»Angélique war eine Gefangene des Abts von Saint-Christophe«, sagte der Kommandant. »Wie hast du sie befreit?«

»Ich habe sie nicht aus der Festung befreit.«

»Sondern?«

»Carrier, der Kommissar des Konvents, führte sämtliche Gefangenen aus der Festung fort ... Ihr habt von den sogenannten ›Noyades‹ gehört oder den republikanischen Hochzeiten?«

Der junge Mann nickte grimmig.

»Die Gefangenen wurden aneinandergefesselt nachts in die Loire geworfen«, fuhr Leon fort. »Ich folgte, versteckt hinter einem im Wasser treibenden Baumstamm, den Barken, und es gelang mir, Angélique aus dem Wasser zu ziehen.«

»Das klingt nach einer sehr abenteuerlichen Geschichte.«

»Mag sein. Aber sie ist trotzdem wahr.«

»Für diesen Fall gebührt dir mein Dank.« Der Kommandant nickte ihm zu. Sein Gesichtsausdruck blieb jedoch kühl.

»Später werden wir uns weiterunterhalten. Aber zunächst gibt es anderes zu tun. Wir müssen eine Festung erobern.«

»Noch immer?«, entfuhr es der alten Ordensschwester. Auch Leon war überrascht. Er hatte angenommen, der Angriff diene ausschließlich dazu, Angélique zu befreien.

»Es hat sich gar nichts geändert«, erwiderte der junge Mann.

»Aber – «

»Genug! Es gibt vieles, das du nicht weißt, Schwester Maria Martha. Kannst du passendere Kleidung für meine Schwester besorgen?«

Die Alte nickte.

Er wandte sich ab und sagte zu den Posten: »Sorgt dafür, dass es unserem Gast an nichts mangelt ... und dass er unser Lager nicht verlässt.«

Leon blickte ihm nachdenklich hinterher. Jean-Louis de Vantes trug nichts mehr von der jugendlichen Unbekümmertheit in sich, die Angélique in ihren ersten Tagebucheinträgen beschrieben hatte. Er war vollkommen Soldat, ein harter, charismatischer Befehlshaber. Schon bald würde er den jahrhundertealten Sitz seiner Familie vollkommen vernichten und zweitausend Mann in den Untergang führen.

Angélique trieb auf den Wellen der Loire. Auf und nieder gingen die Wogen. Aber dieses Mal waren sie nicht düster und kalt, sondern licht und warm. Das Wasser trug sie spielerisch und sanft, und sie war nicht allein. Die ganze Zeit schon war jemand bei ihr und hielt sie behutsam in seinen Armen. Sie konnte eine Stimme mit einem seltsamen und doch vertrauten Akzent hören. Es schien ihr, als kenne sie diese Stimme schon ihr halbes Leben lang.

»Angélique?«

Sie erinnerte sich an die dunkle, kalte Tiefe, als warme Lippen sie berührt hatten. Und in diesem Moment wünschte sie sich mit überraschender Intensität, noch einmal diesen lebensspendenden Kuss zu spüren.

»Angélique?«

Sie öffnete die Augenlider ein wenig. Grelles Sonnenlicht drang durch den schmalen Spalt. Sogleich spürte sie auch harten Boden unter sich, aber noch immer schien das Schaukeln der Wellen durch ihren Körper zu gleiten.

»Angélique, du bist wach?!« Wärme lag in dieser Stimme und Erleichterung und noch etwas anderes, das wie eine kribbelnde Berührung über ihre Haut strich.

Sie blinzelte. Die Wintersonne stand an einem kalten blauen Himmel über ihr. Das Gesicht eines Mannes blickte auf sie herab, unrasiert, verschmutzt und mit glänzenden Augen.

»Leon!« Sie hob die Hand. Liebkosend strichen ihre Finger über seine bärtige Wange, wanderten in seinen Nacken und zogen ihn sanft zu sich herab. Überrascht weiteten sich seine Augen ein wenig. Er suchte ihren Blick. Angélique lächelte, und dann schloss sie ihre Augen und spürte, wie Leons Lippen behutsam die ihren berührten. Angélique hatte das Gefühl, als drängten sich alle Sinne und alles Sehnen ihres Körpers in diese eine kostbare Berührung hinein. Als sie fühlte, dass Leon sich lösen wollte, drückte sie sich stärker an ihn, und der zärtliche Kuss wurde leidenschaftlicher. Sie spürte seinen Herzschlag an ihrer Brust, und ihr Atem ging schneller. Dann fühlte sie den Hustenreiz in sich aufsteigen, vertraut und verhasst, wie einen alten Feind. Hastig wandte sie das Gesicht zur Seite. Leon strich ihr sanft das Haar aus der Stirn, als der Husten sie packte.

»Verzeih«, keuchte sie, als sie wieder zu Atem kam.

»Es gibt nichts, wofür du dich entschuldigen müsstest«, erwiderte er.

Angélique spürte, wie ein warmer Schauer ihren Körper durchlief, als sie seinen Blick sah. Sie hätte gern in Worte gefasst, was dieser Moment für sie bedeutete, stattdessen krächzte sie: »Dein Bart kitzelt.«

Leon schmunzelte und kratzte sich das bärtige Kinn. »Man wollte mir kein Rasiermesser zur Verfügung stellen.«

»Wie konnte er so schnell wachsen?«, fragte sie.

Sein Blick wurde ernst. »Du hattest viele Wochen starkes Fieber und warst teilweise ohne Bewusstsein. Wenigstens konnten wir dir zwischendurch immer wieder zu essen und zu trinken geben. Aber manchmal hatte ich große Angst, dass du gar nicht mehr erwachen würdest.«

»Viele Wochen?« Sie sah sein verschmutztes Gesicht, seine ungewaschene Kleidung und die dunklen Ringe unter seinen Augen. Angélique richtete sich mühsam auf. Die Strahlen der Sonne trugen nur wenig Wärme in sich, und sie fröstelte. »Küsst du mich noch einmal?«

»Es gibt nichts auf der Welt, was ich lieber täte«, sagte Leon leise und lächelte flüchtig. »Ich fürchte nur, die Wachen werden es nicht zulassen.« Er warf einen vielsagenden Blick zur Seite. »Sie haben dein Husten gehört.«

Angélique folgte seinem Blick und sah zwei grimmige bärtige Männer mit Flinten in der Hand ein halbes Dutzend Schritte neben ihnen. Sie hatten eine Decke zur Seite geschlagen, die man zuvor als Sichtschutz zwischen zwei Bäume gespannt hatte.

»Warum bewachen sie uns?«, fragte Angélique verwirrt.

»Dein Bruder hat Angst vor einem Attentat auf dich ... und er traut mir nicht.«

»Jean-Louis?«, entfuhr es Angélique. »Er ist hier?«

»Ja, er ist der Kommandant dieser Armee ...« Leon richtete sich auf, und sein Lächeln wurde breiter. »Und da ist noch jemand, den du kennst.«

Schlurfende Schritte waren zu vernehmen, und gleich darauf beugte sich ein runzliges altes Gesicht zu Angélique herab.

»Schwester Maria Martha?!«

»Ich bin so froh, Euch wach zu sehen, mein Kind«, sagte die alte Ordensschwester.

»Was ist geschehen? Wie kommt es, dass Ihr hier seid?«

Die alte Ordensfrau hockte sich neben sie und tätschelte

Angéliques Hand. Sie lächelte, aber in ihren Augen stand tiefe Traurigkeit

»Was ist geschehen?«, bohrte Angélique nach.

»Ach, Kind ...« Die alte Ordensschwester sah an ihr vorbei hinauf in den blassblauen Himmel. »Sie kamen am Abend des vierten Advents. Wir hatten uns zur Vesper versammelt. Cecile sang gerade mit ihrer schönen, klaren Sopranstimme ›Adeste fideles‹. Mir standen Tertullians wunderbare Gedanken über die Geduld vor Augen, die ich an jenem Tage studiert hatte und die sich auch im Warten des Advents widerspiegelt. Niemand ahnte etwas, niemand war vorbereitet ... Das Donnern der Kanonen zerriss unsere Andacht. Sie hatten zwei Geschütze mitgebracht, die das Tor der Klostermauer binnen weniger Augenblicke zerstörten. Dann strömten sie herein, Mordlust im Herzen und Gier in den Augen ...« Die Stimme der alten Frau war immer leiser geworden. Ihre Hände zitterten.

»Es tut mir leid, Schwester Maria Martha, ich wollte nicht –«

Doch die Ordensschwester schien sie nicht zu hören. »Ihr Gebrüll hallte in den Gängen wider«, flüsterte sie. »Jemand hatte eine Fackel in die Bibliothek geworfen. Schätze der Weisheit, jahrhundertealte Papyri und Pergamente, Worte, die die Jahrtausende überdauert hatten, brannten lichterloh, wie trockenes Laub, das man im Herbst zu Haufen aufschichtet und achtlos entzündet. Dann kamen sie in die Kirche geströmt – mit vor Wollust und Hass verzerrten Gesichtern. Sie gebärdeten sich wie die Tiere ... Ich war wie gelähmt, war wieder das kleine Mädchen ... spürte wieder diese Ohnmacht und die widerlichen, grabschenden Hände ...« Sie verstummte. Ihre Augen waren weit aufgerissen, und sie schien weder Angélique noch Leon wahrzunehmen. Schließlich fuhr sie fort: »Zu spät, viel zu spät löste ich mich aus der Schockstarre. Es gelang mir, einige der Schwestern hinab in die Katakomben zu führen. Dort verbargen wir uns. Irgendwann zogen die Angreifer sich zurück, ohne uns gefunden und das Zerstörungswerk beendet zu haben. Später hörte ich, dass ein junger Offizier eingeschritten war und dem grausamen Treiben ein Ende bereitet hatte. Wir fanden die Kirche vollkommen verwüstet vor. Marie lag auf dem Boden und Cecile mit zerrissenen Kleidern und blutüberströmt ...« Sie schluchzte. »Wir erkannten sie kaum wieder. Man hatte versucht, die Kirchenbänke in Brand zu stecken. Rauch schwelte durch das Hauptschiff, und durch die zerstörten Fenster konnten wir die Flammen der lichterloh brennenden Bibliothek sehen. Ich hörte ein Geräusch aus der Sakristei, und als ich eintrat, fand ich Mutter Agnes blutüberströmt am Boden liegend. Man hatte sie grausig zugerichtet. Ich stieß einen erschrockenen Schrei aus, als ich sah, dass dieses blutige Bündel sich noch bewegte. Als ich neben ihr niederkniete, packte sie meine Hand mit erstaunlicher Kraft. ›Er war es‹, flüsterte sie, ›er ...‹

›Wer?‹, fragte ich. Doch sie antwortete nicht, stattdessen murmelte sie: ›*Sophie ... Sophie, veniam da, quaeso.*[7]‹

Es war kein Priester da, also erteilte ich ihr an seiner statt die Absolution. Sie starb in meinen Armen.«

Angélique schluckte. Aller Zorn auf die Äbtissin, den sie noch in sich getragen hatte, erlosch.

»Die Äbtissin kannte also den Mann, der für den grausamen Überfall auf Saint-Georges verantwortlich war?«, meldete sich Leon zu Wort. Er wirkte angespannt.

Schwester Maria Martha nickte. »So scheint es.«

»Habt Ihr eine Ahnung, wer damit gemeint sein könnte?«

Die alte Frau seufzte. »Es ist schwer zu sagen. Mutter Agnes war dem Tode nah ... Warum wollt Ihr das wissen?«

»Es ist nur so eine Ahnung ...«

»Vielleicht gibt es irgendeine Verbindung zu dem Namen, den sie nannte«, mischte sich Angélique ein. »Von welcher Sophie sprach sie? Und warum bat sie sie um Vergebung?«

Die alte Ordensschwester senkte nachdenklich den Blick. »Sie kannte gewiss mehrere Frauen dieses Namens, aber ...« Sie sah auf. »Du erinnerst dich daran, dass ich dir von deiner Tante erzählte, der jüngeren Schwester deiner Mutter?«

Angélique nickte. »Bislang habe ich nicht viel über sie herausfinden können.«

»Sie war eine enge Freundin von Mutter Agnes. Es ist viele Jahre her, dass sie mir in einer der wenigen Stunden vertrauten Gespräches davon berichtete. Sophie war eine lebenslustige, fröhliche junge Frau. Aber sie beging einen Fehler: Sie verliebte sich in den falschen Mann.«

»Warum war er falsch?«, hakte Leon nach.

»Ich weiß es nicht genau. Vermutlich war er nicht standesgemäß. In jedem Fall war Agnes die Einzige, die von der Liaison wusste, und so versuchte sie, ihrer Freundin diese Liebe auszureden. Als das nichts fruchtete, zog sie Eure Mutter ins Vertrauen, Angélique. Die beiden setzten Sophie immer mehr unter Druck, und schließlich brachten sie die junge Frau bei ihrem Vater in Misskredit. Dieser reagierte mit großer Strenge. Er sperrte seine Tochter ein, und als diese dennoch nicht von ihrer Liebe lassen wollte, tauchte plötzlich das Gerücht auf, der junge Mann sei bei einem Unfall gestorben. Es waren Agnes und Eure Mutter, die Sophie diese Nachricht überbrachten. Sie wollten ihr endlich diese lächerliche Affäre austreiben. Aber sie hatten die Situation vollkommen falsch eingeschätzt. Sophie reagierte anders, als sie erwartet hatten.«

»Sie tat sich etwas an«, entfuhr es Angélique.

Schwester Maria Martha nickte. »Sie sprang aus dem Fenster des Turms, in dem ihr Vater sie hatte einsperren lassen. Agnes und Eure Mutter waren Zeugen. Sie hatten gerade den Turm verlassen, als Sophies Körper auf dem Pflaster des Hofs aufschlug.«

Angélique schluckte. »Wie entsetzlich!«

»Euer Großvater ließ Sophie aus den Annalen der Familie streichen. Als Selbstmörderin setzte man sie irgendwo an unbekannter Stelle in ungeweihter Erde bei.«

»Und ihr Liebhaber?«, fragte Angélique.

»Tauchte niemals wieder auf. Soweit ich weiß, war Mutter Agnes die Einzige, die ihn jemals zu Gesicht bekommen hatte.« Nach kurzem Schweigen fuhr die alte Frau fort: »Seit diesen schrecklichen Ereignissen ging es mit der Familie de Vantes bergab. Freunde sagten sich los, Geschäfte gingen fehl. Jahr um Jahr verlor sie mehr Reichtum und Ansehen. Es schien fast, als würde ein Fluch auf ihr liegen.« Maria Martha verzog die Lippen zu einem traurigen Lächeln. »Aber ich glaube, sie haben sich selbst verflucht, haben alle Schuld in sich verschlossen und mit Bitterkeit versiegelt. Zwei Jahre später wurde dann die Ehe zwischen Eurer Mutter und Eurem Vater beschlossen.«

Unerwartet meldete sich Leon zu Wort. »Dieser Turm, von dem Sophie sprang: War das der Burgfried von Château de Chamilot?«

»Man sagte mir, es sei der höchste Turm gewesen. Das Zimmer, in dem Sophie einst gefangen war, habe der Vater dann versiegeln lassen. Es sei unkenntlich gemacht worden, sodass niemand mehr wisse, wo es lag.«

»Was ist?«, fragte Angélique, als sie Leons Gesicht sah. »Du bist so blass!«

Doch bevor dieser etwas entgegnen konnte, ließ das Donnern von Geschützen die Abendluft erzittern. Ein vielstimmiger Schlachtruf erklang: »Für Gott und den König!«

»Sie greifen an!«, schrie einer der Posten. »Endlich geht es los!«

Eine dunkle Ahnung überkam Leon. »Wir müssen mit deinem Bruder sprechen«, rief er über den Lärm der beginnenden Schlacht hinweg. »Sofort!«

Die Schlacht

Der Lärm der Geschütze war ohrenbetäubend. Beißender Qualm zog in dichten Schwaden über die Felder, die das Château umgaben.

Leon trug Angélique mehr, als dass er sie stützte, während sie gemeinsam mit der alten Ordensschwester durch das Feldlager hasteten. Zwar hatten ihnen die Wachposten mitgeteilt, dass der Kommandant die Schlacht anführen würde und daher jegliche Gespräche warten müssten, aber sie wagten auch nicht, sich den Wünschen seiner Schwester entgegenzustellen. Und so hatte einer der Männer sie bis nah an die Front begleitet.

»Wartet hier!«, wies er sie an.

Er ging zu einer Gruppe von Reitern hinüber, unter denen sich auch der Kommandant befand. Leon stellte fest, dass die Geschütze der Aufständischen allesamt auf das Burgtor gerichtet waren. Sie hatten, soweit man das in dem dichten Qualm erkennen konnte, bereits erheblichen Schaden angerichtet, und er fragte sich, warum die Belagerten nicht die Fallgitter herabließen. Zudem hatten sie es bislang noch nicht geschafft, ihre Geschütze so auszurichten, dass deren Geschosse den Angreifern gefährlich wurden. Entweder waren sie vom Überfall völlig überrascht worden, oder aber, was wahrscheinlicher war, der Kommandant hatte eigene Leute dort drinnen, welche die Verteidigungsbemühungen erfolgreich sabotierten. Schließlich war dies die Stammburg seiner Familie.

Der Posten redete hastig auf den jungen Befehlshaber ein, der jedoch zu weit von ihnen entfernt stand, als dass man seine Miene hätte deuten können.

Indessen ließ Leon seinen Blick über die Front schweifen. Es war ein seltsamer Anblick. Während die Kanonen feuerten, waren die Angreifer niedergekniet zum Gebet. Priester gingen durch die Reihen und segneten die Soldaten. Leon sah in die Gesichter der knienden Kämpfer und erschauerte.

»Ich möchte keinen dieser radikalen Gläubigen zum Feind haben.«

Offenbar hatte er diesen Satz lauter gesagt, als beabsichtigt, denn die alte Ordensschwester sah zu ihm auf und meinte in einer Pause zwischen den Detonationen: »Es ist nicht die Radikalität ihres Glaubens, die sie so gefährlich macht, ganz im Gegenteil.«

Leon warf ihr einen verwirrten Blick zu.

»Wären sie radikal gläubig, wären sie niemandes Feind, denn sie würden die Liebe Jesu in sich tragen.«

Er betrachtete die runzlige alte Frau. Irgendwie hatte er das Gefühl, dass sie sich sehr gut mit Mathéo verstehen würde.

»Seid ihr wahnsinnig geworden?!« Mit raschen Schritten kam der Kommandant auf sie zugeeilt, das Gesicht bleich vor Zorn.

»Wir müssen unbedingt –«, setzte Angélique an.

»Kommt mit!«, herrschte er sie an und zog sie weiter hinter die Front zu einem kleinen Hügel, wo das Donnern der Geschütze nicht ganz so laut dröhnte.

»Was denkt ihr euch dabei?!«, fuhr er Leon an. Dann legte er seine Hände auf Angéliques schmächtige Schultern. »Ich habe schon Vater und Thérèse verloren. Ich will dich nicht auch noch verlieren.«

»Du musst den Angriff abbrechen ...«, sagte Angélique und hustete.

»Du weißt nicht, was du da redest!«, erwiderte er barsch.

»Kommandant, wenn ich etwas sagen dürfte ...«, meldete sich Leon zu Wort. »Der Kampf um die Vendée ist verloren, und Ihr wisst das«, fuhr er fort, nachdem Jean-Louis sich ihm unwillig zugewandt hatte. »Cathelineau erlag seinen Verletzungen, d'Elbée wurde erschossen, La Rochejaquelein ist gefallen. Die Armee wurde fast vollständig aufgerieben. Ihr greift das Château de Chamilot nicht deshalb an, weil das militärisch noch irgendeinen Sinn hätte, sondern um Eure Mutter zu befreien, die im Burgfried gefangen gehalten wird.«

Angelique blickte überrascht zu ihm auf.

Auch Jean-Louis starrte ihn an. Misstrauen flackerte in seinen Augen auf. »Solange noch ein Mann bereit ist, für Gott und den König die Waffen zu ergreifen, haben die Revolutionäre noch nicht gesiegt.«

»Jean-Louis!« Angélique ergriff ihren Bruder bei den Armen. »Ist es wahr? Versuchst du, Mutter zu befreien?«

Der junge Kommandant nickte langsam. »Sie und unseren kleinen Neffen.«

»Noël ist ebenfalls dort?!«, stieß Angélique hervor. Hoffnung und Furcht spiegelten sich auf ihrem Gesicht wider. »Aber dann wird Barrère sie als Geiseln benutzen.«

»Ihnen wird nichts geschehen«, erwiderte Jean-Louis im Brustton der Überzeugung.

»Ihr dürft den Angriff nicht fortsetzen! Es ist eine Falle!«, rief Leon.

»Ich weiß«, erwiderte der Kommandant. »Aber am Ende wird es der heuchlerische Abt sein, der hilflos darin zappelt.« Er drückte Angélique einen Kuss auf die Stirn. »Und nun haltet mich nicht länger auf. Bleibt hinter der Front, bis die Schlacht gewonnen ist.« Er wandte sich ab und befahl dem Posten. »Du bist mir für ihre Sicherheit verantwortlich.«

»Jawohl, Kommandant.«

Angélique taumelte. Leon sprang rasch vor und legte seinen Arm um ihre Schultern.

»Noël ist hier«, flüsterte sie. Langsam ließ sie sich auf das moosdurchsetzte Gras sinken. Leon hockte sich neben sie. Er war verwirrt. Jean-Louis wusste, dass es eine Falle war, und dennoch setzte er den Angriff fort?! Er war sich seiner Sache absolut sicher. Wie konnte das sein? Angéliques Bruder musste sich irren, schließlich würde das Château bis auf die Grundmauern zerstört werden – und das noch während des Angriffs in dieser Nacht.

»Woher weißt du von Mutter?«, fragte Angelique.

»Ich glaube, ich habe sie gesehen, als ich dich befreien wollte.«

»Und Noël ist auch hier!«, murmelte die junge Frau. »Das kann kein Zufall sein.«

»Nein, es wurde von langer Hand geplant.«

»Aber Jean-Louis hat diese Falle durchschaut?«

»Das glaubt er zumindest. Er hat sicher einen Spion dort drüben. Aber ...«, Leon kaute an seiner Unterlippe, »... was hatte er übersehen?

»Aber du glaubst dennoch nicht, dass er siegen wird?«

»Das Château de Chamilot wird vollkommen zerstört werden, noch in dieser Nacht ...« Leon spürte den prüfenden Blick der alten Nonne auf sich ruhen. Er brach ab. Jetzt war wohl kaum der richtige Zeitpunkt zu offenbaren, woher er sein Wissen hatte. Dann fuhr er fort: »Ich kenne die genauen Pläne deines Bruders nicht, aber ich mache mir große Sorgen. Bei einem solchen Angriff kann selbst ein kleiner Fehler eine Katastrophe auslösen.«

»Ich werde nicht zulassen, dass Noël etwas zustößt!« Angélique schien aus irgendeinem verborgenen Reservoir neue Kräfte zu sammeln und stemmte sich hoch.

»Was hast du vor?«

»Ich werde Jean-Louis folgen, ob er will oder nicht.«

»Aber – « Leon setzte zu einer Erwiderung an. Dann sah er die Entschlossenheit in ihrem Gesicht. Er wusste, was in ihr vorging, wusste, was sie durchgemacht hatte, wusste, was sie über Jahre an Entbehrung und Leid ertragen hatte, um dieses Kind zu finden. Sie würde niemals aufgeben. Er müsste sie schon mit Gewalt davon abhalten, und dann würde sie sich selbst verlieren und all das, was sie ausmachte. »Gut. Ich komme mit.« Er warf einen vielsagenden Blick auf den Posten, der ihnen finstere Blicke zuwarf und mit einem Auge immer wieder in Richtung Schlacht schielte.

Angéliques Augen funkelten. Sie wandte sich zu Schwester Maria Martha. »Ihr müsst uns helfen!«

Die alte Nonne öffnete den Mund, um etwas zu erwidern. Ihre Worte wurden jedoch von einem ohrenbetäubenden Schlachtgebrüll verschluckt.

Sie sprangen auf und liefen um den Hügel. Die Geschütze hatten das Tor gesprengt, und jetzt rannten zweitausend Mann brüllend darauf zu. Schüsse krachten, als die Nationalgardisten Salve um Salve in die Reihen der Angreifer sandten. Doch die Männer stürmten wie rasend weiter, sprangen über die verwundeten und sterbenden Kameraden hinweg und erwiderten im Laufen das Feuer. Leon blickte in den dunkler werdenden Abendhimmel. Der letzte Tag des Château de Chamilot neigte sich dem Ende zu.

Angélique rief der alten Ordensfrau über den Lärm der Schlacht hinweg etwas ins Ohr. Erst schüttelte diese entsetzt den Kopf. Dann jedoch nickte sie. Entschlossen straffte sie die Schultern und stapfte auf den Posten zu, der gebannt das Geschehen auf dem Schlachtfeld verfolgte. Angélique hängte sich schwer bei Leon ein und schrie ihm über den Lärm hinweg zu: »Du musst mich stützen und zu jenem Gebüsch dort begleiten. Ich kann mich kaum auf den Beinen halten und muss meine Notdurft verrichten. Zumindest soll das der Posten denken.«

»Und dann?«

»Laufen wir um den Hügel herum und folgen meinem Bruder.«

Leon warf ihr einen skeptischen Blick zu »Und der Posten ...?«

»Schwester Maria Martha wird ihn aufhalten.«

»Wie das?«

»Ihr wird schon etwas einfallen. Ich habe ihr gesagt, sie soll dem Jungen das Leben retten und dafür sorgen, dass auch er keinem anderen das Leben nimmt.«

Als sie das Gebüsch erreicht hatten, wagte Leon einen Blick über die Schulter. Der Posten warf einen Blick auf die Schlacht. Dann beugte er sich zu der Alten hinab, die eindringlich auf ihn einredete. Sie hatte sich so gestellt, dass er ihnen dabei den Rücken zuwenden musste. Es war ihr Glück, dass hier keine disziplinierte Armee kämpfte, sondern eine Horde einfacher Bauern, die einzig und allein von ihrem leidenschaftlichen Zorn angetrieben wurden.

»Jetzt!«, zischte Angélique in sein Ohr.

Sie schlugen sich durch das dichte Gebüsch, gingen den Hügel hinab und stolperten gleich darauf mitten ins Schlachtgeschehen. Rechts neben ihnen feuerten unaufhörlich die Geschütze, die nun höher ausgerichtet waren und die Zinnen unter Beschuss nahmen. Dort war es den Blauen inzwischen gelungen, ihre Kanonen besser zu positionieren. Der beißende Qualm waberte wie Nebel über die Ebene. Sie sahen die Vendéer wie eine schwarze, wogende Masse auf die Burg zustürmen, ein wimmelnder Schwarm, in den die Geschosse der Republikaner immer wieder Lücken rissen, die sich gleich darauf wieder schlossen. Es gab nicht viele Reiter aufseiten der Angreifer, und so konnten sie Jean-Louis deutlich erkennen, der durch die Flut seiner Leute vorwärtsdrängte und sich dem Zentrum des Angriffs anschloss.

Angélique biss die Zähne zusammen und beschleunigte ihre Schritte. Ihre schmalen Finger hielten Leons Hand fest umklammert. Geschosse pfiffen und brausten um sie herum. Der Boden bebte, wenn sie mit dumpfer Wucht einschlugen und Fontänen aus feuchter Erde und losem Gestein emporstoben. Und alles wurde übertönt vom Schlachtgebrüll der Angreifer. Leons Herzschlag trommelte. Das Blut rauschte und pumpte Unmengen Adrenalin durch seine Adern. Mit Angélique an seiner Seite und dem ohrenbetäubenden Lärm um sich herum fühlte er sich beinahe wie in einem Rausch, unverwundbar und zu allem fähig. Die Toten und Verstümmelten, die zu Hunderten das Schlachtfeld bedeckten, blendete er einfach aus. Sie holten die letzten Reihen der Angreifer ein, als die ersten bereits gegen die Mauern fluteten und sich durch das Nadelöhr des geborstenen Tores immer dichter zusammenpressten.

Angélique hinter sich herziehend, drängte Leon durch die meist kleiner gewachsenen Vendéer hindurch. Die Kugeln der Verteidiger prasselten wie ein tödlicher Hagelschauer in die dichtgedrängten Massen. Leon spürte, wie ein Mann neben ihm von einem Schlag getroffen wurde und zusammensackte. Eine Kugel streifte auch sein Ohr, doch er spürte kaum mehr als ein lästiges Brennen. Immer weiter drängte er vorwärts, und erst, als Angéliques Finger den seinen zu entgleiten drohten, wandte er sich um. Ihr Gesicht war blass, kalter Schweiß stand auf ihrer Stirn. Sie war vollkommen erschöpft, und ihre Augen waren vor Entsetzen weit aufgerissen. Sie waren nicht durch den Schlachtenrausch getrübt. Ihr Anblick traf Leon wie ein Schwall eiskalten Wassers. Nun vernahm auch er durch das Brüllen der Angreifer hindurch die Hilferufe und das schrille Kreischen der Verwundeten. Er sah Todesangst und Hass in den verzerrten Gesichtern. Und das Grauen traf ihn wie ein Schlag in die Magengrube.

»Dort entlang!«

Leon las die Worte eher von ihren Lippen ab, als dass er sie verstehen konnte. Sein Blick folgte ihrem ausgestreckten Finger, und er sah Jean-Louis gerade noch durch das Tor in den Burginnenhof schlüpfen. Er hatte sein Pferd irgendwo zurückgelassen und war zu Fuß weitergestürmt. Trotz ihres Entsetzens bewahrte Angélique den Überblick.

Leon zog sie dichter zu sich heran und ließ sich vom Strom der vorwärtsdrängenden Kämpfer mittragen. Einige der Vendéer waren seitwärts ausgeschwärmt und erwiderten gezielt das Feuer der Schützen auf den Zinnen, was den tödlichen Hagelschauer erheblich minderte.

Schließlich gelangten sie gemeinsam mit unzähligen Soldaten durch das heiß umkämpfte Burgtor. Sogleich wurden sie von einer Salve empfangen, und ein halbes Dutzend Angreifer ging zu Boden.

»Dorthin!«, keuchte Angélique und wies zum Burgfried.

Während die Vendéer mit zornerfülltem Gebrüll vorwärtsstürmten, drängte Leon zur Seite. Das schwere Tor zum Turm stand offen. Der Boden davor war übersät mit Toten. Jean-Louis führte gerade eine Abteilung hinein, und die Blauen zogen sich unter heftigem Feuer in das Innere zurück. Leon musste Angélique beinahe tragen, als er mit eingezogenem Kopf über den Hof zum Turm hastete. Ein Querschläger pfiff dicht an ihm vorbei, und ein Steinsplitter prallte schmerzhaft gegen seine Schulter. Sie mussten über mehrere Leichen hinwegsteigen, um in das Innere des Turms zu gelangen. Die Kämpfer waren nicht mehr zu sehen. Sie waren bereits in höhere Etagen vorgedrungen und hatten nur die Toten zurückgelassen. Gleich neben der Tür lag der leblose Körper einer Dienstmagd. Ein Schlüssel war ihren kraftlosen Fingern entfallen. Leon ahnte, dass sie ihr Leben geopfert hatte, um ihrem früheren Dienstherrn den Zutritt zum Burgfried zu ermöglichen.

Treppauf wurde heftig gekämpft. Die Schüsse hallten zwischen den steinernen Mauern wider. Angélique wollte ebenfalls nach oben, doch Leon hielt sie zurück.

»Aber wir müssen dort hinauf. Gewiss wird Noël oben gefangen gehalten.«

»Ja«, erwiderte Leon. »Aber es gibt einen besseren Weg. Vertrau mir!«

Sie hörte das Pfeifen ihres eigenen Atems und spürte die Erschöpfung bis ins Mark. Hätte Leon sie nicht gestützt, hätte sie sich kaum auf den Beinen halten können. Der Lauf über das Schlachtfeld hatte sie die letzten Kraftreserven gekostet. Angélique schauderte, als sie die Stufen zu den stinkenden, kalten Verliesen hinabstiegen. Leon hatte von irgendwoher eine Laterne aufgetrieben, deren Licht warme Strahlen in die kalte Schwärze der unterirdischen Räume sandte.

»Dort entlang.« Er bewegte sich zielstrebig und sicher durch den dunklen Gang. Dann blieb er plötzlich stehen und bückte sich. Er zog an einigen Brettern, und eine Art Tür öffnete sich. Sie schlüpften hinein, und gleich darauf fand sich Angélique in einem schmalen Schacht wieder. Eine Leiter führte nach oben.

»Wo sind wir?«

»Ich nehme an, es handelt sich um einen alten Belüftungsschacht, den irgendjemand zugänglich gemacht hat.«

Sie begannen, die Leiter emporzusteigen.

»Woher weißt du das alles?«, keuchte Angélique. »Ich bin in dieser Burg aufgewachsen, aber das habe ich noch nie gesehen.« Mit jeder Stufe der Leiter fiel es ihr schwerer, ihre Beine zu heben.

»An jenem Tag, an dem ich dich befreien wollte, stieß ich zufällig auf einen Mann. Ich folgte ihm heimlich und fand so diesen Schacht.« Leon reichte ihr die Hand und zog sie auf eine schmale Plattform, von der eine weitere Leiter nach oben führte.

»Was war das für ein Mann?«, fragte Angélique. Schweiß rann ihr über den Nacken in den Kragen.

Die Laterne malte wandernde Schatten an die Wand, während Leon höherstieg. »Ich weiß es nicht genau, aber ich glaube, er war derjenige, der dein Tagebuch in das Verlies geschmuggelt hat. Jedenfalls kannte er das Versteck und nahm es heraus, nachdem du fort warst.«

»Also ... ist er ein Freund?«, fragte Angélique keuchend.

Leon antwortete nicht sogleich. Er half ihr die nächste Plattform hinauf. Als er weitersprach, dämpfte er seine Stimme. »Ich fürchte, nein.«

»Was ... bringt dich darauf?«, wollte Angélique wissen. Vor ihren Augen flimmerte es, und sie hatte Mühe, das Gleichgewicht zu halten.

Leon hielt sie fest. »Du bist am Ende deiner Kräfte. Ich werde dich tragen!«

»Es geht schon«, wehrte die junge Frau ab.

»Unsinn!« Er bückte sich. »Komm, steig auf meinen Rücken.«

Es widerstrebte Angélique, etwas so Albernes zu tun, aber sie schluckte ihren Stolz hinab und gehorchte. »Warum glaubst du, dass er kein Freund ist?«, hakte sie nach.

Leon stieg höher hinauf. »Wir müssen leise sein. Es ist nicht mehr weit.« Nach einer Weile flüsterte er. »Ich fürchte, der Mann, der dir das Tagebuch brachte, ist der Gleiche, der deine Mutter gefangen hält. Zumindest suchte er sie in ihrem Gefängnis auf ... und er nutzte dein Tagebuch dazu –« Er verstummte.

»Ja?«

»Es ... nun ja, es sah ganz danach aus, als wolle er sie quälen«, flüsterte Leon.

»Was?!«

Der Historiker kletterte auf eine Plattform und bedeutete ihr, leise zu sein. Es sah ganz so aus, als seien sie oben angelangt. »Er las dein Tagebuch und stieß auf meine Einträge. Offenbar ging er davon aus, dass du es warst, die auch diese Worte geschrieben hatte. In seinen Augen sah es so aus, als hättest du eine multiple Persönlichkeit entwickelt.«

»Was meinst du damit?«, fragte Angélique irritiert.

»Er glaubte, du wärst ... wahnsinnig geworden. Damit quälte er die Frau, von der ich nun vermute, dass sie deine Mutter ist. Er zeigte ihr auch den Zug der Gefangenen auf dem Weg zur Loire. Er wusste genau, was Carrier vorhatte. Ich nehme an, er arbeitet schon länger mit dem Kommissar zusammen.«

Angélique erschauerte. »Victor Barrère!«, stieß sie hervor. »Dieses Ungeheuer!«

Leon blickte sie nachdenklich an. Doch bevor er etwas sagen konnte, drang Kampflärm durch eine hölzerne Tür. Schüsse krachten, und etwas Schweres wurde gegen ein hölzernes Hindernis gerammt. Es splitterte und krachte.

Leon kroch zu einer schweren Tür vor und öffnete sie einen winzigen Spalt. Angélique zwängte sich neben ihn und lugte durch die schmale Öffnung. Sie sah einen Gang, von dem mehrere Türen abgingen. Die Tür gegenüber erbebte unter heftigen Schlägen von der anderen Seite. Zwei Nationalgardisten hatten sich mit angelegten Musketen davor postiert. Sie hatten Angélique den Rücken zugewandt. Neben ihnen stand ein bärtiger Mann in eleganter Kleidung. Angélique knirschte mit den Zähnen. *Victor Barrère!*

Die Tür erbebte erneut. Holz splitterte, und eine der Angeln brach heraus.

Die junge Frau biss sich auf die Unterlippe. Sobald die Angreifer durch die Tür brachen, würden die Männer das Feuer eröffnen. Sie öffnete ihre Tür ein wenig weiter.

Leon zischte ihr eine leise Warnung zu.

Erneut krachte es, die gegenüberliegende Tür brach heraus und fiel zu Boden. Holzsplitter wirbelten durch die Luft, und mehrere Gestalten wurden sichtbar. Angélique glaubte, das Gesicht ihres Bruders zu erkennen. Ohne nachzudenken, stürmte sie aus dem Raum und warf sich auf die Nationalgardisten, als diese das Feuer eröffneten. Jemand schrie überrascht auf. Mehrere Schüsse krachten, Schmerzensschreie erklangen. Als Angélique sich wieder aufrappelte, sah sie das Gesicht ihres Bruders dicht vor sich. Es war blutbeschmiert.

»Jean-Louis ...«

»Was tust du hier?«, zischte er und erhob sich. Mit einer ärgerlichen Bewegung wischte er das Blut von seinem Säbel. »Ich hatte dir befohlen, im Lager zu bleiben.«

Erst jetzt erkannte Angélique, dass die Blutspritzer nicht von ihm selbst stammten. Er hatte dem Mann, den sie zu Boden geworfen hatte, die Kehle aufgeschlitzt. Der andere war erschossen worden. Ihr wurde schwindlig, doch plötzlich war Leon bei ihr und hielt sie.

»Wer hätte das gedacht – ein Familientreffen zu dieser Zeit und an diesem geschichtsträchtigen Ort?«, erklang in diesem Moment die sonore Stimme des Abts von Saint-Christophe.

Victor Barrère stand weiterhin ganz gelassen da, ohne den getöteten Gardisten Beachtung zu schenken.

Jean-Louis hielt noch immer den blanken Säbel in der Hand. Die Männer, die ihn begleitet hatten, waren tot, die meisten wohl schon beim Erstürmen der Treppe gefallen. Die letzten beiden lagen an der zertrümmerten Tür in ihrem eigenen Blut.

»Ihr habt meinen Vater auf dem Gewissen, Abt!«, sagte Jean-Louis. Sein Gesicht war kalkweiß, und seine Augen glühten vor Hass.

Angélique griff nach Leons Hand. Sie erkannte ihren Bruder kaum wieder.

Der Abt schien jedoch vollkommen unberührt. »Ihr überschätzt meinen Einfluss«, erwiderte er. »Genau genommen war es Eure Mutter, die ihn unter das Richtschwert brachte. Sie lieferte alle Informationen, die für seine Verurteilung nötig waren.« Victor Barrère lächelte. »Hass ist wirklich eine erstaunliche Triebkraft, sie kann Ungeheures bewegen. Und es ist oft nur ein kleiner Funke nötig, um dieses unauslöschliche Feuer zu entzünden. Es mag Euch überraschen, aber anfangs war die Ehe Eurer Eltern durchaus erträglich, wozu die Fleischeslust sicherlich ihren Teil beitrug. Nicht umsonst war diese Ehe mit drei Kindern gesegnet. Ich wage sogar zu behaupten, dass eine winzige Flamme echter Zuneigung im Entstehen begriffen war, als das Gift der Eifersucht sich auszubreiten begann. Dabei waren die Verdächtigungen Eurer Mutter vollkommen grundlos. Es waren nur einige wenige, zugegebenermaßen gefälschte Briefe nötig, um das Feuer des Hasses zu entfachen ...«

»Ihr wart das?«, stieß Angélique hervor. »Ihr habt die Ehe meiner Eltern vergiftet und eine ganze Familie ins Unglück gestürzt?«

»Das habe ich nicht gesagt.«

»Ihr seid eine Schlange, Barrère«, zischte Jean-Louis, »Ungeziefer, das man unter dem Stiefelabsatz zertreten muss.« Er hob den Säbel und machte einen schnellen Schritt auf den Abt zu.

»Das würde ich nicht tun!«, sagte Victor Barrère.

Jean-Louis hielt inne.

»Wo ist mein Neffe?«, rief Angélique. »Und wo ist meine Mutter?«

Der Abt lächelte. »Aber selbstverständlich, das Familientreffen. Deshalb seid Ihr ja gekommen.« Er wandte sich an Jean-Louis. »Euch ist natürlich klar, was ich für diese glückliche Wiedervereinigung verlange?«

Jean-Louis nickte widerstrebend.

»Habe ich Euer Wort?«

Nach kurzem Zögern nickte Angéliques Bruder erneut. Langsam schob er den Säbel zurück in die Scheide. »Mein Wort unter Ehrenmännern.«

»Nun denn.« Der Abt ging zu der Tür, deren Riegel zurückgeschoben waren, und öffnete sie. Ein Mann mit Muskete kam dahinter zum Vorschein. Angélique vermutete, dass er durch verborgene Klappen alles beobachtet hatte, um einzugreifen, falls dem Abt Gefahr drohte. Schweigend postierte er sich an der Tür. Angélique schluckte. Auf einem hölzernen Stuhl saß ihre Mutter. Ihre Hände waren an die Lehne gefesselt, und sie trug einen Knebel im Mund. Sie war hager und grau geworden. Ihre blasse Haut spannte sich über den Gesichtsknochen wie über einen Totenschädel. Mit weit aufgerissenen Augen starrte sie ihnen entgegen. Angélique taumelte, als sie die Gestalt daneben erkannte. Es war Marie Raynal. Sie stand aufrecht da, ihr blatternarbiges Gesicht zeigte keine Regung. In ihren Röcken hatte sich ein kleiner blonder Junge verborgen.

»Noël!«, entfuhr es Angélique.

Der Junge drückte sich noch enger an Marie Raynal.

»Der Junge kennt Euch nicht«, sagte eine tiefe Stimme.

Erst jetzt sah Angélique, dass sich eine weitere Person im Raum befand. Pierre. Er stand im Schatten an der Wand, und Angélique schien es, als sei er ungewöhnlich blass. Er starrte sie mit seltsamen Blicken an. Gleichzeitig spürte sie, wie sich Leon neben ihr versteifte.

»Was für eine Überraschung, nicht wahr? Der treue Diener aufseiten des Feindes?« Barrère lächelte. »Es ist ein schreckliches Erwachen, wenn man feststellen muss, dass man eine Natter an seiner Brust genährt hat. Doch nun wollen wir nicht länger säumen.« Er ging auf einen kleinen Tisch zu.

Es war eine bizarre Situation. Der Abt plauderte so entspannt und gelassen, als befände er sich in einem Salon. Durch die Fenster drang der Lärm der Schlacht herein, und ihre Mutter zerrte an den Fesseln.

Angélique spürte, wie Leon sich zu ihr herabbeugte, um ihr etwas ins Ohr zu flüstern.

»Ich habe einige Papiere vorbereitet«, fuhr der Abt fort. »Ihr werdet sehen, es ist ganz leicht.« Er wandte sich an den Diener. »Pierre, bitte reich uns Tinte und Feder.«

»Das wird nicht nötig sein, Abt.«

»Was?!« Zum ersten Mal zeigte sich auf dem Gesicht des Abts eine Gefühlsregung. Rote Zornesflecken erschienen auf seinen Wangen. »Ich habe dir klare Anweisung gegeben ...«

»Gewiss doch, gewiss«, unterbrach ihn der Diener, »aber nun ist es an der Zeit, diese Komödie zu beenden.«

»Was soll das heißen?! Ich –« Der Rest seiner Worte ging in einem erstickten Gurgeln unter. Blitzschnell hatte Jean-Louis einen Dolch gezogen und ihn dem Abt in die Brust gerammt.

Angélique stieß einen Schrei des Entsetzens aus.

Die Augen des Abts wurden groß. Ungläubig starrte er auf den Dolch in seiner Brust. Dann sackte er langsam zu Boden.

»Mein Wort gilt unter Ehrenmännern«, sagte Jean-Louis kalt. »Aber du bist kein Ehrenmann, du bist nicht einmal ein Mensch, nur Ungeziefer, eine Schlange, die ich zertreten muss.« Er hob den Fuß und trat mit aller Wucht auf den Dolch, um ihn tiefer in den Sterbenden hineinzurammen. Der Mann gab ein ersticktes Röcheln von sich. Es war ein schreckliches Geräusch.

Angélique wandte sich ab und drückte ihr Gesicht an Leons Brust. Ein Teil ihres Bewusstseins nahm verwundert von

Pierres seltsamem Verhalten Notiz. Auch der Posten hatte sich nicht gerührt. Der überwiegende Teil jedoch spürte nacktes Entsetzen. Was war aus ihrem Bruder geworden? Wie konnte er so brutal und kaltblütig morden? Sie spürte Leons Hände, die sich tröstend auf ihre Schultern legten, spürte seine Lippen, die ihr Haar berührten, und hörte ihn flüstern: »Angélique, hör mir zu. Er war es nicht –«

»Was?«, fragte Angélique benommen.

»Binde sie los«, befahl Jean-Louis an Pierre gewandt.

»Verzeiht, aber ist das nicht Eure Aufgabe, junger Herr?«

Jean-Louis nickte knapp und ging zum Stuhl hinüber.

Leon flüsterte: »Es war nicht der Abt –«

Doch erneut wurde er unterbrochen. Denn kaum hatte Jean-Louis seine Mutter von ihrem Knebel befreit, schrie sie: »Er ist der Verräter!« Ihre Augen blickten hasserfüllt zur Wand hinüber.

Rache

»Was?« Jean-Louis fuhr herum.

Der alte Leibdiener machte einen Schritt aus dem Schatten heraus. Er hielt einen kleinen Gegenstand in der Hand, an dem irgendetwas seltsam war.

»Das versuche ich dir die ganze Zeit zu sagen, Angélique«, meinte Leon. »Es war der Mann dort drüben, den ich beobachtet hatte.«

»Pierre ...«, stammelte Angélique verwirrt. »Aber warum?«

»Er war der Liebhaber Sophies«, zischte die Mutter.

Jean-Louis zog seinen Säbel.

»Keine Bewegung!«, rief der Posten. Er hatte seine Muskete gehoben.

»Lass gut sein, Joseph«, sagte Pierre.

Joseph? Angélique fuhr herum und betrachtete den Mann. Jetzt erkannte sie ihn wieder – er war einer der Komplizen des Leibdieners gewesen. Als Söldner getarnt, hatten die beiden Pierre geholfen, mit Thérèse und Angélique aus Saint-Georges zu fliehen. Der Mann hatte sich den Bart abrasiert und trug die blaue Uniform der Nationalgardisten.

»Ich habe sie geliebt, wirklich geliebt.« Pierre sprach leise. Sein Blick war auf die Taschenuhr gerichtet. »Dies war ihr Geschenk. Der Künstler hat ihre Schönheit nur unzureichend getroffen.« Er strich zärtlich über den goldenen Sprungdeckel, in den ein Bildnis eingefasst worden war. »Es ist das Einzige, das mir von ihr geblieben ist. Dies und die Erinnerung ...«

Jean-Louis machte einen vorsichtigen Schritt näher.

»Keine Bewegung!«, befahl der Söldner.

Pierre blickte auf. Er sah jedem Einzelnen ins Gesicht. An

Angélique gewandt sagte er: »Ihr seid, wie es scheint, nicht totzukriegen.« Dann wandte er sich der Mutter zu, die noch immer gefesselt auf dem Stuhl saß. »Ihr wisst nicht, was Liebe ist. Ich dachte, der Schmerz könne es Euch lehren. All die Monate, die Ihr in diesem Raum verbrachtet, von dem aus Eure Schwester in den Tod ging – so viel Zeit, in Euch zu gehen ... Aber Euer Blut ist so kalt, dass nicht mal das Leid es zu erwärmen vermag. Was spürtet Ihr, als Euer Gatte zu Unrecht hingerichtet wurde? War da zumindest ein wenig Bedauern?«

Angélique stockte der Atem. Pierre war der Mörder? Er steckte hinter allem? Sie erinnerte sich an die furchtbaren Ereignisse auf dem Place de Grève. Die Person, die ihr Vater in der Menge so hasserfüllt angesehen hatte, musste Pierre gewesen sein. Und was hatte er gerufen? Damals hatte sie nur Satzfetzen verstanden, aber nun wurde es ihr klar: *Hör nicht auf die Worte des Judas!* Damit war Pierre gemeint gewesen.

»Ich wollte, dass Ihr fühlt, was ich gefühlt habe. Ich wollte, dass Ihr versteht, was Ihr mir angetan habt«, fuhr Pierre fort. »Aber was sagtet Ihr, als ich Euch vom grausamen Tod Eurer Tochter Thérèse berichtete? ›Sie ist nicht mehr meine Tochter.‹«

Angélique blickte zu ihrer Mutter hinüber. Diese sah Pierre nicht an. Sie sah niemanden an. Ihre Augen waren in die Ferne gerichtet. Täuschte Angélique sich oder standen dort tatsächlich Tränen in ihren Augen?

»Vermochte Euch der Anblick Eures Enkels zu rühren?«, fragte Pierre. »Nein! Ihr saht lediglich ein sichtbares Bild der Unzucht in ihm, einen Bastard und eine lebende Schande.«

»Du Ungeheuer!«, schrie Jean-Louis, erneut zuckte seine Hand nach dem Säbel.

»Schweig!«, donnerte der Diener. Er bleckte die Zähne, und seine Augen hatten einen fanatischen Glanz.

Jean-Louis erstarrte.

»Schweig und hör zu. Mehr erwarte ich nicht«, sagte Pierre. Seine verzerrten Züge hatten sich schlagartig wieder entspannt und trugen nun den Ausdruck stiller Melancholie. Der Wechsel vollzog sich so rasch, als habe er sich verschiedene Masken aufgesetzt. »Vielleicht sollte ich Euch erklären, was es mit dieser Uhr auf sich hat. Es wird Eurer Konzentration förderlich sein. Diese Uhr ist nicht nur das Letzte, was mir von Sophie geblieben ist. Sie ist auch in ganz buchstäblicher Weise mit dem Faden des Schicksals verwoben. Seht Ihr?« Tatsächlich war die Uhr mit einem dünnen Faden verbunden, der zu einer Öffnung in der Wand führte. »Ich habe lange gebraucht, um den Mechanismus zu entwickeln«, fuhr Pierre fort. »Nebenan befinden sich vierzig Fässer mit Schwarzpulver. Diese wiederum sind mit zwei weiteren Depots auf den unteren Ebenen des Turms verbunden. Sobald ich diese Uhr fallen lasse, beispielsweise weil mich der tödliche Stich eines Säbels trifft, löst das Gewicht der Uhr den Schlag auf eine Zündpfanne aus, die wiederum das Schwarzpulver entzündet. Der gesamte Turm mit allen, die sich darin befinden, wird in die Luft gesprengt.«

Ein ersticktes Keuchen war zu vernehmen. Es war Marie Raynal, die mit entsetzter Stimme fragte: »Das hast du geplant?« Sie starrte Pierre an, als wäre er ein Gespenst, und wich immer weiter von ihm zurück. »Du willst uns alle umbringen?!«

»Ich will, dass man versteht …«

»Und dafür nimmst du in Kauf, dass du selbst stirbst und deine eigene Schwester und dieser unschuldige Knabe hier ebenfalls?! Ich wusste, dass du ihn für deine Rache gebrauchen willst, aber dass du etwas so Abscheuliches planst …«

Angélique bemerkte, dass auch der Söldner verwirrt von einem zum anderen sah. Offenbar war er ebenfalls von der Drohung des Dieners überrascht und wusste nicht, wie sie einzuordnen war.

»Ah, du liebst den Jungen«, sagte Pierre an Marie Raynal gewandt. »Das war nicht vorgesehen. Aber sei getrost, wenn das hier vorbei ist, werdet ihr für immer vereint sein.«

Marie stieß einen erstickten Schrei aus, dann wirbelte sie

herum. Etwas Metallenes blitzte auf und im nächsten Moment sackte der Söldner mit blutender Kehle zusammen. Marie sprang sogleich über den Sterbenden hinweg. In der linken Hand hielt sie ein blutiges Messer, mit der rechten zerrte sie Noël hinter sich her. Das kleine, blasse Gesicht des Jungen war starr vor Entsetzen.

Angélique reagierte, ohne nachzudenken. Mit einem Aufschrei auf den Lippen hastete sie hinterdrein. Leon war ihr dicht auf den Fersen.

»Flieh, Angélique!«, hörte sie zu ihrer Verblüffung die Stimme ihrer Mutter rufen. »Flieh!«

»Interessant«, vernahmen sie Pierres gelassene Stimme. »Eure späte Fürsorge ist allerdings vergeblich. Sie kommen nicht weit. Niemand verlässt lebend diesen Turm.«

Die junge Frau stolperte in den Flur. Ihr war schwindlig, und ihr Blick verschwamm. Ihr Atem stockte, und sie musste husten. *Nicht jetzt!,* schoss es ihr durch den Sinn. Sie sah gerade noch, wie der kleine Noël hinter der als Regal getarnten Geheimtür verschwand. Angélique strauchelte. Vage bemerkte sie, wie Leon etwas aus dem Regal nahm und nach einer Laterne griff. Dann zwang ein Hustenanfall sie in die Knie.

Der kleine Lederkoffer verfügte über einen Riemen, und Leon hängte ihn sich über die Schulter. Rasch kniete er neben Angélique nieder und half ihr auf die Beine. »Schnell, wir müssen weiter!«

Angélique nickte. Noch immer hustend, legte sie ihren Arm um seine Schulter. Er umschlang ihre Hüfte und half ihr auf die Plattform des Geheimgangs.

»Halte durch«, flüsterte er ihr ins Ohr.

»Es geht gleich wieder«, krächzte sie. Blut sprenkelte ihr Kinn. Sie wischte es mit dem Unterarm ab.

»Ich trage dich!«, sagte er bestimmend.

Zuerst sah es so aus, als wolle sie widersprechen, dann nickte sie.

Leons Gedanken rasten, während er hastig die Leitern hinabstieg. Angélique hing auf seinem Rücken und hatte die Arme um seinen Hals geschlungen. Er wusste, dass Pierre die Wahrheit sagte. Er selbst hatte die gestapelten Fässer im Nachbarraum gesehen, und er hatte zweihundert Jahre später anhand der archäologischen Funde die verheerende Wirkung der Detonation nachvollziehen können. Pierre war ein Mann, der nichts dem Zufall überließ. Über Jahrzehnte hatte er seine Rache geplant. Marie, die, wie sie gerade erfahren hatten, seine Schwester war, hatte er zu Mord und Kindesentführung angestiftet. Er würde nicht zulassen, dass seine Opfer ihm in letzter Sekunde entkamen.

Weiter unten hörte er ein Poltern und das leise Schluchzen des Jungen. Sie waren nicht weit entfernt. Als er auf der tiefer gelegenen Plattform ankam und auf die nächste Leiter wechseln wollte, stolperte er. Er stieß gegen die Wand, und die Laterne entglitt seinen Fingern. Im letzten Moment gelang es ihm, sich in einer Mauerfuge festzukrallen und das Gleichgewicht zurückzuerlangen.

Gleichzeitig zerbarst die Laterne unter ihnen. Die Kerze erlosch, und es wurde schlagartig dunkel. »Mist!«

Mit äußerster Vorsicht setzte Leon seinen Weg im Dunkeln fort. Von unten vernahm er das Scharren von Holz auf Stein. Marie hatte bereits den Ausgang erreicht.

Einige Momente später gelangte auch Leon unten an.

»Lass mich herunter«, sagte Angélique. »Ich bin wieder bei Kräften.«

»Das bezweifle ich«, entgegnete Leon, ließ sie aber von seinem Rücken gleiten. Geduckt krochen sie durch den niedrigen Eingang hinaus auf den Kellergang. Von Marie und dem Kleinen war nichts zu sehen. Wenn es ihnen gelungen war, hinauf ins Freie zu gelangen, wäre es ihnen ein Leichtes, in all dem Chaos und dem Schlachtengetümmel unterzutauchen.

»Schnell, weiter!«, schnaufte Angélique

Leon nickte und nahm ihren Arm. Gemeinsam eilten sie, so

rasch es Angéliques Kräfte erlaubten, auf den Treppenaufgang zu. Kampfeslärm war zu vernehmen.

»Stehen bleiben!«, drang es plötzlich in die Verliese hinab. Fackellicht flackerte. Ein Schuss krachte. Zwei Gestalten – eine große und eine kleine – hasteten hinunter und tauchten an der Angélique und Leon gegenüberliegenden Seite in das Dunkel der Gänge ein. Angélique wollte hinterherstürzen, doch Leon hielt sie zurück.

»Warte!« Der Fackelschein wurde heller. »Schnell, an die Wand!« Sie pressten sich gegen das feuchte Gestein.

Das Getrappel schwerer Stiefel wurde laut, und gleich darauf stürmten ein halbes Dutzend mit Pieken und Musketen bewaffnete Nationalgardisten herab.

»Still!«, zischte einer von ihnen mit seltsamem Akzent. Er lauschte. »Sie sind dort entlang!«, rief er schließlich.

»Ich kenne diesen Mann«, wisperte Angélique. »Er heißt Rudolph und ist der zweite Söldner und Komplize Pierres.«

Leon nickte. »Er hat sicher den Auftrag, niemandem aus dem Turm entkommen zu lassen.«

Die Männer rannten den Gang entlang den beiden Flüchtenden hinterher.

»Rasch, wir müssen ihnen folgen!«, zischte Angélique.

Leon zögert. Sein Blick fiel auf die Treppe. Dort oben wurde noch immer gekämpft. Die Burg würde fallen. Es war nur eine Frage der Zeit. Wenn es ihnen gelang, im rechten Moment hinauszuschlüpfen ...

Angélique löste sich von ihm. »Ich kann Noël nicht noch einmal im Stich lassen.«

»Natürlich nicht«, sagte Leon und war erstaunt, wie leicht ihm diese Entscheidung fiel. Er griff Angéliques Arm. »Wir folgen ihnen, aber im sicheren Abstand. Es hilft niemandem, wenn sie uns vorzeitig entdecken.«

Sie folgten den Männern im Schatten der Wand und außerhalb des Lichtkreises der Fackeln. Leon kannte den Weg. Er war ihn schon einmal gegangen, wenn auch in die entgegengesetzte Richtung. War es Zufall, dass Marie dort entlangfloh? Ja, wahrscheinlich. Es gab nicht viele Möglichkeiten, und so zog es sie unwillkürlich in die Dunkelheit und die verwinkelten Gänge des Verlieses, in der Hoffnung, sich dort irgendwo verstecken zu können. Auch Angélique schauderte. »Das ist der letzte Ort, den ich jemals wieder betreten wollte«, wisperte sie. Ihre Hand krallte sich fester in Leons Arm.

Plötzlich erklang ein Schmerzensschrei.

Leon und Angélique beschleunigten ihre Schritte.

Gleich darauf krachte ein Schuss. »Hier sin se!«, rief eine raue Männerstimme.

»Verdammte Hexe!«, schrie eine zweite Stimme. Erneut krachte ein Schuss.

»Aufhören!«, erscholl die Stimme des Söldners. »Sucht den Bengel!«

Leon ging wachsam voran und lugte um die nächste Biegung des Ganges. Er war nur wenige Schritte von Angéliques Zelle entfernt. Nun konnte er die Männer mit ihren Fackeln deutlich sehen. Zwei Männer hatten ihre Gewehre auf Marie Raynal gerichtet, die, den Rücken an die Wand gelehnt, auf dem Boden kauerte. Sie hatte die Hände auf den Bauch gepresst und atmete röchelnd. Einer der Männer lag reglos am Boden, Maries Messer steckte in seiner Brust, seine Pike lag neben ihm. Zwei weitere Soldaten durchsuchten auf Anweisung des Söldners die Verliese.

»Oh, mein Gott«, wisperte Angélique, die neben ihn geschlichen war. »Wo ist Noël?«

Plötzlich erscholl ein lauter Ruf. »Verdammt!« Ein Schuss krachte.

»Macht nicht solch einen Lärm, ihr Idioten!«, rief Rudolph zornig. »Wir wollen nicht gleich einen Haufen Briganten hier unten haben.«

Ein kleiner Schatten huschte aus einer der Kerkerzellen, dicht gefolgt von einem der Soldaten.

»Noël«, stöhnte Angélique entsetzt auf.

Doch der kleine Junge war flink und geschickt. Er schlüpfte unter den Händen seines Häschers hindurch, schlug einen Haken und wich einem zweiten aus. Dann warf er sich gegen die Beine eines Dritten, der ins Stolpern geriet und zu Boden ging. Im Nu war der Kleine wieder auf den Beinen und hetzte weiter. Dann sah er Marie Raynal auf dem Boden liegen und blieb entsetzt stehen. »Mama!«

»Lauf, mein Junge, lauf!«, krächzte die Schwerverwundete. Ein Soldat fuhr herum und rammte ihr das Bajonett in die Brust.

Noël schrie auf und rannte weiter, und zwar genau auf Leon und Angélique zu. Aber er kam nicht weit, denn einer der Soldaten schlug ihm mit dem stumpfen Ende seiner Pike die Beine weg. Mit einem Schmerzensschrei stürzte der Junge zu Boden und blieb benommen liegen.

»Die kleine Ratte spieß ich auf«, knurrte der Mann, der von dem Jungen zu Fall gebracht worden war.

»Nein!«

Ehe Leon reagieren konnte, war Angélique aus ihrem Versteck gestürmt und hatte sich schützend über Noël geworfen. Der Mann hielt verdutzt inne, dann grinste er. »*Merde*, wir sin hier wohl auf 'n ganzes Rattennest gestoßen!« Mit stoßbereiter Pike kam er näher.

Leon stöhnte entsetzt auf. Seine Gedanken überschlugen sich. Zwei der Männer waren mit Piken bewaffnet, und der Söldner trug einen Säbel. Drei Soldaten hatten Musketen, und es waren auch drei Schüsse gefallen. Er hatte keinen von ihnen nachladen sehen. Seine Chancen waren minimal, aber welche Wahl hatte er? Er zog die Pistole aus seinem Gürtel, spannte den Hahn und trat vor. »Bleib, wo du bist!«

Der Mann blieb abrupt stehen.

Leons Herz schlug ihm bis zum Hals. Die Pistole war nicht geladen, aber das konnte ja niemand wissen. »Für heute ist genug Blut geflossen. Lasst die Frau und den Jungen gehen. Dann muss niemand sterben.«

Die anderen kamen mit erhobenen Musketen näher.

»Bleibt, wo ihr seid. Ich weiß, dass eure Waffen nicht geladen sind.«

Die Soldaten blieben tatsächlich stehen und warfen sich unsichere Blicke zu.

»Wir sind zu fünft, du bist nur einer«, knurrte der Mann mit der Pike.

»Mag sein, dass ihr mich überwindet, aber der Erste, der den Versuch wagt, stirbt!« Er richtete die Waffe nacheinander auf jeden der Soldaten. »Komm, Angélique!« Er reichte ihr die Hand. Sie blickte zu ihm auf, neue Hoffnung glomm in ihren Augen.

Dann geschahen mehrere Dinge gleichzeitig: Aus den Augenwinkeln nahm er eine Bewegung wahr. Rudolph, der Söldner, hatte sich bislang abseits gehalten. Nun schlug er den Mantel beiseite und zog eine Pistole aus dem Gürtel. Sein Schuss krachte in dem Moment, in dem der Boden unter Leons Füßen erzitterte. Der Historiker verlor das Gleichgewicht und fiel auf die Knie. Er konnte das Pfeifen der Kugel vernehmen, die ihn nur knapp verfehlte. Sie hätte gleich darauf gegen die Mauer hinter ihm prallen müssen, doch kein Gestein splitterte, stattdessen zuckte der Widerschein kalten Neonlichts durch den düsteren Gang, und ein warmer Lufthauch streifte ihn. Blitzartig tauchte ein Bild vor Leons innerem Auge auf. Er sah sich selbst an der Grabungsstätte auf dem Boden knien und eine noch warme Bleikugel in der Hand halten.

Das Beben endete so abrupt, wie es gekommen war.

»Was zur Hölle war das?«, entfuhr es einem der Männer.

Eine Welle der Übelkeit überkam Leon. Taumelnd wollte er sich wieder auf die Füße stemmen, als ihn ein harter Schlag am Kinn traf. Gleich darauf hörte er Angélique aufstöhnen, und sie stürzte schwer auf ihn.

»Lass uns von hier verschwinden«, sagte einer der Männer. Seine Stimme klang unsicher.

Leon schlug die Augen auf und sah Angéliques blasses Gesicht direkt vor sich. Ein erschöpftes Lächeln zeigte sich auf ihren Lippen. Sie hielt Noël noch immer fest umschlungen. Der Kleine zitterte und schluchzte.

»Gut«, sagte der Söldner. »Wir töten sie und hau'n dann ab.«

»Verdammt schwer umzubringen, diese Ratten«, meinte der Mann mit der Pike und kam näher.

»Nein.« Leon schob Angélique hastig zur Seite. Er hob die Pistole, bemerkte aber dann, dass sich der Abzug beim Sturz gelöst hatte. Nun war die Waffe nicht bedrohlicher als ein Spielzeug. Leon schleuderte sie nach dem Angreifer, doch dieser wich ihr mühelos aus.

Leon sah, wie Rudolph seine Pistole nachlud. Aber er hatte keine Zeit, auf ihn zu achten, denn der Soldat mit der Pike hob seine Waffe und machte Anstalten zuzustoßen. Doch schon im nächsten Moment rang er um sein Gleichgewicht, als der Boden erneut erzitterte. Leon starrte mit offenem Mund an dem Soldaten vorbei auf die Wand. Helles Fackellicht spiegelte sich auf glatten Steinen, fremdartige gutturale Schreie drangen wie von Ferne zu ihnen herüber, und ein Mann taumelte in den von Fackelschein erhellten Gang. Er trug eine archaische Kettenrüstung und schwang sein Schwert, als würde er nach einem unsichtbaren Gegner schlagen. »Artorius ...«, schrie er mit vor Verzweiflung erstickter Stimme. Blut lief ihm über das Gesicht, und seine Augen waren weit aufgerissen.

Der Mann mit der Pike fuhr herum. »Verdammte Scheiße ...«

Als der Schwertkämpfer die Waffe auf sich zukommen sah, reagierte er blitzschnell. Mit einer fließenden Bewegung schlug er die Waffe des Gegners beiseite. Es sah aus, als würde er sein Schwert lediglich zurückziehen, aber der Soldat sackte mit einem erstickten Gurgeln zu Boden.

Als die übrigen Soldaten ihren Kameraden fallen sahen, lösten sie sich aus ihrer Starre. Mit dem Bajonett voran stürmte einer der Männer auf den Kämpfer zu.

»*Interfectores!*«, schrie der Mann mit brechender Stimme und warf sich ihnen entgegen.

Binnen weniger Augenblicke lagen zwei weitere Männer reglos und blutend am Boden. Rudolph hatte mittlerweile nachgeladen und hob die Pistole. Ohne nachzudenken, sprang Leon vor und griff nach der Waffe. Der Schuss löste sich, und die Kugel traf den archaischen Kämpfer in die Schulter, sodass dieser zurücktaumelte. Leon entriss dem Söldner die Pistole. Dieser stieß ihn hart zu Boden und zog den Säbel. Dann sprang er auf den verwundeten Kämpfer zu und holte mit seinem Säbel aus. Doch der Fremde hatte unglaubliche Reflexe. Der Säbelhieb wurde klirrend pariert, und eine blitzschnelle Riposte ließ den Söldner aufkeuchend zusammensacken.

Nur noch einer der Soldaten stand auf den Beinen. Er ließ mit einem entsetzten Schrei seine Waffe fallen und floh in die Dunkelheit der unterirdischen Gänge.

Der Schwertkämpfer blickte auf die gefallenen Gegner. Dann starrte er auf sein blutiges Schwert und ließ es mit einem Laut des Abscheus zu Boden fallen.

Leon rappelte sich wieder auf und starrte den Mann mit offenem Mund an. Dieser hatte lateinisch gesprochen. »Mörder« hatte er die Soldaten genannt und verzweifelt nach Artorius gerufen. Leons Gedanken wirbelten durcheinander. Vor seinem inneren Auge sah er die Ausgrabungsstätte vor sich und die sterblichen Überreste der spätantiken keltisch-römischen Krieger, die in einem grausigen Kampf mittelalterlichen Waffen zum Opfer gefallen waren. Die verwobenen Zeitlinien des Savants David blitzten in seinem Geist auf. Was hatte der junge Mann gesagt? *Es fehlt etwas ... Es fehlt der zweite Wirbel ... Der zweite Wirbel, der das Wellenmuster verstärkt.* Auf komplexe und dennoch klar erkennbare Weise ergab nun alles einen Sinn. Es gab zwei Zeitenwirbel, deren Kraft die Linien der Jahrhunderte zu Wellen bogen. Einer setzte im 21. Jahrhundert an, der andere war stärker geneigt und umfasste somit einen größeren Zeitraum – er begann im 5. Jahrhundert. Und hier im ausgehenden 18. Jahrhundert traten die Zeitenkollisionen zutage.

Leon erhob er sich langsam. »*Salve pugnator iuvenis* – sei gegrüßt, junger Kämpfer«, sagte er laut.

Der Mann fuhr herum. »Wer bist du?«, schrie der Mann auf Latein. Er zitterte. »Wo bin ich hier?«

Leon schluckte. Er kannte diese Stimme, kannte diese Augen und den markanten Schwung der Nase. Nur der Bart fehlte und die Falten in der wettergegerbten Haut. Und dann der Name – warum hatte er nie auf den Namen geachtet? Mathéo Gauvain ... Der Nachnahme war die französische Abwandlung eines uralten keltischen Namens.

»Gawain«, flüsterte Leon. Ein Name, der aus den Legenden um die Ritter des Königs Artus nicht wegzudenken war.

Der junge Mann starrte ihn fassungslos an. In seinen Augen lag ein fiebriger Glanz, und Leon spürte, dass er kurz davor war, den Verstand zu verlieren. Dann erzitterte der Boden aufs Neue unter ihren Füßen. Die Wand verschwamm vor Leons Augen, und grelles Sonnenlicht blendete ihn. Der junge Krieger blickte sich verwirrt und ängstlich um.

Schlagartig wurde Leon klar, was er zu tun hatte. Er stieß den jungen Mann auf das flimmernde Leuchten zu. Der Krieger schrie auf, griff haltsuchend um sich, krallte sich an Leon fest und entriss ihm dabei die Pistole des Söldners, die der junge Wisenschaftler noch immer in der Hand gehalten hatte. Das Flimmern ließ nach. Die Zeiten begannen, sich wieder voneinander zu lösen. Leon nahm all seine Kraft zusammen und stieß den verängstigten Mann mit grober Gewalt von sich. Der junge Krieger stolperte über die Grundmauer und verschwand im grellen Sonnenlicht, bevor die Steine der Festung sich wieder verfestigten.

Leb wohl, Mathéo, du wirst dein Glück finden und eine neue Heimat. Wir werden uns wiederbegegnen in vielen Jahren.

Ein Schluchzen riss ihn zurück in die Gegenwart. Sein Blick fiel auf die tote Marie Raynal. Erstaunlicherweise sah ihr Gesicht ganz friedlich aus, beinahe so, als schlafe sie nur. Erneut atmete jemand schluchzend, und er wandte sich hastig um. Angélique hockte auf dem Boden. Noël barg den Kopf an ihrer Brust und weinte. Sie starrte Leon im Licht der zu Boden gefallenen Fackeln an. Ihre Augen glänzten fiebrig.

»Was geschieht hier?«, murmelte sie.

»Wir müssen raus! Schnell!« Leon bückte sich und half ihr auf die Füße. Er wollte ihr Noël abnehmen, doch der Junge klammerte sich an Angélique, als hinge sein Leben davon ab. So blieb ihm nichts anderes übrig, als sie, so gut es ging, zu stützen. Seit ihrer Flucht aus dem Turmzimmer konnten nicht mehr als zehn Minuten vergangen sein. Rudolph war tot. Die Männer, die den Eingang bewachen sollten, waren in schwere Kämpfe verwickelt gewesen, vielleicht hatten die Vendéer sie bereits überwunden. Noch hatten sie eine realistische Chance!

Quälend langsam humpelten sie auf den Treppenaufgang zu. Schwaches Licht drang die Stufen herab. Noch immer waren Schüsse zu vernehmen, aber sie drangen nur gedämpft zu ihnen. Es wirkte nicht so, als würde noch um den Burgfried gekämpft.

»Rasch«, sagte er, »nur noch die Stufen hinauf. Der Ausgang scheint frei zu sein. Wir haben es gleich geschafft!«

Sie hatten die ersten Stufen erreicht, als eine ohrenbetäubende Detonation den Boden unter ihnen erzittern ließ. Mauern barsten, Steine polterten, und der schwache Lichtschein, der den Treppenaufgang herabgedrungen war, erlosch.

Leon hatte das Gefühl, als bräche die ganze Welt unter seinen Füßen weg und würde in tausend Stücke zerschlagen. Die Dunkelheit schlug wie eine übermächtige Welle über ihnen zusammen. Und der Atem des Todes blies ihnen ins Gesicht. Er trug den Geruch von Steinstaub und verbranntem Schwefel in sich.

Pierre hatte die goldene Uhr fallen lassen, um seine Rache zu vollenden. Vierzig Fässer Schießpulver waren explodiert und hatten das oberste Stockwerk weggesprengt. Steine waren herabgestürzt und hatten den Eingang versperrt. Nur seiner ungeheuer stabilen Bauweise war es zu verdanken, dass nicht der gesamte Turm mit einem Mal eingestürzt war. Aber Pierres teuflischer Plan sah vor, dass binnen Kurzem zwei weitere Lager explodieren würden.

Trotz ihres geschwächten Zustands und des Fiebers, das in ihr wütete, erkannte auch Angélique sofort, was die Explosion zu bedeuten hatte. Sie griff Leons Hand und drückte sie.

»Ich liebe dich!«, flüsterten ihre Lippen ganz nah an seinem Ohr.

Leon schluckte. »Ich liebe dich auch ...« Er wollte noch etwas hinzufügen, aber seine Stimme gehorchte ihm nicht. Alles in ihm kämpfte dagegen an, sich mit dem Unausweichlichen abzufinden. Dabei wusste er genau, dass der perfide Plan des rachsüchtigen Dieners aufgehen würde. Er würde alle mit sich in den Tod reißen. Der Turm würde bis auf die Grundmauern zerstört werden, und in zweihundertzwanzig Jahren würde er auf die Zeichen von Pierres Triumph stoßen. Leon würde seine Forschungen auf dem Grund und Boden betreiben, auf dem er selbst gestorben war. Sein Herz hämmerte vor Angst, und düstere Verzweiflung schnürte ihm die Kehle zu.

Der kleine Noël regte sich. »Mama«, schluchzte er.

»Wir sollten zurückgehen«, sagte Angélique. »Marie Raynal ... hat Schlimmes getan. Aber sie hat auch wahrhaft geliebt. So können wir wenigstens im Tod noch Versöhnung schaffen.«

Leon nickte. Dass sie in dieser Situation so ruhig und gefasst klang, verwirrte und beschämte ihn. Eine der am Boden liegenden Fackeln brannte noch immer und sandte schwaches Licht zu ihnen herüber. Sie stolperten darauf zu, als trüge dieser zuckende Lichtschein auch so etwas wie Hoffnung in sich.

Angélique begann, mit ruhiger, sanfter Stimme zu sprechen. »Der Herr ist mein Hirte, mir wird nichts mangeln ...«

Das Schluchzen des kleinen Noël wurde leiser.

»Er weidet mich auf grünen Auen ...«

Irgendetwas regte sich in Leon. Er konnte es nicht so recht greifen, es war überraschend und fremdartig und doch so, als wäre es schon immer irgendwie da gewesen. Wie eine leise Stimme, die tief in seinem Inneren etwas wisperte.

»... Er erquickt meine Seele. Er führt mich auf rechter Straße um seines Namens willen ...«

Angélique sprach die Worte mit einer solchen Eindringlichkeit, als rezitiere sie nicht einen uralten Psalm, sondern antworte auf eine lautlos gestellte Frage. *Wo bist du, Gott?*, schrie es in Leon, und beinahe zeitgleich wurde in ihm eine Erinnerung wach. *All unser Beten muss die Antwort auf eine einzige Frage sein: Vertraust du mir?*

Sie waren nur noch wenige Schritte von Angéliques Zelle entfernt, als die zweite Explosion erfolgte. Die Erschütterung warf sie zu Boden. Staub rieselte von den Decken, und ein gewaltiges Dröhnen und Knirschen hallte in den dunklen Gängen wider.

Hustend kämpften sie sich wieder auf die Füße. Angélique sprach weiter: »... und ob ich schon wanderte im finsteren Tal der Todesschatten, fürchte ich kein Unglück ...«

Vertraust du mir?, hallte eine Frage kaum hörbar in ihm wider.

Es ist zu spät!, brüllte die Angst. *Alles ist zu spät!*

Gib mir irgendein Zeichen!, flehte Leon. *Irgendetwas.*

Gleich darauf spürte er Angéliques Hand, die sich tröstend auf seinen Arm legte.

Vertrau mir.

Während sie zu der toten Marie hinüberstolperten, registrierte Leon beiläufig, dass der Lederkoffer auf dem Boden lag. Er musste ihn im Kampf verloren haben. Allerdings war die Pistole verschwunden, die Leon dem Söldner entrissen hatte ...

»... Du bereitest vor mir einen Tisch im Angesicht meiner Feinde ...«

Irgendein Zeichen!, schoss es Leon wiederholt durch den Kopf. Dann stutzte er. Der Lederkoffer!

Die Pistole war verschwunden. Im Handgemenge hatte Mathéo sie mit sich durch den Zeitenspalt gerissen. Der Koffer allerdings war immer noch hier! Aber das konnte nicht sein! Es war sogar vollkommen unmöglich. Denn Leon würde ihn in zweihundertzwanzig Jahren finden, und zwar mit dem Tagebuch darin. In diesem Tagebuch würden die Ereignisse um Noël fehlen, denn diese Seiten hatte Angélique entfernt, um ihren Neffen zu schützen. Aber wer hatte seine eigenen Eintragungen und Angéliques Antworten entfernt? Dafür gab es nur eine logische Erklärung: er selbst!

Die Zeit schien sich zu verlangsamen. Leon nahm alles um sich herum wie in Zeitlupe wahr, während seine Gedanken rasten. Der zweite Zeitenwirbel – der Mathéo aus dem 5. Jahrhundert gerissen hatte –, wenn er wie der erste Wirbel funktionierte, dann würden die Zeitenkollisionen zum Ende hin in immer kürzeren Abständen erfolgen ...

Jetzt!, schien eine Stimme ihm zuzurufen. Leon sprang vor, riss Angélique und den Kleinen mit sich und warf sich dicht an der Zellenwand zu Boden. Die junge Frau schrie erschrocken auf. Der Kleine jammerte. Der Historiker spürte ein mittlerweile beinahe vertrautes Beben unter sich. Immer stärker vibrierte der Boden. Plötzlich erschütterte eine gewaltige Explosion den Raum. Es wurde gleißend hell, eine ungeheure Hitze umgab ihn, und dann war alles still.

Dunkelheit war um sie her. *Bin ich tot?*, schoss es ihm durch den Kopf. Dann spürte er zwei Körper, die sich eng an ihn pressten, warm und lebendig. Aus den Augenwinkeln sah er das schwache Leuchten einer Fackel. Stimmen hallten durch dunkle Gänge – die in einer fremdartigen, uralten Sprache redeten, die entfernt an Gälisch erinnerte. Es roch nach Eisen, Öl und Leder.

Angélique regte sich unter ihm.

»Pst«, flüsterte Leon. »Nicht bewegen, sagt kein Wort!«

»*Artur? Keie? Gwalchmei?*«, klang es in der seltsam kehligen Aussprache zu ihnen herab.

Leon schluckte trocken.

Der Fackelschein wurde heller. Dann vibrierte der Boden erneut, und wieder umfing sie Dunkelheit. Aber es war nicht die vollkommene Schwärze eines geschlossenen Raumes, die sie umgab, sondern das von schwachem, silbrigem Glühen durchbrochene Dunkel einer mondlosen Nacht. Die Luft war lau und es roch nach feuchtem Gras und lehmiger Erde. Einige Herzschläge lang blieb Leon ganz still liegen.

Dann erklang krächzend die Stimme des kleinen Noël. »Ich kriege keine Luft mehr.«

Leon erhob sich. Er ergriff Angéliques Hand. »Komm, wir gehen lieber ein Stück von hier weg.«

»Was ... ist geschehen?«, stammelte Angélique.

Leon spürte, wie das Glück sich warm und sanft über ihn legte, wie eine weiche Decke. »Wir haben das Tal der Todesschatten durchwandert.«

»Aber wo sind wir hier?«

Nicht wo, sondern wann, ging es Leon durch den Kopf. Wenn seine Vermutungen stimmten, war es irgendwann zwischen 1794 und 1960. Aber das würden sie schon bald herausfinden.

Laut antwortete er: »Wir sind zu Hause, Angélique, endlich zu Hause.«

Licht nach der Dunkelheit

Regen fiel auf die verfärbten Blätter und dämpfte das Läuten der Glocken. Immer dichter fielen die schweren Tropfen. Die Leute beschleunigten ihre Schritte. Allmählich zerstreuten sich die schwarz gekleideten Menschen. Einige wenige stiegen in die wartenden Kutschen, die meisten machten sich jedoch zu Fuß auf den Heimweg.

Noël Bertrand Tisserand blieb allein zurück. Wasser rann seine Hutkrempe hinab und troff in seinen Mantel. Aber er fror nicht. Der Herbst war noch jung und mild. Gedankenversunken betrachtete er den Grabstein.

Der Herr ist mein Hirte, mir wird nichts mangeln.
Psalm 23

Hier ruhen Léon Tisserand
geboren 14. August 1812 – gestorben 24. September 1824
und seine geliebte Frau
Angélique Tisserand
geboren am 14. August 1812 – gestorben am 24. November 1819

Ein Lächeln stahl sich auf seine Lippen, als er an den entrüsteten Priester dachte. »Was soll der Unsinn!«, hatte der Geistliche getobt. »Auf einem Grabstein haben solche Scherze nichts zu suchen! Die Geburtsdaten können unmöglich stimmen!«

»Es gibt mehr als die leibliche Geburt«, hatte Noël geantwortet. »Steht nicht in Johannes 3, Vers 3, dass wir von Neuem geboren werden müssen?«

»Ja, aber ... aber doch nicht ... auf einem Grabstein!«, hatte der Mann verdattert eingewandt. Noëls Lächeln vertiefte sich. Das hätte Vater gefallen. Er hatte einen ganz eigenen Sinn für Humor gehabt.

Schließlich hatte Noël sich durchgesetzt. Der Steinmetz hatte bei jedem Schlag, mit dem er die Daten in den Stein trieb, den Kopf geschüttelt. »Also, so etwas ... Das ist mir in meiner ganzen Laufbahn noch nicht untergekommen.«

Erst spät, als Noël alt genug gewesen war, um es zu verstehen, hatte Vater ihm erklärt, was geschehen war. »Stell dir vor, du wärst eine Murmel, die in gleichmäßigem Tempo die Bahn der Zeit hinabrollt. Du bemerkst nichts davon, dass die Bahn in vielen Windungen verläuft. Das Einzige, das du spürst, ist, dass du langsam immer tiefer hinabgleitest. Und nun stell dir vor, dass sich die verschlungenen Bahnen der Zeit ganz selten und nur an ganz bestimmten Orten überschneiden. Diese Orte sind so etwas wie Weichen, die es ermöglichen, dass hier und da eine Kugel die Bahn wechseln kann.«

»Und so etwas ist uns passiert?!«, hatte er nachgefragt.

»Ja, Mama, du und ich, wir sind für kurze Zeit auf eine andere Bahn gerollt und dann wieder auf unsere ursprüngliche Bahn zurückgekehrt. Wir haben sozusagen eine Abkürzung in die Zukunft genommen.«

»Und kann so etwas wieder geschehen?«

»Möchtest du das?«

Schaudernd hatte er den Kopf geschüttelt.

»Dann wird es auch nicht geschehen, nicht für uns.«

Der 14. August 1812 war der Tag ihrer neuen Geburt gewesen. An diesem Tag waren sie zitternd und staunend den grasüberwucherten Trümmern des Château de Chamilot entstiegen. In der Finsternis von Krieg und Rachsucht hatten sie alles verloren. Es blieb ihnen gar nichts anderes übrig, als das Leben neu zu beginnen. Noëls Erinnerungen waren getrübt, aber er konnte sich noch entsinnen, dass er lange unter dem Verlust der einzigen Frau, die er als seine Mutter gekannt hatte, gelitten hatte. Sanft und liebevoll hatten ihm Angélique und Léon darüber hinweggeholfen, und einige Zeit später, wenige Tage nach ihrer Hochzeit, hatten sie ihn an Kindes statt angenommen.

Es war ihm nicht schwergefallen, sie Vater und Mutter zu nennen. Sieben gemeinsame Jahre waren ihnen vergönnt gewesen, dann war Mutter an Tuberkulose gestorben. Und nun, fünf Jahre später, war Vater ihr gefolgt, gestorben an der gleichen Erkrankung. Beide hatten nie einen Zweifel daran gelassen, dass diese sieben gemeinsamen Jahre die glücklichsten ihres Lebens gewesen waren.

Und so blieben zwei sehr unterschiedliche Gefühle in Noël zurück. Auf der einen Seite vermisste er die beiden schrecklich, auf der anderen waren seine Erinnerungen trotz der harten Zeiten mit Gutem gesättigt.

Der junge Mann sprach ein stummes Gebet und wandte sich dann um.

Der regennasse Boden schmatzte unter seinen Stiefeln. Ein Letztes blieb noch zu tun, bevor er sich auf den Weg nach Paris machte, um seine medizinische Ausbildung zu beenden.

In einem Gehöft unweit der Kirche hatte er sein Pferd zurückgelassen. Er nahm das kleine Holzkästchen aus den Satteltaschen und bat den Bauern um einen Spaten. Dann stapfte er los zu den Ruinen des Château de Chamilot.

Epilog

Ein Pfiff gellte über die Weiden, und kurz darauf hetzte ein schwarz-weißer Border Collie mit heraushängender Zunge einen Hügel hinab zu seinem Herrchen. Der alte Bauer streichelte das Tier und wanderte langsam einen schmalen Pfad entlang zu der alten Burgruine, die an seine Weideflächen grenzte. Die Arthritis in seinem rechten Knie machte ihm zu schaffen, und eine wehmütige Stimmung hatte ihn ergriffen. Es war nicht leicht, von einem Freund Abschied zu nehmen.

Der alte Mann war am 4. September 454 nach Christus geboren worden. Anders als die Legenden behaupteten, stammte er nicht von König Lot von Orkney ab, sondern war der Sohn eines römischen Legionärs. Seine Eltern hatten ihm den christlichen Namen Matthaeus und den keltischen Namen seines Vaters gegeben: Gawain. Aber seit über fünfzig Jahren war er Mathéo Gauvain.

Vor fünf Tagen war Leon Weber verschwunden. Seine Kollegin Emma hatte eine Art Abschiedsbrief gefunden, den sie selbst als ausgesprochen bizarr bezeichnete. Darin hatte Leon geschrieben, dass er ihr sehr dankbar sei und ihrem Rat folgend jenen Ort suchen werde, an dem er den Atem der Geschichte am deutlichsten zu spüren vermochte. Außerdem hatte er sie gebeten, die Leitung des Projekts zu übernehmen und Pawel als Assistenten zu übernehmen. Sie hatte unverzüglich die Polizei eingeschaltet und war kurz darauf nach New York geflogen.

Die Polizei hatte sich auch redlich Mühe gegeben, hatte die gesamte Grabungsstätte nach Spuren abgesucht und alle Anwohner in näherem Umkreis befragt – ohne Erfolg.

Vor zwei Tagen hatte Mathéo ein sehr langes und intensives Gespräch mit Leons jungem Assistenten Pawel geführt, und an diesem Morgen waren die Grabungen fortgesetzt worden.

Jacques bellte und strich dicht an Mathéos Beinen entlang. Der alte Mann kraulte ihn hinter den Ohren, während er die Ruinen des Château de Chamilot betrachtete. Seine Gedanken begannen zu wandern. Die alten Mauern waren mit unzähligen Erinnerungen verbunden. Als junger Mann hatte er selbst mitgeholfen, den Burgfried zu errichten. Diese Arbeit hatte ihm gefallen – damals war er noch Matthaeus Gawain gewesen, der berühmte Schwertkämpfer. Er erinnerte sich an Artorius, einen charismatischen Mann mit eisernen Prinzipien und großen Visionen. Sie hatten sich gerade auf einen Feldzug vorbereitet und waren unten in der Waffenkammer gewesen, als die Erde gebebt hatte. Dann waren plötzlich Bewaffnete aufgetaucht, die in ihrer barbarischen Sprache gebrüllt und mit seltsamen Waffen gekämpft hatten. Mathéo hatte Artorius fallen sehen, und dann hatte die Erde erneut gebebt. Wieder war man mit Waffen auf ihn losgegangen, und Mathéo hatte sich gewehrt. Das Blut verschiedener Jahrhunderte hatte an seinen Händen geklebt, ohne dass er auch nur einen Hauch von dem verstand, was hier vor sich ging. Er hatte geglaubt, wahnsinnig zu werden.

Aber plötzlich war dieser Mann aufgetaucht und hatte in seiner Sprache mit ihm geredet. Er hatte ihn angesehen, als würde er ihn kennen, und seinen Namen genannt. Und dann hatte er Matheó erneut aus der Zeit gestoßen. Für einen kurzen Moment hatte Mathéo drei Welten gesehen – den Burgfried mit der Waffenkammer, so, wie er ihn kannte, den Mann, der ihm mit seltsamem Blick hinterhersah, und einen strahlend blauen Sommerhimmel. Dann war er in eine Welt gestürzt, in der das Château de Chamilot nur noch eine Ruine war und seine Heimat dem Zeitalter der Legenden angehörte. Zu seinen Füßen hatte jene seltsame Waffe gelegen, die der Fremde bei sich getragen hatte.

Matthaeus Gawain hatte Jahre gebraucht, um zu Mathéo Gauvain zu werden. Und ohne Gottes Hilfe und eine junge Frau mit Namen Nicole Tisserand hätte er es wohl nie geschafft.

Der alte Mann gab dem Border Collie einen Klaps und wanderte weiter. Er fragte sich, wie es Leon wohl ergangen war. Ob er die Antwort auf seine Fragen gefunden hatte? Leon hatte eine Welt betreten, die sich so radikal von seiner unterschied, dass er sich immer ein wenig fremd fühlen würde. Er hatte sich selbst zum Heimatlosen gemacht. Ob er dennoch glücklich geworden war? Mathéo hoffte es sehr.

Inzwischen hatte er die Grabungsstätte erreicht, wo die Studenten fleißig bei der Arbeit waren. Östlich des Burgfrieds hatte sich eine kleine Gruppe um Pawel versammelt. Dieser hielt etwas in der Hand, und sie diskutierten heftig miteinander.

Mathéo schlenderte zu ihnen hinüber. »*Bonjour*«, grüßte er. »Haben Sie etwas Interessantes gefunden?«

»Das könnte man so sagen«, erwiderte Pawel. »Inzwischen haben wir die sterblichen Überreste von insgesamt sechs keltisch-römischen Reitersoldaten ausgegraben. Eigentlich dachten wir, dass wir an dieser Stelle auf weitere spätantike Artefakte stoßen würden, aber dann ... Nun ja, sehen Sie selbst.«

Mathéo betrachtete den kleinen zinnbeschlagenen Holzkasten, den Pawel in der Hand hielt. Mit geübten Fingern öffnete der junge Archäologe ihn. Eine Steinschlosspistole lag darin – sie war alt und in keinem besonders guten Zustand. Der Lauf war rostig und der Schlaghebel abgebrochen.

»Darf ich?«, fragte Mathéo.

Pawel nickte.

Der alte Mann nahm die Pistole aus dem Kasten. Die Beschläge kamen ihm sehr vertraut vor. Wenn er sich nicht sehr täuschte, hatte er diese Waffe noch vor wenigen Tagen in der Hand gehalten – und das in einem wesentlich besseren Zustand.

»Oh«, sagte Pawel, »da ist etwas in den Boden des Kästchens eingraviert.«

Mathéo kniff die Augen zusammen. »Für mich ist das zu klein«, brummte er. »Können Sie es vorlesen?«

»Da steht: *Nihil me paenitet. Léon Tisserand.*«

»Ich bereue nichts ...«, murmelte Mathéo. Sein Schnurbart zuckte.

»Hm«, meinte Pawel, »mein Französisch ist nicht allzu gut, aber bedeutet ›Tisserand‹ nicht so viel wie ›Weber‹?«

Der alte Bauer nickte. »Ja, kein ganz seltener Name. Meine verstorbene Frau hieß übrigens ebenfalls so mit Mädchennamen.« *Sie ist eine direkte Nachfahrin eines gewissen Noël Bertrand Tisserand, der Mitte des 19. Jahrhunderts hier in der Gegend als Arzt tätig war,* fügte er in Gedanken hinzu.

»Seltsam, nicht wahr?«

»Ja. Manchmal geschehen die seltsamsten Dinge.« Das Lächeln auf den wettergegerbten Zügen des alten Mannes vertiefte sich. »*Au revoir.*« Er wandte sich um und folgte Jacques, der aufgeregt schnüffelnd auf die Weiden zulief.

»He, wo wollen Sie hin?«, rief ihm Pawel verwirrt hinterher.

»Keine Bange, wir sehen uns noch«, rief Mathéo über die Schulter zurück. Irgendwann würde er mit Pawel noch einmal sprechen müssen und auch mit Emma – aber nicht heute. Heute wollte er allein sein mit den Erinnerungen an einen guten Freund.

Danksagung

Liebe Anne, du hast dir geduldig meine verworrenen Zeitwirbel-Entwürfe angesehen, hast Angélique aus dem Tagebuch in die Romanhandlung gezogen und mit einer genialen Idee den Plot gerettet! Du bist die Allerbeste! Danke, dass du an meiner Seite bist!

Matthes und Malte, ihr seid schuld daran, dass ich dieses Buch überwiegend in den Morgenstunden zwischen vier und sieben Uhr geschrieben habe, weil es dank euch noch viele andere wichtige Dinge im Leben gibt, zum Beispiel Fußball spielen und Luftballonschlacht schlagen, bis zur Atemnot kichern und wilde Piratenabenteuer erleben.

Tina, du bist eine wunderbare Freundin und die beste Schriftstellerkollegin, die man sich vorstellen kann. Für dich hätte es das Jahr 2012 nie geben sollen. Ich wünsche dir so sehr, dass für dich irgendwann der Punkt kommt, an dem die Schmerzen erträglich werden. Und ich bete, dass du ganz zum Schluss oder ganz am Anfang von Herzen sagen kannst: »Jetzt verstehe ich und jetzt ist es gut.«

Ich kenne niemanden, der so ungeheuer wertschätzend über Kollegen urteilt, wie du, Titus. Du bist die personifizierte Ermutigung, ein toller Autor und ein klasse Mensch. Ich habe schon viel von dir lernen dürfen und bin damit hoffentlich noch lange nicht am Ende.

Ohne einen Cheflektor, der sich begeistern lässt, bleibt jede Romanidee ein Familiengeheimnis. Johannes, ich danke dir für dein Vertrauen in dieses Buch und den ersten Honorarvorschuss meines Lebens.

Liebe Nicole, die Zusammenarbeit mit dir war unkompliziert, kompetent, angenehm und schnell. Du hast dir auf jeden Fall eine

Auszeichnung als Turbolektorin verdient! Auch im Nachhinein noch mal vielen Dank für deine Studienwahl – deine Kenntnis französischer Schimpfwörter hat mich beeindruckt.

Seit ungefähr 34 Jahren korrigierst du schon meine Rechtschreibfehler. Ich kann mir vorstellen, dass es bisweilen frustrierend sein kann, meine Mutter zu sein. Aber du hältst das ganz prima durch – vielen Dank dafür.

Lieber Rainer, hab vielen Dank für deine Unterstützung und die kompetente Leitung der Marketingabteilung Oberfranken.

Die zusätzliche Schreibzeit nach 7 Uhr morgens verdanke ich nicht zuletzt dir, Frank. Der Veröffentlichungstermin wäre ohne deine Unterstützung nie einzuhalten gewesen. Danke!

Wenn es in diesem Buch fehlerhafte Beschreibungen des archäologischen Alltags geben sollte, dann liegt das bestimmt nicht an dir, Torben! Habe vielen Dank für deine fundierte Beratung!

Danke, Alex, du hast als Archäologenscout prima Arbeit geleistet.

Tja, Jeannette, es scheint sich zu einer guten Tradition zu entwickeln, dass deine Rechner beim Erstellen meiner Buchcover in Rauch aufgehen. Insofern ist es mir ein persönliches Vergnügen, dir in regelmäßigen Abständen zu einem neuen Computer zu verhelfen. Abgesehen davon bin ich ein großer Fan deiner Kunst und freue mich riesig über das wunderbare Cover!

In deiner Funktion als Dr. Hessel hast du großzügig über die kleinen medizinischen Freiheiten hinweggesehen, die ich mir herausgenommen habe. Vielen Dank dafür, Christian.

Zu guter Letzt gilt mein Dank Dr. Rühlmann für seine Recherchearbeiten. Lieber Jörg, ich vermute, dass du deine Erwähnung gerne verhindert hättest, wenn ich dir die Chance dazu gelassen hätte – weil du ein bescheidener Mensch bist und keinen Wert auf Titel legst. Aber ich lass mir doch nicht die Chance entgehen, meine Rechercheunterstützung mit zwei Doktortiteln auszuschmücken. Wir müssen ja keinem verraten, dass deine Recherche und deine Profession nur ausgesprochen peripher miteinander korrespondierten.

Anmerkungen

[1] Aus: »Sachliche Romanze«

[2] Der Begriff »Sansculotte« bedeutet so viel wie »ohne Kniebundhose«. Es war zunächst ein Spottname für die einfachen Arbeiter und Kleinbürger in Paris, die im Gegensatz zu den Adligen lange Hosen trugen, die besser für die körperliche Arbeit geeignet waren.

[3] Ein radikaler Club französischer Revolutionäre.

[4] »Entschuldigen Sie.«

[5] Die heraldisch stilisierte Lilie war Bestandteil des Wappens des französischen Königshauses.

[6] »Wer ist da?«

[7] »Verzeih mir, bitte.«

MIX
Papier aus verantwortungsvollen Quellen
FSC® C014496

Verlagsgruppe Random House FSC-DEU-0100
Das für dieses Buch verwendete FSC®-zertifizierte Papier *Munken Premium Cream* liefert Artic Paper Munkedals AB, Schweden.

1. Auflage 2013
Bestell-Nr. 816751
ISBN 978-3-86591-751-5

Umschlaggestaltung und -fotos: Jeannette Woitzik
Überarbeitung: Nicole Schol
Satz: Greiner & Reichel, Köln
Druck und Verarbeitung: GGP Media GmbH, Pößneck
Printed in Germany